Lucas Fassnacht
Die Mächtigen

LUCAS FASSNACHT

DIE MÄCHTIGEN

Roman

blanvalet

Verlagsgruppe Random House FSC® N001967

1. Auflage
Copyright der Originalausgabe © 2020
by Blanvalet Verlag, in der Verlagsgruppe Random House GmbH,
Neumarkter Str. 28, 81673 München
Redaktion: Angela Kuepper
Umschlaggestaltung © Johannes Wiebel | punchdesign,
unter Verwendung von Motiven von Kitsana1980/Shutterstock.com
und marcokuschfotografie/photocase.de
LH · Herstellung: sam
Satz: Uhl + Massopust, Aalen
Druck und Einband: GGP Media GmbH, Pößneck
Printed in Germany
ISBN: 978-3-7645-0723-7

www.blanvalet.de

Für Jonas

Prolog

»Herr Beheim, es wartet noch immer für Sie: Philipp Linde, Mitglied des Aufsichtsrats der EuroBinary AG. Ihr vereinbarter Termin war um 12:15 Uhr.«

Die Nüchternheit in Aisanas Stimme ließ Stefan Beheim zusammenfahren. Dabei war er es gewesen, der sie erschaffen hatte. Und wozu? Düster stemmte er sich von seinem Schreibtisch hoch.

»Herr Beheim?«

»Was denn noch?«

»Philipp Linde für Sie. Ihr vereinbarter Termin war um …«

»Lassen Sie ihn warten, verdammt noch mal!« Eigentlich versuchte Beheim, freundlich zu seinen Programmen zu sein. Maschinen lernten nicht anders als Kinder. Erziehung brauchte Vorbilder. Aber selbst zu einem höflichen Ton gegenüber Aisana fehlte ihm inzwischen die Kraft. Er schleppte sich zu der Bar im Salonbereich seines Büros.

»Sehr gern, Herr Beheim. Ich richte Herrn Linde aus, dass der Termin sich verschiebt.«

Aisana sagte es ruhig, freundlich. Ein Jammer, dachte Beheim. Alle Welt sprach ehrfurchtsvoll von der Überlegenheit Künstlicher Intelligenz. Aber wenn es um Empathie ging, hatten die Algorithmen noch einiges zu lernen.

Denn Stefan Beheim hatte vor, sich umzubringen.

Mit der Linken lockerte er seine Krawatte, mit der Rechten warf er eine Handvoll Eiswürfel in ein Glas und übergoss sie mit Whiskey. Fast musste er lächeln. Whiskey mit Eis. Undenkbar wäre das gewesen, die letzten Jahre. Preis des Erfolgs. Nie hätte er sich ausgemalt, wie wenig man davon hatte, reich zu sein. Geld machte nicht frei, im Gegenteil. Es galten zwar nicht mehr die alten Regeln, denen der Rest der Gesellschaft sich zu unterwerfen hatte, aber der Kampf um die Macht wurde erbittert geführt. Die, die oben waren, sahen dich als Gefahr und arbeiteten gegen dich; die, die nach oben wollten, sahen dich als Hindernis und arbeiteten gegen dich; die, die unten waren, neideten dir deinen Erfolg und arbeiteten gegen dich. Beheim hasste es.

Auf dem Fernseher erschien ein Porträt von ihm. Gegen seinen Willen sah er hin.

»…bedeutet die Fusion den vorläufigen Höhepunkt der beeindruckenden Karriere des Vorstandsvorsitzenden der EuroBinary AG, Stefan Beheim. Der Sohn eines Krankenpflegers und einer Lehrerin entwickelte bereits als Jugendlicher seine ersten Computerprogramme, unter anderem ein Verschlüsselungsprogramm für Textnachrichten – fünfzehn Jahre vor WhatsApp. Nach dem Studium in Karlsruhe und einer Promotion in den USA am renommierten Massachusetts Institute of Technology verbrachte Beheim einige Jahre bei SAP im baden-württembergischen Walldorf, bevor er ein Angebot von Google annahm und nach London zog, wo er für die Sicherheitsarchitektur der konzerneigenen Finanzgeschäfte zuständig war. 2005 machte er sich selbstständig und gründete EuroBinary, einen Anbieter von Finanztransaktionssoftware. Nur vier Jahre später folgte der Börsengang, seit 2015 ist EuroBinary im DAX notiert und gilt somit als eines der dreißig wertvollsten Unternehmen Deutschlands. Ein Wachstum, das Kritiker wiederholt als ungesund bezeichnet haben…«

Beheim stürzte den Whiskey hinunter, stellte das Glas ab. Dann zog er sein Sakko aus.

»Aisana.«

»Was kann ich für Sie tun, Herr Beheim?«, fragte die Software.

»Rufen Sie bitte Cate an.« Höflichkeit. Anstand. War er ein anständiger Mensch? Er hatte es versucht – und wie viel Kraft hatte ihn dieser Versuch gekostet.

»Sehr gern, Herr Beheim. Ich wähle die Nummer von Cate Beheim.«

Der Wählton ertönte.

Beheim trat an einen der Gästesessel und legte sein Sakko über die Lehne.

»Stefan. Gut, dass du anrufst«, drang die Stimme seiner Frau aus Boxen, die genauso diskret im Raum verteilt waren wie die Mikrofone. Beheim konnte sich frei in seinem Büro bewegen, während er telefonierte.

»Philipp hat sich gerade bei mir gemeldet. Er meint, ihr hättet eigentlich einen Termin, aber er erreicht dich nicht.«

Auf einmal schnürte es Beheim die Kehle zu. Seit er seine Entscheidung gefällt hatte, hatte ihn eine betäubende Leichtigkeit erfüllt. Und nun, mit der Stimme seiner Frau, kehrte die Last zurück, hundertfach schwerer. Sie ahnte, was er vorhatte. Natürlich. Sie kannte ihn so gut.

»Du, Cate …«

»Was ist?« Dann, eine Sekunde später: »Alles in Ordnung?«

Beheim starrte auf den Fernseher, ohne die Bilder wahrzunehmen.

Drängender jetzt: »Stefan, sag schon.«

»Cate«, Beheim gelang kaum mehr als ein Flüstern, »du … es tut mir leid.«

»Stefan, was ist los? Du machst mir Angst.«

»Ich liebe dich.«

Er schnipste mit den Fingern, automatisch, wie er es unzählige Male getan hatte. Doch plötzlich widerte die Geste ihn an. Wie geschmacklos, wie nachlässig sie war, wie würdelos.

9

»Gespräch beendet«, verkündete Aisana gelassen.

»Aisana, öffnen Sie bitte die Balkontür.«

»Sehr gern, Herr Beheim.« Lautlos schob sich die Glaswand hinter seinem Schreibtisch zur Seite. Ein kühler Luftzug kündigte den Herbst an.

»…Nun also sahen die kritischen Stimmen sich bestätigt«, erklärte der Fernseher hinter ihm, »Bankrott und Zerschlagung schienen unausweichlich. Doch in buchstäblich letzter Sekunde gelang es EuroBinary, einen Investor zu finden: die Privatbank Fischer & Söhne. Die Fusion zwischen einer Bank und einem Technologieunternehmen ist ein Präzedenzfall, dessen Bedeutung wohl erst in einigen Jahren abzusehen ist…«

Ja, er hatte verkauft. Beheim trat auf den Balkon. Verkauft. Kaum drangen die Geräusche des Feierabendverkehrs zu ihm herauf. Aus statischen Gründen schwankte das Gebäude etwas. Zweiunddreißig Stockwerke lagen zwischen ihm und dem Asphalt der Frankfurter Innenstadt. Der Ausblick ließ ihm immer noch die Knie weich werden. Erst vor einem halben Jahr waren sie umgezogen. Auf dem Höhepunkt der Krise.

»Sie haben eine Anrufanfrage von Cate Beheim«, verkündete Aisana. »Möchten Sie sie annehmen?«

»Nein, danke.«

»Sehr gern, Herr Beheim.«

»Für die Anleger hingegen scheint die Lage klar: Seitdem heute Mittag das Bundeskartellamt seine Zustimmung zu der Fusion erteilt hat, stieg die Aktie um sagenhafte fünfundsechzig Prozent und macht damit den angeschlagenen Konzern innerhalb von Stunden zum wertvollsten Titel, den die Deutsche Börse je notiert hat. Unter dem neuen Namen FisherEuroBinary AG steigt wahrhaftig ein Phönix aus der Asche…«

»Sie haben eine Anrufanfrage von Cate Beheim. Möchten Sie…?«

»Nein. Keine Anrufe mehr bis auf Weiteres.«

»Sehr gern, Herr Beheim.«

»…die anglisierte Schreibweise *Fisher* soll die neue, noch internationalere Ausrichtung unterstreichen, erklärt Fridolin von Wolfenweiler, ehemaliger Vorstandsvorsitzender von Fischer & Söhne, der in seiner neuen Funktion als Finanzvorstand…«

»Und machen Sie verdammt noch mal den Fernseher aus.«

»Sehr gern, Herr Beheim.«

Beheim trat ans Geländer. Um ihn her ein Wald schlanker Bürotürme. Potenzprojektionen des Geldadels. Ein Schauer strich ihm den Rücken hoch. Frankfurt. Was hatte er sich nur gedacht?

In seiner Hosentasche vibrierte sein privates Telefon. Cate. Geradezu aus Versehen nahm er ab.

»Stefan.« Cates Stimme war ruhig. Es war eine Ruhe, die Beheim nur zu gut kannte. Das Geländer war mit Blumenkästen geschmückt. Die Blumen reckten ihm heiter die Köpfe entgegen, wussten nichts von der letzten Hitzewelle, die ihre Verwandtschaft dahingerafft hatte.

»Hör mir zu, Stefan. Wo bist du? Im Büro?«

»Ja.«

»Ich komme vorbei. Ich bin schon unterwegs. In Ordnung?«

Beheim wollte etwas sagen, doch er konnte nicht.

»Stefan. Leg nicht auf. Versprich mir das.«

»Es tut mir leid.«

»Stefan. Wir schaffen das.« Cates Worte kamen nicht hektisch. Nur bestimmt. »Du kannst das. Du weißt, dass du das kannst. Du bist wundervoll. Du hast das schon mal geschafft. Du schaffst das wieder.«

Beheim schluckte. »Ich habe keine Kraft mehr.«

Am anderen Ende der Leitung war es still. Einen Augenblick nur, doch Beheim musste sich am Geländer festhalten, wurde schwach vor Schmerz.

»Stefan.« Die Stimme war rauer, eine Nuance nur. Aisana hätte es nicht bemerkt. »Stefan, hör mir zu. Du kannst das. Denk an die Firma.«

»Die Firma ist tot.«

»Stefan, du hast selbst gesagt, es ging nicht anders. Du musstest verkaufen, du konntest nichts dafür. Es war der einzige Weg, die Firma zu retten. Dein Lebenswerk zu retten.«

»Mein Lebenswerk.«

»Stefan, ich liebe dich. Du bist ein guter Mensch. Du hättest nicht anders handeln können.«

»Mein Lebenswerk«, flüsterte Beheim. »Ich habe es dem Teufel verkauft.«

»Stefan.«

»Ich liebe dich.«

Beheim beendete die Verbindung, kletterte über das Geländer und sprang.

Zwei Monate später

Montag

... mit dem Rücktritt verliert FisherEuroBinary seinen zweiten Vorstandsvorsitzenden in zwei Monaten. Neuer Chef des DAX-Konzerns wird Fridolin von Wolfenweiler, welcher bisher als Finanzvorstand bei FEB tätig war ...

1. Kapitel

Die Durchsage des Zugführers schien nicht enden zu wollen. Monique Roux-Pastor verstand vieles, aber Deutsch gehörte nicht dazu. Sie griff nach dem Reinigungstuch und putzte ihre Brille. Hoffentlich nicht noch eine Verspätung. Sie mussten bereits kurz vor Frankfurt sein. Kein Staubkorn war mehr auf den Brillengläsern. Roux-Pastor putzte trotzdem. Es war ihr Weg, mit der Nervosität fertigzuwerden. Die Brille war ihr wertvollster Besitz; minus sechs Dioptrien rechts, minus drei Komma sieben links.

Nachdem der Zugführer geendet hatte, endlich die englische Entsprechung – die irritierenderweise aus einem einzigen Satz bestand: »We are arriving now Frankfurt Central Station.«

Roux-Pastor seufzte erleichtert. Sie griff nach ihrem Schminkspiegel und überprüfte ihr Make-up. Sie hatte ihre Mähne gebändigt, sich Ohrstecker von ihrer Mutter geliehen und sogar Lippenstift aufgetragen. Sah passabel aus. Sie wirkte viel älter als einundzwanzig. Roux-Pastor hatte sich nie viel aus ihrem Äußeren gemacht, eigentlich mochte sie ihr Gesicht sogar. Leider war sie die Einzige. Bis heute hatte sie nicht herausgefunden, ob es an ihrer Brille lag, die ihre Augen grotesk vergrößerte, oder daran, dass sie klug war. Nicht klug im Vergleich zu ihren Eltern oder im Rahmen des Schulsystems, sondern wirklich klug.

Monique Roux-Pastor erinnerte sich an jedes Wort aus jedem Buch, das sie je gelesen hatte. Sie konnte die Kohärenzeigenschaften quantenmechanischer Zustände modellieren. Sie verstand, warum null keine Zahl war.

Es war nicht immer einfach.

Sie klappte den Schminkspiegel zu, packte ihre Sachen zusammen und eilte zum Ausstiegsbereich ihres Waggons. Viel zu früh. Der TGV rumpelte über den Main.

Endlich fuhr der Zug in den Bahnhof ein, kam zum Halten. Weitere zähe Augenblicke, bis die Tür sich öffnen ließ, Roux-Pastor nahm die Stufen zu hastig, stolperte, fast wäre sie gefallen, zum Glück stützte jemand sie rechtzeitig. Verdammt. Sie zog sich die Bluse gerade. Sie war nicht zu spät. Es gab keinen Grund zur Eile. Die Werbefläche auf dem Bahnsteig präsentierte Schokolade, allerdings stimmte die Proportion zwischen Haselnüssen und Trauben nicht. Im Vergleich zu Paris trugen die hiesigen Menschen ihre Aktentaschen häufiger in der linken Hand, oder täuschte sie sich?

Am Kopf des Bahnsteigs hielt ein Asiat in roter Kordhose und gelbem Wollpullover ein Blatt Papier hoch, auf dem ihr Name stand, in der Schriftart Verdana. Sie fasste sich ein Herz und ging auf den Mann zu.

»Hallo«, sagte sie.

»Frau Roux-Pastor?«, fragte der Mann auf Englisch. »Schön, dass Sie da sind. Willkommen in Frankfurt. Ich bin Tao Wu.«

Sein Gesicht sah angespannt aus.

»Geht es Ihnen nicht gut?«

»Zahnschmerzen.«

»Sie haben sich angepasst.«

»Bitte?«

»Im Chinesischen wird der Familienname zuerst genannt, Tao ist aber kein Familienname – Wu schon. Sie haben Ihre Namen in derjenigen Reihenfolge angeordnet, die in westlichen Gesellschaften üblich ist.«

Der Asiat lächelte. Er schielte ein bisschen, aber ansonsten sah er gut aus. Roux-Pastor begann zu schwitzen. Sie senkte die Augen. »Verzeihen Sie. Ich sage zu oft, was ich denke.«

»Alles in Ordnung. Es ist mir eine Ehre, Sie kennenlernen zu dürfen. Folgen Sie mir bitte, der Fahrer wartet draußen.«

Sie saßen im Fond einer Mercedes-Limousine. Während der Fahrt fragte Wu sie über ihre Anreise aus. Roux-Pastor konnte mit Small Talk nicht umgehen. Ihre Oberschenkel klebten am Sitz. Ihr Kleid war zu kurz. Dabei wusste sie doch, dass sie schnell an den Oberschenkeln schwitzte. Als es ihr unerträglich wurde, fragte sie:»Was ist Ihre Aufgabe bei FisherEuroBinary, Herr Wu?«

»Ich leite das Projekt Alyattes.«

Roux-Pastor blieb das Herz stehen. Komplexe Dinge fielen ihr leicht, doch wie oft scheiterte sie an den einfachen.»Sie entscheiden über meine Einstellung«, stammelte sie.»Das Vorstellungsgespräch findet bereits statt.«

Wu lächelte wieder.»Machen Sie sich keine Sorgen, Frau Roux-Pastor. *Wir* haben *Sie* angefragt. Ich bin guten Mutes, dass wir zusammenfinden. Aber verraten Sie mir, warum haben *Sie* überhaupt Interesse daran, mit *uns* zusammenzuarbeiten? Wir haben Ihnen bisher ja noch nicht viel verraten außer der Höhe des Honorars. Und das Honorar wird es wohl kaum sein.«

»Doch«, gab Roux-Pastor zu.»Meine Mutter sagt, ich soll mir ein Haus kaufen. Als Altersvorsorge.«

Wu zögerte mit seiner Antwort. Aber insgesamt hatte Roux-Pastor den Eindruck, er war nicht ganz so langsam wie normale Menschen.

»Abgesehen vom Nobelpreis haben Sie alles gewonnen, was man als Mathematikerin gewinnen kann, Sie haben mit achtzehn promoviert, Sie tragen das Offizierskreuz der französischen Ehrenlegion. Sie sollten sich keine Gedanken um Ihre Altersvorsorge machen müssen.«

»Ich mache mir keine Gedanken um meine Altersvorsorge. Meine Mutter macht sich Gedanken.«

»Sie haben tatsächlich Geldmangel?«

»Das weiß ich nicht.«

Nun zeigte auch Wus Gesicht das Unverständnis, das sie von

ihren Mitmenschen gewohnt war. Doch Roux-Pastor hatte gelernt, sich zu erklären, auch wenn es um Belanglosigkeiten ging. »Ich besitze ein Konto, aber ich kam noch nicht dazu, das Guthaben zu prüfen. Bisher war es immer gedeckt. Also habe ich keinen Grund, die Prüfung zu priorisieren.«

»Sie bewerben sich also bei uns, weil Ihre Mutter Ihnen rät, ein Haus zu kaufen, und Sie nicht wissen, ob Sie genügend Geld dafür haben, weil Sie es nicht für wichtig erachten, Ihren Kontostand zu verfolgen?«

Roux-Pastor nickte ergeben. Was für ein lästiges Gespräch. »Das habe ich doch gerade gesagt.«

Wu musterte sie. Unter seinem Blick wurde ihr heiß. Warum bloß konnte sie ihre Ungeduld nie für sich behalten.

»Ist es nicht ironisch, dass Sie für einen Finanzdienstleister arbeiten möchten, wenn Sie sich nicht einmal für Ihre eigenen Kontoauszüge interessieren?«

Roux-Pastor blickte verbissen auf den Fußraum des Fonds. Wenn Menschen Ironie in etwas entdeckt zu haben glaubten, hielt sie besser den Mund. Eine schmerzhafte Lektion, die zu lernen ihre gesamte Schulzeit durchzogen hatte. Es half jedenfalls nicht, auf Krawall gebürsteten Neuntklässlern zu erklären, dass man nicht neun Mal so klug war wie sie, sondern abhängig von der Messmethode zwischen eins Komma acht Mal und zwei Komma zwei Mal.

Wu schien ihr verzeihen zu wollen. Er lächelte.

»Abgesehen vom Geld – gab es noch einen Grund, weswegen Sie unserer Einladung gefolgt sind?«

Roux-Pastor widerstand dem Drang, ihre Brille zu putzen. Sie hasste es, wenn Menschen private Fragen stellten. »Meine Mutter«, murmelte sie. »Sie meint, es tut mir gut, wenn ich mal etwas Praktisches mache.«

Wu holte ein Tablet hervor. »Nun ja, etwas Praktisches«, er öffnete eine Datei, »zumindest im Vergleich zu Ihrer Forschung, sicher.« Er reichte ihr einen Touchstift. »Wenn Sie hier unterschreiben möchten, sage ich Ihnen, um was es geht. Keine Sorge, ist nur eine Verschwiegenheitserklärung.« Mit einer Wendung seines Kopfs wies er zum Fenster auf ihrer Seite. »Wir sind gleich da.« Roux-Pastor blickte hinaus. Hinter einer Reihe von Buchsbäumen in Betonkübeln erhob sich ein Wolkenkratzer, der aussah wie ein überdimensioniertes gläsernes Modell des Schiefen Turms von Pisa. Als sie heranfuhren, entdeckte sie zwischen den Buchsbäumen ein paar Demonstranten, die um eine Boombox hockten. Kein Gebäude war die letzten Wochen häufiger in den Medien gewesen. Es handelte sich um die Zentrale der umstrittensten Firma Europas: der FisherEuroBinary AG.

Wu führte sie in eine Lobby, die den Großteil des Gebäudegrundrisses einnehmen musste. Roux-Pastor schätzte die Höhe des Raumes anhand dessen, wie scharf sie die Decke sah. Ungefähr siebzehn Meter. Die Rezeption war ähnlich lang und wurde von vier Leuten betreut. Wu zeigte seine Mitarbeiterkarte und ließ eine Gästekarte für Roux-Pastor ausstellen, wofür sie ihm ihren Personalausweis hatte geben müssen.

Während sie auf den Fahrstuhl warteten, erklärte er: »Die Europäische Union arbeitet daran, den Zahlungsverkehr zwischen den Banken von den Amerikanern unabhängiger zu machen. Bisher läuft ja alles über SWIFT, und dass das manipuliert wird, wissen wir spätestens seit Snowden. Für die Entwicklung des entsprechenden Systems hat die EU den Europäischen Bankenverband beauftragt. Der Verband wiederum hat sich dafür entschieden, dass EuroBinary die Feder führen soll. Also FisherEuroBinary inzwischen.«

»Deswegen hat das Kartellamt also die Fusion bewilligt.«

»Bitte?«

»Um Alyattes zu retten.«

»Wie kommen Sie darauf?«

19

Roux-Pastor zuckte die Schultern.

Der Fahrstuhl kam. Sie traten ein. Wu drückte einen der untersten Knöpfe, während er seine Karte vor einen Sensor hielt. Der Fahrstuhl setzte sich nach unten in Bewegung, Wu fuhr mit seinen Ausführungen fort.

»Ziel ist mittelfristig, auch private Transaktionen über das System laufen zu lassen. Vor allem Transaktionen, die bisher noch bar geschehen. Allerdings steigt in der Bevölkerung das Bewusstsein für Datensicherheit – wenn ein einzelnes System alle Überweisungen bündeln soll, ist der Aufschrei abzusehen. Im Übrigen vertrauen die Menschen Giralgeld vielleicht im Alltag – aber sobald die kleinste Krise kommt, rennen sie doch alle wieder zum Automaten.«

Roux-Pastor schüttelte stumm den Kopf. Geld war nur eine Wette darauf, dass andere dem notierten Betrag einen bestimmten Wert zuwiesen. Ob es bar gehandelt wurde oder digital, war unerheblich. Praktisch war Giralgeld sogar sicherer – weil es nicht physisch vorlag, konnte es redundant gesichert werden. Wie nur hatte die Menschheit es so weit gebracht, wenn die meisten nicht einmal die grundlegenden Mechanismen durchschauten, nach denen die Gesellschaft organisiert war?

»Um den Ängsten zu begegnen, haben wir uns entschieden, DLT zu verwenden«, erklärte Wu. DLT stand für Distributed-Ledger-Technologie und beschrieb die kryptografische Verkettung von Datensätzen sowie deren Streuung auf unabhängige Systeme. Auch das wusste jeder, der einmal in eine Zeitung geschaut hatte. Roux-Pastor verkniff sich einen Kommentar. Klug zu sein erforderte viel Geduld.

»Wir möchten, dass Sie uns helfen, eine Blockchain zu schaffen, die der Aufgabe gewachsen ist.«

»Das stand bereits in der Einladung, die ich erhalten habe.« Roux-Pastor nahm die Brille ab und rieb sich die Augen. Es strengte sie an, sich mit Menschen zu beschäftigen. Als sie die

Brille wieder aufgesetzt hatte, sah Wu sie merkwürdig an. »Was ist los?«, fragte sie.

»Wollen Sie überhaupt den Job?« Wu legte den Kopf schief. »Sie wirken etwas desinteressiert.«

Roux-Pastors Wangen glühten. Verdammt, warum fühlten sich nur immer alle angegriffen von ihr? Der Fahrstuhl bremste ab, die Türen öffneten sich und gaben den Blick auf einen kargen Gang frei.

»Warum wollen Sie mir den Serverraum zeigen?«, fragte sie, um von ihrer Verlegenheit abzulenken.

»Woher wissen Sie das?«

Roux-Pastor erklärte zahm das Offensichtliche: »Weil wir nach unten gefahren sind.«

»Ich möchte Sie dem Kollegen vorstellen, mit dem Sie zusammenarbeiten werden.« Wu zögerte wieder. »*Falls* Sie mit uns arbeiten wollen.«

»Doch, sicher«, bekräftigte Roux-Pastor hastig, »ich wollte Sie nicht beleidigen.«

»Keine Sorge, das haben Sie nicht.« Er klang auf einmal ganz freundlich. »Hier entlang.« Er zeigte den Gang hinunter. Wohin auch sonst?

»Ich habe nur einen Kollegen?«, fragte Roux-Pastor, während sie den Gang entlangliefen. »Wie groß ist das Team?«

»In der Abteilung von FisherEuroBinary sind wir dreiundvierzig. Insgesamt arbeiten über zweihundert Leute für Alyattes plus zahlreiche Externe. Aber die sensible Arbeit versuchen wir, auf möglichst wenige Köpfe aufzuteilen, da sind wir zwölf. Alle bei FisherEuroBinary. Mit Ihnen dreizehn.«

»Was ist das Problem?«

»Bitte?«

»Wenn Sie mich als Externe ins Kernteam integrieren wollen, gehen Sie ein Risiko ein. Also brauchen Sie mich dringend. Wofür?«

Wu rieb sich die Nase. »Wir haben in acht Tagen unsere erste Präsentation. Und bisher haben wir nicht viel vorzuweisen. Der zuständige EU-Kommissar muss entscheiden, ob er uns die Weiterfinanzierung bewilligt. Und nach den aufregenden letzten Monaten ist die Öffentlichkeit uns nicht besonders gewogen. Wenn herauskommt, dass die EU gerade mit uns ein milliardenschweres Projekt aufzieht, das auch noch die kritische Infrastruktur betrifft ... unser Vorstand vermutet, wenn unsere Präsentation nicht ausgesprochen überzeugend ist, wird der Kommissar Alyattes fallen lassen.«

Das war nicht ihre Frage gewesen. Was Roux-Pastor an ihren Mitmenschen mit am meisten betrübte, war, dass alle immer bei Adam und Eva anfangen mussten. Sie hatte die Fusion von Fischer und EuroBinary mit mäßigem Interesse verfolgt, während die Medien kaum davonlassen konnten: Ein Vorstand, der sich am Tag der Fusion vom zweiunddreißigsten Stock seines Firmengebäudes stürzte, geleakte Paper, die von feindlicher Machtübernahme sprachen, Berichte über manipulierte Bilanzen in den Büchern von Fischer & Söhne, Umstrukturierungen, die von EuroBinary nichts übrig ließen außer dem Kerngeschäft – und die EU glaubte weiterhin, genau dieses Unternehmen sei qualifiziert, den Finanzhandel radikal umzuwälzen? Kühn.

»Das Programm soll später SAFE heißen. In Anlehnung an SWIFT.«

»Raffiniert. Wofür brauchen Sie mich?«

»Wir machen zwar vom Build her Fortschritte, aber scheitern nach wie vor an der Effizienz.«

Eine Blockchain war typischerweise so aufgebaut, dass mehrere Datensätze verkettet wurden. Änderte sich ein einzelner Datensatz, wurde diese Änderung in allen anderen Datensätzen ebenfalls gespeichert. Blockchains hatten einen Hype ausgelöst, weil sie Transparenz und Sicherheit versprachen. Um einen Datensatz zu manipulieren, mussten alle übrigen verketteten Datensätze ebenfalls manipuliert werden. Aber je mehr Veränderungen, desto höher der Speicher- und Rechenaufwand. Der Hype ebbte bereits wieder ab. Und wenn sich die Effizienz nicht steigern ließe, würde er auch nicht zurückkehren.

Roux-Pastor sah die Herausforderung nicht. »Sie müssen doch nur einen Weg finden, ältere Veränderungen aus dem System zu löschen, ohne die Prüfsumme zu verändern.«

Die Prüfsumme garantierte die Integrität des jeweiligen Datensatzes.

»Das ist der Knackpunkt.« Wieder rieb Wu sich die Nase. War er Allergiker? »Sobald wir die untergeordneten Ebenen löschen, kompromittieren wir die Prüfsumme. Unser Penetrationstester hat alle unsere bisherigen Ansätze zerlegt. Wenn wir dem Kommissar kein Konzept vorweisen können, das absolute Sicherheit verspricht, dann ist Alyattes tot. Wir haben noch acht Tage.«

»Dann kann ich nur für Sie hoffen, Ihre Ansätze waren nicht einfach stümperhaft, sondern Ihr Tester ist gut.«

»Sie werden ihn gleich kennenlernen. Es ist der Mann, den ich Ihnen vorstellen möchte.«

Nachdem sie mehrmals abgebogen waren, erreichten sie einen Sicherheitsmann, der eine schwere Feuerschutztür bewachte. Er war ausgerüstet wie ein Militär. Wu begrüßte ihn, der Mann grüßte zurück und trat zur Seite. Wu legte den Daumen auf ein Pad, das neben der Tür eingelassen war, und die Tür schwang mit pneumatischem Zischen auf.

Sie gelangten in einen kleinen, kahlen Raum: eine Schleuse. Es war deutlich kälter als zuvor. Der Luftzug verschaffte Roux-Pastor eine Gänsehaut. Erst als sich die Tür hinter ihnen geschlossen hatte, ließ sich die nächste öffnen, wieder über ein Touchpad.

»Voilà«, sagte Wu.

Sie betraten eine niedrige Halle, die hell erleuchtet war. In langen Reihen standen die Hosts in ihren Neunzehn-Zoll-Racks. Der Boden war sauber wie ein OP-Tisch. Dubstep. Es kreischte

23

so laut, dass Roux-Pastor sich die Ohren zuhalten musste. Menschen waren keine zu sehen.

Wu rief in den Raum: »Tamás, bist du da?« Es war aussichtslos, die Musik verschluckte alles. Wu schritt die Regalreihen ab und winkte Roux-Pastor, ihm zu folgen. Die Bässe ließen die Glasverkleidung der Racks vibrieren.

Sie fanden den Gesuchten im vorletzten Gang. Roux-Pastor hielt den Atem an. Der Mann stand auf der Sitzfläche eines Bürostuhls, die Arme ausgebreitet, die Augen geschlossen. Er trug eine Jeans, sonst nichts, nicht einmal Schuhe. Einige Kleidungsstücke lagen verteilt um ihn herum. Der Mann war nicht groß, sein Gesicht wirkte jung, Mitte zwanzig vielleicht. Seine dunklen Locken flogen in alle Richtungen, sie hätten es mühelos mit Roux-Pastors eigener Mähne aufnehmen können. Einer seiner Unterarme war mit dunklen Flecken übersät. Um den Bürostuhl herum lagen einige aufgeklappte Laptops auf dem Boden. Weiter hinten stand ein schwarzer Rollkoffer. Roux-Pastor brauchte eine Sekunde, um zu verstehen, dass es sich um die Anlage handelte, aus der die Musik dröhnte. Aber so bizarr die ganze Szene war, Roux-Pastor hielt aus einem anderen Grund die Luft an: Sie kannte den Mann.

»Tamás«, rief Wu, doch der Angesprochene reagierte nicht. »Tamás!«

Jetzt bemerkte der Mann seinen Besuch. Er nahm die Arme herunter, stieg von seinem Bürostuhl, drehte die Musik leiser und kam ihnen entgegen. In den Dubstep mischte sich das Summen der Klimaanlage, das Klicken der Switches, das Rauschen der servereigenen Kühlsysteme – es klang, als befänden sie sich im Raumhafen von Coruscant.

»Tao.« Der Halbnackte wirkte neben Wus gelbem Pulli noch seltsamer. »Was gibt's? Was machen die Zähne?«

»Passt schon. Monique Roux-Pastor ist da.«

Der Mann musterte sie freundlich. »Hi, beautiful.«

»Hi.« Roux-Pastor brachte die Silbe kaum über die Lippen. Der andere wandte sich wieder an Wu. »Sollte ich sie kennen? Warum ist sie hier?«

»Deine Unterstützung für die Präsentation. Du erinnerst dich?«

»Ach so. Ihr wollt die Sache also wirklich runterspielen.« Es war keine Frage. Roux-Pastor wurde übel vor Aufregung. Er war es wirklich.

»Wir wollen gar nichts runterspielen«, widersprach Wu. »Aber wir brauchen einen positiven Ausblick; ein Versprechen, das wir geben können. Dass wir an was dran sind.«

»Sind wir aber nicht.«

»Deswegen haben wir ja Frau Roux-Pastor eingeladen. Vielleicht verschafft sie uns den Durchbruch.«

»Warum steckt ihr sie dann nicht in die Entwicklung?« Der Mann zog eine Kaugummipackung aus der Hosentasche. »Na gut, Nicky«, sagte er zu ihr und schob sich ein Kaugummi in den Mund, »dann lass mal die Kryostase-Pantomime und schieß los.«

»Sie sind Tamás Varta!«, platzte es aus ihr heraus.

»Stimmt.«

»Ich träume von Ihnen, seit ich sechzehn bin.« Roux-Pastor stockte. Was sagte sie da? Sie ballte die Fäuste vor Scham. Weil das alles nur noch schlimmer machte, nahm sie die Brille ab, zog das Putztuch aus ihrer Jacke und begann zu polieren.

»Ein Fan?« Varta lachte. »Wie alt bist du, Nicky?«

Rasch setzte sie die Brille wieder auf. »Einundzwanzig.«

»Hammer. Du träumst von mir seit fünf Jahren. Weißt du, wann ich mein letztes Match bestritten habe?«

»Am 18. November 2012. Finale der Weltmeisterschaft. Gegen Wonderboy drei zu eins.«

»Alter, schon als du mit deiner Verehrung angefangen hast, warst du drei Jahre zu spät.« Varta klaubte ein Shirt vom Boden auf und streifte es über.

»Niemand spielt wie Sie, Herr Varta.«

»Spielte. Aber gut, danke für die Blumen. Weißt du, wie alt ich bin?«

»Sie werden am 7. Januar sechsundzwanzig.«

»Sehr richtig, Frau Stalkerin. Und damit ich mich nicht wie dreißig fühle, fände ich es nett von dir, wenn du mich duzt. Nenn mich Tamás.«

»Monique«, haspelte Roux-Pastor.

»Okay, ihr zwei Turteltauben«, warf Wu ein, »ich lass euch mal alleine. Von Wolfenweiler erwartet am Mittwoch mein Konzept für die Präsentation. Es wäre schön, wenn wir bis dahin einen Ansatz hätten, der die Leute nicht Zeter und Mordio schreien lässt. Tamás, du kennst die Schwachstellen am besten. Wenn dir Frau Roux-Pastor bei der Auswertung hilft, findet ihr vielleicht einen Ansatz, der fürs Erste tragfähig genug wäre.«

War sie etwa schon eingestellt? Würde sie wirklich mit Tamás Varta arbeiten dürfen?

»Alles, was ihr mir geschickt habt, war verwundbar. Das wird sich weder bis übermorgen ändern noch bis nächsten Dienstag.«

»Wenn wir die Präsentation gegen die Wand fahren, ist nicht nur Alyattes am Ende«, Wu wandte sich bereits zum Gehen, »dann ist auch FisherEuroBinary so schnell wieder Geschichte wie deine Karriere als Profi-Zocker.«

»Ich kann auch nur den Finger in die Wunde legen. Nähen müsst ihr selbst.«

Wu drehte sich noch einmal zu ihnen um. »Es würde schon reichen«, sagte er, »wenn du nicht ganz so tief bohrst.«

2. Kapitel

Die Sprechanlage des Learjet knackte. »Frau Avari, wir beginnen nun den Landeanflug auf Marsa Matruh. Wir würden Sie bitten, sich anzuschnallen und Ihren Platz nicht mehr zu verlassen.« Aurora Avari holte langsam und sorgfältig Luft. Sie saß mit verschränkten Beinen im Master-Sessel der Passagierkabine, hatte die Arme mit den Handflächen nach oben auf ihre Knie gelegt und lauschte ihrem Atem. Seit einer halben Stunde versuchte sie zu meditieren, erfolglos. Ihre Augen juckten, vor dem Abflug hatte sie sich schnell noch die Krähenfüße behandeln lassen. Gewöhnlich verzichtete sie darauf, ihre Schönheit medizinisch zu unterstützen. Avari ging auf die vierzig zu, doch noch immer konnte sie an keiner Baustelle vorbeigehen, ohne dass die Arbeiter von ihren Gerüsten fielen. Nicht, dass es Avari störte.

Fridolin hatte auf der Maßnahme bestanden – obwohl sie ihm versichert hatte, dass es zu spät dafür war; es würde Tage dauern, bis das Botox tatsächlich etwas bringen würde.

Fridolin.

Was ging in ihm vor? Warum war er nicht selbst nach Ägypten geflogen, hatte stattdessen sie geschickt? Er hatte behauptet, sie sei die bessere Verhandlerin. Ein armseliger Vorwand. Avari zweifelte nicht an ihren Fähigkeiten – doch eine bessere Verhandlerin als Fridolin war sie nicht. Das war niemand. Avari ahnte den wahren Grund, weswegen Fridolin von Wolfenweiler nicht selbst hatte fliegen wollen.

Der Mann, den sie bewunderte wie keinen anderen, hatte Angst.

Der Flughafen von Marsa Matruh war kaum mehr als ein Rollfeld. Als der Stewart die Gangway ausklappte, griff Avari ihre Aktentasche fester und streckte den Rücken durch. Sie war kein sentimentaler Mensch. Doch sie wusste: Egal, wie der heutige Tag verlief, es würde der bedeutsamste ihres Lebens werden.

Direkt vor dem Jet parkten zwei Fahrzeuge: ein gelb-schwarz karierter PKW der Flughafenaufsicht und ein schwarzer Geländewagen mit getönten Scheiben. Avari stellten sich die Nackenhaare auf. Sie war auf Sizilien groß geworden. In der Heimat der Cosa Nostra hatte sie früh gelernt: Schwarze Geländewagen verhießen selten etwas Gutes.

Die Gangway war steil, Avaris Rock eng und kurz, vorsichtig setzte sie ihre Schritte. Die Beifahrertür des Geländewagens öffnete sich, ein gedrungener Mann in dunklem Konfektionsanzug trat auf den Asphalt, wartete, musterte sie kalt. Kein gutes Zeichen. Wenige Männer blieben ruhig, wenn sie Avari das erste Mal sahen.

Als der Mann weiterhin keine Anzeichen machte, ihr entgegenzukommen, ging Avari auf ihn zu. Sie setzte ein gewinnendes Lächeln auf und hielt ihm die Hand entgegen. »Aurora Avari.«

Der Mann schlug langsam ein, ihr Lächeln erwiderte er nicht. »Nennen Sie mich Fjodor.« Sein Englisch war flüssig, der russische Akzent kaum wahrzunehmen. »Wo ist Herr von Wolfenweiler?«

»Herr von Wolfenweiler ist leider verhindert. Ich vertrete ihn.«

Ein Zucken um Fjodors Augen. »Das ist nicht möglich. Wir müssen mit Herrn von Wolfenweiler persönlich sprechen.«

Obwohl der November in Marsa Matruh nicht kühl war, fror es Avari. »Ich habe alle nötigen Vollmachten.« Wenn dieser Fjodor nicht mit ihr verhandeln wollte, musste sie Fridolin kontaktieren. Was er verboten hatte – ihre Verhandlungsposition wäre desavouiert. Würde er überhaupt abnehmen? Avari war nicht religiös. Doch sie betete, dass sie Fridolin nicht würde anrufen müssen.

»Es geht nicht.«

»Dann nicht.« Avari wandte sich Richtung Jet. Der Blick des Russen in ihrem Rücken brannte wie Nesseln. Es waren nur wenige Schritte bis zur Gangway. Wenige Sekunden, in denen sich ihr Schicksal entschied. Entweder die Russen brauchten sie, oder das Spiel war verloren.

»Halt.«

Mit Mühe nur verhinderte Avari, dass sie vor Erleichterung die Schultern sinken ließ. Unverändert ging sie weiter.

»Warten Sie.«

Nachlässig drehte sie sich um. »Bitte?«

»Kommen Sie mit.«

Avari hatte viele Jahre Übung darin, sich Menschen zu eigen zu machen. »Wie Sie meinen«, sagte sie und lächelte, als bedeute es ihr nichts.

Im Geländewagen fuhren sie dem Fahrzeug der Flughafenaufsicht hinterher. Die Fahrt dauerte zwei Minuten. Neben einem ockerfarbenen Amphibienflugboot mit laufenden Rotoren blieben sie stehen. Fjodor führte Avari direkt zur ausgeklappten Gangway. Auf der Gangway stand ein Mann in Kampfanzug und schutzsicherer Weste, etwas jünger als Fjodor, ausgesprochen muskulös. Eine Narbe kroch ihm wie eine Raupe quer über die rechte Wange. Am Gürtel trug er eine Pistole, über der Schulter hing ein Sturmgewehr.

»Frau Avari«, stellte Fjodor sie vor. Er musste schreien, um den Rotorenlärm zu übertönen. »Sie vertritt Herrn von Wolfenweiler.«

Der andere runzelte die buschigen Brauen, sagte aber nichts.

»Und Sie sind…?«, fragte Avari, während sie ihm die Hand bot.

»Nennen Sie mich Leonid.«

Er schlug nicht ein.

Fjodor forderte sie auf, das Flugboot zu betreten. Es war überraschend geräumig. Kyrillische Hinweisschilder deuteten darauf hin, dass es dem russischen Militär gehörte.

Kaum waren sie eingestiegen, setzte das Flugzeug sich in Bewegung. »Ihr Telefon«, sagte Fjodor. Avari händigte es ihm notgedrungen aus.

Der Jüngere, der sich Leonid genannt hatte, zog einen Stoffsack hervor. »Entschuldigen Sie«, sagte er gleichgültig und stülpte ihr den Sack über den Kopf. Avari wehrte sich nicht. Sie hatte mit Profis zu tun – die Vorkehrungen waren nicht vertrauenerweckend, aber nachvollziehbar. Avari hätte an Stelle der Russen nicht anders gehandelt. Sie konzentrierte sich auf ihre Atemübungen. Es gab keinen Grund, ängstlich zu sein. Wie gerne hätte sie gewusst, warum Fridolin solche Angst vor ihnen hatte. Doch er hatte verbissen geschwiegen. Was immer sie fordern, hatte er nur gesagt, im Zweifelsfall gibst du nach.

Sie mochten etwa eine Dreiviertelstunde in der Luft gewesen sein, als Avari Druck auf den Ohren spürte – sie sanken. Minuten später setzten sie klatschend auf und schlitterten weiter. Avaris Oberkörper wurde vor- und zurückgeschleudert, bis feste Hände sie packten. Atmen. Es gab keinen Grund, ängstlich zu sein.

Ohne dass man ihr den Sack abnahm, musste sie in ein schaukelndes Boot wechseln, dessen Zweitaktmotor im Leerlauf brummte. Es war wohl Mittag inzwischen. Die Sonne traf sie von vorne, als sie die Gangway verließ. Die Gangway befand sich auf der linken Seite des Wasserflugzeugs, sie waren also nach Westen geflogen. Libyen. Avari stockte der Atem. Was zur Hölle machten sie in Libyen?

Zwei Leute stiegen mit ihr in das Boot und stützten sie dabei, Fjodor und Leonid vermutlich. Das Englisch, mit dem sie begrüßt wurden, war in einen dicken arabischen Akzent gekleidet. Als Antwort Arabisch mit russischem Akzent. Avari musste sich auf einen harten Schalensitz setzen. Der Zweitaktmotor röhrte auf, und das Boot brauste los.

Nach wenigen Minuten bremste das Boot ab, arabische Rufe schallten ihnen entgegen, es roch nach Algen. Sie stießen irgendwo an, mehrere Hände griffen nach Avari und zogen sie aus dem Boot. Sie wurde über Holzplanken gezerrt, zum Glück hatte sie sich für Schuhe mit niedrigen Absätzen entschieden. Dann einige Meter auf Sand, Motorengeräusche, sie wurde in ein Fahrzeug mit hohem Einstieg verladen, mehr Leute stiegen zu, es wurde eng, der Geruch von Schweiß und Tabak. Sie fuhren, eine Viertelstunde vielleicht, niemand sprach. Dann Halten. Türenöffnen, Leute sprangen aus dem Wagen, wieder wurde sie gepackt, nach draußen gezerrt, sie stolperte, aber sie konnte nicht fallen, überall waren Hände.

Endlich Stillstand. Wie auf ein stummes Kommando ließen alle Hände von ihr ab. Jemand zog ihr den Sack vom Kopf. Ihre Haare hatten sich elektrisch geladen, Avari spürte das Knistern. Ihre Frisur konnte sie vergessen.

Es war gleißend hell. Langsam öffnete sie die Augen, ließ ihnen Zeit, sich an das Licht zu gewöhnen. Sie befand sich in einem ungepflasterten Innenhof, der Putz blätterte von den sandfarbenen Mauern. Ihr gegenüber befand sich ein halb verfallenes, schmuckloses Gebäude, dessen unverglaste Fensteröffnungen sie anstarrten wie die Augenhöhlen eines Totenschädels.

Fjodor und Leonid standen links und rechts von ihr. Leonid trug noch immer seinen Kampfanzug, war jedoch unbewaffnet. Beim Eingang des Gebäudes und in den Ecken des Hofs hockten Araber in Wüstentarn, auf automatische Waffen gestützt. Fridolin, fluchte Avari still, wohin hast du mich geschickt?

Aus dem Gebäude trat ein Mann mit grauem Haar und braunem Vollbart. Er trug eine schlichte olivgrüne Uniform und Kampfstiefel. Die Kämpfer im Hof blieben hocken, doch veränderte sich ihre Haltung: die Waffen fester gepackt, die Blicke aufmerksamer, die Muskeln gespannter. Wie Schäferhunde, die Wolfsheulen hörten. Avari kannte das Phänomen. Ähnlich war es, wenn Fridolin einen Raum betrat.

Der Mann in der schlichten Uniform war zweifellos der, vor dem man sich zu fürchten hatte.

Fjodor sagte etwas auf Arabisch, der Mann kam auf ihn zu und schüttelte ihm die Hand. Leonid nickte er zu, Avari ignorierte er. Der Mann wechselte einige Worte mit Fjodor, dann rief er etwas in das Gebäude, man brachte einen Korbsessel heraus, er setzte sich.

»Abdallah al-Fattah«, sagte Fjodor, an Avari gerichtet, »der Oberkommandeur Libyens.«

Oberkommandeur in einem zerfallenen Staat? Warlord hätte es wohl besser getroffen. Avari wartete schweigend. Sie hatte nicht den Schimmer einer Ahnung, was sie hier sollte. Jedes falsche Wort gefährdete ihren Auftrag. Vermutlich auch ihr Leben.

»Sie sind hier, weil Sie Ihre Kredite verlängern wollen, richtig?«

Avari nickte. Fischer & Söhne hatte einige Leichen im Keller. Diejenige, um die es hier ging, war eine der ältesten. Sehr bald hatte sie zu riechen begonnen – und bis heute nicht aufgehört.

2012 war bekannt geworden, dass der Libor manipuliert worden war. Beim Libor handelte es sich um einen Referenzzinssatz, zu dem sich die Banken gegenseitig Geld liehen. Einige der Großbanken, die den Zins festsetzten, hatten sich abgesprochen – für diese ausgetüftelte Art des Insiderhandels mussten sie stramme Strafen zahlen.

2016 fand die Bundesfinanzaufsicht heraus, dass auch kleinere Banken an den Manipulationen beteiligt waren. Sie bestimmten zwar nicht direkt die Höhe des Zinssatzes mit – doch wer gute Kontakte zu den Großbanken hatte, konnte sehr erfolgreich Wünsche äußern. Die besten Kontakte hatte Fischer & Söhne.

2018 einigte man sich auf einen Vergleich, und Fischer & Söhne zahlte 430 Millionen Strafe. Das hätte eigentlich die Pleite der Bank bedeutet, doch Fridolin war es gelungen, von Russland die benötigten Kredite zu bekommen. Nicht offiziell natürlich – auf dem Papier stammte das Geld von einer harmlosen Strohfirma. Im Gegenzug erhielten die Russen stille Anteile an Fischer & Söhne. Still waren die Anteile allerdings nur formal. Eigentlich hätten die Kredite bereits zurückgezahlt werden sollen, doch Fischers Übernahme von EuroBinary war kostspieliger als erwartet. Und acht Tage bevor die erste Präsentation zum SAFE-Verschlüsselungssystem stattfinden sollte, stand Fischer & Söhne mit dem Rücken zur Wand.

»Ja«, sagte Avari, »wir möchten gern die Kredite verlängern.« Doch das war nicht wahr. Ihr Auftrag war ungleich schwieriger. Fischer & Söhne brauchte keinen Aufschub der Kredite. Fischer & Söhne brauchte neue.

Fjodor wiegte den Kopf. »Das ist leider nicht möglich.«

Avari konzentrierte sich auf ihren Atem. Einatmen. Ausatmen. Warten. Einatmen. Sie war stark. Ausatmen. Sie war gut. Warten. Sie war eine Siegerin. »Tatsächlich?«, fragte sie lächelnd. »Warum dann der Aufwand für dieses Treffen?«

Der Warlord zischte etwas, Fjodors Augen weiteten sich. Einen Millimeter nur, aber genug, dass Avari ahnte: Auch Fjodor hatte Angst. Ein bedeutsames Detail. Wenn ein Vertreter der russischen Staatsgewalt einen libyschen Freischärler fürchtete, hieß das zweierlei: Der Libyer kannte seinen Platz nicht. Und der Russe konnte nicht auf seine Vorgesetzten zählen.

Gut zu wissen.

»Er wird nicht verhandeln«, sagte Fjodor. »Nicht mit Ihnen.«

Wenn sie die Ablehnung akzeptierte, würde man sie gehen lassen? Fridolin würde sie verstoßen, Fischer & Söhne wäre pleite, ihre Karriere am Ende – aber sie hatte eine genügend große Summe gespart, um ein angenehmes Leben führen zu können.

Es war keine Option. Aurora Marianna Avari verlor nicht, ohne gekämpft zu haben.

Sie sah al-Fattah direkt in die Augen.»Er muss.«

Fjodor übersetzte, al-Fattah rief einen Befehl. Einen Augenblick später hatten seine Kämpfer sich aufgerichtet, die Gewehre im Anschlag, die Mündung auf Avari. Al-Fattah erhob sich aus seinem Korbsessel, trat nah an Avari heran. Er war einen halben Kopf größer als sie, sah auf sie herab. Er roch nach Alkohol. Was er sagte, verstand sie nicht.

Die Luft stand schwül in dem ummauerten Hof. Auf Fjodors Stirn glänzte der Schweiß.»Was will er?«, fragte sie Fjodor ruhig.

Fjodor benetzte mit der Zungenspitze die Lippen.»Er verhandelt nicht mit einer weißen...«

»Einer weißen was?«

Fjodor schwieg.

Avari bemerkte, dass al-Fattah ihrer Konversation folgte. Verstand er Englisch? Es war kein besonders neuer Trick, in Verhandlungen ein paar Karten in der Hinterhand zu behalten.

Sie wandte sich ihm zu. Wenn ihr Eindruck stimmte, würde er jedes Entgegenkommen als Schwäche deuten. Sie war Aurora Marianna Avari. Es gab keinen Grund, ängstlich zu sein. Sie würde ihre Taktik ändern.»Herr Oberkommandeur. Sind Sie eingeschüchtert? All die Waffen gegen eine einzelne Frau?«

Al-Fattahs Kiefer spannten sich, offenbar verstand er sie tatsächlich. Er wollte etwas erwidern, Avari hob die Hand.»Sie haben recht.« Es war nicht Wahnsinn. Es war ihre einzige Chance.»Sie sollten eingeschüchtert sein.« Sie sagte es so leise, dass sie fürchtete, die anderen würden das Hämmern ihres Herzens hören.»Ich bin umfassend bevollmächtigte Vertreterin des bedeutendsten Finanzunternehmens Europas. Sie möchten einen Krieg gewinnen«, noch immer wusste sie nicht, warum sie eigentlich hier war, sie konnte nur raten,»dafür brauchen Sie unsere Hilfe. Sagen Sie, was Sie benötigen. Ich sage Ihnen, was möglich ist. Danach können Sie mit mir machen, was Sie wollen.«

Es war sehr still. Ein Schatten legte sich über den Innenhof, eine Wolke hatte sich vor die Mittagssonne geschoben. Die Kämpfer hielten ihre Waffen weiterhin auf Avari gerichtet.

Fjodor wischte sich den Schweiß von der Stirn. Er öffnete den Mund, doch al-Fattah gebot ihm Einhalt. »Frau Avari«, sagte er, wie zuvor kam er nah an sie heran. »Sie sind schlank wie eine Gazelle. Wissen Sie, was die Gazelle macht, wenn der Löwe zur Wasserstelle kommt?« Er beugte sich noch näher zu ihr herab. »Sie flieht.«

Avari hielt seinem Blick stand. »Sie verwechseln mich. Ich bin nicht die Beute. Ich bin die Jägerin.«

Al-Fattahs rechtes Auge wirkte trüb, kündigte den grauen Star an; er würde sich bald operieren lassen müssen. Auf seiner Unterlippe schimmerte ein Herpesbläschen. Die Wolke wanderte weiter, die Sonne flutete den Hof. Avari spürte, wie ihr ein Schweißtropfen das Nasenbein entlang rann. Sie widerstand dem Drang, ihn wegzuwischen, verharrte weiterhin reglos, den Blick auf al-Fattah gerichtet.

»In Ordnung«, sagte al-Fattah, »wir verhandeln.«

Neben ihr stieß Fjodor die Luft aus.

»Nur, damit keine Missverständnisse entstehen«, sagte Avari, »lassen Sie mich die Lage noch einmal zusammenfassen.«

Sie saßen zu viert an einem niedrigen Tisch und tranken Tee. Al-Fattah, die beiden Russen und Avari selbst. Fjodor hatte den Deal geschildert.

»Kommandeur al-Fattah braucht Waffen für seinen Befreiungskrieg«, begann Avari. Sie achtete darauf, dieselben Begriffe zu gebrauchen wie ihre Gesprächspartner. »Fjodor will ihm helfen, aber weil die französische Marine das Mittelmeer kontrolliert, kann er ihm keine russischen Waffen schicken. Allerdings hat die deutsche Regierung eine Lieferung an Rüstungsgütern für Ägypten autorisiert. Fjodor hat Freunde in Kairo, die ihm versichert haben, sie würden die Lieferung nicht vermissen, wenn sie ausfiele. Wenn allerdings ein Frachtschiff zehn Container mit Rüstungsgütern verliert, dürfte die eine oder andere Ratte zu schnüffeln beginnen. Glücklicherweise ist Fjodor mit der Geschäftsleitung einer dänischen Reederei befreundet, die bereit wäre, die Lieferung zu übernehmen. Und just in diesem Moment tun sich private Spender auf, die Hilfsgüter für die libysche Bevölkerung zur Verfügung stellen wollen. Die Reederei freut sich, diesen Auftrag ebenfalls übernehmen zu dürfen. Es ist zwar unwahrscheinlich, aber vielleicht geschieht ein Missgeschick während der Verladung, und die Container werden vertauscht. Plötzlich landen die Waffen in Libyen und die Kondensmilchpackungen in Ägypten.« Sie lächelte geflissentlich. »Und da die ägyptische Bevölkerung gerade nicht besonders glücklich ist mit ihrer Situation, würde sie sich über die Milch durchaus freuen. Es gäbe also keinen zwingenden Grund, das Missgeschick zu korrigieren.«

Avari interessierte sich wenig für Politik, aber es war klar, warum die Russen Interesse hatten, einen libyschen Warlord zu unterstützen. Chaos an der Nordküste Afrikas sorgte für eine weitere Eskalation der Flüchtlingskrise, sorgte für rechte Parteien in Südeuropa, sorgte für eine weitere Destabilisierung der EU. Und das war das außenpolitisch wichtigste – wenn auch unerklärte – Ziel des Kreml.

»So ist es«, bestätigte Fjodor ihre Zusammenfassung.

»Gut«, Avari sammelte sich für die eine brisante Frage, die bisher unbeantwortet geblieben war. »Und wie können *wir* Ihnen helfen?«

»Das deutsche Kriegswaffenkontrollgesetz überprüft recht genau, welche Gelder bei Rüstungsexporten fließen«, erklärte Fjodor.

Avari bemühte sich, ihren Schrecken zu verbergen. »Sie wollen, dass FisherEuroBinary die Transaktionen abwickelt.«

Der Schreck rührte nicht von den moralischen Implikationen – im globalen Wettbewerb konnte sich kaum noch jemand leisten, den Wertvorstellungen der Öffentlichkeit zu folgen. Außer – und das war die Krux – die Öffentlichkeit hatte sich auf dich eingeschossen. Und FisherEuroBinary stand im Fadenkreuz. Der Bundesfinanzaufsicht, der Medien, der Wutbürger, der Konkurrenz.

»Nein«, sagte Avari.

Mit höchster Wachsamkeit nahm sie die Reaktionen wahr. Leonid verschränkte die Arme und senkte das Kinn auf die Brust. Al-Fattah hatte die Hände in den Schoß gelegt, wirkte unbeteiligt, fast entspannt. Fjodor beobachtete sie mit zur Seite geneigtem Kopf. Al-Fattah mochte seine Gorillas haben, aber Avari spürte, Fjodor war die größere Gefahr.

»Was?«, fragte er.

»Nein.«

»Das meinen Sie nicht ernst.«

Natürlich nicht. Aber sie hatte einen Auftrag. »Das Risiko ist zu hoch.«

Ein harter Zug legte sich um Fjodors Mundwinkel. »Hat Herr von Wolfenweiler Ihnen nicht gesagt, dass wir ihn in der Hand haben?«

Hatte er nicht. Avari zuckte mit den Schultern. Doch ihr Magen zog sich zusammen. Egal, was sie fordern, erinnerte sie sich wieder an Fridolins Worte, im Zweifel gibst du nach. Schweigend griff sie nach ihrer Tasse, nahm einen Schluck von dem Tee.

»Sechs Monate«, sagte Fjodor, »wir verlängern die Kredite um sechs Monate.«

Der Tee war so süß, als wäre ein Zuckerstreuer hineingefallen. Kaffee wäre ihr lieber gewesen.

»Nein.«

Hier drinnen war es kühl. Dennoch leuchtete wieder Schweiß auf Fjodors Stirn. Avari war sich sicher: Es ging bei diesem Treffen nicht nur um ihr eigenes Überleben, es ging auch um seines.

»Zwölf Monate«, sagte sie, »und eine Verdopplung der Kreditsumme.«

Fjodor starrte sie mit offenem Mund an.

»Ja«, log Avari, »Herr von Wolfenweiler hat mir gesagt, was er Ihnen schuldet. Dieser Deal ist wichtig für uns.« Sie schenkte Fjodor ihr unschuldigstes Lächeln. »Genauso wichtig wie für Sie.«

3. Kapitel

Es war Montag.

Anna-Lena Herbst stand am Bett ihres Bruders und legte ihm die Hand auf die Brust. Durch das dünne Pflegehemd konnte sie seinen Herzschlag spüren, langsam, gleichmäßig.

»Rafael«, sagte sie.

Wie immer reagierte er nicht.

»Du wirst aufwachen.«

Es war eine Formel. Anna-Lena Herbst spürte nichts.

»Bis morgen.« Sie griff nach ihrer Sporttasche. »Ich muss ins Training.«

4. Kapitel

»Lust auf ein Bier?«

Nicky starrte ihn mit großen Augen an.

»Was ist?«, fragte Varta, während er nach seinem Mantel griff.

»So gern ich meine Zeit zwischen blinkenden Festplatten verbringe – Dehydrieren ist auch nicht gut.«

Nickys Augen wurden noch größer. »Alkoholgenuss ist die häufigste Ursache hypertoner Dehydration. Mit jedem Bier, das Sie konsumieren, entziehen Sie Ihrem Körper die dreifache Menge Wasser.«

»Nicht in meiner Welt.« Varta grinste. »Im Übrigen: Haben wir nicht vereinbart, dass wir uns duzen wollen?« Er konnte nicht sagen, wieso, aber irgendwie mochte er dieses neunmalkluge französische Psycho-Mädchen.

Nicky hielt die Augen gesenkt. »Ich trinke nicht.«

»Nie?«

»Bisher nicht.«

»Na dann«, lachte Varta, »es ist Montag – der beste Tag, um anzufangen.«

Bevor Nicky ihn fragen konnte, was an Montagen so besonders war, packte er sie am Handgelenk und zog sie aus dem Serverraum. Durch die Schleuse und an dem Sicherheitsmann vorbei gelangten sie zum Fahrstuhl. Varta wählte die Garage, die sich zwei Stockwerke unter der Lobby befand.

»Fährst du Motorrad?«

Nicky schüttelte den Kopf.

Er führte sie zu seiner flammlackierten Kawasaki Ninja.

»Eigentlich ist der Sitz nicht für Beifahrer ausgelegt, aber das kriegen wir schon hin.« Er öffnete das Schloss des Karabiners, mit dem er seinen Helm am Lenker befestigt hatte.

»Ich habe keinen Helm«, murmelte Nicky.

»Du kannst meinen haben.«

»Dann hast du aber keinen.«

»Stimmt.« Varta setzte ihr den Helm auf.

»Ohne Helm zu fahren, ist illegal. Und erhöht die Verletzungsgefahr bei Unfällen beträchtlich. Lässt du die Turnschuhe an?« Varta zog ihr den Kinnriemen fest. »Wer frei sein will«, grinste er, »lebt gefährlich.« Dann schwang er sich auf die Maschine.

Als sie vor der Frankfurter Hauptwache hielten, tränten Varta die Augen vom Fahrtwind. »Du kannst deine Fingernägel wieder aus meinen Eingeweiden nehmen«, rief er fröhlich. Doch als er sah, wie Nicky zitternd von seinem Motorrad stieg, zweifelte er kurz, ob er ihr zu viel zugemutet hatte. Rasch nahm er ihr den Helm ab. »Alles in Ordnung?«

Nicky starrte ihn an. »Das war das Verrückteste, was ich je gemacht habe.«

Ihr Gesicht war papierweiß.

»War es schlimm?«

Nicky zog ihre Bluse zurecht. Dann hob sie den Blick. »Es war … großartig.«

»Nicht wahr?« Beglückt drückte er sie an sich. »Und jetzt Bier.«

Er zog sein Handy hervor. Zwei Tipper später entschied er: »Wir gehen ins Mountain Lion. Das ist der Bunker da vorne.«

Während sie an der Katharinenkirche vorbeiliefen, fragte Nicky: »Sollten wir uns nicht um Alyattes kümmern? Herrn Wu scheint diese Präsentation nächste Woche sehr wichtig zu sein.«

»Ach was. Die Zeit reicht sowieso nicht, einen neuen Ansatz zu entwickeln. Also werden sie einen der alten nehmen und versuchen, ihn so aufzumotzen, dass die EU bereit ist, weiter ihr Geld zu versenken.«

»Warum hasht ihr nicht einfach die Sekundär-Layer paarweise und splittet sie dann wieder in Abhängigkeit von ihrer Prüfsumme?«

Varta blieb stehen vor Überraschung. »Ich wusste nicht, dass Tao dir schon den Front-End-Build gezeigt hat.«

»Hat er nicht. Wie kommst du darauf?«

Varta stieß einen anerkennenden Pfiff aus. »Du bist echt smart, weißt du das?«

»Ja.«

»Wenn wir die Layer splitten, erhöhen wir die Vulnerabilität im Default.«

»Das System wäre trotzdem sicherer als die aktuell verwendeten.«

»Vermutlich.« Varta dachte nach. »Allerdings habe ich den Back-End-Build nicht gesehen. Und die EU hat sich für ein Blockchain-basiertes Konzept entschieden, weil Blockchain in der Öffentlichkeit nun mal einen guten Ruf hat. Aber nur wenn es eine echte Alternative zu SWIFT darstellt, hat es eine Chance, angenommen zu werden.«

»Oder zumindest wie eine Alternative aussieht.«

Aus Höflichkeit fluchte Varta auf Ungarisch. Dann sagte er: »Tao steht enorm unter Druck. Die Schneckenhirne über ihm haben klargemacht, dass er weg vom Fenster ist, wenn Alyattes scheitert. Und da die sowieso nicht checken, um was es geht, kann man ihnen schlecht zeigen, wo die Probleme liegen. Wir sind da.«

Vor ihnen öffnete sich die goldene Pforte eines vielstöckigen Luxushotels.

»Tamás«, Nicky strich sich eine Strähne ihres buschartigen Schopfes hinters Ohr. »Darf ich dich etwas fragen?«

»Klaro.«

»Im Interview mit der GamesView hast du 2011 gesagt, dass du Großkonzerne für die größte Gefahr für den Weltfrieden hältst. Warum arbeitest du jetzt für FisherEuroBinary?«

Varta lachte. »Abgesehen davon, dass ich damals putzige sechzehn war – ich wurde als Pentester angeheuert. Ich arbeite nicht im eigentlichen Sinn für FEB. Ich zeige ihnen die Lücken in ihren Codes. Wenn es um den Finanzhandel Europas geht, ist das doch ein ehrenwertes Ziel, oder?«

Nicky senkte den Blick.

Varta kratzte sich verlegen den vernarbten Unterarm. Sie hatte die richtige Frage gestellt. Die ehrliche Antwort lautete: In seiner alten Welt gab es keinen Platz mehr für ihn. »Ich kannte einmal ein Mädchen.«

»Was ist passiert?« Nicky fragte es so furchtsam, es war herzergreifend.

»Wir haben uns getrennt.«

»Wie traurig.«

»Ja.«

»Wie hieß sie?«

»Florentina.«

»Die Blühende. Ein schöner Name.«

»Lass uns reingehen.«

Eine dunkelblau livrierte Angestellte des Mountain Lion hielt ihnen die Tür auf. Varta warf einen Blick auf sein Handy und ging zur Rezeption.

Der Concierge musterte kritisch seine Kleidung. »Was kann ich für Sie tun?«

»Milán Swoboda«, antwortete er. »Ich habe meine Schlüsselkarte verloren.«

Der Concierge gab den Namen in seinen Computer ein. Zwei Sekunden später war seine Miene pure Freundlichkeit. »Einen Augenblick.« Er holte eine neue Schlüsselkarte hervor, aktivierte sie und reichte sie Varta. »Einen schönen Tag, Herr Swoboda.«

Die Schlüsselkarte gab den Zugang zu den Fahrstühlen frei. Varta wählte das oberste Stockwerk: die Sky Lounge.

»Woher hast du gewusst, dass dieser Swoboda im Hotel ist?«, fragte Nicky.

Varta hielt sein Handy hoch. »Vor ein paar Jahren wurde die größte Onlinebooking-Plattform der Welt gehackt. Und seitdem kann man für nur ein paar Euro erfahren, wer wo eingecheckt hat.«

»Vor Jahren? Da muss die Sicherheitsarchitektur doch längst überarbeitet worden sein.«

»Wurde sie nicht.«

Nicky nahm ihre Brille ab, zog ein Tuch aus ihrem Mantel und begann, sie zu putzen.

»Du machst das, wenn du nervös bist, oder?«

»Was?«

»Bist du nervös, weil wir die Schlüsselkarte ergaunert haben oder weil du ausnahmsweise einmal etwas nicht verstehst?«

Nicky widmete sich schweigend ihrer Brille.

»Die Sicherheitsarchitektur wurde nicht angepasst, weil niemand je von dem Hack erfahren hat.« Er zwinkerte Nicky zu. »Bis auf ein paar aufmerksame Beobachter, natürlich.«

Die Sky Lounge war mit braunem Teppichboden ausgelegt, das Mobiliar war in Rottönen gehalten, ein Pianist improvisierte an einem Flügel. Die letzten Strahlen der Novembersonne glitten durch Panoramafenster in den Raum. Der Barkeeper trug kein Sakko, aber Hemd, Fliege und Hosenträger. Varta bestellte zwei Daiquiri und bezahlte bar. Eine verlorene Schlüsselkarte interessierte niemanden – aber würde Varta sie zur Abrechnung benutzen, wäre es durchaus möglich, dass der gute Herr Swoboda Ärger machen würde.

Sie fanden einen abgeschiedenen Zweiertisch, Varta reichte Nicky einen der Daiquiris.

»Auf dich!«

Nicky starrte ihn an. »Warum denn auf mich?« Sie war wirklich eine Süße.

»Weil du heute zum ersten Mal in deinem Leben etwas Verbotenes tust.«

»Ich habe nichts Verbotenes getan!« Auf ihren Wangen hatten sich rote Flecken gebildet. »Du bist es, der ohne Helm gefahren ist. Du hast den Concierge angelogen.«

»Das meine ich auch nicht.« Varta grinste. Er beugte sich über den Tisch zu Nicky hinüber, näherte sich mit den Lippen ihrem Ohr. Sie zuckte zurück, doch nur Zentimeter. Er wisperte: »Ich habe uns ein gewisses Methylendioxymethylamphetamin in die Daiquiris getan. Weißt du, was das ist?« Er musste lächeln. Natürlich wusste sie es. MDMA.

Nicky griff nach ihrer Brille.

Sie standen auf dem Dach des Mountain Lion und blickten hinunter auf die glitzernde Frankfurter Nacht. Varta hatte die Feuertreppe gefunden. Gegen alle Wahrscheinlichkeit war keine der Türen alarmgesichert gewesen.

Ein leichter Regen setzte ein. Fasziniert beobachtete er, wie Nicky versuchte, auf das Dach des Treppenturms zu klettern. Er hatte ihr die minimale Dosis gegeben, er wollte nicht schuld daran sein, dass sie eine Psychose bekam.

»Komm da runter«, rief er lachend. »Das wird nichts.«

»Tamás, ich springe«, rief sie zurück, sie hing an der Dachkante wie ein Beutel Kaffeesatz. »Du fängst mich auf, ja?«

»Bitte tu das nicht!«

»Zu spät.« Nicky ließ die Dachkante los.

Varta versuchte, ihren Fall abzufedern, stattdessen stürzten sie beide. Lachend blieben sie liegen. Der Regen knisterte leise.

»Du, Tamás?«

»Ja?«

»Ich will nie wieder nüchtern sein.«

»Warum?«

»Weil ich nicht aufhören kann zu denken, wenn ich nüchtern bin.«

Tamás stützte sich auf einen Ellenbogen, sah sie an. Die nassen Haare klebten ihr im Gesicht. »Du bist nicht anders.«

»Was meinst du?«

»Dein ganzes Leben lang wurde dir gesagt, du bist besonders. Das ist nicht wahr.«

»Ich bin besonders.«

»Ja. Jeder Mensch ist besonders. Oder niemand. Eine Frage der Perspektive. Wenn du die erste einnimmst, vergisst du, dass du Bedürfnisse hast wie jeder andere Mensch auch. Du brauchst keine Drogen.« Er strich ihr die Haare aus dem Gesicht. »Du brauchst jemanden, dem egal ist, wie klug du bist.«

Nickys Brille war verrutscht, sie schob sie wieder gerade. Varta wusste, was das Skript von ihm verlangte, doch er konnte nicht. Nickys unschuldige Aufregung stach ihm in die Brust. Manche Dinge wurden schwieriger, je mehr man sich nach ihnen sehnte. Der Beton schmerzte unter seinem aufgestützten Ellenbogen, er ließ sich wieder auf den Rücken sinken.

»Du, Tamás?«

»Ja?«

»Warum hast du den Back-End-Build nicht gesehen?«

Tamás musste lachen. »Wirklich? Jetzt, hier – und du denkst an die Arbeit?«

»Komm, sag schon.«

»Aus Sicherheitsgründen werden die Kernelemente unabhängig voneinander geprüft. Tatsächlich sind die Chefs so paranoid, dass sich die Teammitglieder nicht kennenlernen dürfen. Tao muss den Vermittler spielen. Nicht einmal ich selbst kenne die Tester für den Back-End-Build.«

»Merkwürdig.«

Etwas in ihrer Stimme beunruhigte ihn. »Was?«

»Herr Wu hat mir gesagt, er wolle mir *den* Penetrationstester vorstellen, nicht *einen* von ihnen.«

»Vielleicht erinnerst du dich nicht richtig.«

»Bitte.«

»Entschuldigung.«

»Wenn wir annehmen, es war kein Missverständnis, und es gibt keine Tester für den Back-End-Build, wäre das nicht merkwürdig?«

»Dann wäre meine Arbeit sinnlos.« Vartas Mantel war durchgeweicht, langsam wurde das Liegen auf dem Steinboden unbequem.

»Du, Tamás?«

»Ja?«

»Du hast recht. Wenn ich Dinge nicht verstehe, macht mich das nervös.«

Tamás schwieg. Ihm fiel nur ein einziger Grund ein, weswegen man sich dagegen entschieden haben könnte, den Back-End-Build zu testen – es gab eine Lücke im Code. Eine Lücke, die nicht entdeckt werden sollte. Die Blockchain sollte nicht sicher sein. Aber warum?

Ihn fröstelte.

Dienstag

… was von Ungarn vehement zurückgewiesen wird.
Der EU bleibt nun nichts anderes übrig, als das Strafverfahren
weiterzuführen. Um Ungarn das Stimmrecht im Europäischen Rat
zu entziehen, ist allerdings ein einstimmiger Beschluss erforderlich.
Dies gilt nahezu als ausgeschlossen. Polen hat bereits klargestellt,
keinerlei Sanktionen mittragen zu wollen…

5. Kapitel

Mein Lebenswerk. Ich habe es dem Teufel verkauft.

Cate Beheim saß in ihrem Büro der Michael-Ende-Gesamtschule Offenbach und nahm eine Diazepam-Tablette. Die dritte heute. Die erste Schulstunde war noch nicht vorbei.

Zeit ihres Lebens hatte Beheim weitestgehend auf Medikamente verzichtet. In ihrer Laufbahn als Lehrerin und Schulpsychologin hatte sie zu oft den elenden Versuch gesehen, Kinder mit Pillen zu erziehen statt mit Aufmerksamkeit.

Dann hatte sich Stefan das Leben genommen. Und Cate Beheim, die sich immer für stark gehalten hatte, die immer die Trösterin gewesen war, stürzte in eine bodenlose Tiefe ohne Licht.

Es klopfte.

»Ja?«

Ein junger Kollege steckte den Kopf zur Tür herein. Er war zu Beginn des Schuljahres erst dazugestoßen, sie hatte seinen Namen vergessen. Das war ihr früher nie passiert.

»Cate, kannst du mal kurz nach der 7a gucken? Ich glaube, Anna braucht Hilfe.«

»Hat sie mit dir geredet?«

»Nee, bin nur gerade am Zimmer vorbeigelaufen, klang nach Stress.«

»Okay, ich schau mal.«

Beheim ging zu dem genannten Klassenzimmer. Anna war Referendarin, Beheim Seminarlehrerin, also war sie zuständig. Obwohl Offenbach sich die letzten Jahre gemausert hatte, war es immer noch keine Stadt für Flitterwochen. Die Michael-Ende-

Gesamtschule bot alles an Abgründen, die das Bildungsbürgertum sich mit wohligem Schaudern für das Milieu ausmalte, welches es für den gesellschaftlichen Rand hielt: Drogen, Springmesser, sexuelle Übergriffe – und natürlich Kinder, deren Eltern kein Deutsch sprachen.

Beheim besaß vierzehn Prozent der Stammaktien von Fisher-EuroBinary; sie ging nicht in die Arbeit, weil sie das Geld brauchte. Sie liebte, was sie tat. Bei ihren Referendaren war es anders.

Schon vom Treppenhaus aus hörte sie den Lärm, der aus dem Klassenzimmer der 7a drang. Sie klopfte an die Tür. Laut genug, um das Geschrei dahinter zu übertönen.

Anna öffnete. Sie war groß, sportlich, trug ein Blümchenkleid und Pippi-Langstrumpf-Zöpfe. Die Erleichterung in ihren flackernden Augen zeigte Beheim, dass es höchste Zeit war.

»Ich wollte nur mal kurz vorbeischauen. Passt es dir gerade?« Die erste Regel der Erziehung lautete Konsequenz. Und das bedeutete, Autorität niemals vor den Augen derer infrage zu stellen, die erzogen werden sollten.

Anna nickte fahrig. »Ja, bitte. Komm rein.«

Die Klasse war im Krieg. Der Raum dröhnte von dem Johlen, Schreien und Brüllen aus zwei Dutzend Kehlen. Mülleimer kullerten über den Boden, Bücher flogen aus dem Fenster, Tische krachten gegeneinander, Penisse prangten an der Tafel und den Wänden.

Beheim betrat den Raum.

Alle erstarrten.

»Setzt euch bitte.«

Alle suchten ihre Plätze auf.

»Tarek, nimm den Besen vom Fensterbrett. Ceyda, wasch dir die Hände. Roman, zieh dein T-Shirt wieder an. Die anderen räumen den Boden auf und stellen die Sitzordnung wieder her.«

Die Schülerinnen und Schüler gehorchten, schweigend, sorgfältig darauf bedacht, Beheims Blick auszuweichen.

Als der Raum wieder halbwegs hergerichtet war, fragte Beheim: »Warum seid ihr hier?«

»Weil wir lernen wollen, was in uns steckt.« Die Antwort kam im Chor, es war ein Ritual, dessen genaue Wortwahl Beheim mit jeder Klasse neu verhandelte.

»Warum ist Frau Aster hier?« Anna stand zerrüttet neben der Tür.

»Sie will uns helfen.« Asynchron, leise, trotzig.

»Lauter.« Beheim befahl es, ohne ihre natürliche Stimmlage aufzugeben.

»Sie will uns helfen.«

»Warum?«

»Weil sie an uns glaubt.«

»Was wollt ihr tun?«

Mit gesenkten Kinderaugen: »Wir wollen ihr vertrauen.«

Beheim blickte gerührt von einer der jungen Seelen zur nächsten. Wie liebenswert sie waren. Und wie gefährdet.

Sie lächelte Anna aufmunternd zu. »Wenn noch was ist, ich bin im Büro.«

Zurück in ihrem Büro bemerkte Beheim, dass ihre Finger zitterten. Sie nahm die nächste Diazepam-Tablette. Es war die letzte, die sie hatte. Sie warf die leere Packung in den Mülleimer. Vielleicht würde sie bis heute Abend durchhalten, sie hatte sich mit ihrer Freundin Caro zum Saunieren verabredet. Caro war eine Wirtschaftsjournalistin, die in ihren Storys die übelsten Machenschaften der Hochfinanz beschrieb – und dennoch stets gut gelaunt war. Wenn Caro sie nicht aufmuntern konnte, dann konnte es niemand.

Mein Lebenswerk. Ich habe es dem Teufel verkauft.

Stefans Worte, bevor er gesprungen war. Zwei Monate waren vergangen, doch die Worte verfolgten sie weiter. Der Teufel. Stefan hatte Banken immer verabscheut. Es war Philipps Idee gewesen, an die Börse zu gehen. Damals, 2009. Jahrtausende her. Stefan hatte gezögert, aber Philipp war immer der Ambitionierte von den beiden gewesen, hatte sich durchgesetzt wie so oft. Euro-Binary wuchs und wuchs, während Stefan immer einsilbiger, mür-rischer wurde. 2015, gerade als EuroBinary in den DAX aufge-nommen worden war, die erste depressive Episode, die stationär behandelt werden musste. Philipp sprang ein, übernahm kommis-sarisch die Geschäftsführung und musste monatelang behaupten, dass Stefan sich von einer harmlosen Niereninfektion erholte – die Anleger hätten einen depressiven Vorstand kaum akzeptiert. Beheim dachte an die Nächte, die sie mit Philipp im Besuchs-raum der Klinik verbracht hatte; rastlos und verletzt, weil Stefan nicht die Kraft hatte, sie zu sehen.

Ich habe mein Lebenswerk dem Teufel verkauft.

2019 der Absturz der Firma, als die Kundendatenbank gehackt wurde. Merkwürdigerweise schien es Stefan besser zu gehen, je näher die Insolvenz rückte. Dann Fischer & Söhne. Das Angebot, das EuroBinary gleichzeitig retten und zerstören sollte. Gegen Stefans Willen hatten die Aktionäre das Angebot angenommen – und die Firma, die er gegründet hatte, wurde Teil dessen, was er am meisten verabscheute. Teil einer Bank.

Die Frage, die Cate Beheim seit dem Tod ihres Mannes mar-terte, war: Hatte Stefan vom Teufel gesprochen, schlicht weil er die Firma einer Bank verkauft hatte? Oder wohnte der Teufel bei Fischer & Söhne?

Sie wählte Philipps Nummer. Die Verbindung wurde umge-leitet.

»Sekretariat Philipp Linde, Geschäftsführer LindeSchröder Consulting. Sophie Münzing am Apparat. Was kann ich für Sie tun?«

»Hi, Sophie, alles gut?«

»Oh, Cate, hi. Alles supi, und bei dir?«

»Na ja, geht so.«

»Ach, Mist, stimmt, tut mir leid. Ich wollte nicht taktlos sein.«

»Nicht schlimm. Eigentlich wird es Zeit, dass ich mal wieder klarkomme.«

»Ehrlich, ich wüsste nicht, was ich machen würde an deiner Stelle. Wenn du irgendwas brauchst…«

»Danke dir, du bist lieb.«

»Du willst sicher mit Philipp sprechen.«

»Ist er da?«

»Sicher. Ich schau mal, ob er rangeht.«

Die Verbindung wurde unterbrochen, zehn Sekunden später wieder hergestellt, und sie hörte Philipps Stimme. »Hey, Cate, was gibt's?«

»Ich hab dir doch erzählt, was Stefan gesagt hat, bevor er… bevor er gesprungen ist.«

»Mensch, Cate, machst du dir immer noch Gedanken darüber?« Philipp. Bewältigte den Tod seines besten Freundes, als hätte der sich nur mal eben das Bein gebrochen. »Sag mal«, stellte er fest, »du unterrichtest gar nicht? Immerhin. Urlaub wird dir guttun. Mit wem bist du unterwegs?«

»Ich rufe vom Büro aus an.«

»Ach so.« Philipp klang enttäuscht. »Hilft es dir wirklich, dich in die Arbeit zu stürzen?«

Beheim zögerte einen Augenblick. »Keine Ahnung«, gab sie schließlich zu. »Aber ich fürchte, solange ich nicht weiß, was es mit diesem Teufel auf sich hat, lässt mich das Geschehene nicht los.«

»Das verstehe ich. Aber ich glaube, es hilft dir mehr, nach vorne zu schauen als zurück.«

»Was denkst du, was Fischer verborgen halten könnte?«

Sie hörte Philipp am anderen Ende der Leitung seufzen. »Keine Ahnung. Ich bin übrigens aus der Firma ausgeschieden, wie du weißt.«

»Aber du bist immer noch Mitglied im Aufsichtsrat. Und du

hast die Fusion damals mit verhandelt. Kam dir da irgendetwas merkwürdig vor?«

Keine Antwort.

»Philipp?«

»Ich habe heute Abend ein Geschäftsdinner, das sollte nicht länger als bis zehn dauern – hast du Lust, danach auf einen Wein vorbeizukommen?«

»Ich bin gerade dabei, eine Valium-Abhängigkeit zu entwickeln, also besser alkoholfrei für mich.«

»Auch gut. Ich lass dich um halb zehn abholen.«

Sie würde Caro absagen müssen.

6. Kapitel

Dreißig Kilometer südlich von Frankfurt beobachtete Ángel Sanfilippo die Limousine, die auf den Vorplatz der Lagerhalle einbog. Der Platz war nicht versiegelt, Kies spritzte gegen die Kotflügel. Der Fahrer der Limousine stieg aus und kam auf den SUV zu, in dem Sanfilippo gewartet hatte. Sanfilippo ließ das Fenster herunter.

»Ángel, Wu ist da.«

»Gut. Hat er Probleme gemacht?«

»Keine wesentlichen.«

»Danke, Paulo.« Sanfilippo stieg aus seinem SUV. Die Morgensonne fiel ihm auf den Nacken, doch tatsächlich wärmen konnte sie ihn nicht. »Du kannst ihn direkt in die Halle bringen.« Paulo nickte und entfernte sich Richtung Limousine. Sanfilippo griff sich in den Hemdausschnitt, zog das Madonnenkreuz hervor und küsste es. Er hatte die letzte Nacht wieder schlecht geschlafen. Keine gute Voraussetzung für das, was er vorhatte.

Eine der Hintertüren der Limousine öffnete sich, und ein Asiat in grünem Pulli stieg aus. Tao Wu, der ihm jetzt mit zornigem Schritt entgegeneilte. Sanfilippo ignorierte ihn und ging seinerseits zum Eingang der Halle.

»Sanfilippo, was soll das?«, rief Wu hinter ihm.

Sanfilippo blieb stehen. »Ich möchte Ihnen etwas zeigen.« Ohne auf eine Entgegnung Wus zu warten, betrat er die Halle. Es handelte sich um das Lager einer Gummifabrik, die wohl bereits vor Jahrzehnten das Zeitliche gesegnet hatte. Die kleinen Fenster in den Backsteinmauern waren allesamt eingeschlagen, der Staub lag fingerdick auf Reifenstapeln und Industriedichtungsringen. Die einzigen Lebenszeichen jüngerer Zeit waren Bierflaschen und Aschepfützen – Landstreicher vermutlich oder Jugendliche. Der Raum war optimal für Sanfilippos Zwecke.

Ein Dutzend Männer in dunkler Militärkleidung umstanden den freien Bereich in der Mitte der Halle. Mit ihren Maschinenpistolen sicherten sie den Kreis nach innen wie außen. Als Sanfilippo sich ihnen näherte, machten sie ihm zackig Platz, gaben den Blick frei auf die Mitte des Kreises, wo sich ein einfacher Holzstuhl befand. Auf dem Stuhl saß zusammengesackt ein Mann, dunkel gekleidet wie die anderen, aber unbewaffnet. Das enge Shirt zeigte Muskeln wie aus der Werbung eines Fitnessstudios. Die Arme hatte man ihm hinter die Stuhllehne gebogen und mit Handschellen fixiert. Als der Gefesselte Sanfilippo bemerkte, hob er den Kopf. Auf der Stirn schimmerte feucht eine Platzwunde; das Blut war über das gesamte Gesicht gelaufen, tropfte von Nase und Kinn. Die rechte Seite des Unterkiefers war violett eingefärbt, das Jochbein unter dem rechten Auge aufgeschwemmt.

Sanfilippo bemerkte, wie Wu hinter ihm die Halle betrat, begleitet von Paulo.

»Jesus – was zur Hölle?«, entfuhr es Wu.

»Seien Sie still«, befahl Sanfilippo, schärfer als beabsichtigt. Er konnte es nicht ausstehen, wenn man den Namen des Herrn missbrauchte. Er ging weiter auf den Gefesselten zu, einen Meter vor ihm blieb er stehen.

»Du weißt, warum du hier bist?«

Der Gefesselte wich seinem Blick nicht aus. Trotz allem ein Profi. Sanfilippo nickte anerkennend. Dann wandte er sich zu den Bewaffneten um, schritt langsam den Kreis ab, während er jedem einzeln in die Augen sah.

»Ihr alle seid Söldner. Aber nicht irgendwelche. Ich habe euch ausgesucht, weil ich euch für die besten gehalten habe. Ihr werdet exzellent bezahlt. Im Gegenzug erwartet unser Auftraggeber exzellente Arbeit.« Sanfilippo wusste nicht, wovor sein Auftraggeber sich fürchtete. Es handelte sich nicht um den Diktator eines Schurkenstaates, sondern um einen schlichten Banker. Wenn sein Auftraggeber nicht paranoid war, rechtfertigten eigentlich nur die russische Mafia oder die Triaden den Aufwand, den Sanfilippo betrieb – oder staatliche Akteure. Nun, weswegen er beauftragt worden war, das Sicherheitslevel zu erhöhen, ging ihn im Grunde nichts an. Sanfilippo war ein pflichtbewusster Mensch. Er hatte Sicherheit versprochen, und dieses Versprechen würde er halten.

Hinter dem Stuhl des Gefesselten blieb er stehen. »Euer Engagement beinhaltet, den Mund zu halten. Das habt ihr unterschrieben.« Er legte dem Gefesselten eine Hand auf die Schulter. »Du auch, Bart.« Der Angesprochene erwiderte nichts, doch Sanfilippo spürte, wie die Schultermuskeln sich anspannten.

Sanfilippo nahm die Hafdasa aus dem Gürtelholster. Es war eine der letzten ihrer Art. Die Firma gab es schon lange nicht mehr. Seit 1982 besaß Sanfilippo seine Waffe. »Ich habe euch gesagt, was euch erwartet, wenn ihr den Vertrag unterschreibt. Was ihr verdienen könnt, wenn ihr ihn einhaltet. Und was bei Vertragsbruch geschieht.«

Sorgfältig überprüfte er Magazin und Schalldämpfer seiner Pistole.

»Bart hier hat gestern Nacht die erotischen Dienste einer Dame in Anspruch genommen. Das ist sein gutes Recht, er hatte frei. Allerdings hat er der Dame erzählt, dass er für eine Bank arbeitet. Bart, stimmt das?«

Zwischen zusammengebissenen Zähnen knurrte der Gefesselte ihn an.

»Keine große Sache, denkt ihr vielleicht«, fuhr Sanfilippo fort. »Aber in dem Vertrag, den ihr alle unterschrieben habt, den auch Bart unterschrieben hat, steht nicht, dass ihr möglichst wenig zu eurer Arbeit preisgeben dürft. Sondern nichts.«

Hinter ihm stehend, richtete er die Waffe auf den Gefesselten.

»Wisst ihr, ich versuche, meine Arbeit gut zu machen. Ich versuche, integer zu sein. Wie könnt ihr mich ernst nehmen, wenn ich unsere Vereinbarung nicht ernst nehme?«

Sanfilippo entsicherte die Hafdasa. Niemand rührte sich. Die Waffe weiter auf Barts Hinterkopf gerichtet, betete er still ein Ave-Maria. Er hatte das Gebet schon oft gesprochen, er wusste genau, wie lange es dauern würden: fünfzehn Sekunden. Fünfzehn Sekunden der Besinnung. Sanfilippo versuchte, stets besonnen zu handeln.

Sein Innehalten hatte einen weiteren Vorteil: Es erhöhte den Effekt.

Er senkte die Waffe.

Der ganze Raum atmete gemeinsam aus.

Gerecht zu sein war viel wert. Aber geachtet zu werden mehr.

»Paulo«, befahl Sanfilippo, »löse ihm die Handschellen.«

Paulo gehorchte. Als er sich mit den Handschellen zurückziehen wollte, reichte Sanfilippo ihm die Hafdasa. »Nimm die mit.«

Bart war sitzen geblieben, rieb sich die Handgelenke.

Unbewaffnet stellte Sanfilippo sich vor den Verräter. »Deine Verfehlung war klein. Ich möchte sie dir verzeihen. Doch wenn ich das tue, verliere ich meine Integrität.«

Stumm, verwirrt, misstrauisch starrte Bart zu ihm herauf.

Sanfilippo zog seinen schweren Wintermantel aus und ließ ihn zu Boden gleiten. »Ich mache dir ein Angebot.« Er löste das Schulterholster, warf es hinter sich. »Wenn du mich tötest, bist du frei.«

Sanfilippo wusste, wie gefährlich das Spiel war, das er spielte. Bart war dreißig Jahre jünger und hervorragend ausgebildet. Doch nur, welchen Gegner man wählte, entschied über den Wert eines Sieges.

Bart stand auf. Beiläufig trat er den Stuhl weg, sodass dieser aus dem Kreis der Bewaffneten flog. Mit blutunterlaufenen Augen fixierte er Sanfilippo. Dann ein Zischen, langsam, zwischen aufgeplatzten Lippen: »Ich nehme Sie beim Wort.«

»Wenn ich sterbe«, Sanfilippo blickte in das Rund der Bewaffneten, »ist er frei.«

Die Männer standen zwischen den verstaubten Regalen der Lagerhalle, hielten ihre Maschinenpistolen und schwiegen.

Sanfilippo wandte sich seinem Gegner zu. Es war Zeit, die Sache hinter sich zu bringen. »Los.«

Bart hatte die Hände gehoben, die Handflächen Sanfilippo zugewandt; der Stand breitbeinig, die Füße parallel. Krav Maga, die Kampftechnik des israelischen Militärs. Nicht, dass es eine Neuigkeit gewesen wäre. Sanfilippo hatte ihn gründlich überprüft. Ein guter Junge. Zu bitter, dass er hatte schwatzen müssen.

Sanfilippo hob ebenfalls die Hände, wartete. Beide verharrten sie in ihrer Position. Fest, unbeweglich standen sie da, fixierten einander, lauerten auf das Zucken des Gegenübers. Dies war kein sportlicher Wettkampf, bei dem ein Match über mehrere Runden ging. Mit der ersten Bewegung wäre es vorbei. Beide wussten es. Irgendwo zwischen den Regalen raschelte es. Ein Tier.

Dann kam der Angriff.

Innerhalb eines Wimpernschlags hatte Bart die anderthalb Meter zwischen ihnen überwunden, einen Ellenbogen voran, das Knie schnellte hoch, der andere Arm galt Sanfilippos Halsschlagader, alles zugleich, tödlich effizient, zum Reflex geworden nach tausendfachem Training.

Doch auch Sanfilippo beherrschte die Kunst.

Er drehte sich zur Seite, wich so Ellenbogen und Knie aus, blockte die Handkante, die auf seinen Hals zielte, packte den dazugehörigen Arm, drehte sich unter ihm hindurch und zog. Der Schwung wirbelte Bart hoch, drehte ihn und ließ ihn auf den Rücken krachen, dass der Staub aufstob. Im nächsten Moment war Sanfilippo über ihm und schlug ihm mit der Faust den Kehlkopf in die Luftröhre. Es hatte keine Sekunde gedauert.

Sanfilippo richtete sich auf und klopfte sich den Schmutz von den Knien. »Paulo, schau, dass die Leiche verschwindet. Wu, Sie kommen mit mir.«

»Was zum Teufel sollte das?«

»Ich würde Sie bitten, nicht zu fluchen.« Sanfilippo saß mit Wu auf der Rückbank seines SUVs, der Fahrer steuerte sie bereits Richtung Frankfurter Innenstadt.

»Sie haben gerade jemanden umgebracht!«

Sanfilippo sah aus dem Fenster. Über ihnen kreisten vierstrahlige Maschinen, die auf die Landeerlaubnis für den Frankfurter Flughafen warteten. »Bart ist selbst schuld. Er kannte die Regeln.«

»Wie können Sie solche Regeln aufstellen? Es war trotzdem Mord.«

»Ich habe ihm eine Chance gegeben. Und die Regeln stammen von meinem Chef«, Sanfilippo drehte sich Wu zu, »der übrigens auch Ihrer ist.«

Wu erstarrte. »Von Wolfenweiler hat die Regeln gemacht?«

Sanfilippo nickte.

»Unmöglich!«

»Ich habe Sie zusehen lassen, wie ich einen Menschen töte. Was glauben Sie, weshalb?«

»Sie sind völlig durchgedreht!«

»Um Ihnen zu zeigen, dass ich Ihnen vertraue.«

»Lassen Sie mich aussteigen!« Wu klopfte an das Zwischenfenster, das sie vom Fahrer trennte. »He, halten Sie an.«

»Sie könnten zur Polizei gehen. Aber dann scheitert Alyattes. Und ich vertraue darauf, dass das Projekt Ihnen wichtig ist.«

Als der Fahrer ihn ignorierte, wandte Wu sich wieder an Sanfilippo: »Wichtig, ja. Aber ich würde niemanden umbringen dafür!«

»Das lassen Sie meine Sorge sein.« Sanfilippo lächelte mechanisch.

»Sagen Sie mal«, fragte Wu, der offenbar langsam wieder zu Verstand kam, »wenn Sie mir vertrauen, warum mussten Sie mir dann Ihre entsetzliche Tat zeigen?«

»Damit Sie sehen, welche Konsequenzen es haben kann, das Projekt zu gefährden.«

Wu funkelte ihn düster an, doch ohne Angst. Der Hund war zäher, als der Silberblick und seine bunten Pullis es vermuten ließen.

»Das heißt, Sie glauben, ich könnte das Projekt gefährden?«

»Sie gefährden es bereits jetzt.«

Einen Augenblick war Wu still, schien sich zu sammeln. Dann fragte er, die Augen noch grimmiger als zuvor: »Wollen Sie das näher ausführen?«

»Monique Roux-Pastor. Sie haben sie gestern Tamás Varta vorgestellt. Und dann im Serverraum gelassen. Ohne Sicherheitscheck.«

Wu warf sich in das Sitzpolster zurück. »Wirklich? Deswegen dieses ganze Theater?«

»Roux-Pastor hätte vorher geprüft werden müssen. Ich denke, Sie kennen das Protokoll.«

»Verdammt, Sanfilippo, ich bin technischer Leiter von Alyattes. Das ist *mein* Projekt.«

»Und ich bin verantwortlich für die Sicherheit.«

»Sie können mich mal. Von Wolfenweiler hat mir persönlich die Clearance für Roux-Pastor gegeben.«

»Ohne dass wir sie vorher prüfen?«

Wu stutzte. »Darüber haben wir nicht gesprochen«, gab er zu. Dann fasste er sich wieder. »Verdammt noch mal, wir haben Präsentation in einer Woche, uns rennt die Zeit davon.«

Sie erreichten den schiefen Glasturm der FisherEuroBinary AG.

»Hören Sie mir zu, Wu«, Sanfilippo legte bedächtig die Hand auf seine Hafdasa, »wenn irgendeiner Ihrer superklugen Eierköpfe das Projekt in Gefahr bringt, dann nehme ich Sie persönlich in die Verantwortung.«

Mit Genugtuung beobachtete er, dass Wu seinem Blick auswich.

Der Wagen hielt. »Eine Frage noch«, sagte Wu, die Tür bereits geöffnet. »Woher wussten Sie, dass Bart geplaudert hat?«

Sanfilippo zuckte die Schultern. »Wir haben die Dame bezahlt. Um ihm auf den Zahn zu fühlen. Ob Sie mir glauben oder nicht – es tut mir leid für den Jungen.« Er verzog das Gesicht. »Immerhin sind die anderen jetzt gewarnt.«

7. Kapitel

Es war Dienstag.

Anna-Lena Herbst stand am Bett ihres Bruders und legte ihm die Hand auf die Brust. Durch das dünne Pflegehemd konnte sie seinen Herzschlag spüren, langsam, gleichmäßig.

»Rafael«, sagte sie.

Wie immer reagierte er nicht.

»Du wirst aufwachen.«

Anna-Lena Herbst beobachtete die Augen ihres Bruders, die zur Decke gerichtet waren, ab und zu blinzelten.

»Ich muss zur Arbeit.« Sie griff nach ihrer Sporttasche. »Bis morgen.«

8. Kapitel

Öffne dich, Auge. Du kannst das. Du bist ein starkes Auge. Du bist schon einmal offen gewesen. Öffne dich.

Varta fühlte sich überfordert. Mit dem einen Ohr hörte er sich beim Schnarchen zu, mit dem anderen versuchte er, das Klingeln seines Telefons in Schach zu halten; seine Zunge schmeckte sich selbst und war nicht glücklich darüber; seine Augen waren vermutlich noch vorhanden, aber nicht dienstbereit. Doch Varta war ein scharfsinniger Kerl, das wusste er schon lange, und auch diesmal gelang ihm die logische Zerschlagung des gordischen Knotens seiner conditio inhumana: Er hatte wohl gefeiert.

Andere Fragen blieben offen. Konnte man sich selbst schnarchen hören? War man blind, wenn man nur die Dunkelheit der eigenen Augenlider sah? Warum klingelte ein Telefon, wenn man sowieso nicht rangehen würde?

Öffne dich, Auge. Vartas Forschungsinteresse war geweckt, und diesmal folgte das Auge dem Befehl. Es war verquollen und verklebt, Varta machte ihm keinen Vorwurf, dass es sich so lange geziert hatte. Er sah sich um. Ein fremder Kissenbezug. Eine fremde Tapete. Ein fremdes Bett. Verrückt. Irgendetwas musste passiert sein. Das Schnarchen ließ nicht nach. Langsam dämmerte es Varta: Es war nicht sein eigenes. Beunruhigend. Mit einer Willensanstrengung drehte er den Kopf auf die andere Seite.

Und war wach.

Neben ihm lag tatsächlich dieses Braingirl. Fuck. Wie hieß sie? Nicky. Hektisch tastete er seinen Körper hinunter. Ein Glück, er trug noch Jeans. Nicky schien auch noch halbwegs angezogen zu sein. Varta rieb sich erleichtert den Kopf. Das arme Mädchen abfüllen und dann verführen – keine gloriose Tat wäre das gewesen, wenn er an den Füllstand seines Karmapools dachte. Düster dachte er an Florentina. An einem eisigen Märztag vor viereinhalb Jahren hatte sie ihn abserviert. Und verfolgte ihn noch immer. Er verdrängte die aufkeimende Sentimentalität.

Zurück in die Gegenwart. Wo waren sie eigentlich? Fuck. Waren sie im Hotel? Mit Swobodas Schlüsselkarte? Varta setzte sich auf. Das konnte nur Ärger geben. Wenigstens hatte das Telefon aufgehört zu klingeln. Er packte Nicky an der Schulter, schüttelte sie wach.

Französisches Gemurmel.

»Nicky, wach auf!«

Nicky lag immer noch da wie tot, aber zumindest kam die Antwort jetzt auf Englisch: »Was ist los?«

»Wir müssen hier weg!«

»Warum?«

»Die Schlüsselkarte!«

»Darf ich noch ein bisschen schlafen? Bitte, Tamás. Auf dem Nachtschränkchen.«

»Das sehe ich. Aber Swoboda kann uns jeden Moment entdecken. Lass uns abhauen!«

»Was hat denn Swoboda mit uns zu tun? Wir haben das Zimmer bezahlt.«

»Haben wir?«

»Ich glaube schon. Zumindest habe ich irgendwem meine Kreditkarte gegeben.«

Varta ließ sich erleichtert zurück in die Kissen fallen. »Krass. Mega. Du bist die Königin.«

»Wer hat angerufen?«

»Keine Ahnung.«

Varta griff nach seinem Telefon. Und fluchte. Wu. Viermal. Es war bereits halb zwei nachmittags.

Es klopfte.

»Ja«, rief Varta, »wir sind gleich so weit.« Es war nichts Neues, dass er im Hotel den Check-out verpasste.

Es klopfte wieder.

»Gleich.« Er suchte sein Hemd, die Hetzerei stresste ihn.

»Herr Varta?«

Langsam wurde es unhöflich. »Was ist denn?«

»Ángel Sanfilippo. Ich arbeite für FEB. Würden Sie bitte öffnen?«

Varta glaubte, sich verhört zu haben. Auch Nicky wurde jetzt wach, beklommen sahen sie einander an. Während Nicky aus dem Bett kletterte und ihre Kleidung richtete, ging Varta zur Tür und öffnete. Im Flur stand ein Mann mit kurz geschorenen grauen Haaren und einem gepflegten, ebenfalls ergrauten Dreitagebart. Er trug einen Anzug mit schwarzer Krawatte, die Sonnenbrille lag gefaltet in der Hand.

»November«, Varta zeigte auf die Sonnenbrille, »ist das nicht die falsche Jahreszeit?«

»Herr Wu hat mich gebeten, nach Ihnen zu sehen. Sie sind heute nicht zur Arbeit erschienen.«

»Homeoffice.«

»Befindet sich Frau Roux-Pastor bei Ihnen?«

»Woher haben Sie eigentlich gewusst, dass ich hier bin?« Vartas Telefon war ortungssicher. Nickys? Ihre Kreditkarte? Sein Motorrad? Beschattung? Egal, wie man sie gefunden hatte, jede Vorstellung war gruselig.

»Haben Sie Drogen konsumiert?«

»Konsumiert? Was ist denn das für ein Wort? Machen Sie im Nebenberuf Aufklärung an Schulen?«

»Ich würde Sie und Frau Roux-Pastor bitten, Ihre Toilette zu beenden. Ich warte so lange.«

»Machen Sie sich keinen Stress, wir nehmen das Motorrad.«

Sanfilippo zog die Brauen zusammen, nickte dann aber. »In

Ordnung. Aber beeilen Sie sich. Herr Wu scheint Ihre Unterstützung recht dringend zu benötigen.«

»Ich rasier mir nur kurz noch die Augenbrauen.«

»Versuchen Sie nicht, mit mir zu spielen.« Sanfilippo setzte seine Sonnenbrille auf. »Ich gewinne immer.«

Die Art, wie er es sagte, glitt wie Eiswürfel zwischen Vartas Schulterblätter.

»Was war denn das?« Nicky war bereits dabei, sich ihre Mähne zurückzubinden.

»Ein Typ von FEB. Irgendwie fischig. Ich ruf mal Wu an.« Varta griff nach seinem Telefon.

Nach dem ersten Wählton nahm Tao ab. »Tamás, wo steckst du?«

»Kennst du einen Ángel Sanfilippo?«

»Von Wolfenweilers Chef für physische Sicherheit. Warum?«

»Der war gerade bei mir und hat behauptet, du hättest ihn geschickt.«

»Wie, er war bei dir? Ich habe ihm nur mitgeteilt, dass du nicht zur Arbeit erschienen bist. Das war alles.«

»Du hättest auch noch ein bisschen warten können, dass ich zurückrufe.«

»Tamás, dir ist der Ernst der Lage nicht bewusst, oder? Wir haben keine Zeit mehr.«

»Du vielleicht nicht. *Ich* habe alle Zeit der Welt.«

»Um ehrlich zu sein: Sanfilippo hat mir heute ziemlich den Kopf gewaschen, dass unsere Einstellung zu lax sei, was die Geheimhaltung des Projekts betrifft.«

»Und das ist ein Grund, ihn mir gleich auf den Hals zu hetzen, nur weil ich mal meine Gleitzeit nutze?«

»Du hast keine Gleitzeit.«

Varta wollte das Gefecht bereits fortführen. Doch plötzlich kamen ihm Nickys Worte der letzten Nacht in den Sinn, auf dem Hoteldach. Eine andere Frage erschien ihm auf einmal un-gleich wichtiger. »Tao, bin ich eigentlich der einzige Pentester bei Alyattes?«

»Wie kommst du darauf? Wir sind ein Team von zweihundert Leuten.«

»Nicky hatte den Eindruck, als du ihr von mir erzählt hast.«

»Unsinn. Wie sollten wir sonst den Back-End-Build überprü-fen?«

»Eben. Kannst du mir die dafür Verantwortlichen vielleicht einmal vorstellen? Ich denke, gemeinsam können wir den Codern genauer sagen, wo es hakt.«

Zögern. Dann: »Ich muss von Wolfenweiler fragen. Er sieht es als Sicherheitsrisiko, wenn einzelne Mitglieder sich zu vielen Bereichen widmen. Komm erst mal in den Turm.«

Als sie die Verbindung beendet hatten, schilderte Varta Nicky das Gespräch. Sie fragte: »Fahren wir wieder Motorrad?«

Varta grinste. »Du bist ja schon ganz heiß drauf.«

Nicky senkte den Blick.

»Gib es zu.«

Sie nickte, ohne aufzublicken.

Varta wurde wieder ernst. Er zog die Packung mit den Niko-tin-Kaugummis aus der Hosentasche, nahm eines und schälte es aus dem Schutzpapier. »Ich glaube, du hast recht.« Nachdenklich formte er das Kaugummi zu einer Kugel und steckte es sich in den Mund. »Irgendwas am Back-End-Build ist faul.«

»Dann können wir nur hoffen, dass Herr Wu grünes Licht bekommt, dir die Tester vorzustellen.«

»Ich habe eine bessere Idee.« Varta setzte sich auf die Bettkante und begann, sein Telefon zu bearbeiten.

Als er bemerkte, dass Nicky im Zimmer stehen blieb, sah er auf. »Was ist?«

»Ich würde gerne zusehen«, murmelte sie.

»Na, dann komm«, er tätschelte neben sich die Matratze.

Nicky rührte sich nicht.

»Was hält dich auf?«

»Ich fürchte, dass du etwas Verbotenes tust. Und wenn ich dir zusehe, werde ich zur Mittäterin.«

Varta lachte. »Du bist wirklich das unschuldigste Wesen diesseits des Asteroidengürtels.« Er sah wieder auf sein Handy hinab. »Deine Entscheidung.«

Vartas Herz hüpfte triumphierend, als Nicky sich neben ihn setzte.

Dann konzentrierte er sich auf seine Aufgabe. Es war nicht schwer. Die Ergebnisse seines letzten Penetrationstests aktualisiert, den Code um ein paar unauffällige Zeilen erweitert, alles gezippt, die Datei per Mail an Tao geschickt mit dem Hinweis, dieser solle sich anschauen, was der Morgen gebracht habe. Nicky verstand es sofort. »Du hackst Herrn Wus Handy.«

»Stimmt.«

»So schnell?«

Er zuckte mit den Schultern.

»Woher hast du den Code?«

»Alles online. Wenn du weißt, wo du suchen musst, ist der Rest Copy-and-Paste.«

»Wenn sie dich entdecken, bekommst du eine Anzeige.«

»Ich glaube kaum, dass der Typ von gerade eben sich um rechtsstaatliche Prozesse schert.«

»Umso schlimmer.«

»Sie entdecken mich nicht.«

Nicky schwieg.

9. Kapitel

»Bitte verzeihen Sie, Herr Wu. Herr von Wolfenweiler befindet sich noch in einem Pressetermin. Im Anschluss hat er einen Termin mit Frau Avari. Er wird Sie baldmöglichst zurückrufen.«

Tao Wu knallte den Hörer aufs Telefon.

Alles lief schief. Er saß in seinem Büro im achtundzwanzigsten Stock des Schiefen Turms und fuhr zum hundertsten Mal die Löcher in seinen Backenzähnen entlang, wo die Amalgamfüllungen herausgebrochen waren. Sein Stümper von Zahnarzt hatte die Füllungen so dilettantisch vorgenommen, dass sich die Zahnwurzeln unter dem Amalgam entzündet hatten. Alle acht. Wu drückte vor Wut und Schmerz die Stirn auf seine Tastatur. Er hätte brüllen mögen, doch auch wenn die Glaswand zum Gemeinschaftsbereich getönt und schallgedämpft war – er konnte sich nicht erlauben, dass seine Mitarbeiter auch nur den kleinsten Zweifel an seiner Tatkraft bekamen. Nicht jetzt. Verflucht. Es war alles eine einzige Katastrophe. Und dann auch noch Sanfilippo. Woher rührte dessen Misstrauen? Was wusste er?

Wu wählte Avaris Nummer. Sie nahm nicht ab.

Er rief noch einmal von Wolfenweilers Assistentin an. »Ist Frau Avari bei der Sitzung anwesend?«

»Nein. Soweit ich weiß, ist Frau Avari gerade erst von einer Dienstreise zurückgekehrt.«

Wu sprang auf – aber wohin sollte er gehen? Hilflos stand er zwischen Schreibtisch und Fensterfront, eingesperrt wie ein waidwunder Eber.

Von Wolfenweiler war schuld. Der hatte der Europäischen

Kommission Versprechungen gemacht, die unmöglich zu halten waren. Nicht in der Kürze der Zeit. Zwei Jahre hatten sie ihnen für SAFE gegeben. Für eine Verschlüsselungstechnik, die sicher sein sollte, stabil und schnell genug für Milliarden Transaktionen pro Tag.

Und dann auch noch als Blockchain. Wu konnte es nicht verstehen. Politiker! Glaubten, wenn sie SAFE irgendwann der Öffentlichkeit vorstellten, dann würde das Wahlvolk schon spuren – solange Blockchain die Basis des Systems war. Verfluchter Hype. Als wäre Blockchain der Edle Achtfache Pfad. Es gab schon Gründe, warum die Kommunistische Partei Vorbehalte hatte, China das westliche System überzustülpen.

Es war für Wu ein Mysterium, wie von Wolfenweiler die EU-Kommission hatte überzeugen können, das Projekt nach der Fastpleite von EuroBinary weiterzuführen. Aber wo standen sie jetzt? Ein halbes Jahr war verstrichen, die besten Software-Entwickler der Welt hatte man versammelt, hundertvierzig Millionen verbrannt, und vorzuweisen hatten sie – nichts. Sieben Tage bis zur Präsentation. Es gab nur einen Weg: Wu musste von Wolfenweiler dazu bringen, die Präsentation zu verschieben. Die Dinge jetzt zu überstürzen war der größte Fehler, den sie machen konnten.

Wu wählte wieder Avaris Nummer. Wieder erfolglos.

Seine Zunge tastete weiter die löchrigen Zähne ab; zielsicher fand sie einen Nerv, Wu stöhnte auf.

Am schlimmsten war der Ungar. Varta. Vollkommen undiszipliniert, egozentrisch, zügellos. Natürlich brauchten sie den Hacker, er war brillant. Aber dass er jeden neuen Ansatz demontierte, kaum dass dieser drei Code-Zeilen beinhaltete, war der Wurm in der Kirsche der Arbeitsmoral.

Ein Versuch Wus, Vartas Einfluss zu bremsen, war es gewesen, ihn als Untergebenen zu behandeln, dessen Ergebnisse man dringend brauche. Bei Vartas rebellischer Natur hatte Wu auf eine Trotzreaktion gezielt. Im Ergebnis hatte sich die Stimmung zwischen ihnen verschlechtert, ohne dass Varta die Lust verloren hätte, Haare in der Suppe zu finden.

Als Wu sich nicht mehr zu helfen gewusst hatte, hatte er Roux-Pastor geholt. Wie die anderen Mitarbeiter war auch Varta umfassend geprüft worden; mit seiner ersten und einzigen Freundin Florentina war Varta mit zwanzig zusammengekommen, die Beziehung hatte kein Jahr gehalten. Der unersättliche Eifer, mit dem er seitdem jeden Rock verfolgte, war mehr als ausreichend dokumentiert. Wu hatte gehofft, wenn er ihm Roux-Pastor zur Seite stellte, würde Varta seine Arbeit etwas nachlässiger verfolgen.

Im Grunde hatte Wu recht behalten. Seine Zunge schmeckte Eiter. Er fluchte. Und jetzt hatte ausgerechnet Roux-Pastor Varta dazu gebracht, seine Nase in Bereiche zu stecken, die ihn nichts angingen.

Wu wählte Avaris Nummer. Sie nahm nicht ab.

Er verließ das Büro, informierte seine Sekretärin, dass er eine halbe Stunde abwesend sein werde, und suchte den Fahrstuhl auf. Er musste nur vier Stockwerke höher. Nach der Fusion von Fischer und EuroBinary war das frisch fertiggestellte Hauptquartier des Finanzsoftware-Unternehmens zum neuen Firmensitz des Gesamtkonzerns erkoren worden. Der zweiunddreißigste Stock war der höchste – die Etage des Vorstands. Wu öffnete mit seiner Schlüsselkarte das Steuerungsdisplay und wählte die Zweiunddreißig. Der Anfrage wurde stattgegeben, der Fahrstuhl glitt lautlos nach oben.

Von Wolfenweiler während der Vorstandssitzung zu stören, war ausgeschlossen. Aber zumindest mit Avari könnte er sprechen – falls sie zugegen war.

Wu war nach der Fusion zum Konzern gestoßen, genauso lange kannte er Aurora Avari. Doch zwei Monate hatten nicht gereicht, um die Italienerin zu durchschauen, die offiziell die Referentin des Vorstandsstabs war. Tatsächlich galt sie als die Spinne im Netz der zweiunddreißigsten Etage – und als von Wolfenweilers rechte Hand.

Die Fahrstuhltür öffnete sich, dahinter schob sich eine riesige getönte Glasscheibe zur Seite. Wu war schon häufiger hier gewesen, doch noch immer gelang es ihm nicht, sich der Aura des Stockwerks zu entziehen. Der Aura der Macht. Die beiden Damen an der Rezeption mit ihren perfekt geschnittenen Kostümen, ihrem perfekten Make-up lächelten ihm synchron zu. Eine unnatürliche Stille lag über den Dingen. Wu durchschritt den großzügig geschnittenen öffentlichen Bereich, weicher Teppichboden dämpfte seine Schritte. Es war, als sei das Schweigen untrennbar verwoben mit dem Raum.

Es wurde jäh gestört. Krachend fiel eine Tür ins Schloss. Einen Augenblick später eilte ein Mittdreißiger in weißer Hose, rosa Poloshirt und rotem Kopf Wu entgegen. Maximilian von Wolfenweiler, der Sohn des Vorstandsvorsitzenden. Alle nannten ihn Max. Oder Turmtroll – Letzteres freilich nur hinter dessen Rücken.

»Fotze.« In Max' Mundwinkeln hing weißer Schaum. »Fotze, Fotze, Fotze.«

Höflich trat Wu zur Seite. Er hatte kein Bedürfnis, sich auf den neuesten Stand zu bringen, was Max' regelmäßig verletzten Selbstwert betraf. Wer als erwachsener Mann seinen Vater Papa nannte, konnte nicht uneingeschränkten Respekt erwarten. Westliche Gebräuche hin oder her.

Max jedoch, als er Wus gewahr wurde, kam geradewegs auf ihn zu. In Wus offenen Zähnen pochte der Schmerz, glühende Fäden liefen tief in den Unterkiefer hinein.

»Was für eine Fotze.«

»Hi, Max.«

»Wu, kannst du dir das vorstellen? Diese Fotze glaubt, sie kann mich aus ihrem Büro schmeißen. Die mach ich fertig.«

Es half alles nichts, entschied Wu. Deadline hin oder her, er brauchte einen Arzttermin. Er schluckte. Zahnärzte – nichts fürchtete, nichts hasste er mehr.

»Wer glaubt die, wer sie ist? Die Schlampe. Ich bin der verdammte Sohn des Vorstandsvorsitzenden.«

»So schlimm wird es schon nicht gewesen sein.« Wu sagte es achtlos, seine Gedanken blockiert von der Vorstellung, bald Desinfektionsmittel riechen zu müssen, den Bohrer zu hören. Er hätte es nicht sagen sollen.

»Nicht so schlimm?«, brüllte Max. »Nicht so schlimm? Du kannst gleich selbst deine Sachen packen. Ich werfe euch beide raus!«

»Was ist denn passiert?«, fragte Wu, bemüht, die Wogen zu glätten.

»Die Fotze hat den Jet genommen.«

Wu räusperte sich. »Ich vermute, Sie meinen Frau Avari?«

»Wen denn sonst, du Schlitzgesicht?«

»Und das war nicht abgesprochen?«

»Nicht mit mir – ich habe Papa vor zwei Wochen gesagt, dass ich den Jet brauche. Vor zwei Wochen! Ich pack es nicht.«

»Hättest du dir nicht einen mieten können?«

»Sag mal«, Max' Lippen bebten, »ihr seid doch alle Wichser. Hätte ich mir denken können – das Pack hält zusammen. Das hat ein Nachspiel, das verspreche ich dir.« Max stürmte Richtung Fahrstuhl.

Wus Zunge tastete nach seinen Zähnen. Verdammt, wie sollte er Alyattes retten, wenn nicht einmal seine eigene Zunge ihm gehorchte?

Avari lehnte im Türrahmen ihres Büros und lächelte. Verfluchte Sphinx. Wu hätte nicht zu sagen vermocht, ob das Lächeln freundlich gemeint war, mitfühlend – oder belustigt und distanziert.

»Herzlichen Glückwunsch, Herr Wu«, begrüßte Avari ihn lässig, »Sie haben das Rumpelstilzchen überlebt.«

Wu seufzte. Jede Begegnung mit Max hinterließ ein Gefühl bei ihm, als hätte man ihn gezwungen, die Haltestange einer U-Bahn abzulecken. Mit Avari war es anders. Avari machte ihn nervös. Wu konnte nicht umhin, seine Augen über ihre Figur gleiten zu lassen. Die zierliche, dunkelhaarige Italienerin war Ende dreißig, doch hatte sie noch immer die Maße eines Models. Wu machte sich keine Hoffnungen. Er war ziemlich erfolglos, was Frauen betraf. Und Avari war eine Bombe, nicht nur, was ihr Aussehen betraf. Wer es in von Wolfenweilers innersten Kreis schaffte, musste mehr zu bieten haben als ein Playboy-Bunny. Vermutlich war sie nicht nur klug, sondern auch zielstrebig. Wu konnte sich keine Kombination vorstellen, die gefährlicher war.

»Haben Sie einen Augenblick Zeit?«, fragte er sie.

»Zehn Minuten, ja.« Sie gab die Tür frei. »Kommen Sie herein.«

Avaris Büro war etwas größer als seines. Während auf seinem Schreibtisch drei 32-Zoll-Bildschirme standen, verschwand ihr Laptop fast zwischen Bonsai-Bäumchen, Zierkieseln und einem Miniatur-Zen-Garten. An der Rückwand des Raumes hing quer ein mehrere Meter langes Banner, das Berge und Bäume im Stil asiatischer Tuschemalerei zeigte. Vielleicht war es sogar chinesisch, Wu hatte sich nie für Kunst interessiert.

Vor der Fensterfront befand sich eine Sitzgruppe. Avari bot ihm einen Sessel an und setzte sich ihm gegenüber. Auf dem Tischchen zwischen ihnen standen mehrere bunte Glasvasen. »Was kann ich für Sie tun?«

»Alyattes braucht mehr Zeit.« In den Vasen steckten keine Blumen. Das musste irgendeine ästhetische Bedeutung haben.

»Sicher.« Sie legte den Kopf schief. Ihr Gesichtsausdruck erhielt eine ironische Note. »Sie haben noch anderthalb Jahre.«

»Sie wissen, was ich meine. Die Präsentation nächste Woche. Wir sind nicht weit genug. Wenn wir einen halb garen Entwurf vorstellen, zerfetzt uns Villa in der Luft.« Ricardo Villa war der zuständige EU-Kommissar. »Wir haben zu wenig Rückhalt in der Öffentlichkeit. Villa wird die Möglichkeit nutzen, uns in den Wind zu schießen.«

»Was schlagen Sie vor?«

»Wir verschieben die Präsentation.«

»Zu spät.« Avari sagte es weder hämisch noch beunruhigt. Verfluchtes Pokerface.

»Was meinen Sie – zu spät?«

»Herr von Wolfenweiler gibt gerade dem Handelsblatt ein Interview. Unter anderem wird es um den Fortschritt von SAFE gehen. Wir haben uns entschieden, das Datum der Präsentation zu bestätigen.«

»Bitte was?«, brach es gegen seinen Willen aus Wu heraus. »Ohne Rücksprache mit mir zu halten?«

»Herr von Wolfenweiler ist der Überzeugung, eine erste Idee zu präsentieren sei besser als nichts. Bei einem Projekt dieser Größenordnung sollte sich verargumentieren lassen, dass nach einem halben Jahr Entwicklung noch nicht die belastbarsten Ergebnisse vorliegen.«

Unwillkürlich biss Wu die Zähne zusammen – ein Schmerz, als ob seine Kiefer schmölzen.

»Geht es Ihnen nicht gut?«

Wu winkte ab.

»Eine andere Sache, wo Sie gerade da sind – Sanfilippo hat sich bei uns gemeldet. Er meint, Sie hätten Ihre Mitarbeiter nicht unter Kontrolle.«

Auch das noch. Wu schwieg.

»Würden Sie sich dazu äußern?«

»Meine Mitarbeiter sind Profis, von mir selbst ausgewählt. Ich bürge für jeden einzelnen.«

»Sanfilippo hegt den Verdacht, zwei von ihnen, ein gewisser Tamás Varta und eine Neueinstellung namens Monique Roux-Pastor, seien gestern Nacht in der Bar des Mountain Lion aufgefallen, stark alkoholisiert, möglicherweise auch unter dem Einfluss anderer Substanzen. Was sagen Sie dazu?«

»Meine Mitarbeiter arbeiten unter enormem Druck. Sie mögen Koryphäen auf ihrem Gebiet sein, trotzdem sind sie auch nur Menschen.«

»Wir bezahlen sie aber nicht, als ob sie *nur Menschen* wären.«

»Ich garantiere, dass es sich um einen Einzelfall handelt, der nicht wieder vorkommen wird.«

»Hoffentlich. Sie wissen, dass Geheimhaltung bei Alyattes oberste Priorität besitzt. Die russischen und chinesischen Geheimdienste lecken sich die Finger nach Informationen über das zukünftige Bezahlsystem der EU. Und den Unmut der Öffentlichkeit haben Sie bereits selbst angesprochen. Ein Leak, und das Projekt ist am Ende.«

»Wie gesagt, ich lege die Hand für meine Mitarbeiter ins Feuer. Für jeden einzelnen.«

»Auch wenn sie betrunken eine Hotelbar plündern?«

»Auch dann.«

»Gut.«

Nun war es Wu genug. »Sind Sie sich eigentlich sicher, dass Sanfilippo eine weiße Weste hat?«

Tatsächlich, nun gelangte doch etwas wie Überraschung in Avaris Blick. »Was meinen Sie?«

»Ich hatte heute Morgen mit ihm zu tun. Er hat mir einen kleinen Einblick in seine Methoden gegeben – und ich kann nicht behaupten, dass ich restlos überzeugt war.«

»Können Sie das näher erläutern?«

»Fragen Sie ihn am besten selbst.«

Avari zögerte einen Augenblick, dann nickte sie.

Wus Handy vibrierte. Avari bemerkte es. »Gehen Sie ruhig ran, ich muss sowieso weiterarbeiten.« Sie erhob sich, trat zur Tür und öffnete ihm. »Behalten Sie in Erinnerung: Dass wir unseren Zeitplan einhalten, ist wichtig. Aber noch wichtiger ist, dass Ihre Truppe dichthält.«

Wu nickte und verließ Avaris Büro. Als er auf sein Handy blickte, vergaß er seine Zahnschmerzen. Es war die Warnung seines Virenschutzprogramms. Jemand hatte ihm einen Trojaner aufgespielt.

10. Kapitel

Als Wu das Büro verlassen hatte, atmete Avari erleichtert aus. Der Flug nach Ägypten hatte sie weniger erschöpft als die letzten paar Minuten. Kein anderer Mitarbeiter beunruhigte sie so sehr wie der kleine Mann in den bunten Pullis. Sie hatte noch nicht herausgefunden, was es war, aber irgendetwas passte nicht – und dass der Asiat der Inbegriff freundlicher Umgänglichkeit war, steigerte Avaris Beunruhigung nur noch mehr. Als Koordinator von Alyattes hielt er die Zukunft von FEB in Händen. Avari kannte ihn kaum. Wann immer es einen wichtigen Posten zu besetzen gab, war es Avaris Aufgabe, die Integrität der Bewerber zu evaluieren. Oft verließ sie sich auf Sanfilippos Einschätzung – doch sie war es, die entschied.

Außer bei Wu.

Den wichtigsten Posten der letzten Jahre hatte Fridolin selbst besetzt. Weder mit ihr noch mit Sanfilippo hatte er sich abgesprochen. Es wurmte sie. Natürlich hatte sie Wu trotzdem überprüft.

Einziger Sohn eines Paares, das in Shenzhen in der Chipherstellung arbeitete. Aufnahme in eine Eliteschule, zwei Jahre Militärdienst, Aufnahme an der Tsinghua-Universität Peking mit Studienrichtung Informationssystemtechnik, Gaststudium in Oxford mit Schwerpunkt Cyber-Kriminalität, Promotion am MIT, vier Jahre Software-Entwicklung bei Alibaba, drei Jahre Auditor für IT-Sicherheit bei WeChat. Seit zwei Monaten Alyattes.

Wus Biografie war perfekt. Zu perfekt.

Wer sich sein ganzes Leben mit der richtigen Abfolge von

Nullen und Einsen beschäftigte, musste ein Nerd sein. Und Wu war kein Nerd. In seinen unförmigen Pullovern mochte er wie einer wirken. Doch seine Manieren waren zu souverän, sein Gang zu geschmeidig, sein Blick zu scharf. Klischees, freilich. Und dennoch – je länger Avari mit Wus widersprüchlicher Fassade konfrontiert war, desto mehr misstraute sie dem Bild.

Ihr Telefon klingelte.

»Herr von Wolfenweiler ist jetzt bereit für Sie, Frau Avari.«

»Danke, Pamela.«

Avari überprüfte ihr Make-up, machte zwei schnelle Übungen zur Lockerung ihrer Nackenmuskulatur und trat auf den Gang. Sie musste nur ein paar Türen weiter. Noch keine zwei Schritte hatte sie getan, da blieb sie erbost stehen. Das durfte nicht wahr sein. Die Tür zu Fridolins Büro war halb geöffnet. Auf die schrille Stimme, die herausdrang, hätte Avari verzichten können. Maximilian, der Pisszwerg.

Nun, der sollte sie nicht aufhalten. Kurz entschlossen trat sie ein.

»Sie behandelt mich, als wäre ich ein dahergelaufener Manager«, jammerte Max gerade. »Mensch, Papa, wie kannst du das zulassen?«

Er stand mit dem Rücken zur Tür. Fridolin, an seinen Schreibtisch gelehnt, bemerkte Avari als Erster. Ein Lächeln zuckte in seinen Mundwinkeln. »Wenn man vom Teufel spricht…«

Fridolin von Wolfenweiler war ein Mann der Macht. Groß, aufrecht, siegessicher, jede Bewegung klar, jedes Wort strategisch durchdacht. Ein Blick nur, und sein Gegenüber offenbarte das düsterste Geheimnis. Noch drei Monate hatte Fridolin bis zu seinem fünfundsechzigsten Geburtstag, doch niemand machte den Fehler, ihn für alt zu halten. Avari hatte nie einen begehrenswerteren Mann kennengelernt.

»Herr von Wolfenweiler«, grüßte Avari höflich, nickte auch seinem Sohn zu: »Max.«

»Aurora«, rief dieser. »Du kommst gerade recht. Ich habe Papa alles erzählt. Du bist gefickt.«

»Max«, sagte Fridolin sanft, »würdest du uns bitte einen Moment allein lassen?«

Sosehr Avari Fridolin verehrte – die lächerliche Liebe, die er für seinen missratenen Sohn an den Tag legte, war ihr schleierhaft.

Max grummelte etwas, gehorchte jedoch. Als der Knall, mit dem er die Tür hinter sich zugeworfen hatte, verklungen war, konnte Avari geradezu sehen, wie die Energiefäden des Raumes an Farbe gewannen. Fridolin verriegelte die Tür und teilte Pamela über die Gegensprechanlage mit, bis auf Weiteres keine Gäste zu empfangen. Avari wartete ungeduldig. Kaum hatte Fridolin die Verbindung beendet, flog sie ihm entgegen, küsste ihn hungrig.

Fridolin stieß sie weg.

Betroffen starrte Avari ihn an. »Was ist?«

»Du bist das dümmste Miststück, das ich je kennenlernen musste.«

Verzweifelt kämpfte Avari um Haltung. Was hatte sie getan? Ihre Augen wurden feucht. Jetzt nicht heulen. Nur das nicht. Fridolin hasste Schwäche.

»Du solltest unseren Kredit erhöhen. Bei den Russen. Und was machst du stattdessen?« Fridolin fragte es ohne erkennbare Aufregung, lehnte noch immer an der Schreibtischkante. »Bietest einem verdammten libyschen Warlord an, ihm die Waffenlieferung abzuwickeln. Waffen aus Deutschland. Dem Land, das die strengsten Rüstungsgesetze Europas hat.«

Avari brauchte Zeit. Musste sich fangen. Sie ging zu einer der holzvertäfelten Wände, öffnete ein verstecktes Fach, nahm zwei Gläser heraus und füllte sie mit Whiskey. Fridolin beobachtete sie still.

Sie wich seinem Blick aus, während sie auf ihn zuging und ihm eines der Gläser hinhielt. Ein winziges Zögern nur, dann nahm er es, stieß mit ihr an.

Sorgfältig wog sie ihre Worte ab. »Wir tun nichts weiter, als für das Containerschiff einer dänischen Reederei zwei Aufträge abzuwickeln: Waffen Richtung Alexandria, Hilfsgüter Richtung Libyen. Auftraggeber für die Waffen ist eine ägyptische Bank; die Hilfsgüter finanziert ein russischer Entwicklungsfonds. Wenn die Routen aus Versehen vertauscht werden, hat das nichts mit uns zu tun.«

»Das Wirtschaftsministerium hat uns auf dem Kieker. Der kleinste Fehler, und sie quetschen uns aus wie einen überreifen Pickel.«

»Danke für das Bild.« Avari fand zu ihrem Selbstbewusstsein zurück. Für Fridolin war alles ein Spiel. Jeder Angriff, jede Provokation nur ein Zug auf dem Schachbrett der menschlichen Tragödie. Nun, sie konnte spielen.

»Hätte ich absagen sollen? Dann bräuchten wir die Staatsanwaltschaft gar nicht mehr – wir könnten unser Grab schön alleine schaufeln. Doppelte Kreditsumme über zwölf Monate. Das reicht uns, um Alyattes zum Laufen zu bringen.«

»Viele Fragezeichen, Schätzchen. Das Geld haben sie uns noch nicht zugesagt, oder?«

»Sie melden sich die Tage.«

»Wir werden sehen.« Fridolin trat an die Wand, unweit der Stelle, wo das Fach mit dem Alkohol eingelassen war. Er öffnete ein weiteres, geheimes Türchen. Dahinter befand sich ein Tresor. »Und ob Alyattes rechtzeitig auf die Beine kommt, steht in den Sternen.« Er öffnete den Tresor und nahm eine kleine Sporttasche heraus.

Avari lächelte bitter. »Mit Alyattes habe ich nichts zu tun.«

»Wohl wahr.« Er öffnete die Sporttasche.

Avari stutzte. »Was ist das?«

Fridolin hatte eine kleine Pistole aus der Tasche genommen, legte sie auf den Schreibtisch. Es folgten zwei Magazine, ein Bündel Geldscheine, Pässe, ein Scheckbuch.

»Ángel hat mir alles besorgt.«

»Ja, okay.« Wer sonst. »Ist die echt?«, fragte sie mit Blick auf die Pistole.

»Ja. Sie sieht nur ein bisschen ungewöhnlich aus, weil sie aus Kunststoff ist. Kostet ein Vermögen, aber funktioniert einwandfrei.«

»Wozu?«

»Lässt sich besser transportieren. Sicherheitschecks an Flughäfen zum Beispiel. Man muss natürlich den Körperscanner verweigern. Fingerabdrücke kann man auch nicht von dem Teil nehmen, hat eine Spezialbeschichtung. Lässt sich auseinanderbauen, dann wird sie noch kleiner…«

»Fridolin, mir ist vollkommen egal, ob das Ding aus Plastik, Gold oder Wackelpudding ist. Es ist eine Pistole, porca vacca. Wozu zeigst du sie mir?«

»Die Fotos und Personenangaben in den Pässen entsprechen denen von dir und Max. Das Bargeld reicht für die Flucht, das Scheckbuch garantiert euch ein Auskommen.«

»Wovon redest du? Was für eine Flucht?«

Fridolin stellte sein Glas neben die ausgebreiteten Dinge und wandte sich Avari zu. »Pass auf, Aurora.« Er legte ihr die Hände auf die Wangen. »Wir sind pleite. Ob die Russen wirklich auf dein Angebot eingehen und die Kredite verdoppeln, ist mehr als fraglich. Genauso, ob Alyattes doch noch die Investoren überzeugt. Aber wir brauchen uns keine falschen Hoffnungen zu machen – es sieht nicht gut aus.«

»Das weiß ich doch. Aber warum denn die Knarre?« Nervös zupfte sie an Fridolins Hemdkragen.

»Nur zur Sicherheit. Wer lange so viel Macht hat wie ich, schafft sich notwendigerweise Feinde. Sie werden aus ihren Löchern kommen, wenn sie mich geschwächt sehen.«

»Du hast doch Ángel.«

»Ja. Ich schon. Die Pistole ist für dich. Alles, auch die anderen Sachen.« Diese Stimme, die kein Nein zuließ.

»Fridolin«, flüsterte sie. Eine dunkle Erregung hatte sie erfasst. Er sorgte sich um sie.

»Versprich mir, dass du auf Max aufpasst.« Vertraute ihr seinen Sohn an.

Avari nickte. In diesem Moment hätte sie Fridolin alles versprochen. Er hatte sich ihr preisgegeben; hatte zugegeben, dass er sie brauchte. Der stärkste Mann, den sie kannte. Der Mann, den sie liebte. Eine Woge der Zuneigung überschwemmte sie. Sie biss ihm in den Hals.

Fridolin stöhnte auf. Avaris Chakren vibrierten. Wieder biss sie zu, heftiger als zuvor. Er packte sie, warf sie herum, beugte sie über den Schreibtisch. Schob ihr den Rock hoch, riss ihr den Slip zu Seite. Brutal drang er in sie ein.

Es gab keinen Grund, leise zu sein, das Büro war exzellent gedämmt. Avari schrie. Und schrie. Und schrie.

11. Kapitel

Anna-Lena Herbst verließ das Amberger Marienkrankenhaus, überquerte den Parkplatz und stieg in ihren verbeulten VW Golf. Im Frühjahr stand der TÜV an. Keine rosige Aussicht. Sie kaufte im Supermarkt ihres Vertrauens eine Apfelsaftschorle und einen Salatkopf und packte beides in ihre Sporttasche. Dann lenkte sie ihren Golf auf die B85, um hinter Schwandorf auf die A93 zu kommen. Sie musste nach München.

Herbst leitete eine kleine Kampfkunstschule in der Ahornstraße, außerdem gab sie VHS-Kurse. Das Geld reichte trotzdem nicht aus. Einerseits übernahm die Kasse nur die Grundversorgung für Rafael. Das Einzelzimmer und die zusätzliche Betreuung verschlangen ein Vermögen. Andererseits läpperten sich die Kosten verschiedener Rechtsstreitigkeiten, in die Herbst über die Jahre geraten war.

In München hatte sie einen kleinen Nebenjob. Hoffentlich war der heutige Auftrag lukrativ. Sie nahm einen Schluck von ihrer Apfelsaftschorle, drehte das Radio auf und drückte das Gaspedal durch.

Zwei Stunden später parkte sie zwischen den Wohnblöcken des Hasenbergls. Herbsts Ziel war ein winziger, aus blauen Holzlatten gezimmerter Kiosk, der halb verschluckt wurde von den Hochhäusern, die ihn belagerten. Der Mülleimer vor dem Kiosk war überfüllt, das Blau der Latten blätterte ab, Schimmelflecken verzierten die Markise. Die Theke, die ohnehin nicht groß war, wurde fast vollständig von einem Terrarium ausgefüllt. Darin döste auf einem flachen Stein eine Schildkröte. Herbst nahm den Salatkopf aus ihrer Sporttasche, riss das oberste Blatt ab und legte es ins Terrarium. Die Schildkröte zeigte sich unbeeindruckt.

Hinter der Theke saß ein vom Alter gekrümmter Mann, dessen Haupthaar sich komplett in zwei gewaltige schneeweiße Brauen transformiert hatte. Die Kippe im Mundwinkel war fast völlig abgebrannt, doch die Asche war nicht abgestreift worden, hing noch als zitterndes Würmchen am Filter. Der Mann wurde von allen nur Schildkröten-Toni genannt.

»Hey, Toni.«

»Hey, Lena.«

»Wie viel?«

»Fünfzehn.«

»Und für mich?«

»Drei.«

»Vier.«

»In Ordnung.« Schildkröten-Toni reichte ihr einen braunen Umschlag. »Viel Erfolg.«

Herbst nahm den Umschlag, gab Schildkröten-Toni den Salatkopf und ging zurück zu ihrem Auto. Sie setzte sich hinters Lenkrad und überprüfte routinemäßig ihre Umgebung. Dann erst öffnete sie den Umschlag. Das Foto eines unrasierten Mannes um die fünfzig. Auf der Rückseite ein Name und eine Adresse in Schwabing. Herbst gab die Adresse ins Navi ein und startete den Motor.

Auf dem Weg fuhr sie an einem Discounter vorbei. Sie stoppte und kaufte eine Literflasche Rotwein mit Schraubverschluss für zwei Euro.

Zwei Straßen von der angegebenen Adresse entfernt parkte sie den Wagen, nahm die Rotweinflasche und ging die letzten Meter zu Fuß. Es nieselte; wer sonst noch unterwegs war, hastete mit hochgeschlagenem Kragen und gebeugtem Kopf durch das kalte

Grau des Novembertags. Herbst trug nur eine dünne Windjacke, sie fror nicht leicht.

Sie gelangte an ihr Ziel. Ein fünfstöckiges, unauffälliges Wohnhaus mit orangefarbener Fassade. Der Name auf der Fotorückseite lautete Dieter Frenzel. Sie fand ihn zwar auf dem Klingelschild, klingelte jedoch erst bei anderen Parteien. Beim dritten Versuch erwachte die Gegensprechanlage.

»Hallo?«

»Schornsteinfegerin. Kaminabnahme.«

»Ich habe keinen Zettel bekommen.«

»Ich muss nur auf den Dachboden.«

Der Türöffner summte.

»Ach, wissen Sie zufällig, wo Herr Frenzel wohnt?«

»Fünfter Stock, rechte Tür.«

»Danke.«

Es gab einen Aufzug, aber Herbst nahm die Treppe. Sie hätte nicht fragen brauchen, Frenzel hatte ein Namensschild an seiner Tür. Der Spion leuchtete matt, offenbar war jemand zu Hause. Herbst zog ihre feuchte Jacke aus und ließ sie neben die Türe fallen. Sie zog den Haargummi ab und zupfte ihre schulterlangen Haare zurecht. Dann klingelte sie. Nach ein paar Sekunden ein Schlurfen. Schließlich die barsche Frage: »Wer da?«

»Antje Schulze. Ich bin die neue Nachbarin.«

»Aha.«

»Ich dachte, vielleicht stelle ich mich kurz vor.« Mit einem Lächeln hielt Herbst den Wein so vor sich, dass er durch den Spion gut zu erkennen wäre.

Ein Riegel wurde verschoben.

Herbst wich einen Schritt zurück.

Die Tür wurde einen Spalt geöffnet.

Herbst trat auf Höhe der Klinke so fest gegen die Tür, dass diese dem dahinter stehenden Mann gegen den Leib krachte. Das Knacken eines Nasenbeins und einen Aufschrei später wusste sie, dass sie gut getroffen hatte. Rufe und Schritte von hinten. Während der Mann sich noch ins Gesicht griff, hatte Herbst ihn bereits in die Diele zurückgedrängt und hinter sich die Tür verschlossen.

»Sie sind Dieter Frenzel?«

Es war eine formale Frage. Der untersetzte Mittfünfziger vor ihr war der Mann auf dem Foto. Aus einer Tür am Ende des Ganges rannte noch ein Typ.

Fassungslos, mit schmerzverzerrtem Gesicht starrte Frenzel sie an. »Was wollen Sie von mir?«

»Ich wurde geschickt, Ihre Schulden abzuholen.«

Herbst wartete gleichgültig, während Frenzel die Erkenntnis überkam. »Du bist hier für die fünfzehntausend.«

Herbst nickte.

Der zweite Typ blieb hinter Frenzel stehen, er hatte ein breites Kreuz und zu viel Gel in den Haaren. Ein dritter kam hinzu, weniger bullig, aber durchtrainiert.

»Tja, äh, wer hätte das gedacht«, Frenzel tastete seine Nase ab. »Ich bin gerade nicht besonders flüssig.« Er versuchte ein Grinsen, es wollte nicht gelingen. »Wir können doch sicher über alles reden.«

Herbst öffnete die Weinflasche und goss sie gegen die nächststehende Wand.

»Hör mal zu, Puppe«, Frenzels Gesichtsausdruck war nicht mehr ganz so konziliant wie zuvor. Ein Blick über die Schulter versicherte ihm, dass er Rückendeckung hatte. »Glaubst du, du schüchterst mich ein? Ich kann dich anzeigen wegen Körperverletzung.«

»Können Sie.«

»Und Hausfriedensbruch.«

»Auch das.« Während Herbst weiter den Wein leerte, war sie aufmerksam darauf bedacht, keine Spritzer abzubekommen.

»Und wegen Körperverletzung. Du hast mir die Nase gebrochen.«

»Jep.«

»Puppe, wir sind zu dritt. Was hältst du davon, du verpisst dich einfach wieder?«

Der bullige Typ schaltete sich in das Gespräch ein. »Dann schicken sie das nächste Mal jemand anderes, der mehr Stress macht.«

»Ja«, pflichtete der Drahtige bei, »besser, wir verpassen ihnen eine Warnung.« Er warf Herbst einen frivolen Blick zu, leckte sich die Lippen.

Herbst antwortete mit einem Kussmund.

Der Bullige griff an seinen Gürtel und zog ein Springmesser hervor, das er genüsslich aufschnalzen ließ. »Die Schlampe ist sicher nicht offiziell hier. Ich glaube nicht, dass jemand sie bei uns sucht, wenn sie heute nicht nach Hause kommt.«

»Ich glaube, ihr habt recht« – diesmal gelang Frenzels Grinsen – »und wenn die neue Frau Nachbarin schon so freundlich ist, Hallo zu sagen, dann sollten wir sie auch willkommen heißen.« Einen Meter von ihm entfernt stand eine Anrichte. Mit einem Sprung war Frenzel dort, riss die oberste Schublade auf, packte eine Pistole und richtete sie auf Herbst.

Sein Grinsen wurde breiter. »Ich würde vorschlagen, wir ziehen erst mal ins Wohnzimmer um. Da können wir uns dann ganz in Ruhe kennenlernen.« Seine Kumpane feixten.

»Ich habe einen anderen Vorschlag«, erwiderte Herbst, während sie die leere Weinflasche auf den Boden stellte. »Ich breche Ihnen so lange die Finger, bis ich Ihnen glaube, dass Sie das Geld nicht haben. Dann gehe ich und komme Samstag wieder. Und wenn ich wiederkomme, haben Sie das Geld. Für den zusätzlichen Aufwand berechne ich tausend extra.«

Frenzel schaute verblüfft zwischen Herbst und seiner Waffe hin und her. »Bist du lebensmüde?«

»Schieß ihr ins Bein, Didi«, schlug der Bullige mit dem Messer vor.

»Bist du behindert? Ohne Schalldämpfer? Dann steht gleich das ganze Haus vor der Tür. Du hast doch das Messer …«

Herbst bewegte sich zu schnell, um ihr mit bloßem Auge folgen zu können.

Als sie fertig war, stand sie mit der Pistole in der Hand vor drei Männern, die sich wimmernd auf dem Boden wälzten.

Herbst ließ die Patrone, die sich in der Kammer der Pistole befunden hatte, auf den Boden fallen. Auch das Magazin nahm sie heraus. Dann kniete sie sich neben Frenzel.

»Nun zu der Sache mit den Fingern.« Sie schob ihm das Magazin zwischen die Zähne. »Draufbeißen ja. Schreien nein. Wir wollen ja nicht, dass das ganze Haus vor der Tür steht.«

Sie begann mit dem Daumen.

Herbst brauchte nie lange. Bei Frenzel roch sie den Urin bereits, als sie nach dem Mittelfinger griff.

»Sie haben das Geld also nicht?« Sie nahm ihm das Magazin aus dem Mund.

Wie ein glänzender Film lag der Schweiß auf Frenzels Gesicht. Seine Augen waren geweitet vom Schmerz und vor Furcht, stöhnend schüttelte er den Kopf.

»Na gut«, Herbst richtete sich auf. »Dann bis Samstag.«

Als sie die Wohnung verließ, zog sie gewissenhaft die Tür hinter sich zu.

12. Kapitel

»Wir sollten los«, murmelte Nicky.

»Ja, gleich.« Varta schaute nicht von seinem Handy auf.

»Ich nehme ein Taxi.«

»Okay.«

»Bis später.«

Varta bemerkte kaum, wie Nicky das Hotelzimmer verließ. Eine halbe Stunde hatte er sich durch Taos Mails gescrollt. Jede einzelne Mail war unverdächtig. Und doch – etwas stimmte nicht. Varta suchte gezielt nach Einträgen zu Penetrationstests. Die Tests bildeten ein entscheidendes Element der Software. Wenn es sich bei SAFE um ein Gebäude gehandelt hätte, wäre den Penetrationstestern die Rolle zugefallen, die Einbruchsicherheit zu prüfen.

Varta war zuständig für den Front-End-Build, die Haustür. Noch wichtiger war das Fundament – der Back-End-Build; wenn jemand einen Tunnel in den Keller bohrte, umging er nicht nur die meisten Warnsysteme, sondern brachte womöglich das ganze Haus zum Einsturz. Das Merkwürdige war: Tao erwähnte zwar die Penetrationstests in zahllosen Mails gegenüber seinen Programmierern und hatte auch mit Varta selbst Hunderte Nachrichten getauscht. Aber kein einziges Mal schrieb er einen Penetrationstester des Back-End-Builds direkt an. Wenn es einen Tester für das Back-End gab, dann handelte es sich um ein Phantom.

Varta hatte nur eine Wahl. Er musste in den Serverraum.

Als er seine Ninja in der FEB-Tiefgarage abstellte, vibrierte sein Handy. Noch während Varta die Push-up-Nachricht las, brach ihm der Schweiß aus. Der Fernzugriff auf Taos Telefon war blockiert worden. Man hatte ihn entdeckt. Hektisch sah er sich um. Er war allein. Die Oberklassewagen um ihn her standen geduldig und still. Es war früher Nachmittag. Noch dachte niemand an Feierabend.

Varta machte sich nichts vor. Er hatte den Koordinator von Alyattes bespitzelt. Ein offizielles Verfahren würde es nicht geben. Er erinnerte sich an Sanfilippos Besuch im Hotel und erschauerte. Mit klammen Fingern öffnete er die Befehlszeile seines Smartphones und setzte die Speicherblöcke der Festplatte auf Default. Die angezeigte Dauer des Löschvorgangs: zwei qualvolle Minuten. Varta wartete. Motorengeräusch. Ein schwarz glänzender BMW fuhr in die Garage. Mit klopfendem Herzen beugte sich Varta über sein Motorrad und tat, als suche er etwas im Stauraum. Der BMW parkte zwanzig Meter weiter. Türenschlagen, Schritte. Varta schielte auf sein Telefon. Zwei Minuten noch. Zu lang. Er hielt den Atem an.

Die Schritte entfernten sich. Richtung Fahrstuhl.

Varta atmete aus.

Als alle Daten gelöscht waren, nahm er SD- und SIM-Karte aus dem Telefon und zerbrach sie. Die Einzelteile steckte er zusammen mit dem Telefon in die Hosentasche. Wohin? Toilette. Er eilte ins Treppenhaus. Zu schnell, um nicht verdächtig zu wirken. Langsamer. Zum Glück war niemand da. Er erreichte den nächsten Waschraum, schloss sich in einer der Kabinen ein, umwickelte die Reste der SIM-Karte mit Klopapier und spülte alles die Toilette hinunter. Das Telefon war zu groß. Wohin damit? Außerdem musste er die Daten noch physisch zerstören. Am besten zuerst raus aus dem Gebäude. Mist. Seine Laptops. Einer lag im Serverraum, einer im Büro. Mitnehmen oder zurücklassen? Zurücklassen. Welcher Ausgang? Er hatte keine besonderen Befugnisse für die Nebenausgänge. Wenn er einen davon nähme, würde der Feueralarm ausgelöst. Die Garagenausfahrt mit der Ninja? Der Pförtner müsste die Schranke für ihn öffnen. Und die Ninja müsste er dann sowieso loswerden. Varta kratzte sich den juckenden Unterarm. Es blieb nur ein Weg, und der war nicht viel besser – er musste durchs Foyer.

Er öffnete den Deckel des Spülkastens, ließ Telefon und Akku getrennt ins Wasser plumpsen. Nachdem er den Kasten wieder verschlossen hatte, testete er die Spülung. Funktionierte.

Für die zwei Stockwerke nach oben nahm er die Treppe. Als er vor der Feuerschutztür stand, die ihn von der Lobby trennte, blieb er stehen. Hatte er überreagiert? Machte er alles noch schlimmer, wenn er jetzt floh?

Varta ballte die Fäuste, ein armseliger Versuch, sich Mut zu machen. Nein. Selbst wenn Sanfilippo ihn nicht selbst massakrieren würde – Alyattes war ein europäisches Projekt der höchsten Sicherheitsstufe. Varta hatte nicht einfach irgendein Handy gehackt. Er hatte einem Staatsgeheimnis nachspioniert. Zwei Jahre im Zentralgefängnis von Budapest genügten ihm, um zu wissen: Eine zweite solche Erfahrung würde er nicht überleben.

Varta straffte den Oberkörper, öffnete die Feuerschutztür und trat ins Foyer. Herren im Anzug saßen im Wartebereich und kramten in ihren Aktentaschen, Damen im Kostüm telefonierten, die Rezeptionisten glotzten auf ihre Bildschirme. Die normale Geschäftigkeit eines Dienstagnachmittags. Keine Ansammlung von Sicherheitsleuten, kein Aufruhr.

Den Blick starr auf die imposante Drehtür des Ausgangs gerichtet, zwang Varta sich zu einem gleichmäßigen, ruhigen Gang. Schritt um Schritt. Sein Herz klopfte wild. Noch fünf Meter. Langsam. Nicht rennen.

»Herr Varta?«

Vartas Muskeln verkrampften sich. Er drehte sich nicht um. Blieb nicht stehen.

»Herr Varta? Entschuldigen Sie bitte.«

Die Sicherheitsleute an der Drehtür wandten sich ihm zu, aufmerksam geworden durch die Rufe hinter ihm.

»Herr Varta. Warten Sie bitte.«

Die Sicherheitsleute stellten sich ihm in den Weg. Zwischen ihnen hindurch? Zur Seitentür? Er musste Zeit gewinnen.

Er drehte sich zu seinem Verfolger um. »Was gibt's?«

Der Mann war jung, etwas pummelig und steckte in einem Anzug, dessen Hose einen Tick zu lang und dessen Sakko einen Tick zu kurz war. Varta kannte ihn nicht.

»Herr Varta«, schnaufte der Junge. »Herr Wu möchte Sie sehen.«

»Wer bist du überhaupt?«

Der Junge versuchte, eine gerade Haltung einzunehmen. »Christian Alpe. Ich bin Herrn Wus neuer Praktikant.«

»Sagen Sie ihm, ich bin in einer Stunde in seinem Büro.«

Der Junge trat von einem Fuß auf den anderen. »Herr Wu meint, es sei dringend.«

»In Ordnung. Ich rufe ihn in zehn Minuten an.«

Alpe hatte einen kirschroten Kopf. Varta hoffte flehentlich, dass seine eigene Nervosität weniger deutlich zutage trat.

»Herr Wu besteht leider darauf, dass Sie persönlich erscheinen.«

Varta sah sich nach den Sicherheitsleuten um. Sie hatten die Hände an ihren Waffen und verfolgten wachsam das Gespräch. Losrennen oder klein beigeben? Pest oder Cholera.

Falls er entkäme, würden sie sich Nicky vorknöpfen.

»Gut. Von mir aus.« Varta rieb sich den Unterarm. »Wenn es ihm so wichtig ist.«

Varta folgte Alpe zum Fahrstuhl, wartete neben ihm, während sie in den achtundzwanzigsten Stock fuhren. In Trance folgte er ihm zu Taos Büro. Er hätte sich eine Strategie überlegen müssen, die Möglichkeiten einer Flucht durchdenken, Argumente für das bevorstehende Verhör entwickeln. Doch er war wie gelähmt. Zwei Jahre im Zentralgefängnis von Budapest. Siebenhundertdreißig Tage. Der Lärm. Die Gerüche. Jeder einzelne Tag ein zäh fließender Strom von Rotz, Blut und Erbrochenem. Die Mithäftlinge, die nicht leben konnten ohne die Gewalt. Die Wärter, die leben konnten mit der Gewalt.

Und er war glimpflich davongekommen. Man hatte Tamás Varta nur einen Bruchteil dessen nachweisen können, was er verbrochen hatte. Er war vorsichtig gewesen. Hatte seine Opfer sorgfältig ausgewählt. Hatte stets nur private Unternehmen gehackt, hatte nie Daten entwendet, die der Öffentlichkeit schadeten, hatte die Daten nur dem Anonymous-Netzwerk zugespielt, anstatt sie selbst zu veröffentlichen.

Dann hatte Viktor Orbán nicht aufgehört zu zeigen, wer Viktor Orbán war. 2015 hatte Anonymous ihm den Krieg erklärt. In einem Video. Varta hatte es geteilt. Siebenhundertdreißig Tage. Für einen geteilten Video-Post. Es war das einzige Mal, dass er einen so leichtsinnigen Fehler begangen hatte.

Und heute.

Alpe blieb vor Taos Büro stehen.

Varta ebenfalls.

»Bitte«, Alpe räusperte sich, »ich denke, Sie können eintreten.«

»Ja.« Varta verharrte.

»Ich kann Sie auch gern anmelden«, haspelte Alpe, klopfte an Taos Bürotür, öffnete sie einen Spalt und steckte den Kopf hinein. »Herr Varta ist da.«

»Soll reinkommen.«

»Sie sollen reinkommen.«

Varta betrat das Büro.

»Mach die Tür hinter dir zu.«

Varta gehorchte.

Tao saß hinter seinen drei Monitoren auf seinem Drehsessel und presste sich je eine Kältekompresse gegen die Backen. Der unstete Blick eines Gejagten. Varta lief der Schweiß unter den Armen.

»Tamás.«

»Tao.«

»Setz dich.« Taos Hände hielten die Kompressen, mit dem Ellenbogen deutete er auf den Besucherlehnstuhl.

Varta tat es. Er hatte mit Sanfilippo gerechnet oder mit einem seiner Gorillas. Doch sie waren allein im Raum. Er wartete darauf, dass Tao zu sprechen anfing, doch der schwieg.

»Was ist los?« Er fühlte sich so schlaff, als hätte man ihm alle Knochen aus dem Körper gezogen.

»Ich muss zum Zahnarzt.«

Sekundenlang saß Varta in seinem Lehnstuhl, starrte Tao an und verstand ihn nicht. Dann erst erlaubte ihm sein eingefrorener Geist, den Bezug zu den Kompressen herzustellen.

»Ach.«

»Kein guter Zeitpunkt.« Taos Lächeln war stumpf.

»Nein.«

Wieder Schweigen. Nur das leise Summen des Rechners unter Taos Schreibtisch.

»Ich wurde gehackt.«

Varta presste die Lippen zusammen.

»Ich. Tao Wu. Der Koordinator des Projekts, das die Zukunft der Verschlüsselung bedeuten soll.«

Varta schwieg.

»Niemand käme von außen durch unsere Firewalls. Die NSA nicht, die Israelis nicht, China nicht. Richtig?«

Varta nickte.

»Ich habe mein Team so genau geprüft. Und jetzt werde ich verraten.«

»Das tut mir leid.«

Tao legte die Kältekompressen auf seinem Schreibtisch ab, erhob sich, ging auf Varta zu.

»Du bist der beste Hacker, den ich je getroffen habe, Tamás. Erklär mir das.«

Varta schwieg.

Tao beugte sich zu ihm hinunter. »Ich brauche dich.« Er legte Varta die Hand auf die Schulter. »Du musst mich retten.«

Varta taumelte aus seiner Betäubung. »Was?«

»Du musst mich retten.«

»Ich?«

»Es muss eine Mail gewesen sein. Für mein Handy sind weniger als dreihundert Adressen autorisiert. Von einer dieser Adressen stammt der Trojaner.«

Ein Lichtstrahl in dem Nebel, der Varta umhüllte. »Und wer war es?«

»Sag du es mir, Tamás.«

»Woher soll ich das wissen?«

»Einer unter dreihundert. Finde ihn.«

13. Kapitel

Seit Philipp ihr das Treffen angeboten hatte, hatte Cate Beheim keine einzige Valium mehr genommen. Caro hatte sie absagen müssen – wieder einmal – und es nur widerstrebend getan. Doch ihre Entscheidung, Stefans letzte Worte nicht länger von sich zu schieben, hatte die Dunkelheit zurückgedrängt. Im Gegenzug hatte sich nun eine fahrige Nervosität ihrer bemächtigt.

Ich habe mein Lebenswerk dem Teufel verkauft.

Beheim warf einen letzten Blick in den Badezimmerspiegel. Sie war nicht mehr jung, doch noch immer eine attraktive Frau. Statt Jeans und T-Shirt hatte sie sich für Rock und Bluse entschieden. Etwas Rouge gegen die Blässe ihrer Wangen, den Concealer gegen die Augenringe – schon war der Zoll kaschiert, den die letzten Monate gefordert hatten.

Sie kannte Philipp seit 2002 – London, dieselbe Zeit, in der sie Stefan kennengelernt hatte. Bereits damals Stefans bester Freund und Mitbegründer der Firma, war er ihr über all die Jahre so ans Herz gewachsen, dass sie ihn wie einen Bruder liebte. Schminken musste sie sich nicht für ihn. Sie tat es, um sich stärker zu fühlen. Philipp hatte verschlossen gewirkt am Telefon, sie ahnte, dass er etwas wusste. Und sie ahnte auch, dass er es lieber für sich behalten würde.

Es klingelte. Der Fahrer, den Philipp geschickt hatte. Sie griff nach Mantel und Handtasche und eilte die Treppe hinunter.

In der Limousine wurde Beheim von ihrem Offenbacher Reihenhaus nach Kronberg im Taunus gebracht. Von der bunten, ruppigen Welt, die sie liebte, in die geschniegelte Leere einer der reichsten Gemeinden Deutschlands. Während sie an Golfplätzen und Reitclubs vorbeifuhren, bemächtigte sich ihrer eine eigenartige Melancholie. Beheim sah die Porsche-Geländewagen, die verschnörkelten Villen, die dazugehörigen Gärten, groß und trostlos wie Fußballfelder; wenn Besitz zum Maßstab deines Selbstwerts wurde, wie konntest du nicht einsam sein?

Nach dem Börsengang von EuroBinary hatten sich die Strukturen im Vorstand geändert, Philipp hatte sich in den Aufsichtsrat zurückgezogen und mit einem Partner seine eigene Firma gegründet: LindeSchröder Consulting. Wenig später war er nach Kronberg gezogen. Beheim hätte den Zusammenhang nicht behaupten wollen, doch sie konnte nicht umhin festzustellen, dass Philipp sich seitdem verändert hatte. Der Rücken gerader, die Augen kälter.

Sie bogen ab in ein kleines Wäldchen, weder Radweg noch Bürgersteig säumten die Straße. Die Villa, die Philipp sich gekauft hatte, bestand aus einer vierstöckigen Ansammlung von Ausluchten, Erkern, Türmchen und Balkonen. Üppige Linden boten Sichtschutz vor den umliegenden Anwesen.

Der Fahrer hielt vor der Freitreppe, die zum Eingang im ersten Stock führte. Während er Beheim die Limousinentür aufhielt, öffnete sich oben bereits ein Türflügel der Villa; Erdmuthe, Philipps Haushälterin.

Die alte Dame winkte strahlend, während sie vorsichtig die Stufen nahm.

»Bleib nur, du musst nicht extra runterkommen!«, rief Beheim und eilte ihr entgegen.

»Cate, schön, dass du da bist.«

Sie küssten einander auf die Wangen. Philipp hatte Erdmuthe erst kürzlich eingestellt, doch Beheim hatte sich auf Anhieb mit der aufgeweckten Seniorin verstanden. Früher hatte Philipp es vorgezogen, sich mit jungen, attraktiven Frauen zu umgeben.

Doch seit eine Assistentin erst mit ihm geschlafen und ihn dann wegen sexueller Nötigung angezeigt hatte, bevorzugte er Mitarbeiterinnen, die nicht seinem Beuteschema entsprachen.

»Herr Linde ist leider noch nicht da«, erklärte Erdmuthe. Sie führte Beheim in den Empfangssalon. »Kann ich dir schon was zu trinken bringen?«

»Mach dir keine Umstände, ich hole mir selbst was.« Im Raum befand sich eine gut bestückte Bar inklusive Wasseranschluss. Beheim griff sich ein Glas und füllte es mit Leitungswasser.

Erdmuthe lachte. »Wenn alle Gäste so wären wie du, wäre ich im Nullkommanix wegrationalisiert.«

»Willst du auch was?«

»Gib mir einen Brandy.«

Sie tranken und plauderten eine kleine Viertelstunde, dann hörten sie bremsende Autoreifen auf dem Kiesvorplatz.

»Ich geh schon«, kam Beheim Erdmuthe zuvor und stand auf. Als sie den Eingang erreichte, stand Philipp noch auf der Außentreppe und telefonierte. Er war in einem schwarzen Lamborghini gekommen. Beheim kannte den Wagen nicht, er musste neu sein.

Sobald Philipp sie sah, winkte er ihr zu und beendete das Gespräch.

»Cate. Schön, dass du da bist.«

»Danke für die Einladung.«

Sie umarmten sich.

Erdmuthe wartete in diskretem Abstand.

»Sie können Feierabend machen.«

»Sehr wohl, Herr Linde.«

Nachdem Beheim sich von Erdmuthe verabschiedet hatte, ging sie mit Philipp zurück in den Salon.

»Willst du was trinken?«, fragte er.

»Danke, mir reicht mein Wasser. Wie gesagt, ich nehme Tabletten.«

»Stimmt ja.« Philipp schenkte sich von demselben Brandy ein, den seine Haushälterin gewählt hatte. Dann setzte er sich auf einen Sessel gegenüber dem Sofa, auf dem Beheim Platz genommen hatte.

»Wir haben uns echt zwei Wochen nicht gesehen, oder? Jetzt sag mal, wie geht's dir?«

»Na ja, passt schon irgendwie. Ab und zu ein Heulkrampf. Aber die Arbeit hilft. Das Valium auch. Und bei dir?«

»Ich weiß nicht.« Philipp sah in seinen Brandy. »Manchmal erwische ich mich dabei, wie ich eine schwierige Frage zu klären habe und seine Nummer wählen will.« Er sah an Beheim vorbei. »Was soll man machen. Das Leben geht weiter.« Es sollte wohl aufmunternd klingen.

»Ja.«

»Willst du echt nichts trinken?«

»Ein kleines Glas vielleicht.«

Philipp ging zur Bar und schenkte ihr ein.

»Warum hat Stefan Fischer & Söhne so gehasst, Philipp?«

Philipp reichte ihr das Glas und setzte sich zu ihr aufs Sofa.

»Du kannst wirklich nicht loslassen.«

Ich habe mein Lebenswerk dem Teufel verkauft.

»Nein.«

»Du weißt doch, wie Stefan war. Menschen waren nicht seine Stärke. Ein brillanter Entwickler, aber kein Verkäufer. Nur – je größer EuroBinary wurde, desto wichtiger wurde die Repräsentation. Bis zum Schluss hat Stefan lieber vor seinem Rechner gesessen, als Anweisungen zu geben.« Philipp schüttelte den Kopf. »Das muss man sich mal vorstellen – als Vorstand eines DAX-Konzerns.«

»Deswegen hätte er nicht springen müssen.« Es war ein guter Brandy. Beheim folgte dem angenehmen Brennen, das ihre Kehle hinunterglitt. Ihre Augen wurden feucht. »Er hätte einfach den Posten aufgeben können. Er hätte nicht springen müssen.«

»Ach, Cate. Wie gern würde ich Stefan hier bei uns sehen. Was glaubst du, wie oft ich mich die letzten Monate gefragt habe, ob ich etwas hätte merken müssen. Anspannung, Überforderung, irgendein Zeichen. Aber wir waren ja alle angespannt, alle überfordert. EuroBinary war am Ende. Ohne das Angebot von Fischer & Söhne hätten wir Insolvenz anmelden können. Hey, unsere Anwälte hatten bereits den Antrag vorbereitet.«

Beheim nahm einen weiteren Schluck von ihrem Brandy. »Ja, Stefan hat sich nie wohlgefühlt als Manager. Die Zeit vor der Fusion war hart. Für ihn, auch für mich. Trotzdem. Das erklärt seinen Hass nicht.«

»Vielleicht war es die Verzweiflung, die einen Schuldigen gesucht hat.«

Beheim reichte Philipp ihr leeres Glas. »Kann ich noch einen haben? Klein, bitte.«

Philipp nahm ihr das Glas ab und ging zur Bar.

»Nein«, sagte sie, während Philipp auch sein eigenes Glas wieder füllte. »Nein. Stefan hat nie Schuldige gesucht, wenn er selbst unter Druck war. Das war nicht seine Art. Alles hat er mit sich selbst ausgemacht.« Ein feiner Stich im Herzen. »Selbst wenn es unsere Beziehung betraf.« Beheim kramte in ihrer Handtasche nach einem Taschentuch, schnäuzte sich.

Philipp kehrte mit den Gläsern zurück. Eine Weile tranken sie schweigend.

»Weißt du, Philipp«, sagte Beheim schließlich, »ich habe mich nie schwach gefühlt in meinem Leben. Und plötzlich ist da diese Finsternis.«

Philipp rutschte an sie heran, legte ihr den Arm um die Schultern.

»Ich muss etwas tun.« Beheim schmiegte sich an ihn. »Ich weiß nicht, wie ich gegen diese Finsternis ankommen soll, wenn ich nicht etwas tue.«

»Ich mach uns ein Feuer.« In die Wand gegenüber der Bar war

ein Kamin eingelassen. Philipp ging hinüber und nahm Zünd-würfel aus einer Box. Nach ein paar Augenblicken züngelten die ersten Flämmchen.

»Du kannst etwas tun: Schau nach vorne. Du hast noch ein halbes Leben vor dir, du hast keine Geldsorgen, du bist klug, schön, gesund – dass du jetzt leidest, bringt Stefan nicht zurück.«

»Bitte, Philipp, sag es mir. Warum hat Stefan Fischer & Söhne so gehasst?«

Philipp leerte sein Glas, ging zur Bar, füllte es wieder. In Beheims Erinnerung hatte er weniger getrunken.

»Willst du auch noch?«, fragte er mit Blick auf das leere Glas in ihrer eigenen Hand.

»Bitte, Philipp – ich muss es wissen.«

Philipp setzte sich zurück zu ihr aufs Sofa. Er stellte sein Glas auf ein Beistelltischchen und griff nach ihrer freien Hand. »Du steigerst dich da in was rein. Ich werde dir sagen, warum Stefan Fischer & Söhne so kritisch sah. Aber es wird deine Erwartungen enttäuschen.«

»Sag es.«

»Fischer & Söhne ist eine Bank.«

»Und weiter?«

»Nichts weiter.«

Leise knisterte es im Kamin.

»Philipp.«

»Stefan hat sich nie für Geld interessiert, das weißt du selbst. Banken waren ihm zutiefst suspekt.«

»Aber er hat sie nicht als teuflisch bezeichnet.«

»Bestimmt hat er das.« Philipp trank, seine Wangen began-nen zu leuchten. Es mochte der Brandy sein oder das Flackern des Feuers.

»Philipp, was verheimlichst du mir?«

Ein Seufzen. »Die Finanzwirtschaft funktioniert anders als eine Software-Klitsche. Man muss Kompromisse machen.«

»Das heißt?«

»Ohne eine gewisse Härte kommst du nicht weit.«

»Das heißt?«

»Noch einen Brandy?«

»Nein. Von welcher Härte sprichst du?«

»In der Realwirtschaft kannst du über die Qualität deines Produkts punkten. Bei Finanzprodukten nicht. Sie sind virtuell, bestehen aus Zahlen, sind daher exakt vergleichbar. Dein Angebot gewinnt über die Form, nicht den Inhalt. Du brauchst Biss. Sonst bist du verloren.«

»Fischer & Söhne hat Stefan unter Druck gesetzt?«

»Im Gegenteil. Sie sind uns weit entgegengekommen. Sie wollten uns. Stefan hat sich mit Händen und Füßen gewehrt.«

»Warum?«

»In der Vorbereitung der Fusion haben wir sie geprüft.«

»Und?«

»Na ja, es ist schon eine andere Kultur. Sagen wir mal so: Sie haben eine große Rechtsabteilung.«

»Es finden Verfahren gegen sie statt?« Stefan hatte zwar vor der Übernahme seinen Verdruss angedeutet, war aber nie ins Detail gegangen.

»Hunderte. Beihilfe zu Geldwäsche, Beihilfe zu Steuerhinterziehung, Insiderhandel, Zinsmanipulationen – alles, was die Finanzwelt zu bieten hat.«

»Und ihr habt trotzdem verkauft. Gegen Stefans Willen.«

»Fischer & Söhne war sicherlich nicht der gepflegteste Freier, den man sich vorstellen kann. Aber auch nicht der lausigste. Na ja, wenn man ehrlich ist, war es der einzige, der solvent genug war.«

Im Kamin griff das Feuer nach den größeren Scheiten. Harztropfen knackten.

»Nein«, entschied Beheim, »das kann nicht alles gewesen sein.«

»Doch. Vielleicht muss man es mal erlebt haben. Das Bild vom Haifischbecken ist nicht ganz aus der Luft gegriffen, wenn man ein paar Verhandlungen zwischen Big Playern gesehen hat. Das Taktieren hat uns alle erschöpft, aber niemand wurde davon so aufgerieben wie Stefan. Und während wir zu Transparenz gezwungen wurden, hat Fischer uns kaum die Namen seiner Großaktionäre verraten.«

»So was wird doch einsehbar sein.«

»Klar. Vordergründig. Aber Namen auf dem Papier sind etwas anderes als Menschen aus Fleisch und Blut. Einen von Fischers Großaktionären haben wir nie zu Gesicht bekommen. Lief alles über Anwälte.«

Philipp holte sich von der Bar die Brandyflasche.

Nachdem er sich eingeschenkt hatte, fuhr er fort: »Stefan wäre fast durchgedreht. Seine Firma verkaufen an Leute, die nicht einmal den Anstand hatten, ihm eine Telefonnummer anzubieten.«

»Den offiziellen Namen hattet ihr aber doch?«

»Ja. Ein baltisches Firmenkonsortium namens Tristan.«

»Und da habt ihr keine Recherchen angestellt?«

»Stefan wollte es. Aber sie haben sich ausgesprochen bedeckt gehalten. Und wir hatten weiß Gott noch anderes zu tun.«

Beheim ging nun ebenfalls zur Bar, allerdings um sich Leitungswasser nachzufüllen. Ihr Kopf wurde schwer. Sie musste sich an der Theke abstützen, während sie ihr Glas austrank. Das Wasser half etwas. Nachdenklich kehrte sie zum Sofa zurück. »Ist das nicht megaverdächtig, wenn jemand so dringend im Schatten bleiben will?«

Philipp zuckte die Schultern, setzte sich zu ihr. »Es gibt hundert legitime Gründe. Wirtschaftliche, politische, private.«

Beheim wollte etwas erwidern, doch mit einem Mal drückte eine ewige Müdigkeit sie nieder. Hinter den Sofas schwang tickend das Pendel einer Standuhr.

Philipp nahm sie in den Arm, sie legte die Schläfe an seine Schulter. »Ich bin so verletzlich, Philipp. Zerbrechlich. Noch nie habe ich mich so zerbrechlich gefühlt. Ich bin heute Morgen aufgewacht, habe die Schneeflocken draußen gesehen und gedacht:

Wenn mich nur eine berührt, dann zersplittere ich.« Beheim verstummte, starrte in die tanzenden Flammen.

Philipp küsste sie.

Beheim verstand nichts. Sie sprang nicht auf, stieß ihn nicht weg. Seine Lippen auf ihren, ein Schock, der ihre Glieder lähmte. Seine Hand an ihrem Hals. Was geschah hier? Ihr Kopf pulsierte im Rhythmus ihres erschütterten Herzens.

Philipp ließ von ihr ab, sah sie an, die Hand an ihrer Wange. »Du bist wunderschön.«

»Was tust du da?«

»Ich liebe dich.«

Beheim wollte widersprechen, aufspringen, aus dem Salon stürmen, doch ihr Körper rührte sich nicht.

»Seit ich dich das erste Mal gesehen habe.«

Beheim glaubte zu fallen, tief und tiefer in den weichen Samt des Sofas, so schnell, dass es in ihren Ohren rauschte.

Philipp strich ihr mit den Fingern die Kinnlinie entlang. »Du bist die Frau meines Lebens.«

»Die was? Philipp! Stefan.«

»Stefan. Er war der edelste Mensch der Welt. Jeder andere wäre mir egal gewesen. Bei ihm habe ich es nicht über mich gebracht.«

Im Kamin prasselte das Feuer, ließ fratzenhaft die Bilder aufleuchten, die an den Wänden hingen.

Philipp beugte sich vor, strich mit seinen Lippen über ihren Hals. Sie hörte, wie er einatmete. Sie wollte, sie musste ihn wegschieben, doch ihre Arme waren tot. Wieder fanden seine Lippen die ihren, eine Note Brandy, die sie schmeckte, und etwas anderes, Herberes. Seine Zunge berührte die ihre, leise, wie von selbst, Beheim wollte sich wehren, doch sie wehrte sich nicht. Ein Kuss, süß und bitter und warm und falsch. Seine Hand in ihrem Nacken, plötzlich die zweite an ihrer Taille.

Der Kuss verglühte, Philipp umarmte sie, drückte sie an sich, seine Wange an ihrer.

»Nein.« Es war nur ein Flüstern, doch der Bann war gebrochen.

Philipp hörte sie nicht. Seine Hände gruben sich gierig in ihren Körper, erkundeten ihn schäumend.

»Nein, Philipp.«

Sein Kuss verschloss ihr den Mund, die Kraft seines Verlangens drückte sie in das Sofapolster.

Sie legte ihm die Hände an die Brust, drückte, schob, doch gegen seinen Hunger kam sie nicht an.

»Philipp.«

»Cate.« Seine Hände unter ihrer Bluse.

»Lass das.«

»Wir haben so lange gewartet.« Ein Stöhnen, während er sich in ihren Haaren vergrub. »Zu lange.«

»Du bist betrunken.«

Philipp richtete sich auf, sah sie an, seine Augen sprühten. »Glaub mir, ich will dich. Ich werde dich auf Händen tragen.« Er packte ihre Bluse, riss sie auf.

»Philipp, nein.«

»Wir sind füreinander bestimmt.« Er zerrte ihre Brüste aus dem BH.

Beheim stemmte sich gegen ihn, es war aussichtslos.

Er nestelte an seiner Hose, zog sein halb steifes Glied hervor. Schon waren seine Hände wieder über ihr, drängten unter ihren Rock.

Sie gab ihm eine Ohrfeige.

Er schlug ihr mit der Faust ins Gesicht.

Beheim spürte es kaum, sie war Adrenalin geworden und nichts sonst. Sie war bereit zu kämpfen.

Philipp jedoch war erstarrt. Schnaufend stand er über ihr.

Sie ballte die Fäuste, ihr Körper gehorchte ihr wieder. Die Frau, die sie zeit ihres Lebens gewesen war, war zurück. Cate Beheim war zurück. Es war ein formidables Gefühl.

»Du hast mir eine Ohrfeige gegeben«, stammelte Philipp fassungslos.

Beheim wand sich unter ihm hervor.

Philipp, mit zerkratztem Gesicht, das schlaffe Glied aus dem Hosenschlitz hängend, rührte sich nicht. »Warum?«

Beheim richtete ihren BH, ihre Bluse, zog ihren Rock zurecht. Dann verließ sie den Salon. Im Foyer klingelte sie dem Fahrer, dass er sie zurück nach Offenbach bringen könne.

Mittwoch

… der Handelskrieg zwischen den USA und China spitzt sich zu. Beide Seiten haben sich in eine Lage manövriert, in der jeder Kompromiss wie eine Niederlage aussehen muss. Sollten weder Trump noch Xi zu Konzessionen bereit sein, wird die globale Rezession sich wohl weiter verschärfen…

14. Kapitel

Drei mal drei Meter. Schwarzes Linoleum, weiße Flecken dort, wo es abgenutzt war. Ein Waschbecken mit grün schimmligem Überzug, ein Hahn, der nie aufhörte zu tropfen. Eine Holzpritsche mit Metallbeschlägen, eine Stahltür mit Klappe und Schlitz. Drei mal drei Meter.

Tamás Varta saß im Nachtzug nach Bratislava und kämpfte. Wenn er wach war, gegen die Müdigkeit, wenn er schlief, gegen die Bilder. Siebenhundertdreißig Tage Einzelhaft im Zentralgefängnis von Budapest. Ein Gefängnis, das der Europäische Gerichtshof für Menschenrechte als untauglich bewertet hatte. Ein Gefängnis, das sogar in Ungarn selbst berüchtigt war.

Außerhalb der Zelle: der Geruch von kaltem Schweiß, der dick in allen Gängen stand. Menschen über Menschen, zu viele, aufgekratzt, ängstlich, wütend, Tag für Tag zusammengepfercht, durch den Hof getrieben wie Vieh. In den Gemeinschaftsduschen brackiges, stinkendes Wasser, das auf den geplatzten Fliesen schleimig liegen blieb, bis die Zehen aufquollen, während aus den verstopften Abflüssen die Fäulnis kroch. In ungespülten Blechnäpfen kam ein Essen, so ranzig, dass schon sein Anblick dich würgen machte. Tag und Nacht die Schreie derer, die von den Wärtern besucht wurden.

Mit der Morgendämmerung erreichten sie Wien.

Varta packte seinen Rucksack und stieg aus. Der nächste Zug Richtung Bratislava fuhr in weniger als einer Stunde.

Was auch immer die Zukunft ihm brachte – er würde sie nicht auf drei mal drei Metern verbringen.

Hoffentlich hatte er Nicky nicht in Schwierigkeiten gebracht.

15. Kapitel

Sie waren spät. Der Fahrer wusste darum und forderte der Limousine das Äußerste ab. Mit zweihundertvierzig Stundenkilometern donnerten sie über die Autobahn. Ángel beanspruchte den Beifahrersitz, die Pistole auf dem Schoß.

Fridolin von Wolfenweiler saß im Fond.

Weniger als eine Woche bis zur Präsentation von Alyattes. Die Presse über ihm wie Aasgeier. Die Bundesfinanzaufsicht näher an den Bilanzen von FEB als je zuvor. FEB war ein Kartenhaus mit Triple-A-Rating geworden – nur noch eine einzige Böe vom Zusammenfallen entfernt. Und die Russen wollten Libyen.

Doch von Wolfenweiler war noch nicht geschlagen. Im Gegenteil. Er vibrierte vor Tatendrang.

Eine aufgeklärte Welt erlaubte keine Götter. Eine Welt ohne Götter besaß keine Geheimnisse. Eine Welt ohne Geheimnisse bedeutete ein Leben ohne Hoffnung. Und ein Leben ohne Hoffnung bedeutete ein Leben ohne Angst. Von Wolfenweiler genoss seinen aufgeklärten Blick auf die Dinge. Er brauchte keine Götter. Er huldigte dem menschlichen Gefühl. Der Geist war ein Werkzeug, das Gefühl war ein Geschenk. Lust, Hass, Eifersucht, Stolz – was brauchte man mehr, um den Tod nicht zu fürchten. Um unsterblich zu sein.

Von Wolfenweiler lebte nicht in der ideologisch verzerrten Welt derer, die zu ängstlich waren, groß zu denken. Er lebte, um zu leben. Und die nächsten Tage versprachen viel.

Von Wolfenweiler beobachtete Ángel. Sein Sicherheitschef hatte eine Hand auf die Pistole gelegt, die andere spielte an dem

Kreuz, das um seinen Hals hing. Die Gegenwart knisterte vor Möglichkeiten. Und der alte Narr verirrte sich in einen Traum von Ewigkeit, statt sich das Vergängliche zu eigen zu machen.

War er wirklich eine Gefahr? Von Wolfenweiler hatte wichtige Entscheidungen vor sich, doch den ganzen Morgen über hatte ihn nichts so sehr beschäftigt wie Wus Anruf. Ángel ein Verräter? Wu hatte es nicht ausgesprochen, nur die Frage nach der Loyalität gestellt. Doch von Wolfenweiler kannte Wu zu gut, als dass er ihm zugetraut hätte, eine solche Vermutung leichtfertig zu äußern.

Ángel. Menschgewordene Disziplin. Der Ex-Guerillero arbeitete seit über zwanzig Jahren für ihn. Ohne die kleinste Verfehlung. Vor ein paar Jahren war bei seiner Nichte Multiple Sklerose diagnostiziert worden. Von Wolfenweiler hatte die Kosten für die Überführung in die Schweiz sowie die dortige Behandlung übernommen. In Argentinien wäre sie vermutlich längst im Rollstuhl.

Nein, auch wenn Wu eine scharfe Beobachtungsgabe besaß – in diesem Fall täuschte er sich. Von Wolfenweiler war sich sicher, Ángel war unschuldig, war ihm vollkommen ergeben. Und sein bester Mann.

Sie erreichten den Golfplatz. Der Fahrer parkte neben den anderen Limousinen. Ángel öffnete von Wolfenweiler die Tür.

Wie immer erwartete der Betreiber ihn persönlich, ein hässlicher Opa mit riesigen Nasenlöchern.

»Herr von Wolfenweiler, wie schön, Sie begrüßen zu dürfen«, plapperte der Alte. »Mir wurde zu Gehör gebracht, Sie verzichten auf einen Caddie? Die Herrschaften warten bereits.«

Von Wolfenweiler ignorierte ihn und holte auf der Veranda des Clubhauses den Trolley mit dem Golfbag ab, den man für ihn bereitgestellt hatte. Am ersten Abschlag standen bereits Holfhusen, Carter und Maian mit ihren Bodyguards. Ángel war ihm gefolgt, die geholsterte Pistole von seinem Sakko verdeckt. Einer Regung folgend, drehte sich von Wolfenweiler zu ihm um. »Du kannst im Auto bleiben.«

»Aber … sind Sie sicher?«

»Bin ich.«

Die anderen hatten ihre Leute dabei. Von ihnen selbst hatte er nichts zu befürchten, dazu waren sie zu abhängig von ihm. Und gegen einen Scharfschützen machte ein Mann mehr oder weniger keinen Unterschied. Von Wolfenweiler griff nach dem Trolley und ging zum Abschlag. Die Begrüßung war ein Lehrstück gespielter Herzlichkeit.

Holfhusen war der CEO von SacronInvest, dem größten europäischen Hedgefonds. Carter leitete die Vienna Re, nach der Münchner Rück die größte Rückversicherungsgesellschaft der Welt. Maian stand der Crédit Général vor, der führenden Bank Frankreichs. Es handelte sich um die drei gierigsten, skrupellosesten Hyänen im Zwinger des europäischen Finanzplatzes – und drei der wichtigsten Stimmen innerhalb des Europäischen Bankenverbandes. Von Wolfenweiler hasste sie alle drei und keinen so sehr wie Holfhusen. Aber gerade ihre Machtgeilheit war der Grund, weshalb er sie ausgewählt hatte, geradezu hatte auswählen müssen.

»Wir haben schon geschlagen. Sie können direkt loslegen.« Holfhusen deutete auf die Abschlagsfläche.

Ohne sich etwas anmerken zu lassen, legte von Wolfenweiler den Ball aufs Tee und griff nach einem Dreier-Holz. Innerlich schäumte er. Dass Holfhusen ihn siezte, war eine Beleidigung, die ihre Bekanntschaft von Anfang an begleitet hatte. Von Wolfenweiler konnte es mit jedem dicken niederländischen Banker aufnehmen, den die Nordsee je an Land gespült hatte. Seit vierzig Jahren war er im Geschäft, seit fünfunddreißig war sein Name eine Marke, seit zehn eine Instanz, seit fünf Jahren Kult. Und Holfhusen siezte ihn. Ein kleines und doch unmissverständliches Zeichen, dass er ihn nicht als einen der ihren betrachtete. Nun, die Fettkugel würde schon sehen.

Von Wolfenweiler warf einen Blick auf den Windsack. Leicht von Norden.

Es war nicht so, dass er Holfhusens Nähe gesucht hätte. Es war die bewusste Kränkung, die ihn wütend machte. Von Wolfenweiler hatte keine Eliteprivatschule besucht, nicht auf einer Eliteuniversität studiert, hatte keine Vorfahren, die ihn mit Geld und Kontakten versehen hatten. Der Titel war eine Hülse, das Haus von Wolfenweiler war vor Jahrhunderten verarmt; der hohe Adel rümpfte die Nase über die Linie – und die Bürgerlichen scherten sich nicht um Tradition.

Von Wolfenweiler ging in die Knie, hob den Schläger, drehte den Oberkörper, ließ das Holz auf den Ball sausen und ausschwingen. Er musste die Flugbahn nicht verfolgen, um zu wissen, dass er gut getroffen hatte.

Sie befanden sich am dritten Green, als Maian die Schlacht eröffnete. »Hat Alyattes eine Zukunft?«

Von Wolfenweiler sah sich um. Die Bodyguards hielten sich außerhalb der Hörreichweite auf. »Es läuft alles nach Plan.«

Der dicke Holfhusen schnaubte. »Wir haben anderes gehört.«

»Keine Sorge.« Am meisten hasste von Wolfenweiler es, sich unterwürfig geben zu müssen. Gemeinsam mit Holfhusen hatte er den Bankenverband vertreten, als es darum ging, eine europäische Finanztransaktionssteuer zu verhindern. Er selbst war es gewesen, dem der Erfolg letztendlich zu verdanken war. Er hatte die Strategie entwickelt, er hatte das Fußvolk koordiniert, er hatte die Staatssekretäre bearbeitet. Und Holfhusen? Hatte sich wichtiggemacht und einen Wanst angefressen. Und die Lorbeeren geerntet. Ein Arschloch vor dem Herrn. Und jetzt verdiente das Arschloch das Dreifache von dem, was von Wolfenweiler erhielt, stolzierte wie ein Gockel durch die Welt und wartete darauf, dass die Queen ihn zum Ritter schlug, weil er die City of London gerettet habe. Lächerlich. Und von Wolfenweiler musste ihm die Stiefel lecken. Nicht mehr lange.

»Wir sind gerade noch in der Anfangsphase. Jetzt geht es erst einmal darum, das Team zu formen. Alyattes an sich ist nicht das Problem. Odysseus macht es kompliziert.«

»Wenn ich mich recht erinnere, haben Sie nächsten Dienstag eine gewisse Präsentation.« Der Einwurf kam von Carter, ein kleiner, dürrer Mann mit dem Gesicht eines Frettchens. »Sie sind dran.«

Schulterzuckend kramte von Wolfenweiler den passenden Schläger aus seinem Golfbag. »Im Grunde nicht mehr als ein Konzeptvortrag.«

»Nach welchem die Kommission entscheidet, ob sie das Projekt weiterfinanziert oder nicht«, dozierte Maian.

Von Wolfenweiler fand den Putter und betrat das Green. »In dieser Phase erwartet niemand Details, wir brauchen nur einen allgemeinen Ansatz zu nennen, den wir verfolgen wollen.« Er untersuchte das Break. Er würde rechts am Loch vorbeizielen müssen.

Holfhusen lachte. Es lag nicht die geringste Heiterkeit darin. »Natürlich. Und wenn wir den Ansatz in einem halben Jahr verwerfen, werden wir zum Gespött, und unsere Aktienkurse fallen um zwanzig Prozent. Und das wäre noch glimpflich. Wie viele Prozent Wertverlust hält FEB aus? Dreißig Prozent? Fünfundzwanzig Prozent?«

Arschloch. Vor. Dem. Herrn. Während viele Golfer am Druck scheiterten, war es bei von Wolfenweiler umgekehrt. Die kühle Präzision, die das Spiel verlangte, beruhigte ihn. Er konzentrierte sich, schwang sacht den Putter, der Ball rollte eine Kurve durch das geneigte Green, glitt lautlos auf das Loch zu, versank darin. Ein Schlag, der eines Profis würdig gewesen wäre. Niemand äußerte Bewunderung.

»FEB geht es gut.«

»Sie sind ein optimistischer Mann, Herr von Wolfenweiler.« Holfhusen suchte nun seinerseits einen passenden Putter.

Von Wolfenweiler packte seinen zurück in das Bag. »Wenn Alyattes erfolgreich ist, verdoppeln Sie Ihren Einsatz.«

»Wenn.«

»Und wenn Odysseus erfolgreich ist, werden Sie mächtiger sein als der amerikanische Präsident. Jeder Einzelne von Ihnen.«

»Und wenn Odysseus scheitert?«

»Nichts wird scheitern. Weder Alyattes noch Odysseus.«

»Wissen Sie, Herr von Wolfenweiler«, Holfhusen betrat das Green, »inzwischen bin ich mir gar nicht mehr so sicher.«

»Wir können unsere Chancen erhöhen.«

»Was brauchen Sie?«

»Mehr Geld.«

»Wozu? Sie haben genug. Ein paar hundert Millionen mehr oder weniger können Sie der EU in Rechnung stellen.«

»Ich brauche vier Milliarden.«

»Was?!«, entfuhr es Maian. Der Baske war ein Mann mit einem übertrieben eleganten Auftreten, das nicht recht zu seinem schlecht rasierten Kinn passen wollte. Auch die anderen beiden hatten entsetzt die Augen aufgerissen. Von Wolfenweiler hatte damit gerechnet.

»Die Öffentlichkeit bringt Alyattes nicht mit Ihren Unternehmen in Verbindung, sondern mit uns, FisherEuroBinary.«

»Weil Sie es sind, die Alyattes entwickeln«, knurrte Maian.

Von Wolfenweiler ließ sich nicht beirren. »Dieses Misstrauen spüren wir an der Börse. Nur eine starke finanzielle Struktur erlaubt es FEB, sich auf Alyattes zu konzentrieren.«

»Sie sind ein Hund, von Wolfenweiler. Ein gerissener Hund.« Holfhusen hatte den Putter in seiner Hand vergessen. »Sie glauben, Sie können uns die schimmligen Stellen in Ihren Bilanzen ausschrubben lassen. Sie haben sich geschnitten. Wir sind Partner bei Alyattes. Mehr nicht.«

»Meine Herren«, von Wolfenweiler überlegte sich seine Worte sorgfältig, »wir befinden uns alle im selben Boot. Sie haben sich von sich aus entschieden, bei Alyattes einzusteigen. Als ich Ihnen Odysseus vorgeschlagen habe, haben Sie gewusst, worauf Sie sich einlassen.«

Holfhusen bebte. »Sie wollen uns erpressen? Ein Anruf von mir, und in einer Viertelstunde haben wir alle unsere FEB-Anteile verkauft. Sie müssten noch heute Abend Insolvenz anmelden.«

»Wenn FEB scheitert, bin ich am Ende, stimmt. Aber wenn Odysseus an die Öffentlichkeit gelangt, verbringen wir alle den Rest unseres Lebens bei Wasser und Brot.«

Maian rieb sich die Bartstoppeln. »Sie würden uns mit in den Abgrund ziehen.« Es lag mehr Unglaube in seiner Stimme als Schrecken.

»Ich versuche, Sie nur von einer Alternative zu überzeugen, die uns allen genehmer ist: Vier Milliarden für anderthalb Jahre – Alyattes wird ein Erfolg, Odysseus trägt Früchte. Die Welt wird uns gehören.«

In den drei Augenpaaren, denen sich von Wolfenweiler gegenübersah, blitzte der Hass. Von Wolfenweiler wartete ruhig.

»Zwei Milliarden«, sagte Holfhusen.

»Vier.«

»Zwei.« Holfhusen erinnerte sich an seinen Putter, ging zum Ball. »Und auch nur, wenn der gesamte Vorstand von SacronInvest die Entscheidung mitträgt.« Er stellte sich breitbeinig neben den Ball, nahm Maß. »Und wenn Odysseus scheitert, werde ich Ihnen persönlich den Arsch aufreißen. Das ist nicht als Metapher gemeint.«

Von Wolfenweiler schwieg. Zwei Milliarden waren zu wenig. Holfhusen schwang den Putter. Der Ball rollte meterweit am Loch vorbei.

Von Wolfenweiler war als Erster zurück am Clubhaus, die anderen spielten noch. Ángel erwartete ihn. Ein Blick genügte, um zu wissen: Etwas stimmte nicht.

»Was ist?«

»Zwei Herren haben den Wagen in Beschlag genommen.«

»Was? Wer?« Die BaFin? So schnell? Gorillas von Holfhusen?

Von Wolfenweiler spürte die Wut in sich wachsen. »Warum hast du nichts getan? Du bist mein verdammter Sicherheitschef!«

Ángel verzog das Gesicht. »Ich war auf der Veranda, um Sie im Auge zu behalten. Von dort konnte ich den Parkplatz nicht sehen.«

»Ich hatte dir gesagt, du sollst im Wagen bleiben.« Wus Misstrauen gegenüber Ángel brannte in seinem Magen. »Der Fahrer?«

»Ist im Auto.«

»Komm mit.« Von Wolfenweiler hatte keine Lust, Zeit zu verschwenden. Er ging geradewegs auf die Limousine zu. Ángels Warnungen ignorierend, riss er die Hintertüre auf. Auf der Rückbank warteten zwei Männer in Billiganzügen. Der eine, der in der Mitte saß, schlug mit der flachen Hand neben sich auf das Sitzleder. »Steigen Sie ein«, rief er auf Englisch. Er war etwas stämmig, aber nicht dick.

Der andere saß hinter dem Fahrer und hatte eine Pistole auf dessen Hinterkopf gerichtet. Es wirkte nachlässig. Eine wulstige Narbe schimmerte auf seiner rechten Wange.

Von Wolfenweiler sah sich nach Ángel um. Der war mit der Hand bereits unters Sakko gefahren.

Der Stämmige schüttelte sanft den Kopf. »Nein, nein, nein.« Von Wolfenweiler glaubte, einen russischen Akzent auszumachen. Verdammt. Alles, nur das nicht.

Ángel zögerte.

»Wir wollen Ihnen nichts Böses. Steigen Sie ein«, wiederholte der Russe seine Aufforderung.

Von Wolfenweiler handelte instinktiv. Ein Blick zu Ángel. Ángel verstand, zuckte nur, schon war seine Waffe auf den Russen gerichtet.

Dieser reagierte – gar nicht. Sein Kumpan mit der Pistole jedoch fuhr herum, zielte nun auf Ángel.

Eine Sekunde lang nichts als lauernde Blicke. Herzschlag.

Dann legte der Stämmige den Kopf schief und sagte: »Sie haben gerade das Leben Ihres Fahrers riskiert.«

121

»Als ob es nicht noch andere gäbe.« Von Wolfenweiler lachte auf. »Ich kenne nicht mal seinen Namen.«

»Steigen Sie ein. Bitte. Wir würden uns gern mit Ihnen unterhalten.«

Von Wolfenweiler überlegte fieberhaft. Ein Wort, und Ángel würde schießen. Vielleicht kämen sie heil davon. Allerdings war nicht klar, was die Russen wollten. Und wenn sie ihn hätten umlegen wollen, hätten sie es anders versucht.

Von Wolfenweiler bedeutete Ángel, sich auf den Beifahrersitz zu begeben. Der tat es, den Lauf seiner Pistole immer auf seinen bewaffneten Gegner gerichtet.

Von Wolfenweiler selbst setzte sich in den Fond neben die Russen, schloss die Tür.

»Also? Wer sind Sie?«

»Ich bin Fjodor.« Der Stämmige zeigte auf den anderen. »Das ist Leonid.«

»Und was wollen Sie?«

»Wir haben am Montag mit Ihrer Mitarbeiterin gesprochen.«

»Frau Avari?«

»Wir werden Ihnen die Kredite verlängern.« Fjodor beobachtete ihn kühl. »Zumindest sofern Sie bereit sind, unsere Container zu verschiffen.«

Zwei Milliarden von Holfhusen und den anderen. Zwei Milliarden zu wenig. Da brachte es auch nichts, wenn die Russen neue Kredite ausgaben. Mit eisigem Hauch glitt ein Gefühl unter von Wolfenweilers Haut, das er fürchtete wie kein anderes: Ohnmacht. Sein größter Triumph zum Greifen nah, und alles verschwor sich gegen ihn. Die Ohnmacht wandelte sich in Zorn. Aurora, die Pute. Hatte mit den Russen um ein paar hundert Millionen gefeilscht, und was war das Ergebnis? Die Russen gaben nicht nach, und im Gegenzug sollte FEB den Waffenschmuggel eines libyschen Warlords abwickeln. Ein Desaster.

»Bis wann soll die Lieferung denn vonstattengehen?«

»Die Container warten bereits verladefertig in Kopenhagen.«

»Nun ja«, entgegnete von Wolfenweiler sanft, »soweit ich informiert bin, hat Frau Avari um eine Verdopplung der Kredite gebeten.«

»Korrekt.« Fjodors Antwort kam ohne Zögern. »Möglicherweise ließe sich auch hier eine Abmachung finden.«

Von Wolfenweiler glaubte es kaum. Eine Verdopplung der Kredite? Hatte Aurora sich wirklich durchgesetzt? Unfassbar. Das würde sie retten. Mindestens für die nächsten sechs Monate. Genug, um Alyattes voranzutreiben. Den Aktienkurs zu stärken, die BaFin zu zähmen. Genug, Odysseus so weit zu entwickeln, dass der Bastard Holfhusen seine Skepsis sein ließ.

Deus ex Machina. Von Wolfenweiler war zu lange im Geschäft, um sich einzubilden, dass es keinen Haken gab.

»Was wollen Sie dafür?«

»Nur eine Sache.« Fjodor wiegte den Kopf.

»Was?«

»Zugang zu Alyattes.«

16. Kapitel

Es war Mittwoch.

Anna-Lena Herbst stand am Bett ihres Bruders und legte ihm die Hand auf die Brust. Durch das dünne Pflegehemd konnte sie seinen Herzschlag spüren, langsam, gleichmäßig.

»Rafael«, sagte sie. »Ich war gestern in München.«

Sie erzählte ihm von Dieter Frenzel.

Wie immer reagierte Rafael nicht.

»Du wirst aufwachen.«

Es war eine Formel. Herbst spürte nichts.

»Bis morgen.« Sie griff nach ihrer Sporttasche. »Ich muss ins Training.«

17. Kapitel

Wu tastete nach den Watterollen, die in seinen Backen steckten. Er spürte nichts. Nicht das Geringste.

»Sobald das Anästhetikum nachlässt, sollten Sie die erste Schmerztablette nehmen«, erklärte die Ärztin. »Im Übrigen sollten Sie mindestens drei Tage auf Alkohol, Zigaretten und körperliche Anstrengung verzichten. Nachsorgetermin ist nächsten Montag um vierzehn Uhr. Bei Blutungen oder übermäßigen Schmerzen rufen Sie an, hier ist meine Karte. Haben Sie jemanden, der Sie abholt?«

»Mein Fahrer wartet. Wo ist mein Telefon?«

»Sie halten es in der Hand.«

Tatsächlich. Wu scrollte die Nachrichten durch.

»Sie sollten sich wirklich schonen die nächsten Tage«, sagte die Ärztin noch, während Wu das Behandlungszimmer verließ.

Wu befahl dem Fahrer, ihn zum Schiefen Turm zu bringen.

Es gab viel zu tun.

Und Wu war bereit.

Unter der Wirkung des Medikaments waren die bohrenden Schmerzen in seinem Unterkiefer verschwunden. Wu fühlte sich energiegeladen wie seit Wochen nicht mehr.

Von Wolfenweiler wollte innerhalb von sechs Tagen ein Konzept? Gut, Wu würde es versuchen. Das war sein professioneller Anspruch.

Doch die eigentliche Herausforderung, die ihn antrieb, war eine persönliche. Jemand hatte ihn gehackt. Wer immer es gewesen war, er hatte sich das falsche Ziel ausgesucht.

Noch keine Nachricht von Varta. Wu wählte die Nummer. Besetzt.

Noch zehn Minuten bis zum Schiefen Turm. Wu rief seine Sekretärin an und befahl ihr, abgesehen von Varta das gesamte Kernteam von Alyattes zusammenzutrommeln. Und für ausreichend Kaffee und Mate zu sorgen.

Als Wu den Konferenzraum betrat, war seine Truppe bereits versammelt. Aller Augen richteten sich auf ihn. Die Blicke waren ruhig, konzentriert.

Er begann ohne Umschweife. »Ihr seid die Besten eurer Branche. Ihr wisst das. Denn deswegen seid ihr hier.«

Wus geheime sündige Lust bestand in dem Konsum von Hollywood-Trash. Die inhaltsleeren pathetischen Phrasen genoss er am meisten.

»Aber heute geht es nicht darum, besser zu sein als andere. Heute geht es darum, dass ihr über euch selbst hinauswachst.«

Innerlich lächelte er über seine eigene Klugheit. Varta zu beauftragen war ein brillanter Schachzug gewesen. Erstens störte der jetzt nicht mehr mit seinen überkritischen Pentests. Zweitens gab es im ganzen Team niemanden, der besser darin war, einen Black Hat aufzuspüren. Es war demütigend genug, gehackt worden zu sein. Wu wollte nicht vor von Wolfenweiler treten, ohne ihm den Schuldigen nennen zu können.

»Wir haben sechs Tage und fünf Nächte, um Alyattes zu retten.«

Drittens könnte Varta selbst der Hacker gewesen sein. Wu traute ihm alles zu. Ihn darüber in Kenntnis zu setzen, dass seine Aktion nicht unbemerkt geblieben war, würde den sprunghaften Halunken zu einer Dummheit verleiten – dessen war Wu sich sicher.

Und wenn Varta es tatsächlich gewesen war, dann wäre es Wus persönliches Vergnügen, Sanfilippo bei der Arbeit zuzusehen.

»Jungs, Mädels. Wir haben das Unmögliche vor.« Er faltete andächtig die Hände. »Macht es möglich.«

Mit einer Handbewegung entließ er sie an ihre Bildschirme. Niemand stellte eine Frage. Niemand murrte. Die Ansprache mochte kitschig gewesen sein – aber nicht falsch: Es handelte sich um die besten IT-ler, die der Markt zu bieten hatte. Man kannte anspruchsvolle Aufgaben. Man kannte Crunchtimes.

»Verzeihen Sie bitte, Herr Wu.«

Roux-Pastor stand vor ihm, die Hände in den Taschen ihrer sackartigen Strickjacke vergraben, den Blick zu Boden gerichtet.

»Frau Roux-Pastor.« Sie wirkte so verloren mit ihrer riesigen Brille, den ungekämmten Haaren – nichts wies darauf hin, dass sie angeblich einen der höchsten je gemessenen IQs besaß.

Er lächelte sie aufmunternd an. »Haben Sie sich schon eingelebt? Ich nehme an, die Wohnung, die FEB Ihnen zur Verfügung gestellt hat, entspricht Ihren Wünschen?«

»Nein.«

»Was passt denn nicht?«

Wu entwickelte langsam das Gefühl, es war ganz egal, was er sagte – das Mädchen geriet immer in Verlegenheit.

»Entschuldigung… die Negation bezog sich auf die erste von Ihnen gestellte Frage. Ich habe mich noch nicht eingelebt«, haspelte sie. Dann fügte sie hastig hinzu: »Aber das macht nichts. Die Wohnung ist sehr schön.«

»Das freut mich.«

»Darf ich Ihnen meinerseits eine Frage stellen?«

»Nur zu.«

»Es geht um Tamás… also Herrn Varta… ich wollte nicht unhöflich sein – er hat mir das Du angeboten. Tamás Varta, Sie wissen schon – der Tester…«

»Holen Sie erst einmal Luft«, versuchte Wu sie zu beruhigen. »Was ist mit ihm?«

»Wissen Sie, ob es ihm gut geht?«

Wu horchte auf. »Wieso?«

»Er ist nicht im Serverraum.«

»Ich habe ihm eine andere Aufgabe zugewiesen. Haben Sie schon in seinem Büro nachgesehen? Oder in der Sicherheitstechnik?«

Roux-Pastor schüttelte mit gesenkten Augen den Kopf.

Wu beschlich eine bedrohliche Ahnung. »Aber?«

»Aber ich habe an der Rezeption gefragt. Er hat heute nicht eingecheckt.«

In Wus Unterkiefer begann es, leise zu pochen.

18. Kapitel

Varta hatte noch in Frankfurt Geld abgehoben. Am Hauptbahnhof von Bratislava fand er direkt einen Handyladen. Er kaufte das schnellste Modell, das im Angebot war, außerdem eine Prepaid-SIM-Karte. Ein Vorteil, Deutschland verlassen zu haben: Das LTE-Netz war stabil. Im Nu hatte er zwei Dutzend Apps heruntergeladen, seinen Standort verschleiert und die Kontakte seines Messengers synchronisiert. Rasch noch vier Packungen Nikotin-Kaugummis gekauft.

Nun kam der harte Teil.

Während der Zugfahrt hatte er sich noch eingeredet, er habe einfach die nächste Verbindung genommen, die ihn außer Landes brachte. Doch jetzt, wo er angekommen war, zerbröselte die Selbsttäuschung. Bratislava war nicht irgendein Ort. Für Varta war es der Nabel der Welt. Um Bratislava kreiste sein Denken, seit er die Stadt das erste Mal besucht hatte.

In Bratislava wohnte Florentina.

Sie war zweiundzwanzig gewesen, er zwanzig. Sie waren durch Europa getrampt. Hatten Sterne gezählt am Mittelmeer und am Nordkap, hatten das Erwachsenwerden geschmeckt und die Liebe, hatten grandiose Menschen kennengelernt und weniger gute; grandiose Drogen und weniger gute.

Hatten ein Kind gezeugt. Florentina hatte es nicht behalten.

Varta wählte ihren Kontakt. Seit viereinhalb Jahren hatten sie kein Wort miteinander gesprochen.

Die Verbindung wurde hergestellt. Das Wählton kam.

Pause.

Wählton.

Pause.

Wählton.

Pause.

Wählton.

Pause.

Mailbox.

Als Varta das Telefon sinken ließ, merkte er, dass seine Finger zitterten.

Es klingelte. Florentina.

Varta nahm an.

»Hallo?«, nuschelte er.

Auf der anderen Seite Schweigen.

Varta packte das Telefon fester. »Florentina.«

Auf der anderen Seite Atmen. Oder täuschte er sich?

Dann die Stimme, die sein Leben gewesen war. »Tamás.«

Varta rang nach Worten, fand keine.

»Was willst du?« Dünner klang die Stimme als früher, erschöpft.

»Ich brauche dich.«

»Es ist vorbei, Tamás.«

»Ich weiß. Ich brauche deine Hilfe.«

Varta stand auf dem Bahnhofsvorplatz, vor einer Apotheke namens Dr. Max, und beobachtete, wie der erste Schnee des Jahres fiel. Wenn man ihn gefragt hätte, warum er in diesem Moment den Namen einer Apotheke las, er hätte es nicht zu sagen gewusst. Der Schnee war früher dran als die letzten Jahre.

»Komm vorbei.«

»Was?«

Florentina nannte die Adresse.

19. Kapitel

Anderthalb Stunden nachdem Wu erfahren hatte, dass Varta nicht zur Arbeit erschienen war, landete von Wolfenweilers Privatjet auf dem Militärflugfeld Villacoublay. Ein Hubschrauber der französischen Luftwaffe wartete mit laufenden Rotoren. Weitere zehn Minuten später setzten dessen Kufen auf einem Basketballplatz im zwanzigsten Arrondissement von Paris auf. Mehrere Männer eilten auf von Wolfenweiler zu. Begrüßten ihn unter schrillenden Rotorblättern, bevor sie ihn strammen Schrittes zu einem der angrenzenden Gebäude führten. In einer Sicherheitsschleuse wurde er abgetastet, sein Telefon in Gewahrsam genommen.

Zwei Stockwerke im Fahrstuhl, dann durch einen fensterlosen Gang in ein Büro mit Fenstern aus Milchglas. An den Wänden historische Weltkarten. Auf dem Schreibtisch ein einzelner Bildschirm, umgeben von Aktenstapeln, Notizzetteln, Scheren, Fotos, einer Kaffeetasse. Hinterm Schreibtisch ein Mann um die sechzig, in dunkelblauem Anzug. Kleine, wache Augen in einem ledrigen Gesicht. Der Mann saß im Rollstuhl. Doch das konnte von Wolfenweiler nicht täuschen. Der Mann war nur körperlich schwach.

Lucien Giresse war einer der mächtigsten Männer Frankreichs.

Von Wolfenweilers Begleiter zogen sich zurück, schlossen die Tür hinter sich. Er sah sich nach einer Sitzgelegenheit um. Es gab nur eine cremefarbene Chaiselongue. Giresse bot sie ihm nicht an. Von Wolfenweiler musste stehen, als wäre er ein Bediensteter. Er ließ sich nicht anmerken, was er von der Demütigung hielt.

Es gab keine Begrüßung.

»Wer ist es?« Geschliffenes Deutsch. Der Generaldirektor für die äußere Sicherheit Frankreichs beherrschte sieben Sprachen fließend.

»Tamás Varta.«

»Der Ungar.« Es war keine Frage. »Seit wann wissen Sie es?«

»Er ist heute Morgen nicht zur Arbeit erschienen. Gestern Abend hat mein Projektleiter, Tao Wu, den Trojaner entdeckt.«

»Warum haben Sie uns nicht bereits gestern Abend informiert?«

Von Wolfenweiler schwitzte. »Wu hat es mir vorenthalten.«

»Warum?«

»Er verdächtigte Varta und wollte ihn aus der Reserve locken.«

»Entweder er ist dumm, oder er ist falsch. In beiden Fällen ist er eine Gefahr.«

»Ich bürge für ihn.«

Giresse musterte ihn scharf. »Sie vertrauen ihm?«

»Mehr als jedem anderen.« Es war die Wahrheit, und sie schmeckte von Wolfenweiler kein bisschen.

Giresse rollte hinter seinem Schreibtisch hervor, nur einen Fußbreit vor von Wolfenweiler hielt er an, sah zu ihm herauf. »Vertrauen ist eine volatile Währung.«

»Ich arbeite im Finanzsektor. Vertrauen ist die kostbarste Währung in meinem Bereich.«

»In meinem nicht.«

Von Wolfenweiler hätte dem Krüppel am liebsten den Rollstuhl umgetreten. Giresse war ein Fossil, glaubte, die Welt funktioniere noch immer wie zur Zeit des Kalten Krieges.

Während der Konzeption von Alyattes hatte die EU-Kommission zur Bedingung gemacht, dass sie jeden einzelnen Entwicklungsschritt begleiten dürfe. Die operative Verantwortung hatte sie dem französischen Auslandsnachrichtendienst übertragen. Stinkende, froschfressende Schmeißfliegen. Und Giresse war die stinkendste von allen.

Doch von Wolfenweiler brauchte ihn.

Verfluchter Wu. Wie hatte der Lutscher sich nur hacken lassen können? Um ihm dann einen halben Tag lang die Information vorzuenthalten! Es war erbärmlich. Wu war der einzige Mann, der Alyattes noch retten konnte. Andernfalls – von Wolfenweiler hätte Ángel schon längst befohlen, das Schlitzauge durch den Fleischwolf zu drehen.

Ángel. Das nächste Problem. Viel lieber, als Giresse in den Arsch zu kriechen, hätte von Wolfenweiler seinen Sicherheitschef auf Varta angesetzt. Aber war er loyal? Die Russen auf dem Parkplatz des Golfclubs schienen nicht eingeschüchtert gewesen zu sein, als er seine Waffe gezogen hatte... Nein, es war müßig. Von Wolfenweiler hatte sich entschieden: Wenn er jemandem sein Leben anvertrauen musste, dann Ángel.

Es gab noch einen Grund, sich an Giresse zu wenden. Varta musste so schnell wie möglich gefunden werden. In Europa gab es keine Einrichtung, die für eine solche Mission besser ausgestattet war als die DGSE – die Direction Générale de la Sécurité Extérieure.

»Was weiß er?«, fragte Giresse.

»Varta? Alles, was das Front-End betrifft.«

»Aber Sie haben noch keinen tragfähigen Ansatz.«

»Wir stehen vor dem Durchbruch.«

»Meine Leute behaupten das Gegenteil.«

»Die letzten Tage waren sehr produktiv.« Von Wolfenweiler musste lügen. Je dringlicher Giresse die Lage schien, desto eher würde er helfen.

»Soit. Wir finden ihn.« Giresse rollte zurück an seinen Schreibtisch, machte sich eine Notiz auf einem der zahllosen Zettel. »Vierundzwanzig Stunden. Wenn er gut ist.«

»Und dann?«

»Bekommt er einen Prozess wegen Hochverrats.«

Von Wolfenweiler hatte es erwartet. Dennoch tat er entsetzt.

»Keine Sorge, er wird keine Probleme mehr machen. Unsere Richter sind patriotisch genug.«

»Es geht nicht.«

»Warum?«

»Er weiß zu viel. Wenn er möchte, kann er ganz Europa lahmlegen.« Von Wolfenweiler zog einen Speicherstick aus der Innentasche seines Sakkos, reichte ihn Giresse. »Schauen Sie sich das an.«

Giresse nahm den Speicherstick, beäugte ihn.

»Ist auf Schadsoftware geprüft«, fügte von Wolfenweiler hinzu. »Öffnen Sie die Daten nur im Intranet, dann sind Sie auf jeden Fall safe.«

»Sagen Sie.«

Von Wolfenweiler lächelte milde. »EuroBinary ist an der Wartung Ihres Intranets beteiligt. Wenn Sie uns nicht zutrauen, einen einzelnen Stick zu prüfen, sollten Sie sich vielleicht insgesamt einen neuen Partner suchen.«

»Wenn Sie nicht wollen, dass es zu einem Prozess kommt«, Giresse drehte den Stick zwischen seinen Fingern, »was schlagen Sie vor?«

Von Wolfenweiler schwieg.

»Service Action?«

Von Wolfenweiler schwieg.

20. Kapitel

Bratislavas Stadtbezirk V war der einzige, der südwestlich der Donau lag, er grenzte direkt an Österreich. Ein grauer Wald von Plattenbauten. Wer hier wohnte, wusste nicht, wohin sonst.

Varta sah dem Taxi hinterher, das ihn gebracht hatte. Es brauste so eilig über die holprige Straße, als wäre es auf der Flucht. Früher hatte Florentina im Zentrum gewohnt. Ob sie ihm die richtige Adresse gegeben hatte? Missmutig kratzte Varta sich den vernarbten Unterarm. Es roch nach Abgasen und Resignation. Die Farbe blätterte ab von den Wohnblocks, die um ihn aufragten. Es half nichts – Varta schob sich ein neues Nikotin-Kaugummi in den Mund und stapfte auf den Wohnblock vor ihm zu. Auf einem vertrockneten Rasen standen eine Rutsche und ein rostiges Schaukelgestell. Die Schaukel fehlte, verloren baumelten die Ketten. Einige Jugendliche standen herum, rauchten und blickten ihm finster nach.

Varta beeilte sich, zum Eingang zu kommen. Über hundert Klingelschilder. Er seufzte und überflog die Namen. Florentina, wo bist du?

Schritte hinter ihm. Er sah sich um. Die Jugendlichen waren ihm gefolgt. Bitte nicht. Er konnte sich leicht ausmalen, was sie wollten. Florentina Kulová – wo war der verdammte Name?

Ein paar Meter entfernt blieben die Jugendlichen stehen.

Da, tatsächlich, endlich: Kulová. Varta klingelte.

Einer der Halbstarken kam näher. Der Anführer. Immer musste es einen Anführer geben.

»Was willst du hier?«

Varta ignorierte ihn. Zu gut kannte er Situationen wie diese. Seit der Grundschule war er der zierliche Nerd gewesen, der klüger war als die anderen – und schwächer. Sein Magen zog sich zusammen. Mach auf, Florentina.

»Hey, ich rede mit dir!«

Der Anführer packte ihn an der Jacke.

»Willst du Ärger?«

Varta schüttelte den Kopf. In der Schule war keine Woche vergangen, in der er nicht verprügelt worden war. Es war kein Vergleich gewesen zu den siebenhundertdreißig Tagen in Budapest.

Grimmig starrten die Jugendlichen unter ihren Baseballmützen hervor. Varta traute sich nicht, ihnen in die Augen zu sehen.

»Hast du Kohle?«

Vartas Slowakisch war rudimentär, mit Florentina hatte er Russisch gesprochen. »Warte.« Er zog seinen Geldbeutel aus der Jacke. Die Jungs bleckten die Zähne. Woher kam auf einmal die Angst? Er brauchte das bisschen Bargeld nicht. Er hatte online so viel, dass es für den Rest seines Lebens genügen würde. Es war die falsche Angst. Die Angst vor Budapest. Er konnte nicht zurück nach Budapest. Florentina. Mach auf.

Kaum hielt Varta den Geldbeutel in der Hand, wurde dieser ihm weggerissen. Mit flinken Fingern ging sein Bully die Fächer durch. Stieß einen Pfiff aus, als er die Hunderter sah. Die anderen drängten näher, um einen Blick auf die Beute zu erhaschen. Florentina. Ich kann nicht nach Budapest. Rette mich.

Der Türöffner summte. Die Jugendlichen waren mit seinem Portemonnaie beschäftigt; Varta stieß die Tür auf und drückte sie hinter sich zu. Sein Atem ging rasch, seine Hände waren feucht. Er war kein Held und würde keiner mehr werden.

Die Jugendlichen waren ihm nicht gefolgt. Mit klopfendem Herzen stand Varta im Fahrstuhl und verfolgte das kleine Licht, das von Zahl zu Zahl sprang. Er musste ins siebzehnte Stockwerk.

Auf Höhe des fünften Stockwerks fiel seine Anspannung so weit ab, dass er begann, den Zustand des Fahrstuhls wahrzunehmen: Risse in den verspiegelten Wänden, die Armaturen glänzend von zahllosen speckigen Fingern, zerfledderte Werbeprospekte auf dem Boden, alles durchdrungen von dem Aroma einer öffentlichen Toilette.

Auf Höhe des zehnten Stockwerks kamen die Zweifel. Was wollte er hier? Florentina hatte ihm klargemacht, dass sie ihn nie wiedersehen wollte. Klarer als klar.

An einem eiskalten Märzmorgen vor viereinhalb Jahren an einer Bushaltestelle in Polen hatte er ihr gesagt, dass er das Kind behalten wolle. Sie hatte eine halbe Flasche Wodka geext. Er hatte sie ins Krankenhaus gebracht. Man hatte ihr den Magen ausgepumpt. Er hatte an ihrem Bett gewartet, bis sie wieder zu Bewusstsein gekommen war. Sie hatte geschrien, bis die Pfleger ihn weggezerrt hatten. Zwei Tage später hatte sie ihm geschrieben, wie sie ihn umbringen würde, wenn er noch einmal in ihre Nähe käme. Es war eine detaillierte Beschreibung gewesen.

Auf Höhe des fünfzehnten Stockwerks wurde ihm übel vor Aufregung. Er würde Florentina wiedersehen. Florentina. Nichts in Vartas Leben hatte jemals eine solche Macht über ihn besessen wie sie.

Der Fahrstuhl hielt. Mit angehaltenem Atem wartete Varta, während die Tür sich zur Seite schob. Sie stand nicht im Gang. War ihm nicht entgegengekommen. Enttäuschung. Erleichterung. Zwischen vergilbten Tapeten tastete Varta sich voran, suchte nach der Tür mit dem Namen Kulová.

Er fand die Tür.

Zögerte. Holte Luft. Klopfte. Wartete. Klopfte. Hilflos, schwach.

Dann: Schritte. Ein Schloss wurde zurückgedreht. Die Tür öffnete sich – und Varta taumelte entsetzt zurück.

Vor ihm stand ein Monster. Es war Florentina. Und es war sie nicht. Offene Wunden überzogen ihr Gesicht, die Wangen einge-fallen, Haare wie Stroh. Haut wie Papier, zum Zerreißen gespannt über einem Körper, dem alles Fleisch abhandengekommen war. Die Augen einer Toten.

»Fuck.« Vor ihm stand eine Gesandte der Hölle. Varta starrte sie an, gebannt, konnte nicht wegsehen.

Ihre brüchigen Lippen verzogen sich, gaben den Blick frei auf faulige Zahnstummel. »Tamás.«

Varta starrte, wollte etwas entgegnen, konnte nicht.

»Komm rein.«

Wie festgeschraubt stand er da, konnte weder vor noch zurück.

Ein rasselnder Laut, vielleicht als Lachen gemeint. »Den An-blick hast du nicht erwartet, was?«

Varta rang nach einer Entgegnung.

»Los, komm schon rein.«

Das Gerippe, das einmal Florentina gewesen war, drehte sich um und ging zurück in die Wohnung. Als hinge es auf einem Kleiderbügel, fiel das T-Shirt von den Schultern.

Varta stolperte hinterher.

Schmierige Flecken auf dem Boden, an den Wänden. Benutz-tes Geschirr überall, Altglas, Verpackungsmüll. Halb leere Take-away-Boxen, verbunden durch eine Ameisenstraße.

Die Wohnung roch nach Tod.

Florentina führte ihn in ein winziges Wohnzimmer. Einzi-ges Mobiliar war ein abgeranztes Ledersofa; ein Fernseher stand auf dem Laminatboden und zeigte eine russische Spieleshow aus den Neunzigern. Der Boden war übersät mit leeren Bierdosen und anderem Müll, schlimmer als im Flur. Auf dem Sofa saß ein dicker Glatzkopf mit aufgeschwemmtem Gesicht und abstehen-den Ohren. Er trug nichts als fleckige Boxershorts. In der Hand hielt er eine geöffnete Bierdose.

Florentina ignorierte ihn. Sie wandte sich Varta zu und hob die Arme. »Mein Reich.« Wieder das rasselnde Lachen.

Der Glatzkopf schaute nicht vom Fernseher auf. »Besuch?«

»Tamás.« Und zu Varta. »Tamás, das ist Boris.«

»Hi«, stammelte er.

Der Glatzkopf rülpste.

»Na gut«, Florentina bedachte Boris mit einem abschätzigen Blick, »vielleicht reden wir im Schlafzimmer.«

Sie führte Varta in einen weiteren Raum, der noch winziger war als der erste. Die Rollläden waren geschlossen; das Bett bestand aus einer Matratze, fleckig wie die Shorts von Boris. Ein Gestank so säuerlich süß, als vergammelten irgendwo Äpfel. Eine morsche Kommode neben der Tür. Schmutzige Wäsche auf dem Boden.

»Florentina«, murmelte Varta. »Was …?« Florentinas flackernder Blick war kaum auszuhalten. »Was ist passiert?«

Das Skelett stakste auf ihn zu, mit knochigen Fingern griff es nach seiner Brust. Varta fuhr zurück. Rasselndes Lachen. »Früher konntest du kaum von mir lassen. Gefalle ich dir nicht mehr?«

Varta spürte, wie ihm die Tränen kamen. »Du bist heroinabhängig.«

»Nicht Heroin. Crystal.« Die Beiläufigkeit, mit der sie es sagte, zerdrückte Varta das Herz. »Und du so?«, fragte sie. »Siehst gut aus.«

»Warum?«, brachte er hervor.

»Manchmal entscheidet man sich, das Richtige zu tun.« Sie zuckte die Schultern. »Manchmal nicht.«

Varta schluckte. »Kann ich dir irgendwie helfen?«

»Kohle wäre nice.«

»Natürlich. So viel du willst.« Hektisch fischte er nach seinem Geldbeutel. Erst in der Bewegung erinnerte er sich an die Jugendlichen. »Fuck.«

»Was?«

»Bin gerade beklaut worden.«

Ein Lachen, schaurig wie das Röcheln einer Sterbenden.

»Tamás, du warst schon immer ein Pechvogel.« Sie griff nach seiner Hand. Varta wollte die Hand zurückziehen, unterdrückte den Impuls. »Setz dich.« Sie zog ihn auf die Matratze, setzte sich neben ihn auf die Kante. »Du musst nicht weinen.«

»Es tut mir so leid.«

Florentina nahm seine Hand in ihren Schoß. Mit bleistiftdünnen Fingern fuhr sie die Furchen in seiner Handfläche entlang. »Es ist schön, dich wiederzusehen.«

Jedes Wort ein Messerstich. Wo war der Mensch, den er geliebt hatte? Oder war der Mensch derselbe, nur die Liebe fort? Aber wenn in der Stunde der Verzweiflung die Liebe floh – was blieb dann noch? Kalt glitt ihm das Grauen den Rücken hoch.

»Wir können dich retten. Du wirst wieder gesund.« Florentinas tastende Fingerkuppen brannten auf der Haut. »Wir besorgen dir die besten Ärzte. Die beste Klinik. Ich habe Geld. Mach dir keine Sorgen…« Seine Stimme versagte.

»Ach, Tamás.«

»Ich bin da für dich.«

»Ach.«

»Doch«, wiederholte Tamás, »ich bin da für dich.« Er ahnte, er sagte es genauso sehr für sich selbst wie für Florentina. »Wir kriegen das hin.«

Florentina schmiegte den Kopf an seine Schulter. Der Kopf war so leicht, Varta spürte ihn kaum.

»Wir kriegen das hin.« Wie eine Beschwörungsformel flüsterte er es. »Wir kriegen das hin.« Strich ihr über den strähnigen Scheitel. »Wir kriegen das hin.« Was konnte sie jetzt noch retten außer einer magischen Formel? Und nichts wollte Varta mehr, als sie retten. Florentina, die Liebe, sich selbst. Und plötzlich, in dieser Gewissheit, schöpfte er neue Kraft. Er konnte nicht zurückholen, was zwischen ihm und Florentina verloren gegangen war. Aber er konnte das Andenken ehren. Er straffte sich. Immer nur hatte er für sich gelebt, war gefangen gewesen in dem Streben nach bedeutungslosen, egoistischen Genüssen. Seit er denken konnte, graute ihn die Leere der Welt. Vielleicht, nur vielleicht fände sich in Florentinas Rettung auch ein Schlüssel zu seiner eigenen.

Florentina sagte etwas, schreckte ihn aus seinen Gedanken auf.

»Was hast du gesagt?«

»Warum bist du hier?«

Die Frage zerschmetterte seine Träumerei. Fuck. FisherEuro-Binary. Alyattes.

»Ich habe für ein geheimes Projekt der EU gearbeitet. Und dem Projektleiter einen Trojaner aufgespielt.«

»Fuck.«

»Ja.«

»Welche Basis hast du verwendet?«

»SSFish.«

»Elgamal-verschlüsselt?«

»Natürlich.«

»Wie hat er dich gefunden?«

»Wireshark, denke ich.«

»Paranoider Bastard. Weiß er, dass du es warst?«

»Nur eine Frage der Zeit.«

»Und du bist abgehauen.«

Varta nickte.

»Fuck.«

Sie saßen auf der Kante der Matratze und lauschten dem plärrenden Fernseher im Nebenzimmer. Varta legte den Arm um Florentinas zerbrechliche Schultern. Florentina drückte die Hand, die noch immer in ihrem Schoß lag. Nichts konnte zwei Menschen so sehr verbinden, dachte Varta, wie Einsamkeit und Angst.

»Tina, du Hure«, dröhnte es von nebenan. »Ich geh mal raus. Wo steckst du?« Der fette Körper des Glatzkopfs schob sich in die Tür. Als er Varta sah, blieb er stehen. »Wer ist der Typ?«

»Tamás. Ich habe ihn dir vorgestellt.«

»Wann?«

»Gerade eben.«

»Was will er hier?« Das Milchglas des Alkohols, das Boris'
Augen verschloss, konnte das bedrohliche Funkeln dahinter nicht
verbergen.

»Ein alter Freund von mir. War zufällig in der Stadt.«

»Tamás?« Boris fixierte Varta. »Wie Tamás Varta?«

Varta spürte, wie ein Zittern durch Florentinas verdorrten Körper ging. »Entspann dich, Boris.«

Boris trat in den Raum, baute sich vor Varta auf. »Du bist
Tamás Varta?«

Varta wandte sich an Florentina. »Was ist los?«

»Bitte, Boris. Lass ihn in Ruhe.«

Boris ignorierte sie. »Du bist Tamás Varta?«

Varta nickte nervös. »Wieso?«

Boris schnäuzte sich in die Handfläche. »Du bist am Arsch.«

»Boris.« Florentina war aufgesprungen. Ihre ausgezehrte Gestalt neben Boris' massigem Leib bot ein groteskes Bild.

»Ich mach dich fertig.«

»Nein.« Florentina hatte sich zwischen Boris und Varta gestellt.
Boris stieß sie zur Seite wie Styropor. Sie wurde gegen die Kommode geschleudert, ein knackendes Geräusch, stöhnend blieb sie
liegen.

»Florentina«, schrie Varta, wollte zu ihr. Boris stieß ihn zurück
auf die Matratze. »Bleib hier, Arschloch.«

Wieder wollte Varta hoch, wieder stieß Boris ihn zurück.

»Was willst du?«, schrie Varta, seine Stimme schrill vor Angst.

»Du warst das.« Boris sagte es leise, doch in seinen Augen
flammte der Zorn.

»Was? Wovon redest du?«

Boris trat von der Matratze zurück. »Steh auf.«

»Was?«

»Steh auf, du Arschloch.«

Varta folgte dem Befehl.

»Geil. Ich hab darauf gewartet, dass du kommst. Jetzt mach ich dich fertig.«

»Willst du Geld?«

»Halt die Fresse, du Arschloch. Schau sie dir an«, Boris sagte es, ohne sich nach Florentina umzuwenden, »schau, was du aus ihr gemacht hast. Schau hin, Arschloch. Ich mach dich kalt.«

»Boris«, flehte Varta, »ich habe Florentina geliebt. Bitte, du musst mir glauben. Bitte.«

»Du Arschloch.«

»Es tut mir so leid – ich will es wiedergutmachen, glaub mir, nichts mehr als das!«

Boris packte ihn, zog ihn mit der Linken an sich heran, mit der Rechten holte er aus. Varta hob die Arme, vergeblich. Boris traf ihn mitten ins Gesicht, Vartas Nase brach, explodierender Schmerz. Boris schlug wieder zu, Varta versuchte, sich zu wehren, blind, taumelnd, Boris' Fäuste krachten schwer wie Hämmer auf ihn nieder.

Er wird mich umbringen, dachte Varta, und ich kann nichts dagegen tun. Dann kam die Finsternis.

21. Kapitel

Als Lucien Giresse in das Digitale Überwachungszentrum der DGSE rollte, verstummte der Raum. Die Mitarbeiter drehten sich von ihren Bildschirmen weg, ihm zu, jedoch ohne ihn anzusehen. Wichen zur Seite mit gesenktem Blick.

Kein gutes Omen.

Der Leiter der Abteilung, Claude de la Renne, kam Giresse entgegen, seine Miene war ernst.

»Claude.«

»Herr Direktor.«

Niemand wagte einen Laut, eine Bewegung. Nur die Zahlen auf den Bildschirmen tanzten weiter, tauchten den Raum in ein kaltes blaues Flimmern.

»Sprich.«

»Extreme Polymorphie, dynamische Syntax, Kernel-Rootkit der Falc-Generation.«

»Und was bedeutet das?«

Claude holte Luft. »Es handelt sich um den besten Trojaner, auf den wir bisher gestoßen sind. Absolute Profis. Wahrscheinlich staatlich koordiniert.«

»Welche Richtung?«

»In Anbetracht der Ressourcen, die nötig sind für so was: Chinesen, Russen, Amerikaner.«

»Was wissen wir noch?«

»Entwicklung vermutlich zwischen September 2019 und März 2020. Das Ding ist brandneu.«

»Haben Sie schon Tao Wus Smartphone untersucht?«

»Wu behauptet, dass er den Trojaner entdeckt habe, bevor dieser ein anderes Gerät befallen haben könnte.«

»Untersuchen Sie es trotzdem, Claude.«

»Natürlich. Jemand ist bereits unterwegs, es zu holen.«

Giresse drehte seinen Rollstuhl Richtung Ausgang.

Vor der Tür hielt er noch einmal an. »Claude?«

»Jawohl, Herr Direktor?«

»Gute Arbeit.«

Zurück in seinem Büro, befahl Giresse seinem Assistenten, eine Kanne heißes Wasser zu bringen. Dann wuchtete er sich vom Rollstuhl auf die Chaiselongue. Der Assistent kam mit dem Wasser, schenkte ein und zog sich zurück.

Giresse nahm einen Schluck, stellte die Tasse auf das Couchtischchen und streckte sich auf der Chaiselongue aus. Das Wasser schmeckte nach nichts. Doch für Giresse hatte auch Tee keinen Geschmack noch Kaffee noch irgendein anderes Getränk noch irgendeine Speise.

1994 war er in Ruanda gewesen, als Hauptfeldwebel der französischen Luftwaffe. Während die Hutu in orchestriertem Wahn Tutsi abgeschlachtet hatten, hatte Giresse in Kigali Franzosen evakuiert. Der Splitter einer Granate hatte ihm das Rückenmark zerfetzt. Warum er seinen Geschmackssinn verloren hatte, konnten ihm die Ärzte bis heute nicht erklären.

Giresse griff nach seinem Telefon und wählte die Nummer von Didier Penverne, dem französischen Verteidigungsminister.

»Hey, Lucien. Was gibt's?«

»Es geht um Alyattes.«

»Ich bin morgen in Straßbourg, um im Ministerrat den Fortschritt zu besprechen. Bitte sag mir nicht, dass es Probleme gibt.«

»Es gibt Probleme.«

Giresse schilderte die Lage.

»Du erzählst mir gerade«, wiederholte Didier, »der beste Programmierer des Projekts hat mit einem hochentwickelten Trojaner den Projektleiter ausspioniert und ist anschließend verschwunden?«

»Ja.«

Der Verteidigungsminister galt vielen seiner Mitarbeiter als charismatischer Chef, wurde geschätzt für seine respektvolle Art. Doch Giresse war anderer Meinung. Sie hatten die Aufgabe, Frankreich zu schützen – übermäßige Empathie war nicht hilfreich.

»Hast du mit de la Renne geredet?«, fragte Didier.

»Nicht über unsere Reaktion.«

»Kann Europol das erledigen?«

»Nicht, wenn staatliche Akteure hinter Varta stehen.«

»Und was denkst du?«

»Wenn wir ihm regulär den Prozess machen, können wir Alyattes begraben.« Was die europäische Wirtschaft um Jahre zurückwerfen würde. Giresse wusste das so gut wie sein Vorgesetzter; obwohl alle Beteiligten peinlich darauf achteten, das Projekt als Testballon zu deklarieren, planten die europäischen Wirtschaftsministerien schon fleißig mit dem Erfolg.

Didier fluchte leise. Giresse ahnte, warum – ihnen gingen die Optionen aus.

»Also«, knurrte es aus dem Telefon, »was machen wir?«

Giresse griff nach der Tasse mit dem heißen Wasser.

»Service Action.«

»Auf keinen Fall.«

Der Service Action war eine geheime Abteilung der DGSE. Er war nach dem Zweiten Weltkrieg gegründet worden und hatte exakt zwei Ziele. Das eine Ziel war Sabotage. Das andere war Mord.

»Entweder Service Action«, sagte Giresse bedachtsam, »oder wir riskieren, dass Russland Zugriff auf unser finanzielles Nervensystem erhält. Wenn nicht Russland, dann China. Wenn nicht China, dann die USA.«

»Dass staatliche Strukturen hinter dem Trojaner stehen, ist doch erst einmal nur de la Rennes Vermutung, oder nicht?«

»De la Renne täuscht sich selten.«

»So oder so – wäre es nicht besser, Varta lebend zu bekommen? Dann könnten wir ihn verhören. Könnten herausfinden, welche Daten er besitzt.«

»De la Renne prüft noch heute das infizierte Telefon. Zurzeit gehen wir davon aus, dass Varta nur in das Mailprogramm eingedrungen ist. Die Gefahr sind nicht gestohlene Daten, sondern das Wissen, das er hat.«

»Trotzdem. Wir sollten ihn gefangen nehmen. Der Service Action ist doch auch für Entführungen ausgebildet, oder nicht?«

»Schon. Aber das Risiko einer solchen Operation ist höher. Und die Zeit arbeitet gegen uns. Wenn Varta erst einmal jenseits von Europa ist, haben wir verloren.«

»Vielleicht sitzt er schon längst in einer russischen Botschaft.«

»Dann können wir sowieso nichts mehr tun. Ist aber nicht wahrscheinlich. Es wäre Russlands Eingeständnis, dass es sich um ihren Mann handelt. Er wird den Zug nehmen. Flughäfen sind zu gut gesichert. Wir müssen ihn ausschalten, solange er in Europa ist.«

»Lucien, er müsste eine unmittelbare Bedrohung für Frankreichs Sicherheit darstellen, damit wir das genehmigt bekommen. Ist er das?«

»Offensichtlich hat er staatliche Hintermänner. Und wenn er will, kann er unsere Wirtschaft lahmlegen. Verglichen mit dem Chaos, das dann entsteht, werden die Gelbwesten wie eine Crêpes-Party wirken.«

»Wäre es dann nicht umso wichtiger, ihn zu verhören?«

»Wirst du ein inoffizielles Verhör absegnen? Eines, nach welchem er verschwindet?«

»Wir haben nicht genügend gegen ihn in der Hand.«

»Das Virus, das von Wolfenweiler uns gezeigt hat, lässt sich nicht von einer Gruppe Hobbybastler schreiben.«

»Sagt de la Renne.« Didier schwieg. Giresse ließ ihm die Zeit zum Nachdenken. Nach einer halben Minute kam das Ergebnis: »Wir können das nicht allein entscheiden. Wir müssen die Innenministerin dazuholen. Und SGDN.« Das Secrétariat Général de la Défense Nationale – kurz SGDN – war direkt dem Premierminister unterstellt und hatte die Aufgabe, alle übrigen Nachrichtendienste zu koordinieren.

Giresse seufzte. »Einer der bestbezahlten Programmierer der Welt arbeitet für das wichtigste EU-Projekt des kommenden Jahrzehnts. Dann hackt er seinen Vorgesetzten und flieht.« Er starrte das Weiß der Decke über sich an. »Varta kann nicht unschuldig sein.«

»Wir haben keine Beweise. Ich werde nicht allein entscheiden.«

»Jeder, dem wir von dem Vorfall erzählen, wird verantwortlich. Je mehr Leute davon wissen, desto schwieriger wird es, die Sache geheim zu halten.«

»Mag sein. Aber wir leben immer noch in einem Rechtsstaat. Ob du willst oder nicht.«

»Wie du meinst.«

»Und zum Glück für Frankreich entscheide ich. Und nicht du.«

Die Verbindung war tot.

Kigali, 1994. Schäumender Mob, bewaffnet mit Macheten, Äxten, Küchenmessern, stürmte in Wellblechhütten, zerrte Kinder an den Haaren heraus, hieb auf sie ein, blutverklumpter Straßenstaub, Gliedmaßen wie vergessen zwischen qualmenden Autoreifen, in den Hütten die Schreie der Frauen.

Giresse lag auf der cremefarbenen Chaiselongue und hob den Kopf, um einen Schluck von seinem heißen Wasser zu nehmen. Er schmeckte es nicht. Seit sechsundzwanzig Jahren schmeckte er nichts, roch nichts als den beißenden Gestank von brennendem Plastik und Fleisch.

Er hatte nicht geholfen in Kigali. Sein Befehl war gewesen, Franzosen zu schützen, nicht Tutsi. Und das hatte er getan. Sein ganzes Leben hatte er damit verbracht, Franzosen zu schützen.

Das Telefon klingelte. Er nahm ab. Es war Didier.

»Lucien, ich habe mit der Innenministerin gesprochen. Du bekommst alle Ressourcen, die du brauchst. Finde Varta.«

»Und dann?«

»Service Action.«

Giresse hielt den Atem an.

»Lucien?«

»Tot oder lebendig?«

»Lebendig. Wir verhören ihn.«

»Mit oder ohne Protokoll?«

»Wir sind ein Rechtsstaat, Lucien.«

22. Kapitel

»Wurden Sie geschlagen, Frau Beheim?«

Beheim war gerade dabei, die letzten laminierten Übungsblätter in ihre Tasche zu räumen. Kalt erwischt hielt sie inne.

Nachdem Philipp übergriffig geworden war, hatte sie die Nacht kein Auge zugetan. Sie hatte angezogen auf ihrem Bett gelegen, den Mond beobachtet und sich vorzustellen versucht, wie es wäre, wenn sie Anzeige erstattete. Philipp auf der Anklagebank und sie neben dem Staatsanwalt als Nebenklägerin. Philipp war bereits einmal wegen sexueller Nötigung angezeigt worden – das Verfahren hatte in einem Vergleich geendet. Eine weitere Klage würde ihn ruinieren, den besten Freund ihres verstorbenen Mannes; ein weiterer Skandal, der auf FisherEuroBinary zurückfiele, ein weiterer Kratzer in Stefans Lebenswerk. Seit jeher hatte Beheim ihren Schülerinnen und Schülern beigebracht, sich zu wehren, wenn sie misshandelt wurden, sich nicht einschüchtern zu lassen von der Übermacht der Erwachsenen, das Unrecht nicht hinzunehmen, auch wenn es aus der Familie kam.

Und nun erlebte sie selbst, was Ohnmacht bedeutete. Es ging nicht um das Körperliche, sie hatte sich physisch nicht bedroht gefühlt. Aber die lähmende Kälte, die in sie gefahren war, die ihre Muskeln befallen hatte wie ein Krampf… als hätte eine fremde Macht von ihr Besitz ergriffen, als hätten ihre Instinkte sie alleingelassen im Angesicht des Raubtiers – Beheim hatte nie etwas Ähnliches erfahren.

Philipp hatte sie angerufen, wieder und wieder, irgendwann hatte sie seine Nummer blockiert. Am Morgen hatte sie den Bluterguss unter ihrem Auge überschminkt und war in die Schule gefahren. Wie betäubt hatte sie Unterricht gegeben. Englisch, Geschichte, Bio.

Und jetzt war die Schule aus, sie packte ihre Sachen, und der kleine Kevin aus der 6a fragte sie, ob sie geschlagen worden sei.

»Wie kommst du darauf, Kevin?«

Kevin tippte sich stumm ans Jochbein. Oh nein. Offenbar hatte die Schminke sie im Stich gelassen.

»Ich bin doof gefallen.«

Mit zusammengekniffenen Lippen starrte Kevin sie an. Wie hätte er eine so plumpe Ausrede auch glauben sollen. Kevin hatte eine Familiengeschichte, in welcher man früh lernte, was Gewalt war. Als der kleinste Junge der Klasse war er kaum größer als ein Grundschüler – Beheim ging vor ihm in die Hocke.

»Du hast recht. Jemand hat mich geschlagen. Aber weißt du was?«

»Was?«, murmelte Kevin.

»Ich habe mir das nicht gefallen lassen.« Sie zwinkerte ihm zu. »Dem anderen geht es jetzt viel schlechter als mir.«

Ein Strahlen überzog Kevins Gesicht. »Wirklich?«

»Klaro!« Sie drückte seinen Arm. »Denkst du an die Bio-Hausaufgaben morgen?«

»Versprochen, Frau Beheim. Wissen Sie was?« Er zögerte.

»Was denn?«

»Sie sind meine Lieblingslehrerin.« Kaum hatte er es ausgesprochen, rannte er aus dem Klassenzimmer. Beheim sah ihm versonnen nach. Wie verletzlich diese kleinen Seelen waren. Und nicht nur die.

Mit dem Fahrrad brauchte Beheim eine halbe Stunde nach Hause. Die Bewegung half, ihre Gedanken zu sortieren. Sie musste noch nicht entscheiden, wie sie mit Philipp umgehen würde. Es gab eine andere Sache, der sie sich widmen konnte. Eine Sache, die mehr bedeutete als nur Ablenkung: Tristan – das mysteriöse baltische Firmenkonsortium, das an der Fusion beteiligt gewesen war. Philipp hatte behauptet, Tristan habe nur über Mittelsmänner agiert. Stefan habe Tristan misstraut. Warum?

Sie stellte ihr Fahrrad im Carport ab und schloss die Wohnung auf. Bevor sie den Flur betrat, zog sie ihre Schuhe aus; barfuß ging sie in die Küche, aktivierte den Lautsprecher ihres Smartphones und rief die Referentin des Vorstandsstabs von FEB an. Während der Wählton piepste, nahm sie Tomaten aus der Vorratskammer, wusch sie und begann, sie in Scheiben zu schneiden.

»Aurora Avari, Vorstandsstab FisherEuroBinary.«

»Hallo, Frau Avari. Cate Beheim hier. Ich bin die Frau von Stefan Beheim. Ich meine … die Witwe.«

»Frau Beheim. Mein herzliches Beileid. Der Tod Ihres Mannes ist ein tragischer Verlust. Was kann ich für Sie tun?«

»Könnten Sie mich vielleicht mit Herrn von Wolfenweiler verbinden?«

»Herr von Wolfenweiler befindet sich gerade in einer Besprechung. Aber ich unterrichte ihn selbstverständlich gern von Ihrem Anruf. Vielleicht kann ich Ihnen ja schon weiterhelfen. Worum geht es denn?«

»Ich brauche den Ansprechpartner von Tristan.«

Kurz Stille. Dann: »Tristan? Sagt mir nichts.«

Beheim war perplex. »Haben Sie vor der Fusion noch nicht bei Fischer gearbeitet?«

»Doch, wieso?«

»Tristan ist einer von Fischers Großaktionären gewesen und dürfte inzwischen entsprechend mit FisherEuroBinary verbunden sein. Der Name sollte Ihnen bekannt sein.«

»Wofür brauchen Sie den Kontakt?«

»Ich würde gerne über deren Strategie bezüglich FEB sprechen.«

»Es handelt sich um stille Anteile, Tristan nimmt keinen Einfluss auf unsere strategische Ausrichtung.«

»Könnten Sie mir trotzdem den Ansprechpartner nennen?«

»Wie gesagt, über die Strategie entscheiden wir selbst, also der Vorstand. Ich gebe Herrn von Wolfenweiler Bescheid. Er wird Sie zurückrufen.«

»Aber Sie haben einen Ansprechpartner bei Tristan?«

»Wir halten Kontakt zu allen unseren Großaktionären.«

»Dann nennen Sie mir doch die Nummer, bitte. Oder zumindest eine Mail-Adresse.«

»Bevor ich interne Daten herausgeben kann, muss ich den Sachverhalt von unserem Datenschutzbeauftragten prüfen lassen.«

»Frau Avari, ich bin die Witwe des Firmengründers. Ich besitze vierzehn Prozent der Stammaktien. Um ehrlich zu sein, betrachte ich mich nicht als Externe.«

»Natürlich, ich wollte nicht unhöflich sein. Hören Sie, sobald Herr von Wolfenweiler zur Verfügung steht, gebe ich ihm Bescheid. Wir werden uns umgehend bei Ihnen melden.«

»Können Sie mir denn schon mal diejenigen Informationen senden, die öffentlich zugänglich sind?«

»Wir dokumentieren leider nicht, welche Daten unsere Aktionäre der Öffentlichkeit zur Verfügung stellen.«

»Meinen Sie das ernst? Zumindest die Website-URL werden Sie ja wohl wissen?«

»Sie haben recht, vermutlich ist sie irgendwo gespeichert. Ich werde nachsehen.«

»Ach, wissen Sie was, vergessen Sie's, googeln kann ich selbst.«

»Wie Sie meinen.«

»Wissen Sie, wann Herr von Wolfenweiler sich meiner Frage widmen kann?«

»Ich denke, spätestens morgen Vormittag.«

»Na gut. Dann danke für die Auskunft.«

»Sehr gern. Und noch einmal: Ich spreche Ihnen mein innigstes Beileid aus.«

»Danke.«

Nach dem deutschen Wertpapierhandelsgesetz mussten alle Aktionäre, die mehr als drei Prozent der Stimmrechtsanteile einer Aktiengesellschaft hielten, öffentlich einsehbar sein. Nach einer Minute Online-Recherche hatte Beheim herausgefunden, dass Tristan Supreme Services Holding UAB siebeneinhalb Prozent der Anteile von FEB besaß. Eine weitere Minute später wusste sie die Adresse: ein Randbezirk von Vilnius. Keine Website, kein Kontaktformular, keine Telefonnummer. Beheim suchte eine halbe Stunde, bevor sie aufgab. Die einzige Information, auf die sie noch gestoßen war: Das litauische Kürzel UAB entsprach dem deutschen GmbH.

Beheim briet Pilze an. Während sie wartete, suchte sie nach Flügen von Frankfurt nach Vilnius. Der nächste ginge morgen früh. Sie warf eine Handvoll Pinienkerne zu den Pilzen und wählte die Nummer der Schule. Sie hatte Glück, das Sekretariat war noch besetzt. Sie meldete sich für den Rest der Woche krank. Die Pinienkerne knackten, sie leerte die Pfanne über die Tomaten, würzte. Einen Augenblick stand sie unschlüssig in ihrer Küche. Dann öffnete sie sich ein Bier. Gestern früh hatte sie die letzte Valium genommen, die Nebenwirkungen sollten sich in Grenzen halten.

23. Kapitel

Wu tastete vorsichtig nach den neuen Füllungen in seinen Backenzähnen. Der Schmerz ließ ihn zusammenzucken. Er schmeckte Blut. Verflucht war sein Schicksal.

»Haben die Franzosen bereits Ihr Smartphone erhalten?«, fragte von Wolfenweiler. Sie befanden sich in dessen Büro im zweiunddreißigsten Stockwerk des Schiefen Turms. Jenseits der Glaswände dunkelte es bereits.

»Wurde heute Mittag abgeholt.«

»Ist es sauber?«

»Selbstverständlich.«

»Wie konnten Sie nur so dumm sein? Sich einfach hacken zu lassen. Von Ihrem eigenen Mitarbeiter. Wenn ich diesen Varta in die Finger kriege, breche ich ihm alles.«

»Hoffen wir, dass Giresse seinen Job macht.«

»Erbärmlich, dass wir die Zeit nicht haben, den Mistkerl selbst aufzuspüren. Ich werde wahnsinnig, wenn ich daran denke, dass wir mit einer Behörde gemeinsame Sache machen.« Von Wolfenweiler dachte einen Augenblick nach. »Und was ist mit seiner Fachkompetenz? Können wir ihn ersetzen?«

»Er hat den Großteil seiner Arbeit getan.« Wu versuchte, sich seine Verunsicherung nicht anmerken zu lassen. Natürlich war Varta ein Verlust. »Die letzte Zeit hat er mehr gebremst als geholfen.«

Von Wolfenweiler starrte an ihm vorbei, ließ ihn warten.

Die Wand hinter dem massiven Schreibtisch war mit einem deckenhohen Bücherregal ausgefüllt. Klassiker der europäischen

Literatur. Wu versuchte, sich vorzustellen, wie von Wolfenweiler in seiner Villa vorm Kamin saß, in einem viktorianischen Ohrensessel, mit einer Decke über den Beinen, eine Prachtausgabe von Shakespeare in der Hand oder eine Erstedition von Balzac. Ein verstörendes Bild.

Von Wolfenweiler riss ihn in die Gegenwart zurück. »Wie hieß das Mädel, das Varta verpfiffen hat?«

»Verpfiffen? Also auf sein Fehlen aufmerksam gemacht – das war die Neue, Monique Roux-Pastor.«

»Warum ist es ihr überhaupt aufgefallen? Gerade wenn sie neu ist?«

»Sie hatte die Nacht mit ihm verbracht.«

»Sieh an, sieh an. Vielleicht sollte Ángel ihr einmal einen Besuch abstatten.«

»Sie hat nichts mit der Sache zu tun.«

»Sagt wer?« Von Wolfenweiler rümpfte die Nase. »Kümmern Sie sich um Ihre eigenen Aufgaben. Was ist mit dem Stick? Hat jemand Verdacht geschöpft?«

»Sagen *Sie* es mir, Sie haben ihn abgegeben.«

»Ich meine die Software.«

»Wenn sie Verdacht erweckt hätte, wären wir vermutlich nicht hier.«

»Also hat es funktioniert?«

»Ich halte es für unwahrscheinlich, dass die Franzosen jemals ein so hochentwickeltes Virus gesehen haben. Sie werden davon ausgehen müssen, dass eine staatliche Einrichtung dahintersteckt.«

»Und das genügt, dass sie Varta töten werden?«

»Was bleibt ihnen anderes übrig? Ein Prozess würde bedeuten, die Öffentlichkeit erfährt, dass eine feindliche Staatsmacht ins innerste Team von Alyattes einen Hacker geschleust hat – ein Desaster für die EU.«

»Nicht nur für die EU. Für FEB auch.« Von Wolfenweiler sah ihn scharf an. »Und für Sie, Wu.«

Wu schwieg.

»Was ist mit dem Sniffer?«, fragte von Wolfenweiler. »War er erfolgreich? Ist er ins Intranet gelangt?«

»Der Sniffer wird erst in zwölf Stunden das erste Mal senden.«

»Warum?«

»Giresse wird den Stick, den Sie ihm gegeben haben, direkt prüfen lassen. Während der Prüfung muss sich unser blinder Passagier verborgen halten. Doch die Franzosen sind gut, sie brauchen nicht lange. Sie werden die Prüfung zügig abschließen. Und dann erwacht unser Freund und schaut sich um.«

»Sie sind sicher, dass er nicht entdeckt wird?«

Machtmenschen wie von Wolfenweiler musste man mit Gelassenheit begegnen. Nur so erwarb man sich ihren Respekt. Wu zuckte die Schultern. »Es war Ihre Idee.«

»*Sie* haben vorgeschlagen, Giresse das Virus zu zeigen.«

Wu nickte. Varta hatte ein einfaches Programm verwendet, das nur deswegen erfolgreich gewesen war, weil Wus Smartphone ein Zertifikat für Vartas Mail-Signatur gespeichert hatte. Den Franzosen weiszumachen, Varta habe ein hochkomplexes Virus genutzt, förderte fraglos ihre Handlungsbereitschaft.

»Ja, das Virus war meine Idee«, bekräftigte Wu. Er war durchaus stolz darauf. »Aber *Sie* hatten die Idee, das Virus mit einem Sniffer zu versehen. Sie kannten das Risiko.«

Wu musste zugeben, von Wolfenweilers Vorschlag war genial gewesen: Ein Virus besaß immer Aspekte, die in einem regulären Programm auffällig waren. Doch ein Virus zu entdecken, das in ein anderes Virus integriert war, war ungleich schwieriger – wenn der Code insgesamt verdächtig war, fiel die einzelne Unregelmäßigkeit kaum auf. Und selbst wenn der Sniffer entdeckt würde – es wäre unmöglich zu beweisen, dass er Wus Tasten entsprungen war. Dass EuroBinary die aktuellen Firewalls des französischen Nachrichtendienstes mit entwickelt hatte, hatte die Aufgabe vereinfacht.

Von Wolfenweiler öffnete mit seiner Schlüsselkarte eine gesicherte Schublade seines Schreibtischs. Aus der Schublade nahm er eine zweite Schlüsselkarte.

»Kommen Sie mit.«

Von Wolfenweiler führte Wu zum Vorstandsfahrstuhl. Nur über die Schlüsselkarten der Vorstandsmitglieder ließ er sich aktivieren.

Der Fahrstuhl brachte sie ganz nach unten; am Erdgeschoss vorbei, an der Tiefgarage, schließlich sogar an der Etage, auf welcher sich die Serverräume befanden.

Das unterste Stockwerk des Schiefen Turms war nach der Fusion erst hinzugefügt worden. Es war deutlich kleiner als die übrigen. Einerseits ließ die Statik es nicht anders zu; andererseits benötigte man nicht allzu viel Platz. Denn das Stockwerk hatte nur einen Zweck: Es sollte die Haupttresoranlage beherbergen.

Sie betraten einen kleinen Raum mit Teppichboden und Betonwänden. Die Wand dem Fahrstuhl gegenüber war aus Stahl, eine gewaltige runde Tür war darin eingelassen. An der Decke hing ein Kameraauge. Auf einem Tischchen stand ein Telefon. Von Wolfenweiler blickte in die Kamera, nahm den Hörer ab und befahl, die Tür zu öffnen. Ein Knacken, dann ertönte ein Warnsignal, und die Stahltür schwang langsam in einem Bogen auf und zur Seite. Sie war mindestens einen Meter dick.

»Kommen Sie.« Von Wolfenweiler stieg durch den kreisrunden Türrahmen. Wu folgte. Unter einer niedrigen Decke standen lange Reihen von Schließfachschränken, dazwischen eine Sitzgelegenheit mit einem weiteren Tisch und Telefon, außerdem Kugelschreiber und Notizpapier.

»Falls Bankräuber eine Pause brauchen?«

»Falls unsere Kunden die Inhalte ihres Wertfachs begutachten wollen.«

»Was machen wir hier?« In Wus Zahnfleisch pochte es.

Von Wolfenweiler ging durch die Reihen, bis sie zu einer weiteren Stahltür gelangten. »Nehmen Sie.« Er reichte Wu eine der beiden Schlüsselkarten.

Rechts und links der Stahltür waren Kartenleser in die Wand montiert. Von Wolfenweiler bedeutete Wu, gleichzeitig mit ihm selbst die Karte durch den Schlitz zu ziehen. Wieder ein Klacken, ein Alarmsignal, die Stahltür schwang zur Seite.

Vergitterte Regale, tief wie in einem Industrielager. In den Regalen Goldbarren. Palettenweise gestapelt.

Wu fand keine Worte.

»Sechstausend Barren«, sagte von Wolfenweiler. »Jeder einzelne wiegt zwölfeinhalb Kilo, das sind vierhundert Unzen. Eine Unze ist über vierzehnhundert Euro wert. Sie blicken gerade auf mehr als drei Milliarden Euro, Wu.«

»Warum zeigen Sie mir das?«

»Sagen Sie, Wu, wie sind Sie an das Virus gekommen?«

»Wir haben vereinbart, dass Sie keine Fragen stellen.«

»Wenn es chinesisch ist, werden die Franzosen das nicht herausfinden? Wir können uns keinen Ärger mit China leisten.«

»Die Franzosen werden das Virus für russisch halten.«

Von Wolfenweiler trat an eines der Gitter heran, öffnete es mit seiner Schlüsselkarte. Er nahm einen der Goldbarren und reichte ihn Wu. Der Barren war erstaunlich schwer.

»Was soll ich damit?«

»Wir spielen ein gefährliches Spiel, Sie und ich. Was, glauben Sie, passiert, wenn wir verlieren?«

»Werden wir nicht. Alyattes ist zu wertvoll. Die EU wird es stützen, egal, was es kostet.«

»Und Odysseus? Wenn es öffentlich wird?«

Wu wog den Barren in seiner Hand. Eine unheimliche Gewalt ging von dem toten Metall aus. »Sie riskieren mehr als ich. Noch einmal: *Sie* haben vorgeschlagen, Giresse das Virus zuzuspielen. *Sie* haben Odysseus ins Leben gerufen.«

Von Wolfenweiler lächelte. »Ja. Und ich bin mir des Risikos bewusst, das ich eingehe.« Er nahm Wu den Barren wieder aus der Hand, legte ihn zurück auf seinen Platz, schloss das Gitter. Wu fühlte sich wie betrogen – als hätte man ihm etwas weggenommen, das ihm gehören sollte.

»Sollte Odysseus publik werden, wenn Alyattes schon aktiv ist, bricht das europäische Finanzsystem zusammen«, sagte von Wolfenweiler. »Eine globale Krise wird die Folge sein, schlimmer als Corona, schlimmer als 2008, schlimmer als 1929. Giralgeld wird wertlos, die Menschen werden wieder physische Werte suchen – Gold wird wichtiger werden, als es jemals war. FEB deckt ein Drittel seiner Kernkapitalquote über Gold. Vielleicht reicht es, vielleicht nicht. Aber ich selbst bin vorbereitet. Ich habe genug Gold, um den Rest meines Lebens mit einem Cocktail in der Hand zu verbringen.«

Wu hatte ungläubig zugehört. »Sie wetten gegen Odysseus?«

»Nein. Aber ich versichere mich gegen Ausfall.« Wieder das Lächeln. »Und Sie, Wu? Haben Sie sich versichert?«

»Drohen Sie mir?«

»Im Gegenteil. Ich biete Ihnen eine Rente. Einen solchen Barren, wie Sie sie hier aufgestapelt sehen, jedes Jahr. Für den Rest Ihres Lebens. Vierhunderttausend Euro nach gegenwertigem Kurs. Im Fall des Falles: unbezahlbar.«

»Der Haken?«

»Es gibt keinen.«

»Warum dann? Sie wollen mich kaufen? Sie zweifeln an meiner Loyalität?«

»Bisher hatte ich keinen Grund dazu. Doch Menschen ändern sich. Wenn ich die Konstanten des menschlichen Lebens nennen müsste, wäre Loyalität nicht darunter. Gier schon. Ich bemühe mich darum, dass es sich für Sie nicht lohnt, mich zu verraten.«

Von Wolfenweilers graugrüne Augen lagen reglos auf Wu. Wu musste aufschauen, er war beinahe einen Kopf kleiner.

»Wohin würden Sie das Gold denn schicken?«

»Wo immer Sie wollen.«

»Und ab wann?«

»Ab nächsten Monat.«

»Nach der Präsentation also.«

Von Wolfenweiler nickte.

»In Ordnung.«

»Wie schön.« Von Wolfenweiler reichte Wu die Hand, Wu schlug ein. Es war ein Handschlag wie tausend andere. Und doch ahnte Wu, dass er ihn niemals vergessen würde.

»Eine Bitte noch«, sagte von Wolfenweiler, während sie Richtung Ausgang gingen.

»Ja?«

»Die Dokumentationen, die Sie dem EU-Kommissar bezüglich Alyattes zukommen lassen …«

»Was ist damit?«

»Könnten Sie Kopien anfertigen?«

»Wozu?«

»Ein Freund von mir hat Interesse.«

»Wer?«

»Er nennt sich Fjodor. Ich denke, er arbeitet für den Kreml.«

Wu starrte von Wolfenweiler an.

»Also?«

»Unmöglich«, rief er schockiert.

»Bitte.«

»Das ist Wahnsinn.«

»Glauben Sie mir, es gibt triftige Gründe.« Von Wolfenweiler stieg durch die Stahltür.

»Sie haben selbst Kopien, die Sie weiterleiten könnten.«

»Stimmt. Aber ich möchte, dass Sie das tun.« Von Wolfenweiler wartete, bis Wu ebenfalls das Goldlager verlassen hatte. Ein Knacken, ein Alarmsignal. Für das Aktivieren des Schließmechanismus reichte offenbar eine einzelne Schlüsselkarte.

161

Von Wolfenweiler schritt bereits zwischen den Wertfachschränken hindurch. »Ich sende Ihnen den Kontakt.«

»Warum ich?«, rief Wu ihm hinterher. Von Wolfenweiler reagierte nicht mehr, bedeutete ihm nur, die Tresoranlage zu verlassen, damit er das zweite Stahltor verschließen konnte.

Im Grunde brauchte Wu keine Antwort auf seine Frage. Wenn Wu Alyattes an die Russen verriet, war es nicht mehr von Wolfenweiler, der am meisten zu verlieren hatte.

Donnerstag

… währenddessen werden die Gefechte um die libysche Hauptstadt Tripolis wieder heftiger. Die Lage in Libyen gilt als eines der wichtigsten Themen für das heutige Treffen des Europäischen Ministerrats …

24. Kapitel

Es war Donnerstag.

Anna-Lena Herbst stand am Bett ihres Bruders und legte ihm die Hand auf die Brust. Durch das dünne Pflegehemd konnte sie seinen Herzschlag spüren, langsam, gleichmäßig.

»Rafael«, sagte sie.

Sie erzählte ihm vom Training. Gestern hatte es zwei Neuanmeldungen gegeben, Grundschülerinnen. »Zwillinge. Sahen vollkommen identisch aus, aber die eine war der anderen mindestens ein Jahr voraus, was ihr Koordinationsvermögen betraf. Ist das nicht merkwürdig?«

Wie immer reagierte Rafael nicht.

»Du wirst aufwachen.«

Es war eine Formel. Herbst spürte nichts.

»Ich muss los.« Sie griff nach ihrer Sporttasche. »Ich will noch mal klettern gehen, das Wetter soll am Wochenende schlechter werden. Bis morgen.«

Es war keine große Leistung, die Zivil-Bullen zu bemerken. Nur wenige Autos standen auf dem Parkplatz des Marienkrankenhauses. Trotzdem hatte direkt neben Herbsts Golf ein grauer Mercedes geparkt. Egal ob Zugabteil, Restaurant oder eben Parkplatz – wenn genügend Platz war, rückte man Fremden nicht auf die Pelle.

Das Kennzeichen bezeugte eine Münchner Zulassung. Herbst konnte nur den Kopf schütteln. Ein Münchner Kennzeichen in der Oberpfalz – nicht direkt verdächtig, aber auffällig genug.

Während sie den Parkplatz überquerte, besann sie sich, ob sie einen Fehler gemacht haben könnte. Hatte Dieter Frenzel sie verpfiffen? Unwahrscheinlich. Er hätte erst einmal ihren Namen herausfinden müssen. Besonders aufgeweckt war er ihr nicht vorgekommen.

Die Scheiben des Mercedes waren nicht verspiegelt, Herbst erkannte zwei Personen, beide vorne. Die Polizisten warteten brav darauf, dass sie in ihren eigenen Wagen stiege. Protokoll. Dank des Nummernschilds würden sie dann wissen, an der Richtigen zu sein. Doch statt ihren Golf aufzusperren, klopfte Herbst an der Fahrertür des Mercedes. Der Mann zuckte, sah mit aufgerissenen Augen zu ihr hoch.

Herbst bedeutete ihm, das Fenster herunterzulassen. »Was kann ich für Sie tun, meine Herren?«

In den Mann kam Bewegung, er riss die Tür auf, sprang aus dem Wagen. Sein Beifahrer tat es ihm gleich.

»Polizei.« Beide wedelten mit ihren Dienstausweisen.

»Sieh an.«

»Sie sind Anna-Lena Herbst?«

»Richtig.«

»Wir würden Sie bitten, mit uns zu kommen.«

»Darf ich erfahren, weswegen?«

»Leider nicht, es geht um eine Sache der nationalen Sicherheit.«

»Oha.«

Herbst bemerkte, dass beide Männer die rechte Hand in Hüfthöhe hielten – bereit, ihre Waffe zu ziehen. Doch sie wirkten dabei eher nervös als bedrohlich. Also nicht vom SEK. Also kein Zugriff. Komisch.

Der Fahrer öffnete die Tür zum Fond. »Wollen Sie bitte einsteigen?«

»Wohin geht's denn?«

»München fürs Erste.«

»Und dann?«

»Übernimmt der Bundesnachrichtendienst.«

»Klingt ja wichtig.«

»Wie gesagt, es geht um die nationale Sicherheit.«

Zum ersten Mal brachte sich sein Kollege ins Gespräch ein. »Machen Sie sich keine Sorgen, Sie haben nichts verbrochen.«

Herbst lachte. »Wenn Sie das sagen, will ich Ihnen mal Glauben schenken.« Sie schwang sich auf den Rücksitz. »Düsen Sie schon los.«

25. Kapitel

»Das kannst du nicht ernst meinen!« Avari war außer sich.

»Aurora«, Fridolin wurde ruhiger, je mehr sie die Fassung verlor, und sie hasste ihn dafür. »Es ist meine Entscheidung, Schätzchen.«

Zu dem Hass kam Furcht. Es war eine gefährliche Ruhe. Die Ruhe vor dem Sturm. »Nenn mich nicht Schätzchen.«

»Es ist meine Entscheidung, Aurora.«

»Aber sie ist falsch.«

Fridolin gab ihr eine Ohrfeige, dass das Klatschen von den Bürowänden widerhallte.

Avari taumelte, hielt sich am Schreibtisch fest, stützte sich darauf, den Rücken zu Fridolin gedreht. Keine Tränen. Auf keinen Fall Tränen. Diese Blöße durfte sie sich nicht geben. Sie war eine Donna aus Sizilien. Eine Sizilianerin ließ sich nicht einschüchtern. Aber was sollte sie tun? Flehen? Argumentieren? Drohen? All das hatte sie schon probiert.

Sie richtete sich auf, wandte sich Fridolin zu, sah ihm fest in die Augen. »Schick mich.«

»Ich brauche dich hier.« Fridolin sah auf seine Rolex. »Meine Entscheidung bleibt. Maximilian fliegt nach Kopenhagen.«

Max ist ein missratenes Balg mit dem IQ einer Aubergine. Sie sagte es nicht. Es war zum Verzweifeln; Fridolin, der gerissenste Banker des Universums – und ein Waschlappen, wenn es um seinen verzogenen Sohn ging.

»Ich bitte dich«, Avari nahm Fridolins Hände, »erkläre mir wenigstens, warum.«

Fridolin sah sie eine Weile stumm an. Dann seufzte er. »Maximilian ist mein Sohn. Er ist dazu geboren, Verantwortung zu übernehmen. Es wird Zeit, dass er es lernt.«

Avari strich Fridolin über die Wange. »Aber Kopenhagen? FEB wird nur noch vom guten Willen der Anleger zusammengehalten, das kleinste Skandälchen, und es ist vorbei. In dieser Situation sollen wir einen millionenschweren Waffenschmuggel finanzieren – und du schickst Max? Wir können diesem Fjodor nicht vertrauen, wir haben noch nie mit der Reederei zusammengearbeitet, wir wissen noch nicht einmal, wer die Container liefert. Bitte, Fridolin, denk noch mal drüber nach.«

»Maximilian fliegt.«

»Fridolin.«

»Du hast wirklich Angst um FEB, oder?«

»Ich habe Angst um dich. Um uns.«

Fridolin strich ihr übers Haar. »Ich liebe dich, Aurora.«

Avari gab auf. Sie hatte alles versucht. Ermattet schmiegte sie sich an Fridolins Brust. »Ich liebe dich auch.«

Fridolin fasste sie am Kinn, zog sie hoch, küsste sie.

Avari erwiderte den Kuss kurz, dann drückte sie Fridolin sanft von sich weg. »Wir haben ein Problem.«

»Was?«

»Cate Beheim.«

»Was ist mit ihr?«

»Sie hat nach Tristan gefragt.«

26. Kapitel

Es gab keinen zweiten Stuhl. Sanfilippo fand eine leere Kiste, trug sie in die Mitte des Raumes, klopfte den Staub ab, knöpfte sein Jackett auf und setzte sich dem Stuhl gegenüber. Auf dem Stuhl saß das Mädchen, dessentwegen er hier war. Sorgfältig musterte Sanfilippo sein Opfer. Noch nie hatte er solche Brillengläser gesehen. Die Augen glubschten dahinter hervor, verzerrt wie durch eine Lupe. Die Haare sahen aus, als wären sie noch nie in die Nähe eines Friseurs gelangt. Das Mädchen saß leicht nach vorn gebeugt, die Füße unter den Stuhl gezogen, die Arme verschränkt, den Blick starr nach unten gerichtet. Eine zu weite Bluse flatterte um den mageren Körper. Das Gesicht war schmal, aber nicht unansehnlich. Vielleicht wäre es sogar ganz hübsch, wenn sich jemand erbarmen würde, sich um Mähne und Brille zu kümmern.

Sanfilippo hatte Monique Roux-Pastor in dieselbe Lagerhalle bringen lassen, in welcher er zwei Tage zuvor Bart den Kehlkopf in die Luftröhre geschlagen hatte. Natürlich hätte er sie auch im Schiefen Turm verhören können, aber die fremde Umgebung würde sie verunsichern. Und Verunsicherung war gut. Dass es immer ein Risiko barg, denselben Ort mehrmals zu verwenden, nahm Sanfilippo in Kauf – denn die Halle war perfekt.

»Frau Roux-Pastor«, begann er, »ich möchte Ihnen ein paar Fragen stellen.«

Sie hob den Kopf nur einen Millimeter, den Blick weiter auf dem Betonboden.

»Seit wann arbeiten Sie für FisherEuroBinary?«

Sie rührte sich nicht.

»Frau Roux-Pastor?«

»Ich kann Ihre Frage nicht beantworten.«

»Versuchen Sie es.«

»Am Montag hatte ich ein Vorstellungsgespräch, in dessen Anschluss ich das Gefühl hatte, Herr Wu sei mir wohlgesonnen. Allerdings explizierte er nicht, ob ich nun direkt in ein Arbeitsverhältnis treten oder erst einmal probehalber den Projektbereich kennenlernen solle. Am Dienstag bestätigte ich meine Bereitschaft, ein Arbeitsverhältnis einzugehen, und erhielt eine positive Antwort – allerdings ohne dass mir die Konditionen eines solchen Arbeitsverhältnisses genannt worden wären. Am Mittwoch erhielt ich per E-Mail einen Vertragsentwurf, jedoch ohne die Möglichkeit, meine digitale Signatur einzufügen. Ich habe dann nachgefragt, bekam auch eine Antwort, doch war selbige ambig...«

»Frau Roux-Pastor, wollen wir uns einfach darauf einigen, dass Sie seit Montag bei FEB arbeiten?«

»Wie Sie meinen.«

»Am selben Abend haben Sie mit dem Penetrationstester Tamás Varta das Hotel Mountain Lion besucht und dort die Nacht verbracht. Ist das korrekt?«

Roux-Pastor blickte weiter zu Boden. Ihre Wangen leuchteten rot.

»Frau Roux-Pastor. Sehen Sie mich an.«

Sanfilippo spürte förmlich die Anstrengung, die es Roux-Pastor kostete, seiner Aufforderung nachzukommen. Es war traurig.

»Haben Sie die Nacht von Montag auf Dienstag mit Herrn Varta verbracht?«

Noch während das Mädchen nickte, senkte es den Blick bereits wieder.

»Hatten Sie Sex?«

Das Mädchen schüttelte kaum merklich den Kopf.

»Sehen Sie mich an. Am Dienstag haben Sie Herrn Wu darauf

aufmerksam gemacht, dass Herr Varta nicht zur Arbeit erschienen ist. Warum ist Ihnen das aufgefallen?«

»Ich habe nach ihm sehen wollen, weil ... weil ich wissen wollte, ob es ihm gut geht.«

»Weswegen sollte es ihm nicht gut gehen?«

»Weil ...« Roux-Pastor verstummte.

»Sie meinen, weil Sie Drogen genommen haben?«

Sie presste die Lippen zusammen.

»Wir haben die Vermutung, dass Herr Varta Unternehmensgeheimnisse gestohlen hat. Wissen Sie etwas darüber?«

Schweigen.

»Frau Roux-Pastor. Wenn Sie etwas wissen und Sie sagen es nicht, machen Sie sich mitschuldig.«

Schweigen. Sanfilippo entging nicht, wie angespannt der Kiefer des Mädchens war.

»Alyattes ist ein geheimes Projekt der EU-Kommission. Varta hat Hochverrat begangen.« Sanfilippo machte eine Pause, gab ihr Zeit, eigene Schlüsse zu ziehen. Auch ihre Halsmuskeln arbeiteten jetzt. »Wenn Sie ihm helfen«, fügte er leise hinzu, »kommen Sie ins Gefängnis.«

Das Mädchen brach in Tränen aus.

Sanfilippo zog einen Beutel mit Papiertaschentüchern aus der Innentasche seines Sakkos und reichte ihr eines. »Bitte, nehmen Sie.«

Mit zitternden Fingern griff das Mädchen danach, schnäuzte sich.

Sanfilippo rutschte mit seiner Kiste noch näher an sie heran. »Helfen Sie uns, ihn zu finden. Bitte. Bevor er Dummheiten macht.« Sie war im selben Alter wie seine Nichte. Sachte legte er ihr die Hand aufs Knie. »Ich sorge dafür, dass Ihnen nichts passiert.«

Das Mädchen schniefte, schnäuzte sich noch einmal. »Ich weiß nicht, wo er ist.«

»Denken Sie nach. Wo könnte er sein?«

»Ich weiß es nicht.«

»Sie haben keine Nachricht von ihm erhalten?«

Stummes Kopfschütteln.

»Sie haben über nichts geredet, was einen Hinweis liefern könnte? Orte, wo er schon einmal war? Freunde, Verwandte?« Diesmal ein minimales Zaudern, bevor das Mädchen den Kopf zur Seite drehte. Also doch.

»Wer?« Sanfilippo fragte es in aller Sanftheit.

Das Mädchen presste die Lippen zusammen.

»Sag es. Wer?«

»Niemand«, flüsterte das Mädchen.

»Lüg mich nicht an.«

»Niemand.« Die Stimme des Mädchens brach.

Er zog die Hafdasa aus dem Holster, drückte ihr die Mündung auf die Stirn.

Das Mädchen schrie auf.

»Wer?«

Tränen quollen ihr aus den Augen.

Er spannte den Hahn. »Wer?«

Rotz lief ihr aus der Nase.

»Wer?«

Der Name kroch fast lautlos über die Lippen des Mädchens: »Florentina.«

27. Kapitel

»Sie ist da.«

»Danke.«

Giresse legte den Telefonhörer auf und begann, einen Stapel Dossiers zu ordnen, die sich auf seinem Schreibtisch türmten. Es war eine Handlung ohne Ziel, ihr einziger Zweck bestand darin, ihm etwas Zeit zu verschaffen, ein paar Minuten nur, eine Galgenfrist, bevor er sein Vaterland verraten würde. Er hatte keine Wahl. Er musste es verraten, um es zu retten.

Die ganze Nacht über hatte er gebrütet über den Akten zu Tamás Varta, und egal wie er es drehte, er kam zu demselben Schluss wie von Wolfenweiler: Varta regulär den Prozess zu machen bedeutete die Kompromittierung von Alyattes, bedeutete den Ruin von FEB, bedeutete eine Krise des Finanzsystems, bedeutete die ökonomische und politische Atomisierung Europas.

Giresse rollte aus seinem Büro, nahm den Fahrstuhl nach unten. Am Ausgang wartete bereits sein Chauffeur. Zwanzig Minuten später erreichten sie die Rue les Enfants im dreizehnten Arrondissement. Bei der Hausnummer 17 bogen sie in einen geräumigen Innenhof ein, auf dem mehrere Kastenwagen parkten. Auf einem einfachen Messingschild stand *Export universel*. Das Gebäude mit der Hausnummer 17 war vorgeblich von einer Spedition belegt. Tatsächlich handelte es sich um eine Außenstelle der DGSE. Der Fahrer hielt und klappte die Rampe auf.

Giresse rollte in den Empfangsraum. Alles war nichtssagend eingerichtet, der Rezeptionist trug das Logo der vermeintlichen Spedition auf seinem Hemd. Giresse zeigte ihm seinen Ausweis.

Der Rezeptionist gab telefonisch seine Ankunft durch. Gemäß der Vorschrift, ohne den Namen zu nennen. Ein weiterer Mann in Speditionskluft erschien, holte Giresse ab und schob ihn zum Fahrstuhl. Es ging nach unten.

Vor dem Vernehmungsareal blieben sie stehen. »Frau Herbst befindet sich in B1. Alle Geräte sind vorbereitet, Kaffee steht im Vorraum.«

»Danke. Sie können gehen.«

Der Mann entfernte sich. Giresse öffnete die Tür zur Überwachungskammer. Ein Beamter befand sich darin, Giresse entließ auch ihn.

Alle Nachrichtendienste der Welt lebten von der Qualität ihrer Geheimhaltung. Eines der wichtigsten Prinzipien bestand darin, dass Informationen immer nur an genau die Mitarbeiter gestreut wurden, die sie unbedingt benötigten. Doch die meisten Dienste achteten darauf, dass zumindest bei elementaren Entscheidungen mehrere Köpfe involviert waren. So sollte Fehlbeurteilungen und Missbrauch vorgebeugt werden.

Nicht so die DGSE. Jeder Mitarbeiter war nur seinem direkten Vorgesetzten Rechenschaft schuldig – innerhalb der DGSE gab es niemanden, der berechtigt war, das Handeln des Generaldirektors infrage zu stellen.

Giresse rollte vor den venezianischen Spiegel. Dahinter befand sich der Vernehmungsraum B1. Gekachelte Wände, gefliester Boden, Linienlampen an der Decke, Kameras, ein Tisch zwischen zwei Stühlen. Auf dem Tisch ein Mikrofon. In einem polizeilichen Verhörraum wären Tisch und Stühle nicht mit dem Boden verschraubt gewesen – doch Giresse arbeitete nicht für die Polizei. Er war schon oft hier gewesen. Ägypter, Iraner, Russen hatte er verhört. Noch nie eine Deutsche. Und womöglich die gefährlichste Frau der Welt.

Durch den Spiegel betrachtete er sie.

Jeans. Kapuzenpullover. Sneaker. Die blonden Haare zu einem

Pferdeschwanz zusammengebunden. Er hatte sie sich größer vorgestellt. Am rechten Handgelenk trug sie eine Sportuhr. Zurückgelehnt saß sie auf dem ihm zugewandten Stuhl, die Beine unter den Tisch gestreckt und überschlagen, die Hände in ihrem Schoß gefaltet, der Kopf gerade, ausdrucksloser Blick. Besonders nervös wirkte sie nicht. Fast harmlos sah sie aus. Neben ihr auf dem Boden lag eine Sporttasche, über die eine Lederjacke geworfen war.

Giresse überprüfte die Überwachungstechnik. Bild und Ton wurden bereits aufgezeichnet, er stoppte die Aufzeichnung. Die Kameras schaltete er aus, nur das Mikrofon ließ er weiter am Strom. Das Signal schickte er auf einen Laptop und startete das Programm für die Stimmanalyse. Mit dem Laptop auf den Knien rollte er aus dem Überwachungsbereich und zum Vernehmungsraum. Vor der Tür holte er ein letztes Mal tief Luft. Er war im Begriff, die tödlichste Frau zu treffen, die je in Europa ausgebildet worden war. Er hatte keine Rückendeckung.

Als er in den Raum rollte, blickte sie auf.

»Frau Herbst.« Giresse wählte Deutsch, es war nur angemessen. »Herzlichen Dank, dass Sie unserer Einladung gefolgt sind. Verzeihen Sie bitte die Unannehmlichkeiten.«

»Klar.«

»Ich bin Lucien Giresse, Leiter der Direction Générale de la Sécurité Extérieure.« Er reichte ihr die Hand.

»Große Ehre.«

»Bevor wir unser Gespräch beginnen, möchte ich Sie darauf hinweisen, dass es nie stattgefunden haben wird.«

»Überraschung.«

Giresse stellte den Laptop so auf den Tisch, dass nur er das Display sehen konnte. Das Programm für die Stimmanalyse bot bereits eine Vielzahl bunter Kurven. Bevor es allerdings verlässlich funktionierte, brauchte es mehr Input.

»Wollen Sie etwas trinken?«

»Apfelsaftschorle.«

Giresse hätte einen Mitarbeiter anrufen müssen. »Ich kann Ihnen nur Kaffee anbieten.«

»Danke, dann verzichte ich.«

»Tut mir leid.« Giresse räusperte sich. »Sie können sich vorstellen, dass ich ein äußerst wichtiges Anliegen habe. Daher hoffe ich, Sie erlauben mir, Sie ein wenig kennenzulernen.«

»Sicher.«

»Sie stammen aus Hamburg. Ihr Vater war Schneider, Ihre Mutter führte einen Gemüseladen. Ist das korrekt?«

»Ja.«

»Sie haben einen anderthalb Jahre jüngeren Bruder, Rafael, richtig?«

»Jep.«

»Sie haben eine traurige Familiengeschichte. Darf ich sie dennoch kurz rekapitulieren?«

»Nur zu.«

»Als Sie vier waren, ist Ihr Bruder verunglückt. Er wollte auf den Küchentisch klettern und ist abgerutscht. Seitdem liegt er im Koma.«

Herbst schwieg.

»Zwei Jahre später erkrankte Ihre Mutter an Nierenkrebs und starb innerhalb von wenigen Monaten. Als hätte das Schicksal Ihnen nicht schon übel genug mitgespielt, starb wenig später auch noch Ihr Vater – aus heiterem Himmel; ein sogenannter plötzlicher Herztod.«

»Alles richtig.«

»Wie haben Sie das verkraftet?«

»Ging.«

»Sie kamen zu einer Pflegefamilie, ebenfalls in Hamburg. Sie waren ein stilles, aber begabtes Kind. Wollen Sie etwas zu Ihrer Kindheit erzählen?«

»Hat gepasst.«

»Ihr Abitur machten Sie als Zweitbeste Ihrer Schule. Noch

177

eindrucksvoller waren Ihre sportlichen Leistungen. Sie wurden Norddeutsche Juniorenmeisterin im Mehrkampf 2004, gewannen Bronze im Taekwondo bei der Junioren-Europameisterschaft 2005. Wie kam es, dass Sie gleich in zwei unterschiedlichen Sportarten so erfolgreich wurden?«

»Viel trainiert.«

»Wie ging es Ihnen bei Ihrer Pflegefamilie?«

»Gut.«

»Wir konnten leider nicht herausfinden, wer Ihre Bezugspersonen waren. Können Sie etwas zu Ihrem Freundeskreis sagen?«

»Ich hatte keinen.«

»Oh. Das tut mir leid.«

»Passiert.«

Giresse warf einen Blick auf seinen Laptop. Die knappen Antworten Herbsts machten es dem Programm nicht leicht; die flachen Kurven, die es zeichnete, verrieten nichts über Herbsts Gemützustand.

»Sie sind zur Bundeswehr gegangen, zur Marine. Sie bewarben sich bei den Spezialkräften, wurden Kampfschwimmerin. In unseren Unterlagen steht, als erste Frau überhaupt. Ist das wahr?«

»Unglaublich, nicht?«

»Einzelkämpferausbildung, Überlebenslehrgang, Fernaufklärung – in allen kritischen Bereichen waren Sie Ihren männlichen Kollegen ebenbürtig oder sogar überlegen. Wie haben Sie das angestellt?« Giresse stellte die Frage nicht als Floskel, er war aufrichtig fasziniert.

»Viel Salbei.«

»Wie bitte?«

»War ein Witz.«

»Na gut. Sie wurden in Afghanistan eingesetzt, vor Somalia, vor der libanesischen Küste, im Irak. Sie wurden mehrfach ausgezeichnet, galten allerdings als Einzelgängerin; mehrere Disziplinarmaßnahmen wegen körperlicher Auseinandersetzungen mit

Ihren Kameraden.« Es kam Giresse unwirklich vor, dass diese junge, ruhige Frau, die da vor ihm saß, sogar ihren Kameraden gegenüber gewalttätig wurde. Dass sie eine Killerin sein sollte.

»2016 wurden Sie dann vorzeitig entlassen. Ein Kamerad hatte Sie wegen schwerer Körperverletzung angezeigt. Können Sie aus Ihrer Sicht schildern, was damals vorgefallen ist?«

»Darf zur Abwechslung ich Ihnen eine Frage stellen?«

»Nur zu.«

»Warum noch mal erzählen Sie mir mein Leben? Wenn die Angelegenheit, derentwegen Sie mich hierhergeschleift haben, so wichtig ist, haben Sie vermutlich keine Zeit zu verlieren.«

Giresse schielte nach seinem Laptop. Die Kurven hatten sich nicht auffällig verändert. Entweder das Analyseprogramm war defekt – oder Herbst war nicht im Mindesten bewegt. Eine solche Gesprächspartnerin hatte er in B1 noch nicht erlebt. Eine beklommene Bewunderung erfasste ihn.

»Es gibt einen Mann, der Frankreich und Europa großen Schaden zufügen kann. Wir wollen, dass Sie ihn finden.«

»Sie wollen, dass ich ihn töte.«

Giresse nickte.

»Nein.«

»Hören Sie zuerst mein Angebot.«

»Ich brauche nichts. Die Sache stinkt. Abgesehen davon, dass ich nicht die Meuchlerin bin, für die Sie mich offenbar halten – warum schicken Sie nicht Ihre eigenen Leute? Sie haben doch genug: CPA 10, Service Action … Lassen Sie mich nachdenken.« Herbst legte spöttisch die Stirn in Falten. »Kann es sein, dass Sie gar nicht die Befugnis haben, den Typen abzumurksen?«

Giresse spürte seine Achseln feucht werden. »Hören Sie mein Angebot.«

»Organisieren Sie mir einen Rückflug.« Herbst erhob sich. »Ich kann nichts für Sie tun.« Sie griff nach Sporttasche und Lederjacke.

»Es geht um Ihren Bruder.«

Herbst blieb stehen. »Was ist mit ihm?«

Giresse hatte schon vor vielen Jahren gelernt, Hoffnungen als Werkzeuge zu betrachten. Und dennoch tat es ihm weh. »Die Neurotechnik hat sich die letzten Jahre über beispiellos entwickelt. Gehirn-Computer-Schnittstellen erreichen selbst Patienten, die vor ein paar Jahren als verloren galten.«

Ein lauernder Blick. »Worauf wollen Sie hinaus?«

Die Kurven auf dem Laptop begannen zu zittern.

»Vielleicht ist es möglich, das Bewusstsein Ihres Bruders zu reaktivieren. Kontakt zu ihm herzustellen.«

»Rafael ist ein hoffnungsloser Fall. Die Kosten sind gewaltig. Niemand würde sie übernehmen.«

»Doch«, entgegnete Giresse. »Wir.«

»Die Ärzte haben ihn aufgegeben.«

»Und Sie?«

»Er liegt seit achtundzwanzig Jahren im Koma.«

»Es ist keinen Versuch wert?«

Herbst schwieg lange. Giresse beobachtete sie aufmerksam. Sie war zum Töten ausgebildet worden, hatte es mehrmals getan, eine perfekte Waffe, auch jetzt wirkte sie vollkommen ruhig – doch die Kurven auf dem Display bekamen Zähne. Ein starker Mensch, aber keine Maschine. Giresse' Bewunderung wuchs. Dass er Sylvie geheiratet hatte, war ein später Kompromiss gewesen; Sylvie mochte ihn, ohne eine besondere Nähe zu suchen. Frauen, denen Giresse sich geöffnet hatte, waren ihm nie lange gewogen geblieben. Entweder sie waren zu schwach gewesen, sein Leben auszuhalten. Oder sie waren hart geworden bei dem Versuch. Versonnen glitt sein Blick über Herbsts scheinbar gleichgültige Gesichtszüge. Wäre er jünger gewesen … nun, es hätte die Verhandlung erschwert.

»Nein«, warf Herbst ihn in die Gegenwart zurück. »Ich werde niemanden töten. Auch nicht für Rafael.«

Giresse zwang sich zur Gelassenheit, versuchte, seine Enttäuschung zu verbergen. »Wir brauchen Sie.«

»Finden Sie jemand anderen.«

Herbst war bereits an ihm vorbeigegangen, stand zwischen seinem Rollstuhl und der Tür.

Es war schlimm, die Hoffnungen der Menschen gegen sie zu verwenden. Schlimmer war es, nutzte man ihre Ängste. Giresse' Wehmut wurde zu tiefem Schmerz. »Der Zustand Ihres Bruders könnte sich auch verschlechtern.«

Plötzlich ein Flackern in Herbst Augen.

»Was meinen Sie damit?« Ihre Stimme war kühl. Die Zähne auf dem Display wurden zu Zacken.

»Niemand wäre überrascht, wenn ein Koma-Patient über Nacht friedlich eingeschlafen wäre.«

Eine Bewegung wie eine Explosion. Herbst packte ihn am Hals, riss ihn aus dem Rollstuhl und hämmerte ihn gegen die Wand. Seine Beine berührten den Boden nicht.

Ihr Gesicht eine Handbreit vor seinem. »Wissen Sie, wie lange es dauert, einen Menschen zu erwürgen?«

Giresse konnte nicht einmal keuchen.

»Wenige Sekunden.«

Verzweifelt schlug er nach seiner Gegnerin.

»Die Leute glauben, es dauere so lang wie Ersticken.«

Mit eisernem Griff war er an die Wand genagelt.

»Das ist falsch.«

Seine Arme gehorchten ihm nicht mehr.

»Es ist die Blutzufuhr, die unterbrochen wird.«

Alles verschwamm. Die Welt löste sich auf, die Kälte der Kacheln in seinem Rücken griff nach ihm, umhüllte ihn, zog ihn hinein in ein ewiges Vergessen.

Als Giresse wieder zu sich kam, saß Herbst auf dem Verhörtisch, den Laptop auf ihrem Schoß.

Japsend versuchte er, sich zu orientieren. Sein Rollstuhl lag umgekippt einige Meter entfernt. Unerreichbar. Bunte Blitze zuckten durch sein Sichtfeld. Glühende Kopfschmerzen. Mühsam setzte er sich auf, lehnte sich an Fliesen, die gerade noch seinen Tod erwartet hatten.

»Ich denke, wir sind uns einig«, sagte Herbst, »dieses Gespräch hat nie stattgefunden.« Sie klappte den Laptop zu. »Organisieren Sie mir einen Rückflug.«

»Nehmen Sie mein Angebot an?«, ächzte Giresse. Er tastete nach seinem Hals, seine Kehle brannte.

»Wirklich? Sie trauen sich wirklich, noch einmal zu fragen?«

»Entweder Sie retten Europa und bekommen im Gegenzug für Ihren Bruder die beste Behandlung, die nur möglich ist.« Seine Stimme war rau. »Oder Rafael stirbt.«

28. Kapitel

Max hatte sich in einen der schweren Ledersessel gefläzt, mit denen der Learjet ausgestattet war. Mit der einen Hand massierte er seinen Penis, in der anderen hielt er das Glas mit seinem zweiten Martini.

Er würde es ihnen zeigen, dem ganzen Gesindel. Er war nicht so doof, wie sie glaubten. Als ob er alles nur erreicht hatte wegen Papa. Natürlich half ihm Papa. Aber weil er das Potenzial in ihm sah. Es war krank, die ganzen Neider zu sehen. Und Avari, diese Missgeburt. Die schlimmste von allen. Die würde es noch büßen. Die Schlampe glaubte, sie könnte sich alles erlauben, da hatte sie sich aber getäuscht. Nein, sie hätte sich nicht mit ihm anlegen sollen. Immerhin war er Maximilian Ferdinand von Wolfenweiler, Sohn und Erbe des Vorstands von FEB. Avari war nicht mehr als eine Pizza-Nutte.

Landeanflug Kopenhagen.

Max kam und wischte sich sauber. Er bebte vor Energie. Endlich hatte Papa ihm eine angemessene Aufgabe übergeben. Und Max würde zeigen, was er wert war.

Eine Limousine wartete am Flughafen, brachte ihn in die Innenstadt. Das Gebäude von Eriksen Nordic Shipping war nagelneu. Mit Genugtuung bemerkte Max, dass es deutlich kleiner war als der Schiefe Turm. In der Lobby wurde er von einem Lakaien empfangen, er begrüßte ihn auf Deutsch. Max antwortete in bestem Oxford-Englisch – die Leute sollten ruhig wissen, dass er das internationale Parkett beherrschte. An der Rezeption wurden seine Personalien überprüft, er bekam einen Besucherausweis. Im Fahrstuhl ging es aufwärts, dann in einen Konferenzsaal mit geschmacklosen Meeresbildern an den Wänden.

Der Saal war leer.

»Wollen Sie etwas trinken?«, fragte der Lakai.

»Bier.«

Der Lakai holte eine Flasche aus einem Kühlschrank, der in der Ecke des Raumes stand, servierte sie ihm, dann verschwand auch er. Max war alleine. Er stopfte sein Hemd ordentlich in die Hose, richtete sein Sakko. Nahm einen Schluck vom Bier. Seine Hand roch nach Wichse. Vielleicht sollte er sie waschen. Aber unangenehm, wenn seine Gastgeber genau dann kämen, während er im Waschraum war. Wo blieben sie überhaupt? Dass man ihn warten ließ, war ziemlich beschissener Stil.

Er öffnete seinen Aktenkoffer auf dem Konferenztisch und überflog die Verträge. Achtzehn Millionen Euro für elf Container nach Ägypten, drei Millionen Euro für elf Container nach Libyen. Hübsche Summen. Papa hatte bereits alles paraphiert und unterschrieben.

Sein Bier war alle. Max ging zum Kühlschrank, nahm sich ein neues, ließ den Bügel ploppen. Er schlenderte die Wände ab, betrachtete die Bilder. Fischkutter, Strände, Meer, Muscheln. Wirklich abscheulich alles. Er ging zur Fensterseite, sah auf Kopenhagen hinab. Ziemlich mickrige Stadt. Wem's gefiel. Wie die Nutten hier waren? Nee, auf so eine fette Wikingerin hatte er keinen Bock. Dann lieber ein Püppchen wie Avari. Papa hatte ihn aufgefordert, nach der Vertragsübergabe sofort zurück nach Frankfurt zu kommen. Also eh keine Zeit für Spaß hier.

Was wohl in den Containern drin war? Bei denen nach Ägypten war ein einziger fast zwei Millionen wert. Wahrscheinlich Smartphones. Oder Drogen. Max grinste. Mit einer Containerladung Koks ließe sich eine ziemlich fette Party schmeißen.

Sein zweites Bier war alle. Scheiße, langsam konnte sich mal jemand herbequemen. Er roch an seiner Hand. Wirklich, er sollte sie waschen. Pissen musste er auch. Er stellte die leere Bierflasche neben die Verträge, um sich auf die Suche nach einer Toilette zu machen. Er wollte gerade den Konferenzsaal verlassen, als die Tür von außen geöffnet wurde. Ein Langweiler mit schlecht geschnittenen Haaren stand vor ihm.

»Herr von Wolfenweiler.«

Max streckte den Rücken durch. »Ja, das bin ich.«

Etwas unbehaglich war ihm zumute, als sie sich die Hände schüttelten.

Der Langweiler stellte sich vor, Max hatte seinen Namen direkt wieder vergessen.

»Verzeihen Sie, dass Sie warten mussten, ist gerade viel los.«

»Kein Problem.« Natürlich war es eine Unverschämtheit, aber Max kannte die Tricks beim Verhandeln. Erst wurde der Geschäftspartner mit falscher Höflichkeit in Sicherheit gewiegt, und dann, wenn es ans Eingemachte ging – zack, her mit der Wurst.

»Warten wir noch auf Ihre Kollegen?«

Der Langweiler winkte ab. »Brauchen wir nicht. Sie haben die Verträge da?«

Max eilte zum Tisch und reichte sie dem Langweiler. Der blätterte sie durch. Max war hellwach. Er hatte mal ein Jurastudium angefangen, er kannte sich aus, er würde jede Frage kaltblütig abschmettern.

»Wunderbar. Herzlichen Dank.«

Der Langweiler streckte ihm schon wieder die Hand entgegen. Widerwillig schlug Max ein.

»Das war's?«, fragte er irritiert.

»Passt alles.« Der Langweiler grinste. »Kurz und schmerzlos.« Er deutete auf den Kühlschrank. »Wenn Sie noch was möchten, bedienen Sie sich. Ein Kollege kommt gleich und führt Sie nach unten.«

Max blickte ihm verdattert nach.

In der Tür drehte sich der Langweiler noch einmal um. »Ach ja, grüßen Sie Fjodor.«

»Wen?«

»Fjodor.«

»Wer soll das sein?«

Der Langweiler schaute eine Sekunde lang wie ein Schaf.

»Egal«, rief er dann, »nicht so wichtig.« Schon war er verschwunden.

Das Treffen hatte nur fünf Minuten gedauert. Unschlüssig stand Max in dem leeren Konferenzraum. Dann ging er zum Kühlschrank und nahm sich ein drittes Bier.

29. Kapitel

Giresse hatte behauptet, niemand würde nach ihrem Namen fragen. Es stimmte. Er hatte sie aus dem Gebäude geführt, in dem man sie verhört hatte, war mit ihr zum Hauptquartier der DGSE gefahren, hatte ihr einen Besucherausweis ausstellen lassen und sie in ein Konferenzzimmer gebracht – und nicht ein einziges Mal hatte jemand nach ihrem Namen gefragt.

Frankreich war ein Zentralstaat, war es immer gewesen. Die Macht kam von oben, die Hierarchien waren klar. Demokratie hin oder her, in jeder noch so kleinen Behörde herrschte ein kleiner König. Ob das sinnvoll war, wenn es um den mächtigsten Nachrichtendienst Kontinentaleuropas ging, bezweifelte Herbst.

»Warten Sie bitte einen Augenblick«, sagte Giresse und rollte aus dem Raum.

Herbst sah sich nach Stellen um, wo Wanzen und Kameras versteckt sein könnten. Es gab weder Topfpflanzen noch Bücherregale, keine Rauchmelder und keinen Nippes, keine Bilder an den Wänden, keine Fenster. Stühle und Tisch waren aus Plexiglas. Entweder der Raum war abhörsicher designt, oder er sollte so wirken.

Sie hatte keinen besonderen Grund dafür, den Raum zu überprüfen, sie tat es routinemäßig. Nachdem sie die Marine verlassen hatte, hatte der Bundesnachrichtendienst sie angeworben. Zwei Jahre hatte sie dort gearbeitet. Zwei Jahre, in denen sie sich lebendiger gefühlt hatte als jemals zuvor. Und gelernt hatte, dass es nicht ihr Fehler war, kein Mitleid für die Menschheit zu empfinden.

Eine Frau brachte eine Karaffe und ein Glas.

»Qu'est-ce que c'est?«

»Jus de pomme avec d'eau minérale.«

»Merci.«

Die Frau schenkte ein. »Voilà.« Sie verließ den Raum.

Herbst nahm einen Schluck von ihrer Apfelschorle – und stellte sie direkt wieder weg. Das Wasser, mit dem die Schorle gemischt worden war, war still.

Giresse rollte herein, gefolgt von einem anderen Mann, der die Tür hinter sich schloss.

»Claude de la Renne«, erklärte Giresse.

»Sehr erfreut«, sagte der Mann. Sein Deutsch war weniger geschliffen als das von Giresse, aber dennoch fließend. Es überraschte Herbst nicht. Auslandsnachrichtendienste waren auf Fremdsprachenkenntnisse angewiesen wie sonst nur Brüsseler Beamten.

»Ebenfalls«, entgegnete Herbst, immer noch den schalen Geschmack der misslungenen Schorle im Mund. Giresse stellte sie nicht vor, und de la Renne fragte nicht nach. Herbst schwieg ebenfalls; Giresse hatte sie darauf hingewiesen, dass er selbst als ihr Führungsoffizier fungieren würde, das Projekt unterliege der höchsten Geheimhaltungsstufe.

»Herr de la Renne betreut unseren Technischen Dienst.«

Eine ziemlich trockene Bezeichnung für den zweitwichtigsten Mann der DGSE. De la Renne legte ein Tablet auf den Plexiglastisch. »Eine Zusammenstellung der relevantesten Informationen zur Zielperson.«

Herbst nahm das Tablet, sah die offenen Dateien durch. Der Mann, den sie töten sollte, hieß Tamás Varta. Ein Hacker aus Ungarn. Dafür, dass er erst fünfundzwanzig war, konnte er einen beachtlichen Lebenslauf vorweisen: IT-Wunderkind, professioneller Gamer, mutmaßlicher Scam-Betrüger, verurteilter Online-Aktivist, Insasse des Budapester Zentralgefängnisses, Berater für Cyber Security.

»Sie können das Tablet zwei Stunden behalten. Wenn Sie mich

brauchen, wenden Sie sich an Herrn Giresse.« De la Renne nickte seinem Chef zu und entfernte sich. Nun waren sie zu zweit.

Herbst vertiefte sich in die Informationen zu Varta.

Es schien sich tatsächlich um einen brandgefährlichen Mann zu handeln: Die Codes, die er verwendete, zirkulierten nur in den innersten Kreisen der Black-Hat-Community und ließen darauf schließen, dass er ausgezeichnet vernetzt war. Genaueres herauszufinden war nicht gelungen. Varta war ein Meister der Verschleierung. Bei mehreren großen Raids glaubten Experten, seine Handschrift zu erkennen, doch nie konnte ihm etwas nachgewiesen werden. Die Analysen zu seinen Motiven blieben dünn. Es war nicht einmal klar, ob es sich um einen brillanten Einzelgänger, das Mitglied einer organisierten Gruppe oder um einen staatlichen Agenten handelte.

Giresse verlagerte sein Gewicht, der Rollstuhl ächzte. »Sie tun das Richtige«, sagte er.

Herbst sah kurz auf, widmete sich dann aber wieder dem Tablet. Was hätte sie sagen sollen?

Giresse räusperte sich. »Sie sollen wissen, dass ich Ihren Bruder nur sehr ungern in die Sache hineingezogen habe.«

Herbst seufzte, legte das Tablet auf den Tisch. »Was wird das?«

»Meine Pflicht ist es, mein Land zu verteidigen. Ich versuche, meine Pflicht zu erfüllen. Doch es fällt mir nicht immer leicht. Ich möchte, dass Sie das wissen.«

»Augen auf bei der Berufswahl.« Herbst griff wieder nach dem Tablet. Sie konnte vor Giresse schlecht zugeben, dass sie nun, da sie die Entscheidung getroffen hatte, gut dazu stehen konnte. Dabei glaubte sie nicht einmal selbst daran, dass jemals technische Möglichkeiten gefunden werden würden, Rafaels Bewusstsein zu erreichen. Er war schon als Dreijähriger ins Koma gefallen, sein Gehirn hatte sich nie entwickeln können; ein Wunder, dass er noch am Leben war. Und unwahrscheinlich, dass er überhaupt ein Bewusstsein besaß.

Und trotzdem – wenn es irgendetwas gab, was Herbst für ihren Bruder tun konnte, dann würde sie es tun. Selbst wenn es bedeutete, einen Menschen zu töten. Sie hatte es schon vorher getan. Sie konnte es wieder tun. In gewisser Weise reizte sie der Auftrag sogar. Einen Terroristen aufspüren, unter zeitlichem Druck, bei unklarer Gemengelage, ohne nennenswerte Unterstützung – beinahe wie früher. Beim Bundesnachrichtendienst hatte sie einen Weg gefunden, ihr Leben zu spüren. Vor anderthalb Jahren war sie ausgeschieden. Die Kollegen hatten sich nicht als besonders kollegial erwiesen, und sie hatte die Konsequenzen gezogen. Doch die Gewissheit, am Leben zu sein, nahm mit jedem Tag ab, an dem sie Oberpfälzer Hausfrauen VHS-Kurse zur Selbstverteidigung gab.

De la Renne betrat den Raum. In seinem Blick sprühte die Erregung.

»Wir haben ihn.«

Giresse packte die Greifringe seines Rollstuhls. »Wo?«

»Bratislava. Die Kameras am Bahnhof. Die Analyse der Gesichtserkennung ergibt eine Übereinstimmung von achtundneunzig Komma sieben Prozent.«

»Was will er da?«

»Seine Exfreundin wohnt in Bratislava.« Herbst hatte den Namen gerade erst gelesen. »Florentina Kulová.«

30. Kapitel

Beheim musste nicht zur Gepäckausgabe, sie hatte nur einen kleinen Rucksack dabei.

Vilnius. Sie wusste kaum etwas über die litauische Hauptstadt. Das Taxi brachte sie vom Flughafen ins Zentrum. Während der Fahrt versuchte sie, das Flair der Stadt zu erspüren; viel Grün, die Autos kleiner als in Deutschland.

Ich habe mein Lebenswerk dem Teufel verkauft.

Beheim zweifelte. War sie wirklich hier, weil sie glaubte, es Stefan schuldig zu sein? Oder doch nur, um sich von ihrem eigenen Schmerz abzulenken? So oder so, die Spur, der sie folgte, war blass. Welchen Grund hatte sie, Tristan zu verdächtigen – abgesehen von Philipps Hinweis, dass die Firma nur über Mittelsmänner in Aktion getreten war? Philipp. Wenn Tristan sich als Sackgasse erwies, müsste sie sich wieder der Frage widmen, wie sie mit Philipps Übergriff umgehen sollte.

Heute Tristan, entschied Beheim, morgen Philipp. Dann war Wochenende. Ab Samstag keine Grübeleien mehr. Stattdessen Wandern und Sauna. Vielleicht hatte Caro sogar Zeit. Und am Montag wieder Schule, konzentriert, aufrichtig. Sie hatte ihre Schützlinge, und sie war es ihnen schuldig, sie ernst zu nehmen.

Der Fahrer hielt. Beheim zahlte und stieg aus. Junge Linden säumten die Straße. Hinter einem kleinen Platz erhob sich ein schmales Bürogebäude. Beheim schwang ihren Rucksack über die Schulter und machte sich auf den Weg zum Eingang. Alles wirkte schlicht, etwas heruntergekommen. Nicht das, was man von einer internationalen Kapitalgesellschaft erwarten würde. Beheim sah sich nach einem Straßenschild um, fand keines. Hoffentlich hatte der Taxifahrer sie zur richtigen Adresse gebracht.

Neben dem Eingang waren ein Dutzend Briefkästen in die Wand eingelassen. Beheim überflog die Namen, es schien sich ausschließlich um Firmen zu handeln. Sie fragte sich, wie die alle hier hineinpassen wollten. Erleichtert entdeckte sie Tristan. Zumindest war sie am richtigen Ort.

Die Tür war nicht abgeschlossen. Sie drückte sie auf und gelangte in eine kleine, schmucklose Lobby. Eine Sofagarnitur mit aufgeplatzten Polstern, ein Aufzug, der von zwei vertrockneten Zimmerpalmen umrahmt wurde. Außerdem eine Rezeption. Hinter dem Tresen saßen zwei Männer in Anzughosen und zerknitterten weißen Hemden, ihre Smartphones in der Hand. Als sie Beheim kommen sahen, sprangen sie erschrocken auf.

Der eine fragte sie etwas auf Litauisch.

Beheim antwortete auf Englisch. »Guten Tag. Ich möchte zu Tristan.«

Die Männer schauten einander an, wirkten ratlos.

»Tristan Supreme Services«, erklärte Beheim genauer.

»Sie haben Termin?«, fragte der eine. Sein baltischer Akzent war viel dicker, als es seiner Funktion geboten gewesen wäre.

»Ich hatte leider keine anderen Kontaktdaten als diese Adresse.«

»Ohne Termin geht nicht.«

»Ich bin eine wichtige Geschäftspartnerin.«

»Leider nichts machen.«

»Wären Sie so freundlich, zumindest einmal anzurufen?«

Der Mann wandte sich wieder seinem Kumpan zu, der zuckte die Schultern.

»Ohne Termin nicht gut.«

»Dann geben Sie mir die Nummer, ich rufe selbst an.«

»Nicht möglich.«

»Warum?«

Wieder der Blick zu seinem Kumpan, der folgte dem Hilfegesuch in ähnlich gebrochenem Englisch: »Privatheit schützen.«

Beheim musste fast lachen. Die zwei waren ja drauf wie ihre Jungs aus der Fünften, wenn sie was ausgefressen hatten. Sie nahm ihren Rucksack von der Schulter, zog den Geldbeutel heraus und legte ihren deutschen Personalausweis auf die Theke.

»Europol.«

»Was?«

»Europäische Polizei.«

Die beiden rissen die Augen auf.

Beheim steckte den Ausweis schnell wieder ein.

»Wir haben ein paar Fragen an Tristan. Könnten Sie mir bitte den Ansprechpartner nennen?«

Der Mann trat von einem Bein auf das andere. »Ich telefonieren.«

»Bitte.«

Auf dem Tresen standen Telefone, doch der Mann nutzte sein Smartphone. Die Verbindung wurde hergestellt, hektisch plapperte er los. Plötzlich verstummte er, offenbar war er unterbrochen worden. Geflissentlich reichte er Beheim das Smartphone.

»Hier.«

Sie nahm es. »Hallo?«

»Hallo.« Die Stimme am anderen Ende der Verbindung hatte nichts von der Unsicherheit der beiden Rezeptionisten. »Was wollen Sie?«

»Ich möchte jemanden von Tristan Supreme Services sprechen.«

»Wer sind Sie?«

»Cate Beheim. Die Witwe von Stefan Beheim.«

Kurz war es still. Offenbar hatte der Name Eindruck hinterlassen.

»Warum sind Sie nach Vilnius gekommen?«

Beheim hatte sich die Antwort bereits im Flugzeug zurechtgelegt. »Mein Mann hat vor seinem Tod viel über Tristan geredet. Ich würde Sie gern kennenlernen. Mit wem spreche ich überhaupt?«

»Worüber genau hat Ihr Mann geredet?«

»Wollen wir das nicht persönlich besprechen?«

Wieder Stille. Nach ein paar Sekunden: »Warten Sie einen Augenblick. Ich rufe Sie über diese Nummer zurück.« Und aufgelegt.

Unruhig wartete Beheim in der verlotterten Lobby, misstrauisch beäugt von den beiden Armleuchtern an der Rezeption. Auf was für ein Spiel hatte sie sich da eingelassen? Sie setzte sich auf eines der Sofas, stand gleich wieder auf. Wanderte den kleinen Raum auf und ab. Inspizierte die Zimmerpalmen. Trank aus der Wasserflasche, die sie am Flughafen gekauft hatte. Entdeckte ein Kaugummi auf dem Rufknopf des Fahrstuhls. Setzte sich noch einmal. Sprang noch einmal sofort wieder auf.

Der Mann, der zuvor angerufen hatte, griff zu seinem Smartphone. Beheim eilte hinzu. Der Mann nahm ab, hielt es sich nur einen Wimpernschlag lang ans Ohr, dann reichte er es ihr.

Sie hielt den Atem an.

»Frau Beheim?«

»Ja.«

»Wäre es Ihnen möglich, nach Kopenhagen zu kommen?«

»Wer sind Sie?«

»Das tut nichts zur Sache.«

»Ach so. Und was mache ich dann in Kopenhagen?«

»Sie erfahren alles über Tristan.«

»Und das soll ich Ihnen glauben?«

»Ja.«

»Und wo treffen wir uns?«

»Nicht wir. Ich sende jemanden.«

Beheim lachte auf. »Na klar, ein Mann ohne Namen schickt

mich von Litauen nach Dänemark, damit ich dann dort jemanden treffe, den ich genauso wenig kenne. Riecht ein bisschen, finden Sie nicht?«

»Wollen Sie Tristan kennenlernen«, fragte die Stimme humorlos, »oder nicht?«

Beheim schluckte. Die Sache stank aus allen Poren.

»Also?«

So dumm bist du nicht, Cate, flüsterte ihre Vernunft. Beheim holte Luft. »Wann?«, fragte sie.

»Heute Abend.«

»Geht denn ein Flug?«

»Mehrere. Wir würden Ihnen vorschlagen, den um 16:33 Uhr zu nehmen. Sie würden um 18:03 Uhr in Kopenhagen landen.«

»Und dann?«

»Können Sie mir Ihre Mobilnummer durchgeben?«

Sie tat es.

»Danke. Guten Flug.«

»Warten Sie – wo in Kopenhagen soll ich hin?«

»Unser Mann wird sich bei Ihnen melden. Er heißt Fjodor. Vertrauen Sie ihm.«

31. Kapitel

Giresse hatte ihr einen Linienflug nach Wien gebucht. Der Shuttlebus nach Bratislava brauchte vierzig Minuten und hielt direkt im Fünften Bezirk.

»Wenn Sie erst einmal in Aktion sind, sind Sie auf sich allein gestellt«, hatte Giresse gesagt. Herbst konnte damit leben. Sie fand einen Waffenladen und entschied sich für ein Bundeswehr-Kampfmesser und eine flache Hüfttasche; das Messer verstaute sie in ihrer Sporttasche, die Hüfttasche schnallte sie um und steckte alle personalisierten Karten hinein, die sich in ihrem Geldbeutel befunden hatten. Für die letzten Kilometer zu ihrem Ziel nahm sie ein Taxi. De la Renne hatte Florentina Kulovás Adresse rasch gefunden und auf Aktualität geprüft.

Als Herbst aus dem Taxi stieg, befand sie sich mitten in einer Plattenbausiedlung. Sowjetarchitektur mochte nicht schön sein, funktional aber allemal. Die Straßenbeleuchtung genügte, um die zahllosen Satellitenschüsseln zu erkennen, die an den Balkonen hingen wie Misteln. Im Zeitalter der Streamingdienste vermutlich Relikte, die abzuhängen sich niemand die Mühe machte.

Es war ironisch. Herbst hatte den Bundesnachrichtendienst verlassen, weil sie die Skrupellosigkeit vorgeblich demokratischer Einrichtungen nicht länger hatte mittragen wollen. Und war so erst zur perfekten Kandidatin für Giresse' skrupelloseste aller Missionen geworden.

Und wenn schon. Sie war dabei gewesen, als Franzosen Terrorverdächtige nicht hatten schlafen lassen. War dabei gewesen, als Amerikaner Terrorverdächtige in Eiswasser getaucht hatten. War dabei gewesen, als Briten Terrorverdächtige mit ohrenbetäubendem Lärm beschallt hatten. Immer nur dabei gewesen. Der BND überließ seinen Verbündeten das Foltern. Es hatte Herbst mehr angewidert als alle Verbrechen der anderen: Man stützte die Brutalität, aber war zu feige zur eigenen Tat.

An seiner Feigheit würde der Mensch zugrunde gehen. Es war nicht schade um ihn.

Herbst setzte ihre Sonnenbrille auf, nahm ihre Sporttasche und ging auf den Gebäudekomplex zu, der vor ihr aufragte. Auf einem trostlosen Spielplatz standen rauchende Jugendliche herum und bedachten Herbst mit misstrauischen Blicken. Dass sie die nächtliche Kälte ihren Behausungen vorzogen, verriet schon einiges.

In einer Umgebung, in der man auffiel, war die einzig sinnvolle Tarnung, die eigene Augenfälligkeit anzunehmen. Herbst blieb stehen, tat, als würde sie nachdenken. Dann schlenderte sie zu den Jugendlichen hinüber. Die Jungs verschränkten die Arme und stellten sich breitbeinig auf, die Mädels schauten von ihren Smartphones hoch und nahmen die Kopfhörer aus den Ohren.

»Hi«, sagte Herbst auf Russisch. »Könnt ihr Russisch?«

Grimmige Gesichter.

Herbst nahm zehn Euro aus ihrem Geldbeutel. »Ich brauche einen Dolmetscher.«

Die Blicke blieben finster. Herbst wollte den Schein bereits wieder wegstecken. »Hier.« Ein molliges Mädchen mit Zöpfen meldete sich. »Ich kann Russisch.«

»Perfekt.« Herbst reichte ihr den Geldschein. »Wie heißt du?«

»Tatjana. Tanja.«

»Sag mal, Tanja, wohnst du dort?« Herbst zeigte auf das Hochhaus.

Das Mädchen nickte.

»Hast du vielleicht gerade eine Viertelstunde Zeit, mir ein bisschen zu helfen?«

Die anderen Jugendlichen standen in einem Halbkreis hinter dem Mädchen, welches sich unsicher zu ihrer Clique umsah. »Ich weiß nicht.«

»Ich gebe dir zwanzig extra.« Herbst zog das Geld hervor.

Tanja kam einen Schritt auf sie zu, zauderte jedoch noch immer. »Was muss ich denn machen?«

»Mein Freund und ich hatten einen Streit. Er ruft nicht zurück. Ich habe schon seine Freunde abgeklappert, niemand wusste was.« Herbst verzog das Gesicht. »Vielleicht ist er bei seiner Ex-Freundin, die wohnt hier.«

Das Kindliche im Gesicht des Mädchens verwandelte sich in einen wissenden Ausdruck. »Und Sie wollen, dass ich dolmetsche?« Mit Beziehungsfragen kannte Tanja sich offenbar aus.

Herbst lächelte innerlich. Ernst sagte sie: »Um ehrlich zu sein, ich bin mir nicht sicher, ob sie aufmacht, wenn sie mich vor der Tür stehen sieht. Kannst du vielleicht fragen, ob er da ist?«

Tanjas Blick erlangte eine geradezu investigative Schärfe. »Glauben Sie denn, dass Ihr Freund überhaupt bereit ist, Sie zu empfangen?«

Herbst hob ergeben die Hände. »Was anderes fällt mir nicht mehr ein. Ich will ihm doch nur sagen, dass es mir leidtut.«

Die anderen Jugendlichen begannen sich sichtlich zu langweilen bei dem Gespräch, dem sie nicht folgen konnten – sie wandten sich wieder ihren Kippen und Smartphones zu. Tanja hingegen taute auf. »Wissen Sie, Sie sind doch hübsch. Vergessen Sie Ihren Freund.«

Herbst setzte eine bittere Miene auf. »Kannst du mir trotzdem helfen?«

»Na gut. Kommen Sie.« Tanja schritt los, Herbst folgte ihr.

»Aber ehrlich«, Tanja wiegte bedeutungsschwanger den Kopf, »wenn er hier Unterschlupf sucht, dann würde ich die Finger von ihm lassen.«

»Was meinst du damit?«

Tanja zeigte in großer Geste auf die umliegenden Hochhäuser. »In der Stadt nennen sie das die Türme der Vergessenen.«

»Nein.« Herbst schüttelte entschieden den Kopf. »Ich kann Tamás nicht einfach so aufgeben.«

»Tamás? So heißt Ihr Freund? Komischer Name.«

»Er ist Ungar.«

Sie erreichten den Gebäudeeingang, suchten die Namenreihen nach Kulová ab. »Hier«, rief Tanja. »Was soll ich denn sagen?«

»Vielleicht, dass du Milch brauchst?«

»Aber dann würde ich doch nicht hier unten klingeln!«

»Du hast doch einen Schlüssel, oder?«

»Natürlich.«

»Na dann.«

Tanja sperrte auf, sie mussten in den siebzehnten Stock, das Klingelschild hatte es ihnen verraten.

»Da oben war ich noch nie. Wundern die sich nicht?«

»Du behauptest einfach, es hat sonst keiner aufgemacht.«

»Und wenn ich nach der Milch gefragt habe, was dann?«

»Dann sagst du, du hast eine Nachricht für Tamás, die du ihm aber nur persönlich geben kannst.«

»Und weiter?«

»Dann führst du ihn ins Treppenhaus.«

»Und da warten dann Sie?«

»Da warte dann ich.«

Das Mädchen seufzte mit der Grandezza einer alten Dame. »Ich weiß nicht, ob Sie sich da was Gutes tun.«

»Ich auch nicht.«

Der Fahrstuhl hielt. Gemeinsam suchten sie die richtige Tür. Herbst klingelte. Nichts geschah. Sie klingelte ein zweites Mal. Diesmal hörten sie Schritte. Herbst zog sich hinter die nächste Flurecke zurück.

Sie hörte, wie Tanja auf Slowakisch sprach, dann eine zweite Stimme, ebenfalls weiblich; hörte, wie die Tür entriegelt und geöffnet wurde. Noch ein kurzer Wortwechsel – und krachend wurde die Tür ins Schloss geworfen.

Tanja erschien im Gang, sie entfernten sich ein paar Schritte von Kulovás Wohnung.

»Und?«, fragte Herbst.

»Es war ganz komisch.« Tanja spielte an dem Reißverschluss ihrer Jacke. »Die Frau, die aufgemacht hat, war erst nett. Aber als ich gesagt habe, ich habe eine Nachricht für Tamás, da hat sie furchtbar erschrocken geguckt und einfach die Tür zugeschlagen. Nicht sauer, wie wenn man gerade Stress miteinander hat. Sondern richtig erschrocken. So panisch irgendwie. Und krank sah sie auch aus.«

»Oh.« Herbst starrte auf den grauen Linoleumboden, bemühte sich um einen Gesichtsausdruck dunklen Brütens. Nachdem sie lange genug gewartet hatte, schaute sie wieder auf. »Danke, Tanja.« Sie reichte ihr den Zwanzig-Euro-Schein.

»Soll ich Ihnen denn gar nicht mehr helfen?«, fragte Tanja teilnahmsvoll.

»Nein, danke.« Herbst rutschte an der Wand hinunter, hockte sich auf den Boden. »Ich muss nachdenken.«

Tanja sah noch einen Augenblick auf sie hinab. Aber als Herbst sich nicht mehr weiter regte, verabschiedete sie sich und rannte davon.

Kaum hörte Herbst das Schließen der Aufzugtür, stand sie auf. In der Tat hätte sie Tanja noch gebrauchen können, aber sie wollte sie nicht länger gefährden. Sie klingelte an der Tür zu Kulovás Nachbarwohnung. Vergeblich. Sie probierte die Wohnung auf der anderen Seite. Vergeblich.

Tanjas Einsatz hatte zweierlei zutage gebracht: Einerseits hatte Kulová mit Varta Kontakt gehabt, wusste, dass er in Gefahr war. Andererseits war er nicht oder nicht mehr in ihrer Wohnung – sonst hätte sie versucht, ihren Schock besser zu verbergen.

Herbst nahm den Fahrstuhl zurück ins Erdgeschoss und trat

aus dem Gebäude. Auf dem Spielplatz war Tanja von ihren Genossen umringt, die sie mit Fragen löcherten. Herbst ging zu ihnen, sofort wurde es still.

»Eine Sache noch, Tanja.«

»Ja?«

»Wart ihr die letzten Tage auch hier draußen?«

»Ab und zu.«

»Ist euch da irgendwas aufgefallen? Ist jemand gekommen oder gegangen, der fremd aussah?«

Tanja überlegte. »Nö, eigentlich nicht. Obwohl... gestern war ein Ausländer da. Der war aber bestimmt nicht Ihr Freund, der war ein ziemlicher Schlappschwanz.«

»Kannst du ihn mir beschreiben?«

Tanjas Beschreibung passte.

Herbst seufzte, vorgeblich enttäuscht.

»War er nicht, oder? Sag ich doch.« Tanja verschränkte triumphierend die Arme.

»Trotzdem – hast du den Mann das Gebäude wieder verlassen sehen?«

Tanja schüttelte den Kopf. »Aber ich bin ja auch nicht den ganzen Tag hier.«

»Frag mal die anderen.«

Tanja tat es, ohne Erfolg.

32. Kapitel

Das Taxi hielt zwei Wohnblocks von Kulovás Adresse entfernt. Nachdem Sanfilippo den Taxifahrer bezahlt hatte, trat er auf den brüchigen Bürgersteig und blickte sich um; ausgeschlachtete Fahrräder am Straßenrand, Müllsäcke neben einer Trafostation, Balkone mit verfärbten Satellitenschüsseln. Alles ruhig. Er küsste sein Madonnenkreuz und knöpfte das Jackett auf. Eine Vorsichtsmaßnahme, so sparte er Zeit, wenn er nach seiner Waffe greifen musste. Nur eine Sekunde, doch diese Sekunde konnte entscheidend sein.

Im Holster unter seinem Jackett steckte diesmal nicht die Hafdasa, sondern eine zweiundneunziger Beretta. Ohne die Hafdasa fühlte Sanfilippo sich nackt, doch heute ging es nicht um Selbstschutz, heute hatte er unerkannt zu bleiben. Aus diesem Grund konnte er seine eigene Waffe nicht verwenden. Die forensische Ballistik war zu weit fortgeschritten, man musste vorsichtiger sein als früher.

33. Kapitel

Herbst seufzte. Sie musste noch einmal zurück in die Wohnung. Direkt mit der Frau sprechen, die Tanja die Tür geöffnet hatte. Sie nickte den Jugendlichen zu und wandte sich Richtung Wohnblock.

»Warten Sie!«

Herbst wandte sich um, Tanja war ihr nachgelaufen.

»Gestern Abend ist außerdem noch ein Rettungswagen gekommen. Ich dachte, das interessiert Sie vielleicht.«

»Tatsächlich?«

»Ich war aber drinnen. Hab nur die Sirenen gehört. Wahrscheinlich irgendein Opa. Manchmal liegen die monatelang rum, bevor die jemand riecht.«

»Und weißt du, zu welchem Krankenhaus der Rettungswagen gefahren sein könnte?«

»Keine Ahnung. Aber hier im Bezirk gibt's eigentlich nur die Uni-Klinik. Denken Sie, Ihrem Freund ist was zugestoßen?«

Herbst zuckte mit den Schultern. »Ich glaube es eigentlich nicht. Trotzdem danke. Sag mal, kannst du die Jungs fragen, ob mir einer seine Baseballkappe verkaufen will?«

34. Kapitel

Der Wohnblock, in dem Florentina Kulová wohnen sollte, erhob sich direkt vor Sanfilippo. Es war bereits dunkel geworden, etwa hinter der Hälfte der Fenster brannte Licht. Er kam an einem Spielplatz vorbei, ein paar Jugendliche lungerten herum; die Silhouetten einer Rutsche und eines Schaukelgestells schimmerten matt.

Er überflog das Klingelschild. Als er den Namen gefunden hatte, stellte er sich neben die Tür und setzte seine Sonnenbrille auf. Zu der späten Stunde musste das irritieren, aber ein Mann in maßgeschneidertem Anzug und mit Aktenkoffer fiel hier sowieso auf. Die Lederhandschuhe passten zumindest zur Jahreszeit.

Es waren so viele Parteien im Haus, dass er nicht lange warten musste, bis er jemanden von innen kommen hörte. Als die Tür sich öffnete, tat er so, als habe er gerade eintreten wollen. Ein alter Mann mit Schiebermütze und Bademantel über der Jogginghose. In der Hand hielt er einen Müllbeutel. Sanfilippo nickte ihm zu und trat höflich zur Seite. Der Mann musterte ihn kritisch, sagte aber nichts.

Bevor die Tür ins Schloss fallen konnte, schob Sanfilippo sich ins Treppenhaus. Er musste in den siebzehnten Stock. Im Fahrstuhl kniete er sich hin, den Rücken zur Tür, öffnete den Aktenkoffer und nahm einen Schalldämpfer heraus. Er drehte den Schalldämpfer auf die Beretta und überprüfte das Magazin. Er hatte es mit Unterschallmunition geladen, um das Schussgeräusch noch weiter zu senken. Lautlose Schüsse waren eine Legende der Hollywoodindustrie. Während das größere Kaliber der Hafdasa den Schalldämpfer erforderte, um die eigenen Ohren zu schützen, war die Beretta für neun Millimeter konzipiert – ein Schuss würde zwar immer noch das Stockwerk wecken, aber zumindest nicht das komplette Haus.

Als der Fahrstuhl hielt, hatte Sanfilippo seine Waffe bereits wieder ins Holster gesteckt. Der Schalldämpfer würde das Ziehen verzögern, ein Risiko, das er in Kauf nehmen musste. Neben dem Fahrstuhl hing ein Gebäudeplan, er prägte sich die Fluchtwege ein. Dann schritt er von Tür zu Tür, bis er die richtige gefunden hatte. Wieder kniete er sich hin, um den Aktenkoffer zu öffnen. Ein Rucksack wäre praktischer gewesen. Aber Sanfilippo war kein junger Mann mehr. Er hätte es nicht übers Herz gebracht, einen Rucksack über sein Jackett zu ziehen.

Nachdem er sein Dietrich-Set herausgenommen hatte, klappte er den Koffer wieder zu und lehnte ihn neben die Tür.

Es handelte sich um ein einfaches Schloss, nach drei Sekunden hatte er alle Stifte gesetzt. Er drehte den Spanner, der Riegel wich zurück, die Tür war offen.

Er steckte das Dietrich-Set ins Außenfach des Koffers, nahm diesen in die Linke und betrat die Wohnung. Hinter sich schloss er sachte die Tür. Er befand sich in einem engen Flur, dessen Boden mit Unrat übersät war. Links gab es einen Durchgang zu einer gammligen Küche. Auf der gegenüberliegenden Seite und am Kopfende des Flurs fand sich jeweils eine Tür.

»Ist da jemand?« Eine Frauenstimme von rechts.

Sanfilippo ging in die Richtung der Stimme. Vorsichtig setzte er seine Schritte dort, wo der Müll etwas Platz gelassen hatte. Ein Fernseher war zu hören. Die Tür öffnete sich, eine ausgemergelte Frau trat auf den Flur. Ihr Aussehen ließ keinen Zweifel daran, dass sie chemischen Drogen anheimgefallen war. Als sie Sanfilippo sah, fuhr sie zusammen. Stammelte etwas auf Slowakisch.

»Englisch, bitte.«

»Was wollen Sie? Wie sind Sie hier reingekommen?«

Sanfilippo hielt nicht inne in seiner Bewegung, sie wich in das Zimmer zurück, aus dem sie gekommen war. Sanfilippo folgte. Ein dicker, halb nackter Alkoholiker sprang von einem abgewetzten Sofa auf. Ein Stier. Brüllte irgendetwas, mehr zu der Frau gewandt als zu Sanfilippo. Sanfilippo ignorierte ihn.

»Sind Sie Florentina Kulová?«

»Was wollen Sie von mir?«

»Ich bin auf der Suche nach Tamás Varta.«

»Verschwinden Sie. Ich habe den Namen nie gehört.« Doch ihre Augen hatten sie schon verraten. Sie wusste, warum er hier war.

»Wo ist er?«, fragte Sanfilippo ruhig.

»Fuck, ich sagte doch, ich kenne ihn nicht. Ich rufe die Polizei!« Sie wandte sich um, wohl auf der Suche nach ihrem Telefon.

Sanfilippo wollte sie aufhalten, doch im selben Moment stürmte der Dicke auf ihn zu. Ein Koloss, aber schnell. Unter dem Fett mussten sich beachtliche Muskeln verbergen. Der Dicke ballte eine Pranke zur Faust, die Bewegung verriet den erfahrenen Schläger. Der Blick bezeugte, dass keine Gefangenen gemacht werden sollten.

Sanfilippo hatte es nicht vor.

Schon war der Dicke heran, seine Faust wirbelte auf ihn nieder. Ein Schritt zur Seite, der Dicke taumelte vorbei, Sanfilippo zog die Beretta, zielte auf den speckigen Nacken und drückte ab. Der Dicke brach tot zusammen.

Die Frau stieß einen schrillen Schrei aus.

Sanfilippo richtete die Beretta auf sie. Die Frau erstarrte.

»Wo ist Varta?«

Tränen rannen ihre Wangen hinab.

»Wenn Sie es mir sagen, werde ich Ihnen nichts tun.«

Die Lippen der Frau zitterten.

Er zerschoss den Fernseher. Die Frau schrie auf.

»Ich habe nicht viel Zeit.« Er richtete die Waffe wieder auf die Frau. »Wo ist er?«

»Nein«, schluchzte die Frau, »bitte.«

»Wo?«

»Uni-Klinik.«

Stockend schilderte die Frau, wie ihr Mitbewohner Varta verprügelt habe. Sie selbst habe dann den Krankenwagen gerufen.

»Bitte«, flehte sie, »tun Sie ihm nichts.«

»Keine Sorge«, sagte Sanfilippo. Dann erschoss er sie.

Sanfilippo öffnete die Wohnungstür und spähte nach draußen.
Keiner erwartete ihn, die Schüsse schienen niemanden angelockt
zu haben.

Er zog die Tür wieder zu und überprüfte, ob alle Fenster der
Wohnung geschlossen waren. Dann ging er in die Küche, in der
ein Gasherd stand, und drehte zwei Flammen auf. Außerdem
fand er eine Flasche Olivenöl. Er legte die beiden Leichen aufs
Sofa und verteilte das Öl auf dem Boden von Wohnzimmer und
Flur. Der Müll würde helfen. Er brachte die Flasche zurück in die
Küche. Das Gas roch bereits. Er stellte auf die brennenden Koch-
stellen jeweils einen Topf, dann füllte er die Töpfe mit Linsen und
Nudeln. In Wohn- und Schlafzimmer befanden sich Rauchmelder. Er nahm sie von der Decke, pulte die Batterien heraus und
drückte sie mit vertauschtem Plus- und Minus-Pol wieder hinein.
Mit dem Herdanzünder setzte er alle Räume bis auf die Küche
in Brand.

Als er die Wohnung verließ, zog er die Tür hinter sich sorgfältig zu.

Statt den Fahrstuhl zu nehmen, ging er zum Treppenhaus. Er
küsste sein Madonnenkreuz. Zwei neue Seelen, die er auf dem
Gewissen hatte. Er betete zwei Ave-Maria. Dann stieg er nach
unten.

35. Kapitel

Der Krankenhauskomplex bestand aus unüberschaubar zusammengeworfenen Würfeln, um die ein dicht mit Robinien und Birken bepflanzter Rasenstreifen angelegt war.

Auf Herbsts Wunsch hin hatte das Taxi-Unternehmen einen Fahrer geschickt, der Englisch sprach. Herbst bat ihn, vor der Klinik zu warten, sie brauche nicht lange.

Die Notaufnahme war ein weiß getünchter Neubau mit raffiniert geschwungenen Außenmauern. Bevor sie hineinging, setzte sie Sonnenbrille und Baseballkappe auf, kramte ihre Lederhandschuhe aus der Sporttasche und zog sie an. An der Pforte wurde sie begrüßt von einer faltigen Frau in weißem Kittel, deren Mundwinkel mürrisch nach unten gezogen waren.

Herbst grüßte zurück und versuchte, einen Weg der Verständigung zu finden. Die Schwester sprach sowohl Englisch als auch Russisch. Herbst wählte Englisch. »Ich suche Jacky. Er ist gestern Abend hier eingeliefert worden.« Vielleicht hatte das Krankenhaus Vartas Pass gesichtet. Aber falls nicht, und falls Varta nur ein bisschen Grips im Kopf hatte, dürfte er ihnen seinen echten Namen verschwiegen haben – vorausgesetzt, er war überhaupt bei Bewusstsein. So oder so sah Herbst keinen Grund, neue Spuren zu hinterlassen.

»Wir befinden uns außerhalb der Besuchszeiten.«

»Er wurde brutal zusammengeschlagen. Ich habe es leider nicht früher geschafft. Bitte, ich muss wissen, wie es ihm geht.«

Die Schwester brummte etwas und klapperte mit ihrer Tastatur. »Jacky wer?«

»Finden Sie ihn nicht?«

Die Schwester schüttelte den Kopf, die Mundwinkel formten inzwischen ein umgekehrtes U.

»Er ist gestern Abend eingeliefert worden. Er muss hier sein.«

»Wir haben keinen Jacky da.«

»Wie viele Leute sind denn gestern eingeliefert worden, die körperlicher Gewalt ausgesetzt waren?«

»Nur einer.« Die Schwester sah mit zusammengekniffenen Augen auf ihren Bildschirm. »Miroslav Karhan. Wie der Fußballspieler. Wobei wir noch auf die Bestätigung der Personalien warten.«

»Das ist er.« Herbst interessierte sich nicht für Fußball, sie hatte den Namen noch nie gehört.

Die Schwester sah sie skeptisch an.

»Wir haben uns in den USA kennengelernt«, erklärte Herbst entschuldigend. »Ich habe Miroslav immer falsch ausgesprochen – deswegen Jacky.«

Die Schwester schüttelte missbilligend den Kopf. »Kein schöner Name.«

»Können Sie mir das Zimmer nennen, in dem er liegt?«

»Er ist von der Intensivstation wieder runter. Liegt jetzt im Bettenhaus 2.201. Aber wie gesagt: Besuchszeiten sind vorbei.«

»Darf ich ihm wenigstens kurz Hallo sagen? Fünf Minuten?«

Der Blick der Schwester war vernichtend. Ihr Nicken kaum wahrzunehmen.

»Ďakujem!«, rief Herbst und schlug erfreut mit der flachen Hand auf die Theke.

Sie schnappte ihre Sporttasche und folgte der Beschilderung zum Bettenhaus. Als sie an einer Toilette vorbeikam, ging sie hinein und schloss sich in einer der Kabinen ein. Sie überprüfte die Sporttasche, ob sich noch irgendein Hinweis auf ihre Person darin verbarg. Das Bargeld im Geldbeutel steckte sie in ihre Hüfttasche. Zuletzt öffnete sie den Gürtel ihrer Jeans, fädelte die Scheidenhalterung des Kampfmessers hindurch und band sie mit der dazu vorgesehenen Schlinge am Oberschenkel fest. Sie schlug die offene Lederjacke darüber, sodass zumindest der Griff verdeckt war. Nachdem sie den Reißverschluss der Sporttasche geschlossen hatte, zog sie deren Trageriemen über die Schulter und verließ die Kabine. Im Waschraum kontrollierte sie den Halt ihrer Baseballkappe. Dann nickte sie ihrem Spiegelbild zu. Sie war bereit.

Es war zweiundzwanzig Uhr vorbei, in den Gängen war nicht viel los. Herbst achtete auf einen zielstrebigen Schritt. Ihre Haltung musste zeigen, dass ihre Berechtigung, hier zu sein, außer Frage stand. Das wenige Personal, auf das sie traf, eilte müde und desinteressiert an ihr vorbei. Wo immer sie einen Rettungsplan entdeckte, vergewisserte sie sich ihrer Orientierung. Kurz vor ihrem Ziel fand sie einen Aufenthaltsraum, von dem aus eine Feuertreppe nach unten führte. Hinter einem Wasserspender versteckte sie die Sporttasche.

Vor Raum 2.201 blieb sie stehen, sah sich um, lauschte. Sie war alleine auf dem Gang. Dumpf wummerte die Lüftung, über ihr knisterte eine Leuchtstoffröhre, ansonsten war es still. Sie legte ein Ohr an die Tür, hörte nichts als das gedämpfte Piepsen eines Vitaldatenmonitors. Dank Rafael kannte sie das Geräusch nur zu gut.

Leise öffnete sie die Tür. Der Raum lag in Dunkelheit. Sie steckte die Sonnenbrille in ihre Jackentasche und wartete, bis ihre Augen sich an das Halbdunkel gewöhnt hatten. Lautlos betrat sie den Raum und schloss die Tür hinter sich. Vom Bett am Fenster drang ein gleichmäßiges, tiefes Atmen zu ihr herüber. Sie hatte Glück – das zweite, nähere Bett war nicht belegt. Die Tür ließ sich über einen Hebel absperren, Herbst tat es.

Sie trat zu dem Schlafenden hin. Er lag auf der Seite, der rechte Arm schaute unter der Decke hervor, ein Katheter steckte darin. Durchs Fenster fiel matt etwas Sternenlicht, ließ platt gedrückte Locken schimmern. Herbst warf einen Blick nach draußen. Keine

Feuertreppe. Sie befand sich im zweiten Stock. Machbar, aber im Dunkeln nicht ratsam. Zurück zu dem Schlafenden: Die Nase war geschient, dunkle Flecken bedeckten das Gesicht. Blutergüsse. Es war hässlich, einen Wehrlosen zu töten. Aber Varta hatte gewusst, worauf er sich einließ.

Sie ging zu dem leeren Bett und nahm das Kopfkissen weg. Ersticken war nicht der angenehmste Tod; für Herbst jedoch bedeutete es einen nicht aufzuwiegenden Vorteil – wurde die Tat konsequent ausgeführt, hinterließ sie kaum Spuren.

Zurück bei dem Schlafenden zog sie vorsichtig die Decke beiseite, legte die rechte Schulter des Schlafenden frei. Herbst hatte sich Vartas Gesicht sorgfältig eingeprägt. Sie wusste bereits, sie hatte ihre Zielperson gefunden. Trotzdem sah sie nach der Sonnen-Tätowierung, die in de la Rennes Unterlagen erwähnt worden war. Wenn es um Leben und Tod ging, gab es keinen Spielraum für Fehler. Die Tätowierung sollte sich auf dem linken Oberarm befinden. Und dort fand Herbst sie auch.

Dann stutzte sie.

Viele kleine Punkte bedeckten den Arm. Sie waren rund, von der Größe eines Stecknadelkopfs; manche dunkel wie Rotwein, manche rosa; manche glänzten glatt, manche wölbten sich wie Erbsen. Trotz der Dunkelheit erkannte Herbst sofort, worum es sich handelte: Brandnarben. Die französischen Analysen hatten Folter vermutet, allerdings nicht bestätigen können. Offensichtlich hatten sie nie Vartas Arm gesehen. Zwei Jahre hatte Varta in einem Gefängnis in Budapest verbracht. Während ihrer Arbeit beim BND hatte Herbst auch Einblick in den europäischen Strafvollzug erhalten. Es gab Gefängnisse, die an dem Selbstbild mancher EU-Mitgliedsstaaten zweifeln ließen. Die Anlage in Budapest brachte sogar hartgesottene Kollegen beim BND um ihren Appetit. Und das, obwohl der BND selbst auch nicht zimperlich war. Die Brutalität und die Scheinheiligkeit waren es gewesen, derentwegen Herbst gekündigt hatte.

Und zugleich war Gewalt das Hilfsmittel, mit dem sie sich am Leben hielt.

Ein Widerspruch, der sie seit ihrer Kindheit begleitete wie ein böser Schatten. Dieter Frenzel kam ihr in den Kopf, der Münchner Halsabschneider, dem sie die Finger gebrochen hatte. Er hatte es sicherlich genauso verdient wie Varta. Doch Herbst musste sich eingestehen, es ging nicht um Strafe und Schuld. Es ging nicht einmal um Rafael. Es ging darum, die Leere zu füllen. In einer Welt, in der man die Menschen als das erkannte, was sie waren – nämlich bösartige Tiere –, konnte nichts Bedeutung erlangen außer dem einen existenziellen Trieb: dem Trieb zu überleben.

Herbst öffnete das Menü des Vitaldatenmonitors. Wenn die gemessenen Daten einen Mindestwert unterschritten, würde der Nachtdienst einen Alarm empfangen. Sie setzte den Mindestwert auf null. Dann legte sie das Kissen auf Vartas Gesicht und erhöhte langsam den Druck.

36. Kapitel

Pünktlich auf die Minute erreichte das Flugzeug Kopenhagen. Beheim befand sich noch in der Passagierbrücke, als ihr Telefon vibrierte. Eine unterdrückte Nummer.

»Ja?«

»Nehmen Sie ein Taxi zum Freibad Skovshoved.« Eine männliche Stimme, Englisch mit leichtem slawischem Akzent. »Gehen Sie auf der Uferbefestigung Richtung Norden.«

»Sie sind Fjodor?«

»Wiederholen Sie.«

»Freibad Skovshoved, dann nach Norden laufen. Sie sind Fjodor?«

Der Mann hatte schon aufgelegt.

Die Fahrt dauerte eine halbe Stunde. Dann erreichte sie den verlassen in der Dunkelheit liegenden Parkplatz des Freibads von Skovshoved. Beheim bezahlte den Fahrer und sah sich um. Das Bad befand sich direkt im Meer; Aufschüttungen fassten es ein, sorgten für ruhiges Wasser. Die Anlage war nicht beleuchtet, war nur schemenhaft zu erkennen. Kein Wunder, eine dänische Novembernacht lud nicht zum Baden ein. Über den Öresund jagte ein eisiger Wind, durchschnitt Beheims zu dünne Jacke. Eine Promenade führte die Küste entlang. Beheim zog die Schultern hoch, steckte die Hände in die Jackentaschen und stapfte los.

Sie hatte die Promenade ganz für sich. Links brauste ab und zu ein Auto vorbei. Rechts schäumte das Meer die Geröllböschung herauf, warf sich gegen die Kaimauer. Nirgends gab es Straßen-

213

laternen. Sternenlos schwarz hing der Himmel über der Welt. Das einzige Licht rührte von der Siedlung auf der anderen Straßenseite her.

Heute Tristan, morgen Philipp, Samstag Wandern und Sauna, wiederholte Beheim gedanklich ihre Absichten. Caro war zwar am Samstag verhindert, hatte jedoch versprochen, am Sonntag zum Brunchen vorbeizukommen. Mit jedem Schritt, mit dem die Kälte sich tiefer in ihren Zehen verbiss, sehnte Beheim stärker das Wochenende herbei. Sie fühlte sich müde, ausgelaugt. Ihre Rastlosigkeit wich einer erdrückenden Erschöpfung; sie hatte versucht, die Geister aufzuspüren, die Stefan verfolgt hatten. Sie hatte sich aufgebäumt gegen den Verlust; hatte gedacht, das könnte ihr helfen abzuschließen. Würde es ihr je gelingen, Abschied zu nehmen? Die Geister ruhen zu lassen? Stefan vergessen würde sie nie – aber würde sie an ihn denken können, ohne dass es ihr die Brust zusammenzog? Ihr Tatendrang kam ihr schal vor. Nach Kopenhagen musste es ein Ende haben. Sie musste sich der Wirklichkeit stellen. Stefans Andenken ehren, indem sie ihn in ihrem Herzen behielt als einen redlichen, zuverlässigen, einfühlsamen Menschen, den sie lieben würde bis ans Ende ihrer Tage. Würde es ihr gelingen?

Eine menschliche Silhouette schälte sich aus der Nacht. Getrieben ging Beheim auf sie zu. So begierig sie darauf war zu erfahren, was es mit dieser mysteriösen Firma namens Tristan auf sich hatte – es handelte sich um ein Kapitel, das abgeschlossen werden musste.

Ein Mann, in Lodenmantel und dicker Uschanka auf dem Kopf. Beheim ergriff die Initiative: »Sie sind Fjodor?«

Der Mann nickte. »Frau Beheim. Danke, dass Sie meiner Einladung gefolgt sind – sie war zugegebenermaßen recht spontan.«

Beheim glaubte, hinter ihm eine zweite Gestalt zu erkennen.

»Sie haben jemanden mitgebracht?«

»Leonid. Er achtet auf meine Sicherheit.«

»Wovor muss er Sie denn schützen?«

»Lassen Sie uns etwas spazieren gehen.«

Fjodor wandte sich um, ging die Kaimauer entlang. Beheim folgte ihm. Leonid hielt sich einige Meter hinter ihnen.

Ein leichter Schneeregen setzte ein.

Fjodor schlug seinen Kragen hoch. »Ein widerliches Wetter.«

»Wo kommen Sie her?«

»Sankt Petersburg.«

»Müssten Sie da nicht an so was gewöhnt sein?«

Er wies zurück zu seinem Bodyguard. »Leonid hier, der würde nicht frieren, wenn man ihn in Eiswasser einlegt.« Tatsächlich hatte der Mann nicht einmal den Reißverschluss seiner Windjacke zugezogen. »Aber ich?« Fjodor lächelte schwach. »Ich glaube, was die Kälte betrifft, bin ich kein guter Russe.«

»Seien Sie beruhigt«, entgegnete Beheim. »Ich beurteile Menschen nicht danach, wie hart sie zu sich sind.«

Der Wind wurde stärker, peitschte die Wellen bis zur Kaimauer hoch.

»Sie sind Britin, richtig?«

Beheim nickte.

»Es tut mir sehr leid, was mit Ihrem Mann passiert ist.« Es klang aufrichtig.

»Danke«, sagte Beheim.

Schweigend gingen sie nebeneinanderher. Die Promenade war nun beleuchtet. In dem fahlen Licht der Laternen sah sie umso einsamer aus.

»Sie glauben nicht daran, dass Ihr Mann eines natürlichen Todes gestorben ist?«

»Wie kommen Sie darauf?«

»Sie stellen Nachforschungen an.«

Beheim dachte nach. »Ich glaube nicht daran«, sagte sie schließlich, »dass sein Tod unvermeidlich gewesen ist. Ich denke, irgendetwas hat ihn dazu getrieben.«

»Ich möchte Ihnen nicht zu nahe treten.« Fjodor blieb stehen. Der Schneeregen war zu Schnee geworden. »Aber ich habe gehört, Ihr Mann war sehr krank.« Fjodors Augen waren matte, müde Lichter über schweren Tränensäcken, von Schneeflocken mottengleich umwirbelt. In der Schwere seines Blickes fühlte Beheim sich aufgehoben.

»Ja«, sagte sie. »Er war krank.«

Sie gingen weiter. Der Schnee flog Beheim in den Kragen. Sie spannte den Gummizug in ihrer Kapuze fester.

Ihre Gedanken kehrten zu der Frage zurück, die sie seit seinem Tod umtrieb. »Trotzdem«, sagte sie. »Ich kenne ihn zu lange. Ich glaube, es gab einen konkreten Grund, weshalb er nicht mehr leben wollte.«

»Tristan?«

»Vielleicht.«

Die Geröllböschung öffnete sich zu einem flachen Strand, der sich dunkel neben der beleuchteten Promenade ausbreitete.

»Licht oder Dunkelheit?«, fragte Fjodor.

Beheim nickte in Richtung des Strandes. Sie mussten sich nah an der Kaimauer halten, um keine nassen Füße zu bekommen.

»Wer sind Sie, Fjodor?«

Fjodor tastete mit der Zungenspitze seine Oberlippe ab.

»Was haben Sie bisher über Tristan herausgefunden, Frau Beheim?«

»Eine Kapitalgesellschaft, die genügend Anteile an Fischer hatte, um bei der Fusion mit EuroBinary eine tragende Rolle zu spielen. Allerdings fand alle Kommunikation über Mittelsmänner statt. Stefan war misstrauisch, doch der Rest des Vorstands setzte sich über sein Veto hinweg. Die Leitung von Tristan scheint alles zu tun, um unerkannt zu bleiben. Die Adresse in Vilnius ist eine Attrappe. Alle Indizien weisen darauf hin, dass es sich um eine Briefkastenfirma handelt.«

Fjodor beobachtete die Wellen, die gefährlich nahe an ihre

Schuhe heranglitten. »Und Sie wollen herausfinden«, fragte er, »wer hinter Tristan steckt?«

Der Wind heulte.

»Wenn Stefan wegen Tristan gestorben ist«, antwortete Beheim, »dann will ich wissen, warum.«

»Und wenn Sie nichts herausfinden?«

Beheim zuckte die Schultern. »Das wäre auch in Ordnung. Ich habe eine Freundin, die journalistisch tätig ist. Vielleicht bitte ich sie, sich der Sache anzunehmen.«

»Was hält Sie davon ab?«

Beheim schüttelte den Kopf. »Ich habe noch nicht mit ihr darüber geredet.« Der Schnee fiel immer dichter, Beheim fröstelte. In ihrer Erinnerung erschienen Bilder von Tirol. Wie lang war das her? Fünf Jahre? Sechs? Stefan und sie waren beim Wandern von einem Sturm überrascht worden. Als sie völlig durchgefroren endlich zurück in der Hütte gewesen waren, hatten sie sich aneinandergekuschelt Märchen erzählt, bis die Nacht vorbei gewesen war.

»Wollen Sie einen Tee?«, fragte Fjodor.

Beheim lachte. Sie mochte den aufmerksamen Mann. »Ich bezweifle, dass wir hier in der Nähe ein Café finden.«

Fjodor zog eine Thermoskanne aus seinem Mantel.

»Sie haben Tee dabei?«

»Pfefferminz.« Wieder das leise, etwas traurige Lächeln. »Wie gesagt, ich bin kein guter Russe.«

Und mit einem Mal verstand Beheim, woher der Druck auf ihrer Brust kam. Er rührte von der Angst, sich eine Zukunft ohne Stefan ausmalen zu müssen. Es war eine unnötige Angst gewesen.

»Sie sind hier, um mich umzubringen.« Erstaunt bemerkte sie, dass die Worte sie nicht erschreckten.

Fjodor schraubte den Becher von der Kanne und schenkte ein. Reichte ihr den Becher. »Bitte.«

Beheim nahm den Becher, betrachtete ihn still. »Tut es weh?«

217

»Nein.«

Sie horchte in sich hinein, erwartete Gefühle der Angst, der Verzweiflung. Stattdessen breitete sich eine wundersame Ruhe in ihr aus.

»Und wenn ich nicht trinke?«

»Dann tut es weh.«

»Ich verstehe.«

Und Beheim verstand. Verstand, warum sie gegen alle Vernunft nach Kopenhagen geflogen war, verstand, warum der Becher in ihren Händen ihr keine Angst machte, verstand, warum der Druck auf ihrer Brust sich wandelte in eine zärtliche Berührung. Sie hatte Stefan geliebt, doch seine Krankheit hatte ihn von ihr entfernt. Am Ende war er gefallen in einer Welt ohne Boden. Sie hatte ihn halten wollen, doch sie hatte es nicht gekonnt. Jetzt verstand sie ihn. Sie hatte ihn nicht halten können und nicht auffangen. Aber sie würde mit ihm fallen können.

Dankbar legte sie ihre klammen Finger um den dampfenden Becher. Sie nahm einen kleinen Schluck, dann einen zweiten. Die Wärme breitete sich sanft in ihr aus. Während sie trank, gingen sie langsam weiter. »Erzählen Sie mir«, sagte Beheim zwischen zwei Schlucken, »warum nehmen Sie sich so viel Zeit für mich?«

Fjodor blickte zu Boden, wo seine Schuhe mit jedem Schritt in den nassen Sand einsanken.

»Ich habe ein persönliches Interesse an Ihren Recherchen«, sagte er.

»Warum?«

»Ich bin der Gründer von Tristan.«

Beheim vergaß zu trinken, verbrannte sich die Lippen.

»Passen Sie auf«, mahnte Fjodor – zu spät.

»Dann erzählen Sie mir doch: Warum die Geheimniskrämerei?«

Fjodor nickte bedächtig. »Sie haben ein Recht darauf.« Er sah sich um, schien sich zu versichern, dass sie ungestört waren. Sein

Begleiter hielt sich nach wie vor in einigen Schritten Abstand. Es stürmte zu laut, als dass er etwas hätte aufschnappen können. Ansonsten waren sie nach wie vor allein.

»Ich arbeite für die russische Regierung«, begann er. »Sie haben sicherlich gemerkt, dass wir seit einigen Jahren versuchen, unseren Einfluss in Westeuropa zu verstärken. Als Fischer vor dem Aus stand, haben wir beschlossen ...«

»Warten Sie«, unterbrach ihn Beheim. »Fischer war insolvent?«

»Ohne unsere Unterstützung wären sie es gewesen. Verschleppte Abschreibungen aus der Finanzkrise. Wir haben mit von Wolfenweiler vereinbart, dass wir die Bank retten, wenn er uns – diskret natürlich – an strategischen Entscheidungen teilhaben lässt.«

Beheim versuchte, ihm zu folgen. »Tristan ist eine Strohfirma des Kremls?«

Fjodor vergrub die Hände tief in den Taschen seines langen Mantels. »So könnte man es sagen, ja.«

Der Tee wirkte bereits. Ihr Kopf begann, schwer zu werden. Sie nahm einen weiteren Schluck. »Warum kauft ihr euch nicht offiziell in Unternehmen ein, auf die ihr Einfluss nehmen wollt? Das ist doch nicht verboten.«

Wieder das müde Lächeln. »Sie sind Lehrerin, habe ich das richtig in Erinnerung? Vielleicht ist es in der Schule am besten, alle Karten auf den Tisch zu legen.« Fjodor warf ihr einen versöhnlichen Blick zu. »Glauben Sie mir, Frau Beheim, in der Politik ist es anders.«

»Und Stefan ist euch auf die Schliche gekommen?« Die Müdigkeit in ihr war von beruhigender Konsequenz.

Fjodor schüttelte den Kopf. »Er hat geahnt, dass Tristan nur eine Kulisse ist, das ja. Aber ich denke nicht, dass er den Zweck herausgefunden hat.«

Es fiel Beheim schwer, sich zu konzentrieren, ihre Beine wurden schwach. »Lassen Sie uns setzen, in Ordnung?«

Fjodor stützte sie, während sie in den nassen Sand sank.

»Ich habe eine Frage.« Beheims Gedanken flatterten ziellos durcheinander. Mühsam versuchte sie, sie zu ordnen. »Wenn das alles stimmt, was Sie sagen…«, sie merkte, dass sie zu lallen begann, »warum erzählen Sie mir das dann?«

Fjodor kniete neben ihr, hielt sie fest.

»Sie hatten ein Recht darauf«, erwiderte er sanft.

Mehr gab es nicht zu sagen. Es war Zeit, nach Stefan zu sehen. Fjodor wiegte Cate Beheim in seinen Armen, lauschte dem Meer und wartete geduldig, während ihr Herz die letzten kraftlosen Schläge tat, bevor es für immer verstummte.

37. Kapitel

Die Türklinke bewegte sich.

Schnell nahm Herbst das Kissen von Vartas Gesicht. Dieser hatte den drohenden Tod noch nicht bemerkt, er schlief den Schlaf der Ahnungslosen. Da, langsam senkte sich die Türklinke, jemand drehte sie von außen. Millimeter für Millimeter – ein Pfleger wäre nicht so vorsichtig gewesen. Herbst hatte keine Schritte gehört. Ein Profi. Was wollte er hier? Vertraute Giresse ihr nicht? Hatte Varta noch weitere Feinde neben der DGSE? Die Person auf der anderen Seite der Tür hatte die Klinke nun bis zum Anschlag nach unten gedrückt, stellte fest, dass abgesperrt war. Da Patientenzimmer im Notfall schnell erreichbar sein mussten, ließ sich die Tür neben der Schlüsselkarte auch mit einem Schraubenzieher oder Ähnlichem öffnen. Ein Profi würde sich nicht lange aufhalten lassen.

Herbst musste sich entscheiden.

Selbst wenn Giresse ihr misstraute, hätte er niemanden geschickt, um ihre Mission zu gefährden. Eine weitere Partei musste es auf Varta abgesehen haben. Und egal, wer es war – eine zweite Partei bedeutete, die Lage war komplizierter, als Giresse es sie hatte glauben machen wollen. Die Sache war faul.

Der Eindringling machte sich an der Tür zu schaffen.

Herbst blieben nur wenige Sekunden. Sie öffnete das Fenster, zog Varta die Decke weg und warf einen Blick auf ihn. Ein Gips oder Schienen waren keine zu sehen. Hoffentlich hielt er was aus. Herbst riss den Katheter aus seinem Arm und drückte den Alarmknopf auf dem Vitaldatenmonitor. Das Gerät schrillte los.

Varta schreckte aus dem Schlaf, sie hielt ihm mit der einen Hand den Mund zu, mit der anderen gebot sie ihm Schweigen. Wartete nicht ab, ob er verstanden hatte. Stattdessen packte sie ihn, zerrte ihn zu Boden, drückte ihn an die Seite des Betts. Er stöhnte auf, sie warf sich neben ihn, presste ihm die Hand auf den Mund.

Im selben Moment wurde die Tür aufgestoßen.

Rasch, aber kontrolliert, trotz des Alarms. Herbst sah nach Varta. Er starrte sie mit aufgerissenen Augen an. Kein Zappeln. Offenbar hatte er verstanden.

Ihr Blick ging zur Tür. Drei schnelle, fast lautlose Schritte. Von ihrer Position aus konnte sie kaum etwas sehen, die Hebemechanik des Betts versperrte den Blick. Das Licht, das vom Gang hereinfiel, beleuchtete teure Lederschuhe, den untersten Teil einer eleganten Stoffhose, ein Mann vermutlich. Der Eindringling stoppte zwei Meter vor dem Bett. Erkannte offenbar, dass es leer war. War mit einem Schritt bei der Waschkabine. Öffnete die dazugehörige Tür. Lautlos, schnell. Das Badlicht flammte auf. Ein Schritt zurück zur Mitte des Raumes. Keine Bewegung zu viel. Auch das Hauptlicht jetzt. Seit sich die Tür geöffnet hatte, waren keine drei Sekunden vergangen. Der Alarm schrillte noch immer.

Herbst sah zwischen den Streben des Bettgestells hindurch nach wie vor nur die Beine des Eindringlings; doch das reichte, um zu wissen: Der Mann war eine Gefahr. Sein Stand war beweglich und zugleich stabil, eine Kampfstellung, verinnerlicht nach vielen Jahren der Ausbildung. Irgendetwas irritierte Herbst, sie konnte nicht sagen, was. Die Haltung deutete darauf hin, dass er mit einer Pistole sicherte. Herbst tastete nach ihrem Kampfmesser. Die Klinge war geschwärzt, um Reflexionen zu vermeiden; die Schneide von tödlicher Schärfe. Wenn er in ihre Reichweite kam, gewann das Messer. Wenn er sie vorher entdeckte, hatte sie keine Chance. Vielleicht, wenn sie Varta opferte. Der Alarm schrillte.

Der Mann eilte ans Fenster.

Stand anderthalb Meter vom Bett entfernt, auf Herbsts Seite, den Rücken zu ihr. Nah genug. Sein Mantel schimmerte. Unmöglich zu erkennen, ob sich darunter eine Körperpanzerung verbarg. Herbst widerstand der Versuchung, das Messer bereits aus der Scheide zu ziehen. Jede Regung konnte sie verraten. Der Mann hielt in der Linken einen Aktenkoffer. Das war es, was sie an seiner Haltung irritiert hatte.

Fußgetrappel.

Der Mann drehte sich nicht um. Blieb am Fenster. Zögerte. Entweder er hatte den Köder geschluckt. Herbst wartete. Oder er würde sich umdrehen. Ihr Atem ging lautlos. Sie fixierte den Waffenarm ihres Gegners. Sie hatte das Überraschungsmoment. Der Mann den Höhenvorteil. Und eine Pistole. Vielleicht war sie schnell genug, vielleicht kam er zum Schuss. So oder so – nach dem ersten Schuss wäre es vorbei.

Rufe vom Gang. Die Pfleger waren nahe.

Herbst wartete. Ihr Atem ging flach, doch sie unterbrach ihn nicht. Ihre Muskeln brauchten den Sauerstoff. Der Rücken vor ihr bewegte sich nicht. Ein Zucken nur, und Herbst wäre da.

Der Mann sprang aus dem Fenster.

Herbst fuhr aus ihrem Versteck, sprang zur Tür, schloss sie ab. Zurück zum Fenster.

Fünf Meter unter ihr stand der Mann bereits wieder, die schallgedämpfte Pistole im einhändigen Anschlag, den Aktenkoffer in der Linken. Er musste sich trotz Pistole und Koffer perfekt abgerollt haben. Unter dem offenen Mantel trug er Sakko und Krawatte. Im Sternenlicht konnte sie kurze graue Haare und einen ebenso grauen Dreitagebart erkennen.

Der Mann hatte ihre Bewegung wahrgenommen, Blick und Pistole schnellten in ihre Richtung. Einen Wimpernschlag lang bohrten sich seine Augen in ihre. Es waren die Augen eines Menschen, der getötet hatte – und bereit war, es wieder zu tun. Herbst hatte Augen wie diese bereits gesehen. Sie kannte sie von ihrem Spiegelbild.

Sie duckte sich weg, der Schuss pfiff über ihr vorbei und schlug in die Decke ein. Leiser, als der Schalldämpfer allein es hätte erreichen können. Unterschallmunition.

Herbst riss Varta hoch, stieß ihn Richtung Waschkabine. »Da rein.« Die Pfleger rüttelten an der Tür. Herbst glitt in die Kabine zu Varta, der sich keuchend am Waschbecken festhielt. Sie gebot ihm Stille, verriegelte die Tür.

Menschen stürmten ins Patientenzimmer, aufgeregtes Slowakisch. Dann klopfte es.

Auf Russisch: »Sind Sie da?«

Varta zuckte zusammen, sein fahriger Blick suchte Herbst. Sie nickte.

»Ja, ich bin hier.«

»Geht es Ihnen gut?«

Wieder der Blick zu Herbst, sie nickte wieder.

»Ja, alles in Ordnung.«

»Warum haben Sie den Alarm ausgelöst?«

Herbst bemerkte erleichtert, wie Varta sich fasste.

»Tut mir leid. Ich habe schlecht geträumt und überreagiert.«

Herbst hob den Daumen, es war eine gute Antwort.

»Wir haben Lärm gehört.«

»Ich musste mich übergeben, auf dem Weg zum Bad bin ich gestolpert.«

Sehr gut, Herbst nickte ermutigend.

»Öffnen Sie bitte. Wir müssen den Katheter neu anlegen.«

Vartas erschrockener Blick sprang zurück zu Herbst, suchte um Hilfe.

Herbst stand auf, lehnte sich flach an die Wand neben der Tür. Varta verstand.

»Augenblick«, rief er nach draußen. Er öffnete den Wasserhahn des Waschbeckens, spülte den Mund aus. Herbst beobachtete ihn anerkennend. Trotz der aufreibenden Situation behielt er einen kühlen Kopf, achtete auf Details. Ein Naturtalent.

»Jetzt machen Sie schon«, rief es von außen.

»Bin schon fertig«, antwortete Varta. Er entriegelte das Schloss. Während er öffnete, schaltete er das Badlicht aus; beiläufig, wie man es erwarten würde. Schlüpfte nach draußen, ohne die Tür ganz zu öffnen, schloss sie direkt wieder. Hatte es geklappt? Herbst wartete, das Messer auf halber Höhe. Gegen das Krankenhauspersonal konnte sie es nicht gebrauchen.

»Was ist das?«

Sie mussten die aus der Decke geschossenen Mörtelbröckchen entdeckt haben.

»Keine Ahnung. Pfusch am Bau?«

Sie lauschte darauf, wie das Fenster geschlossen, wie Varta ausgefragt und untersucht wurde. Er machte einen guten Job, gab sich halb reuig, halb genervt. Nach fünf Minuten hörte Herbst, wie mehrere Leute den Raum verließen, dann war es ruhig. Sie wartete eine weitere Minute.

Nackte Füße tapsten herbei.

»Hallo?« Ein Flüstern nur. »Sie sind weg.«

Unter der Tür leuchtete es; draußen brannte also noch Licht, während es in der Waschkabine dunkel war. Ein guter taktischer Vorteil. »Öffnen Sie die Tür«, befahl sie leise und ging in die Hocke.

Die Tür wurde geöffnet. Varta. Sie schnellte hoch, drückte ihn in den Raum, ihn als Schild vor sich haltend, sah sich um. Sie waren allein. Rasch machte sie das Licht aus.

Varta sah sie verdattert an. »Was sollte das?«

»Sicher ist sicher. Wie geht es Ihnen?«

»Ich weiß nicht – der Typ wollte mich umbringen, richtig?«

»Ja. Aber das meine ich nicht. Physisch. Wie schlimm sind Ihre Verletzungen? Können Sie gehen?«

»Ich denke schon. Warum?«

»Packen Sie Ihre Sachen. Wir müssen weg. Ihr Telefon lassen Sie hier.«

Varta reagierte nicht.

»Jetzt.«

Als Varta bereit war, spähte Herbst zuerst aus der Tür. Der Gang war frei. Mit Varta im Schlepptau eilte sie zu dem Aufenthaltsraum, in dem sie ihre Sporttasche versteckt hatte. Varta humpelte, biss aber die Zähne zusammen. Sie wies ihm den Weg zur Feuertreppe, ließ ihn voranklettern, sicherte seinen Abstieg. Herbst folgte, achtete auf die Umgebung, alles ruhig. Varta sank in die Knie.

»Gleich.« Herbst zog ihn hoch.

Im Schutz der Robinien schleppte sie Varta von der Klinik weg. Hinter jedem Baum konnte der Killer lauern – aber zu warten war keine Option. Sie erreichten die Zufahrtsstraße der Notaufnahme. Im Gegensatz zu dem bewaldeten Grünstreifen, der die Klinik umgab, war die Straße hell erleuchtet. Herbst gebot Varta, im Dunkeln zurückzubleiben. Allein eilte sie zum Besucherparkplatz. Das Taxi stand noch da, der Fahrer hatte den Sitz zurückgeklappt und schlief mit nach hinten überspanntem Hals. Herbst klopfte an die Scheibe, der Mann schreckte auf und öffnete die Beifahrertür. Herbst sprang ins Auto und lotste den Fahrer zu der Stelle, wo sie Varta gelassen hatte. Er war noch da, der Killer hatte ihn nicht gefunden.

Herbst half ihm auf die Rückbank, schlug die Tür hinter ihm zu, setzte sich wieder nach vorne zum Fahrer und beantwortete dessen argwöhnischen Blick mit einem Fünfzig-Euro-Schein. Dann warf sie ihr Handy mit der Prepaid-SIM-Karte aus dem Fenster.

Freitag

… weswegen Beheim nach Kopenhagen geflogen war, ist nicht bekannt. Die genauen Umstände ihres Todes…

38. Kapitel

»Papa, wer ist Fjodor?«

Entgeistert blickte von Wolfenweiler zu seinem Sohn auf. »Woher hast du den Namen?«

»Der Typ, dem ich in Kopenhagen die Verträge gegeben habe, meinte, ich solle einem Fjodor Grüße ausrichten.«

Von Wolfenweiler rieb sich die Stirn. »Nie gehört.« Er hatte die Nacht im Büro geschlafen, und das nicht lange. Wenn diese verfluchte Präsentation endlich über die Bühne wäre, sollte er dringend ein oder zwei Tage Urlaub machen. Die Yacht mal wieder nehmen. Alleine mit ein paar guten Whiskeys. Aurora vielleicht. Wobei – die Kleine war die letzten Wochen ziemlich zickig gewesen, besser, er ließ sie zurück. Lieber ein paar unkomplizierte Mädchen, die wussten, wo ihre Schmerzgrenze lag, und ansonsten das Maul hielten.

»Er hat mich irgendwie komisch angeschaut – so als ob ich diesen Fjodor auf jeden Fall kennen müsste.«

»Kennst du einen Fjodor?«

»Nö.«

»Also. Er hat dich verwechselt.«

»Aber mit wem?«

Mit mir, du Idiot, dachte von Wolfenweiler. »Woher soll ich das wissen«, sagte er.

Maximilian starrte ausdruckslos in den Raum. Von Wolfenweiler kannte den Blick, es war die Pose seines Sohnes, wenn er versuchte nachzudenken. Von Wolfenweiler liebte seinen Sohn, aber dass er so unfassbar dumm war, war anstrengend.

Es war noch nicht halb sieben, doch sein Compad zeigte bereits dreizehn Anrufanfragen.

»Hör mal, Max, ich muss arbeiten.«

Maximilian reckte das Kinn. »Und ich werde herausfinden, wer dieser Fjodor ist.«

»Viel Erfolg«, murmelte von Wolfenweiler. Er war gedanklich bereits bei größeren Problemen. Die BaFin, die Finanzierungslücke, Alyattes, Odysseus. Er wählte Pamelas Durchwahl.

»Herr von Wolfenweiler.« Seine Sekretärin hatte offiziell keinen Einblick ins operative Geschäft, doch ihre Instinkte waren von unschätzbarem Wert, wenn es darum ging, Anrufe zu priorisieren.

»Pam. Wer zuerst?«

Seine Sekretärin seufzte. »Jeder Einzelne glaubt, er sei der Allerwichtigste.« Sie zählte auf. Wu, mehrere Vorstandsmitglieder, der Pressesprecher, Aurora, der für Alyattes zuständige EU-Kommissar, Journalisten. Holfhusen.

Von Wolfenweiler horchte auf. Holfhusen? »Rufen Sie ihn zurück.«

»Gerne.«

Zweimal hörte von Wolfenweiler den Wählton, dann wurde abgenommen.

»Herr Holfhusen?«

»Herr von Wolfenweiler.«

»Sie hatten angerufen.«

»Ich möchte mit Ihnen über den gewünschten Kredit reden.«

Von Wolfenweiler packte den Hörer fester. »Wollen wir uns persönlich treffen?«

»Das ist nicht nötig. Ich habe mit meinen Kollegen gesprochen. Der Vorstand von SacronInvest ist sich einig.«

Eine Kunstpause. Von Wolfenweiler widerstand der Versuchung nachzuhaken. Er hatte sich auf den Deal mit den Russen eingelassen. Wenn diese ihren Teil der Vereinbarung einhielten, dann reichten die zwei Milliarden, die Holfhusen ihm während des Golfspiels in Aussicht gestellt hatte. FEB wäre nicht gerettet, aber es könnte die Anleger besänftigen, die BaFin unter Kontrolle bekommen. Und was das Wichtigste wäre – sie hätten Zeit gewonnen, Alyattes zu entwickeln.

Holfhusen schnaufte am anderen Ende der Leitung. Sicherlich, er war dick, aber dass er ständig außer Atem schien, widerte von Wolfenweiler an.

»Ja?«

»Wie garantieren Ihnen den Kredit.«

Von Wolfenweiler ballte die freie Faust. Trat in die Luft, um der Energie Herr zu werden, die ihn schlagartig durchströmte.

»Zwei Milliarden?« Er bemühte sich um eine ruhige Stimme.

»Zwei Milliarden.«

»Herzlichen Dank für Ihr Vertrauen.« Am liebsten hätte er geschrien vor Erleichterung.

»Wir werden alle Modalitäten umgehend klären.«

»Sie werden es nicht bereuen, Herr Holfhusen. In zehn Jahren werden Sie an diesen Moment zurückdenken und dankbar sein, eine solche Entscheidung getroffen zu haben.«

»Möglicherweise.« Eine Schärfe lag in Holfhusens Stimme, dass von Wolfenweilers Euphorie schlagartig abebbte.

»Sie glauben, Sie gehen ein Risiko ein«, sagte er in dem Versuch, sein Gegenüber zu beschwichtigen. »Aber seien Sie versichert, es lohnt sich.«

»Wenn ich ehrlich bin«, entgegnete Holfhusen kühl, »hält sich unser Risiko in Grenzen.«

»Was wollen Sie damit sagen?«

»Wir werden alle Hebel in Bewegung setzen, das Geld so schnell wie möglich für Sie zur Verfügung zu stellen. Aber bei solchen Summen brauchen wir natürlich trotzdem ein paar Tage. Vor Mittwoch wird es kaum möglich sein, den Vertrag zu unterzeichnen.«

Mittwoch. Nach der Präsentation. Von Wolfenweiler sackte in

seinen Drehsessel. Diese verdammte Präsentation. Er hätte nie zustimmen dürfen, als die EU gefordert hatte, regelmäßig Einblick in die Entwicklung zu erhalten.

»Sie vertrauen Alyattes nicht?«

»Es geht hier nicht um mich«, erwiderte Holfhusen blasiert. Die gleichgültige Arroganz, für die von Wolfenweiler ihn so hasste. »Aber bei einem so großen, von der EU geförderten Projekt ist die Meinung des europäischen Kommissars nicht ganz unerheblich, finden Sie nicht?«

Scheiße. »Machen Sie sich keine Sorgen«, behauptete von Wolfenweiler. »Wir machen nachhaltige Fortschritte. Freuen Sie sich auf Dienstag.«

»Gut. Ich bin gespannt.«

Ohne Verabschiedung legte Holfhusen auf.

Im selben Moment blinkte der nächste Anruf – Ángel. Gleich. Von Wolfenweiler drückte die Schnelltaste für Pamelas Durchwahl. »Verbinden Sie mich mit Wu. Sagen Sie Ángel, er soll sich bereithalten.«

»Jawohl.«

Wählton.

»Herr von Wolfenweiler.«

»Wu. Wir brauchen bis Dienstag Ergebnisse.«

Ein Stöhnen. »Wir versuchen alles.«

»Sie haben lange genug versucht. Liefern Sie.«

»Die Leute arbeiten rund um die Uhr. Aber wir können auch nicht zaubern.«

Von Wolfenweiler fluchte. Was für eine Ratte. Hieß es nicht immer, die Chinesen würden sich vor ihren Vorgesetzten wimmernd in den Staub werfen? Wu jedenfalls hätte eine gute Portion Unterwürfigkeit nicht geschadet.

»Denken Sie an unsere Abmachung. Die Goldrente.«

»Wir werden ein Gerüst haben bis Dienstag. Aber ich will ehrlich mit Ihnen sein …«

»Machen Sie schon.«

»Varta war zentral. So kurzfristig können wir ihn nicht ersetzen.«

»Er ist ein Pentester, verdammt. Seine einzige Aufgabe war, Sicherheitslücken zu finden. Wir brauchen aber bis Dienstag kein Programm, das perfekt ist. Wir brauchen ein Programm, das funktioniert.«

»Darf ich Sie daran erinnern, dass Alyattes nur erfolgversprechend ist, wenn seine Sicherheitsarchitektur über alle Zweifel erhaben ist?«

»Wu, der Erklärbär. Wenn Sie die Welt erklären wollen, gehen Sie an die Uni. Bauen Sie das Gerüst. Jetzt. Die Statik können wir später noch überprüfen.«

»Herr von Wolfenweiler.« Wus Stimme troff geradezu von unverschämtem Selbstbewusstsein. »Wenn wir ein Gerüst anbieten, das nicht stabil ist, wird es irgendwann zusammenbrechen. Vielleicht findet die Kommission die Schwächen bereits innerhalb von Tagen. Vielleicht dauert es so lange, bis Alyattes im Einsatz ist. Im ersten Fall ist Alyattes einfach tot. In letzterem erzeugen wir eine globale Wirtschaftskrise.«

Natürlich wusste von Wolfenweiler das alles. Wenn Alyattes erst einmal zur primären Stütze des europäischen Finanzmarktes geworden wäre, würde bereits die Vermutung eines Risses direkt in die Katastrophe führen. Doch er wollte sich nicht geschlagen geben. »Wir können das Gerüst nachträglich stabilisieren.«

»Das bringt uns nichts, wenn wir es an der falschen Stelle hochgezogen haben. Und sobald wir der EU einen Entwurf präsentiert haben, müssen wir das Haus auch entsprechend bauen. Sonst kommen wir spätestens bei der nächsten Präsentation in Teufels Küche. Einzige Lösung, wenn die Prämissen falsch sind: einreißen, neu bauen. Abgesehen von den Kosten – der Imageschaden durch die Verzögerung wäre enorm. Und FEB kann es sich nicht leisten, wenn die Anleger noch kritischer werden.«

»Wollen Sie mir jetzt auch noch die Börse erklären?« Von Wolfenweiler drehte sich in seinem Sessel, bekämpfte die keimende Resignation. Sein Blick fiel auf die Bücher in der Regalwand hinter sich. Das sollten sie sein, die großen Köpfe aller Zeitalter. Hätten sie einen Ausweg gewusst? Wohl kaum.

Wie auch immer, ein von Wolfenweiler gab nicht auf.

»Hören Sie, Wu, was ist mit dem Mädel, das Varta unterstützen sollte? Haben Sie nicht gemeint, die sei so lächerlich klug? Kann die nicht Varta ersetzen?«

Schweigen.

»Wu, was ist los?«

»Monique Roux-Pastor. Es gibt ein Problem mit ihr.«

»Das kann ja wohl nicht wahr sein. Sagen Sie nicht, sie hat sich ebenfalls aus dem Staub gemacht.«

»Das nicht. Aber ich habe das Gefühl, Vartas Verschwinden hat sie überraschend stark belastet. Sie wirkt geradezu katatonisch. Gestern hat Sanfilippo mit ihr gesprochen. Das scheint alles noch verschlimmert zu haben. Wissen Sie, was Sanfilippo von ihr wollte? Haben Sie ihn aufgefordert, Roux-Pastor zu Varta auszufragen?«

Von Wolfenweiler zögerte. Machte Wu ihm gerade Vorwürfe? Was für eine bodenlose Frechheit.

»Ich habe schon meine Bedenken bezüglich Sanfilippo geäußert«, fuhr Wu fort. »Er ist ein Killer.«

»Er ist loyal.« Und er hatte Vartas Spur aufgenommen. Tat seinen Job wie immer. Wu hingegen – von Wolfenweiler war sich des Umstandes nur zu bewusst – musste sich noch beweisen.

»Er mag ein akzeptabler Leibwächter sein«, schwafelte Wu. »Aber diese Sache hier ist eine Nummer zu groß für ihn.«

Möglicherweise war Varta bereits Geschichte. Dank Ángel. Wu brauchte es nicht zu wissen.

»Und Sie, Wu? Glauben Sie, Sie sind den Dingen gewachsen, auf die Sie sich eingelassen haben?«

Schweigen.

Auch eine Antwort.

»Was ist mit Giresse?«, wechselte er das Thema. »Haben wir Zugriff?«

»Haben wir.«

Von Wolfenweiler atmete auf. Wenigstens einmal eine gute Nachricht. »Und was bedeutet das?«

»Aktuell kann unser Sniffer die Datenpakete scannen, die das Intranet der Abteilung Direkte Operationen verlassen. Er arbeitet sich langsam vor. Natürlich ist alles verschlüsselt. Mal sehen, ob sich was machen lässt.«

»Wir wissen also nichts?«

»Der Sniffer erkennt zumindest die Zieladresse der abgefangenen Daten. Wir können also herausfinden, mit wem die Abteilung kommuniziert hat.«

»Und?«

»Seit vorgestern fünfzig Adressen, plus/minus. Die meisten in Paris. Das Fort de Noisy war nicht dabei.«

»Fort was?«

»Die Basis des Service Action.«

»Das heißt, Giresse hat den Service Action nicht eingeschaltet.«

»Nicht über den naheliegenden Kanal jedenfalls.«

Roux-Pastor. Giresse. Auf von Wolfenweilers Augenhöhe leuchtete das Gesamtwerk von Victor Hugo. Als hätten sich alle Froschfresser auf einmal gegen ihn verschworen.

Jetzt lag es an Ángel.

»Wu, bringen Sie Roux-Pastor dazu, dass sie uns hilft. Sie haben behauptet, dass die Kleine mit Varta mithalten kann. Beweisen Sie es mir.«

»Sie ist kaum ansprechbar ...«

»Mir ist egal, wie Sie sie wach kriegen. Aber kriegen Sie sie wach.«

Er drückte ihn weg.

»Pam, verbinde mich mit Ángel.«

»Sofort.«

Als er Ángels Stimme hörte, atmete von Wolfenweiler durch. Der spanische Akzent seines treuen Wachhundes hatte trotz aller Anspannung eine beruhigende Wirkung auf ihn.

Er hielt sich nicht mit Floskeln auf. »Du hast Varta gefunden?«

»Ja.«

»Und das Problem ist gelöst?«

»Er konnte entkommen.«

Von Wolfenweiler glaubte, sich verhört zu haben. »Ein Programmierer ist dir entkommen?«

»Leider, ja.«

Er bebte. »Du hast im verdammten Amazonasdschungel gekämpft, Ángel.« Sein Zorn nahm überhand, von Wolfenweiler wurde laut, konnte nichts dagegen tun, wollte nichts dagegen tun. »Und jetzt willst du mir weismachen, ein beschissener Nerd ist dir durch die Lappen gegangen?«

»Er war nicht allein.«

»Nicht allein?«, schrie von Wolfenweiler. »Das ist deine Ausrede? Er war nicht allein? Hatte er eine beschissene Armee dabei oder was?«

»Nein«, gab Ángel zu, »eine Frau. Sie war gut ausgebildet.«

Hinter der Fensterfront dämmerte die Frankfurter Innenstadt langsam aus dem Schlaf. Von Wolfenweiler nahm einen von Hugos Schinken und warf ihn gegen das Glas.

»Ich verspreche Ihnen«, erklärte Ángel, »ich finde ihn. Noch einmal entkommt er mir nicht.«

Die erste Welle der Wut war über von Wolfenweiler hinweggerollt. Er wurde wieder Herr der Lage, besann sich. »Nein, Ángel«, sagte er dann. »Du kommst zurück nach Frankfurt.«

»Herr von Wolfenweiler, ich versichere Ihnen …«

»Für Varta brauche ich jemand Verlässlicheres.« Ángel, oh

Ángel, dachte von Wolfenweiler. Ich hoffe, du hast mich nicht verraten. Aber wenn doch – dann gnade dir der Gott, an den du so verzweifelt glaubst.

39. Kapitel

Hoch über dem Hamburger Hafen war die Luft so diesig, dass man kaum bis zu den Kränen und Lagerhallen sehen konnte. Dass der Hafen nah war, bewiesen nur das Kreischen der Möwen und das Dröhnen der Nebelhörner. Carolin Radwitz war am Fuße der Alpen groß geworden; und obwohl sie seit fünfzehn Jahren an der Küste wohnte, hatte sie sich noch immer nicht an die Geräusche gewöhnt. Heute allerdings hatte sie kein Ohr übrig für den Lärm. Sie stand in einer winzigen Kaffeeküche der *Wirtschafts-Welt* und starrte auf den Fernseher, der von der Decke hing.

Niemals.

Niemals hatte Cate sich umgebracht.

»…wurde heute Morgen an einem Strand in der Nähe von Kopenhagen gefunden. Die Witwe von Stefan Beheim, dem Gründer von EuroBinary, galt nach dem Tod ihres Gatten als die mächtigste Aktionärin der neu geschaffenen FisherEuroBinary AG…«

Radwitz spürte die Tränen kommen. Wie war das möglich? Gestern noch hatte sie mit Cate telefoniert. Ihrer Cate. Die stärkste, lebensfrohste Frau, die Radwitz je gekannt hatte. Ihre Freundin. Sonntag hatten sie brunchen gehen wollen.

Sie meldete sich bei ihrem Ressortleiter ab und verließ das Verlagshaus. Die kühle Winterluft tat ihr gut, nahm etwas von dem Gewicht, das an ihren Gliedern zog. Sie wusste nicht, ob sie es besser verkraftet hätte, wäre es ein Autounfall gewesen. Neben aller Trauer kreisten ihre Gedanken immer wieder um die eine Frage: Warum hatte Cate das getan? Cate hatte Stefan geliebt, sein Tod hatte sie zutiefst erschüttert, fraglos. Trotzdem. Cate war keine Frau, die sich vor dem Furor ihres Schicksals versteckte.

Eine Hochbahn rasselte über Radwitz hinweg.

Sie dachte daran zurück, wie sie Cate das erste Mal getroffen hatte. Es war im Rahmen einer Reportage zu Stefan gewesen, viele Jahre war es her, EuroBinary war wenig mehr als ein aufstrebendes Start-up gewesen. Radwitz hatte eigentlich darüber schreiben wollen, wie es einem Menschen ging, der Millionen an Wagniskapital erhielt und nicht wusste, ob er es jemals würde zurückzahlen können. Doch kaum hatte sie das erste Gespräch mit Stefan geführt, hatte sie verblüfft festgestellt, dass ihm nicht das viele Geld den Schlaf raubte, sondern die Nebenwirkungen, die damit einhergingen. Nicht nur Anleger, die mitreden wollten, ohne die Materie zu verstehen, auch gesellschaftliche und politische Akteure umschwirrten ihn, schmeichelnde Schmarotzer. Sie machte sich keine Illusionen; in ihrer Funktion als Journalistin war sie nicht besser gewesen als die anderen Parasiten.

Doch Stefan hatte sie akzeptiert; ihr sogar Cate vorgestellt, als sie darum gebeten hatte. Ein offizielles Essen; Herren in Anzug, Damen in Kostüm. Cate in Jeans und Bluse, mit flachen Schuhen, schmucklos – und doch der Stern des Abends, um den die anderen kreisten wie Planeten. Radwitz hatte eine halbe Stunde gebraucht, um zu verstehen, warum. Cate drängte sich nicht nach vorn, spielte sich nicht auf – und das war ihr Geheimnis. Während all die anderen verzweifelt versuchten, für wichtig gehalten zu werden, war Cate einfach sie selbst. Sie hörte zu, weil sie interessiert war, sie war freundlich, ohne etwas zu erwarten. Menschen, die ihr Leben dem Schein gewidmet hatten, fühlten sich plötzlich wieder echt.

Radwitz ging Richtung Hafenbahnhof, nah an den Gleisen; normalerweise genoss sie es, wenn die Containerzüge wie eine Naturgewalt an ihr vorbeidonnerten.

An dem Abend damals hatte sie sich nur kurz mit Cate unterhalten und sich doch gleich in sie verliebt. Eine Frau, die ihren Mann ohne jeden Zweifel liebte, die ihn für seine Arbeit bewunderte und ihm eine Stütze war, wo immer sie konnte – und sich dennoch nicht im Geringsten von ihm abhängig machte. Selbst zum Schluss, als EuroBinary zu einem der wertvollsten deutschen Unternehmen geworden war, gab Cate ihren Job nicht auf, unterrichtete heiter und selbstbewusst Kinder, die statt mit Pausenbrot mit Klappmessern in die Schule kamen.

Und jetzt hatte sie Schlaftabletten genommen.

Radwitz blieb stehen vor Schmerz. Die Erkenntnis zerriss sie. Sie hatte es nicht gemerkt. Noch gestern hatte sie mit ihr telefoniert. Und sie hatte es nicht gemerkt, wie verzweifelt Cate gewesen war. Sie hatte sich auf den Sonntag gefreut, den Brunch. Und keine Sekunde lang hatte sie geahnt, dass ihre beste Freundin beschlossen hatte, sich umzubringen. Sie hätte es verhindern können. Sie hatte es nicht gemerkt.

In diesem Moment erwartete Carolin Radwitz, nie wieder glücklich sein zu können.

40. Kapitel

Herbst trat zwei Schritte zurück und beobachtete das Ergebnis. Akzeptabel.

Gestern Nacht hatten sie in drei verschiedenen Taxis die siebzig Kilometer von Bratislava nach Wien zurückgelegt und in einem billigen Hostel eingecheckt. Sie hatten nur einen Personalausweis für beide gebraucht; Herbst bot einen französischen Reisepass an, der anstandslos akzeptiert wurde. Die Daten gehörten einer Frau, zu der Schildkröten-Toni sie vor ein paar Monaten geschickt hatte. Einer polizeilichen Überprüfung würde die Fälschung nicht standhalten, doch für ein Hostel reichte sie allemal.

Aus Sicherheitsgründen hatte Herbst ein Doppelzimmer genommen. Es gab nur ein Bett. Das reichte, Herbst schlief mit dem Kampfmesser in der Hand in einem Korbsessel neben der Tür. Es war nicht schlimm, sie hatte schon unbequemere Nächte erlebt.

Am Morgen hatte sie Frühstück und Schminke gekauft.

Sie war zufrieden. Vartas Blessuren waren nicht mehr zu erkennen. Abgesehen von den Augenringen sah man ihm den Stress der vergangenen Tage kaum an.

»Jetzt?«, fragte Varta zahm.

Herbst hatte ihm verboten, vor dem Morgen Fragen zu stellen.

Sie nickte. »Hast du Hunger?«

Varta schien von der Frage überrumpelt, bejahte dann.

Herbst reichte ihm eine Papiertüte mit Croissants. »Bedien dich.«

»Danke.«

In der Bäckerei hatte Herbst auch einen Pappbecher Kaffee

241

mitgenommen, den sie Varta reichte. Trotz der Schminkaktion war der Becher noch warm. Herbst selbst trank keinen Kaffee, ihr reichte Leitungswasser.

Varta verschlang ein Croissant und hatte sich auch schon die Hälfte des zweiten einverleibt, als er innehielt. Er schien sich an die Ereignisse zu erinnern, die sie hierhergeführt hatten. »Du hast mir das Leben gerettet.«

»Ja.«

»Warum?«

»Warum war der Killer im Krankenhaus?«

»Ich weiß es nicht.«

Die Lüge war zu offensichtlich. Herbst sah keinen Grund, darauf hinzuweisen. Während Varta auf dem Bett hockte, saß Herbst in dem Korbsessel, in dem sie die Nacht verbracht hatte. Der Sessel knackte, als sie sich zurücklehnte.

Varta biss in sein Croissant, doch ohne den zuvor gezeigten Eifer. Verlegenheitshandlung.

Herbst beschloss, ihm Zeit zu lassen, sich zu erklären. »Was hast du in Bratislava gemacht?«

»Eine Freundin besucht.«

Alles, was Herbst in Vartas Akte zu Florentina gelesen hatte, war faszinierend: Die Online-Community verehrte sie als eine Aktivistin ohne Angst, die Staatsgewalt jagte sie als eine Hackerin ohne Skrupel. Obwohl sie Slowakin war, kämpfte sie gegen Regierungen und Oligarchen in ganz Osteuropa. In mehreren Staaten wurde sie als Terroristin geführt, zeitweise galt sie als die meistgesuchte Frau Ungarns. Dann die Gefangennahme und Verurteilung Vartas, Florentinas Versuch, ihn zu retten, der Fall.

»Wer hat dich verprügelt?«

Varta zögerte, bevor er zugab: »Die Freundin, die ich besucht habe … sie war meine Ex-Freundin. Ihr neuer Lover hatte nicht besonders Bock auf mich.«

»Deine Ex-Freundin hat den Krankenwagen gerufen?«

Varta nickte.

»Warum hast du sie besucht?«

»Ich habe sie vermisst.«

Herbst musste lachen. »Tamás, du verstehst die Situation nicht. Der Killer im Krankenhaus war ein Profi. Er wird nicht aufgeben. Und selbst wenn – nach ihm werden andere kommen. Gestern Nacht hattest du Glück. Fordere es nicht heraus.«

»Wer bist du?«

»Dein Schutzengel.«

»Was wolltest du im Krankenhaus?«

Herbst prüfte mit der Daumenkuppe die Klinge ihres Kampfmessers. Sie hatte sich in eine fatale Lage gebracht. Weshalb sollte sie Varta etwas vormachen?

»Ich hatte den Auftrag, dich zu töten.«

Varta zuckte zusammen, verschüttete Kaffee auf Hose und Bettlaken. Nervös sprang sein Blick zu dem Messer in Herbsts Händen.

»Keine Sorge«, sagte sie ruhig. »Ich habe mich dagegen entschieden. Vorerst zumindest.«

Varta tat sein Bestes, den Nachsatz zu ignorieren. »Warum?«

»Weil der andere kam. Das machte meinen Auftraggeber unglaubwürdig.«

»Wer hat dich geschickt?«

»Der französische Geheimdienst.«

»Fuck.«

»Ja.«

Im Gang rumorten die Reinigungskräfte. Herbst sah auf ihre Armbanduhr. Sie hatten noch eine halbe Stunde für den Checkout.

»Tamás«, sagte sie. »Ich habe dich nicht getötet. Das bedeutet, ich habe meinen Auftrag nicht erfüllt. In meiner Profession wird Scheitern nicht verziehen.« Sie dachte an Rafael. Eigentlich stünde sie um diese Tageszeit an seinem Bett im Marienkrankenhaus von Amberg und erzählte ihm von der Welt außerhalb seines Zimmers. »Du hast die Wahl, Tamás. Entweder du bist aufrichtig zu mir.« Herbst drehte das Kampfmesser zwischen den Fingern. »Oder ich erfülle meinen Auftrag.«

Varta rieb sich die Brandmale auf seinem Unterarm.

»Also?«, fragte Herbst.

»Ich habe den Koordinator von Alyattes gehackt.«

»Was soll das sein: Alyattes?«

»Ein Projekt, das europäische Finanztransaktionen neu regeln soll. Anstatt dass das Geld über Banken fließt, soll künftig alles über eine einzige Software laufen.«

»Wer hat denn daran Interesse? Die Banken doch sicher nicht.«

»Die EU.«

»Warum hast du es gehackt?«

»Weil ich misstrauisch wurde. Ich habe an der Entwicklung mitgearbeitet. Dabei sind mir einige Dinge komisch vorgekommen. Der Koordinator hat abgewiegelt, also habe ich ihn gehackt.«

»Und du wurdest entdeckt.«

Varta nickte, den Blick auf den Kaffeefleck auf dem Laken gerichtet.

»Hast du Beweise, dass hinter Alyattes kriminelle Energien stehen?«

Varta schüttelte den Kopf.

»Ich will ehrlich mit dir sein, Tamás.« Herbst steckte ihr Messer in die Scheide. »Wenn der andere Killer eine Viertelstunde früher oder später gekommen wäre, hätte mir das eine Menge Ärger erspart.«

Varta schwieg, den Blick weiterhin gesenkt.

»Aber jetzt sitzen wir hier. Du bist am Leben. Und zwar meinetwegen. Ich werde dir helfen.«

»Danke.« Es war kaum ein Flüstern.

Herbst spürte ein Vibrieren, das ihren Rücken emporklomm.

Sie kannte das Gefühl – es war die Erwartung der Gefahr. Es hatte nichts Bedrohliches. Im Gegenteil. Zu oft kam Herbst das Leben wie eine trostlose Wüste vor. Nur ab und an tat sich ein Abgrund auf. Und je finsterer er gähnte, je tiefer er reichte, desto erhabener fühlte sie sich.

»Los«, befahl sie. »Pack deinen Kram zusammen. Wir haben eine ziemliche Strecke vor uns.«

»Wohin?«

»München fürs Erste. Auf dem Weg überlegst du dir, wie wir an Alyattes rankommen. Noch eine Sache.« Sie griff nach ihrer Lederjacke. »Versuch mich zu täuschen – und ich schneide dir die Kehle durch.«

41. Kapitel

Wu schmeckte Blut. Missmutig bestellte er zwei Martini und beobachtete den Barkeeper, der sie vorbereitete. Seine Zahnärztin hatte ihm genügend Ibuprofen mitgegeben, doch er konnte es nicht länger nehmen. Das Schmerzmittel betäubte seinen Geist. Und ein wacher Geist war das, was er gerade mehr brauchte als alles andere.

Die kleine Angeberei mit dem Gold mochte nur ein Trick gewesen sein. Andererseits hatte von Wolfenweiler die Lage korrekt erfasst: Wenn Odysseus Erfolg hatte, dann wegen Wu. In dem Fall wären ein paar Goldbarren kein teurer Preis, um ihn loyal zu halten. Natürlich gäbe es für von Wolfenweiler auch die Option, ihn einfach verschwinden zu lassen. Wu konnte sich nur zu gut ausmalen, wie sehr es Sanfilippo gefiele, einen kleinen Unfall zu arrangieren. Befände Wu sich an von Wolfenweilers Stelle, würde ihm die Entscheidung jedenfalls nicht allzu schwerfallen. Wobei es natürlich eine Einschränkung gab – von Wolfenweiler konnte nicht wissen, welche Vorsichtsmaßnahmen Wu ergriffen hatte.

Wu nahm seine beiden Martini entgegen. Noch war er im Rennen. Und das bisschen Zahnschmerz würde ihn nicht aufhalten.

Sein Assistent schlich unbeholfen heran. Christian Alpe war ein kluger Junge, aber schrecklich unterwürfig. Ein Charakterzug, den Wu verabscheute. Und er wurde das Gefühl nicht los, seine europäischen Untergebenen waren besonders besorgt, ihm ihre Hörigkeit unter Beweis zu stellen. Als glaubten sie, dem Klischee vom asiatischen Hierachiedenken nur begegnen zu können, indem sie es peinlich überzeichneten.

»Sie ist da?«

Alpe nickte.

»Warten Sie hier. Wenn Sie etwas trinken wollen, schreiben Sie es auf FEB.«

Die Sky Lounge des Mountain Lion besaß ein Separee. Wu hatte es für die nächsten Stunden angemietet, sie waren ungestört.

Roux-Pastor saß auf der Kante einer mit rotem Samt bezogenen Couch, die Hände auf den Knien, der Rücken verkrampft, der Blick auf den Boden gerichtet.

Wu näherte sich vorsichtig, der dicke Teppichboden schluckte seine Schritte.

»Frau Roux-Pastor?«

Sie hob nur kurz den Blick. »Herr Wu.«

Wu hielt ihr einen der beiden Martini hin. »Bitte.«

Roux-Pastor machte keine Anstalten, nach dem Glas zu greifen. Wu stellte es auf ein kleines Tischchen vor der Couch.

»Darf ich mich zu Ihnen setzen?«

Roux-Pastor schwieg.

Wu nahm neben ihr Platz, darauf bedacht, ihr nicht zu nahe zu kommen. Ohne Hast trank er seinen Martini. Er konnte Roux-Pastor intellektuell nicht das Wasser reichen, wahrscheinlich konnten das wenige Menschen auf der Welt – aber emotional war sie ihm hoffnungslos unterlegen.

»Sie haben mich hierhergeführt«, sagte sie plötzlich, »um mich unter Druck zu setzen. Herr Sanfilippo nutzte zu seinen Zwecken die martialische Ästhetik einer Lagerhalle. Sie – entsprechend Ihrer Rolle des einfühlsamen Verhandlers – wählen die vermeintlich zwanglose Atmosphäre des privaten Bereichs eines Luxushotels. Noch dazu desselben Luxushotels, in welchem ich vor vier Tagen mit Tamás zusammen einen rührenden Abend habe verbringen dürfen. Sie glauben, mich mit dieser Mixtur einer erfreulichen Erinnerung und eines bedrohlichen Ausblicks in Verlegenheit bringen zu können.«

Wu war einmal mehr beeindruckt von dem Scharfsinn der Französin. »Und?«, fragte er, »ist es mir gelungen?«

»Ja... ich glaube schon.«

»Aber wissen Sie auch, welches Ziel ich zu erreichen suche?«

»Sie haben Tamás nicht gefunden; jetzt wollen Sie weitere Hinweise, wo er sich aufhalten könnte.«

Mit dem Cocktailpick fischte Wu die Olive aus seinem Martini. »Sie analysieren die Prozesse sehr genau, denen Sie sich ausgesetzt fühlen«, sagte er kauend. »Kommt es vor, dass Sie im Nachhinein feststellen müssen, dass Ihre Analyse fehlerhaft war?«

»Selten.«

»Wir haben Varta bereits gefunden.«

Roux-Pastor sah ihn mit geweiteten Augen an. Wu nahm den unangetasteten Martini vom Tisch und reichte ihn ihr ein zweites Mal. »Hier. Trinken Sie.« Lächelnd fügte er hinzu: »Haben Sie keine Angst. Wenn wir Sie hätten loswerden wollen, hätten wir Sanfilippo geschickt.«

Abwesend fasste Roux-Pastor das Glas an dessen dünnem Stiel. Wu stieß an, ließ die Gläser klirren, trank. Roux-Pastor starrte auf den Cocktail in ihrer Hand.

»Geht es Tamás gut?« Ihre Stimme zitterte.

»Ja.«

Roux-Pastor führte ihr Glas an die Lippen, nahm einen winzigen Schluck, verzog das Gesicht, stellte das Glas wieder ab. Wu wartete, doch sie sagte nichts mehr.

»Sie fragen sich«, begann er schließlich, »wenn Tamás in unserer Gewalt ist: Weshalb habe ich Sie dann hierhergebeten – richtig?«

Roux-Pastor nickte.

»Am Dienstag erwartet die Europäische Kommission erste Ergebnisse zu Alyattes. Sie haben die letzten Tage Einblick in das Projekt bekommen. Sehen Sie tragfähige Ansätze?«

»Nein.«

Wu nickte bedächtig. »Ich auch nicht. Sehen Sie die Möglichkeit, dass einer der bisher entwickelten Ansätze bis Dienstag tragfähig werden könnte?«

»Sie stellen diese Frage als rhetorisches Stilmittel, nehme ich an.«

»Nicht unbedingt. Ich bin wirklich an Ihrer Einschätzung interessiert. Lässt sich bis Dienstag ein Ansatz festigen – zumindest auf konzeptioneller Ebene?«

»Auf konzeptioneller Ebene ... vielleicht.« Wu verfolgte zufrieden, wie sie einen weiteren Schluck von ihrem Martini nahm. »Allerdings kaum ohne Tamás' Hilfe.« Roux-Pastor sah ihn jetzt direkt an. Etwas, das sie das ganze bisherige Gespräch über nicht getan hatte. »Ich glaube nicht, dass er das tun wird.«

»Vermutlich haben Sie recht.« Wu lehnte sich auf der Couch zurück, legte wie beiläufig seinen Arm hinter Roux-Pastor auf die Lehne. Ihre Haltung wurde noch steifer, doch sie rückte nicht von ihm ab.

»Ich glaube, es gibt jemanden, der ihn ersetzen kann.«

»Wer?«

»Sie.«

Ein leichtes Zittern lief durch Roux-Pastors Körper. Das Mädchen war ein offenes Buch.

»Ich möchte die Zusammenarbeit mit FEB beenden.«

»Das können Sie selbstverständlich tun.« Wu hatte mit dem Wunsch gerechnet. Geduldig drehte er sein leeres Glas.

Es war fast erregend zu beobachten, wie sich die Zweifel, die sein Schweigen in Roux-Pastor auslöste, in ihrem Gesicht widerspiegelten. Er stellte sein Glas auf dem Tischchen ab.

»Sie meinen«, murmelte sie, »ich kann einfach gehen?«

»Selbstverständlich.«

Roux-Pastor zögerte kurz, dann stellte sie ihr halb volles Glas neben das leere von Wu. Erhob sich langsam, wie tastend, ob ihr Körper sie tragen würde.

»Wissen Sie, was ich nicht verstehe?«, fragte Wu.

Roux-Pastor wartete mit hochgezogenen Schultern, ohne sich zu ihm umzudrehen.

»Sie sind so ein kluges Mädchen. Und manchmal erkennen Sie die einfachsten Zusammenhänge nicht.«

Es war ein Genuss zu sehen, wie viel Überwindung es Roux-Pastor kostete, die entsprechende Frage zu stellen. »Was meinen Sie damit?«

»Tamás. Sie lieben ihn.«

Roux-Pastor schwieg.

»Alyattes ist ein existenzielles Projekt für FEB. Wenn es scheitert, werden Köpfe rollen müssen.« Wu stand jetzt ebenfalls auf. Er war kaum größer als Roux-Pastor. »Welcher Kopf böte sich da besser an als derjenige eines Verräters?«

Roux-Pastor stand erstarrt vor ihm. Gut. Wu versuchte, seine Genugtuung nicht preiszugeben. Nicht, dass er glaubte, sich vor Roux-Pastor besonders in Acht nehmen zu müssen.

»Helfen Sie uns, Monique. Helfen Sie uns«, mit seinen Fingerkuppen strich er über ihre Wange, »oder Tamás zahlt den Preis.«

Roux-Pastor war aschfahl geworden. »Sie erpressen mich.«

»Ich kann Ihnen nichts vormachen.«

Roux-Pastors Brillengläser ließen ihre Tränen absurd groß erscheinen. Wie ein weinender Maulwurf, dachte Wu. Wobei er nicht behaupten konnte, jemals einen Maulwurf gesehen zu haben, geschweige denn einen weinenden. Konnten Maulwürfe das überhaupt – weinen?

»Nein«, sagte Roux-Pastor. Sie wischte Wus Hand zur Seite, drehte sich um und verließ das Separee.

Sprachlos sah Wu ihr nach.

42. Kapitel

Es klopfte.

Giresse lag mit Kopfschmerzen auf der Couch in seinem Büro und spürte seine Kräfte schwinden. Es war nicht mal zwei Stunden her, dass von Wolfenweiler ihn angerufen hatte. Zwei Stunden, in denen er dagegen ankämpfte, nicht verrückt zu werden vor Sorge.

»Herein.«

De la Renne. Das Gesicht des Technischen Leiters war so weiß, dass Giresse den Anblick kaum ertrug.

»Von Wolfenweiler hat recht?«

De la Renne nickte stumm.

Von Wolfenweiler hatte angerufen mit der Nachricht, sein Team habe Vartas Laptops inspiziert. Dabei sei es auf einen Code gestoßen, wie er für Sniffer verwendet würde. Giresse sollte den Speicherstick darauf prüfen lassen, ob sich im Virus ein weiteres Virus befände.

»Wie schlimm ist es?« Seine Stimme war rau.

De la Renne schüttelte den Kopf. »Wir wissen es nicht. Vermutlich hat er erst die Knotenpunkte erreicht. Dann sollte der Schaden sich in Grenzen halten. Wir haben das Intranet abgekoppelt. Es wird allerdings Tage dauern, alles abzuchecken. So lange sind wir offline.«

Tage. Ein Geheimdienst, dessen digitale Infrastruktur tagelang lahmgelegt war – desaströs.

Giresse wusste, die Affäre würde ihn den Kopf kosten. Doch er war alt, es ging ihm nicht um seine Pensionsansprüche. Er hatte zugelassen, dass Frankreich verwundbar war wie seit den NSA-Attacken vor zehn Jahren nicht mehr. Er hatte versagt.

Schwer seufzend richtete er sich auf, griff nach seinem Rollstuhl.

»Herr Direktor?«

»Wie war das möglich? Was ist mit unseren Sicherheitssystemen?«

De la Renne hatte grimmig die Arme verschränkt. Was die IT-Sicherheit betraf, war er nicht weniger verantwortlich als Giresse. »Der Sniffer ist aktiv geworden, als wir den Trojaner untersucht haben. Wahrscheinlich wollte Varta sogar, dass der Trojaner in unsere Hände gerät. Erst so ist er ins Intranet gelangt.«

»So einfach.« Giresse konnte es nicht glauben.

»Nun ja«, de la Renne räusperte sich. »Das Programm war perfekt geschrieben. Varta hat für FEB gearbeitet. Und die haben damals unsere Firewalls mit entwickelt. Er wusste genau, womit er es zu tun hatte.«

»Das darf niemals an die Öffentlichkeit gelangen«, murmelte Giresse matt. Für die DGSE wären die Folgen gravierender als alles, was Snowden bewirkt hatte.

»Flick das System, Claude.« Giresse wuchtete sich in seinen Rollstuhl. »Das hat oberste Priorität.«

»Sehr wohl.«

Er rollte hinter seinen Schreibtisch. »Wir können nur beten, dass Herbst ihren Job macht.«

De la Renne räusperte sich wieder.

»Was denn noch?«

De la Renne rang nach Worten.

»Spuck es aus, verdammt!«

»Wir haben ihr Signal verloren. Bei der Uni-Klinik in Bratislava.«

Mit kalten Fingern wählte Giresse die Durchwahl zu seinem direkten Vorgesetzten, dem französischen Verteidigungsminister.

»Lucien.«

»Didier.«

»Was gibt's?«

Giresse schilderte, dass die DGSE von Varta gehackt worden sei. Dass die Agentin, die Varta hatte aufspüren sollen, verschwunden sei.

Didier hörte kommentarlos zu. Erst als Giresse geendet hatte, fragte er kühl: »Was schlägst du vor?«

»Wir müssen ihn neutralisieren.«

Mit angehaltenem Atem lauschte Giresse auf das minutenlange Schweigen des Ministers. Er hoffte nicht mehr darauf, in Ehren zu scheiden. Die Frage war nur noch, ob Didier ihm erlauben würde, den Schaden zu begrenzen.

»Gut.« Die Stimme war eisig. »Ich schicke dir die Genehmigung.«

43. Kapitel

Herbst reichte Varta Pollenmaske und Sonnenbrille.

»Wofür soll das gut sein?«

»Wir nehmen den Zug. Du solltest wissen, dass Gesichtserkennung heutzutage recht erfolgreich ist.«

»Klar. Aber wir sind nicht in China. Eine Bahnhofskamera in Wien speist ihre Daten nicht gleich ins System der französischen Geheimdienste ein.«

»Was glaubst du, wie wir dich gefunden haben?«

Als sie im Railjet Platz genommen hatten, erlaubte Herbst Varta, die Maske abzunehmen, nicht aber die Sonnenbrille.

Die Fahrt von Wien nach München dauerte vier Stunden.

Herbst beobachtete den Schnee, der sich auf die braunen Felder legte. Sie war ruhig. Sie hatte eine Entscheidung getroffen, sie würde die Konsequenzen akzeptieren. Die Frage war, ob Varta stark genug war. Und ob sie ihn richtig eingeschätzt hatte. Sie hatte keinen triftigen Grund, ihm zu vertrauen. Auf seine Seite geschlagen hatte sie sich, weil der bewaffnete Eindringling ihre Mission gestört hatte. Belege für Vartas Darstellung des Sachverhalts hatte sie keine. Nichts als ihr Bauchgefühl. Es musste reichen.

Hinter St. Pölten brach Varta das Schweigen. »Was machen wir in München?«

»Wir bereiten uns vor.«

»Worauf?«

»Auf die Jagd. Wir brauchen Belege für deinen Verdacht. Sonst sind wir geliefert. Du sowieso. Und ich, weil ich dir helfe.«

»Das verstehe ich ja.« Varta zog ein Kaugummi hervor, bot ihr eins an. »Mit Nikotin.«

Herbst winkte ab.

»Ich weiß nur nicht«, murmelte Varta kauend, »wie wir das hinbekommen sollen.«

»Diese Frage wirst *du* uns beantworten müssen.« Herbst rollte ihre Lederjacke zusammen und drückte sie als Kopfkissen gegen das Fenster. »Du hast Zeit bis München.«

Am Münchner Hauptbahnhof wurden sie von Sicherheitsleuten angesprochen. Es herrsche Vermummungsverbot. Herbst erklärte, sie hätten einen Allergiker-Kongress in Wien besucht. Die Sicherheitsleute deuteten auf die Masken und wiesen darauf hin, dass November sei. Herbst lachte und wies ihrerseits darauf hin, dass Allergiker-Kongresse selten im Frühsommer stattfänden. Die Sicherheitsleute ließen sie weiterziehen.

Auf dem Bahnhofsvorplatz stiegen sie in ein Taxi.

»Du bist ganz schön abgebrüht«, erklärte Varta, als sie die Masken abgenommen hatten.

»Hast du inzwischen eine Idee«, fragte Herbst, »wie wir unserem Ziel näher kommen?«

»Ich brauche ein Smartphone.«

Herbst wandte sich an den Fahrer. »Nach Schwabing.«

Der Fahrer brachte sie zu dem Haus, in dem Herbst am Dienstag Dieter Frenzel besucht hatte.

»Was tun wir hier?«, fragte Varta, während Herbst dem Taxi nachsah, wie es sich in den Verkehr einfädelte.

»Wir brauchen Geld«, antwortete sie. »Warte hier.«

Sie klingelte bei Frenzel, winkte freundlich in die Kamera. Das Schloss summte. Als sie den fünften Stock erreichte, stand Frenzel bereits in der Wohnungstür. Seine rechte Hand war verbunden. Er versuchte sich an einer trotzigen Miene.

»Du hast gesagt, du kommst Samstag wieder.«

»Ja.«

»Heute ist Freitag.«

»Jep.«

Frenzel murmelte eine Beleidigung.

»Bitte?«

»Nichts.«

»Ich war gerade in der Gegend. Vielleicht haben Sie mein Geld ja schon?«

Ein Grummeln.

Herbst setzte einen Fuß in die Tür, damit sie nicht zufallen konnte. »Perfekt. Ich warte hier.«

Frenzel wollte etwas erwidern, entschied sich dann aber dagegen und verschwand in der Wohnung. Nach einer Minute kam er mit einem Kulturbeutel zurück. Er reichte ihn ihr. »Hier.« Er wollte wohl grob klingen, doch seine Körperhaltung war handzahm.

»Danke.« Herbst nahm den Beutel, öffnete ihn. Hundert-Euro-Scheine, mit Haargummis zu Bündeln gefasst. »Sechzehn-tausend?«

»Fünfzehn.«

»Ich hatte gesagt: sechzehn. Für den zusätzlichen Aufwand.«

»Du miese …« Er vernuschelte den Rest.

»Bitte?«

»Das ist Halsabschneiderei.«

»Sie können mir den letzten Tausender auch morgen geben. Plus einen zweiten. Sie wissen schon – Extra-Aufwand.«

»Verfluchte Scheiße. Du verarschst mich doch. Du hast gesagt, dass du Samstag kommst, jetzt kommst du am Freitag und willst mir weismachen, wenn du morgen noch mal kommst, berechnest du das extra?«

Herbst sah Frenzel mitleidig an. »Ich fürchte, Sie haben das Spiel nicht verstanden. Vielleicht sollten Sie sich ein anderes suchen.«

»Du kleine …«

»Bitte?«

»Nichts.«

»Haben Sie ein Auto?«

»Ja, wieso?«

»Ich schlage Ihnen einen Deal vor: Sie leihen mir Ihr Auto, und ich gebe mich mit den fünfzehn zufrieden.«

»Meinst du das ernst?« Frenzel sah sie ungläubig an. »Du willst mir auch noch mein Auto wegnehmen?«

»Leihen, Didi. Sie müssen genauer zuhören.«

»Ich fass es nicht.«

»Eine Woche. Max. Versprochen.«

Frenzels Kiste war vermutlich keinen Tausender mehr wert. Aber sie hatte TÜV, Nummernschild und eine Feinstaubplakette. Mehr brauchte Herbst nicht.

»Woher kanntest du den Mann?«, fragte Varta, während Herbst den Motor startete.

»Alter Freund von mir.«

»Und wohin fahren wir jetzt?«

»Hasenbergl.«

»Und was machen wir da?«

»Schau mal, ob du auf dem Weg einen Supermarkt findest.«

Im nächsten Supermarkt kaufte Herbst einen Sixpack Apfelsaftschorle, drei Kisten Wasser, Obst, Käsestangen, Müsliriegel, Zwieback und einen Salatkopf. An den Supermarkt schloss sich ein Outdoor-Laden an; dort kaufte sie eine Zeltplane mit Schnüren, Decken, zwei Taschenlampen, ein Tarnnetz und einen Notfallkoffer.

»Wofür brauchen wir das?«, fragte Varta, während er ihr half, alles im Fußraum der Rückbank zu verstauen.

»Hoffentlich brauchen wir nichts davon.«

»Macht uns der Kram nicht verdächtig, wenn wir kontrolliert werden?«

»Wenn wir kontrolliert werden, sind Müsliriegel unser geringstes Problem.«

Zwanzig Minuten später erreichten sie das Hasenbergl. Herbst stellte sich auf denselben Parkplatz wie am Dienstag.

»Lass mich raten«, lamentierte Varta, »ich soll wieder im Auto bleiben?«

»Ach, komm mit«, entschied Herbst, während sie nach ihrer Sporttasche und Frenzels Kulturbeutel griff. »Du kannst mir tragen helfen.« Sie warf ihm den Salatkopf zu.

Der blaue Kiosk zwischen den Wohnblocks sah so armselig aus wie eh und je. Schildkröten-Toni saß umringt von Tabakschachteln und Zeitschriften auf seinem Schemel und döste, seine Schildkröte saß in ihrem Terrarium und döste ebenfalls.

»Hey, Toni.«

Schildkröten-Toni schreckte auf, rieb sich die Augen. »Hey, Lena. Sorry, ich habe gar nicht mit dir gerechnet.« Seine gewaltigen weißen Brauen zogen sich zusammen, als er Varta bemerkte. »Du hast jemanden mitgebracht.«

»Er ist safe.«

»Ganz schön ramponiert, der Junge.« Schildkröten-Toni schüttelte missbilligend den Kopf. »Gegen die Regeln, Lena.«

»Ich habe dir was mitgebracht.« Sie wies auf Varta, der verlegen den Salatkopf hochhielt. Dann setzte sie den Kulturbeutel auf den winzigen Platz der Theke, der nicht vom Terrarium in Beschlag genommen wurde. »Und hier ist Frenzels Geld.«

Schildkröten-Tonis Blick taute etwas auf. »Ah, sehr gut.« Er öffnete den Kulturbeutel und zählte die Scheine. Verwundert sah er hoch. »Das sind fünfzehn. Warum hast du dir deine vier nicht genommen?«

»Ich möchte ein paar Sachen kaufen.«

Schildkröten-Toni musterte sie argwöhnisch. »Du meinst Waffen.«

Herbst nickte.

»Was brauchst du?«

»Zwei Halbautomatische, schallgedämpft, ein Sturmgewehr, Munition, zwei Schockgranaten, ein taktisches Holster. Außerdem eine Weste und ein Nachtsichtgerät, am besten thermal. Einen Feldstecher. Und ein Smartphone.«

Schildkröten-Toni zupfte sich etwas Schlaf aus dem Auge. Als er fertig war, sah er Herbst nachdenklich an. »Du steckst ganz schön in Schwierigkeiten, Mädchen.«

Herbst zuckte die Schultern.

»Ich schau mal, was ich dahabe.«

Durch ein winziges Türchen zwängte sich Schildkröten-Toni in einen Hinterraum. Geraume Zeit rumorte es, klappten Kistendeckel, schepperte Metall. Ab und an drang ein Stöhnen durch die Geräuschkulisse eines Familienumzugs.

Varta sah sich unruhig um.

»Entspann dich«, riet ihm Herbst und nahm ihm den Salatkopf aus der Hand. »Du siehst aus, als wärst du auf der Flucht.«

»Ich bin auf der Flucht.«

»Dann hättest du jeden Grund, das nicht zu zeigen.«

Es war deutlich kühler als am Dienstag, das Terrarium war verschlossen und beheizt. Herbst schob die Abdeckplatte zur Seite und legte ein Salatblatt neben die Schildkröte. Wie immer zeigte diese sich nicht im Geringsten beeindruckt. Herbst versuchte, sich zu erinnern, ob sie das Tier jemals hatte fressen sehen.

»Vielleicht ist sie schon im Winterschlaf?«, vermutete Varta. Herbst zuckte die Schultern. Mit Haustieren hatte sie wenig am Hut. Warum Menschen Tiere gefangen hielten, die sie weder essen noch reiten wollten, war ihr schon immer schleierhaft gewesen.

Schildkröten-Toni tauchte wieder auf, verschwitzt und außer

Atem. Ein schwarzer Schmutzstreifen lief ihm über die Stirn.

»Hast du eine Tasche?«

Herbst reichte ihm ihre Sporttasche.

Schildkröten-Toni nahm sie und verschwand wieder im hinteren Teil des Kiosks. Noch einmal klapperte und rasselte es. Ein paar Minuten später war er zurück, die inzwischen ausgebeulte Sporttasche mit beiden Händen schleppend. Ächzend wuchtete er sie auf die Theke.

»Alles drin.«

»Danke, Toni.«

»Eigentlich sind vier zu wenig.« Schildkröten-Toni schnaufte noch immer. »Das Zeug ist mindestens sechs wert. Das Nachtsichtgerät ist nur geliehen.«

»Kannst du mir einen Tausender übrig lassen?«

»Lena, Lena. Was machst du für Sachen.« Ein Schweißtropfen rann über Schildkröten-Tonis schmutzige Stirn. »Weil du's bist.«

»Danke, Toni. Du bekommst ihn wieder. Den Rest auch.«

Mit einem zerknäulten Stofftaschentuch wischte er den Schweißtropfen ab. »Mal sehen.« Er klang nicht besonders zuversichtlich.

44. Kapitel

Ich habe Stefan geliebt wie einen Bruder. Und ich habe Cate geliebt wie niemanden sonst. Ohne sie kann ich nicht sein.

Philipp

Philipp Linde hatte lange über seinem Abschiedsbrief gebrütet. Wenn er die Welt schon verlassen würde, dann zumindest mit Stil. Ein letztes Mal zählte er die Phenobarbitaltabletten. Es hieß, Männer wählten üblicherweise eine härtere Methode. Linde war es ganz egal. Er würde auf demselben Weg aus dem Leben scheiden, den Cate gewählt hatte.

Die letzten Tage waren höllisch gewesen. Linde war vergangen vor ohnmächtiger Wut über sich selbst. Er kannte Cate zu gut. Er hätte sich denken können, dass sie länger gebraucht hätte, seine Liebe anzunehmen. Dumm war er gewesen, überhastet wie ein Teenager.

Und über allem die Frage, ob Cate ihn anzeigen würde. Sie war eine eigensinnige Frau, er hatte durchaus damit gerechnet. Es wäre sein Untergang gewesen. Er hatte schon genug Scherereien mit wankelmütigen Geliebten gehabt. Eine weitere Anzeige hätte sein Ende bedeutet – zumindest beruflich.

Dann die Nachricht von ihrem Tod.

Sein unbändiger Schmerz hatte ihn überallhin begleitet, zu Seminaren, Konferenzen, Geschäftsessen – es war schwer gewesen, sich nicht anmerken zu lassen, wie viel Kraft es gekostet hatte.

Beinahe war Linde erleichtert, dass der Kampf nun vorbei war. Er hatte lange genug gekämpft. Gern zwar, auch erfolgreich. Doch irgendwann war es genug. Er leerte seinen Whiskey. Füllte das Glas neu. In sentimentaler Anwandlung warf er ein paar Eiswürfel dazu – wie Stefan es so gern getan hatte. Nun, er hatte jeden Grund, sentimental zu sein.

Er nahm sein Smartphone und scrollte noch einmal durch die Einladung des rechtsmedizinischen Instituts der Kopenhagener Universität, Cates Leiche zu identifizieren. Absurd. Als ob im einundzwanzigsten Jahrhundert noch irgendjemand persönlich vorbeischauen musste, um einen Toten zu identifizieren. Vielleicht im Franken-Tatort.

Was würde mit seiner Firma passieren? LindeSchröder Consulting. Er war es gewesen, der sie zum Erfolg geführt hatte, durch die Kontakte aus seiner Zeit bei EuroBinary. Linde trank von seinem Whiskey und bemerkte, dass es ihm vollkommen egal war. Sollte doch alles vor die Hunde gehen.

Er rief Sophie an, seine Assistentin.

»Ja, Herr Linde.«

Gedankenverloren ließ er die Finger über die Tabletten gleiten. »Nimm dir frei für den Rest des Tages, Sophie.«

»Sind Sie sicher? Was ist mit der Arbeit? Das Telefon klingelt ununterbrochen.«

Linde lächelte versonnen. Wie banal das Leben war. Da saß die kleine Sophie mit ihrem strengen Dutt hinter einem Kunststoffschreibtisch und nahm Anrufe entgegen, die nicht an sie gerichtet waren. Monat für Monat, Jahr für Jahr, und irgendwann wäre sie alt und hätte nichts getan, worauf sie stolz sein könnte.

»Du kannst die Anrufe in den zweiten Stock umleiten.«

»Viele Anrufer drücken ihr Beileid aus.« Sophie stockte kurz. »Wegen Cate … ich meine: Frau Beheim. Möchten Sie, dass wir auf eine bestimmte Weise antworten?«

Linde bemerkte befremdet, dass Sophies Stimme zitterte. Eine leichte Übelkeit drückte ihm den Mageninhalt hoch. Merkwürdig anmaßend kam es ihm vor, dass Sophie glaubte, trauern zu müssen. Sie hatte Cate kaum gekannt. Es war ihm, als befleckte Sophies unverbindliche Trauer die seine.

»Was hilft das Mitleid?«, fragte Linde ruhig, der Whiskey stimmte ihn nachsichtig. »Ob die Leute anrufen oder nicht – Frau Beheim wird nicht ins Leben zurückkehren.«

»Ich weiß nicht«, stotterte Sophie, »mir hilft es zu wissen, dass andere mit mir trauern … Irgendwie wird es dadurch leichter, den Verlust zu ertragen.«

Linde schenkte sich Whiskey nach. Es war Zeit, das Gespräch zu beenden. Alles. Alles zu beenden.

»Verzeihung, Herr Linde?«

»Was ist denn noch?«

»Werden Sie heute noch im Büro erscheinen?«

»Spinnst du?« Plötzlich wurde Linde wütend. »Glaubst du, ich bin eine Maschine? Ein Mensch ist gestorben, und du willst wissen, ob ich ins Büro komme? Hast du überhaupt nur einen Hauch Feingefühl?«

»Verzeihung. Ich dachte nur …«

»Was? Du dachtest was?«

»Ich wollte sichergehen, dass ich die Leute auf nächste Woche vertrösten darf.«

»Mensch, Sophie! Cates Körper ist noch warm, und du machst dir Gedanken, ob ich Leute verprelle?«

»Verzeihung …«

Linde merkte sofort, wenn seine Angestellten herumdrucksten.

»Sophie. Was ist los?«

»Herr von Wolfenweiler hat angerufen. Er sagt, es ist dringend.«

»Fridolin?«

»Maximilian.«

Linde lachte auf. Was konnte der Pimpf denn Wichtiges wollen? Er leerte den Rest der Whiskeyflasche in sein Glas. »Was soll's«, sagte er, einer Regung folgend. »Ruf ihn zurück.«

Das Gespräch mit der weinerlichen Sophie hatte ihn angestrengt. Drei Sätze mit Max, und jedem vernunftbegabten Wesen würde es leichter fallen, die Welt zu verlassen.

»Herr Linde, wie gut, dass ich Sie erreiche.«

»Meine Assistentin meinte, es sei dringend.«

»Na ja, um ehrlich zu sein«, ein schmutziges Lachen, »ich sage das immer, damit ich nicht so lange in der Schleife hänge.«

»Sehr clever.« Was für ein Idiot.

»Man muss nur wissen, wie.«

»Was wollen Sie denn von mir?«

»Ich verfolge gerade ein eigenes Projekt.« Max schwieg. Es sollte wohl eine Kunstpause sein.

Linde verkniff sich den Hinweis, dass Max vermutlich noch nie eine tatsächliche Aufgabe zugewiesen bekommen hatte. Dass all seine »Projekte« mehr oder minder privater Natur waren.

»Es handelt sich um eine investigative Arbeit. Man könnte sagen: eine kriminologische Herausforderung.«

Linde hatte die Grinsefratze am anderen Ende der Leitung klarer vor Augen, als es ihm lieb gewesen wäre. »Und wie kann ich Ihnen helfen?«

»Es geht um einen Namen. Ich habe bereits im Vorstand herumgefragt. Aber niemand scheint irgendwas zu wissen. Ist das nicht verdächtig?«

Nicht, wenn die Leute den Namen nicht kennen. Linde war immer wieder erstaunt, wie dumm jemand sein konnte.

»Welcher Name ist es denn?«

»Fjodor.«

»Nachname?«

»Nichts. Kein Nachname. Nur Fjodor.«

»Das ist ein bisschen mau, finden Sie nicht?«

»Aber? Kennen Sie einen Fjodor?«

»Nein, leider nicht.«

»Aha.«

»Was – aha?«

»Niemand kennt Fjodor. Und dabei wurde mir ausdrücklich aufgetragen, ihm Grüße auszurichten.«

»Ja, okay. Hören Sie, Herr von Wolfenweiler, tut mir leid, dass ich Ihnen nicht weiterhelfen konnte. Vielleicht ein andermal. Könnten Sie mir nachsehen, wenn ich kurz angebunden bleibe? Cates Tod, Sie wissen schon.«

»Cate wer? Ach so, die Alte von dem Typen, der sich umgebracht hat. Die ist ihm jetzt hinterhergesprungen, richtig?«

»Ja. Herr von Wolfenweiler, ich danke für das Gespräch.«

»War das nicht auch in Kopenhagen? Wo diese Cate den Abgang gemacht hat?«

»Auch?«

»Na, dort bin ich auf den Namen gestoßen. Fjodor.«

»In Kopenhagen?«

»Exaktissimo.«

»Na gut.« Linde stellte sein Glas ab. »Jetzt erzählen Sie halt mal.«

»Also, ich habe einen Deal abgeschlossen für FEB, ziemlich krass, Millionengeschichte. Im Jet natürlich hingeflogen. Großes Ding. Beim Deal waren wir nur zu zweit. Der Typ von der Reederei und ich. Je weniger Ohren, desto besser, Sie verstehen. Großes Ding, wie gesagt …«

»Was denn für eine Reederei?«

»Eriksen irgendwas. Ziemlich fett im Geschäft. Na ja, sonst würden wir uns ja kaum mit denen abgeben. Jedenfalls nach dem Deal – ging superschnell, der Typ war Profi, ich bin Profi, also ratzfatz das Ding erledigt. Also, nach dem Deal sagt er mir, ich soll Fjodor schöne Grüße ausrichten, einfach so. Ich kenn keinen Fjodor. Ich habe natürlich Papa gefragt, der kennt auch keinen. Komisch, nicht?«

»Papa?«

»Fridolin von Wolfenweiler. Ich bin sein Sohn.«

»Das habe ich schon verstanden. Ich meinte nur… vergessen Sie's.« Du hast dich wieder einmal übertroffen, Max, dachte Linde. Eine Geschichte, die zu dumm war, als dass ein Schimpansenbaby sie sich hätte ausdenken können.

»Warum war eigentlich diese Cate in Kopenhagen?«, fragte Max.

Es war die erste kluge Frage, die Linde je aus Max' Mund gehört hatte. Er selbst hatte sie sich gestellt, seit er von ihrem Tod erfahren hatte, wieder und wieder. Und er musste sich eingestehen: Er hatte nicht die geringste Ahnung.

»Na ja, egal«, beschloss Max. »Haben Sie noch eine Idee, wer vielleicht was zu Fjodor wissen könnte?«

»Haben Sie schon gegoogelt?«

»Stimmt, das könnte ich mal ausprobieren. Danke für den Tipp.«

»Kein Ding. Sagen Sie mal, wann war das überhaupt, Ihr Treffen mit der Reederei?«

»Gestern, wieso?«

»Nur so.«

Linde schlug Kopenhagen auf Wikipedia nach. Sechshunderttausend Einwohner. Zu klein, als dass dort ständig Dinge gleichzeitig passierten. Gestern war Cate gestorben in Kopenhagen. Gestern war Max gebeten worden, einem unbekannten Fjodor Grüße auszurichten.

Linde googelte Eriksen Shipping Company. Der erste Treffer war Eriksen Nordic Shipping. Die zweitgrößte Reederei Dänemarks. Linde lehnte sich in seinem Bürostuhl zurück, verschränkte die Arme und betrachtete die Schlaftabletten, die in feiner Reihe vor ihm auf dem Schreibtisch lagen.

45. Kapitel

»Wohin fahren wir?«, fragte Herbst.

»Nach Lyon.«

»Gut.« Sie startete Frenzels Wagen und fuhr los.

»Willst du gar nicht nachfragen, weswegen?«

Varta beobachtete die unheimliche Deutsche aus den Augenwinkeln. Sie schien harmlos in ihrer Jeans und mit dem Pferdeschwanz. Aber man hatte sie darauf angesetzt, ihn zu töten.

»Laut Navi dauert die Fahrt acht Stunden. Wir haben Zeit.«

Eine Killerin, kein Wort zu viel, jede Bewegung klar und knapp. Varta tastete nach seinen Blutergüssen. Bis auf die verdammte Nase hatte Florentinas Macker ihm nichts gebrochen. Immerhin. Fuck, er saß mit einer Killerin im Auto. Ein Kofferraum voller Waffen. Schildkröten-Toni. Varta konnte es nicht glauben. Ein Name wie aus einem Mafiafilm.

Und der französische Geheimdienst auf ihrer Fährte.

Wenn es stimmte, was Herbst sagte. Verflucht, sie war eine Deutsche. Warum heuerte der französische Geheimdienst eine deutsche Killerin an? Varta hatte Herbst gefragt, sie hatte es ihm nicht erklärt. Die Frau machte es ihm nicht leicht, ihr zu vertrauen. Warum half sie ihm überhaupt?

»Warum hilfst du mir eigentlich?«

»Habe ich dir schon gesagt. Der Typ im Krankenhaus. Mein Briefing hat keine dritte Partei erwähnt.«

»Bullshit. Das Sicherheitspersonal am Bahnhof glaubt dir deine Finten vielleicht. Mich kannst du nicht so einfach für dumm verkaufen.«

»Such mal Musik aus.«

»Du hörst Musik?«

»Glaubst du, nur weil ich mich zu wehren weiß, höre ich keine Musik oder was?«

So ähnlich, dachte Varta. Weil du eine abgefuckte, eiskalte Mordmaschine bist. Er stöpselte sein Smartphone an das Soundsystem des Autos an.

»Wünsche?«

»Such dir was aus.«

»Okay. Du hast es so gewollt. Grime.«

Der Wagen von Dieter Frenzel war Schrott, aber das Soundsystem war ganz geil. Varta drehte auf, bis die Scheiben vibrierten.

Herbst drehte wieder leiser.

»Ich habe gesagt, was du willst. Nicht, wie laut du willst.«

Varta seufzte. Er verrenkte sich zur Rückbank und fischte einen Müsliriegel hervor.

»Willst du auch einen?«

»Danke, gerade nicht.« Sie erreichten einen Autobahnabschnitt ohne Geschwindigkeitsbegrenzung, Herbst gab Gas. »Was machen wir in Lyon?«

»Wir brauchen Zugang zum Test-Server. Dazu müssen wir in den Schiefen Turm.« Varta griff nach dem Griff über der Beifahrertür, Herbst fuhr nicht zimperlich.

»Schiefer Turm?«, fragte sie.

»Die FEB-Zentrale.«

»Ambitioniert. Die Zentrale ist aber nicht in Lyon, oder?«

»In Lyon treffen wir eine Kollegin von mir.« Varta hielt das Smartphone hoch. »Wir haben gerade geschrieben. Nicky. Sie ist cool.«

46. Kapitel

Kopenhagen.

Als Radwitz aus dem Taxi stieg, erhob sich vor ihr ein gewaltiger grauer Block: das Rigshospitalet.

Mit mulmigem Gefühl schritt sie an einem quadratischen Wasserbecken vorbei zum Haupteingang. Obwohl sie das nasskalte Wetter Hamburgs gewohnt war, fror sie. Der Wind war eisig. Seit sie zugesagt hatte, nach Kopenhagen zu fliegen, zweifelte sie an ihrer Entscheidung. Sie war mit Cate nicht verwandt gewesen, sie hätte der Aufforderung nicht nachkommen müssen. Aber Cate hatte keine nahe Verwandtschaft mehr; ihre Leiche zu identifizieren war der letzte Dienst, den Radwitz ihrer Freundin erweisen konnte.

An der Rezeption wurde sie in fließendem Englisch gebeten, sich noch eine halbe Stunde zu gedulden. Es habe sich ein weiterer Bekannter der Verstorbenen angemeldet, der zuständige Pathologe werde sie dann gemeinsam in den Kühlraum bringen.

Kühlraum. Zu pragmatisch, zu profan kam ihr die Bezeichnung vor. Cate sollte also in einem Kühlraum liegen wie Fischstäbchen im Lager eines Supermarktes. Es schüttelte Radwitz.

Sie setzte sich ins Foyer und blätterte eine medizinische Zeitschrift durch. Die Texte waren dänisch, aber Radwitz hätte sich sowieso nicht konzentrieren können. Ihre Gedanken kreisten um Cate, alles andere verblasste. Immer dieselben Fragen. Wieso hast du das getan? Warum habe ich nichts gemerkt? Und die gleichermaßen banalste und furchterregendste Frage von allen: Werde ich deinen Anblick ertragen können?

»Carolin?«

Radwitz schreckte auf. Vor ihr stand ein großer Mann in makellosem Anzug.

Es dauerte eine Sekunde, bis sie ihn erkannte. »Philipp.«

Sie umarmten sich. Die körperliche Nähe zu einem weiteren Menschen, der verlassen worden war, potenzierte Radwitz' Trauer.

»Es ist so schlimm«, murmelte Philipp.

Radwitz fand keine Stimme.

Philipp drückte sie stumm an sich.

»Du bist auch für die Identifizierung hier?«, fragte sie, als sie sich wieder etwas gefangen hatte.

»Gleich nachdem ich die Einladung erhalten hatte, habe ich mich in den Flieger gesetzt.«

»Ich auch.«

Jetzt, da die erste Woge des gemeinsamen Leids verebbt war, musste Radwitz sich eingestehen, dass sie lieber mit ihrer Trauer für sich geblieben wäre, sich lieber alleine von Cate hätte verabschieden wollen. Sie mochte Philipp nicht besonders. Obwohl er ein Geschäftspartner und engster Freund von Stefan gewesen war, war sie nie warm mit ihm geworden. Sie konnte nicht genau sagen, wieso, er war ihr immer freundlich begegnet, hatte sich immer korrekt verhalten. Und trotzdem. Hinter der freundlichen Fassade gab es etwas, das Radwitz beunruhigte, eine dunklere, freudlose Essenz. Die sie zu spüren glaubte und doch nicht fassen konnte.

Nun, vielleicht war sie auch einfach eifersüchtig auf ihn, weil Cate nie einen Zweifel daran gelassen hatte, wie sehr sie ihn schätzte.

»Frau Radwitz, Herr Linde?«

Ein junger, schlaksiger Arzt mit gescheitertem Vollbart war an sie herangetreten, begrüßte sie auf Englisch. »Füllen Sie das in Ruhe aus.« Er reichte ihnen jeweils einen Kugelschreiber und ein Klemmbrett mit mehrseitigem Formular. »Sobald Sie bereit sind, können wir die Identifizierung vornehmen.«

Als sie fertig waren, überprüfte der Arzt die Klemmbretter und verglich die Angaben mit ihren Personalausweisen. Anschließend wurden sie durch verschiedene Gänge geführt, Radwitz trottete taub hinterher. Sie hätte nicht sagen können, ob sie drei Minuten unterwegs waren oder eine halbe Stunde.

Schließlich erreichten sie einen kleinen, kahlen Raum ohne Fenster. Es gab keine Schränke an den Wänden, keinen Schreibtisch, keine medizinischen Geräte, nichts. Nur Neonlicht und eine Rollbahre, über die ein weißes Laken gebreitet war. Unter dem Laken zeichneten sich die Formen eines menschlichen Körpers ab. Radwitz stand das Herz still.

»Möchten Sie?«, fragte der Arzt nüchtern.

Philipp trat an die Bahre heran, Radwitz folgte ihm.

Der Arzt griff nach dem Laken und zog es über den Kopf zurück. Radwitz schlug sich die Hand vor den Mund; angsterfüllt hatte sie sich ausgemalt, wie der Tod das Gesicht ihrer Freundin verzerrt haben würde – eingefallene, fahle Wangen, hervorquellende Augen, ein vom Schmerz gezeichneter Mund.

Doch was sie sah, traf sie mehr.

Cates Züge waren die eines Engels. Mit geschlossenen Augen lag sie da, friedlich, ohne Sorge. Es verschlug Radwitz den Atem, so schön war sie. Ätherisch.

Radwitz beugte sich zu ihr hinunter. Küsste Cates Lippen, während ihre Tränen auf Cates Wangen fielen. »Ich liebe dich«, flüsterte sie.

In diesem Moment wusste sie, sie hätte ihr Leben gegeben, wenn sie dadurch das von Cate hätte retten können. Die Welt war Radwitz immer bunt vorgekommen – doch heute hatte sich ein Schatten über die Farben gelegt.

»Wenn Sie noch unterschreiben möchten.« Der Arzt hielt ihr das Klemmbrett vors Gesicht.

Vor dem Krankenhaus steckte sich Philipp eine Zigarette an.

Der Rauch riss Radwitz aus ihrer Trance. Plötzlich erfasste sie eine Unruhe, wegzukommen von diesem bedrückenden Ort, dieser traurigen Stadt, die sie nie wieder leichten Herzens würde besuchen können.

»Taxi zum Flughafen?«, fragte sie Philipp.

»Ich habe noch was zu erledigen.«

Radwitz schüttelte den Kopf. »Wie du jetzt arbeiten kannst. Ich fühle mich zu schwach, mir die Schuhe zu binden.«

»Ist keine Arbeit.« Philipp zog lange an seiner Zigarette. Mit drei Zügen hatte er sie bereits halb aufgeraucht. »Ich will wissen, warum Cate gestorben ist.«

Radwitz horchte auf. »Was meinst du damit?«

»Weißt du, warum Cate in Kopenhagen war?«

»Nee. Wir haben geschrieben, kurz bevor sie geflogen ist.« Wie oft hatte Radwitz Cates letzte Nachrichten durchgelesen, getrieben von der Angst, irgendetwas übersehen zu haben; einen Abschiedsgruß oder einen Ruf nach Hilfe. »Ich habe sie gefragt. Aber sie meinte, sie sagt es mir am Sonntag. Wir wollten brunchen gehen.«

Philipp drückte seine Zigarette aus. »Merkwürdig.« Er schilderte ihr Max' Anruf. Eine Familie mit zwei plärrenden Kindern marschierte an ihnen vorbei.

»Hast du mit Fridolin telefoniert?«, fragte Radwitz, als sie wieder unter sich waren.

»War mir zu heikel. Ich weiß ja nicht, ob er irgendwie in der Sache mit drinsteckt.«

»Eriksen Nordic Shipping heißen die?«, fragte Radwitz.

Philipp nickte.

»Gut«, entschied Radwitz. »Fahren wir hin.«

47. Kapitel

Roux-Pastor hustete.

»Iss langsam, Kind.«

»Ja, Maman.«

Roux-Pastor saß im Wintergarten und hatte sich verschluckt. Ihre Mutter hatte ihr extra den gedeckten Apfelkuchen gebacken, den sie so liebte. Sie aß bereits das dritte Stück. Aber wenn sie aufgeregt war, dann schaufelte sie zu hastig. Und sie war sehr aufgeregt. Varta war frei. Sie würde ihn wiedersehen.

Mutter setzte sich neben sie und streichelte ihr die Wange. »Es tut mir leid, dass ich dir vorgeschlagen habe, nach Frankfurt zu gehen. Das war eine dumme Idee. Du gehst wieder zurück nach Paris, an die ENS, da findest du dich zurecht, da schätzen dich die Leute.«

Roux-Pastor schmiegte sich an die Hand ihrer Mutter. »Ja, Maman.«

Es war gut, zu Hause zu sein. Selbst in Paris hatte Roux-Pastor Heimweh gehabt. Frankfurt hatte sie vollkommen überfordert. Wenn sie in Lyon hätte arbeiten können, wäre sie einfach dageblieben. Hier kannte sie sich aus, hier sprachen die Leute ihren Dialekt, hier könnte sie in ihrem alten Zimmer wohnen bei Mutter, und samstags würde sie gedeckten Apfelkuchen essen. Es war wirklich ein Jammer, dass es keine ernst zu nehmende Hochschule in der Nähe gab. Als Jugendliche hatte sie die ENS de Lyon besucht, aber das war nicht lange stimulierend gewesen.

Wehmütig betrachtete sie die kahlen Büsche draußen im Garten. Eigentlich war es kein richtiger Garten, eher ein be-

grünter Innenhof, den sich alle Bewohner der anliegenden Gebäude teilen mussten. Trotzdem liebte sie ihn. Mit Menschen
tat sie sich schwer. Egal, wie zurückhaltend sie zu sein versuchte,
die meisten schüchterte sie dennoch ein – und die wehrten sich
dagegen: viele mit Spott, manche mit Heimtücke. Hier im Garten jedoch hatte sie sich immer geborgen gefühlt, hier gab es
keine Missgunst, keinen Hass. Nur Brombeerbüsche und Un-
kraut und Ruhe.

Plötzlich musste sie lachen.

»Was ist?«, fragte Mutter.

»Der Wintergarten. Papa hat vor genau dreitausenddreihun-
dertdreiunddreißig Tagen beschlossen, ihn zu bauen.«

»Das kann nicht sein. Er ist doch erst vier Jahre alt. Viermal
dreihundertfünfundsechzig, das ist doch viel weniger, lass mich
rechnen…«

Nie hatte Roux-Pastor einen Menschen getroffen, der so wenig
von ihrer Überlegenheit verunsichert war wie Mutter. Zumindest,
bis sie Varta kennengelernt hatte.

»Ja«, sagte sie nachsichtig, »er ist erst vier Jahre alt. Aber die
Idee hatte Papa schon vor neun Jahren. Neun Jahre und fünfund-
vierzig Tage. Wegen der Schaltjahre. Wir waren im Wohnzimmer.
Ich saß auf dem Boden und habe für mein Bac gelernt. Ihr saßt
auf der Couch, und da hatte Papa die Idee. Du hattest ein grünes
Kleid an und Papa das schwarze Hemd, das er dann in Renne im
Hotel vergessen hat.«

Mutter stand auf und küsste sie auf den Scheitel. »Mein kluges Kind. Wie viel Platz in deinem Kopf ist. Ich muss zu meinem
Flötenkurs. Ich denke, bis halb zehn bin ich zurück. Wenn du vorher Hunger hast, bedien dich, ich habe eingekauft. Dein Bett habe
ich auch schon frisch bezogen.«

»Danke, Maman.«

»Ich freu mich, dass du da bist.«

Roux-Pastor fuhr vier Stationen mit der T2. Parilly-Université stieg sie aus und ging das letzte Stück zu Fuß. Am Hippodrom vorbei eilte sie in den Park de Parilly. Der Park war nicht beleuchtet, es war kalt, und es war dunkel, über ihr rauschten die Bäume wie finstere Riesen. Niemals hätte sie sich unter anderen Umständen nachts in den Park getraut.

Sie kam in die Nähe der Bank, zu der sie Varta die Koordinaten geschickt hatte. Niemand zu sehen. Du schaffst das, Monique. Sie holte Atem, dann ging sie an der Bank vorbei, als wäre sie eine gewöhnliche Spaziergängerin. Nichts als das Knistern der Blätter über ihr. Hatte Varta sie versetzt? Hatte er die Koordinaten falsch gelesen? Oder, am schrecklichsten: Hatte man ihn gefasst?

»Hey, Nicky.«

Roux-Pastor fuhr zusammen vor Schreck.

»Tamás!«

»Hi.« Seine Gestalt löste sich aus dem Schatten eines Baumstamms.

»Warum warst du nicht auf der Bank?«

»Zur Sicherheit. Sorry, ich wollte dich nicht erschrecken.«

»Du humpelst.«

»Nicht schlimm.«

Varta umarmte sie, ihr trommelte das Herz.

»Alles gut?«, fragte er.

Sie nickte, stellte fest, dass das im Dunkeln kaum zu erkennen war, und stotterte: »Ja, schon, ganz gut, ja.«

»Ein Glück«, sagte Varta. »Ich habe mir Sorgen gemacht.«

Roux-Pastor wurden die Knie weich. Er hatte sich Sorgen gemacht.

»Wirklich«, fuhr Varta fort, »als ich abgehauen bin, dachte ich, sie quetschen dich aus über mich.«

Roux-Pastor griff nach ihrem Brillenputztuch. Aber im Dunkeln die Brille zu putzen war wohl mehr als peinlich. Rasch steckte sie das Tuch wieder weg.

»Meintest du nicht, du bringst jemanden mit?«

»Sie ist ganz in der Nähe.«

Roux-Pastor sah sich hastig um. »Wo?«

»Vertrau mir, sie ist cool.«

Roux-Pastor entspannte sich ein wenig.

»Setzen wir uns auf die Bank?«, fragte Varta.

Sie nickte.

Varta saß so nah neben ihr, dass ihre Oberschenkel sich berührten. Ihre Wangen glühten. Er fragte: »Wie ist es dir ergangen?«

Roux-Pastor schilderte, wie erst Sanfilippo, dann Wu sie bedroht hatte. Als sie gestand, dass sie Florentina verraten hatte, begann sie zu weinen.

»Sch, sch«, machte Varta, legte ihr den Arm um die Schultern. »Du wurdest mit einer Waffe bedroht. Dich trifft keine Schuld.«

»Danke«, flüsterte sie.

Varta erzählte im Gegenzug, was ihm widerfahren war.

Roux-Pastor lauschte staunend, bis er verstummte.

»Sanfilippo«, sagte sie.

»Was?«

»Der Killer im Krankenhaus. Das war Sanfilippo.«

»Stimmt«, überlegte Varta. »Könnte sein.«

»Ich bin mir sicher«, sagte Roux-Pastor. »Von mir hatte er Florentina, von Florentina hat er erfahren, dass du ins Krankenhaus gekommen bist. Geht es ihr gut?«

»Ich weiß nicht. Ich habe sie nicht mehr kontaktiert. Zu gefährlich.«

Ein Jogger näherte sich. Schweigend beobachteten sie, wie der Lichtkegel seiner Stirnlampe an ihnen vorbeiwippte.

»Was hast du jetzt vor?«, fragte Roux-Pastor.

»Die Europäer jagen mich, weil ich Wu gehackt habe, also eine Gefahr für Alyattes darstelle. Aber gehen wir davon aus, der Killer im Krankenhaus war wirklich Sanfilippo – dann ist er im Auftrag von FEB unterwegs. Warum jagt mich von Wolfenweiler?«

»Er will nicht, dass du den offiziellen Stellen in die Hände fällst.«

»Genau. Er muss Angst haben, dass ich etwas weiß, was er geheim halten will. Was?«

»Dass das Back-End von Alyattes keine reguläre Prüfung durchläuft.«

»Ja.«

»Aber wir wissen nicht, wieso das so ist.«

»Und deswegen muss ich an den Test-Server, über den das Back-End läuft. Wenn ich einmal im System bin, habe ich eine Chance. Die Kerndaten herunterzuladen dauert nicht lange. Analysieren kann ich sie dann in Honolulu.«

»Warum Honolulu?«

»Ich meinte, irgendwo weit weg.«

»Ach so.« Roux-Pastor zögerte. »Ich glaube nicht, dass sie dich noch mal in den Serverraum lassen. Und wie kommst du ins System? Die Verschlüsselung wird nicht so einfach zu knacken sein.«

Sie hörte, wie Varta Luft holte. »Deswegen brauche ich dich.«

»Was soll ich tun?«

»Kannst du mir helfen, die Namen der Lead-Developer des Back-Ends herauszufinden? Vielleicht kommen wir über einen von ihnen an die Zugangsdaten.«

Roux-Pastor schwieg.

»Also, was sagst du?«

»Nein.«

»Bist du sicher?«

»Ja.«

Eine lange Minute schwiegen sie. Kühl blies der Wind durch die Wipfel der Kastanien. »Ich weiß«, erklärte Varta, »ich bringe dich in eine gefährliche Lage. Wenn du nicht willst, dann finde ich einen anderen Weg.«

Roux-Pastor schüttelte traurig den Kopf. »Ohne meine Hilfe wirst du es nicht schaffen.«

»Vielleicht, vielleicht auch nicht.« Varta erhob sich. »Ich habe dich schon zu tief in die Angelegenheit hineingezogen. Es tut mir leid.«

»Du kommst nicht in den Serverraum. Mit oder ohne Zugangsdaten. Ich schon.« Roux-Pastor erhob sich ebenfalls. »Du bemühst dich, am Leben zu bleiben. Und ich schaue mir das Back-End an.«

Varta blieb stehen, drehte sich um, kam zu ihr zurück. Als er sie ansah, bekam sie eine Gänsehaut. Nicht vor Angst. Es war ein anderes, unheimlicheres, verlockendes, fremdes, süßes Gefühl. Ein Gefühl wie Honig und Salz.

»Nein«, sagte er. »Ich will nicht, dass dir was passiert.«

»Aber ich will dir helfen. Wirklich.«

»Nein.« Varta beugte sich vor, hauchte ihr einen Kuss auf die Wange. »Pass auf dich auf.« Dann sah er sie an, und sein Blick war so ernst wie der Weltraum. »Bitte vergiss mich.« Er wandte sich ab.

Zu keiner Erwiderung fähig, beobachtete sie stumm, wie er in der Dunkelheit verschwand.

Als sie schließlich ihre Sprache wiedergewann, lauschten nur noch die Blätter der Kastanien.

»Niemals«, flüsterte Monique Roux-Pastor.

48. Kapitel

Die Zentrale von Eriksen Nordic Shipping befand sich in Kopenhagen Nordhavn, in Sichtweite des größten Containerumschlagplatzes der Ostsee. Im Taxi war Philipp still geworden. Radwitz überließ ihn seinen Gedanken. Sie ahnte, dass er an der Entscheidung zweifelte, die Reederei zu besuchen. Es war eine Ablenkung von der Trauer, nichts anderes. Aber von den Phasen der Bewältigung war Verleugnung die erste, und Radwitz spürte, dass es nicht besser wäre, sich dem Schmerz hinzugeben. Hatte nicht auch Cate nach Stefans Tod sofort wieder angefangen zu arbeiten?

Es hatte Cate nicht geholfen.

Cate.

Du hast nie wahrhaben wollen, dass Stefan sich aus freien Stücken das Leben genommen hat. Und jetzt will ich nicht wahrhaben, dass es bei dir so war.

Radwitz rieb sich das Gesicht. Sie war ein kämpferischer Mensch. Wenn sie sich keinen Kampf suchte, würde sie in Tränen ausbrechen. Und dazu fühlte sie sich nicht bereit. Nicht vor Philipp.

Als das Taxi hielt, erwachte Philipp aus seinem Brüten. »Caro?«

»Ja?«

»Was machen wir eigentlich hier?«

»Wir finden heraus, was es mit diesem Fjodor auf sich hat. Es war deine Idee.«

»Aber wir können doch nicht einfach reingehen und fragen.«

»Genau das werden wir tun.«

Die Lobby wurde dominiert von einem mehrere Meter langen Modell eines Frachtschiffs, das an Drähten von der Decke hing. Schiffe. Radwitz stammte aus dem Allgäu. Mit Schiffen konnte sie so viel anfangen wie mit Bauchfett.

Sie ging zur Rezeption. »Wir würden gern mit dem Vorstand sprechen.« Sie deutete auf Philipp: »Philipp Linde, Aufsichtsratsmitglied der FisherEuroBinary AG. Ich bin Carolin Radwitz, seine Beraterin.«

»Sie haben einen Termin?«

»Leider nicht.«

»Augenblick.«

Der Rezeptionist sprach drei Sätze auf Dänisch. Dann wartete er, wurde wohl weitergeleitet, noch einmal drei Sätze, wieder Warten, dann sprach er länger.

Nach einer Minute nahm er die Muschel vom Mund und sah auf. »Worum geht es denn?«

»Wir möchten über Fjodor reden.«

Noch einmal eine kurze Rücksprache, dann legte er auf. »Sie werden gleich empfangen. Sie können mir in der Zwischenzeit Ihre Ausweise zeigen, dann stelle ich Ihnen Besucherkarten aus.«

Während sie die Karten ausgehändigt bekamen, öffnete sich einer der Fahrstühle. Ein Mittvierziger in marineblauem Anzug kam zielstrebig auf sie zu; sein blonder Schopf war etwas länger als im Management üblich, er hatte auffallend fein geschnittene Gesichtszüge.

»Ólafur Larsen. Main Sales Manager Mediterranean.« Er reichte erst Philipp, dann Radwitz die Hand. »Wenn Sie mir folgen möchten.«

Sie fuhren einige Stockwerke nach oben, bevor Larsen sie in einen Konferenzraum führte, der mit nichtssagenden Meeresbildern geschmückt war. In einer Ecke brummte ein mit Bier und Softdrinks gefüllter Kühlschrank.

»Nehmen Sie bitte Platz«, forderte Larsen sie auf, während er die Türe schloss. »Möchten Sie etwas trinken?«

Radwitz schüttelte den Kopf, Philipp ebenso.

»Wie Sie meinen.«

Sie setzten sich.

Ohne weitere Überleitung wandte sich Larsen an Philipp. »Nun, was verschafft uns die Ehre?«

Philipp starrte trüb vor sich auf den Tisch.

»Fjodor«, kam Radwitz ihm zu Hilfe. »Wir möchten wissen, was es mit ihm auf sich hat.«

»Fjodor?«

»Fjodor.«

Larsen legte den Kopf schief. »Können Sie mir vielleicht noch ein oder zwei Stichpunkte liefern?«

»Die Zusammenarbeit mit Eriksen ist uns sehr wichtig«, schoss Radwitz ins Blaue. »Doch wir haben das Gefühl, Fjodor ist ein Risiko.«

»Können Sie das näher ausführen?«

»Wir wissen zu wenig über ihn. Er weicht uns aus, wenn wir Nachfragen zu seinen Sicherheiten stellen.«

»Was erwarten Sie von mir?«

»Haben Sie Informationen zu Fjodor, die er uns vorenthält?«

Larsen ging zum Kühlschrank, nahm sich eine Limo heraus. »Sie wollen sicher nichts trinken?«

»Danke, nein.«

Ein leises Zischen, als Larsen den Deckel öffnete. »Herr von Wolfenweiler hat Sie beauftragt?«

»Wir haben das Gefühl, es handelt sich hier eher um eine Verantwortlichkeit des Aufsichtsrats, nicht der Geschäftsführung.«

»Sie sind Journalistin, nicht wahr?«

Radwitz nickte.

Larsen wandte sich an Philipp: »Seit wann lassen Sie sich denn von Frau Radwitz beraten, Herr Linde?«

Philipp zuckte die Schultern. »Immer mal wieder.«

Auf dem Konferenztisch standen Gläser; Larsen nahm sich eines und füllte es. Eine Weile drehte er es in seinen Fingern, doch er trank nicht. Stattdessen hob er den Blick, sah Radwitz direkt an. »Es tut mir leid, aber um ehrlich zu sein – ich erinnere mich an keinen Fjodor. Können Sie mir noch einmal sagen, woher Sie den Namen haben?«

Larsens elegante Gesichtszüge wirkten unschuldig wie die eines Kindes. Doch sie konnten Radwitz nicht täuschen. Hinter seinen Augen lauerte eine Raubkatze.

»Vielleicht haben wir uns vertan.« Radwitz erhob sich. »Danke für die Gastfreundschaft.«

Als sie den Raum verließ, Philipp im Schlepptau, saß Ólafur Larsen immer noch vor seinem vollen Glas Orangenlimonade und drehte es langsam zwischen den Fingern.

»Das war ja mal ein grandioser Erfolg«, bemerkte Philipp. Sie saßen wieder im Taxi, diesmal Richtung Flughafen.

»Nicht wahr?«

»Ich meinte es ironisch.«

»Ich nicht.« Radwitz fühlte sich noch schwummrig von dem Gespräch mit Larsen. Auf angenehme Weise.

»Wir haben uns zum Affen gemacht«, lamentierte Philipp, »das war alles.«

»Nein. Wir wurden empfangen ohne Termin, ohne Wartezeit. Der Leiter fürs Mittelmeer persönlich trifft uns, alleine, ohne Assistenten. Er fragt uns aus, und selbst gibt er dabei nicht das kleinste Detail preis. Er wusste, dass ich Journalistin bin, hat also unseren Hintergrund geprüft.«

»Na ja, einmal kurz das Internet gefragt, wohl eher.«

»Aber er hat es getan. Er hat uns ernst genommen.«

»Er hat sich nicht im Mindesten misstrauisch gezeigt.«

»Ja. Das Aufsichtsratsmitglied eines DAX-Konzerns schaut

unangekündigt vorbei und fragt nach einem russischen Vornamen – und er findet das nicht komisch. Komisch, oder?«

»Na ja.«

»Sag mal, kannst du mir einen Gefallen tun?«

»Und zwar?«

»Du kommst doch als Mitglied des Aufsichtsrats an die Ge-
schäftsbücher, oder?«

»Wieso?«

»Könntest du für mich mal nachsehen, welche Geschäfte seit
gestern verzeichnet wurden zwischen FEB und Eriksen?«

»Also, ich weiß nicht, das ist eigentlich Verschlusssache –
Scheiße!«

Erschrocken fuhr Radwitz herum. »Was?«

Philipp starrte auf sein Smartphone. »Die BaFin hat vor, dem
Schiefen Turm einen Besuch abzustatten.«

»Oh, wann?«

»Morgen früh.«

»Immerhin haben sie es angekündigt.«

»Als ob sie das absichtlich getan hätten.«

»Ihr habt sie gezwungen?«

Radwitz bekam für diesen Satz einen so höhnisch mitleidigen
Blick, dass sie sich zwei Köpfe kleiner fühlte. Mit der Faust hieb
Philipp gegen die Fensterscheibe. »Diese Ratten. Ich drehe ihnen
allen den Hals um.«

Die BaFin war 2002 gegründet worden, um die deutsche
Finanzwirtschaft zu kontrollieren – bis zur Finanzkrise 2008 war
sie allerdings hauptsächlich wegen interner Korruptionsfälle in
die Schlagzeilen geraten. Im Zuge der Aufarbeitung der Krise
waren ihre Kompetenzen ausgeweitet worden. Aufgrund der Sys-
temrelevanz der großen Geldinstitute gab es zwar noch immer
politischen Druck, manche Verdachtsmomente nicht zu streng
zu verfolgen. Doch der zahnlose Tiger von einst war die BaFin
lange nicht mehr.

»Habt ihr denn was zu befürchten?«, hakte Radwitz nach.

Philipp warf sich in seinem Sitz zurück. »Immer.« Er stöhnte. »Seit dieser verdammten Fusion mit Fischer. Eine Bank wie eine Räuberbande. Stefan hat sie von Anfang an gehasst. Wir hätten auf ihn hören sollen.«

Samstag

*… Trotz des regnerischen Oktobers zeichnet sich jetzt schon ab,
dass das Jahr 2020 das heißeste werden wird seit
Beginn der Aufzeichnungen. Dies vermeldet der
Weltklimarat unter Verweis auf …*

49. Kapitel

Als Herbst die Rotorblätter hörte, war es 4:29 Uhr in der Früh.

Nach dem ergebnislosen Treffen mit Roux-Pastor war Herbst mit Varta nach Genf gefahren. Viele Alternativen hatten sie nicht gehabt. Sie mussten nach Frankfurt. Fliegen kam nicht infrage. Das schweizerische Genf war der nächste Ort, der nicht in Frankreich lag. Und auch wenn die Zusammenarbeit der europäischen Polizeien eng war – den größten Einfluss hatten die französischen Geheimdienste nach wie vor in Frankreich.

In Genf hatten sie ein Doppelzimmer in einem einfachen Hotel genommen, wieder mit Herbsts gestohlenem französischem Reisepass. Vierter Stock; zwei Treppenhäuser, kein weiterer Fluchtweg. Drei Fenster im Raum. Herbst zog die Vorhänge zu und richtete die Betten her, als wären sie belegt. Im Eingangsbereich gab es einen Wandschrank. Herbst hängte dessen Türen aus und lehnte sie so an die Außenwand, dass zwei der Fenster durch Vorhänge und Türen doppelt verdeckt waren.

Anderthalb Stunden nach Mitternacht aßen sie zu Abend. Käsestangen und Bananen. Herbst hatte die Decken aus dem Auto geholt; sie gab eine davon Varta und befahl ihm, in der Badewanne zu schlafen.

Schildkröten-Toni hatte seinem Ruf alle Ehre gemacht. Die Semiautomatischen waren neunzehner Glocks, Herbst kannte sie von ihrer Zeit bei der Marine. Das Sturmgewehr war ein SIG 550, wie die Schweizer Armee es verwendete – nicht leicht, aber präzise.

Herbst legte die Schutzweste an. Die Glocks kamen in die

Gürtelholster, die Schildkröten-Toni ihr mitgegeben hatte. Sie polsterte mit ihrer Decke den Wandschrank aus, dann setzte sie sich hinein, den Blick zur Zimmertür. Neben sich zog sie die Sporttasche mit den Ersatzmagazinen und Schockgranaten. Das Nachtsichtgerät stülpte sie sich über, ließ es aber ausgeschaltet. Das SIG 550 nahm sie auf den Schoß.

Sie war bereit für die Nacht.

Es war eine Routinevorbereitung gewesen. Sie rechnete nicht mit einem Angriff; zumindest für ein paar Tage blieben sie hoffentlich unbemerkt. Doch sie wusste nicht, wo ihre Feinde waren, also musste sie sich verhalten, als befände sie sich hinter feindlichen Linien. In der Einzelkämpferausbildung hatte sie gelernt, den Druck über Monate auszuhalten. Die Erwartung, ihre nächsten Nächte ähnlich zu verbringen, belastete sie nicht. Lang genug war sie im Feld gewesen, um in jeder Situation schlafen zu können. Rasch schlummerte sie ein.

Und wurde von einem Wummern geweckt. Rotorblätter. Sie hatte sich getäuscht. Der Feind war schon da.

Bevor Herbst richtig wach war, kniete sie bereits mit Waffe im Anschlag. Das Rattern war nicht laut. Und es war konstant – der Hubschrauber stand in der Luft. Wenn es eine zivile Rettungsmission gewesen wäre, hätte er sich bewegt, hätte sie Sirenen hören müssen.

Sie hatte befürchtet, dass man sie finden würde – aber so schnell? Wie? Spielte keine Rolle. Nicht jetzt. Herbst dachte nicht nach. Es gab nur noch Training, Reflexe und Adrenalin. Sie entsicherte das 550. Ein Blick auf ihre Armbanduhr. Die digitale Anzeige sprang auf 4:30 Uhr.

Glas splitterte, etwas prallte gegen die Schranktüren, die an den Fenstern lehnten. Eine Schockgranate. Fast zweihundert Dezibel, acht Millionen Candela. Herbst ließ das Sturmgewehr fallen, drückte sich an die Rückwand ihres Kabuffs, kniff die Augen zusammen und presste sich die Hände auf die Ohren. Und dennoch schnitt der Lichtblitz durch ihre Augenlider, dennoch betäubte sie der Knall.

Training.

Sie griff eine ihrer eigenen Schockgranaten und zog den Sicherungsstift. Drei Sekunden.

Im selben Augenblick explodierte die Zimmertür.

Sie kannte den Raum, sie musste nicht warten, bis ihre Sehnerven sich erholt hätten. Mit der einen Hand warf sie die Granate in den Gang, mit der anderen nahm sie ihr Sturmgewehr wieder auf. Zwei Sekunden.

Ihre Gegner drangen vor.

Reflexe.

Sie schoss auf Brusthöhe. Zwei Feuerstöße rechts, ein Feuerstoß links. Eine Sekunde.

Sie warf sich zurück in den Wandschrank. Kniff die Augen zu. Ließ das 550 fallen und presste die Hände an die Ohren. Die Granate explodierte.

Adrenalin.

Von dem Knall zersprangen die letzten heilen Gläser auf der Minibar. Die Splitter hatten den Boden noch nicht erreicht, da hatte Herbst bereits ihr 550 wieder in der Hand. Sie schaltete ihr Nachtsichtgerät ein. Dass auch Herbst eine Schockgranate verwenden würde, hatten ihre Gegner nicht erwartet. Zwei Feuerstöße links, ein Feuerstoß rechts. Immer auf Brusthöhe. Kopf wäre sicherer gewesen; aber auf zwei Meter Entfernung konnten auch die Schutzwesten das 550 nicht aufhalten. Die Getroffenen mochten überleben – gefechtsunfähig waren sie allemal.

Als der Lärm ihrer Schüsse verklang, hörte Herbst wieder die Rotorblätter. Ihre Ohren waren vollkommen überreizt – dass sie den Hubschrauber hörte, konnte nur eines bedeuten: Er war nahe. Herbst hechtete quer durch den Raum, rollte sich ab. Ging unter demjenigen Fenster in Deckung, vor dem keine der Schranktüren lehnte. Über ihr das Stakkato von Zwanzig-Millimeter-Muni-

tion. Die Bordkanone des Hubschraubers zerfetzte die Schranktüren, pulverisierte die Betten.

Herbst wartete. Als der Schütze pausierte, riss sie das 550 hoch,
spähte und schoss. Der Hubschrauber war nur fünfzig Meter entfernt. Eine militärische Variante der Dauphin. Das hieß, die Pilo-
ten saßen hinter schusssicherem Glas, der Tank war doppelt ge-
panzert. Der Bordschütze war durch seine Kanone verdeckt. Es
spielte keine Rolle. Herbst hatte ein anderes Ziel: den Rotorkopf.
Das empfindlichste Teil eines jeden Hubschraubers war auch das,
welches am schwierigsten zu sichern war. Herbst schickte einen
Feuerstoß, ließ sich fallen. Schon dröhnte wieder die Maschinen-
kanone über ihr. Egal. Herbst brauchte nichts zu sehen, sie spürte,
wenn sie getroffen hatte. Als das Trommelfeuer versiegte, wusste
Herbst, dass es nicht wieder beginnen würde. Sie sprang auf,
stürmte zum Flur, spähte hinaus, frei, zum Bad, schlug die Tür auf.

Varta lag zusammengekrümmt in der Badewanne. Selbst im
grünlich verschwommenen Licht des Nachtsichtgeräts sah er
elend aus. Blut lief ihm aus den Ohren. Ergebnis der Schockgranate.

»Los«, rief Herbst. »Wir müssen weg.«

Varta kletterte wacklig aus der Wanne, zu langsam. Herbst
packte ihn am Arm und zog ihn nach draußen, drückte ihm ihre
Sporttasche an die Brust. Während sie auf den Gang rannten,
hörten sie, wie vier Stockwerke weiter unten der Hubschrauber
krachend auf der Straße aufschlug.

50. Kapitel

Zwei Deals. Eine Lieferung Waffen für Ägypten, eine Lieferung Hilfsgüter für den Osten Libyens. Radwitz war von Philipp in dessen Jet mit nach Frankfurt genommen worden, und noch auf dem Flug hatte dieser die FEB-Geschäfte mit Eriksen für sie nachgesehen. Gemäß Philipp befanden sich beide Lieferungen auf demselben Containerschiff, der *Alabastra*. Das Schiff wurde gerade in Marseille abgewickelt und sollte am nächsten Morgen die Anker lichten.

Die Verabschiedung am Frankfurter Flughafen war kurz und unbefriedigend. Während Philipp nur die BaFin im Kopf hatte, dachte Radwitz an Fjodor und daran, dass sie vor allem deshalb an ihn dachte, um nicht an Cate denken zu müssen.

Der Flug nach Marseille dauerte anderthalb Stunden, am frühen Morgen setzte die Maschine auf.

Einen konkreten Plan hatte Radwitz nicht. Wenn sie journalistisch tätig war, war es ihre übliche Vorgehensweise, dass sie sich zuerst vor Ort einen Überblick verschaffte. Wahrscheinlich hatte sie mehr Faktenchecks in stickigen Hotelzimmern durchgeführt als in ihrem Hamburger Büro. Ihre Kollegen spotteten darüber, dass die Telefonate mit ihr immer ein Abenteuer seien; wenn die Verbindung ausnahmsweise stabil sei, müsse man auf Lärm jeglicher Couleur gefasst sein – Flugzeuge, Züge, Sirenen, grölende Fußballfans, kreischende Kinder, brüllende Broker. Die Methode gelangte schnell an Grenzen, etwa, wenn sie sich mit Leuten treffen wollte, die einen vollen Terminplan hatten. Doch mit Glück und Bauchgefühl waren bisher immer so brauchbare Reportagen entstanden, dass die Witzeleien der Kollegen nicht in Missbilligung umgeschwungen waren.

Sie nahm ein Taxi zum Frachthafen.

Am Hafenzugang wurde sie kontrolliert. Sie zeigte ihren Presseausweis und fragte nach der Hafenmeisterei. Die Sicherheitsleute freuten sich offenbar über die Abwechslung, denn statt anzurufen, geleitete sie einer von ihnen gleich zu dem Gebäude.

Nach all den Jahren in Hamburg war Radwitz trotzdem noch beeindruckt von dem komplexen Ökosystem, das ein großer Handelshafen darstellte. Güterzüge rumpelten aus riesigen Lagerhallen, überlange LKW röhrten unter Kränen hindurch, Container schwebten klein wie Bauklötze in der Luft, Gabelstapler sausten vorbei – und die Schiffe ragten höher in den Himmel als alle Meeresungeheuer, die man sich im Mittelalter hatte vorstellen können.

Bei der Hafenmeisterei handelte es sich um einen funktionalen Betonklotz, es gab keine Aussichtsplattform, keinen Tower wie bei einem Flughafen. Radwitz fragte sich, ob es nicht nötig war. Oder schlicht unmöglich, mit bloßem Auge einen Überblick über das Gewimmel zu bewahren.

Einige Arbeiter standen vor dem Eingang und rauchten. Der Sicherheitsmann bekam einen Anruf. Er verwies Radwitz an die Raucher und hob sein Telefon ans Ohr. In ihrem brüchigen Französisch fragte Radwitz die Raucher nach deren Vorgesetzten. Statt einer Antwort wurde sie mit gelangweilter Geste ins Gebäude geschickt. Die Tür war nicht abgesperrt, Radwitz konnte einfach eintreten. Sicherheit schien hier keine allzu hohe Priorität zu haben. Radwitz sollte es recht sein. Keine Rezeption. Auch kein Wartezimmer. Offenbar rechnete man nicht mit Besuchern. Sie schlenderte etwas verloren durch die Gänge, bis ein junger Mann in Blaumann und Bauhelm sie entdeckte und ansprach. Ihr Schulfranzösisch war gerade gut genug, um zu erklären, dass sie von der Presse sei und sich freuen würde, den Chef vom Dienst zu sprechen.

Der Mann führte sie zu einer Tür, die so schlicht war wie die anderen. Er öffnete, ohne anzuklopfen. Die Leute hier pflegten offenbar keinen besonders formellen Umgang. Der Mann rief etwas in den Raum und verabschiedete sich mit einem Nicken. Radwitz betrat ein Büro – hätte es das Adjektiv *zweckbetont* noch nicht gegeben, man hätte es für dieses Büro erfinden müssen: Metallschränke, Alu-Jalousien, Tische und Stühle, alles so trist, als handle es sich um den Schauraum eines im Niedergang befindlichen Möbelhauses. Keine Bilder schmückten den Raum, keine Pflanzen auf der Fensterbank, nur ein ausgeblichener Werbekalender fristete sein trauriges Dasein an einer der ansonsten kahlen Wände.

Eine Frau in Jeans und Pullover hatte am Computer gesessen, erhob sich jetzt, begrüßte Radwitz. Sie mochte um die fünfzig sein, die grauen Haare waren kurz geschnitten, sie trug kein Make-up, ein Ehering war der einzige sichtbare Schmuck.

Radwitz grüßte zurück.

Die kurze Floskel genügte, dass die Frau entschied, das Gespräch auf Englisch weiterzuführen.

»Ich bin Aurelie Duchamps. Die Hafenmeisterin. Was kann ich für Sie tun?«

»Sie?«, rutschte es Radwitz heraus.

»Wieso?«

»Sie sehen so … normal aus.« Radwitz musste lachen.

Duchamps lachte auch, das Eis war gebrochen.

»Ich arbeite für die *Deutsche Wirtschafts-Welt*«, erklärte Radwitz und reichte Duchamps ihren Presseausweis. »Ich würde gern ein Porträt über den Hafen schreiben. Thema: Was bedeutet die Corona-Krise für den größten Hafen im Mittelmeer?«

Radwitz log nicht gern. Sie beruhigte sich damit, dass das Thema nicht abwegig war. Vielleicht könnte sie es ihrem Ressortleiter im Nachhinein noch verkaufen.

Duchamps schaute irritiert. »Hatten Sie mir geschrieben?«

»Leider nicht.« Radwitz lächelte entschuldigend. »Es war eine ziemlich spontane Idee. Ich habe unglücklicherweise auch nur heute Zeit.«

»Und die Presseabteilung des Hafenbetreibers?«

»Um ehrlich zu sein«, Radwitz verzog das Gesicht, »rede ich lieber mit den Menschen, die am nächsten am Geschehen sind.«

Duchamps musterte sie einen Moment. »Na gut.« Nach einem Blick auf ihren Computer fügte sie hinzu: »Sie haben eine halbe Stunde. Was wollen Sie wissen?«

»Ein Überblick über das Gelände wäre schön.«

Duchamps öffnete einen Metallschrank, nahm zwei Bauhelme heraus und warf Radwitz einen zu. »Los geht's.«

Mit einem Elektro-Cart fuhr Duchamps Radwitz durch das Areal.

In halsbrecherischem Tempo schoss sie zwischen den Containerstapeln hindurch, überholte schwere Spezialfahrzeuge, holperte über Betonplatten. Von jedem Kran, jedem Gabelstapler, jedem Baustellenfahrzeug winkten ihr Arbeiter zu. Wenn sie nicht gerade damit beschäftigt war zurückzugrüßen, versorgte sie Radwitz mit einem Potpourri aus wirtschaftlichen Fakten – wann wurde der Hafen gegründet: 1844; wie viele Container ließen sich pro Stunde verladen: hundertachtzig. Zusätzlich gab es Anekdoten: Der Hafenhund hieß Magellan und aß am liebsten Tintenfisch. Wenn Radwitz nachfragte, antwortete Duchamps offen und ausführlich. Die halbe Stunde, die sie als Zeitrahmen gesteckt hatte, hatte wohl nur als grobe Orientierung dienen sollen. Duchamps war nicht nur eine zuvorkommende Frau, sie schien auch keine Eile zu haben, zurück in ihr Büro zu gelangen. Fast von selbst kamen sie auf die Schiffe zu sprechen.

Duchamps rasselte Zahlen herunter: Tonnage, technische Daten, Besatzungszahl – weniger als zwanzig Leute bedienten ein Gerät, das mehr wog als fünfundzwanzigtausend Elefanten.

»Ist nicht gerade die *Alabastra* da?«, warf Radwitz beiläufig ein.

»Ja, wieso?«

»Ich habe gehört, sie soll besonders eindrucksvoll sein.«

»Tatsächlich? Es gibt einige, die größer sind. Wobei – im Hafen ist sie aktuell tatsächlich die größte. Wir können sie uns gern ansehen, wenn Sie möchten.«

»Ja, bitte.«

Duchamps beschleunigte, dass die Reifen durchdrehten. Unangenehm wurde Radwitz bewusst, dass das Cart keine Sicherheitsgurte hatte. Eine Minute später holperten sie durch eine Containerschlucht, die offensichtlich nicht als Zufahrt konzipiert worden war.

Dann stießen sie auf eine Wand. Radwitz brauchte einen Moment, bis sie begriff, dass sie am Ziel waren. Es war keine gewöhnliche Wand, die vor ihnen aufragte: Es war die Längsseite der *Alabastra*.

»Unfassbar«, entfuhr es ihr.

»Sie kommen doch aus Hamburg, haben Sie gesagt.«

»Tatsächlich muss ich zugeben«, und das kam Radwitz selbst merkwürdig vor, »ich habe diese Ungetüme nie von Nahem gesehen.«

Über einen halben Kilometer lang sei ein Frachter dieser Klasse, erklärte Duchamps, angetrieben von einem Zweitaktmotor mit hundertzwanzigtausend PS.

Radwitz stutzte. Eine Drahtrolle lief unter der Reling entlang, und zwar über den ganzen Bereich hinweg, den sie überblicken konnte. »Ist das Stacheldraht?«

Duchamps nickte. »Piraten. Am Horn von Afrika und im Indischen Ozean ist die Gefahr am höchsten; aber auch in der Karibik muss man mit ihnen rechnen und in Südostasien. Inzwischen sogar vor Libyen.«

»Piraten? Gegen solche Monster? Mit was für Armeen kommen die denn?«

»Bedenken Sie, dass die Crew nicht mehr als zwanzig Köpfe zählt. Die Piraten pirschen sich nachts mit Schlauchbooten heran, zu klein für Radar, zu leise, um die Schiffsmotoren zu übertönen.«

»Und dann werfen sie Enterhaken, oder wie?« Radwitz lachte ungläubig.

Duchamps lachte nicht. »Und dann werfen sie Enterhaken. Deswegen der Stacheldraht.« Sie zeigte auf eine Gangway, hundert Meter entfernt. Oben stand ein dunkel gekleideter Mann mit Maschinenpistole und dem Kreuz eines Türstehers. »Inzwischen haben die Reedereien auf allen gefährlichen Routen bewaffnete Sicherheitsleute dabei.«

»Verrückt. Glauben Sie, ich kann mal mit der Crew reden?«

»Sie können ja fragen. Wüsste nicht, was dagegenspricht.« Duchamps sah auf die Uhr. »Ich muss aber dann langsam los.«

»Kein Problem, ich komme alleine zurecht.«

Duchamps legte die Stirn in Falten.

»Was ist?«

»Eigentlich dürfen Sie nicht allein auf dem Gelände unterwegs sein.«

»Ich pass schon auf.«

Duchamps verzog das Gesicht. »Na ja. Wird schon schiefgehen. Verweisen Sie bei der Auslasskontrolle auf mich. Ich stell Sie noch kurz vor.«

Radwitz konnte es nicht glauben. Wenn das so weiterging, erlebte sie gerade die einfachste Recherche ihres Lebens.

51. Kapitel

Zwischen den Bildschirmen auf Wus Schreibtisch stand eine kleine hölzerne Figur von Lü Dongbin. Es war der einzige Deko-Gegenstand in seinem Büro. Auf dem Rücken trug Lü sein magisches Schwert, in den Händen hielt er einen mit Hirsekörnern gefüllten Korb. Lü war der größte der Acht Unsterblichen, ein Dichter und Alchimist, ein Meister des Tao.

Auf seinen Reisen gelangte Lü nach Handan. In der Küche des Gasthauses kochte er Hirse. Während die Hirse auf dem Herd stand, schlief Lü ein. Er träumte, er nehme teil an der kaiserlichen Beamtenprüfung und brilliere darin. Er erhielt ein hohes Amt. Er heiratete ein Mädchen aus reichem Hause, zeugte einen Sohn und eine Tochter. Er wurde befördert zum obersten Minister. Doch Neider intrigierten gegen ihn, er verlor seine Stellung. Seine Frau betrog ihn, Banditen töteten seine Kinder, sein ganzes Vermögen wurde ihm genommen. Er lag sterbend auf der Straße.

Dann wachte Lü auf. Durch den Traum hatte der Unsterbliche Zhongli Quan ihn die Vergänglichkeit gelehrt, die allem Irdischen innewohnt.

Wu tastete mit der Zunge nach seinen Backenzähnen. Er interessierte sich nicht für Mythologie. Seine Mutter hatte ihm die Figur geschenkt, als er die Aufnahmeprüfung der Tsinghua-Universität bestanden hatte.

In ganz China wünschten sich Eltern für ihre Kinder nichts sehnlicher als schulischen Erfolg. In ganz China gab es keine Universität, die angesehener war als die Tsinghua-Universität. Wu hatte seine Jugend damit verbracht, sich auf die Prüfung vorzubereiten. Er hatte keine Computerspiele gespielt, er hatte keine Filme geschaut, er hatte keine Freunde getroffen, er hatte kein Mädchen kennengelernt. Er hatte die Prüfung bestanden. Seine Mutter hatte ihm den hölzernen Lü geschenkt.

Wu hatte nie wieder mit ihr gesprochen.

Der Taoismus mochte lehren, dass alles Irdische wertlos war. Für Wu war nur das Irdische greifbar. Doch auch wenn er Träume verabscheute, die nicht in der Realität wurzelten – die Realität ging gerade den Bach runter. Alyattes war nicht mehr zu retten. Es wäre sein persönlicher Triumph geworden. Die Vervollkommnung dessen, wofür er gekämpft hatte. Wu strebte nicht nach unsterblichem Ruhm. Ihm genügte weltliche Macht.

Er war gescheitert.

Sein Auftrag misslungen. Von Wolfenweilers Gold nur noch ein haltloses Versprechen. Ohne Alyattes würde von Wolfenweiler schlimmer in die Bredouille geraten als Wu selbst. Dass die BaFin gerade die Vorstandsetage plünderte, spielte schon keine Rolle mehr.

Wu bestellte seinen Assistenten Alpe ins Büro. Es war an der Zeit, die eigene Haut zu retten.

»Sie haben mich rufen lassen?«

»Hören Sie, gehen Sie in die Siebzehn, zu den Speichersystemen, und bringen Sie mir ein paar SSDs. Buchen Sie auf die Kostenstelle Allgemeines.« Wu reichte Alpe seinen Generalschlüssel.

»Wie viele?«

»Fünf. Nein, besser sieben.«

»Sofort, Herr Wu.«

Während Alpe unterwegs war, reservierte Wu über einen privaten Account den Nachtflug nach Peking. Alpe brachte die Festplatten. Wu scheuchte ihn wieder weg. Er hatte fünf freie USB-Ports, bis auf zwei konnte er also alle Festplatten parallel anschließen. Als Development-Lead hatte Wu Admin-Zugriffsrechte für Alyattes.

Er deaktivierte die Kopiersperre, zog alle kritischen Dateien auf die externen Festplatten und verschlüsselte sie. Den Code, der Odysseus betraf, splittete er, um ihn auf verschiedenen Festplatten zu speichern. Als er fertig war, schrieb er eine Mail an die Personalabteilung, dass er sich wegen Zahnschmerzen einige Tage krankmelden müsse.

Er hatte die Mail noch nicht abgeschickt, da klopfte es an der Tür. Wu schreckte zusammen. Die heftige Reaktion seines Körpers ärgerte ihn. Er ließ die Festplatten in seinem Aktenkoffer verschwinden und sammelte sich. Als er sich wieder der Lage gewachsen fühlte, bat er die Person herein.

Es war Monique Roux-Pastor.

Wu starrte sie an wie eine göttliche Erscheinung.

Mit gesenktem Kopf tappte Roux-Pastor in den Raum.

»Was wollen Sie hier?«, platzte es aus Wu heraus.

»Ich glaube«, flüsterte Roux-Pastor, »es lässt sich eine tragfähige Proto-Version entwickeln.«

»Wovon reden Sie?«

»Alyattes. Ich habe eine Idee.« Ihre Körperhaltung war so ängstlich, ihre Stimme so schwach wie immer.

Wu fand keine Entgegnung.

»Ich wollte fragen«, murmelte Roux-Pastor, »ob ich wieder bei Ihnen arbeiten darf.«

52. Kapitel

Herbst hielt sich eisern an die Geschwindigkeitsbegrenzung. Vartas Adrenalin schrie, sie solle das Gaspedal durchdrücken. Aber er ahnte, warum sie es nicht tat – jede einfache Streife könnte das Aus bedeuten. In nervtötender Langsamkeit schlich Frenzels Schrottkiste die Talstraße entlang, die sich durch die französischen Voralpen schlängelte.

Eine halbe Stunde lang hatte er, stumm seine Nikotin-Kaugummis kauend, neben Herbst gesessen. Seine Ohren fühlten sich an, als träufle jemand siedendes Öl hinein. Und er war während der Explosionen im abgetrennten Bad gewesen. Wie hatte Herbst bloß den Lärm überstanden? Ihr Blick war so kalt und grimmig auf die Straße gerichtet, dass er es sich nicht zu fragen traute.

»Wohin fahren wir?«, fragte er stattdessen.

»Italien.«

Im selben Moment passierten sie ein Schild, das den Mont-Blanc-Tunnel auswies. Herbst ignorierte es. Bevor Varta sie darauf ansprechen konnte, erklärte sie: »Wir können weder Pässe noch Tunnel nehmen. Da kontrollieren sie auf jeden Fall.« Varta hörte ihre Stimme nur gedämpft, als hätte er Wachs in den Ohren.

»Wir müssen nach Frankfurt«, wandte er ein.

»Zuerst einmal müssen wir überleben.«

Es folgte wieder eine halbe Stunde Schweigen. Nur das Knattern des Motors, im Radio lief leise ein französischer Nachrichtensender, den Herbst eingestellt hatte.

Schließlich wagte er die nächste Frage: »Wie haben sie uns entdeckt?«

»Sie können dein Telefon sicher nicht tracken?«

Varta seufzte. »Das hast du mich jetzt achtzehnmal gefragt. Ich garantiere dir: Meine gesamte Kommunikation ist CCA2-safe.«

»Ich habe keine Ahnung, was das bedeutet.«

»Mein Smartphone ist sicher.« Solange niemand einen Quantenprozessor zur Verfügung hatte. Varta verzichtete auf das Detail, es hätte Herbst nur verunsichert. Quantencomputer waren bisher nicht viabel. Der Durchbruch würde noch zwanzig Jahre brauchen. Schätzungsweise.

»Wenn es nicht dein Smartphone ist…«

»Es ist nicht mein Smartphone.«

»Dann haben wir eine Europolfahndung.«

»Fuck.«

Herbst bog in eine Tankstelle ein.

»Heißt Fahndung nicht«, fragte Varta, »dass sie unsere Bilder im Fernsehen zeigen und so 'n Kram? Und haben sie nicht längst unser Nummernschild?«

Herbst griff nach ihrem Geldbeutel. »Werden wir gleich erfahren. Bleib im Auto.«

Während Herbst tankte und bezahlen ging, drückte sich Varta mit pochendem Herzen tiefer in seinen Sitz. Das Innere des beleuchteten Tankstellenshops war gut zu erkennen. Varta sah, wie die Kassiererin Herbsts Geld entgegennahm, ohne auffällig zu reagieren. Doch erst als Herbst wieder zu ihm in den Kombi gestiegen war und diesen auf die Straße lenkte, atmete er etwas auf.

»Fuck.«

53. Kapitel

Der Söldner, der die Passagierbrücke bewachte, stand breitbeinig an der Reling, die Maschinenpistole in beiden Händen, der Blick finster wie die Nacht. Eine dicke Narbe lief quer über seine rechte Wange. Radwitz war froh, dass die Hafenmeisterin noch mitgekommen war.

Duchamps zeigte ihren Ausweis und stellte Radwitz vor. Zu Radwitz' Überraschung winkte der Söldner sie schweigend durch. Sie verabschiedete sich von Duchamps. Dann blickte sie sich unschlüssig um. Vom Kai aus hatte sie die Container gar nicht wahrgenommen, jetzt ragten sie einschüchternd hoch vor ihr auf. Sie konnte sich nicht lange wundern, warum sie einfach so auf das Schiff gelassen worden war. Neben dem Decksaufbau stand ein fülliger Mann in Marineuniform, der sogleich auf sie zukam. Er stellte sich vor als Kapitän van Dees, Name und Akzent verrieten ihn als Niederländer. Sein Blick tastete sie ab. Aber Radwitz hatte das Gefühl: nicht misstrauisch, eher interessiert. Es war ihr klar, dass sich manche Recherche einfacher gestalten würde, wenn sie ihr Geschlecht offensiver nutzen würde. Es war ein leidiges Thema. Eine typische Kantinen-Diskussion im Verlag. Irritierenderweise waren es eher die weiblichen Redaktionsmitglieder, die feminine Reize als probates journalistisches Mittel zu verteidigen suchten.

Radwitz erzählte von der Reportage, die sie angeblich schrieb.

Van Dees wirkte nicht abgeneigt, wies allerdings darauf hin, dass die Ladearbeiten ihm wenig Freiraum gäben. Fünf Minuten seiner Zeit könne er ihr zur Verfügung stellen.

Radwitz musste wohl oder übel direkt zum Punkt kommen. »Eine Frage, die mich interessiert – wie viele Container transportieren Sie hier?«

»Achtzehntausend.« Van Dees drückte die Brust raus vor Stolz.

»Und wie behalten Sie da den Überblick?«

»Alles elektronisch.«

»Ich stelle mir das trotzdem ganz schön komplex vor.«

»Nun, wenn Sie mir versprechen, dass das unter uns bleibt…«, er zwinkerte ihr verschwörerisch zu, »ab und zu geht einer verloren.«

»Sie meinen«, fragte Radwitz verwirrt von solcher Offenheit, »die Container werden unter der Hand verscherbelt?«

»Auf keinen Fall«, ruderte van Dees zurück. Er schien ehrlich erschrocken von ihrer Interpretation. »Die gehen bei Sturm über Bord oder werden beim Scannen nicht richtig erfasst. So was. Frachter wie unserer können nur die großen Seehäfen ansteuern. Die elektronische Überwachung ist topmodern, die ist lückenlos. Da was zu stehlen ist nicht so einfach. Ich wette, da stehlen Sie einfacher Herzen, als dass uns jemand einen Container klaut.«

Sie beschloss, den letzten Satz nicht gehört zu haben. »Ich dachte, die Scanner fallen manchmal aus?«

»Ja.« Er wurde rot, nahm die Kapitänsmütze ab, kratzte sich am Kopf. »Das kann man nicht verhindern, dass die Software mal spinnt. Aber planen lässt sich das nicht.«

Radwitz hatte das Gefühl, van Dees war nicht nervös, weil er etwas zu verbergen hatte, sondern weil er in seinem Flirt-Versuch in eine Sackgasse geraten war. Sie wechselte das Thema. »Sagen wir, ich habe eine kleine Firma, und ich will einen Container mit Ihrem Schiff in die Welt schicken. Wie weit im Vorhinein muss ich das denn anmelden?«

»Kommt auf die Auftragslage an. Ich bin kein Kommissionierer. Ein halbes Jahr vielleicht.«

Hm. Gemäß Philipps Schilderung hatte Maximilian von

Wolfenweiler behauptet, den Deal am Donnerstag abgeschlossen zu haben. Vor zwei Tagen.

»Und es gibt keine kurzfristigen Änderungen?«

Zwei Männer näherten sich, blieben in ein paar Metern Abstand stehen. Sie winkten van Dees, er winkte zurück.

»Ich muss los. Wir sind einen halben Tag hinter unserem Zeitplan. Klar gibt es Änderungen. Das ist aber ein ganz eigenes Ding, davon habe ich keine Ahnung, das geht eher in Richtung Ausfall-Management. Wie bei Überbuchungen im Flugzeug.«

»Und wer macht das bei Ihnen?«

»Na, die Reederei. Ich muss echt los. Sagen Sie, wollen Sie mir Ihre Karte geben? Falls Sie noch Fragen haben.«

»Sollten Sie dann nicht eher mir Ihre geben?«

Van Dees wurde rot. »Äh, ja, sicher«, haspelte er. »Warten Sie.«

Er fand sie, reichte sie ihr, Radwitz gab ihm ihre eigene. Fast hatte sie Mitleid mit ihm. Der Mann befehligte Tausende Tonnen Stahl. Aber von sechzig Kilogramm Frau war er überfordert.

Letzter Versuch. »Sagen Sie, kennen Sie einen Fjodor?«

Van Dees schüttelte den Kopf.

Als Radwitz das Schiff verließ, hatte sie wiederum den waffenstarrenden Söldner zu passieren. Doch diesmal beachtete sie ihn kaum. Ihre Gedanken waren woanders – sie musste sich eingestehen: Das Gespräch mit van Dees hatte sie keinen Zentimeter weitergebracht.

54. Kapitel

Sie fuhren gen Süden, hielten die westlichen Alpenausläufer zu ihrer Linken. Der Morgen begann zu dämmern. Varta ertrug die Stille nicht länger. »Warum haben sie uns im Hotel gefunden, aber tanken konnten wir trotzdem?«

»Europol verwendet für seine Fahndungen ein Stufensystem. Stufe 1 bedeutet, nur polizeiliche Einheiten werden informiert. Stufe 2: alle offiziellen Stellen. Stufe 3: zivile Stellen mit personenbezogenen Daten. Hotels et cetera. Stufe 4: alle anderen.«

»Und woher wusstest du, dass wir noch nicht bei Stufe 4 sind? Radio?«

Herbst nickte.

Varta rieb sich die Ohren.

»Lass es. Du machst es nur schlimmer.«

»Sag mal, wie hast du das gemacht?«

»Was?«

»Im Hotel? Dass wir entkommen sind.« Mit Schaudern dachte Varta daran zurück, wie er über die Körper im Gang gestolpert war, verzweifelt bemüht, Herbst nicht aus den Augen zu verlieren. In jenem Moment, in dem sich alles aufgelöst hatte, hatte er nur noch eine Sache gewusst: dass er Herbst durch das Inferno folgen musste, oder er wäre verloren.

»Übung.«

»Bullshit. Das waren irgendwelche Supersoldaten. Mit Kameras an den Helmen und so. Du warst allein.« Varta bildete sich ein, sogar einen Hubschrauber gehört zu haben, aber das konnte auch seiner Panik geschuldet sein.

Herbst schwieg lange. Varta vermutete schon, sie würde nicht mehr antworten. Doch dann sagte sie: »Sie kannten meine Taktik nicht. Ich kannte ihre. Ich wusste, zu wievielt sie waren. Ich wusste, welche Waffen sie dabeihatten. Ich wusste, mit welchem Sprengstoff sie die Tür öffnen würden. Ich wusste jeden Schritt, den jeder Einzelne von ihnen während des Zugriffs machen würde.«

Varta war baff. Minutenlang starrte er aus dem Fenster, beobachtete, wie der Horizont violett den Morgen begrüßte. »Und das alles wusstest du«, fragte er betäubt, »bevor sie den Raum betreten haben?«

»Ja.«

»Wie?«

»Alle Spezialeinheiten kämpfen ähnlich. Aber keine zwei kämpfen gleich. Der Hubschrauber war in Hörweite, als die Tür gesprengt wurde. Einerseits natürlich ein Risiko. Andererseits beschleunigt es die Abläufe. Das deutsche KSK greift im Winter zwischen 4:45 Uhr und 4:55 Uhr an, der britische SAS schon kurz nach 4:00 Uhr. Als ich den Hubschrauber gehört habe, war es 4:29 Uhr.«

»Du weißt sogar, welche Einheit es war?«

»Service Action.«

Varta schwindelte es. Er griff nach einer Wasserflasche und trank. Reichte sie Herbst, sie nahm ebenfalls einen Schluck.

Es war alles zu viel. Wer war diese Frau, die ganz allein gegen einen Trupp Elitesoldaten bestand? »Woher? Woher weißt du so was?«

Herbst reichte ihm die Flasche zurück. Ihr Blick war starr auf die Straße gerichtet. »Ich war eine von ihnen.«

Eine weitere Stunde verging, inzwischen fuhren sie nach Osten, hinein in die aufgehende Sonne.

Herbst war nicht zu Gesprächen aufgelegt, also surfte Varta

auf seinem Smartphone – nachdem er ihr weitere achttausendmal versichert hatte, dass man ihn nicht würde orten können.

»Fuck.«

Herbst drehte den Kopf. »Was ist?« Offenbar lebte sie doch nicht in einem vollkommen gefühllosen Körper.

»Cate Beheim ist tot«, erklärte Varta.

»Wer?«

»Die Witwe des Gründers von EuroBinary.«

»Mord?«

»Offiziell Suizid. Hör zu: *Beheim wurde am Freitag früh an einem Strand nördlich von Kopenhagen aufgefunden. Die Obduktion im Rigshospitalet ergab eine Überdosis an Phenobarbital, einem verschreibungspflichtigen Schlafmittel. Offenbar fanden sich keine Anzeichen von Gewalteinwirkung. Die Polizeidirektion Kopenhagen, unter deren Zuständigkeit die Untersuchung fällt, hält sich zwar mit ihrem abschließenden Urteil noch zurück. Doch Experten gehen davon aus, dass es Beheim nicht gelang, den Verlust ihres Mannes Stefan zu bewältigen, der vor kaum mehr als zwei Monaten selbst den Freitod wählte.*«

»Experten?« Herbst rümpfte die Nase.

»Jedenfalls kommt mir das alles ziemlich verdächtig vor«, überlegte Varta. »Zu glatt, findest du nicht? Schlafmittel, weit und breit kein Zeuge, dazu ein wunderbares Motiv. Genau so würde ich jemanden aus dem Weg räumen, wenn es nach Selbstmord aussehen soll.«

»Oder es *war* Selbstmord«, entgegnete Herbst lakonisch. »Hatte sie denn Feinde? Spielt sie eine Rolle bei FEB?«

»Keine Ahnung.« Varta befragte sein Smartphone, scrollte durch weitere Artikel. »Hatte zumindest ordentlich Anteile an FEB.«

»Aktuell können wir sowieso nichts tun.«

»Wir könnten schauen, ob wir an einen Verwandten rankommen. Jemand, der ihr nahestand, weiß am besten, wie wahrscheinlich die Selbstmordvermutung ist. Oder warum sie überhaupt in Kopenhagen war.«

»Und wie finden wir das raus, wer ihr nahestand?«

Varta spürte die Energie durch seine Adern schießen. Es war das erste Mal, dass er das Gefühl hatte, Herbst auf Augenhöhe zu begegnen.

»Wir schauen uns an, wer die Leiche identifiziert hat.«

»Ist das öffentlich?«

»Öffentlich genug.«

Varta widmete sich seinem Smartphone. Wie die meisten Krankenhäuser der Welt verwendete auch das Rigshospitalet Software, die älter war als Deckard Cain. Vor ein paar Jahren hätte er für den Hack noch ein paar Tausend Zeilen Code schreiben müssen. Jetzt zahlte er einfach eine Handvoll Kryptocoins, ließ sich einen Link schicken, lud das dazugehörige Programm herunter und wartete, während ein vorgefertigtes Tool die Arbeit machte. Das Programm analysierte nicht nur den Traffic der Website. Eigenständig identifizierte es Datenpakete mit weiterführenden Zugriffsrechten, entschlüsselte sie, öffnete sie, schrieb sie um und schickte sie weiter. Varta wartete. Endlich – die Push-Nachricht, die den Erfolg des Programms verkündete; mit dem Zugangscode zum Back-End des zentralen Servers, über den die Krankenhaus-Infrastruktur lief. Der Rest war Routine.

Er sah auf die Uhr. Es hatte keine fünfzehn Minuten gedauert.

»Zwei«, sagte er triumphierend.

»Zwei was?«

»Zwei Leute, die Beheims Leiche identifiziert haben. Philipp Linde und Carolin Radwitz.«

»Wie hast du das herausgefunden?«

»Über die Website.«

»Das steht da drauf?«

»Mehr oder weniger.«

55. Kapitel

Radwitz saß in einem kleinen Café, hatte Kaffee und Laptop vor sich und beobachtete, wie draußen Autos, Motorroller, Fahrräder, Fußgänger ums Überleben kämpften. Die Straße, an der das Café lag, war nicht nur gepflastert und entsprechend laut, sie war auch lächerlich schmal. Doch die Verkehrsteilnehmenden warfen sich unerschrocken ins Gemenge, hupend zeigten sie ihren unbedingten Siegeswillen.

Auf Radwitz' Laptop leuchtete seit einer Dreiviertelstunde der Startbildschirm. Sie kam nicht weiter. Zwar war sie nach wie vor überzeugt, dass Ólafur Larsen ihnen in Kopenhagen etwas verborgen hatte. Und dass es etwas mit der *Alabastra* zu tun hatte oder zumindest mit den Containern, die FEB bezahlt hatte.

Aber ansonsten war sie blank.

Sollte sie Philipp anrufen und ihn fragen, ob er Näheres zu der Fracht herausfinden könnte? Aber mit welchem Argument? Selbst wenn zwischen Eriksen und FEB krumme Dinger gedreht wurden – es ging doch immer noch darum herauszufinden, weswegen Cate in Kopenhagen gewesen war. Bisher war Radwitz auf kein einziges Indiz gestoßen, dass Cate und Eriksen etwas miteinander zu tun gehabt hätten.

Was sollte sie also tun? Sich ziellos in die Prinzipien des Seehandels einlesen? Sich auf die *Alabastra* schmuggeln? Absurd. Frau Radwitz, Ihnen gehen die Ideen aus.

Frustriert klappte sie den Laptop zu.

Es war immer noch früher Vormittag. Am nächsten Morgen erst würde die *Alabastra* ablegen. Vielleicht hatte Radwitz etwas übersehen. Ein zweiter Besuch konnte zumindest nicht schaden. Beim Bezahlen erinnerte sie sich an van Dees. Der Kapitän hatte sie offensichtlich gemocht. Plötzlich sah sie einen Weg. Ihr wurde der Mund trocken. Wie weit würde sie gehen?

Das Café lag in Hafennähe, Radwitz lief zu Fuß zurück zu dem Liegeplatz der *Alabastra*. Auf dem Weg zog sie van Dees' Karte hervor und wählte die angegebene Nummer.

Besetzt. Mist.

Und wenn schon, dachte Radwitz mit verbissenem Optimismus. Wenn sich keine neue Fährte auftat, könnte sie sich immer noch die Stadt ansehen. Sie war noch nie in Marseille gewesen. War ja vielleicht nett. Sie dachte an Cate – und alle Zuversicht war verflogen. Es war noch keine vierundzwanzig Stunden her, dass Radwitz von ihrem Tod erfahren hatte. Sie redete sich nichts ein: Dass Cate nicht ohne Unterbrechung ihr Bewusstsein marterte, dass Radwitz halbwegs funktionierte, dass sie recherchierte, Pläne fasste, lag nicht daran, dass sie Cates Tod leicht verkraftete. Im Gegenteil – ihr Geist war noch nicht bereit, sich den Verlust überhaupt einzugestehen.

Je näher sie dem Hafenareal kam, desto leerer wurden die Gehsteige. Am Hafenzugang wurde sie wieder nur halbherzig kontrolliert, es waren dieselben Wachleute. Diesmal sahen sie nicht einmal mehr die Notwendigkeit, sie zu begleiten.

Während Fahrzeuge aller Art durcheinanderbrausten, gab es kaum Fußgänger. Sie suchte sich einen Weg abseits der donnernden LKW. Als sie ans Ufer gelangte, den Kai entlanglief, war sie ganz allein. Nur hinter sich hörte sie noch Schritte, ein paar Dutzend Meter entfernt. Radwitz empfand sich nicht als furchtsam. Dass es ihr überhaupt auffiel, überraschte sie. Der Mensch musste ihr schon eine geraume Zeit gefolgt sein. Sie blickte sich um – ein Mann im Anzug. Er war breit gebaut, musste ausgesprochen muskulös sein. Er sah sie weder an, noch änderte er seine Geschwindigkeit. Es mochte ein Zufall sein. Trotzdem setzte sie sich auf einen Hafenpoller, wartete und tat, als betrachtete sie das Meer.

Der Mann ging an ihr vorbei.

Radwitz atmete auf.

Etwa fünfzig Meter weiter setzte sich der Mann ebenfalls auf einen Poller.

Langsam wurde Radwitz nervös. Statt den Kai entlangzugehen, bog sie rechts in eine Straße ein. Es schien sich um einen Arbeitsweg zu handeln. Rechts und links türmten sich Container, einen Bürgersteig gab es nicht. Zügig schritt sie die Straße entlang, lauschte auf ihre Umgebung. Eine Minute verstrich, während der sie nur vom Hafenlärm und dem Geräusch ihrer eigenen Schritte begleitet wurde. Erleichtert sah Radwitz sich um – und ihre Erleichterung gefror. Derselbe Mann, weiter entfernt jetzt, aber immer noch da, immer noch hinter ihr. Beklommen wurde Radwitz sich bewusst, wie verlassen das Gebiet hier war. Ab und an brauste ein LKW vorbei, aber ansonsten war sie allein. Allein mit ihrem Verfolger.

Sie musste zurück zu den belebteren Vierteln; zu den Cafés, zu den hupenden Rollern, zu den Touristen. Die Straße schien eine Zufahrt zu sein, öffnete sich auf einen großen Platz, der ebenfalls mit Containern vollgestellt war. Der Platz war umzäunt, ein kamerabewehrtes Stahltor blockierte ihr den Weg. Am Zaun entlang gab es einen schmalen Trampelpfad, Radwitz folgte ihm hastig.

Es dauerte nicht lang, da hörte sie die Schritte erneut. Der Mann war wieder näher gekommen. Ohne sich umzusehen, griff Radwitz nach ihrem Smartphone. Selbst wenn sie der Polizei erklären müsste, weshalb sie ziellos zwischen den Containern herumspazierte – im Zweifelsfall wäre es das kleinere Übel.

Das Smartphone vibrierte. Einer ihrer Messenger-Dienste hatte die Nachricht einer unbekannten Nummer empfangen. Als sie die Nachricht las, stockte ihr der Atem.

Frau Radwitz. Sie haben Cate Beheim als Letzte gesehen. Sind Sie davon überzeugt, dass es Selbstmord war?

Mit klammen Fingern tippte Radwitz: *Warum verfolgen Sie mich?*

Während sie weiter zwischen Zaun und Containern voranstolperte, klebte ihr Blick auf dem Display. Mehrere Sekunden passierte nichts. Dann zeigte der Messenger, dass ihr Gegenüber eine Antwort eingab.

Sie werden verfolgt?

Instinktiv sah sie sich nach ihrem Verfolger um. Sein Blick war nun offen auf sie gerichtet. Ein Telefon hatte er nicht in der Hand. Aber das musste nichts bedeuten.

Wer sind Sie?, tippte sie.

Wieder drei Sekunden Pause, dann die Gegenfrage: *Von wem werden Sie verfolgt?*

Die Schritte kamen näher. Trotz des kalten Wintermorgens begann Radwitz zu schwitzen. *Wer sind Sie?*, tippte sie erneut.

Freunde von Cate. Der Pfad bestand aus aufgesprungenen, unebenen Betonplatten. An einer Kante stieß Radwitz sich die Zehen an, stöhnte auf, humpelte weiter. Der Messenger zeigte Aktivität. Dann der Post: *Wir wollen Sie treffen.*

Radwitz war so auf ihr Smartphone konzentriert, dass sie beinahe gegen den Container gelaufen wäre, der vor ihr aufragte. Den Weg versperrte. Rechts war der Zaun, also nach links, durch den Containerdschungel hindurch. Sie warf einen Blick über die Schulter und zuckte vor Schreck zusammen – der Mann war auf wenige Schritt herangekommen. Wie hatte er das gemacht? Radwitz begann zu laufen. Der Mann hinter ihr ebenfalls. Die Container waren alle parallel zueinander platziert – ein darüber hinausreichendes Lagerungssystem war nicht ersichtlich. Wie riesig das alles war! Radwitz rannte jetzt. Der Mann hinter ihr auch. Sie bog wahllos ab, wann immer sich die Gelegenheit bot; versuchte, das Labyrinth zu nutzen, um ihren Verfolger abzuschütteln. Vorher, mit Duchamps, waren sie überall Arbeitern begegnet, wo waren die nur hin? Die Container ragten kalt und bedrohlich

312

um sie herum auf wie in einem Albtraum. Ihre Lunge brannte, ihr Herz trommelte wild – und während ihr Körper alle Kräfte mobilisierte, mit denen die Evolution ihn ausgestattet hatte, jagten Fetzen von Gedanken durch ihren Geist: Sie würde ihren Verfolger nicht loswerden. Sie musste einen Ausgang finden. Sie musste dem rätselhaften Menschen schreiben, der sie auf ihrem Smartphone kontaktiert hatte. Egal, was es mit ihm auf sich hatte, eines stand fest: Ihr Gespür hatte sie nicht getrogen. Sie wusste noch nicht die ganze Wahrheit zu Cates Tod.

Eine Sackgasse. Panisch wandte sie sich um, suchte einen Fluchtweg.

Zu spät.

Ihr Verfolger versperrte den Ausgang. Von Nahem schien er gar nicht so muskulös zu sein, wie sie zuerst gedacht hatte, eher stämmig. Doch das machte ihre zweite Beobachtung nur gruseliger – denn während sie selbst keuchend nach Luft rang, ging sein Atem unhörbar leicht.

Alabastra, tippte Radwitz, die Finger zitternd vor Hast und Furcht. *Marseille.*

»Ich würde das lassen«, sagte ihr Verfolger auf Englisch. Er hatte eine Pistole gezogen, Radwitz hatte nicht mitbekommen, wie. Sie ließ das Smartphone sinken.

»Sie sind Fjodor«, flüsterte sie.

»Ich bin Fjodor«, sagte der Mann.

56. Kapitel

In kalter, stummer Wut stand Fridolin von Wolfenweiler an der Rezeption der Vorstandsetage und beobachtete, wie die Schergen der sogenannten Bundesanstalt für Finanzdienstleistungsaufsicht mit ihren schneeverdreckten Schuhen über den Teppichboden schmierten, Aktenordner wegschleppten, sich an den Computern zu schaffen machten, Festplatten ausbauten. Welcher Schwanz von Richter hatte ihnen nur die Ermächtigung ausgestellt?

Von Wolfenweiler bebte. Jeder Schichtarbeiter träumte vom Wohlstand, aber die Einzigen, die wirklich etwas bewegten in diesem Land, wurden schikaniert, wo es nur ging. Es war krank.

Eine halbe Stunde bevor die Beamtenlutscher ihm das Haus vollfurzten, war Wu in sein Büro scharwenzelt und hatte behauptet, Roux-Pastor habe sich doch bereit erklärt mitzuarbeiten; Alyattes sei noch nicht verloren. Vor einer halben Stunde. Ein Silberstreif am Horizont. Und jetzt ließ Gott Feuer und Schwefel regnen. Hätte der nichtsnutzige Ángel mal zwei Ave-Maria mehr gebetet.

Von Wolfenweiler musste telefonieren. In Ruhe.

Die Dachterrasse war direkt über ihnen. Statt auf den Fahrstuhl zu warten, nahm von Wolfenweiler die Treppe. Sein Privathubschrauber stand auf dem Helipad. Der Gedanke an Flucht zuckte in sein Bewusstsein, und er ärgerte sich über sich selbst. Es schneite, einen Mantel hatte er nicht mitgenommen. Doch die Kälte war ihm willkommen, gab ihm die Klarheit, die er brauchte.

Er wählte die private Nummer von Ricardo Villa. Villa war der EU-Kommissar für Digitale Wirtschaft. Der Mann, der Alyattes in Auftrag gegeben hatte.

»Herr von Wolfenweiler, was gibt's?« Eine Seltenheit, dass Villa sofort abnahm.

»Alyattes.«

»Läuft alles nach Plan? Ich bin gespannt auf die Präsentation am Dienstag. Meine Mitarbeiter sagen, es ist noch ein bisschen dünn, was Sie zu bieten haben.«

Von Wolfenweiler ballte die Faust. »Es läuft alles nach Plan. Es könnte gar nicht besser laufen.«

»Das freut mich zu hören.«

»Es gibt ein anderes Problem.«

»Und zwar?«

»Die BaFin räumt unsere Büros aus.«

»Tatsächlich?« Zu von Wolfenweilers Erleichterung klang Villa erstaunt. »Aber doch nicht die Daten zu Alyattes? Die sind klassifiziert. EU-Besitz. Das hätten die mit uns absprechen müssen. Ich rufe direkt meinen zuständigen Direktor an.«

»Die Alyattes-Server haben sie bisher nicht angetastet…«

»Ach so. Warum behelligen Sie mich dann?«

Was für ein Fatzke. »Weil wir nicht weiterarbeiten können, wenn man uns die Computer klaut.«

»Was soll ich tun? Die werden einen richterlichen Bescheid haben. Das ist eine deutsche Angelegenheit.«

»Von wegen. Als ob nicht Sie am längeren Hebel säßen. Geben Sie uns nur ein paar Tage. Bis Dienstag. Dann können Sie auch sehen, wie weit wir mit Alyattes sind und ob es sich lohnt, das Projekt weiterzuverfolgen.«

Villa sprach langsam. »Sie haben schmutzige Bilanzen und drohen mir, dass sich unsere Investitionen in Luft auflösen, wenn ich Ihnen nicht helfe.«

Exakt, dachte von Wolfenweiler. »Wir haben noch ein paar schlechte Papiere«, sagte er. »Aber wer hat die nicht? Die BaFin kann Einsicht bekommen, wann immer sie will. Ab Dienstag.«

»Sie sind ein gerissener Hund«, sagte der Kommissar. Eine

Redewendung, die von Wolfenweiler doch gerade erst gehört hatte. Er konnte sich nicht erinnern, wo.

Eine Viertelstunde später stand von Wolfenweiler wieder im Empfangsbereich des zweiunddreißigsten Stocks. Diesmal war er nicht wütend. Er machte sich keine Mühe, sein Grinsen zu verbergen, während er den BaFin-Schweinen dabei zusah, wie sie ihre mit Aktenordnern gefüllten Kisten zurück in die Büros schleppten.

Linde war hinzugekommen. Einer von den EuroBinary-Leuten, die man nicht losgeworden war. Immerhin war es gelungen, ihn im Aufsichtsrat zu parken. Weil der Tag bisher so gut gelaufen war, entschied von Wolfenweiler, den Typen nicht abblitzen zu lassen. Er lud ihn in sein Büro ein und befahl Aurora, Getränke zu bringen. Er hatte genügend weitere Assistentinnen – aber keine hinterließ einen Eindruck wie Aurora.

Aurora brachte die Getränke, und von Wolfenweiler bemerkte mit Genugtuung, wie Lindes Blick an ihrem Dekolleté hängen blieb. Richtig vermutet – ein Mann, der sich nicht unter Kontrolle hatte. Nachdem Aurora wieder gegangen war, bat er Linde, sein Anliegen zu äußern.

»Ich habe die Mitteilung erhalten, dass die BaFin uns durchsuchen würde. Ist das nicht Grund genug vorbeizuschauen?«

»Haben Sie hier oben irgendein anderes Aufsichtsratsmitglied entdeckt? Wir haben doch eine Sondersitzung vereinbart für Mittwoch.« Von Wolfenweiler lächelte. »Lassen Sie uns unsere Arbeit machen. Vertrauen Sie mir, das nutzt uns allen am meisten.«

»Ich bin nicht sicher, ob eine BaFin mit Durchsuchungsvollmacht eine Angelegenheit ist, die den Aufsichtsrat nicht betrifft.«

»Ich kann Ihnen garantieren, FEB steht nicht schlechter da als andere Banken. Besser als viele. Nach 2008 war es für uns alle schwierig, aber wir haben ...«

»Wer ist Fjodor?«

»Was?«

»Wer ist Fjodor?«

Der Name schlug von Wolfenweiler ins Gesicht wie ein nasses Handtuch. Seine Gedanken rasten. Scheiße. Was war passiert? Wo war das Leck? Was wusste Linde? Es galt, sich mit höchster Aufmerksamkeit durch das Minenfeld zu tasten.

»Hat Max mit Ihnen telefoniert?«

»Was befindet sich in den Containern auf der Alabastra?«

Von Wolfenweiler ließ sich nichts anmerken, schenkte Kaffee ein. Innerlich brannte er. Es gab nur eine Wahl: alles oder nichts.

Fridolin von Wolfenweiler wäre nicht Fridolin von Wolfenweiler gewesen, wenn ihm die Wahl schwergefallen wäre.

»Fjodor ist ein russischer Agent. Über Tristan stützt er unsere Eigenkapitalquote. Im Gegenzug schmuggeln wir Waffen nach Libyen.«

Es war eine Freude zu beobachten, wie Lindes Gesichtszüge entgleisten, sich zu sortieren versuchten und schließlich als wackligere Version ihrer selbst neu zusammenfanden. Von Wolfenweiler schüttete Zucker in seinen Kaffee, rührte um und wartete langmütig, während Linde sich die Frage selbst beantwortete, die gerade in seinem Gehirn explodierte – warum ihm von Wolfenweiler die Wahrheit verraten hatte.

Als seine Wangen sich röteten, er aufsprang, seine Krawatte lockerte, wusste von Wolfenweiler zweierlei. Erstens: Linde hatte verstanden. Zweitens: Von Wolfenweiler hatte ihn richtig eingeschätzt. Hätte Linde nur ein bisschen Anstand im Leib gehabt, hätte er handeln müssen – obwohl es seinen eigenen Untergang bedeutet hätte. Doch von Wolfenweiler war lang genug im zweiunddreißigsten Stock, um eine fundamentale Erkenntnis verinnerlicht zu haben: Mit Anstand gelangte man selten so weit nach oben.

»Wer weiß davon?«, fragte Linde, rote Flecken am Hals.

»Sie und ich.«

»Ich werde Sie anzeigen.«

Von Wolfenweiler blieb ruhig. Die Schlacht war bereits geschlagen, Lindes Aufbäumen war Theater. »Sollten Sie das tun,
werde ich behaupten, wir haben den Deal gemeinsam eingefädelt.« Er nahm einen Schluck von seinem Kaffee. »Aussage
gegen Aussage, Herr Linde.«

Pamela rief an. Das bedeutete, es war dringend. »Wenn Sie
mich entschuldigen würden?« Er wies Linde die Tür, der Langweiler gehorchte. Eine Assistentin nahm ihn in Empfang, von
Wolfenweiler wartete, bis sie die Tür hinter sich zugezogen hatte.

»Pam, was gibt's?«

»Giresse.«

»Stell ihn durch.«

Sie tat es.

»Wir haben den Service Action auf Varta angesetzt«, begann
Giresse ohne Umschweife.

»Und?« Von Wolfenweiler stand auf vor Aufregung. Dieser Tag
hatte das Potenzial, famos zu werden.

»Er ist entkommen.«

»Scheiße.« Von Wolfenweiler taumelte, er griff nach der Tischkante, um sich abzustützen. »Sie verarschen mich.«

»Nein.«

»Fahren Sie zur Hölle, Giresse!«

Von Wolfenweiler drückte ihn weg, befahl Pamela, ihn zu
Ángel durchzustellen. Er hatte seinen Sicherheitschef erst gestern geschasst. Er wusste nach wie vor nicht, ob er ihm vertrauen
konnte. Nun, er würde Ángel alle Möglichkeiten geben, seine
Loyalität unter Beweis zu stellen.

Als Ángel in der Leitung war, erklärte von Wolfenweiler:
»Ángel, Varta ist noch frei. Finde ihn. Du bekommst alles, was du
brauchst. Er gehört dir. «

Ángels Antwort ließ keine Sekunde auf sich warten. »Gut.«

Varta kappte die Verbindung, drückte die Direktwahl zu Aurora.

»Fridolin.«

»Varta ist den Franzosen entkommen. Ich habe Ángel auf ihn angesetzt.«

»Vertraust du ihm?« Von Wolfenweiler hatte keine Geheimnisse vor Aurora, sein Misstrauen gegenüber Ángel hatte er ihr mitgeteilt.

»Nein.«

»Das heißt?«

»Ich will, dass du ihn beobachtest.«

57. Kapitel

Eine Stunde lang hatte Herbst gehadert, ob es das Risiko wert war. Eine Frau, die Beheims Leiche identifiziert hatte, behauptete, verfolgt zu werden. Und antwortete nicht mehr.

Dass es sich um eine Spur handelte, war offensichtlich. Die Reaktion auf Vartas Kontaktaufnahme war zu ungewöhnlich. Aber war es Grund genug, aus der Deckung zu gehen? Wenn man einmal die Variante außer Acht ließ, dass Radwitz an Verfolgungswahn litt, war sie entweder wirklich in Gefahr oder gebrieft, wie sie sich zu verhalten hätte, wenn sich jemand bei ihr meldete. Freilich: Niemand hätte sich die Mühe gemacht, sie zu briefen, wenn er nicht mit der Möglichkeit rechnete, dass sie kontaktiert wurde. Sie war also von Belang.

Varta hatte recherchiert, dass es sich bei der *Alabastra* um ein Containerschiff einer Reederei namens Eriksen Nordic Shipping handelte. Und mit seinen unheimlichen Tricks hatte er herausgefunden, dass sie bis zum nächsten Morgen in Marseille ankerte.

»Kein Wunder«, konstatierte Herbst, »dass die Offiziellen das Darknet am liebsten zumachen würden.«

»Darknet.« Varta lachte. »Was für ein bescheuerter Begriff. Das Darknet gibt's gar nicht. Es gibt Angebote, die sich schnell finden lassen, und es gibt Angebote, die sich nicht so schnell finden lassen. Aber nur weil jemand seinen URL verschleiert, muss man nicht so tun, als ob plötzlich ein zweites Netz erfunden wurde.«

Während Varta sich seinen Ausführungen über Missverständnisse zur Digitalisierung hingab, fasste Herbst einen Entschluss. Sie stellte das Navi auf Marseille ein.

Im Radio waren sie noch immer nicht erwähnt worden. In Genf sei ein Hubschrauber abgestürzt, die Polizei untersuche den Vorfall. Bericht zu Ende. Das Internet spekulierte wild, Privataufnahmen der Unfallstelle kursierten, manche Schreibtisch-Detektive erklärten, es handle sich bestimmt um einen Terroranschlag; andere glaubten, in dem Wrack einen französischen Militärhubschrauber zu erkennen – was die Diskussion nur weiter anheizte.

»Kanntest du sie?«

»Was?«, schreckte Herbst aus ihren Gedanken auf.

»Die Leute vom Service Action?«

Herbst schwieg.

»Tut mir leid.«

»Schon okay. Wenn ich ehrlich bin: Ich weiß es nicht. Es ging zu schnell. Sie waren vermummt.«

»Vielleicht besser so.«

»Ja.«

Sie erreichten Marseille am frühen Nachmittag. Herbst kurvte um den Frachthafen herum, bis sie einen Parkplatz fand, der drei Fluchtwege bot.

»Was machen wir jetzt?«, fragte Varta.

»Mittagsschlaf.«

»Jetzt? Nicht dein Ernst!«

»Ich bin müde. Du auch. Wir müssen unsere Kräfte einteilen.«

Varta protestierte weiter, Herbst ignorierte es. Sie drehte den Fahrersitz zurück, lehnte sich nach hinten und schlief augenblicklich ein.

Türenschlagen weckte sie. Sie schreckte hoch, eine Glock in der Hand. Varta saß neben ihr, schlug gerade die Kapuze seiner Jacke zurück. An seinen Schuhen klebte Schneematsch.

»Wo warst du?«

»Spazieren«, stotterte er erschrocken.

»Du kannst nicht einfach abhauen.«

»Sorry. Ich habe Strom gebraucht.« Er hielt sein Smartphone hoch.

»Du machst mich fertig. Hast du geschlafen?«

Varta grinste. »Ich hatte Kaffee.«

»Oh Mann. Dann geh ich mich mal umsehen.« Sie fand in Frenzels Handschuhfach Zettel und Stift. »Deine Telefonnummer, bitte.«

»Soll ich nicht besser mitkommen?«

»Du passt auf das Auto auf.«

Herbst ging den Zaun entlang, der den Frachthafen großräumig absperrte. An einem zugewachsenen und entsprechend schlecht einsehbaren Abschnitt schwang sie sich hinüber. Gewaltige Silos ragten vor ihr auf. Sie passierte sie und gelangte zu dem Bereich, wo die Containerschiffe lagen. Sie achtete auf einen zielstrebigen Schritt und eine sichere Haltung. Niemand beachtete sie. Ein Riesenfrachter schälte sich vor ihr aus dem diesigen Novemberwetter. Im Schatten eines Containerturms zog Herbst den Feldstecher aus ihrer Jackentasche, den Schildkröten-Toni ihr mitgegeben hatte. Treffer: In weißen Lettern leuchtete der Name *Alabastra* auf dem Bug des Frachters.

Herbst observierte das Schiff eine kleine Viertelstunde, dann hatte sie genug gesehen. Sie steckte den Feldstecher ein.

Für den Weg zurück zum Zaun schlug sie einen weiten Bogen, um das Areal weiter zu erkunden. Mit geübtem Blick nahm sie die Details wahr, die das Hafenleben beinhaltete: Wer grüßte wen, in welchem Rhythmus arbeiteten die Kräne, was stand auf den Planen der LKW, welche Gleise wirkten vernachlässigt, welchen Weg würden Einsatzfahrzeuge bevorzugen, welche Bereiche wurden beleuchtet, welche Bereiche lagen im Dunkeln.

Als sie zurück zu Varta ins Auto stieg, war sie um die zwei Stunden fort gewesen.

»Was hast du herausgefunden?«

»Heute Nacht schaue ich mir das Schiff genauer an. Vorher muss ich noch einkaufen.« Verdrossen zählte sie die letzten Scheine in ihrem Portemonnaie. Das Bündel mit Hundertern, das Schildkröten-Toni ihr gnädigerweise überlassen hatte, war traurig zusammengeschmolzen.

»Und was mach ich?«

»Überleg dir, wie wir an Bargeld kommen.«

58. Kapitel

Klug ist nicht, wer keine Fehler macht. Klug ist der, der es versteht, sie zu bereinigen.

Wladimir Iljitsch Lenin hatte es gesagt. Sein großer Fehler war Stalin gewesen. Lenin hatte seinen Fehler erkannt. Doch es war ihm nicht gelungen, Stalins Aufstieg zu verhindern.

Traurig betrachtete Fjodor die Deutsche, die bleich auf seine Waffe starrte. Wie sollte er seine Fehler bereinigen, wenn selbst der große Lenin mit den seinen überfordert gewesen war?

Fjodor kämpfte für sein Land, nicht weil er stolz auf es war. Sondern weil er wusste, sobald er zu kämpfen aufhörte, würde das Bild zerlaufen, das er sich über die Jahrzehnte ausgemalt hatte. Seine Beziehung zu Russland war wie die zu einer Frau, die einen nicht liebte. Je mehr sie einen leiden ließ, desto verzweifelter warf man sich vor ihr in den Staub, versuchte, ein Glück zu retten, das es nie gegeben hatte, aber an das man glauben musste, weil man die Kraft nicht hatte, sich einzugestehen, dass all der Schmerz aus einem Kampf rührte, den man um eine Illusion geführt hatte.

Während er die Waffe weiter auf die Frau gerichtet hielt, rief er Leonid an. »Du hast noch Wache?«

»Ja.«

»Was ist mit den anderen?«

»Der Koch ist da und der Erste Offizier. Der Rest hat Landgang.«

»Van Dees?«

»Trifft irgendeinen Politiker.«

Fjodor wandte sich der Frau zu. Auf Englisch befahl er ihr, ihm ihren Personalausweis zu geben. Sie streckte ihm die Karte entgegen, Fjodor kam auf sie zu und nahm ihr die Karte aus der Hand. Ihre Haltung offenbarte, dass sie keine Bedrohung war; eine Zivilistin.

»Was wollten Sie auf der Alabastra, Frau Radwitz?«

»Ich bin Journalistin, ich schreibe über den Hafen…«

»Warum sind Sie dann vor mir weggelaufen?«

»Ich habe überreagiert.«

»Woher kennen Sie meinen Namen?«

Die Frau biss die Lippen zusammen. Die Tränen, die ihr die Wangen hinunterliefen, konnten Fjodor nicht täuschen. Carolin Radwitz war niemand, den es leicht werden würde zu knacken.

Er steckte die Waffe in die Tasche seines schweren Mantels, behielt sie allerdings in der Hand. Mit der anderen Hand packte er die Frau am Arm.

»Kommen Sie mit.« Er musste keine Warnung aussprechen, die Frau wirkte zu klug, um sich zu wehren.

Fjodor führte sie zur *Alabastra*, als wären sie ein Pärchen. Dass Radwitz' Gesichtsausdruck ihr Elend deutlich zeigte, tat dem Rollenspiel keinen Abbruch. Vermutlich war die Welt mit dem Anblick unglücklicher Paare vertraut, seit es Beziehungen gab.

Vor der Gangway sah Fjodor hoch zu Leonid, dieser nickte. Das Deck war frei. Fjodor brachte Radwitz zügig in den Aufbau und drängte sie dann nach unten, mehrere Stockwerke tief in die Eingeweide der *Alabastra* hinein. Er war kein Seemann; als er die Weisung bekommen hatte, die Container zu begleiten, hatte er sich zum ersten Mal mit den Grund- und Aufrissen eines Frachtschiffes auseinandergesetzt. Hätte er das nicht getan, wäre er in dem stählernen Koloss völlig orientierungslos gewesen. Aber so kannte er sein Ziel und den Weg dorthin: der Generatorenraum.

Lang nicht so groß wie der Hauptmaschinenraum und dennoch ein lärmendes, schnaubendes Monster. Solange das Schiff vor Anker lag, gab es keinen Bereich, der lauter war. Fjodor hatte Handschellen dabei, mit denen er Radwitz an ein Rohr fesselte, weit genug weg von allen Knöpfen und Schaltern. Auch wenn es ausgeschlossen war, dass sie hier unten Empfang hätte, ließ er sich ihr Telefon geben.

Mit der Pistole kratzte er sich den Nacken. Was sollte er bloß tun?

»Was mache ich mit dir?«

Radwitz hätte ihn anflehen können, hätte ihn beleidigen können, hätte versuchen können, ihn zu bedrohen, zu bestechen oder zu überzeugen. Stattdessen rutschte sie an dem Rohr hinunter, an dem sie gefesselt war, setzte sich auf den grünen Kunststoffboden und sah stumm zu ihm herauf. Beachtlich. Eine ähnliche Energie, wie er sie schon bei Cate Beheim beobachtet hatte.

Fjodor seufzte.

Er wusste, was das Protokoll verlangte, doch er zögerte den nächsten Schritt hinaus. Stattdessen ließ er Radwitz allein, zog sich in seine Kajüte zurück. Vielleicht brachten sie die paar Stunden in der Einsamkeit des Generatorenlärms dazu zu kooperieren, ohne dass er härtere Maßnahmen ergreifen musste. In seiner Kajüte warf er sich auf sein Bett und schloss die Augen.

Hätte es einen Ausweg gegeben aus der Misere, er hätte ihn gewählt, ohne nach dem Preis zu fragen. Vor einem Monat war er fünfzig geworden. Fünfzig. Welch ein symbolisches Alter. Fjodor war kein sentimentaler Mensch. Der Geburtstag alleine war nicht das Problem, hatte nur die Fragen verstärkt, die seit Jahren an ihm nagten. Was war der Sinn seines Tuns? Nicht philosophisch betrachtet – ganz praktisch: Was nutzte es, dass er Spione anwarb, dass er Intrigen spann, dass er Leute tötete? Seit einem Vierteljahrhundert war er im Geschäft, und seine Bilanz war mager. War die Welt eine bessere geworden? Bestimmt nicht seinetwegen. War Russland erblüht? Sicher nicht.

Fjodor glaubte nicht mehr an sich. Und seine Vorgesetzten ließen ihn spüren, dass sie ebenfalls an ihm zu zweifeln begannen. Tristan war sein jüngstes Projekt gewesen, seine eigene Idee. Er hatte den Kontakt zu Fischer aufgenommen, er hatte die Fusion mit EuroBinary lanciert, geschickt war er gewesen und umsichtig. Im Kalten Krieg hätten sie ihm eine Medaille verliehen. Als ob eine Medaille etwas geändert hätte.

Die Waffenlieferungen für Abdallah al-Fattah waren ein strategischer Fehler. Putin verzettelte sich in seinen außenpolitischen Interventionen. Und Fjodors Vorgesetzte stürmten eifrig hinterdrein. Was brachte es, die Welt zu destabilisieren, wenn die Heimat zerbröckelte. Und dann auch noch Libyen. Hatte denn niemand aus Afghanistan gelernt?

Das Tragische an Fjodors Beruf war, dass er nicht einfach kündigen konnte. Er war verdammt dazu, im Netz seiner Taten zu kleben; und jeder Versuch, sich zu befreien, verhedderte ihn nur weiter. Selbst die Aussicht, dass von Wolfenweiler ihm Zugang zu Alyattes verschaffte, bewegte Fjodors Vorgesetzte nicht mehr. Unfassbar. Wenn es den Europäern tatsächlich gelänge, ein Zahlungssystem zu entwickeln, das mit SWIFT mithalten könnte, würde dies die globale Wirtschaftsordnung verändern. Dank Fjodor hätte Russland darauf Zugriff. Und was taten seine Vorgesetzten? Zuckten stumpf mit den Schultern und beugten sich über ihr Bœuf Stroganoff. Manchmal zweifelte Fjodor an dem bürokratischen Verfall seines Landes noch mehr als an sich selbst. Überall die Apparatschiks, die Lenin so gefürchtet hatte. Wahrscheinlich wäre es ihnen sogar recht, wenn die Container nicht ankämen – ein guter Vorwand, sich seiner zu entledigen. Eine Nachricht an Leonid, und es wäre vorbei. Wenn Leonid es wollte, würde Fjodor es nicht einmal merken. Es war nicht so, dass Fjodor ihm misstraute. Aber Leonid war ein Mann der Gruppe Wagner, ein Söldner in Staatsdiensten, entmenschlicht und zu einer Waffe geformt, zu Gehorsam gebürstet und Gewissenlosigkeit.

Stiefelschritte. Leonid. Seine Wache war also vorbei. Fjodor konnte das Unvermeidliche nicht länger aufschieben. Mit Leonid stieg er wieder hinab in das vibrierende Herz des Schiffes.

Radwitz hustete nur, als sie ihn kommen sah. Fjodor betrachtete sie missmutig. Er wusste, dass sie es ihm schwer machen würde. Und er spürte Bedauern für sie beide.

»Woher kennst du meinen Namen?«

Sie schwieg.

»Wieso bist du auf dieses Schiff gekommen?«

Nur Schweigen.

»Hör mir zu«, sagte Fjodor müde. »Du wirst meine Fragen beantworten. Alle reden irgendwann. Für dein eigenes Wohl solltest du bald entscheiden, wie du meinen Wünschen begegnen möchtest. Ich bin ein zivilisierter Mensch. Aber wenn ich nicht weiterweiß…« Er blickte bedeutungsvoll zu Leonid. Ein Schauer lief durch Radwitz' Glieder. Den guten Eindruck, den Fjodor von ihr hatte, schmälerte es nicht. Leonid war nicht nur eine Maschine, er sah auch wie eine aus.

»Leonid, bereite sie vor«, befahl er auf Russisch. Er hätte Radwitz gerne geschont. Betrüblich, dass die Zeit so knapp war. Er konnte nicht länger warten.

»Ohne Spuren?«, fragte Leonid.

»Ohne Spuren.«

Es gab viele Arten der weißen Folter. Fjodor war froh, dass er die Entscheidung Leonid überlassen konnte.

»Schlüssel«, forderte Leonid.

Fjodor gab ihn heraus.

Leonid öffnete Radwitz' Handschellen und befahl ihr, sich auszuziehen. Sie zögerte, doch als Leonid ein Messer aufklappte und es ihr nah vor die Augen hielt, fügte sie sich. Leonid musste niemandem wehtun. Ein Blick genügte ihm, um jedes Aufbäumen zu ersticken. Es umhüllte ihn eine Aura bedingungsloser Brutalität, der ein Mensch mit warmem Herzen nicht gewachsen war. Als Radwitz nackt und zitternd vor ihm stand, fesselte er sie wieder an das Stahlrohr. Mit einem Riemen band er ihren Kopf an das-selbe Rohr. Dann holte er einen Eimer, der mit Wasser gefüllt war, bohrte mit dem Messer ein kleines Loch hinein und befes-tigte ihn so über Radwitz, dass es ihr aus dem Eimer stetig auf die Stirn tropfte.

Radwitz' Augen drehten sich auf der verzweifelten Suche nach einem Ausweg. Fjodor betrachtete sie voll Mitleid. Noch war es nur die Furcht, unter der sie litt. Es war kein Vergleich zu dem Schmerz, der bald kommen würde.

Fjodor tastete nach Radwitz' Personalausweis in seiner Tasche. Mit einer Mattheit, die nicht seinem Körper geschuldet war, stemmte er sich hoch. Er musste in seine Kabine; herausfinden, was es über Carolin Radwitz zu wissen gab. Erst danach könnte er mit der Befragung beginnen.

Er war froh, einen Grund zu haben, den Raum zu verlassen. Die grausame Gleichgültigkeit Leonids, das monotone Wum-mern der Dieselgeneratoren und die verzweifelte nackte Frau, die vermutlich nichts getan hatte, als am falschen Tag am falschen Ort gewesen zu sein – nein, Fjodor mochte seinen Beruf in der Tat nicht gern.

59. Kapitel

Monique Roux-Pastor hatte sich alles genau überlegt. Und dennoch verging sie vor Angst. Die Mathematik mochte eine Herausforderung sein – beunruhigen konnte die Mathematik sie nicht. Menschen hingegen ... und egal, wie Roux-Pastor es gedreht und gewendet hatte: Sie käme an Menschen nicht vorbei.

Wu hatte ihr ein Büro zur Verfügung gestellt. Zwei Stunden lang studierte sie die Formeln, die für Alyattes in Betracht gezogen wurden. Las den Code, der bisher entwickelt worden war. Es waren die richtigen Formeln. Es war kein schlechter Code. Die Sackgasse bildete die Vorgabe, das System solle auf dem Blockchain-Ansatz basieren. Sicher und transparent war es, das ja. Aber ineffizient. Jede Veränderung wurde unikal hinterlegt, verlängerte die Datenkette, vergrößerte den Rechenaufwand. Es brauchte einen Algorithmus, der die Veränderung in die Datenkette integrierte, ohne diese länger werden zu lassen. Schwierig.

Aber nicht unmöglich. Roux-Pastor klappte ihren Laptop zu. Jetzt kam der harte Teil. Menschen. Mit dem Laptop unterm Arm suchte sie die Coding Area auf. Die anderen waren schon da. Wu. Die Mathematiker. Die Programmierer. Alle schauten erwartungsvoll zu ihr auf. Insgesamt elf Leute – Back-End und Front-End gleichermaßen. Roux-Pastor nahm die Brille ab, zog das Putztuch hervor, behauchte die Gläser, polierte sie.

»Hallo«, sagte sie.

»Frau Roux-Pastor«, schimpfte Wu. »Wir warten seit zwei Stunden auf Sie.«

»Es tut mir leid.«

»Ist Ihnen eigentlich klar, wie wenig Zeit wir noch haben?«

»Einundsiebzig Stunden und achtzehn Minuten.«

Roux-Pastor erklärte ihren Algorithmus. Er war nicht perfekt, aber würde genügen, um Alyattes den nächsten Entwicklungsschritt zu ermöglichen. Wenn sie Tamás helfen wollte, musste sie das Vertrauen seiner Gegner gewinnen. Also half sie ihnen. Beinahe fand sie es ironisch.

Erleichtert stellte sie fest, dass die Mathematiker ihr folgen konnten. Selbst die Programmierer schienen nicht völlig ahnungslos. Als sie geendet hatte, ließ sie allen etwas Zeit, ihre Gedanken nachzuvollziehen. Eine Notwendigkeit, die ihr eigentlich immer bewusst gewesen war; doch erst in Paris hatte sie die richtige Herangehensweise gelernt: warten.

Wu reagierte als Erster. »Vielleicht«, murmelte er. »Wenn die Theorie tragfähig ist, könnte es funktionieren.«

Roux-Pastor wies darauf hin, dass es sich nicht um eine Theorie handle, sondern um einen formal logischen Beweis. Dann verteilte sie die Aufgaben. Es ging nicht darum, dass die Leute das Konzept komplett verstanden. Sie brauchten nur eine Vorstellung davon, welche die praktische Ausführung erlaubte. Glücklicherweise gelang es Roux-Pastor, die Mathematik weit genug herunterzubrechen, um auch die Langsamen im Team mit Arbeitsaufträgen versehen zu können.

Es war ein produktiver Samstag. Roux-Pastor kam gut voran. Das Team war kompetenter und entsprechend hilfreicher als erwartet.

Irgendwann musste Roux-Pastor austreten; als sie zurückkam, sah sie die angestrengten, geröteten Gesichter – und plötzlich fühlte sie, wie eine ungewohnte Wärme sich in ihr ausbreitete. Sie brauchte eine Minute, bis sie das Gefühl zuordnen konnte. Dann erkannte sie: Zuneigung. Sie mochte die Menschen hier.

Sie waren nicht dumm. Konnten nachvollziehen, worauf Roux-Pastor hinauswollte, arbeiteten zügig, leidenschaftlich; nahmen sie ernst, ohne eingeschüchtert zu sein. Respektierten sie.

Und Roux-Pastor würde sie verraten.

Für Tamás.

Roux-Pastor wurde die Brust eng. Das Leben könnte so einfach sein. Für sie zumindest. Sie verstand die Zusammenhänge, wusste, worauf es ankam. Aber immer, wenn sie dachte, sie habe sich eingerichtet in der Welt, habe einen Platz gefunden, den sie akzeptieren könne, spielten ihre Hypophyse oder ihre Zirbeldrüse verrückt, ihre Nebennieren oder ihre Inselzellen, und überschwemmten sie mit sinnlosen Gefühlen, so heftig, dass keine Ratio gegen sie bestehen konnte.

Mutter hatte recht. Es gab nur eine Lösung: Sie musste sich den Unwägbarkeiten des Lebens so weit wie möglich entziehen. Sie musste zurück nach Paris, an die ENS; nur Forschung – keine Lehraufträge, keine Interviews. Eine aufgeräumte, kleine Wohnung; ein Weg zur Arbeit ohne Umstiege; nur Hobbys, die sich auf feste Wochentage legen ließen. Maximale Routine.

Nachdem sie Varta geholfen hätte.

Sie setzte sich an ihren Platz und arbeitete weiter.

»Frau Roux-Pastor.«

Sie schreckte auf. Wu war lautlos an sie herangetreten.

»Das bin ich, äh, ja. Was?«

»Gute Arbeit.«

»Danke.«

»Wollen wir einen Kaffee trinken gehen?«

Roux-Pastor schoss das Blut in die Wangen. Sie nickte.

Sie befanden sich in Wus Büro.

»Es sieht so aus«, begann Wu, »als ob Ihr Algorithmus funktionieren wird.«

Roux-Pastor schwieg.

»Ich wollte Sie um Entschuldigung bitten«, fuhr er fort, »wie ich Ihnen im Mountain Lion begegnet bin.«

Sie versuchte nicht, ihm in die Augen zu sehen.

»Ich hoffe, Sie finden einen Weg, mir zu verzeihen.«

Roux-Pastor konnte nicht lügen. Aber sie konnte diejenigen Aspekte der Wahrheit wählen, die ihren Zielen besser entsprachen. Sie hatte das Gespräch erwartet. Alle Formulierungen, die geäußert werden müssten, hatte sie sich bereits zurechtgelegt.

»Ich hoffe, es geht Tamás gut«, sagte sie.

»Er hat uns im Stich gelassen«, entgegnete Wu. »Trotzdem haben wir ihm kein Härchen gekrümmt. Mir fiele ein großer Stein vom Herzen, wenn sich die Angelegenheit friedlich lösen ließe.«

»Ja, das fände ich schön.«

»Halten Sie es für möglich, dass wir bereits einen – zumindest theoretischen – Prototypen haben werden am Dienstag?«

»Wenn wir einen der früheren Ansätze als Basis nutzen, können wir heute Abend mit den ersten Tests beginnen.«

»Für die Stabilitätstests brauchen wir Varta.«

»Fragen Sie ihn, ob er Ihnen hilft.«

»Wir wissen nicht, ob wir ihm vertrauen können.«

Roux-Pastor schwieg. Bisher ging ihr Plan auf, Wu agierte logisch.

»Könnten Sie vielleicht die Tests übernehmen?«

Roux-Pastor nickte. »Sie meinen, für das Front-End.«

»Das wäre eine große Hilfe.«

»Allerdings bringt das nichts, solange das Back-End nicht ebenfalls geprüft wird.«

»Sie haben recht.«

»Da Sie das Back-End vom Front-End getrennt prüfen wollen und keine Pentester fürs Back-End in unserer Arbeitsgruppe sind, müssten Sie die Prüfung selbst übernehmen, Herr Wu.«

»Das habe ich vor.«

Roux-Pastor schwieg. Sie wussten beide, dass Wu überfordert wäre. Die Zeit war zu knapp.

»Vielleicht könnten Sie mir helfen?«

Roux-Pastor nickte.

60. Kapitel

In einem Sportgeschäft hatte Herbst einen Neoprenanzug, Schwimmbrille und Flossen gekauft. Einen wasserdichten taktischen Rucksack, Munitionsgurte, ein Dietrich-Set und ein Kletterseil besorgte sie in einem Laden für Militärbedarf. Außerdem stockte sie den Proviant auf und kaufte ein zweites Smartphone. Zurück im Auto erklärte sie Varta ihren Plan: Sie würde die *Alabastra* entern. Geduldig wartete sie, während Varta versuchte, ihr die Idee auszureden. Schließlich warf er seufzend die Arme in die Luft.

»Wenigstens wissen wir, dass diese Radwitz tatsächlich auf der Alabastra ist.«

Herbst blieb unbeeindruckt. »Hast du eine bessere Idee?«

»Ich meinte das nicht ironisch.« Varta hielt ihr sein Smartphone hin. Es zeigte eine digitale Karte der Umgebung. »Ich habe ihr GPS-Signal abgegriffen. Es sendet von der Alabastra.«

»Gibt es eigentlich irgendetwas, wo du nicht rankommst?« Herbst sagte es schnippischer, als sie wollte. Vartas Kenntnisse bewiesen von Stunde zu Stunde deutlicher ihren Wert.

Er grinste. »Selten. Gib mir mal das Handy, das du gekauft hast. Dann richte ich es dir ein.«

Um 22:30 Uhr machte Herbst sich bereit. Sie zog sich komplett aus und zwängte sich dann in den Neoprenanzug. Auch wenn sie nicht schamhaft war, bemerkte sie dennoch, dass Varta diskret zur Seite blickte. Die beiden Glocks mit Schalldämpfern kamen in das taktische Gürtelholster, außerdem die übrig gebliebene Schockgranate; das Kampfmesser schnallte sie an den Unterschenkel. Ersatzmagazine in die Munitionsgurte vor der Brust, das Seil in das größere Innenfach, das Nachtsichtgerät in das kleinere darüber. Zuletzt spannte sie außen am Rucksack die Flossen fest.

Varta fuhr sie am Zaun entlang, der das Hafenareal umschloss. Es war hell beleuchtet. Während die Sicherheitsvorkehrungen am Tag nicht besonders streng gewesen waren, wurden sie des Nachts offensichtlich deutlich verschärft. In ihrem Neoprenanzug wäre Herbst jedem Wachmann auf Hunderte Meter Entfernung aufgefallen. Darüber hinaus konnte sie nicht wissen, mit welchen unsichtbaren elektronischen Maßnahmen der Zaun gesichert war. Erst nach mehreren Kilometern schloss sich ein Yachthafen an, der frei zugänglich war. Herbst bat Varta anzuhalten. Varta gab ihr das Smartphone zurück.

»Wir bleiben in Kontakt, okay?«

Herbst nickte. »Wenn du nicht frei reden kannst, nenn mich Anni. Wenn bei mir was nicht passt, nenne ich dich Tam.«

»Okay.«

»Bis später.«

»Anna-Lena?«

»Lena reicht.«

»Pass auf dich auf.«

Herbst hatte den Rucksack so eng geschnallt, dass nichts verrutschen konnte, selbst bei schnellen Bewegungen. Schnell zu sein war allerdings nur der zweitwichtigste Grund für ihre Sorgfalt – blieb sie leise genug, käme sie gar nicht erst in die Situation, schnell sein zu müssen. Immer den Schatten suchend, huschte sie an hölzernen Piers vorbei, die von glucksend schaukelnden Booten gesäumt waren. Ein Vorteil von Tauchschuhen: Sie waren lautlos. Am Ufer schnallte sie die Flossen an die Schuhe, packte Glocks, Magazine und Granaten in den wasserfesten Rucksack, zog die Schwimmbrille in Position und ließ sich ins Wasser gleiten.

Sie hatte sich die Entfernung online angesehen, eine halbe Stunde würde sie brauchen. Es gab kaum einen gefährlicheren Badeort als einen Frachthafen: das Wasser brackig, von einem stinkenden, öligen Film bedeckt; ein schäumendes Durcheinander von Lotsenbooten, Schleppern, der Küstenwache; dazwischen Tanker, deren Kielwasser stark genug war, eine Barkasse an der Kaimauer zu zertrümmern.

Mit gleichmäßigen, kraftsparenden Zügen schwamm Herbst die Mole entlang, die den Yachthafen vom industriell genutzten Bereich abgrenzte. Bald wichen die Restaurants und Bootshäuser den ersten Silos. Kransilhouetten zeichneten sich am Ufer ab, mit zahllosen roten Lichtern bestückt. Erst ein Drittel der Strecke war geschafft. Herbst änderte ihr Tempo nicht, achtete darauf, so unauffällig wie möglich durch das Wasser zu pflügen. Ein Tanker ragte vor ihr auf, ein dunkler Umriss, eindrucksvoll scharfkantig gezeichnet durch verborgene Lichtquellen auf der Hafenseite. Wie ein winziger Fisch glitt Herbst an ihm vorbei. Eine weitere Mole, die es zu umrunden galt. Fünf Minuten später erneut aufgeschüttetes Geröll, eine dritte Mole, quer zu ihrer Schwimmrichtung. Noch im Wasser zog Herbst die Flossen aus, spähte und überquerte geduckt das Hindernis. Auf der anderen Seite schnallte sie die Flossen wieder an, und weiter ging es. Schließlich die ersten Container, strahlend im Flutlicht. Sie zeichneten mit ihren klaren Kanten geometrische Muster in den schwarzen Hintergrund der Nacht. Langsam kroch die Kälte durchs Neopren. Es war nicht mehr weit. Eine Form erhob sich vor Herbst, die sie sich mittags genauestens eingeprägt hatte. Ihr Ziel. Die *Alabastra*. Die Kräne, die das Schiff am Tag beladen hatten, beugten sich mit waagrechten Hälsen noch immer darüber. Monströse Kraniche einer Maschinenwelt. Herbst hatte nicht darauf gehofft, dass sie schlafen würden. Containerschiffe

337

waren zu wertvoll, um sie nachts einfach im Hafen liegen zu lassen.

Von den vier Kränen waren allerdings nur die zwei hinteren in Aktion. Griffen mit gewaltigen Zangen nach den Containern, die von Portalhubwagen geliefert wurden. Hievten im Minutentakt die Container auf das Schiff.

Herbst glitt lautlos an die Kaimauer. Der vorderste Kran am Bug des Schiffes war ihr Ziel. Herbst musste darauf vertrauen, dass die Arbeiter ihre ganze Konzentration auf die anspruchsvolle Aufgabe richteten. Unbedarfte ahnten nicht, wie wenig Menschen von ihrer Umgebung mitbekamen, wenn sie unter Stress ein Problem zu lösen hatten. Sie erreichte einen Aufstieg, schnallte die Flossen wieder ab und kletterte die Sprossen gerade so weit hoch, dass sie den Kai sehen konnte. Er diente als Arbeitsweg, dahinter erhoben sich die Containerreihen. Alles war beleuchtet, doch Bewegung gab es keine – nur dreihundert Meter entfernt am hinteren Teil des Schiffs.

Zwei Minuten regte Herbst sich nicht, im Schatten der Aufstiegsrille beobachtete sie den Rhythmus der Arbeiter. Zwei standen an der Reling und beobachteten, wie der Fahrer der Containerbrücke die Laufkatze des Krans über einem der Containerstapel auf dem Schiff platzierte, den Spreader herabließ und mit dem obersten Container wieder hochzog. Ein weiterer Arbeiter stand unten am Kai und kontrollierte die Verladung auf das automatische Fahrzeug, das unten wartete. Herbst hatte einen guten Ort abgepasst, keiner der Container wurde in ihre Richtung abtransportiert. Sie überprüfte den Rucksack, ob die Riemen sich gelockert hätten. Hatten sie nicht. Die Spiele konnten beginnen.

Sie schwang sich über die Kante der Kaimauer und spurtete zu den Containern hinter der freien Fläche, kauerte sich zwischen sie. Es hatte nur drei Sekunden gedauert. Sie spähte einmal kurz um die Ecke, die Arbeiter schienen sie nicht bemerkt zu haben. Nachdem sie Glocks, Magazine und Granaten aus dem Rucksack geholt und wie zu Anfang in Holster und Munitionsgurt verstaut hatte, spähte sie ein zweites Mal. Immer noch ruhig. Im Schutz der Container schlich sie zur Basis des vordersten Krans. Getragen wurde der Kran von vier stelzengleichen Beinen, die ihn wirken ließen wie eine kolossale Stahlgiraffe.

An einem der Beine klebte eine Aufzugskabine, die durch einen Zahlencode gesichert war. Doch Herbst hatte nicht vor, den offiziellen Weg zu nehmen. Auf der den Arbeitern abgewandten Seite des Krans zog sie sich an der Kabine hoch. Von deren Dach gelangte sie mit einem Sprung an die unterste der Notsprossen, die neben der Aufzugsanlage in die Säule eingelassen waren. Zügig kletterte sie die siebzig Meter nach oben, bis sie die Plattform mit dem Steuerungshaus erreichte. Das Flutlicht, welches das Areal taghell erstrahlen ließ, hatte sie unter sich gelassen. Auch den beleuchteten Ausleger des Krans selbst. Sogar wenn jemand direkt zu ihr hochschauen würde, wäre er nur geblendet von den gleißenden Lichtern, die unter ihren Füßen montiert waren.

Auf dem Ausleger gab es einen mit Geländern gesicherten Gang für Wartungsarbeiten. Herbst eilte ihn entlang, bis sie sich über der *Alabastra* befand. Auf diesem Teil des Schiffes war der Verladevorgang abgeschlossen, acht oder neun Container stapelten sich übereinander. Von dem mächtigen Ausleger stieg Herbst auf eine kleine Verladeplattform hinunter. Trotzdem waren immer noch bestimmt zehn Meter zu überbrücken.

Ein kurzer Blick Richtung Decksaufbau und Arbeiter. Die Container schwebten nach wie vor ohne Unterbrechung auf das Schiff. Herbst nahm das Seil aus ihrem Rucksack, schätzte die Entfernung. Nah genug; statt eines einfachen knotete sie einen doppelten Palstek. Die Schlinge so groß, dass Herbst hineinsteigen konnte. Sie zog sie sich bis über die Brust, unter die Achseln. Nachdem sie das durch den Knoten gedoppelte Seil wieder zu einem Strang verdrillt hatte, zog sie es um einen der Geländerpfosten und ließ es nach unten gleiten. Dann packte sie es von der anderen Seite des Pfostens und schwang sich von der Plattform. Jetzt hing sie nur noch in der Schlaufe, trug sich selbst, indem sie das Seil festhielt. Um Kraft zu sparen, hätte sie sich mit den Beinen unterstützen können. Doch es würde nicht lang dauern. In fließender Bewegung gab sie Seil nach, es rutschte um den Geländerpfosten, ließ sie hinab. Nach einer halben Minute kam Herbst auf der Decke des obersten Containers auf.

Es gab einfachere Methoden des Abseilens, doch diese hatte einen Vorteil: Herbst musste das Seil nicht hängen lassen. Ein leichter Ruck, schon glitt es oben um den Geländerpfosten und fiel neben ihr auf den Container. Sie fing das Ende auf, um das Geräusch des Aufpralls zu dämpfen. Dann rollte sie es ein und verstaute es wieder im Rucksack. Sie hatte nicht vor, unnötig Spuren zu hinterlassen. Und zurück würde sie einen anderen Weg nehmen.

Die nächste Herausforderung: der Abstieg aufs Deck. Die Türstangen an der Front der Container boten einigermaßen gute Griffe, doch der Übergang von einem Container zum nächsten war knifflig. Herbsts Hände wurden feucht von der Anstrengung. Endlich war der Boden nahe. Sie sprang, landete lautlos, kauerte sich hin, wartete. Nichts. Sie befand sich auf der Seeseite, es war eher unwahrscheinlich, dass ihr hier jemand über den Weg laufen würde. Sie holte ihr Smartphone aus dem Rucksack und kontaktierte Varta über den Messenger-Dienst, den er installiert hatte.

»Ich bin auf dem Schiff. Bisher alles nach Plan.«

»Cool.«

»Ich melde mich, wenn ich Radwitz gefunden habe.«

»Du hast das Signal?« Varta hatte ihr die Koordinaten von Radwitz' Smartphone weitergeleitet.

»Ja.«

»Sollte sich etwa acht Meter über dir befinden.«

»Gut.«

Herbst beendete die Verbindung. Fokussierte ihr nächstes Ziel:

den Decksaufbau. Sie würde vorsichtig sein müssen, der ganze Frachter war so hell beleuchtet wie die Ladezone. Das Nachtsichtgerät entpuppte sich als überflüssiger Ballast. Leise und rasch bewegte sich Herbst die Bordwand entlang. Alle paar Meter hielt sie kurz inne, lauschte nach Geräuschen abseits des Verladelärms.

Sie erreichte den Aufbau.

Hier begann der spannende Teil. Sie wusste nicht, wie es innen aussah, wo sich die Besatzung befand, wie viele Bewaffnete es gab. Zumindest die Wache, die sie am Mittag gesehen hatte, war mit einer Maschinenpistole ausgerüstet gewesen. Ein kleiner Fehler, ein bisschen Pech – und Herbst könnte den Fischen Hallo sagen. Sie warf einen Blick auf ihr Smartphone. Radwitz war nicht weit. Wenn Varta recht hatte, befand sie sich jedoch mehrere Decks über ihr. Herbst fasste den nächstgelegenen Zugang ins Auge. Die freie Fläche davor lag verlassen im Flutlicht.

Ein kurzer, lautloser Spurt, schon war sie an der Tür. Sie drückte den Hebel und hatte Glück: nicht abgesperrt. Sie öffnete die Tür nur einen Spalt, glitt hindurch und schloss sie wieder. Kauern, lauschen. Alles ruhig. Nur die Notbeleuchtung war angeschaltet. Der Frachter mochte beladen werden, doch ein Großteil der Besatzung dürfte dennoch in seinen Kojen liegen. Seit ihrer Zeit bei der Marine war Herbst auf keinem großen Schiff mehr gewesen. Es war, als kehrte sie nach Hause zurück. Mit der Einschränkung, dass es nicht ihr Zuhause war; dass sie eher mit tödlicher Gewalt als mit einer freundlichen Umarmung rechnen durfte.

Sie stieg den Niedergang nach oben aufs nächsthöhere Deck, schmale Flure zweigten ab. Man konnte nicht von geräumiger Planung sprechen, doch Herbst war die erdrückende Enge einer Fregatte gewohnt. Einen Moment lauschen, ein Blick auf ihr Smartphone, weiter nach oben.

Schritte.

Herbst wich zurück, eilte in einen der Flure, vor dessen nächster Biegung lauschte sie nach vorn, nichts, spähte um die

Ecke, niemand, ging um die Biegung und dahinter in Deckung. Lauschte. Die Schritte holperten zum nächsten Deck hinunter, verloren sich.

Wieder zum Niedergang, weiter nach oben. Sie zog ihr Smartphone aus dem Rucksack. *Bin ich richtig?*, tippte sie.

Ein Stockwerk noch.

Wie Varta neben den Koordinaten sogar die Höhe des Signals feststellte, war ihr ein Geheimnis. Eines, mit dem sie sich später beschäftigen konnte. Der letzte Niedergang. Ihre Wahrnehmung aufs Äußerste geschärft, stieg sie hinauf. Das vorletzte Deck vor der Kommandobrücke. Vermutlich lagen hier die Offiziersquartiere.

Sie schlich den Gang entlang, den Vartas App sie lotste; in der einen Hand das Smartphone, die andere an der Glock. Vor der dritten Tür zu ihrer Linken blieb sie stehen.

Hier?, tippte sie.

Ja.

Sie verstaute ihr Smartphone im Rucksack. Die Tür hatte keine Fenster. Herbst legte ihr Ohr an das kühle Metall. Nichts. Sie klopfte leise. Nichts. Sie griff nach der Klinke.

Plötzlich eine Stimme. »Hallo?« Ein Mann. Russisch.

Herbst schmiegte sich stumm an die Wand neben der Tür, die Glock gezogen.

»Leonid?«

Herbst klopfte lauter. »Hafenpolizei«, sagte sie auf Französisch. »Öffnen Sie bitte.«

»Entschuldigung, sprechen Sie Englisch?«, lautete die englische Replik.

»Hafenpolizei, bitte öffnen Sie.«

Schweigen. Einen Tick zu lange. Dann kam die Antwort. »Treten Sie ein. Es ist offen.«

Herbst stieß die Tür auf, ein schneller Schritt in den Raum, die Glock im Anschlag, Orientierung, ein Mann mit Waffe.

Der Mann zielte auf sie, drückte ab.

Jahre des Trainings, die sich innerhalb eines Wimpernschlags beweisen mussten. Herbst schnellte auf den Mann zu, packte mit der Linken sein Handgelenk, drehte es, ohne den eigenen Schwung zu verlangsamen, prallte mit Wucht gegen ihren Gegner, schmetterte ihn gegen die Wand, ihr Köper an seinem, die Mündung der Glock in seinen Unterkiefer gebohrt.

Das Echo des Schusses donnerte durch die Kajüte. Ein Hebelgriff, der Mann schrie auf, ließ die Pistole fallen. Die Glock an seinem Hals, ihr Blick in seine Augen gesenkt, tastete Herbst ihn mit der freien Hand ab. Keine weiteren Waffen. Sie fuhr ihren eigenen Oberkörper entlang, das Neopren lag glatt an, kein Loch – sie war nicht getroffen worden. Selbst bei einem Bauchschuss hätte das Adrenalin dafür gesorgt, dass sie den Schmerz erst nach ein paar Sekunden gespürt hätte.

Ihre Glock weiter auf den Mann gerichtet, ging sie rückwärts zur Tür, schloss sie, sperrte sie ab. Der Mann war bleich, aber gefasst.

»Sie sind Profi«, sagte Herbst. »Ich bin Profi.« Auf dem Gang hörte sie die ersten Rufe. Der Schuss dürfte das gesamte Schiff geweckt haben. »Wenn Sie den kleinsten Fehler machen, werde ich Sie töten.« Eine Drohung war immer nur so überzeugend, wie man selbst bereit war, sie wahrzumachen. Selbst Herbsts Kameraden hatten Respekt vor ihren Drohungen gehabt. »Ich werde Sie töten. Glauben Sie mir das?«

Der Mann nickte.

Draußen rannten Leute.

»Sie öffnen jetzt die Tür einen Spalt und sagen, der Knall kam von weiter unten. Verstanden?«

Der Mann nickte.

Schon wurde geklopft.

»Augenblick«, rief der Mann, ging hin und öffnete. Herbst hatte sich auf diejenige Seite der Tür gestellt, auf welcher sich der Anschlag befand, konnte also von außen nicht gesehen werden. Der Lauf ihrer Glock verfolgte den Mann.

»Fjodor«, rief es, »was war das, war das bei dir?«

»Nee, weiter unten.«

»Scheiße, das klang, als ob ein Container vom Stapel gefallen wäre.« Und zu unsichtbaren Begleitern gewandt: »Wir schauen auf Deck drei.« Sie rannten davon.

Herbst gebot dem Mann, die Tür zu schließen, der Mann gehorchte.

»Setzen Sie sich«, forderte sie ihn auf. Es gab nur das Bett und einen Stuhl, der Mann setzte sich auf das Bett.

Herbst blieb stehen. »Sie heißen also Fjodor?«

Der Mann nickte.

»Wer ist Leonid?«

Schweigen.

»Wo ist Carolin Radwitz?«

Keine Reaktion.

Herbst stellte auf ihrer Sportuhr einen Countdown von zehn Minuten ein und zeigte ihn Fjodor. »Wenn die Uhr piepst, ist Ihre Zeit abgelaufen. Verstanden?«

Fjodor nickte.

Herbst setzte sich auf einen kleinen Schreibtisch, hielt die Glock jetzt locker in ihrem Schoß. Fjodor saß einen Meter entfernt auf seinem Bett. Ein Meter war zu weit, um ihr gefährlich zu werden. Seine Haltung zeigte, dass er sich in sein Schicksal gefügt hatte. Gleichwohl war der Blick, den er auf sie gerichtet hielt, eher stur als eingeschüchtert.

Herbst wartete.

Wenn Fjodor gedacht hatte, sie würde Fragen stellen, hatte er sich getäuscht. Sie würde ihm nicht helfen. Die nächsten Minuten würden lang werden. Länger für Fjodor als für Herbst.

Sie sah auf die Uhr. »Acht Minuten noch.«

Fjodor verlagerte sein Gewicht.

Herbst betrachtete ihn. Er trug einen Anzug, hatte also vermutlich nicht geschlafen, als sie geklopft hatte. Die Attitüde war die eines Militärs, doch das Sakko spannte etwas um den Bauch, Fjodors aktive Zeit musste bereits vorbei sein. Die schmalen Lippen waren die eines Mannes, der selten lachte. Schwere Tränensäcke; kleine, trübe Augen.

»Sechs Minuten noch.«

Fjodor räusperte sich, sagte jedoch nichts.

Ein harter Brocken. Er hatte sie auf Russisch gegrüßt. Wenn er staatlich gelenkt war, arbeitete er vermutlich entweder für die GRU – den Nachrichtendienst des russischen Militärs – oder die SWR, die für die zivile Auslandsaufklärung zuständig war.

»Vier Minuten.«

»Wenn ich Ihnen sage, was Sie wissen wollen, töten mich meine Auftraggeber.«

»Ein Dilemma.«

Schweigen.

Langsam musste Herbst sich überlegen, wie sie vorgehen sollte, falls Fjodor störrisch blieb. Wer im Krieg überleben wollte, musste nicht stark sein oder schnell. Er musste töten können. Sie war bereit, Fjodor zu töten. Doch um Radwitz zu finden, war er ihr einziger Anhaltspunkt. Tot brachte er ihr nichts.

»Drei Minuten.«

Fjodor fuhr sich mit der Zunge über die Oberlippe. »Gut. Ich rede.«

Herbst verbarg ihre Erleichterung. »Wenn Sie lügen«, sie hob die Glock, »rate ich Ihnen, es überzeugend zu tun.«

»Was wollen Sie wissen?«

»Wer sind Sie?«

»Fjodor Iwanowitsch Romaschtschenko. Ich arbeite für die SWR, Abteilung Europa. Ich bin verantwortlich für die unabhängigen Projekte.«

»Wer ist Leonid?«

»Mein Mitarbeiter.«

»Wo ist er?«

»Im Generatorenraum. Bei Radwitz.«

Herbst wurde unruhig. Die Antworten kamen zu schnell, zu glatt. Bei Zivilisten hätte sie keinen Verdacht geschöpft. Aber dieser Mann war ausgebildet. Von einem der gefährlichsten Geheimdienst-Apparate der Welt.

»Was wollen Sie von Radwitz?«

»Sie hat uns nachspioniert.«

»Was haben Sie zu verbergen?«

»Wir schmuggeln Waffen nach Ostlibyen.«

»Was hat FEB damit zu tun?«

»Sie finanzieren uns.«

»Warum?«

»Weil sie abhängig von uns sind.«

»Wieso?«

»Wir haben über eine Strohfirma namens Tristan Anteile gekauft.«

»Das erklärt nicht, dass FEB erpressbar wird, Verbrechen zu begehen.«

»Wir haben Fischer bei der Übernahme von EuroBinary geholfen.«

»Mit Geld?«

»Wir waren verantwortlich für den Hackerangriff letztes Jahr. Wodurch EuroBinary insolvent wurde.«

Eine irre Behauptung. »Sagen Sie das noch mal.«

Fjodor gehorchte.

Was für eine Geschichte: Russische Agenten kauften Anteile an einer deutschen Bank, bevor sie ein am DAX verzeichnetes FinTech-Unternehmen hackten. Die Aktien des FinTechs stürzten ab, und die Bank konnte es im Handstreich übernehmen. Haarsträubend. Wenn es wirklich so geschehen sein sollte – brillant. Russland hätte mehr Einfluss auf FEB als die Europäische Union. Und damit auf den europäischen Finanzmarkt.

»Was wissen Sie über Alyattes?«

»Nicht viel. Wir haben gerade erst Zugriff darauf bekommen …«

»Was?«, unterbrach ihn Herbst. »Was meinen Sie mit Zugriff?«

Fjodor befeuchtete mit der Zunge seinen Mundwinkel. »Fischer ist finanziell angeschlagen. Sie haben einige schlechte Papiere in ihren Büchern. Wir stützen sie mit Krediten. Dafür bekommen wir Einsicht in die Entwicklung von Alyattes.«

Herbst brauchte einen Augenblick, um das Gehörte zu verarbeiten. Mit jedem Satz, den Fjodor sprach, wurde die Erzählung abenteuerlicher.

»Dann frage ich noch einmal: Was wissen Sie über Alyattes?«

»Wie gesagt, wir haben den Zugriff noch nicht lange. Bisher wissen wir nur das Offensichtliche – dass es darum geht, ein tragfähiges Konzept für einen bargeldlosen Zahlungsverkehr zu entwickeln. Sie scheinen noch nicht allzu weit zu sein.«

Herbst überlegte. Die Antworten waren zu vielschichtig, um ad hoc erfunden zu sein. Sagte Fjodor die Wahrheit? Für die Raschheit seiner Antworten hatte er nicht eingeschüchtert genug gewirkt. Er selbst hatte darauf hingewiesen: Seine Auftraggeber würden ihn töten für den Verrat. Herbsts Argwohn gegenüber Fjodors Kooperationsbereitschaft verstärkte sich.

»Führen Sie mich zu Radwitz«, befahl sie schließlich. Fjodors Pistole steckte sie in ihren Rucksack.

Während sie durch die verschiedenen Decks nach unten stiegen, blieb Herbst stets direkt hinter Fjodor. Er war ihr in der direkten Auseinandersetzung nicht gewachsen – aber das war kein Grund, leichtsinnig zu werden. Seine Schritte waren bedächtig, fest. Zum Kampf bereit. Sie ahnte, dass er nur auf eine passende Gelegenheit lauerte.

Auf ihren Befehl hin führte Fjodor sie eine Nebentreppe entlang.

Plötzlich Poltern. Mehrere Leute, dem Lärm nach zu urteilen. »Ich schau nach links!«, schrie jemand.

Ein Zucken durchlief Fjodors Körper, da hatte Herbst ihn schon in einen Flureingang gedrückt, das Kampfmesser an seinem Hals. Fjodor verstand. Sie warteten.

Leute rannten vorbei, nur wenige Meter entfernt.

»Weiter«, befahl Herbst leise. Sie hatten keine Zeit zu verlieren. Ohne die Klinge von seinem Hals zu nehmen, schob sie Fjodor vor sich her. Erst als sie das Unterdeck erreichten, lockerte sie ihren Griff. Dumpf verebbten die letzten Rufe über ihnen.

»Wissen Sie«, sagte Fjodor, »eigentlich bereue ich es nicht, dass Sie mich gefunden haben. Ich habe wirklich gute Arbeit geleistet. Aber mein Land weiß es nicht zu würdigen. Offen Ihnen gegenüber zu sein – es verschafft mir Genugtuung.«

»Seien Sie still«, sagte Herbst.

Der Maschinenlärm stieg an, sie näherten sich den Generatoren. Eine schwere Stahlschleuse versperrte ihnen den Weg. Durch den Lärm hindurch glaubte Herbst, ein Wimmern wahrzunehmen.

»Ich gebe Leon Bescheid, dass er aufmacht«, erklärte Fjodor. »Ich will ihn nicht überraschen.«

Herbst hatte das Messer weggesteckt, drückte ihm eine ihrer Glocks zwischen die Rippen. »Ein falsches Wort, und es ist Ihr letztes.«

»Leon«, rief Fjodor auf Russisch, »ich bin's.«

Die Schleuse öffnete sich.

Zwischen gewaltigen, schnaubenden Maschinen war eine Frau nackt an ein Rohr gefesselt, den Kopf so nach hinten gebunden, dass sie ihn nicht bewegen konnte. Über ihr hing ein Eimer, aus dem es ihr auf die Stirn tropfte. Ihre Augen waren verdreht, die Züge vom Schmerz entstellt, Rotz und Tränen liefen ihr über das Gesicht, ein Tuch war ihr so fest um den Mund gebunden, dass es tief in die Mundwinkel schnitt.

Ansonsten war der Raum leer.

Herbsts Körper vibrierte.

Ein Hinterhalt.

Sie wartete nicht, aus welcher Richtung der Tod kommen würde. Sie packte Fjodor am Kragen, duckte sich hinter ihn, riss die Glock hoch, suchte ihren Gegner.

Ein Schatten von rechts, eine Waffe blitzte, Herbst hinter Fjodor, ein ohrenbetäubender Knall, Herbst schleuderte Fjodor auf den Schatten. Ein Krieger in Kampfmontur; wich kunstgerecht Fjodor aus, der flog an ihm vorbei. Der nächste Schuss. Herbst am Schützen, schlug den Waffenarm zur Seite, zielte mit der Glock, wurde selbst gebunden, Tritt gegen die Kniescheibe ihres Gegners, der parierte, hebelte ihr die Glock aus der Hand, stechender Schmerz. Herbst ließ ab von seiner Waffe, Schlag mit der Linken gegen die Achsel, Schlag mit der Rechten gegen den Hals, wieder pariert. Noch ein Schlag gegen die Achsel, endlich Erfolg, der Krieger entwaffnet. Doch nicht weniger gefährlich. Einen Kopf größer als Herbst, vierzig Kilo schwerer, drang er auf sie ein, jeder Hieb zu gezielt, zu fest, um ihn zu binden, Herbst konnte nur ausweichen, wurde zurückgedrängt. Also Boden. Fußfeger um die eigene Achse, der Krieger zu langsam, Herbst schlug ihm die Beine weg, er verlor das Gleichgewicht, taumelte, aus der Hocke heraus ein weiterer Tritt, der Krieger fiel. Als er aufschlug, hatte Herbst bereits das Kampfmesser von ihrem Unterschenkel gezogen, rammte es ihm durchs Auge ins Hirn.

»Halt!«

Herbst fuhr herum.

Fjodor kniete neben der Gefesselten, hielt ihr Herbsts Glock an die Schläfe. Seine Stimme war von tödlicher Klarheit. »Eins: Lass das Messer fallen. Zwei: Leg dich …«

Mit einer Geschwindigkeit, wie sie nur exzessives Training und ein bedingungsloser Wille ermöglichten, zog Herbst die zweite Glock aus dem Holster und schoss Fjodor Iwanowitsch Romaschtschenko in den Kopf.

Sonntag

… bei der missglückten Razzia gestern in Genf waren offenbar auch Einheiten des französischen Militärs beteiligt. Videoaufnahmen von Augenzeugen belegen, dass es sich bei dem abgestürzten Hubschrauber um ein Modell handelte, wie er auch von der französischen Luftwaffe verwendet wird. Die Regierungen von Frankreich und der Schweiz haben eine gemeinsame Presseerklärung für zwölf Uhr angekündigt…

61. Kapitel

Dass Monique Roux-Pastor in Wus Nähe ihre Nervosität nicht verbergen konnte, musste sie als Vorteil betrachten. So schöpfte er hoffentlich keinen Verdacht. Denn Roux-Pastor war so nervös wie nie. Es war bereits nach Mitternacht, als er sie abholte. Sie hatte genug Zeit gehabt, sich den Plan zu überlegen.

Für die Tests am Back-End hatte Roux-Pastor erwartet, er würde sie in den entsprechenden Serverraum führen. Stattdessen nahmen sie den Fahrstuhl nach oben, achtundzwanzigster Stock. Statt enger Gänge gab es hier einen großzügigen öffentlichen Bereich mit Sofas und Zimmerpflanzen. Die Türen, die abgingen, waren geschlossen. Das Display neben der Tür, zu der Wu Roux-Pastor brachte, zeigte seinen Namen. Sie hatte ihn bisher nur im Development arbeiten sehen, hatte nicht einmal gewusst, dass er ein eigenes Büro besaß.

Die Tür war mit Nummerncode und Fingerabdruckscanner gesichert. Schwitzend vor Aufregung sah Roux-Pastor Wu dabei zu, wie er den Code eingab. Manchmal fragte sie sich, wie Menschen zurechtkamen, die sich Dinge mehrmals einprägen mussten, um sie zu behalten. Und selbst wenn sie dann endlich einmal etwas gelernt hatten, konnten sie es wieder vergessen. Es war Roux-Pastor unbegreiflich, wie ein geordnetes Leben möglich sein sollte, wenn man Dinge vergaß.

Wu bat sie in den Raum, hinter der Glasfassade funkelten die Lichter der Stadt. Wie auf dem Dach des Mountain Lion, schoss es Roux-Pastor durch den Kopf. Fünf Nächte nur war es her, dass Varta sie hatte vergessen lassen, wie einsam sie war. Wu trat an seinen Rechner und gab ein Passwort ein. Roux-Pastor hatte sich einen Plan überlegt. Der Plan sah vor, darauf zu achten, welche Passwörter Wu verwendete. Sie hatte nicht geahnt, wie verdächtig das wirken könnte.

Als sie hinter Wu trat, hielt dieser bei der Eingabe inne, drehte sich zu ihr um, sah sie mit hochgezogenen Augenbrauen an.

Auf dem Schreibtisch stand eine kleine hölzerne Figur, ein asiatisches Männlein mit einem Korb. »Eine schöne Figur«, haspelte Roux-Pastor hastig, »darf ich sie anfassen?«

»Nur zu.«

Roux-Pastor nahm das Männlein und drückte es an ihre Brust, als könnte es so ihr hämmerndes Herz zur Ruhe bringen. Wu tippte sein Passwort fertig. Als er sie sah, lachte er. »Wollten Sie sich die Figur nur ansehen oder sie direkt heiraten?«

»Tut mir leid«, stammelte Roux-Pastor, stellte das Männlein zurück auf den Schreibtisch, zu hektisch, es fiel herunter. Roux-Pastor verging vor Scham.

»Entspannen Sie sich doch bitte ein bisschen.« Wu hob die Figur wieder auf. »Kaum zu glauben, dass *Sie* an der Spitze der Nahrungskette stehen sollen.«

»Es tut mir leid.«

»Könnten Sie aufhören, sich zu entschuldigen?«

»Genau genommen habe ich mich nicht entschuldigt«, murmelte Roux-Pastor. »Ich habe Sie um Entschuldigung gebeten. Damit ist es Ihre Entscheidung, mich zu entschuldigen, nicht meine.«

»Gehen wir an die Arbeit.«

Wu zog einen der Besuchersessel hinter seinen Schreibtisch und forderte Roux-Pastor auf, Platz zu nehmen. Sie gehorchte. Auf Wus drei gewaltigen Bildschirmen erschienen nacheinander sieben Fenster, die verschiedene Teile derselben Entwicklungsumgebung zeigten. Alyattes. Aktuelle Versionen; Roux-Pastor konnte live mitverfolgen, wie der Code sich entwickelte. Es waren die Projektmitarbeiter, die vierundzwanzig Stockwerke weiter unten versuchten, Roux-Pastors Vorgaben umzusetzen.

Wu öffnete ein weiteres Fenster. Der Quelltext des Back-Ends. »Los geht's.«

»Vielleicht sollten wir direkt an den Test-Server«, wagte Roux-Pastor vorzuschlagen. »Sonst können wir keine Eingaben machen.«

»Geht von hier aus auch.«

»Aber der Server ist schreibgeschützt. Ein Fernzugriff wäre ja nur möglich, wenn jemand die Bearbeitungssperre überschrieben hätte…« Plötzlich verstand sie. »Herr Wu, das ist fahrlässig.«

»Es ist bequem.«

Roux-Pastor wollte etwas entgegnen. Dann erinnerte sie sich, dass sie selbst vorhatte, noch ein viel größeres Verbrechen zu begehen, und verstummte. Um sich von ihrer Aufregung abzulenken, widmete sie sich dem Code.

Sie konnte in der Kürze der Zeit nur die Kernelemente betrachten, doch diese waren gut geschrieben. Bei kontraintuitiven Aspekten erklärte ihr Wu das Nötige.

»Haben Sie einen Stift?«, fragte sie ihn.

»Einen was?«

Nervös strich sich Roux-Pastor eine Strähne zurück, versuchte, ihr Haar zu bändigen. Ein aussichtsloses Unterfangen. »Ich mache mir gern Notizen von Hand«, gestand sie.

»Bitte.« Wu öffnete eine Schublade seines Schreibtischs und reichte ihr einen Kugelschreiber, außerdem einen Spiralblock. Sie machte sich daran, die relevanten Formeln zu notieren. Natürlich hatte sie die Formeln im Kopf; aber etwas aufzuschreiben, half ihr gegen das Zittern ihrer Finger. Zeile um Zeile notierte sie, und mit jedem neuen Zeichen drängte die Klarheit der Mathematik die bedrohlich arbiträre physische Welt ein kleines Stückchen weiter zurück.

Nachdem Roux-Pastor sich mehrere Stunden in das Programm

vertieft hatte, war sie sich sicher: Das Material reichte aus, um ihr Konzept bis Dienstag zu einem stabilen Build zu formen.

»Ich hole uns Kaffee«, kündigte Wu an.

»Nein«, schreckte Roux-Pastor auf, »lassen Sie mich das machen.«

Im öffentlichen Bereich hatte sie eine Kaffeemaschine gesehen. Sie eilte hin und füllte zwei Gläser. Als sie zurückkam, zeigte Wu einen Gesichtsausdruck, den Roux-Pastor seit jeher von ihren Mitmenschen kannte: Spott und Überlegenheit.

»In Gläsern?«, fragte er. »Haben Sie Latte macchiato geholt?«

»Nein, normalen Kaffee.« Tassen waren aus, wäre die naheliegende Lüge gewesen. Aber Roux-Pastor vermochte nicht zu lügen. »Ich dachte, Gläser sind besser«, stotterte sie.

Mit glühenden Wangen setzte sie sich wieder vor den Code. Arbeitete weiter. »Entschuldigung, Herr Wu«, bemerkte sie irritiert, »die Primärschlüssel für die Whirlpool-Funktion sind gesperrt.«

»Eine Sicherheitsmaßnahme. Da kommen wir tatsächlich nur vom Serverraum aus ran.«

Roux-Pastor erhob sich. »Dann gehen wir eben in den Serverraum.«

Wu winkte ab. »Setzen Sie sich wieder. Machen wir erst mal hier weiter. Die Schlüssel prüfe ich im Zweifelsfall selbst.«

Roux-Pastor setzte sich, ohne noch einmal zu widersprechen. Die Schlüssel waren essenziell, wenn man herausfinden wollte, wie stabil der Build war. Dass Wu bereit war, ihr das komplette Back-End von Alyattes zu zeigen außer dem Kern, konnte nur eines bedeuten: Es war der Kern, der faul war.

62. Kapitel

Herbst kniete sich neben die Gefesselte, löste das Tuch, das ihr als Knebel um den Mund gebunden war.

»Carolin Radwitz?«

Die Angesprochene starrte sie regungslos an.

»Du bist Carolin?«

Ein kaum merkliches Nicken. Herbst knotete den Riemen auf, mit dem Radwitz' Kopf an das Rohr fixiert war.

»Alles wird gut. Verstehst du mich?«

Die Frau nickte.

Herbst zog das Dietrich-Set aus ihrem Rucksack. Eigentlich hatte sie es mitgenommen, falls sie auf verschlossene Türen träfe. Rasch sperrte sie die Handschellen auf. Ein paar Meter entfernt lag Radwitz' Kleidung, Herbst brachte sie ihr. »Bist du verletzt?«

Radwitz' Blick flackerte zwischen Fjodor und Leonid hin und her.

»Sie sind tot«, sagte Herbst, Radwitz' Blick folgend. »Alles wird gut.« Ein schmieriges Loch klaffte in Fjodors Hinterkopf, in Leonids Auge stak noch immer das Kampfmesser. Sie nahm Radwitz' Hände in ihre eigenen. »Kann ich dich eine Minute allein lassen?«

Radwitz riss die Augen auf, zog Herbsts Hände zu sich.

»Ich komme zurück«, versicherte Herbst. »Noch bevor du dich fertig angezogen hast. Versprochen.«

Sie löste sich von Radwitz' Griff, ein glühender Schmerz schoss durch ihre linke Hand. Verdammt. Leonid hatte das Gelenk fachkundig zerstört. Es half nichts. Auf der Suche nach einem Brandschutzplan eilte Herbst durch die Gänge. Während

Passagierschiffe ihren Abfall schon seit vielen Jahren nicht mehr ins Meer verklappen durften, galt das Verbot für Frachter nur eingeschränkt. Die nachvollziehbare Begründung lautete, dass sechstausend Reisende mehr Müll produzierten als zwanzig. Herbst fand einen Plan. Anhand des Grundrisses erschloss sie sich, welche Bereiche für eine Verbrennungsanlage infrage kamen. Das Schiff mochte Hunderte Meter lang sein, doch fast der gesamte Bauch diente als Frachtraum. Die Maschinen und anderen Einrichtungen lagen alle nah beieinander. Herbst hatte doppeltes Glück: Es gab nicht nur eine Müllverbrennungsanlage, sie befand sich sogar auf demselben Deck wie die Generatoren. Sie eilte zurück zu Radwitz. Diese war aus ihrer Starre erwacht, führte in Zeitlupe einen Kampf mit ihrer Hose. Als sie Herbst kommen sah, blickte sie auf. Herbst glaubte, Erleichterung in ihren Gesichtszügen zu lesen. Wenn das bedeutete, Radwitz' Geist erwachte bereits wieder, wäre es ein gutes Zeichen.

»Du machst das wunderbar«, lobte Herbst mit Blick auf die Hose. »Ich brauche noch zwei Minuten.«

Wieder der Schreck in Radwitz' Augen.

»Zwei Minuten«, wiederholte Herbst sanft, doch bestimmt.

Sie nahm Fjodors Mantel, wischte sein Hirn zusammen und wickelte ihm dann den Mantel um den zerschossenen Kopf. Anschließend wuchtete sie ihn über die Schulter und trug ihn zur Verbrennungsanlage. Sie versuchte, ihre linke Hand so wenig wie möglich zu belasten. Nachdem sie die Luke zum Ofen geöffnet hatte, stopfte sie Fjodor hinein. Der Ofen war aus, Herbst sah keine Möglichkeit, ihn anzuschalten, aber das wäre sowieso verdächtig gewesen. Sie musste darauf hoffen, dass keine Wartung vor der nächsten Nutzung anstand. Regulär wurde der Müll viel weiter oben über einen Schacht zugeführt, die Luke dürfte nur der Reinigung dienen.

Zurück zu Radwitz. Fast vollständig angezogen inzwischen. Herbst lächelte sie aufmunternd an. Dann knöpfte sie sich Leonid vor. Nachdem sie ihm das Messer aus dem Schädel gezogen hatte, hob sie versuchsweise seinen Oberkörper an. Er war deutlich schwerer als Fjodor; mit dem kaputten Handgelenk sah sie keine Chance, ihn zu tragen. Also fuhr sie ihm von hinten unter den Achseln hindurch, verschränkte ihre Arme vor seiner Brust und schleifte ihn so zu seiner letzten Ruhestätte.

Nachdem sie die Ofenluke geschlossen hatte, überprüfte sie beim Rückweg den Boden nach Beweismitteln. Im Generatorenraum hatte Fjodor eine Blutlache hinterlassen. Herbst nahm den halbvollen Eimer, der über Radwitz gehangen hatte, und spülte die Lache weg.

Zehn Sekunden durchatmen.

Dann kniete sie sich wieder zu Radwitz. »Wie geht's dir?« Jeans und Mantel hatten sie verwandelt, der Stoff hüllte sie ein und schien so ihre Auflösung aufzuhalten.

Radwitz sah Herbst an, stumm, betäubt.

»Ich bin Lena.«

»Hi.« Das erste Wort.

»Ich will runter von diesem Schiff. Willst du mit?«

Der Blick blieb ausdruckslos.

»Du schaffst das.«

Keine Reaktion.

»Caro.« Herbst nahm ihre Hand. »Ich helfe dir.«

Endlich ein Nicken, langsam, schlafwandlerisch.

»Allerdings brauche ich auch deine Hilfe.«

»Okay.«

»Du musst nichts tun, als einfach die Gangway runterzugehen. Sie werden dich nicht kontrollieren, wenn du vom Schiff kommst. Weißt du, wo der Ausgang des Hafens ist?«

Radwitz nickte.

Herbst trat einen Schritt zurück und musterte sie. »Traust du dir zu, den Sicherheitsleuten zu sagen, dass alles in Ordnung ist, wenn sie dich fragen?«

Schweigen.

»Caro?«

»Ja. Ich denke schon.«

»Gut. Ich glaube auch, dass du das kannst.« Herbst half ihr auf die Beine.

Die ersten Schritte waren wacklig, dann ging es besser. Mit höchster Vorsicht führte Herbst Radwitz die Niedergänge hoch. Es war alles ruhig, die Aufregung um Fjodors Schuss oben schien sich gelegt zu haben. Die Schüsse im Generatorenraum waren hoffentlich vom Lärm der Maschinen verschluckt worden.

Sie erreichten das Oberdeck; vor der Tür, die nach draußen führte, blieb Herbst stehen. Das Smartphone hatte wieder Empfang. Herbst schrieb Varta, er solle Radwitz vor der Hafeneinfahrt abholen, danach sie selbst an der Stelle, an der er sie abgesetzt hatte. Sie reichte Radwitz das Smartphone. »Ein Freund von mir holt dich ab. Warte zwanzig Sekunden hier. Dann gehst du.« Herbst drückte Radwitz an sich. »Du schaffst das, okay?«

Radwitz sagte nichts, kaum wahrnehmbar erwiderte sie die Umarmung.

Herbst schlich sich nach draußen. Noch immer stapelten die Kräne ihre Containertürme. Doch bis auf den Posten, der die Gangway bewachte, und einen Hafenarbeiter, der den Ladevorgang koordinierte, war das Deck menschenleer.

Herbst ging hinter einem der Container in Deckung und wartete. Die Tür des Schiffsaufbaus öffnete sich, Radwitz kam heraus, ging zur Gangway. Der Posten fragte sie irgendetwas, Herbst hielt den Atem an. Radwitz antwortete, ihre Gestik sah ruhig aus. Der Posten ließ sie passieren. Herbst atmete auf. Sie beobachtete, wie Radwitz auf der Gangway verschwand. Nachdem Herbst noch eine Minute gewartet hatte, während der nichts Verdächtiges geschehen war, machte sie sich an ihren eigenen Rückweg. Ihr Handgelenk war auf den doppelten Umfang angeschwollen, sie konnte keine Rücksicht nehmen. Wie zuvor verstaute sie alles, was sie dabeihatte, wasserfest in ihrem Rucksack und zurrte diesen sorgfältig zu. Da das Schiff mit Stacheldraht gegen Piraten gesichert war, konnte Herbst sich nicht einfach an der Bordwand hinunterlassen. Stattdessen entfernte sie sich noch ein Stück von den Arbeitern und Wachposten. Ein letzter Blick über das Deck der *Alabastra*, dann nahm sie Anlauf und hechtete mit dem Kopf voran über die Reling.

Obwohl das Schiff beinahe voll beladen war, waren es immer noch fünfzehn Meter bis zum Wasser. Bei dieser Höhe konnte eine unsaubere Technik zu schweren Verletzungen führen. Der Rucksack und die geschwollene Hand erhöhten die Herausforderung. Doch Herbst kannte ihren Körper. Der Rumpf unter Spannung, die Beine aneinandergelegt, die Füße lang gestreckt, die Arme erst im letzten Moment zusammengeführt, stürzte sie sich in die Fluten des Mittelmeers. Ein fehlerloser Sprung – trotzdem brannte ihr Handgelenk, als läge es im Feuer.

Herbst kraulte los. Sie hatte keine Angst vor dem Schmerz. Der Schmerz bewies ihr, dass sie lebte.

63. Kapitel

Die Dämmerung war noch fern, als Roux-Pastor mit schweißnassen Fingern das Mangandioxidpulver auf Wus Glas stäubte. Sie befand sich immer noch im achtundzwanzigsten Stock, allerdings im Treppenhaus – wenn es nicht gerade brennen sollte, der ungestörteste Bereich des gesamten Schiefen Turms.

Noch am Samstagabend hatte sie in einem Fachgeschäft für Polizeibedarf neben dem Pulver auch einen Pinsel und spezielles Klebeband gekauft. Der Verkäufer hatte sie spüren lassen, dass er sie für fehl am Platz hielt. Sie hatte etwas von Uni und Laborexperimenten gefaselt und ihm ihre Akkreditierung an der ENS von Paris gezeigt; die Erinnerung an seinen kritischen Blick ließ sie immer noch erschauern. Lügen war wirklich nicht ihre Stärke.

Doch die eigentliche Herausforderung stand Roux-Pastor noch bevor.

Sie nahm den Pinsel und strich vorsichtig das überschüssige Pulver weg. Die Abdrücke von Wus Fingern wurden sichtbar, mit dem Klebeband zog Roux-Pastor denjenigen ab, der vom Daumen stammen musste. Anschließend brachte sie das Glas zur Teeküche zurück und suchte die Damentoilette auf. Direkt davor befand sich ein Brandmelder. Keine Kameras. Noch konnte Roux-Pastor zurück. Ihr ganzes Leben hatte sie sich bedroht gefühlt, hatte überall Gefahren gesehen, hatte versucht, Mutters Rat zu folgen und sich zu schützen vor der Unbill der Welt. Als sie merkte, dass sie zu hyperventilieren begann, schlug sie mit dem Ellenbogen die Scheibe des Brandmelders ein. Die Scheibe zersplitterte, legte den runden schwarzen Knopf dahinter frei, der

Roux-Pastor finster entgegenstarrte. Eine Sekunde wartete sie, sammelte ihre Kräfte. Nein, sie konnte nicht in alle Ewigkeit davor fliehen, Verantwortung zu übernehmen. Es gab kein richtiges Leben im falschen. Sie drückte den Knopf.

Sirenen heulten los.

Roux-Pastor ging in die Toilette, schloss sich in einer der Kabinen ein. Wartete. Maman, verzeih mir. Die Sirenen schrillten, übertönten alles. Roux-Pastor sah auf ihre Armbanduhr. Exakt eine Minute und zwanzig Sekunden würde sie warten. So hatte sie es im Vorfeld beschlossen. Unter Druck funktionierte ihr Gehirn nicht gut, sie hatte sich alle wichtigen Schritte schon in der Nacht überlegt.

Nach einer Minute und fünf Sekunden verließ Roux-Pastor die Kabine. Sie brauchte die übrigen fünfzehn Sekunden, sich die Hände zu waschen. Unabhängig davon, wie sauber eine öffentliche Toilette war – Roux-Pastor fühlte sich immer schmutzig, wenn sie eine besucht hatte.

Mit gereinigten Händen trat sie auf den Gang. Die Sirenen heulten. Ansonsten regte sich nichts. Der Gemeinschaftsbereich lag verlassen. Roux-Pastor hastete zu Wus Büro, gab den Nummerncode ein. Legte das Klebeband mit dem Daumenabdruck über den entsprechenden Sensor. Wartete. Hyperventilierte. Grünes Licht.

Ins Büro. Roux-Pastor hatte sich die Lage der Frankfurter Feuerwachen angeschaut. Die nächste war die Feuerwache 2. Der erste Löschzug würde vermutlich nicht länger als drei Minuten brauchen.

Für das, was sie vorhatte, wären eigentlich Wochen nötig gewesen. Sie konnte nur hoffen, das richtige Programm gegen Wus Sicherheitsvorkehrungen gewählt zu haben. Die Chancen standen zwei zu eins. Wus Rechner war nicht heruntergefahren, aber zugriffgeschützt. Roux-Pastor gab das Passwort ein, das sie am Morgen beobachtet hatte. Funktionierte. Hektisch verband sie ihr

Smartphone über die USB-Schnittstelle. Auf dem Smartphone hatte sie ein eigenes Betriebssystem vorbereitet, von dem aus sie Wus Rechner rebootete. Es dauerte Sekunden. Besäße Wus Desktop-PC nicht eine Rechenleistung, um die ihn der Betreuerstab manches universitären Großrechners beneidet hätte, wäre Roux-Pastors Plan von vornherein zum Scheitern verurteilt gewesen.

Die Alyattes-Dateien waren eigentlich mit einem Kopierschutz versehen, der verhinderte, sie direkt auf einen externen Datenträger zu verschieben. Doch Roux-Pastor kopierte nicht im herkömmlichen Sinne, sie erstellte ein Image der gesamten relevanten Partition. Ein Hoch auf USB-C. Vom Smartphone aus wurden die Dateien automatisch online gesichert. Roux-Pastor zog das Kabel aus der Schnittstelle, reaktivierte die Zugriffssperre des Rechners. Noch während sie aus Wus Büro eilte, schickte sie Varta den Link.

Zurück zum Treppenhaus. Sie hatte erst wenige Stockwerke hinter sich gebracht, da kamen ihr die ersten Feuerwehrleute entgegen, keuchend unter ihrer Ausrüstung. Auf Deutsch rief ihr einer etwas entgegen, in Bächen lief ihm der Schweiß über das Gesicht.

»Englisch, bitte.«

»Aus welchem Stock kommen Sie?«

»Achtundzwanzig.«

»Ist noch jemand oben?«

»Nein. Also vielleicht. Ich weiß nicht.«

»Haben Sie die Gefahrenquelle wahrgenommen?«

Roux-Pastor schüttelte den Kopf.

»Wissen Sie, wer den Alarm ausgelöst hat?«

Roux-Pastor versuchte, sich auf eine harmlose Entgegnung zu besinnen, verhaspelte sich, lief rot an, stotterte verzweifelt: »Ich war auf dem Klo.«

»Verlassen Sie über dieses Treppenhaus das Gebäude; wenn Sie unten sind, melden Sie sich bei den Sanitätern auf dem Vorplatz.«

Die Männer rannten weiter nach oben.

Als Roux-Pastor den Vorplatz des Schiefen Turms erreichte, glaubte sie, in das Chaos der Hölle hineinzustolpern. Fahrzeuge von Feuerwehr, Polizei und Rettungsdienst standen wild blinkend durcheinander; zahllose Einsatzkräfte rannten hierhin und dorthin, riefen in Funkgeräte, stülpten sich Helme auf, falteten Karten auseinander, untersuchten etwaige Verletzte, spannten Absperrbänder, bauten Flutlichter auf, hielten Schaulustige zurück.

Roux-Pastor verstand so vieles nicht in der Welt. Zum Beispiel, wieso ein manuell ausgelöster Feueralarm solch einen Aufruhr verursachte. Wie jedes moderne Hochhaus war der Schiefe Turm mit einer automatischen Brandmeldeanlage ausgestattet. Die Feuerwehr musste doch inzwischen davon ausgehen, dass es sich um einen Fehlalarm handelte. Roux-Pastor konnte nicht nachvollziehen, warum die Menschen der Technik misstrauten. Viel mehr als der Technik misstraute Roux-Pastor den Menschen.

Ein Sanitäter rannte auf sie zu, wollte sie untersuchen.

»Mir geht es gut.«

»Sind Sie sicher?«

»Warum?«, fuhr Roux-Pastor ihn an. Die Gereiztheit in ihrer Stimme überraschte sie selbst, beschämt sah sie zu Boden.

»Sie sehen blass aus.«

Merde. Hatte die Aufregung dazu geführt, dass sie ihre Aufregung vergessen hatte? Sie musste sich beruhigen. »Haben Sie etwas zu trinken für mich?«

»Augenblick.« Der Sanitäter rannte zu seinem Einsatzfahrzeug, kam mit einer Wasserflasche zurück. »Bitte.«

»Danke.«

»Wenn Sie sich ansonsten wohlfühlen, verlassen Sie jetzt bitte den Gefahrenbereich.« Er wies sie zu einer Stelle hinter den Absperrbändern, wo die Belegschaft des Schiefen Turms versammelt war. Mitten in der Nacht, vor einem Sonntag – und trotzdem standen mehrere Dutzend Leute herum. Roux-Pastor fühlte sich ihnen verbunden; eine traurige Auswahl derer, die die Ödnis in ihrem Leben mit Arbeit zu überdecken suchten.

Als sie näher kam, sah sie, wie Wu auf Sanfilippo einredete, von Wolfenweilers Sicherheitschef. Derselbe Sicherheitschef, der ihr seine Pistole an den Kopf gehalten hatte. Dem sie Florentinas Namen verraten hatte. Roux-Pastor schluckte. Wu hatte sie entdeckt, seine Augen verengten sich – dann wandte er sich wieder Sanfilippo zu, die Gestik noch wütender; in der Hand hielt er sein Smartphone.

Roux-Pastor machte einen Bogen um die beiden, versteckte sich am anderen Ende der Gruppe.

Plötzlich sah sie eine Bewegung vor sich. Sanfilippo. Er kam auf sie zu, schob schroff die Leute zur Seite, die ihm im Weg standen. Was sollte sie tun? Sein Blick fixierte sie, wach und kalt.

Roux-Pastor wandte sich um. Floh.

Sie musste sich nicht umsehen, um zu spüren, dass Sanfilippo hinter ihr war. Sie begann zu laufen. Egal wohin, einfach weg, weg von allem. Was hatte sie angerichtet? Panisch rannte sie zwischen den Hochhäusern hindurch, in denen die wichtigsten Banken der Welt ihre Repräsentationen eingerichtet hatten. Ihre Lunge brannte, ihre Knie pochten, sie war nie eine große Sportlerin gewesen.

Sanfilippos Schritte nah, so nah.

Die Angst peitschte sie vorwärts.

Sie wurde an der Schulter gepackt, dann am Handgelenk. Sanfilippo riss sie herum, drückte sie an sich.

»Beruhige dich«, sagte er. Roux-Pastor wollte sich wehren; beißen, treten, irgendetwas. Wie die Backen eines Schraubstocks hatten sich Sanfilippos Arme um ihren schmalen Körper gelegt.

»Beruhige dich«, wiederholte er. »Wu will mit dir reden.«

64. Kapitel

»Wohin fahren wir?«, fragte Varta.

Herbst saß im Fond. Sie hatte sich aus ihrem Neoprenanzug gezwängt und ihre eigene Kleidung angezogen. Im Rettungskoffer hatte sie eine Salbe gefunden und auf ihr geschwollenes Handgelenk aufgetragen.

»Paris«, sagte sie.

»Trifft sich gut«, erklärte Varta. »Da kommen wir an Avignon vorbei.«

»Was bringt uns das?«

»Bargeld. Du wolltest doch welches. Ich habe in der Community herumgefragt. Für ein paar Kryptocoins legt uns jemand was in ein Bahnhofschließfach.«

»Tamás, du beeindruckst mich immer mehr.« Mit einer Mullbinde legte Herbst sich einen Stützverband an. »Caro, wie geht es dir? Fährst du ein Stück mit uns mit?«

Radwitz saß auf dem Beifahrersitz. Noch hatte sie kein Wort gesagt. Jetzt drehte sie sich um, sah Herbst an, nickte langsam. Nach wie vor zeugte ihr Gesicht von der Tortur der letzten Stunden. Doch ihr Blick war weniger glasig als zuvor, vermittelte nicht mehr das Gefühl, man schaue durch die Fenster der Fassade eines Hauses, in dem niemand wohnte.

»Lena, du hast mir das Leben gerettet.« Endlich, sie sprach. Sie war zurückgekehrt.

Herbst griff nach ihrer Schulter und drückte sie sanft.

»Leben retten kann sie ganz gut«, witzelte Varta. »Das ist so ihr Ding.«

Herbst war ihm nicht böse. »Ohne dich hätte ich es nicht geschafft, Tamás.«

Varta blies die Backen auf, schüttelte den Kopf.

»Ich meine es ernst.« Während sie es sagte, bemerkte sie, dass sein Blick in die Ferne ging, eine bedrückende Ähnlichkeit hatte zu der Leere in Radwitz' Gesicht.

»Was ist los?«

»Florentina ist tot.« Seine Stimme verriet keine Regung.

Herbst vergaß, ihren Verband weiter anzulegen.

»Woher weißt du das?«, flüsterte sie.

»Als ich das Geld klargemacht habe, habe ich mich auf meinen alten Netzwerken umgesehen. Ein Brand in ihrer Wohnung in Bratislava.«

»Sie kann nicht entkommen sein?«

»Die Community täuscht sich nicht, wenn es um Florentina geht. Sie war eine Ikone.«

»Es tut mir so leid.«

Keine Antwort. Eine Minute lang war nur das eintönige Brummen des Motors zu hören. Die Stille legte sich drückend über sie. Herbst traute sich nicht, sie zu brechen.

Schließlich war es Varta, der fragte: »Was machen wir in Paris?«

»Wir treffen Lucien Giresse.«

»Wen?«

»Den Leiter des französischen Auslandsnachrichtendienstes.«

»Er ist auf unserer Seite?«

»Er hat mich geschickt, dich zu töten. Dann hat er den Service Action geschickt, um uns beide zu töten.« Herbst machte einen Knoten in ihren Verband. »Ich würde sagen: bisher eher nicht.«

Varta stieß einen langen Seufzer aus. »Was hältst du davon, du erzählst mir erst mal, was auf der Alabastra geschehen ist?«

Herbst folgte der Aufforderung. Während sie erzählte, merkte sie, wie befreiend es war, die Ereignisse Revue passieren zu lassen. Viele Jahre lang hatte man sie darauf getrimmt, Informationen so spärlich wie möglich preiszugeben. Doch hier, im Nirgendwo Südfrankreichs, in Dieter Frenzels gestohlener Schrottkiste, schilderte Herbst alles, ließ kein Detail aus. Bis auf Rafael hatte es niemals jemanden in ihrem Leben gegeben, dem sie sich so ausgeliefert hätte. Varta und Radwitz – diese zwei Fremden waren im Strudel der Geschehnisse so nah an sie herangespült worden wie ihr schlafender verunglückter Bruder.

»Das heißt«, konstatierte Varta, als Herbst geendet hatte, »wir wissen zwar, dass die Russen FEB manipulieren. Aber wir haben immer noch keine Ahnung, auf welche Weise Alyattes manipuliert wird.«

»Giresse muss uns helfen. Der russische Einfluss auf die europäische Finanzinfrastruktur wird ihn wohl kaum kaltlassen. Ich rede mit ihm.«

»Nein«, widersprach Varta. »Du hast seine Leute getötet, Lena. Du darfst dich ihm nicht ausliefern. Ich hingegen habe nicht viel zu verlieren; alles, was ich getan habe, war, ein paar Daten zu stehlen. Dafür liefere ich ihm eine fette Verschwörung an die Hand.«

Herbst sah aus dem Fenster, beobachtete die Sterne, die in der kristallklaren Nacht funkelten. »Nein«, sagte sie. »*Ich* muss mich stellen. Ich will kein Leben auf der Flucht. Entweder ich werde amnestiert. Oder ich habe es versucht. Für Rafael.«

»Dein Bruder?«

»Ich bin die Einzige, die er noch hat.«

Kilometerlang verfolgte jeder wieder still seine eigenen Gedanken.

»Bist du sicher«, fragte Varta, »dass dieser Fjodor behauptet hat, es geht bei Alyattes um die Abschaffung von Bargeld?«

»Ja, wieso?«

Varta pfiff durch die Zähne. »Hast du hinten noch Kaugummis?«

Herbst reichte ihm eines.

Als er es ausgewickelt und seiner Bestimmung zugeführt hatte, sagte er: »Offiziell geht es bei Alyattes um eine Alternative zum SWIFT-System. Dass das Ergebnis im Akronym SAFE heißen soll, ist sicher kein Zufall. SWIFT folgt zwar europäischem Recht, ist aber von den USA abhängig, wie Snowden gezeigt hat.«

»Was genau hat Snowden denn gezeigt?«

»Oh, das führt zu weit. Eigentlich musst du nur wissen, dass die NSA die Daten heimlich ausgewertet hat. Wie auch immer – in den nächsten zehn Jahren werden sich elektronische Bezahlsysteme durchsetzen. Ich denke, das ist noch wichtiger als die Emanzipation von SWIFT: Wenn es der EU nicht gelingt, ein eigenes System auf die Beine zu stellen, werden Private über kurz oder lang die Lücke füllen. Facebook und Konsorten haben das ja bereits versucht.«

»Die Libra?«

»Genau. Elektronisches Bargeld, angeboten von einem Unternehmen, das mehr als drei Milliarden Nutzer hat. Ein Unternehmen, das behauptet, es gehe ihm um die Unterstützung der Armen, um eine bessere Welt, während es unzählige Male seine menschenverachtende, gesellschaftszerstörende Profitgier unter Beweis gestellt hat. Und jetzt eine Währung für die Armen? Für wie dumm sollen wir verkauft werden? Als ob es nicht immer schon Lösungen gegeben hätte: Fremdwährungen, Kippen, was auch immer. Und vor allem: Wenn du mit einer Hyperinflation zu kämpfen hast, ist deine Wirtschaft am Arsch, da bringt dir auch die sexyste Bezahlmöglichkeit nichts. Rate mal, wer von der Libra profitiert? Nur die Investoren. Aus dem Nichts haben sich Dutzende davon gefunden. Das neue heiße Ding. Um die Welt zu verbessern? Nope. Um Asche zu machen. Jeder will dabei sein. Und die Macht, die Facebook dann hätte ... Kennst du Shadowrun, das Rollenspiel?«

»Nee.«

»Stell es dir wie ein Co-op-Brettspiel vor, nur ohne Brett. Jedenfalls geht es um eine Welt sechzig Jahre in der Zukunft, alles geht den Bach runter, Großkonzerne sichern ihre neofeudale Herrschaft mit Privatarmeen. Drachen gibt's auch, ziemlich cool… Egal, was ich sagen will: Wenn Facebook die Libra durchbringt, ist das das Ende demokratischer Herrschaft. Facebook wäre nicht too big to ignore und nicht too big to fail, es wäre too big to disobey.«

»Ich dachte, die Libra wurde verboten?«

»Pures Glück. Der Fall stand auf Messers Schneide. Der Europäische Gerichtshof hat einige juristische Kniffe anwenden müssen. Noch mal klappt das nicht.« Varta kaute nachdrücklich auf seinem Kaugummi herum. »Aber die Abschaffung von Bargeld – das hebt alles auf eine neue Ebene. Dann könnte die Freiheitsstatue ihre Fackel runternehmen.«

»Müsstest nicht gerade du der Digitalisierung positiv gegenüberstehen?«

»Wenn es tatsächlich so wäre, dass SAFE mittelfristig Bargeld komplett ersetzen soll – weswegen glaubst du dann, begründet die EU die Entwicklung mit der Unabhängigkeit von den USA? Weil die Wahrheit nicht nur gegen die Menschenrechte verstößt, sondern auch noch zutiefst schizophren ist: Die EU hat Facebook die Libra auch wegen datenschutzrechtlicher Bedenken untersagt. Aber mittelfristig plant sie dasselbe: Um sich vor der Big-Tech-Mafia zu schützen, kommt sie ihr zuvor. Wenn wir jeden Geldstrom eines jeden Menschen nachverfolgen können, haben wir eine gläserne Gesellschaft, die dem Überwachungswahn Chinas oder der USA in nichts nachstehen würde.«

»Die EU weiß doch um die Sensibilität des Themas. Sie würde ihre Glaubwürdigkeit grundlegend verspielen.«

»Es ist die Wirklichkeit, welche die Möglichkeiten weckt.« Varta hieb mit der Faust aufs Lenkrad. »Sie wüssten alles. Das Potenzial von Big Data ist ja noch gar nicht ausgeschöpft. Welche Medikamente du kaufst, wo du tankst, was für Unterwäsche du trägst, die Höhe des Trinkgelds, das du gibst – alles zusammengeführt in einem einzigen System. Amazon Optimus Prime. Fuck.«

Herbst war irritiert von der Heftigkeit, mit welcher Varta seine Gedanken kundtat. »Ist das nicht heute schon so?«

Varta starrte sie an, als hätte sie sich in einen pinken Elefanten verwandelt. »Natürlich wird Datenmissbrauch betrieben ohne Ende. Aber freiwillig! Die Unternehmen müssen immerhin noch darauf achten, dass ihre Kunden ihnen gewogen bleiben. Sie konkurrieren miteinander. Der Staat kontrolliert sie, mehr oder weniger. Aber wenn der Staat selbst entscheidet, Bargeld abzuschaffen, beerdigt er die Privatsphäre ein für alle Mal – und zwar mit SAFE als Sarg.«

So berechtigt Vartas Sorge sein mochte, Herbst drängte es zurück zu konkreteren Problemen. »Wenn die EU also Alyattes verwenden will, um irgendwann das Bargeld abzuschaffen – was bedeutet das für uns?«

»Hm«, machte Varta. »Gute Frage. Wir können ja nichts beweisen.«

»Du kennst doch Alyattes in- und auswendig, Tamás«, warf Radwitz ein. Das ganze bisherige Gespräch über hatte sie keinen Ton von sich gegeben. Herbst wandte sich ihr überrascht zu, auch Varta drehte den Kopf. »Ist dir nichts aufgefallen?«, fuhr Radwitz fort. »Irgendetwas Verdächtiges während der Pilotierung, etwas, das darauf hindeutet, dass SAFE tatsächlich das Zeug dazu hat, Bargeld zu ersetzen?«

Varta überlegte. »Das Projekt ist auch deshalb so aufwendig, weil es verglichen mit SWIFT die hundertfache Menge an Überweisungen abwickeln können soll. Das ist eigentlich völlig überzogen, wenn nicht irgendwann auch all diejenigen Transaktionen über das System laufen, die bisher noch bar stattfinden. Beweist aber natürlich trotzdem nichts.«

»Man bekäme sicherlich keinen Preis für einen so spekulativen Artikel«, murmelte Radwitz. »Aber ich kann es ja mal in der Redaktion vorschlagen.«

»Nein«, riefen Herbst und Varta wie aus einem Mund.

»Warum?«

»Du brächtest dich in viel zu große Gefahr«, erklärte Herbst.
»Zuerst einmal musst du aus der Schusslinie.«

»Und wo soll das sein?«

»München«, sagte Herbst, »ich hoffe, du hast nichts gegen
Schildkröten.«

65. Kapitel

Zum Teufel mit allen Meditationsübungen. Aurora Avari beschleunigte ihren Maserati GranCabrio Sport, dass der Motor brüllte. Sie fuhr ohne Verdeck, der Fahrtwind trieb ihr die Tränen aus den Augen. Doch es war nicht der Fahrtwind, der sie weinen machte.

Maximilian von Wolfenweiler, der Troll. Die Ratte. Lief in der Landschaft herum und plärrte *Fjodor* in jedes Loch hinein. So lange, bis es sogar Philipp Linde verdächtig vorgekommen war. Ausgerechnet Linde. Avari konnte die Leute nicht ausstehen, die über EuroBinary in die Firma gekommen waren, und Linde war der Schlimmste. Stefan Beheims einfältigere, aufgeblasenere Version.

Und was machte Fridolin, der Leckstängel? Holte Linde mit ins Boot. Avari kämpfte schon genug damit, dass sie Max babysitten musste. Aber ein zweites Kleinkind mit Feuerzeug zu versorgen, während der Laden zu explodieren drohte? Maledetto stronzo.

Es begann zu schneien. Avari wickelte sich ihren Schal fester um den Hals. Wohin fuhr Ángel bloß? Der GPS-Tracker, den Avari an seinem Wagen befestigt hatte, sendete die Daten auf ihr Smartphone. Ángel hatte Frankfurt Richtung Darmstadt verlassen. Avari konnte sich beim besten Willen nicht vorstellen, was es dort geben sollte. Eigentlich hatte sie Besseres zu tun, als nachts ihren eigenen Mitarbeitern nachzuspionieren.

Sie drehte die Sitzheizung weiter auf. Fridolin, liebst du mich? Du benutzt mich, ja. Aber liebst du mich? Fridolin war ein Narzisst. Ein großartiger, furchteinflößender, charmanter, kaltherziger Narzisst. Keine Sekunde hatte sie etwas anderes gedacht, seit sie sich 2014 kennengelernt hatten, in Davos, auf dem Weltwirtschaftsforum; sie eine junge Juristin, er der Star der Finanzwelt. Sie hatte ihm nach seiner Keynote zugelächelt, er hatte sie in sein Hotelzimmer gebeten und ihr aufs Gesicht ejakuliert. Der Schnee schmolz auf dem Leder wie Butter in der Pfanne. Avari hatte nie etwas Ähnliches erlebt: eine Selbstsucht, die keine Reue kannte, gepaart mit einer Macht, die keinen Widerspruch zuließ. Von Wolfenweiler transzendierte alle gesellschaftlichen Normen, überwand sie, indem er sie vergaß. Nietzsches Übermensch. Noch während er damals in Davos seine Kleidung gerichtet hatte, war Avari ihm unrettbar verfallen.

Avari würde nie so sein wie Fridolin von Wolfenweiler. Und je mehr sie ihm nacheiferte, desto gründlicher musste sie scheitern. Sie schaltete hoch, die Tränen quollen ihr waagrecht aus den Augen. Es war nicht nur der Fahrtwind, der sie weinen machte. Sie wollte bersten vor Wut, vor Verzweiflung, vor allem aber vor Verachtung vor sich selbst. Wie Fridolin verehrte Avari das Selbst, das Subjekt, aber sie verehrte es an ihm – und die Verneigung vor dem fremden Subjekt bedeutete zwangsläufig die Entwertung des eigenen. Wer das Göttliche in seinem Gegenüber suchte, der verlor es in sich selbst. Der Übermensch machte sich nicht abhängig. Avari aber rang verzweifelt um Fridolins Gnade.

Avari wollte herrschen. Und sie war eine Sklavin.

Die Erkenntnis zerriss sie, dass sie aufschrie vor Schmerz; schrie das ganze Unrecht in die Nacht, schlug ihre Stirn gegen das Lenkrad, zum Teufel mit der Welt, schrie, bis ihre Stimme versagte und sie Galle auf ihrer Zunge spürte.

Es war eine Befreiung.

Langsam kam sie wieder zu Atem, und mit dem Atem kam auch die Vernunft, und plötzlich wusste sie wieder, wer sie war. Sie war Aurora Marianna Avari. Sie war keine Sklavin. Und niemals würde sie eine sein.

Das GPS-Signal blinkte jetzt regelmäßig am selben Ort der Karte. Avari fuhr langsamer, orientierte sich. Die Umrisse der umliegenden Gebäude ließen auf ein Industriegebiet schließen. Kein bedeutendes – die Straßen waren leer, die Grundstücke einfach umzäunt; abgesehen von den Straßenlaternen brannte kein Licht.

Das GPS-Signal war noch hundert Meter entfernt. Avari hatte keine Lust, Detektivin zu spielen. Statt den Maserati im Dunkeln abzustellen, fuhr sie weiter. Auf dem Kiesplatz vor einer Wellblechhalle entdeckte sie Ángels Mercedes. Mit Schwung rollte sie auf den Kies und parkte neben dem Wagen. Vom Beifahrersitz nahm sie ihre Tasche inklusive der Pistole, die von Wolfenweiler ihr gegeben hatte, und stieg aus. Warf einen Blick in den Mercedes – leer.

Ohne zu zögern, ging sie zum Eingang der Halle. Ihre Absätze versanken im Kies, doch sie hatte schon schwierigeren Untergrund gemeistert. Zwischen den alten Holzlatten des Tores schimmerte etwas Licht hindurch. Das Tor war auf eine Schiene gesetzt, Avari drückte versuchsweise, es gab nach. Sie schob es so weit auf, dass sie durch die Lücke treten konnte.

Ein riesiger Lagerraum. Zwischen deckenhohen Regalen und staubüberzogenen Boxen stand ein Stuhl, beleuchtet von einem einzelnen Akku-Strahler. Auf dem Stuhl saß ein Mädchen in dem Kleid einer Achtzigjährigen und ohne nennenswerte Frisur. Das Mädchen starrte sie mit großen Augen an. Ansonsten war niemand zu erkennen.

Avari ging auf das Mädchen zu.

»Wer bist du?«

Sie hatte auf Deutsch gefragt, das Mädchen antwortete auf Englisch. »Verzeihen Sie bitte?«

Avari wiederholte ihre Frage auf Englisch.

»Monique Roux-Pastor.«

»Okay. Hast du zufällig einen groß gewachsenen …«

»Aurora«, ertönte es hinter ihr. Sie fuhr herum. Aus den Schatten trat Ángel. »Was machst du hier?«

»Ángel.« Verflucht, hatte er sie erschreckt. Avari bemühte sich, sich nichts anmerken zu lassen. »Dasselbe wollte ich dich gerade fragen.«

»Arbeiten.«

»Was für ein Zufall«, Avari lächelte betont herzlich, »ich auch.«

»Bist du allein?«

Avari nickte.

»Was willst du hier?« Er klang eine Spur schroffer als sonst.

»Fridolin hat mich gebeten, nach dir zu sehen.« Ángel sollte ruhig wissen, dass sein Chef ihm misstraute.

Er zog die ergrauten Brauen zusammen. »Okay. Sollst du mir irgendwas ausrichten?«

»Nein. Ich denke, ich schau dir einfach ein bisschen beim *Arbeiten* zu.«

Eine Sekunde starrte er sie unschlüssig an. Dann zuckte er die Schultern. »Von mir aus. Du hast den Feueralarm im Schiefen Turm mitbekommen?«

»Ich war nicht im Büro, aber ich habe es im Feed gelesen.«

Ángel nickte in Richtung des Mädchens. »Die Dame hier hat ihn ausgelöst. Vermutlich, um in Wus Büro zu gelangen. Wir versuchen herauszufinden, welchen Schaden sie angerichtet hat.«

»Wir?«

»Wu und ich.«

Von der anderen Seite der Halle war ein Räuspern zu hören, dann trat Wu aus der Dunkelheit, nickte ihr zu. »Frau Avari.« Unter den Arm hatte er einen Laptop geklemmt.

»Zu wievielt habt ihr euch denn hier verkrochen?«

»Nur Herr Wu und ich«, erklärte Ángel. »Und Frau Roux-Pastor natürlich.«

»Dann legt mal los.«

Ángel warf ihr einen kritischen Blick zu. »Ich sage dir ehrlich:

Dir werden meine Methoden womöglich nicht gefallen. Und aus juristischen Gründen wäre es allemal sicherer, wenn du später leugnen könntest, irgendwas gewusst zu haben.«

Avari lachte. »Als ob die Schlinge um meinen Hals lockerer liegen würde als um deinen. Was habt ihr denn Schlimmes vor? Folter? Mord?« Sie schnaubte verächtlich. »Vielleicht ist es Zeit, dass ich mir deine Arbeitsweise mal genauer ansehe.«

Ángel zuckte die Schultern. »Wie du meinst. Herr Wu, bringen Sie Frau Avari auf den aktuellen Stand?«

»Gern. Minuten, nachdem der Feueralarm ausgelöst worden ist, hat meine Security-Software mich gewarnt, dass jemand sich Zugriff auf meinen Bürorechner verschafft habe. Ich hege den Verdacht, dass es sich um Roux-Pastor handelt. Ihre Gefühle für Varta ergeben eine plausible Motivation, außerdem kannte sie mein Büro bereits – und sie ist erschreckend weit gekommen. Im Schiefen Turm gibt es wenige, die das Know-how für so eine Aktion haben. Roux-Pastor gehört definitiv dazu.«

Avari sah sich das Mädchen an. Wegen Wu hatten sie Englisch gesprochen, das Mädchen hatte schweigend zugehört. Die Brille ließ ihre Glubschaugen grotesk hervortreten, machte das arme Ding noch hässlicher.

»Die Kleine hier hat Sie übertölpelt, Wu?«, fragte Avari verwundert. »Wirklich? Leiten Sie unser komplexestes digitales Projekt oder einen IT-Grundkurs an der Uni?«

Wu pulte sich mit dem Daumen im Mund herum. Chinesische Sitten waren wirklich das Letzte. »Unterschätzen Sie Roux-Pastor nicht«, nuschelte er. »Sie ist einer der brillantesten Köpfe unserer Zeit.«

»Ach so«, bemerkte Avari ironisch. »Warum hat sie sich dann erwischen lassen?«

»Vielleicht wenden wir uns wieder unserer eigentlichen Aufgabe zu«, warf Ángel ein. »Wir wollten herausfinden, an welche Daten sie herangekommen ist.«

»Gute Idee.« Wu setzte sich auf eine Kiste, nahm seinen Laptop auf den Schoß und klappte ihn auf. Ein Smartphone war angestöpselt. »Mist. Die Analyse ist durch. Und wie ich es befürchtet habe: Wir können das Gerät nicht knacken. Zumindest nicht von meinem Laptop aus. Und selbst unser Hauptrechner im Schiefen Turm würde ein paar Tage brauchen.«

»Darf ich mal das Handy sehen?«, fragte Avari.

Wu reichte es ihr. »Gesichert über Gesichtserkennung und Passwort.«

»Die Gesichtserkennung sollte ja wohl kein Problem sein.«

»Das Passwort ist leider eins.«

»Und sie redet nicht?«, fragte Avari mit Blick auf das Mädchen.

»Wir haben sie noch nicht verhört«, entgegnete Ángel. »Das wäre der nächste Schritt.«

»Ich bin gespannt.« Wie die Zuschauerin eines Straßentheaters hätte Avari sich fast auf eine der herumliegenden Kisten gesetzt; als sie von Nahem sah, wie verdreckt die waren, entschied sie sich dann doch dagegen.

Sie hatte ihr halbes Leben lang Verhandlungen geführt, es interessierte sie in der Tat, wie ein harter Junge wie Ángel vorgehen würde. Schon nach zwei Minuten wusste sie, dass er sein Handwerk verstand – und nicht erfolgreich sein würde. Er redete auf das Mädchen ein, zog eine Waffe, redete weiter, das Mädchen begann zu weinen, alles vergebene Liebesmüh.

»Schieß ihr ins Bein«, riet Avari.

Ángel sah sie verständnislos an.

»Ins Bein«, wiederholte Avari und tätschelte dem Mädchen überflüssigerweise das Knie. »Sie entsperrt uns jetzt ihr Smartphone. Oder du schießt ihr ins Bein.«

Ángel zögerte noch immer, starrte unschlüssig auf seine Pistole, die er locker in der Hand hielt.

»Wenn du drohst, musst du konsequent sein. Bluffen ist eine Sackgasse.«

Mit Genugtuung beobachtete Avari, wie an Ángels Schläfe eine Ader schwoll. »Weißt du, warum ich hier bin?«, setzte sie nach. »Weil Fridolin sich nicht sicher ist, ob du es noch draufhast.«

Wu saß immer noch vor seinem Laptop, hatte vor sich hin getippt. Aus den Augenwinkeln bemerkte Avari, dass er jetzt aufsah, zu tippen aufhörte, alarmiert die Szene beobachtete.

Die Ader schwoll weiter.

»Also«, flötete Avari, »wärst du so lieb und schießt dem armen Ding ins Bein?« Ein euphorisches Gefühl stieg in ihr auf. Der Gedanke, dass Ángel ein alter Klepper war, abgehalftert und verschlissen, machte sie an. Dass er nicht mehr in der Lage war, Fridolin, ihren Fridolin zu schützen, flößte ihr keine Angst mehr ein, im Gegenteil – es erregte sie. Seine Zeit war vorbei. Ihre war endgültig gekommen. Jahrelang hatte sie es sich nicht eingestanden, aber sie war eifersüchtig gewesen auf Ángel Sanfilippo, diesen aufrechten Krieger im Maßanzug, diskret und tödlich, der Fridolin überallhin begleiten durfte, der näher an ihn herandurfte als jeder andere, inklusive ihrer selbst.

Wie bedauerlich, Ángel, dachte Avari beglückt, aber deine goldenen Tage sind gezählt. Wir leben in einer gefährlichen Welt. Einer Welt voller Neider. Die Mächtigen sind gefährdet, und Fridolin ist der Mächtigste von allen. Ángel, du bist alt, du bist weich, du kannst Fridolin nicht schützen, meinen Fridolin, niemand kann das. Nur ich.

Ángel ließ die Waffe sinken. »Herr Wu, dürfte ich bitte mit Frau Avari alleine sprechen?«

Hektisch sprang Wu auf, klappte den Laptop zu. »Ich warte draußen.«

»Danke.«

Wu stolperte davon.

»Was ist mit mir?«, fragte das Mädchen.

Avari hatte die Kleine fast vergessen. Ursprünglich mochte

sie die Heldin dieses Schmierentheaters gewesen sein, doch der Regisseur hatte sie zu einer stummen Rolle degradiert.

»Du kannst bleiben«, entschied sie kurzerhand.

»Ich verstehe nicht, was das hier soll, Aurora«, echauffierte sich Ángel. »Ich weiß, was ich tue. Aber ich weiß nicht, warum du meine Arbeit boykottierst. Von mir aus hat Herr von Wolfenweiler dich abgestellt, um mir auf die Finger zu sehen. Kann er gerne tun. Aber ich glaube nicht, dass er dir aufgetragen hat, mir Knüppel zwischen die Beine zu werfen.«

Ah, dieser einfältige Zorn derer, die sich ungerecht behandelt fühlten. Avari war in ihrem Element. Es war ein Genuss, Ángel die Lampe zu halten, während er sich sein eigenes Grab schaufelte.

»Ich will dir nur helfen«, sagte sie sanft. »Erst drohen. Dann ein Schuss ins Bein. Dann einen in die Schulter. Oder vielleicht in den Bauch, da spürt sie wenigstens was. Irgendwann redet sie schon. Und wenn nicht…« Avari drückte den Zeigefinger auf die Stirn der Kleinen. Sie atmete heftig.

»Und dann?« Ángels Kiefer mahlten. Selbst im mickrigen Licht des Akku-Strahlers konnte Avari es erkennen. »Wenn wir sie umgebracht haben?«

»Dann entsorgen wir sie irgendwo. Bist nicht du der Fachmann für so was?«

Ángel keuchte vor Wut. »Du bist naiv. Eine der bedeutendsten Wissenschaftlerinnen Europas – die verbuddelt man nicht mal eben irgendwo.«

Avari ließ sich nicht aus der Ruhe bringen. »Wenn sie Alyattes nachspioniert, ist sie lebend eine größere Gefahr. Sogar, wenn sie gar nicht an die entscheidenden Daten herangekommen ist.«

»Ich weiß nicht, was genau ihr da anstellt bei Alyattes. Aber dieses Projekt läuft aus dem Ruder.« Ángels Blick nahm beinahe etwas Weinerliches an. »Ich habe schon mit Herrn von Wolfenweiler gesprochen, aber ich kenne die Details ja nicht. Und du weißt, wie schwer er von seiner Meinung abzubringen ist. Bitte, Aurora, rede du mit ihm. Vielleicht kommt ihr noch mit einem blauen Auge davon.«

»Zu spät.« Avari lächelte. Unfassbar, Ángel hatte Angst. Der große Beschützer. Flehte sie an, Fridolin zu manipulieren. Deine Zeit ist wahrhaft vorbei, alter Mann. In der Hand hielt sie immer noch Roux-Pastors Smartphone, das Wu ihr zuvor gegeben hatte. Sie streckte es dem Mädchen entgegen.

»Nimm.«

Das Mädchen reagierte nicht.

»Nimm!«

Das Mädchen nahm das Handy.

»Du entsperrst es jetzt.« Avari zog ihre Pistole aus der Handtasche. »Oder der freundliche Ángel hier schießt dir ins Bein.«

Das Mädchen erstarrte, auch Ángel rührte sich nicht.

»Los.«

Es war eisig kalt in der Halle, trotzdem tropfte dem Mädchen der Schweiß von der Nase.

»Das Passwort«, flüsterte Avari zärtlich. Wogen der Macht überschwemmten sie. Eine ähnliche Ekstase kannte sie nur von den Momenten, wenn Fridolin Besitz von ihr ergriff. Doch das hier war stärker. Bei Fridolin war sie nur das Opfer, mit dem einer fremden Hoheit gehuldigt wurde. Hier war sie die Göttin.

Das Mädchen rührte sich nicht.

»Ich habe dich gewarnt.« Avari richtete die Pistole auf Ángel. »Ángel, folge deiner Pflicht.«

»Bist du verrückt geworden?«

Avari lächelte. »Nicht im Geringsten.«

»Ich lasse mich von dir nicht erpressen.« Ángel warf seine Pistole in den Staub. »Was willst du jetzt tun? Mich umlegen?«

In gespielter Betroffenheit verzog Avari das Gesicht. »Ein Bodyguard, der seine Waffe wegwirft, ist nicht wirklich unersetzlich, oder?«

Da, das Flackern in Ángels Augen. Er hatte verstanden. Avari spielte zwar. Aber sie spielte konsequent. Komm, kleiner Ángel, zeig mir deine Panik. Halte sie nicht zurück, zeig sie mir, nackt und verletzlich, wie du sie spürst, wie sie in deinem Brustkorb liegt und wimmert. Du weißt nicht, wie süß dieses Wimmern mir gerade in den Unterleib steigt.

»Du bist verrückt«, stammelte Ángel. »Vollkommen verrückt.«

Avari lächelte. Sie entsicherte ihre Pistole. Erst gestern hatte sie sich zeigen lassen, wie man die Waffe überhaupt benutzte. Einer von Ángels Leuten hatte es ihr erklärt.

»Verzeihung«, stotterte das Mädchen. »Aber ich denke nicht, dass Sie Ihren Zielen näher kommen, wenn Sie Herrn Sanfilippo erschießen.«

Avari zielte auf das Bein des Mädchens, schoss. Der Schuss schraubte sich zwischen den Wellblechwänden der Halle empor, das Mädchen schrie auf, Ángel duckte sich nach seiner eigenen Pistole. Es dauerte einen Moment, bis Avari realisierte, dass sie nicht getroffen hatte. Sie trat nah an das Mädchen heran, legte ihr die Mündung der Waffe direkt an den Oberschenkel und drückte ab. Wieder das Donnern des Schusses, wieder der Schrei des Mädchens – doch der Schrei hatte diesmal eine andere, existenziellere Qualität. Das Mädchen krümmte sich auf dem Stuhl, auf dem Kleid breitete sich ein dunkler Fleck aus.

»Sie verblutet«, zischte Ángel, »du hast die Arterie getroffen. Wir müssen sie verbinden.«

Während die Kleine vom Stuhl rutschte, hielt Avari ihr das Smartphone vors Gesicht. »Das Passwort, bitte.«

»Genug«, bellte Ángel. Er hatte nun seinerseits die Waffe auf Avari gerichtet. »Du bist zu weit gegangen.«

»Hör auf zu kläffen, Köter.« Sie kniete sich neben das Mädchen. Im fahlen Licht des Akku-Strahlers leuchtete das Gesicht so weiß wie der Schnee draußen auf dem Kies. »Los. Das Passwort.«

Das Mädchen tippte es ein.

Avari bedankte sich höflich.

»Aurora«, brüllte Ángel, die Pistole mit beiden Händen um-
klammert. »Wirf die Waffe weg!«

Avari fühlte sich so sicher, als befände sie sich in den Armen
Fridolins. Sie hatte keine Angst. Nicht mehr. Nur wer das
Menschliche hinter sich ließ, konnte das Übermenschliche erreichen. Von Ángel hingegen strahlte die Furcht aus wie die Hitze
von einem Wärmepilz. Zu viel Schuld hatte er auf sich geladen im
Dienst seines Herrn. Und die Macht seines Herrn war alles, was
ihn noch schützte. Niemals würde er ihr das kleinste Haar krüm-
men können. Denn sie war Aurora Marianna Avari – die einzige
Frau, die Ángels Herr wirklich liebte.

Sie legte die Mündung ihrer Kunststoffpistole liebevoll auf die
Schläfe des Mädchens. Dann drückte sie ab.

66. Kapitel

Ich bin aufgeflogen.

Drei Worte, die ihr in den Nacken fielen wie das Blatt einer Guillotine. Roux-Pastor hatte offenbar nicht auf Varta gehört. Hatte auf eigene Faust beschlossen, ihnen zu helfen. Herbst fuhr die A6 hoch, das Tempomat eingestellt auf 130 Stundenkilometer, das französische Tempolimit. Radwitz schlief auf der Rückbank, Varta saß auf dem Beifahrersitz und starrte auf den Laptop, den er sich in Avignon gekauft hatte. Als er Herbst die Nachricht vorlas, vergaß sie, das Stück des Müsliriegels zu kauen, das sie gerade abgebissen hatte.

»Wir müssen Nicky da rausholen«, rief Varta.

»Später«, murmelte Herbst.

»Wer weiß, was sie ihr antun!«

»Sie werden sich zurückhalten. Monique ist zu bekannt.« Herbst hatte einen unangenehmen Geschmack auf der Zunge, der gewiss nicht vom Müsliriegel kam. Ihre eigenen Worte schmeckten bitter. Sie besänftigte nicht nur Varta – sie versuchte, sich selbst zu beruhigen.

»Wir müssen nach Frankfurt«, beharrte Varta.

»Und dann?«, fragte Herbst gereizt. »Wie helfen wir ihr dort? Nein, unsere beste Chance ist immer noch Giresse. Wir sind Outlaws, Tamás. Wir haben keine Karten mehr. Nur wenn wir Giresse gewinnen können, erhalten wir neue.«

Drei Stunden später erreichten sie die südlichen Ausläufer von Paris. Der Tag war bereits angebrochen, grau und feucht und lustlos. Am Regionalbahnhof Chilly-Mazarin setzten sie Radwitz ab. Gegen Vartas Willen hatte Herbst darauf bestanden. Radwitz war fern von ihnen sicherer. Sie würde einen Zug nach München nehmen; dort würde Schildkröten-Toni sich um sie kümmern. Varta fügte sich und schrieb Radwitz den Namen eines Messenger-Dienstes auf und die Details, wie sie Kontakt halten würden.

»Wenn das hier vorbei ist«, sagte Varta, »dann trinken wir alle zusammen einen Kaffee mit Schuss und überlegen uns, wem wir die Filmrechte verkaufen.«

Es war das erste Mal, dass Herbst Radwitz lächeln sah. Das Lächeln, zaghaft, wie es war, verwandelte das bleiche, verwundete Geschöpf in eine auffallend schöne Frau.

»Das tun wir«, sagte Radwitz und umarmte Varta. Dann drückte sie Herbst fest an sich. »Danke. Für alles.« Ihre Stimme war leise, aber fest. »Passt auf euch auf. Wir sehen uns in München.«

Herbst war nicht abergläubisch. Doch die Zuversicht der anderen zerrte wie ein böses Omen an ihr. »Bis in München«, sagte sie.

Das Haus, in dem Giresse wohnte, befand sich südöstlich von Paris am Lac de Créteil, einem künstlich angelegten See, der zu der gleichnamigen Gemeinde gehörte. Die Adresse hatte Varta herausgefunden. Es war unwahrscheinlich, dass Giresse sich einen freien Sonntag nahm. Aber er war verheiratet, und seine Frau war hoffentlich zu Hause.

Herbst parkte den Wagen einige Hundert Meter entfernt in einer Seitenstraße. Die Scheide des Kampfmessers befestigte sie hinten am Gürtel, eines der Glock-Holster unter der linken Achsel. Auf weitere Waffen verzichtete sie. Dietrich-Set und Smartphone kamen in die Hosentaschen. An einer Tankstelle hatten sie ein Bluetooth-Headset gekauft, das sie sich hinters Ohr klemmte. So war sie mit Varta verbunden und hatte trotzdem die Hände frei.

»Und du willst wirklich nicht, dass ich mitkomme?«, probierte es Varta zum fünfzigsten Mal.

»Du hilfst mir mehr, wenn du hierbleibst«, gab Herbst zurück. Es reichte, wenn sich einer von ihnen diesen Wahnsinn antat. »Wir bleiben in Kontakt.«

»Pass auf dich auf.«

Herbst näherte sich dem Grundstück von der Seeseite her. Hinter einem hüfthohen Holzzaun und einem etwas verwilderten Garten erhob sich ein Einfamilienhaus. Es sah nicht protzig aus, war aber in dieser Lage vermutlich trotzdem nicht günstig. Sicherheitspersonal entdeckte Herbst keines. Eine einzelne Kamera war in die Astgabel eines Apfelbaums geschraubt, betrachtete verloren den Hintereingang des Hauses und die zugehörige Veranda.

»Frei?«, fragte Herbst.

»Zumindest nichts, was dein Smartphone orten kann«, tönte Vartas Stimme aus ihrem Headset.

Herbst zog die Baseballkappe tiefer ins Gesicht. Mit einem schnellen Blick versicherte sie sich, allein zu sein. An einer Stelle, die von der Kamera nicht erfasst wurde, schwang sie sich über den Zaun. Sie näherte sich der Kamera von hinten und drehte sie auf ein paar brachliegende Beete. Der Part der Hauswand, der auf die Veranda stieß, bestand aus bodentiefen Fenstern und einer Schiebetür. Herbst trat zügig neben die Fenster, sodass sie von innen nicht gesehen werden konnte. Sie spähte hinein, entdeckte niemanden. Mit ihrem Dietrich-Set brauchte sie keine zehn Sekunden, bis das Schloss der Schiebetür klickte. Sie schob die Tür auf und betrat ein überladen eingerichtetes Wohnzimmer. Ein Schreibtisch, der unter Papierbergen verschwand; Bücherregale an jeder Wand; ein Kamin, vollgestellt mit Urlaubsfotos, Figuren, Vasen; Zeitungsstapel auf dem Boden; eine Kommode, von einem Wald aus Weinflaschen bedeckt; Traumfänger, die von der Decke hingen; mehrere Akustik-Gitarren in ihren Ständern – abenteuerlicherweise direkt neben dem Kamin.

Aus einem Nebenraum war Geschirrklappern zu hören, vermutlich die Küche. In ihren Sneakers – ein treffender Name – bewegte Herbst sich nicht weniger leise als in den Tauchschuhen, die sie auf der *Alabastra* getragen hatte. Die Frau, die in der Küche die Spülmaschine einräumte, hatte das schlohweiße Haar in ein Tuch gebunden. Ihr kleiner, fülliger Körper jedoch wirbelte so flink die Küchenzeile entlang, dass Herbst sie auf nicht älter als sechzig schätzte.

Ohne dass die Frau sie bemerkt hatte, zog Herbst sich ins Wohnzimmer zurück. Dann räusperte sie sich. Als die Frau sie nicht hörte, rief sie: »Excusez-moi!«

Das Klappern brach ab.

»Ist da jemand?« Die Frau trat aus der Küche, in der Hand ein Geschirrtuch, an dem sie sich die Finger trocknete. Als sie Herbst sah, zuckte sie zusammen. Keine Hausangestellte, Herbst erkannte sie von den Fotos im Wohnzimmer.

»Madame Giresse?«, fragte sie höflich.

»Wer sind Sie?«, stotterte die Frau. »Wie sind Sie hier hereingekommen?«

»Ich bin eine Freundin Ihres Mannes.«

»Lucien? Er ist in der Arbeit.« Misstrauisch hatten sich ihre Finger in das Geschirrtuch gekrallt. »Was wollen Sie von ihm?«

»Haben Sie keine Sorge«, versicherte Herbst. »Ich will nur mit ihm reden.«

Plötzlich änderte sich der Gesichtsausdruck der Frau; das Misstrauen wich Angst.

»Gibt es ein Problem? Ist ihm etwas zugestoßen?«

»Nein, alles in Ordnung. Wie gesagt, ich möchte nur mit ihm reden.«

»Haben Sie seine Nummer nicht?«

»Leider nicht. Könnten Sie ihn vielleicht anrufen und sagen, Anna-Lena Herbst ist hier? Ob er vorbeikommen kann?«

»Ich sagte doch schon, er ist in der Arbeit. Wenn er sonntags arbeiten muss, haben sie irgendeinen Notfall – er kommt bestimmt nicht. Er ist gerade erst gefahren.«

»Vertrauen Sie mir, er kommt.«

Ohne den sorgenvollen Blick von Herbst abzuwenden, ging Madame Giresse zu der Kommode mit dem Wein. Zwischen den Flaschen zog sie ein Telefon hervor, wählte.

»Chéri, hier ist eine Anna-Lena Herbst bei uns im Haus. Sie sagt, sie ist eine Freundin von dir. Außerdem fragt sie, ob du vorbeikommen kannst. Ich hab ihr schon gesagt, dass du bestimmt kein Zeit hast...«

Sie wurde unterbrochen. Das Gespräch dauerte nur noch eine halbe Minute, dann ließ Madame Giresse den Hörer sinken. Neben Misstrauen und Angst hatte sich eine dritte Emotion in ihren Blick gemischt – Verständnislosigkeit. »Er kommt sofort.«

Als das Schloss in der Haustür umgedreht wurde, saß Herbst auf einem Sofa im Wohnzimmer des Ehepaars Giresse und trank Kräutertee. Den Kaffee hatte sie dankend abgelehnt. Ihre nicht ganz freiwillige Gastgeberin hatte ihr neben Tee auch eine Schale mit Madeleines hingestellt. Jetzt saß Madame Giresse ihr gegenüber in einem historischen Ohrensessel knabberte an einer der Madeleines und beäugte sie stumm. Zuerst hatte sie etwas Small Talk versucht, doch schnell hatte sie erkannt, dass auch Herbst nicht viel an einer Unterhaltung gelegen war.

Und weshalb bist du dir sicher, dass Giresse nicht einfach ein weiteres Todeskommando schickt?, hatte Varta im Auto gefragt. Weil er weder weiß, aus welchem Grund ich ihn aufsuche, noch, welche Vorkehrungen ich getroffen habe. Das war Herbsts Antwort gewesen. Aufrichtiger wäre es gewesen, zuzugeben, dass Varta recht hatte. Sie ging ein unüberschaubares Risiko ein.

Ruhig nahm sie einen Schluck von ihrem Tee. Um bei den Kampfschwimmern aufgenommen zu werden, hatte man psychische Belastungstests zu bestehen. Herbst hatte besser abgeschnitten als alle Probanden zuvor. Für die Ausbilder war sie ein Phänomen gewesen, für die Kameraden ein Affront. Sie konnte auf der höchsten Saling der *Gorch Fock* balancieren, ohne dass es sie schwindelte; sie konnte Unterwasserminen entschärfen, ohne dass ihr Puls über siebzig ging; bei ihrem ersten HALO-Sprung hatte der verantwortliche Offizier sie gefragt, ob alles in Ordnung sei – weil sie *nicht* schwitzte. Immer wieder hatten ihre Kameraden herauszufinden versucht, was ihr Geheimnis war. Ein zweckloses Unterfangen. Herbst wusste es ja selbst nicht.

»Ich bin da«, rief eine vertraute Stimme vom Flur. Giresse. Seine Frau war bereits aufgesprungen, eilte ihm entgegen. Herbst stellte die Tasse weg, lehnte sich im Sofa zurück und wartete.

Dass Giresse sein Kommen meldete, überraschte Herbst nicht. Er wusste seine Frau in ihrer Gewalt, Überraschungen konnten nicht in seinem Interesse sein; denn offensichtlich hatte er sich entschieden, mit Herbst zu reden. Die Alternative – Schockgranaten, Scharfschützen, das übliche Lied – hätte sie ansonsten wohl schon erleben dürfen.

Als der zierliche Mann mit dem zerfurchten Gesicht von seiner Frau ins Wohnzimmer gerollt wurde, kam er Herbst deutlich gealtert vor. Offenbar waren die letzten Tage auch für ihn kein Club-Urlaub gewesen.

Doch die Augen waren wach wie eh und je.

»Danke, ma Cocotte. Willst du mal bei Madame Castalle vorbeischauen, wie es ihrem Rücken geht?« Als er ihren besorgten Blick sah, griff er nach ihrer Hand und drückte sie: »Keine Sorge, wir kommen allein zurecht.«

Sie warteten, bis sie hörten, wie die Haustür ins Schloss fiel.

»Frau Herbst«, wandte sich Giresse ihr zu, »was verschafft mir die Ehre?« Wie das letzte Mal sprach er sie auf Deutsch an. Das Formelhafte der Frage verstärkte nur die Intensität des Moments.

»Wo sind Ihre Leibwächter?«

»Warten im Wagen.«

»Ich schlage Ihnen einen Deal vor.« Herbst hatte nicht die Absicht, sich mit Floskeln aufzuhalten. »Sie lassen Ihre Finger von Rafael. Straffreiheit für Varta und mich.«

»Varta hat nach französischem Recht Hochverrat begangen, außerdem einen Sniffer ins Intranet der DGSE eingeschleust.«

»Einen was?«

»Ein Virus.«

»Von dem Virus weiß ich nichts.«

»Sie selbst haben acht Männer getötet, vier weitere verletzt.«

Plus die beiden Russen, dachte Herbst. »Aus Notwehr. Aber ich bin nicht hier, um zu diskutieren. Entweder Sie garantieren uns Straffreiheit, oder der Deal platzt.«

»Sie verlangen viel.« Auf dem Couchtisch lagen ein paar Madeleine-Krümel. Giresse beugte sich vor, schob sie mit den Fingerspitzen zusammen. »Was haben Sie anzubieten?«

»Alyattes wurde unterwandert. Ganz FisherEuroBinary.«

Giresse zeigte keinerlei Gemütsbewegung. »Von wem?«

»Russland.«

»Haben Sie Beweise?«

»Ich habe einen Namen.«

»Wer?«

»Erst garantieren Sie uns Straffreiheit.«

»Was, wenn Sie bluffen?«

»Dann platzt der Deal.«

Giresse lehnte sich in seinem Rollstuhl zurück. Lehnte den Kopf in den Nacken, beobachtete einen Traumfänger, der sich langsam an der Decke drehte. Herbst ahnte, was ihm durch den Kopf ging; wenn sie bluffte – wäre sie dann wirklich das Risiko eingegangen, ihn zu treffen?

»Gesetzt den Fall, ich ließe mich auf Ihren Vorschlag ein – was garantiert Ihnen, dass ich meinen Teil der Abmachung halte?«

»Sie besorgen Bürgschaften. Für Varta ausgestellt vom deutschen Generalbundesanwalt, für mich vom französischen Generalstaatsanwalt und vom schweizerischen Bundesanwalt.«

Giresse lachte.

»Gut«, Herbst erhob sich. »Dann nicht. Verfolgen Sie die Nachrichten. Die Presse wird von der russischen Einflussnahme erfahren. Zu spät allerdings.« Herbst griff nach der Teetasse und trank den letzten Schluck. »Dank an Ihre Frau für die Bewirtung.«

»Sie gehen?« Giresse verfolgte ihre Bewegungen mit zusammengezogenen Augenbrauen.

»Das europäische Finanzsystem wird kollabieren«, fügte Herbst leichthin hinzu. »Wer investiert noch in den europäischen Markt, wenn bekannt ist, dass Russland die Fäden zieht? Nicht zu vergessen die Kettenreaktion, die FEBs Pleite auslösen wird.« Sie nahm sich eine Madeleine. »Für den Weg. In den Nachrichten wird auch Ihr Name fallen, Herr Giresse. Als der Name des Mannes, der die Katastrophe hätte verhindern können.«

»Wovon reden Sie?«

Herbst tippte an das Headset an ihrem Ohr. »Wir leben in einer post-privaten Ära, Herr Giresse. Unser Gespräch befindet sich bereits verschlüsselt in der Cloud.«

Die altersfleckigen Hände des Geheimdienstleiters packten die Lehnen seines Rollstuhls. Eine kleine Bewegung nur, doch Herbst entging sie nicht.

»Ich muss mit dem Verteidigungsminister sprechen.«

»Tun Sie das.« Herbst verließ das Haus, trat auf die Veranda. In der Schiebetür blieb sie noch einmal stehen. »Lassen Sie sich nicht zu viel Zeit.«

»Wie finde ich Sie?«

»Fragt mich das gerade Lucien Giresse, Frankreichs oberster Spion?« Jetzt war es Herbst, die lachte. »Aber haben Sie keine Sorge. Ich melde mich.«

67. Kapitel

»Ángel, hab keine Sorge. Deine Zeit wird kommen, deinen Vater zu rächen. Zu kämpfen für dein Land. Aber jetzt geh.«

Es war das Jahr 1980, als der siebzehnjährige Ángel Sanfilippo von seiner Mutter in das Flugzeug geschickt wurde, das ihn in den Libanon bringen sollte. Fünf Jahre war es her, dass die Operation Condor ins Leben gerufen worden war. Fünf Jahre, seit die USA beschlossen hatten, den Unterdrückern Südamerikas jedes Verbrechen zu ermöglichen, das gegen die Befreiung des Volkes gerichtet war.

Die Montoneros hatten gekämpft um das Vermächtnis Perons, geblutet für die Freiheit. Als der junge Ángel Tausende Meter über dem Atlantik seiner Zukunft entgegenfieberte, war er ganz erfüllt von dem bangen Drang der Jugend, mitzuschreiben an der Geschichte der Welt.

Doch der Kampf, den er führen wollte, war bereits verloren. Während Ángel im Libanon das Töten lernte, ermordeten die Faschisten zu Hause seine Mutter, seinen Bruder, seinen Onkel.

Als Sanfilippo nach Argentinien zurückkehrte, war er allein. Nur Eliana hatte überlebt, die schwangere Frau seines Bruders. Sie gebar eine Tochter und nannte sie Suyan, Hoffnung. Noch im Wochenbett starb die Mutter.

Über die Jahre war Sanfilippo hart geworden. Aber Suyan liebte er wie seine eigene Tochter. Als Suyan an multipler Sklerose erkrankt war, war von Wolfenweiler es gewesen, der sie gerettet hatte. Der die medizinische Betreuung bezahlt hatte und immer noch zahlte.

Von Wolfenweilers Anwesen befand sich auf dem Lerchesberg, zwanzig Minuten von der Frankfurter Innenstadt entfernt. Als sich das Tor zur Einfahrt automatisch zur Seite schob, schäumte das Blut in Sanfilippos Adern noch immer.

Aurora hatte das Mädchen umgebracht. Kaltblütig. Auch Sanfilippo hatte Menschen getötet, ja. Viele. Hatte sie erdrosselt, erstochen, erschossen, erschlagen. Aber nie so. Das Blut an Sanfilippos Händen rührte von Gegnern, die sich ihm bewusst in den Weg gestellt hatten, wissend um die Gefahr. Sanfilippo hatte getötet, weil er musste. Aurora nicht. Kalt lief es ihm den Rücken hinunter. Aurora hatte getötet, weil sie es konnte.

Sanfilippo hielt auf dem Vorplatz der Villa, sprang aus dem Wagen und warf dem zuständigen Bediensteten den Schlüssel zu, damit dieser den Wagen parken könnte. Zwischen Tennisplatz und Schwimmbecken entdeckte er den patrouillierenden Sicherheitsmann, der gerade Dienst hatte. Der Sicherheitsmann winkte seinem Chef, Sanfilippo nickte zurück. Per Fingerabdruck öffnete er die Tür zur Eingangshalle. Außer ihm hatten nur von Wolfenweiler selbst, Max und Aurora direkten Zutritt. Die Bediensteten erhielten Schlüsselkarten.

Die Eingangshalle stellte eine gewöhnungsbedürftige Mischung aus Neogotik und Brutalismus dar: Bunte Glasrosetten erzeugten eine fast sakrale Lichtstimmung, die auf unverputzte Betonwände traf, wie man sie in einem Bunker des Zweiten Weltkrieges erwartet hätte. Ohne sich aufzuhalten, nahm Sanfilippo die Marmortreppe in den ersten Stock, durchquerte den äußeren Salon und betrat von Wolfenweilers Arbeitszimmer. Wie erwartet fand er dort seinen Dienstherrn. Doch von Wolfenweiler war nicht allein.

Aurora.

Überrumpelt starrte Sanfilippo sie an. Brauchte ein paar Sekunden, den Schock zu verdauen. »Herr von Wolfenweiler«, knurrte er dann. »Kann ich Sie unter vier Augen sprechen?«

Ein kaum merkliches Nicken von Wolfenweilers in Auroras Richtung. Aurora wandte sich zur Tür. Während sie an Sanfilippo vorbeistöckelte, zwinkerte sie ihm zu.

Kaum war die Tür ins Schloss gefallen, platzte es aus Sanfilippo heraus: »Sie hat sie umgebracht. Monique Roux-Pastor. Aurora hat sie umgebracht.«

»Ángel«, entgegnete von Wolfenweiler gemächlich. »Mein lieber Ángel. Beruhige dich. Ich weiß es doch. Sie hat es mir erzählt.«

»Sie hat es Ihnen erzählt?«

»Ja.«

»Es war unnötig.«

»War es das?«

»Es hätte andere Wege gegeben.«

»Vielleicht.« Von Wolfenweiler ging an einen hölzernen Serviertisch und schenkte sich Kaffee ein. »Wollen Sie auch einen?«

»Lassen Sie mich meine Arbeit machen.«

»Machen Sie Ihre Arbeit denn?«, fragte von Wolfenweiler, eine plötzliche Schärfe in der Stimme.

»Ich kam ja nicht dazu. Weil Ihre … Beraterin dazwischengefunkt hat.«

»Erfolgreich, wohlgemerkt.«

»Warum war Aurora überhaupt in der Lagerhalle? Sie ist mir gefolgt? Sie hat behauptet, Sie hätten es ihr aufgetragen.«

»Das ist wahr.«

»Sie misstrauen mir?« Sanfilippo fasste sich an das Madonnenkreuz, das ihm um den Hals hing. »Seit dreiundzwanzig Jahren arbeite ich für Sie, Herr von Wolfenweiler. Ich erinnere mich an keinen Moment, an dem Sie unzufrieden mit meinen Diensten waren.«

»Ángel. Du bist mein bester Mann. Doch die letzten Wochen waren intensiv. Wir brauchen alle ab und zu Hilfe.«

Sanfilippo presste die Lippen zusammen. Suyan, dachte er; egal, was passiert – ich werde da sein für dich.

»Sie fürchten«, fragte er ruhig, »ich bin meinen Aufgaben nicht mehr gewachsen?«

Von Wolfenweiler schwieg.

»In diesem Fall möchte ich kündigen.«

»Oh Ángel. Ist es so weit gekommen? Seit ich dich kenne, hast du mich deiner Loyalität versichert. Du hast Dinge für mich getan, die ein anderer nicht getan hätte. Ich habe deiner Nichte das Leben geschenkt, und du hast geschworen, das meine mit dem deinen zu schützen.« Der Kaffee dampfte unberührt vor sich hin. »Brichst du dein Wort?«

»Herr von Wolfenweiler.« Sanfilippo kämpfte um seine Fassung. »Nie werde ich Ihnen vergelten können, was Sie für Suyan getan haben. Niemals. Ja, ich habe geschworen, für alle Zeit Ihr Diener zu sein. Doch jetzt bitte ich Sie: Wenn Sie nur das geringste Mitgefühl empfinden für mich, entbinden Sie mich von meinem Schwur.«

»Was wird aus Suyan?«

Sanfilippo stand gerade. Seine Haltung war sein Schild. »Ich weiß es nicht. Ich werde günstigere Ärzte für sie finden müssen. Es ändert nichts an meiner Entscheidung. Ich muss Sie verlassen. Ich kann töten für Sie. Aber ich bin kein Mörder.«

»Gut.«

Sanfilippo glaubte, sich verhört zu haben. »Sie meinen, ich kann gehen?«

»Du kannst gehen. Ich danke dir für deine Dienste. Wenn du es erlaubst, werde ich auch weiterhin die Kosten für Suyans Behandlung übernehmen.«

»Herr von Wolfenweiler«, murmelte Sanfilippo verwirrt.

»Ángel.« Von Wolfenweiler streckte ihm die Rechte entgegen. »Danke.«

Sosehr Sanfilippo sich gewünscht hatte, frei zu sein, so wenig konnte er glauben, dass von Wolfenweiler ihm den Wunsch erfüllen wollte. »Warum?«

Von Wolfenweiler sah ihm mehrere Sekunden lang stumm in die Augen. »Weil ich dich verstehe«, sagte er dann. »Aurora ist ein Ungeheuer.«

»Aber...« Sanfilippo begriff nichts.

»Aber warum ich mit ihr arbeite? Sie hat mich in der Hand.« Von Wolfenweiler ballte die Faust. »Sie hat sich meine Nähe erschlichen. Jetzt weiß sie zu viel. Sie erpresst mich. Ihr geht es nur um Macht, nichts sonst. Eine bedingungslose, krankhafte Machtgier füllt sie aus.« Er verzog das Gesicht zu einem Grinsen. Es sah aus, als bleckte er die Zähne. »Macht ist ihr Antrieb, ihr Lebenselixier, ihre Sucht. All ihre Gedanken, all ihre Wünsche kreisen um diesen Fixpunkt. Dafür ist sie bereit, jeden Preis zu zahlen. Wenn ich ihr nicht nachgebe, stürzt sie uns lieber beide in die Hölle, als selbst nur einen Schritt zurückzuweichen.«

Bestürzt hörte Sanfilippo die Worte. Noch nie hatte von Wolfenweiler sich ihm so offenbart.

»Und heute feiert sie ihren bislang größten Triumph«, fuhr dieser grimmig fort. »Ein Kunststück, wie ich es für unmöglich gehalten habe. Sie sorgt dafür, dass der einzige Mensch, dem ich vertraue, mir den Rücken kehrt.«

Der Satz traf Sanfilippo so unvorbereitet, dass ihm die Knie wegzuknicken drohten. Hatte er sich derart getäuscht? In seinen Ohren rauschte es. Waren ihm alle Anzeichen entgangen? Stimmte es also – war er wirklich nicht mehr so verlässlich wie früher? Seinen siebenundfünfzigsten Geburtstag hatte er im Sommer gefeiert. War er tatsächlich alt geworden? Bemerkte er das Offensichtliche nicht?

»Du triffst die richtige Entscheidung, Ángel. Du verlässt das sinkende Schiff, bevor es zu spät ist.«

Sanfilippo küsste sein Madonnenkreuz. Maria, voll der Gnade, bete für uns Sünder.

»Ich wünsche dir alles Gute. Und bitte, erfülle mir diesen einen Wunsch – lass mich weiterhin für Suyan bezahlen.«

Bete für uns. Jetzt und in der Stunde unseres Todes.

»Herr von Wolfenweiler«, krächzte Sanfilippo. »Ich wusste das nicht.«

»Mach dir keine Vorwürfe. Sie hat auch mich getäuscht. Sie ist ein Ungeheuer. Aber sie versteckt sich hinter einer glänzenden Fassade.«

»Behalten Sie mich in Ihrem Dienst.«

Von Wolfenweiler zog die Stirn kraus. »Bist du sicher?«

Sanfilippos Kehle war trocken. Er konnte nur nicken.

»Ángel«, von Wolfenweiler packte seine Hände, »oh Ángel. Wie gern möchte ich dich an meiner Seite behalten.« Seine Miene verdüsterte sich. »Aber die nächsten Wochen werden brenzlig. Unsere Gegner spielen falsch. Wir werden nicht überleben, wenn wir immer den Regeln folgen.«

Das Madonnenkreuz glühte auf Sanfilippos Brustbein.

»Ich will dich zu nichts verleiten«, erklärte von Wolfenweiler, »überlege dir gut, ob du im Geschäft bleiben willst. Wenn du jetzt zusagst, muss ich wissen, dass du voll und ganz hinter mir stehst. Dass du sicher bist in deiner Entscheidung.«

»Ja«, bekannte Sanfilippo leise. »Ich bin es.«

Von Wolfenweiler legte ihm die Hand auf die Schulter. Abgesehen von gelegentlichem Händeschütteln konnte Sanfilippo sich kaum an eine Berührung erinnern. »Herr von Wolfenweiler«, sagte er. »Diesmal werde ich Sie nicht enttäuschen.«

»Nenn mich Fridolin«, sagte von Wolfenweiler, ohne die Hand von seiner Schulter zu nehmen. »Ich habe einen Auftrag für dich.«

68. Kapitel

Die französische Elite achtete tunlichst darauf, unter sich zu bleiben.

Didier Penverne hatte eine der besten Schulen Frankreichs besucht, zwei der angesehensten Universitäten, war in den Staatsdienst eingetreten und hatte Karriere gemacht. Wenn jemand einen Archetyp des französischen Etablissements gesucht hätte, in Penverne hätte er ihn gefunden.

Es war ihm zuwider.

Sicher, er genoss den Reichtum, die Macht, die einladenden Blicke der Frauen, das gestand er sich ein. Doch unabhängig davon, auf welcher Stufe seines Erfolgs er sich gerade befand – überall traf er auf denselben Dünkel, denselben Narzissmus, denselben bornierten Akzent. Dieser Akzent war sein eigener, es war der einzige, den er zu sprechen gelernt hatte. Und je älter Penverne wurde, desto häufiger fragte er sich, ob auch die elitäre Anmaßung, die ihn so abstieß, in sein eigenes Wesen gestempelt war wie ein Gütesiegel zweifelhafter Qualität.

Als Verteidigungsminister der Fünften Republik war er einer der mächtigsten Männer des Staates. In Interviews behauptete er gern, es sei nachgerade zufällig geschehen, doch das war Koketterie. Er hatte immer nach Verantwortung gestrebt. Er wollte entscheiden. Früher, viel früher war er überzeugt gewesen, es gehe ihm um die Menschen, um seine Ideale; er war überzeugt gewesen, dass er anders war als seine Standesgenossen – privilegiert zwar, aber nicht abgehoben. Jetzt, da Außenstehende behaupten würden, er sei ganz oben angelangt, kämpfte er Tag für Tag gegen tausend gute Gründe und hunderttausend Verlockungen, seine Ideale hintanzustellen. Und mit jedem neuen Morgen zerrten die dunklen Kräfte heftiger an ihm; gab er ihnen häufiger nach, sank er abends häufiger ins Bett in der Gewissheit, keine einzige Entscheidung getroffen zu haben, die vollkommen im Einklang mit seinen Überzeugungen stand.

Noch immer keine Meldung von Lucien. Nervös stocherte Penverne in seinen pochierten Eiern herum. Seine Frau Valérie hatte sie zubereitet. Valérie kochte ganz gern, weshalb sie der Köchin gelegentlich frei gab.

»Schmeckt es dir nicht, Chéri?«, fragte sie.

»Alles in Ordnung«, brummte Penverne abwesend. Seit neununddreißig Jahren waren sie ein Paar, seit fünfunddreißig verheiratet, drei Kinder hatten sie zusammen großgezogen. Penverne liebte seine Frau. Und doch war jeder Wortwechsel mit ihr ihm schon vor Jahren zur Last geworden. Er ahnte, es war ungerecht; sein Beruf zwang ihn tagein, tagaus zu einer Maske freundlicher Anteilnahme. War er den Kameras dann endlich entkommen, fehlte ihm die Kraft für ein einziges weiteres freundliches Wort.

»Du arbeitest zu viel, Chéri.«

»Ich bin der Verteidigungsminister.«

Ein leidiges Gespräch. Sie hatten es schon zu oft geführt. Genervt warf er den Löffel auf den Tisch. Die Eier schmeckten wie Bauschaum.

Das Telefon klingelte.

Penverne bezwang den Drang, direkt aufzuspringen. Kontrolle war alles in seinem Beruf. Valérie verdrehte die Augen. Das Telefon war ihr zum Symbol geworden für alles, was schieflief zwischen ihnen. Aber wie hätte er nicht rangehen sollen? Zweihundertvierzig Atomsprengköpfe unterlagen seiner Verantwortung. Kontrolliert ging er zur Anrichte.

Das Display verkündete Lucien Giresse.

Kontrolliert griff Penverne nach dem Hörer. »Lucien.« Mit

aller Kraft zwang er seine Stimme zu einem gefassten Ton. »Du hast ihn erwischt?«

Alyattes. Das vermaledeite Programm. Die EU, auch die Staatsführer Europas fuhren darauf ab. Penverne hingegen bereitete es nur Kopfschmerzen. Wirtschaftlicher Aufschwung, Kampf gegen Steuervermeidung, strategische Unabhängigkeit gegenüber SWIFT, Eindämmung privater Konkurrenzwährungen – all die wohlklingenden Phrasen konnten ihn nicht darüber hinwegsehen lassen, dass ein Privatunternehmen mit der Entwicklung betraut worden war. Weil die Staaten Europas sich schlicht hatten eingestehen müssen, nicht über das technische Know-how zu verfügen. Ein Armutszeugnis mit einer bedrohlichen sicherheitspolitischen Dimension.

Dass es in der Entwicklung nicht recht voranging, war besorgniserregend. Dass wenige Tage vor der ersten Revision einer der Programmierer als Spitzel enttarnt worden war, war katastrophal. Dass der Service Action beim Versuch, des Spitzels habhaft zu werden, eine ganze Einheit verloren hatte … Penverne hatte es nicht fassen können. Er hatte alles, was in der Nacht von Freitag auf Samstag in dem Genfer Hotel geschehen war, zur Verschlusssache erklärt. Das würde nicht mehr lange gut gehen. Am Ende würden Köpfe rollen. Der von Giresse zuerst. Aber auch sein eigener war in Gefahr – und ironischerweise lag es an Giresse, ihn zu retten.

»Nicht direkt, Herr Minister«, sagte Giresse. »Aber ich habe mit ihm gesprochen.«

»Bitte?«

»Zumindest mit einer Komplizin von ihm.«

»Du hast mit ihr gesprochen?« Zu einer raffinierteren Frage fehlte Penverne die Kraft.

»Sie sagt, Alyattes ist von russischer Seite kompromittiert.«

Penverne ging instinktiv ins Arbeitszimmer. Ein solches Staatsgeheimnis konnte er nicht vor anderen besprechen. Selbst vor Valérie wäre es Hochverrat.

»Hat sie Beweise?«

»Sie behauptet, sie hat einen Namen, der uns zu allem Weiteren führt.«

»Wer?«

»Bevor sie den Namen nennt, will sie Straffreiheit.«

»Für Varta?« Penverne atmete tief durch. Der Mann hatte – soweit bekannt – keine Daten entwendet, nur das Smartphone seines Vorgesetzten gehackt. Da es sich um ein sicherheitskritisches Projekt handelte, war es formal trotzdem eine schwere Straftat. Nichts allerdings, was man nicht mit etwas politischem Willen unter den Tisch würde fallen lassen können. »In Ordnung.«

»Sie will Straffreiheit nicht nur für Varta.«

Penverne spürte, wie Giresse sich auf der anderen Seite der Verbindung sammelte. »Sondern?«, fragte er ungeduldig.

»Auch für sich selbst.«

»Von mir aus.« Penverne sah das Problem nicht. »Wenn wir Vartas Cyberangriff nicht ahnden, ahnden wir auch die Hilfe nicht, die er bekommen hat.«

»So einfach ist es nicht«, murmelte Giresse.

»Was hat sie denn getan?«

»Sie war in Genf dabei. Im Hotel.«

»Du meinst – Service Action? Sie hat ihn ausgeschaltet?«

»Ja.«

»Alleine?«

»Ja.«

»Coup Dégueulasse.«

Minutenlang wanderte Penverne um seinen Schreibtisch herum. Es war Sonntagvormittag, der Tag hatte noch nicht richtig begonnen, sein Bauschaum-Ei war noch nicht halb aufgegessen, und er hatte bereits eine Entscheidung zu fällen, von der er wusste, sie würde ihn in seine Träume verfolgen.

»Wie lange brauchen wir, sie zu finden?«

»Wenn wir nicht auf ihren Deal eingehen? Zwei oder drei Tage maximal.«

»So lang?«

»Sie ist gut ausgebildet.«

»Und deine Leute nicht oder was?«, entfuhr es Penverne. In diesem Augenblick wurde ihm bewusst, dass er sein Leben hasste.

»In Ordnung«, sagte er. »Wir versprechen ihr die Straffreiheit.«

Giresse atmete hörbar aus. »Sie will Garantien. Von den Generalstaatsanwälten Frankreichs, Deutschlands und der Schweiz.«

Cette Charogne. »Erst wenn sie uns den Namen genannt hat.«

»Und wenn sie sich darauf nicht einlässt?«

»Dann soll sie zur Hölle fahren.«

69. Kapitel

Die Wohnung befand sich im Westen von Paris, in Nanterre, nicht weit entfernt von La Défense, Frankreichs berühmtester moderner Skyline. Varta hatte sie über Airbnb gefunden und gebucht, wobei er den Account eines anderen Nutzers »ausgeliehen« hatte. Herbst verzichtete auf die Frage nach Details.

Es gab keine persönliche Übergabe, Varta hatte darauf geachtet; über eine Code-Box gelangten sie an die Schlüssel. Zwei Zimmer, Küche, Bad, alles schlicht, aber gepflegt.

»Ein Doppelbett«, stellte Varta fest.

»Kein Problem. Ich schlafe auf der Couch.«

»Musst du nicht.«

Herbst zuckte mit den Schultern. »Ist näher an der Wohnungstür.«

Während sie die Vorhänge zuzog, die Rettungswege ermittelte und in alle Schränke sah, trennte Varta Fernseher und Telefon vom Strom. Dann setzte er sich an den Esstisch, klappte seinen Laptop auf und inspizierte den Internet-Router. Herbst musste lächeln.

»Was ist?«

»Wir sind so eingespielt – als ob wir unser Leben lang nichts anderes gemacht hätten.«

»Mir kommt gerade ein Nine-to-five-Job ganz verlockend vor.«

»Keine Sorge«, Herbst drückte ihm den Arm, »Giresse wird auf uns eingehen, er muss. Wir kommen schon noch heil aus dem Schlamassel, du wirst sehen.«

»Wir«, brummte Varta finster. »Wir schon.« Ein Schatten legte sich über sein Gesicht.

»Es tut mir leid.« Herbst setzte sich zu ihm. »Florentina muss eine großartige Frau gewesen sein.«

»Die beste.« Varta wischte sich über die Augen. Der Ärmel seines Sweatshirts rutschte hoch, gab den Blick frei auf die kleinen runden Narben auf seinem Unterarm. Herbst griff vorsichtig nach seinem Handgelenk, zog es zu sich heran. Aufmerksam beobachtete sie Varta; der ließ es geschehen. »Zuerst dachte ich«, flüsterte Herbst, »du seist gefoltert worden. In Budapest, im Gefängnis. Aber das ist es nicht, habe ich recht?«

Varta wandte den Blick ab, starrte auf den Esstisch, auf die Plastiktulpe, die vor ihm in einer schlanken Vase steckte. Stumm schüttelte er den Kopf.

»Sie sehen alle gleich alt aus.« Mit ihren Fingerkuppen strich sie über die verwitterten Wunden. Es mussten Dutzende sein. »Weißt du, Tamás, wie Giresse mich dazu gebracht hat, dich zu jagen?«

Varta blickte auf.

»Ich habe einen Bruder. Rafael. Ein Jahr jünger als ich. Als ich vier war, unsere Eltern waren im Wohnzimmer, haben wir in der Küche gespielt. Wir sind auf einen Stuhl geklettert und von dem Stuhl auf den Esstisch. Dann sind wir gesprungen.« Herbst strich langsam über das Holz vor sich. »Ein Esstisch wie dieser hier. Ich erinnere mich noch an das Gesicht unserer Mutter. Als ob alle Muskeln verrutscht wären; der Mund offen, dass man die plombierten Zähne sehen konnte, ein bodenloser Abgrund, ein alles verschlingendes Loch – heute kommt mir das Bild obszön vor. Die Augen aber brannten in einer so grenzenlosen Verzweiflung, dass ich in dem Moment überzeugt war, ich würde das Ende der Welt erleben.« Sie verstummte.

Von draußen drang Straßenlärm herein.

»Es tut mir leid«, sagte Varta.

»Verrückt«, murmelte Herbst. »Ich habe das noch nie jemandem erzählt.«

»Er ist tot, dein Bruder?«

»Nein. Er liegt im Koma. Seit achtundzwanzig Jahren. Seine Kindheit, seine Pubertät, seine Zwanziger, immer im Koma. Von Anfang an haben die Ärzte behauptet, es stehe schlecht um ihn; er habe nur noch wenige Monate, vielleicht Wochen. Seit achtundzwanzig Jahren sagen sie das.«

»Es tut mir leid.«

Herbst strich wieder über Vartas Narben. »Hat es geholfen?«

»Was?«

»Die Zigaretten auf der Haut auszudrücken. Als Florentina dich verlassen hat.«

Varta griff in seine Hosentasche, kramte ein Nikotin-Kaugummi hervor, packte es aus. »Ja, anfangs. Ein bisschen.« Gedankenverloren drehte er das Kaugummi zwischen den Fingern. »Aber der Schmerz war gar nicht das große Ding. Die Scham war überwältigend. Scham. Was für ein verrücktes Gefühl. Ich schämte mich, dass der Verlust mich so traf. Um mich her fanden sich pausenlos Menschen und gingen wieder auseinander – und alle schienen sie zurechtzukommen. Nur ich habe mich in mein Selbstmitleid gewickelt, als wäre ich das einzige wahrhaft unglückliche Wesen der Welt. Ich habe mich geschämt, dass ich so schwach war, ja, ich hab mich geekelt vor mir selbst. Ach, fuck.«

Herbst fragte sich, ob sie jemals in ihrem Leben so starke Gefühle entwickeln würde, wie Varta sie für Florentina besessen hatte. Sie glaubte es nicht. Und es war nicht schlimm. Sie war kein rührseliger Mensch. Und der Preis, wie er in Vartas Schilderung mitklang, kam ihr bei Weitem zu hoch vor.

»Vielleicht rede ich es mir nur ein«, fuhr Varta fort, »aber manchmal denke ich, es lag an dem Grund, weswegen sie Schluss gemacht hat. Alles wäre leichter zu ertragen gewesen: ein anderer Liebhaber, mangelndes Interesse … keine Ahnung … Mundgeruch.«

Schritte im Treppenhaus. Herbsts Muskeln spannten sich an,

ihre Hand lag auf dem Griff ihrer Glock. Die Schritte erreichten das Stockwerk. Mit angehaltenem Atem lauschte sie. Die Schritte stoppten nicht, wurden leiser, verklangen.

Wieder war es still. Nur der Straßenlärm, dazu das leise Glucksen der Heizung. Vermutlich musste sie entlüftet werden. Noch immer hatte Varta das Kaugummi in der Hand, formte es zu einer kleinen Kugel. »Sie hielt es für verantwortungslos, in unserer Situation ein Kind in die Welt zu setzen.«

Herbst erinnerte sich an das Dossier, dass sie von Giresse' Mitarbeiter de la Renne erhalten hatte. Ein Kind war nicht erwähnt worden. »Und du wolltest eins?«

Varta schwieg.

»War sie damals schon so gefährdet? Ich dachte, sie wurde erst später zur Terroristin erklärt.«

Varta lächelte bitter. »Identifiziert wurde sie erst später. Aktiv war sie schon, als ich sie kennengelernt habe.«

»Ihr wart doch noch nicht lang zusammen. Hätte sich ihr Kinderwunsch nicht später noch ergeben können?«

»Florentina war schwanger.«

»Oh.« Herbst schwieg verlegen. De la Rennes Akte hatte irgendetwas bezüglich Schwangerschaft erwähnt. Aber es war nicht um eine Abtreibung gegangen. Es gelang Herbst nicht, sich an den Kontext zu erinnern. »Was man ihr angetan hat – es tut mir so leid.«

Varta drückte den Kaugummiball zwischen die Blütenblätter der Plastiktulpe. »Wir könnten sie gut gebrauchen gerade.«

Herbst schob ihren Stuhl zurück, stand auf und ging zur Spüle. Nachdem sie zwei Gläser mit Leitungswasser gefüllt hatte, kehrte sie zu Varta zurück. Sie lächelte ihm aufmunternd zu. »Wir haben dich.«

»Und?«

»Du hast immerhin die DGSE gehackt.«

»Wie kommst du darauf?«

»Giresse hat es behauptet.«

»Unsinn«, Varta verzog verächtlich das Gesicht, »ich bin nur ein Idiot, der weiß, in welchem Forum man nach welchem Code fragt. Aber Florentina«, er schüttelte versonnen den Kopf, »was die Frau gemacht hat – heavy wizardry.«

De la Rennes Dossier hatte keinen Zweifel daran gelassen, dass Varta ein begnadeter Programmierer war. Herbst fragte sich, wozu Florentina erst in der Lage gewesen sein musste, wenn Varta sie so bewunderte.

»Vielleicht gelingt es dir irgendwann, nicht mehr nur zu trauern um sie, sondern auch dankbar zu sein für die Zeit, die du mit ihr verbringen durftest.«

»Ja, vielleicht.«

Herbst hatte in den Küchenschränken Spaghetti gefunden und Dosen mit Tomatenmark. Sie hatte das Gefühl, etwas gegen die trübsinnige Stimmung unternehmen zu müssen. »Ich koch uns mal was«, schlug sie vor.

»Nicky hat uns was geschickt«, sagte Varta.

»Wann?«

»Letzte Nacht noch. Kurz bevor sie geschrieben hat, dass sie aufgeflogen ist.«

»Warum hast du nichts gesagt?«

»War ein verschlüsselter Link. Ich dachte erst, es ist ein Virus. Möglicherweise Wu, der Nicky das Handy abgenommen hat. Scheint aber authentisch zu sein. Und Nicky hat eine Verschlüsselung gewählt, von der sie wusste, dass ich sie zügig würde knacken können.«

»Und wohin führt der Link?«

»Alyattes. Verschlüsselte Dateien, ein paar Gigabyte groß.«

»Kommst du an sie ran?«

»Nicht ohne Hilfe.«

»Also?« Die wenigen gemeinsamen Tage genügten, um Herbst gewiss sein zu lassen, dass Varta bereits einen Plan hatte.

»Ich habe der Community geschrieben.«

»Wie viele seid ihr eigentlich?«

»Millionen. Aber das ist kein festes Netzwerk. Du musst dir das alles fluid vorstellen. Ich kenne die Leute nicht. Jeder kann dazugehören, wenn er oder sie nur ein bisschen technischen Verstand hat und den Willen, im Internet mehr zu sehen als ein Regal mit Porno-Blu-rays. Was ich gemacht habe, war im Grunde nichts anderes als eine Stellenausschreibung.«

»Woher weißt du, dass du den Leuten vertrauen kannst?«

Varta grinste. »Peer Review. Außerdem – wenn du dich länger in einem System aufhältst, weißt du irgendwann, wo es flutscht und wo es knirscht.«

»Dann drücke ich die Daumen.« Herbst stellte Nudelwasser auf. »Ich kann sowieso nur darauf hoffen, dass du weißt, was du tust.«

»Außerdem brauchen wir einen Supercomputer.«

»Entschuldige.« Herbst unterbrach sich beim Salzen des Wassers. »Hast du gerade Supercomputer gesagt?«

»Ja, der wäre wichtig.«

»Das heißt, wir müssen in das Rechenzentrum irgendeiner Uni einbrechen?«

»Keine Chance. Bis wir da Zugriff hätten, wären wir entdeckt. Und wir brauchen die Power mindestens Stunden, eher Tage.«

Das Wasser begann zu kochen, Herbst gab die Spaghetti in den Topf. »Aber du hast eine Idee?«

»Safe. Wir hacken uns in ein paar tausend Privatrechner ein und schalten sie zusammen.«

»Ab und zu weiß ich nicht, ob du ironisch bist.«

»Ich auch nicht«, grinste Varta. »In diesem Fall nicht. Privatrechner sind easy zu hacken. Ich warte nur darauf, dass ich die nötigen Programme zusammenhabe.«

»Lass mich raten: die Community?«

»Exakt.«

Herbst suchte nach einem Nudelsieb. Fand eines hinter einem Tellerstapel. Sie kochte einhändig, um ihre verletzte Linke so wenig wie möglich zu belasten.

»Kann ich dir helfen?«, fragte Varta.

Es gab wirklich nichts zu tun. »Du kannst die Tomatendose aufmachen.«

»Eine Aufgabe, der ich mich gewachsen fühle.«

Nachdem sie gegessen hatten, wählte Herbst die Nummer der DGSE. Varta hatte zwar nicht Giresse' Durchwahl gefunden, aber immerhin die Vermittlung. Außerdem hatte er den Anruf verschleiert. Die Zeiten, in denen Prepaid-SIM-Karten ausreichten, waren lange vorbei; aber Varta erklärte, Voice-over-IP sei ordentlich verschlüsselt kaum zurückzuverfolgen.

»Was können wir für Sie tun?«, fragte die Telefonistin.

»Anna-Lena Herbst hier. Verbinden Sie mich bitte mit Lucien Giresse.«

»Haben Sie einen Termin?«

»Ja.«

»Augenblick.«

Während Herbst wartete, entdeckte sie einen Tomatenspritzer auf dem Esstisch. Automatisch nahm sie einen Lappen und wischte ihn weg. Varta war ebenfalls aufgestanden, beobachtete sie, heftig sein Kaugummi zermahlend.

»Frau Herbst.«

»Herr Giresse. Haben wir einen Deal?«

»Ja. Aber wir brauchen erst den Namen. Wenn wir ihn überprüft haben und er sich als so heikel erweist, wie Sie behaupten, bekommen Sie die Garantien.«

Herbst fuhr sich mit der freien Hand langsam die Haare entlang.

»Nein«, sagte sie.

»Frau Herbst. Ich bitte Sie. Sie befinden sich in einer ausweglosen Situation, besinnen Sie sich …«

»Erst die Garantien«, unterbrach sie ihn, »dann der Name. Hoffen Sie nicht darauf, mich zu finden. Falls mir etwas zustößt, erfährt die Öffentlichkeit früher von der russischen Aktion, als Sie es tun.«

»Frau Herbst…«

»Eine Sache noch: Überprüfen Sie Ihre Technische Abteilung. Varta hat Ihrem Netz kein Virus aufgespielt. Wer immer Sie berät, ist entweder korrupt oder inkompetent.«

»Hören Sie…«

»Ich melde mich morgen wieder.«

Sie beendete die Verbindung.

70. Kapitel

Die Kolonne bestand aus einem Rettungswagen, einem Begleitfahrzeug und zwei schwarzen SUVs. Vier Minuten vor Mitternacht erreichte sie das Klinikum St. Marien und bog auf den Parkplatz Klinikum 2 ein. Direkt am Amberger Bahnhof gelegen, war das Krankenhaus auch architektonisch ganz auf seine Bestimmung ausgerichtet: schnörkellose Bettenhäuser, gruppiert um ein schnörkelloses Hauptgebäude, Rasenflächen dazwischen.

Um 22:00 Uhr war Schichtwechsel gewesen, die Nachtschicht dürfte ihren ersten Kontrollgang bereits erledigt haben. Aus dem Rettungswagen sprangen zwei Sanitäter, aus dem Begleitfahrzeug ein Arzt und ein Rettungsassistent.

Sanfilippo stieg aus seinem Wagen, knöpfte das Sakko zu und strich es glatt. Eine gepflegte Erscheinung war ihm wichtig. Allein der Hut, den er sich jetzt aufsetzte, hatte über achthundert Euro gekostet, die Lederhandschuhe dreihundert. Über das Headset versicherte er sich der Bereitschaft seiner Männer und winkte Paulo, der gefahren war – Sanfilippos rechte Hand. Zu zweit folgten sie der Besatzung des Rettungswagens. Das Team im zweiten SUV stieg nicht aus; Backup, sie würden es hoffentlich nicht brauchen. Ein Krankenhaus war kein militärisches Sperrgebiet.

Vor der Empfangshalle setzte Sanfilippo die Sonnenbrille auf. Dann trat er ein. Der Pförtner sah überrascht auf, als sich zu der späten Stunde die Eingangstüren zur Seite schoben und den Blick freigaben auf vier Männer in Weiß und zwei in Schwarz.

Der Arzt und die Sanitäter ignorierten ihn, sie hatten bereits in Erfahrung gebracht, in welches Zimmer sie mussten. Sanfilippo aber ging direkt auf den Pförtner zu. »Geben Sie mir Ihre Hand.«

Der Befehl überrumpelte den Mann, verdattert streckte er ihm die Hand entgegen. Sanfilippo nahm sie mit der Rechten, zog sie mit Gewalt an sich, zerrte den daran hängenden Pförtner halb über den Empfang. Mit dem Ballen der flachen Linken gab er ihm einen Schlag gegen die Schläfe, der Pförtner krachte bewusstlos auf die Theke. Sanfilippo reichte Paulo die Spritze mit dem Anästhetikum, Paulo injizierte es dem Pförtner. Paulo war Diabetiker, was in seinem Beruf eine gewisse Herausforderung bedeutete. Doch beim Spritzensetzen konnte er es mit jeder Oberschwester aufnehmen.

Propofol. Sie hatten fünf Minuten.

Während Paulo Wache hielt, schwang sich Sanfilippo über die Theke, schob den betäubten Pförtner zu Seite und widmete sich der Überwachungsanlage. Es war noch leichter als gedacht. Das Ding musste aus den Neunzigern sein. Grobkörnige Bilder in Schwarz-Weiß flimmerten über die Bildschirme, es gab kein digitales Archiv, geschweige denn eine Online-Synchronisation. Physische Bänder, unglaublich. Nachdem Sanfilippo sie herausgenommen hatte, deaktivierte er die Anlage. Er drapierte den Pförtner so, als wäre dieser eingeschlafen, dann kletterte er zurück über den Tresen. Es hatte nur zwei Minuten gedauert, niemand hatte sie gestört.

Paulo sicherte den einen Flur, Sanfilippo übernahm den anderen. Von draußen konnte sie niemand überraschen, das Team im zweiten SUV würde sie vorwarnen. Doch trotz aller Professionalität – ein einziger Pfleger nur müsste den Gang entlangkommen, Misstrauen schöpfen. Und könnte ihnen einen Strich durch die Rechnung machen. Sanfilippo hatte überlegt, offizielle Papiere zu fälschen, aber das hätte zu lange gedauert.

Langsam wurde er unruhig. Wo blieben sie? War es ein Fehler gewesen, sie allein loszuschicken? Die vermeintlichen Sanitäter waren verlässlich, drei seiner besten Männer. Der Doc jedoch war der Leibarzt von Wolfenweilers. War er der Mission gewachsen?

Über Funk forderte er einen Statusbericht an.

Nichts.

Plötzlich Schritte aus der Richtung der neurologischen Station. Stimmen. Sanfilippo küsste sein Madonnenkreuz. Die Tür zum Gang öffnete sich, eine Fahrtrage, verbunden mit medizinischen Geräten, geschoben von seinen Leuten. Sanfilippo atmete erleichtert aus. Dann bemerkte er das Problem. Sie waren nicht zu viert. Eine fünfte Person, ebenfalls weiß gekleidet, redete auf von Wolfenweilers Arzt ein. Dieser gestikulierte mit rotem Kopf, Schweiß auf der Stirn.

Sanfilippo trat hinzu. »Stimmt irgendetwas nicht?«

»Und wer sind Sie?«, gab der Mann zurück. Er mochte Mitte dreißig sein, sein dichtes Haar war bereits mit zahlreichen grauen Strähnen durchsetzt. Sein Namensschild wies ihn als Dr. Meyer aus.

»Fritsche«, erwiderte Sanfilippo. »BKA. Ich leite die Überführung.«

»Das soll ich Ihnen glauben?«

Sanfilippo wies die anderen an, nicht stehen zu bleiben. »Warum nicht?«

»Na, bei dem Akzent. Geboren sind Sie hier jedenfalls nicht.«

Die Fahrtrage hatte bereits den Ausgang erreicht, wurde nach draußen geschoben. »Ich bin aus Frankfurt.«

»Haben Sie einen Ausweis?«

Den Ausweis, den Sanfilippo diesem lästigen Dr. Meyer reichte, hätte nur ein Experte als Fälschung erkennen können. »Ich bin angemeldet.«

»Nicht bei mir.«

»Beschweren Sie sich bei Ihrem Oberarzt.« Sanfilippo warf einen Blick auf den vermeintlich schlafenden Pförtner. »Wie weit seid ihr?«, fragte er in sein Headset.

»Sind gerade beim Rettungswagen angekommen.«

»Gut.«

»Hören Sie, Herr Fritsche, Sie können uns nicht einfach in so einer Nacht-und-Nebel-Aktion einen Komapatienten entführen. Sie riskieren sein Leben. Von wem haben Sie denn die Genehmigung bekommen? Wollenrath? Der hat gar nicht die Befugnis für …«

Mit demselben blitzschnellen Schlag gegen die Schläfe, der bereits den Pförtner außer Gefecht gesetzt hatte, brachte Sanfilippo Dr. Meyer zum Schweigen. Er würde nicht lange bewusstlos sein, und die Spritze mit dem Propofol war leer. Doch es machte keinen Unterschied, der Pförtner würde sowieso gleich wach werden.

Sanfilippo sah sich noch einmal um, küsste sein Madonnenkreuz und eilte aus dem Krankenhaus. Gerade als er den Parkplatz erreichte, schlugen seine Leute die Hecktüren des Rettungswagens zu.

Zwei Minuten später brausten sie bereits aus der Stadt. Ein paar Kilometer weiter, in einem winzigen Örtchen namens Ammerthal, tauschten sie den Rettungswagen gegen einen bereitstehenden Transporter und zogen die Folie mit den Fantasie-Kennzeichen von den Nummernschildern der SUVs. Das Begleitfahrzeug hatten sie bereits in Amberg stehen gelassen.

Der Rest war Routine. Sanfilippo schickte jeden Wagen über eine andere Route zurück nach Frankfurt. Im Polizeifunk verfolgte er, wie der Rettungswagen gesucht wurde. Als man den Wagen schließlich gefunden hatte und die erste Straßensperre errichtet werden sollte, hatte Sanfilippo bereits Würzburg hinter sich gelassen.

Montag

… blickt die deutsche Fußballgemeinde mit Spannung nach Italien. Das Spitzen-Derby am Dienstag zwischen den beiden Mailänder Traditionsclubs AC und Inter verspricht nicht nur ein Fußballfest zu werden. Beide Mannschaften haben sich nämlich bereits für das Achtelfinale der Champions League qualifiziert und sind somit potenzielle Gegner für die Bayern und Borussen, die sich ebenfalls noch qualifizieren können…

71. Kapitel

Herbst schob den Vorhang einen Zentimeter zur Seite und spähte auf die Straße hinunter. Der Teer war noch feucht von der Pariser Eigenart, die Stadt nachts mit Seine-Wasser zu überschwemmen. Kleinwagen parkten mit zwei Reifen auf dem Bordstein, Geschäftsleute eilten mit Kaffeebecher und hochgeschlagenem Mantelkragen zur Arbeit nach La Défense. Keine Kastenwagen mit getönten Scheiben; keine Kombis, in denen mittelalte Herren saßen und offenkundig nicht aussteigen wollten; keine verdächtigen Bewegungen im gegenüberliegenden Wohngebäude.

»Ich geh einkaufen«, rief sie Varta zu, der schon wieder vor seinem Rechner saß und Dinge tat, die sich erklären zu lassen Herbst aufgegeben hatte.

»Ist das nicht zu gefährlich?«

»Ich bin in zwanzig Minuten zurück.«

Sie griff nach ihrer Sporttasche. Es gab gute Gründe, das Haus zu verlassen. Sie brauchten Perücken. Dass ihre Vorräte zur Neige gingen, war ein zweiter Grund. Dass sie sich ein Bild von der Umgebung machen wollte, ein dritter. Doch sie hatte noch einen vierten, weniger greifbaren Anlass. Hätte sie es versucht, sie hätte es nicht in Worte fassen können. Es war eine diffuse Unruhe, die sie erfasst hatte. Und es hing irgendwie mit Varta zusammen. Nicht mit seinen Fähigkeiten – er beherrschte die digitale Welt, wie Herbst es nicht für möglich gehalten hätte. Sie bewunderte ihn dafür. Und zugleich war es beklemmend, aus nächster Nähe mit anzusehen, wie manipulierbar alles geworden war für denjenigen, der die Technik verstand.

Aber was Herbst an Varta beunruhigte, war losgelöst von seinem Wissen, seinem Handeln. Er strahlte eine Leichtigkeit aus, eine naive Lebendigkeit, trotz allem, was er erlebt hatte. In der Situation allerdings, in der sie sich befanden, war es gefährlich, zu guten Mutes zu sein. Im Alltag mochte der fröhliche Träumer beneidenswert erscheinen; doch im Krieg konnte nur der Wachsame hoffen, die Nacht zu überstehen.

Und dennoch – und das mochte der Kern des Dilemmas sein – war Herbst angezogen von Vartas Blick auf die Dinge, hätte ihm nicht nahegelegt, etwas zu ändern, selbst wenn sie die Möglichkeit dazu gehabt hätte. Seine Nähe beunruhigte sie, weil er etwas in ihr auslöste, wovor sie sich ihr Leben lang sorgfältig geschützt hatte: Sie fühlte sich verantwortlich für ihn. Im Gegensatz zu Herbst handelte Varta aus Überzeugung, glaubte, dass die Entscheidungen, die er traf, einen Unterschied machen konnten. Herbst hatte sich zu lange darum bemüht, dem Leben keine Angriffsfläche zu bieten, als dass sie es für möglich hielt, jemals Vartas Weltbild teilen zu können. Aber zum ersten Mal hatte sie das Gefühl, dass es ein schönes, ein schützenswertes Weltbild sein mochte – unabhängig davon, wie zielführend es letztendlich war. Vielleicht konnte sie es nicht nachvollziehen, aber indem sie es schützte, könnte sie zumindest indirekt teilhaben daran. Sie seufzte. Sie würde doppelt wachsam sein müssen, wenn sie nicht nur Varta, sondern auch seine zukunftsfrohe, leichtsinnige Art schützen wollte.

In einem Kostümgeschäft erstand sie für sich einen roten Bob, für Varta einen schlichten Herrenschnitt in kastanienbraunem Ton. Es gab eine große Auswahl weiterer Verkleidungsutensilien, großzügig deckte sie sich ein. Danach besorgte sie in einem Supermarkt Brot, Aufstriche, Obst, Gemüse, Reis, Getränke und Nikotin-Kaugummis. Entsprechend schwer beladen kehrte sie in die Wohnung zurück. Obwohl sie die Sporttasche mit der anderen Schulter trug, pochte der Schmerz in ihrem linken Handgelenk.

»Lena?«, rief Varta aus der Küche, als er den Schlüssel hörte.

Herbst schüttelte den Kopf. In zwei Silben hatte er sich, seine Position und ihren Namen verraten. »Ja, ich bin's«, erwiderte sie, nachdem sie die Tür geschlossen hatte.

»Komm her, ich muss dir was zeigen.«

Herbst folgte der Aufforderung, stellte die Einkäufe auf den Küchentisch neben Vartas Laptop. »Was gibt's?«

Varta drehte den Laptop in ihre Richtung. »Die Stellenausschreibung, von der ich dir erzählt habe.« Auf dem Bildschirm war ein Dokument geöffnet. Soweit Herbst es überschauen konnte, befand sich nur Code darin. »Ja? Erklärst du mir das?«

»Es haben sich mehrere Leute gemeldet; daraufhin habe ich sie um Referenzen gebeten.« Er wirkte aufgeregt.

»Ich vermute mal, du hast nicht nach Abi-Noten gefragt...«

»Sie sollten mir Beispiele ihrer Arbeit schicken.«

Herbst deutete auf den Bildschirm. »Und das hier ist ein solches Beispiel?«

»Genau.«

»Ist es gut? Also haben wir jemanden?« Vartas flackernder Blick beunruhigte sie.

»Es ist *zu* gut.«

»Das heißt?«

»Hast du schon einmal von dem Poeten gehört?«

Herbst schüttelte den Kopf.

»Programmieren ist im Grunde nichts anderes, als einen Text zu schreiben. Deswegen redet man ja auch von Programmiersprachen. Und wie in jeder anderen Sprache gibt es Akzente, Idiosynkrasien, verschiedene Stile. Du kannst möglichst einfach coden oder möglichst kurz, elegant oder verschnörkelt, möglichst stabil oder eher zügig. Mit ein bisschen Erfahrung kannst du anhand des Codes nicht nur die Kompetenz des Verfassers sehen, sondern auch, in welcher Tradition er ausgebildet worden ist. Ein Russe codet anders als ein Amerikaner, ein Chinese anders als ein

Europäer. Teilweise kannst du sogar einzelne Einrichtungen unterscheiden; Uni oder Privatunternehmen, DIY oder nach Lehrbuch. Manche Viren werden bewusst in einem bestimmten Stil gecodet, um falsche Fährten zu legen.«

»Okay. Und was hat das mit diesem Poeten zu tun?«

»Dieser Code hier, den ich geschickt bekommen habe – er hat einen genuin eigenen Stil. Das heißt, ich kann ihn keiner Schule zuordnen, keinem Land, nicht einmal einem bestimmten Kulturkreis. Es gibt nur eine Handvoll Hacker, die so was schreiben können.«

»Und einer davon ist der Poet?«

»Der bekannteste von allen. Bekannt ist vielleicht zu viel gesagt, eher der berühmteste; er ist ein Phantom.«

»Warum nennt er sich der Poet?«

»Den Namen haben andere ihm gegeben. Weil es eine eigene Kunst ist, was er tut.«

»Und abgesehen von seinem Code weiß man gar nichts über ihn?«

»Selbst beim Code handelt es sich um Zuschreibungen von außen. Alles Spekulationen. Man hat seinen Stil im Linux-Kernel genauso zu finden geglaubt wie in Cyberwaffen der US-Regierung. Bis heute weiß man nicht, wer Bitcoin erschaffen hat, die erste Blockchain überhaupt. Hartnäckig hält sich die Legende, der Poet sei es gewesen. Es gibt eine ganze Bewegung, die Nachforschungen zu ihm anstellt. Manche studieren seinen Code, um den eigenen Stil zu verbessern; andere haben es sich zur Aufgabe gemacht, seine Identität offenzulegen – sei es, dass sie es als sportliche Herausforderung sehen oder weil sie den Fame suchen. Die Entwicklung hat teilweise religiöse Züge angenommen: Es gibt Leute, die verehren ihn wie einen Gott, glauben, er sei der Erlöser, der mithilfe des Internets den Weltfrieden bringen kann.«

Varta durchwühlte die Einkaufstaschen. Herbst ahnte, was er suchte, reichte ihm die Kaugummis.

»Danke. Sag mal, hast du Bier mitgebracht?«

»Nur zwei kleine«, rechtfertigte sich Herbst. »Ich weiß, eigentlich sollten wir nichts trinken, aber ich dachte…«

»Entschuldigst du dich gerade, dass du Bier mitgebracht hast?« Varta grinste übers ganze Gesicht.

»Das heißt«, kehrte Herbst zu ihrem eigentlichen Gespräch zurück, »dieser Code wurde von dem Poeten geschrieben?«

»Ja«, sagte Varta, nachdem er sich ein Kaugummi in den Mund geschoben hatte. »Entweder das. Oder es handelt sich um jemanden, der seinen Stil kopiert hat. Aber warum sollte man das tun?«

»Vielleicht hat er den Code kopiert? Um Eindruck zu schinden…«

»Ich habe nachgesehen. Auf die Schnelle zumindest habe ich nichts gefunden, der Code ist also noch nicht verbreitet worden.«

»Vielleicht hat jemand ihn gehackt?«

»Niemals. Und wenn, würde das bedeuten, dass uns jemand schreibt, der den größten Hacker gehackt hat, den es gibt. Also den vormals größten Hacker, müsste man dann wohl sagen.«

»Das heißt, du glaubst, es ist wirklich dieser Super-Hacker, der uns helfen will?«

Varta rieb sich den Unterarm. »Wir werden es herausfinden.«

»Du bist sicher, dass er uns nicht aufspüren kann?«

»Es ist der Poet«, murmelte Varta andächtig. »Er kann alles.«

»Klingt nicht beruhigend.«

»Ich schreibe ihm jetzt«, rief Varta, »und dann trinken wir ein Bier!«

Es war halb neun Uhr morgens. »Sobald er antwortet«, räumte Herbst ein.

Varta tippte.

Dann stellte er das Bier in den Kühlschrank.

Gefrühstückt hatten sie bereits, zum Mittagessen war es zu früh, es gab nichts zu tun. Herbst hatte beschlossen, Giresse erst am

Abend wieder anzurufen. Die Zeit lief gegen sie, aber sie durfte nicht ungeduldig erscheinen. »Es kann ja wohl nicht sein«, hatte Varta ironisch protestiert, »dass in der Auseinandersetzung mit Geheimdienstchefs bei der Frage, wer wann anruft, dieselben Gesetze gelten wie für Pubertierende an der Second Base ...«

Zweieinhalb Stunden saßen sie am Esstisch und starrten auf die Konsole auf Vartas Bildschirm.

Hallo, Tamás.

Varta zuckte, als habe ihn ein Stromschlag getroffen. Mit nervös glänzenden Augen suchte er Herbsts Blick. Sie nickte. Beobachtete, wie er mit halb geöffnetem Mund seine Antwort tippte, die Zunge im Mundwinkel.

Woher kennst du meinen Namen?

Ich werde euch helfen. Die Nachrichten erschienen in Englisch.

Du bist der Poet?

Ich schicke dir einen Link, über den du die Daten hochladen kannst, die wir entschlüsseln werden.

Warum hilfst du uns?

Ist Lena bei dir?

Varta warf einen besorgten Blick zu Herbst. Sie zuckte die Schultern.

Ja, tippte Varta. *wieso?*

Ihr Bruder wurde entführt.

72. Kapitel

Auch wenn Giresse seine Frau nicht liebte, wusste er, dass es für einen Mann wie ihn keine bessere gab. Er hatte Sylvie nach der Rückenverletzung kennengelernt, nach Ruanda. Sie arbeitete als Physiotherapeutin, war für seine Reha verantwortlich gewesen. Es war eine dunkle Zeit gewesen. Ohne Sylvie hätte er damals nicht ins Leben zurückgefunden, dessen war er sich sicher.

Und jetzt hatte er sie in Gefahr gebracht.

Es war zum Verzweifeln. Giresse hatte das Gefühl, wann immer er sich die letzten Tage hatte entscheiden müssen, hatte er die falsche Entscheidung getroffen. Sobald Herbst und Varta gefasst wären, schwor er sich, würde er freiwillig zurücktreten. Die alte Schule galt nichts mehr. Sollten sich doch andere mit den Abgründen der Menschheit herumschlagen. Es gab genug frische, glatt rasierte Karrieremenschen, die nach seinem Job gierten. Für wirklich geeignet hielt Giresse nur de la Renne, doch der hatte bereits zu verstehen gegeben, dass er keinerlei Interesse an einem weiteren Aufstieg hatte. Nun, für Giresse würde es keinen Unterschied bedeuten, wer ihm folgte.

Nervös rollte der Chef der DGSE durch sein Büro und dachte an Sylvie. Wenn ihr etwas zustoßen sollte – er könnte es sich nicht verzeihen. Er hatte sie genötigt, den Tag mit Valérie zu verbringen. Die beiden Frauen verstanden sich gut. Und noch bedeutsamer: Die Gattin des Verteidigungsministers hatte rund um die Uhr Personenschützer um sich. Giresse wusste nicht, wie weit Herbst gehen würde. Aber er hatte nicht vor, es herauszufinden, indem er einfach abwartete.

Das Telefon. Die Zentrale.

»Herbsts Bruder wurde entführt.«

Nein. Unmöglich.

»Chef?«

Giresse hielt sich an den Lehnen seines Rollstuhls fest. Ihn schwindelte. »Wann?«

»Letzte Nacht.«

»Warum erfahre ich das erst jetzt?«

»Der zuständige deutsche Kollege ist heute Morgen Vater geworden. Die Wehen setzten früher ein als erwartet; er kam nicht dazu, eine Übergabe…«

»Herzlichen Glückwunsch.« Entsetzt beendete Giresse die Verbindung. Merde.

Das Telefon. Der Verteidigungsminister.

»Didier.«

»Lucien.«

»Bekommt Herbst die Garantien?«, platzte es aus ihm heraus. Verflucht, er war dabei, die Kontrolle zu verlieren.

»Genau darüber wollte ich mit dir reden. Ich habe eine Frage zu dieser Anna-Lena Herbst. Ich habe mir von de la Renne ihr Dossier geben lassen…«

»Ja?«, presste Giresse hervor. Was kam jetzt noch?

»Sie war letzten Donnerstag in Paris.«

Er zwang sich zur Ruhe. »Und?«

»Bei euch. In der Rue les Enfants.«

»Kann sein.«

»Lucien«, wieder die Kälte in Didiers Stimme, die nur selten, aber dann umso schneidender durch dessen joviale Attitüde drang. »Ihr habt mit ihr gearbeitet. Die Akte unterliegt der höchsten Geheimhaltungsstufe. Ich bin der Verteidigungsminister, und selbst ich darf sie nicht einsehen. De la Renne faselt etwas von Informantenschutz.«

»Informantenschutz ist essenziell. Das ist gesetzlich geregelt.«

»Lucien. Aus der Akte geht hervor, dass *du* Herbsts Führungs-offizier bist.«

Giresse gab auf. Er musste Didier eine Antwort bieten. »Ja, ich habe sie angeheuert.«

»Warum?«

»Um Varta aufzuspüren. Ich hatte gehofft, sie könne sein Ver-trauen gewinnen.«

»Und stattdessen gewinnt er ihres? Wirklich? Das ist pas-siert?«

Giresse beobachtete abwesend, wie ein Papier von einem der Stapel auf seinem Schreibtisch rutschte, zu Boden segelte. »Sieht so aus.« Er sollte mal wieder aufräumen – obwohl: Wenn er sowieso kündigte, hatte sich auch das erledigt.

»Lucien, wie lange kennen wir uns?«

»Fünfzehn Jahre vielleicht.«

»Valérie mag deine Frau sehr. Ich versuche, dir den Rücken zu stärken. Aber wenn das so weitergeht …«

Giresse ignorierte die Drohung. »Bekommt Herbst die Ga-rantien?«

»Du hast Nerven. Ein für alle Mal: Erst will ich den Namen.« Merde. »Sie wird sich darauf nicht einlassen.« Merde. »Versetz dich in ihre Lage. Sie hat französische Staatsbürger auf dem Ge-wissen.« Merde, merde, merde.

»Und genau das«, entgegnete der Verteidigungsminister kühl, »ist das Problem.«

Eine Viertelstunde lang hatte Giresse gelitten in dem Wissen, dass es nicht schlimmer kommen konnte.

Dann klingelte das Telefon.

Die Zentrale. »Herr Direktor, eine Frau Roux-Pastor hat den Notruf gewählt.«

Giresse hatte verlangt, sofort benachrichtigt zu werden, so-bald irgendjemand auffällig wurde, der im Entferntesten etwas

mit Alyattes oder FEB zu tun hatte. Die Kehle wurde ihm eng.
»Monique Roux-Pastor?«

»Sandrine. Die Mutter.«

»Was wollte sie?«

»Sie hat ihre Tochter als vermisst gemeldet.«

»Verbinden Sie mich.«

Nach ein paar Sekunden war Madame Roux-Pastor am Telefon. »Sie sind von der Polizei?«, plapperte sie direkt los. »Hören Sie, meine Tochter ist ein ganz zuverlässiger Mensch, die meldet sich immer. Und sie ist auch sehr ordentlich, also, ihr Handy ist bestimmt nicht leer. Ich sage Ihnen, sie muss entführt worden sein. Sie ist eine Berühmtheit, wissen Sie …«

Nach dem Telefonat mit Sandrine Roux-Pastor fühlte sich Giresse so matt, als hätte sich die Lähmung seiner Beine über alle Glieder ausgebreitet. Unterbrochen von Schluchzern hatte Roux-Pastor erzählt, wie ihre Tochter am Freitagnachmittag noch Apfelkuchen bei ihr gegessen habe. Am Abend sei sie dann verschwunden, habe ihr nur einen Zettel hinterlassen, die Mutter solle sich keine Sorgen machen, Monique habe noch etwas in Frankfurt zu erledigen. Seitdem habe sie ihre Tochter nicht mehr erreicht. Und ja, das sei ungewöhnlich, sonst telefoniere sie täglich mit ihr, und diese sei doch so ein sensibles Kind, mit ihrer Begabung, und jetzt auch noch als Halbwaise, der Vater sei ja erst kürzlich verstorben. Man müsse nach ihr sehen, sicher sei ihr etwas zugestoßen, das arme Kind.

Giresse wählte fluchend die Nummer des Vorstands von Fisher-EuroBinary. In letzter Zeit hatte er mehr mit dem narzisstischen Manager zu tun als mit seinen eigenen Mitarbeitern.

»Herr von Wolfenweiler, haben Sie einen Augenblick Zeit?«

Die Antwort kam langsam, lauernd: »Um ehrlich zu sein, bin ich gerade beschäftigt. Um was geht es denn?«

»Eine Ihrer Mitarbeiterinnen. Monique Roux-Pastor.«

»Tut mir leid.« Lachen. »Ich habe vierzehntausend Angestellte. Wieso?«

»Sie ist verschwunden. Unseres Wissens handelte es sich bei Ihrer Firma um Roux-Pastors letztes Ziel.«

»Aha. Ist das so? Warten Sie, ich informiere mich.«

Es dauerte mehrere Minuten, bis von Wolfenweiler wieder in der Leitung war. »Wir haben Frau Roux-Pastor tatsächlich im System. Sie war allerdings nur ein paar Tage bei uns, hat in unserem Software-Department gearbeitet. Ein flatterhaftes Geschöpf. Am Montag haben wir sie eingestellt, am Freitag hat sie gekündigt. Am Samstag kam sie wieder und wollte ihre Kündigung zurückziehen. In der Nacht vom Samstag auf Sonntag hatten wir einen Feueralarm…«

»Sie hatten einen Feueralarm?«, unterbrach Giresse. Warum hatte man ihm nicht Bescheid gegeben? Vermutlich wieder dieser verfluchte Deutsche, der ausgerechnet jetzt hatte Vater werden müssen. »Was ist geschehen?«

»Ein Fehlalarm. Die Behörden arbeiten noch an der Aufklärung. Jedenfalls hat mein Sicherheitschef mir gerade bestätigt, Roux-Pastor während der Evakuierung gesehen zu haben. Danach allerdings haben wir nichts mehr von ihr gehört. Sie ist weder zur Arbeit heute erschienen, noch hat sie sich sonst wie gemeldet.«

Giresse' Gedanken schwirrten. Zu viel passte nicht zusammen. Vartas Flucht. Dann Herbsts Andeutung einer russischen Einflussnahme. Die Entführung ihres Bruders. Jetzt verschwand auch noch Roux-Pastor. War nicht die Witwe des Firmengründers gestorben? Alles in einer einzigen Woche. Was sollte er tun?

»Herr Giresse?«, unterbrach von Wolfenweiler seine Grübeleien. »Kann ich noch irgendetwas für Sie tun? Wie gesagt, eigentlich bin ich recht beschäftigt.«

Alles oder nichts, entschloss sich Giresse. Er hatte genug taktiert in seinem Leben. »Herr von Wolfenweiler«, sagte er, »uns sind Gerüchte zu Ohren gekommen, russische Kräfte nähmen Einfluss auf Alyattes. Können Sie etwas dazu sagen?«

Stille. Ein Schweigen, so vollkommen, als hätte die Welt auf der anderen Seite des Telefons aufgehört zu existieren. Giresse wartete. Nichts. Kein Räuspern, kein Atmen, nichts.

»Herr von Wolfenweiler?«

»Wir sollten uns treffen.«

73. Kapitel

Herbst ließ den Hörer sinken. Ein Nebel legte sich über alles. Sie hatte das Marienkrankenhaus angerufen.

»Und?«, fragte Varta.

Ihre Beine gaben nach. Sie suchte nach der Tischplatte, fand sie, stützte sich ab. »Es stimmt.«

Varta holte kommentarlos die beiden Bierflaschen aus dem Kühlschrank, öffnete sie, reichte Herbst die eine.

»Danke.«

»Wir finden ihn. Sie haben sich mit den Falschen angelegt.«

Das Bier, kühl und herb, schmeckte besser als erwartet.

»Setzen wir uns aufs Sofa«, schlug Varta vor. Er nahm sie an der Hand, führte sie ins Wohnzimmer, drückte sie sanft aufs Polster. Herbst ließ es geschehen. Sie fühlte nichts, dachte nichts, war gefangen in einer Sphäre, in der es keine Zeit gab.

Aus der Ferne hörte sie Vartas Stimme: »Ich habe Florentina so sehr geliebt. Ich hätte nie gedacht, dass man einen Menschen so lieben kann. Ich habe sie verloren, und es zerreißt mich. Lena, ich ahne, wie es dir geht. Und ich bin bei dir.« Er räusperte sich. »Ich habe Angst, Lena. Meine Angst gleitet um meine Gedanken wie eine Würgeschlange.« Er nahm einen langen Schluck von seinem Bier, warf einen Blick aufs Etikett, stellte es ab. »Und trotzdem – bei dir fühle ich mich sicher.«

Und plötzlich, getroffen von Vartas schlichtem, ehrlichem Weg, sich zu öffnen, spürte Herbst das Bedürfnis, es ihm gleichzutun. Ein seltsames Gefühl; sie war es gewohnt, ihre inneren Spannungen mit sich selbst auszumachen.

»Weißt du«, sagte sie, »ich war ein stilles Kind. Die Therapeuten dachten, der Schmerz habe mich überwältigt. Zwei Jahre nachdem Rafael ins Koma gefallen ist, hat der Krebs meine Mutter geholt. Mein Vater hat den doppelten Schicksalsschlag nicht verkraftet. Die Ärzte haben einen plötzlichen Herztod diagnostiziert. Aber das war es nicht. Er ist an gebrochenem Herzen gestorben.

Ich habe jahrelang kein Wort gesagt; ich habe kaum etwas gegessen, ich habe nicht auf meine Umwelt reagiert. Im Nachhinein ist mir klar, dass die Therapeuten denken mussten, ich hätte mich abgekapselt, um den Verlust zu ertragen. Dass die Trauer mich eingefroren hätte. Aber das war es nicht.« Herbst trank einen Schluck von ihrem Bier. »Es war das Gegenteil. Ich habe nicht gesprochen, weil ich die Therapeuten nicht verstand. Sie haben etwas in mir gesucht, das ich ihnen nicht geben konnte. Ich habe den Schmerz nicht gespürt. Ich habe nicht getrauert. Als ich älter wurde, habe ich mich oft gefragt, ob es sich um einen Schutzmechanismus handelte, mein Geist einfach das Leid verdrängte, das zu fassen er nicht imstande war. Vielleicht. Was macht es für einen Unterschied? Ich habe nie getrauert. Ich habe meinen Bruder verloren, meine Mutter, meinen Vater und darauf gewartet, dass der Schmerz kommt. Und der kam nicht. Ich habe gewartet und gewartet, aber er kam einfach nicht.« Gedankenversunken pulte sie am Etikett. »Stattdessen kam die Schuld. Alle, die Therapeuten, die Pflegefamilie, die Lehrerinnen, alle hatten sie so viel Mitleid. Die Stimmen, die gedämpfter wurden, wenn ich einen Raum betrat; die Blicke, die unsicher, wehmütig auf mir hingen, bevor sie rasch wieder wegglitten, wie ertappt. Wo immer Menschen waren, umhüllte mich eine Wolke aus Mitleid. Ich habe mich in der Pflicht gefühlt zu trauern. Ich wollte es so sehr, Tamás. Aber ich konnte nicht. Meine ganze Kindheit hindurch, auch in meiner Jugend noch – immer wurde ich verfolgt von diesem gnadenlosen, nagenden Gefühl, schuldig zu sein. Schuldig zu sein, weil ich nicht trauerte.«

Herbst stellte fest, dass ihr Bier leer war. Varta reichte ihr seines.

»Rafael ist meine letzte Chance, Tamás«, fuhr sie fort. »Ich fühle nichts für ihn. Wirklich, nichts. Aber ich probiere es. Jeden Tag. Wenn ihm etwas geschieht – ich weiß nicht, wie ich dann leben soll.«

Varta legte den Arm um sie, sie ließ es geschehen.

»Du hast mir geholfen, Lena«, sagte er, »ich helfe dir.«

Sie spürte seinen Arm, seine Brust, seine Schulter; wusste nicht, ob sie einem Menschen jemals so nahe gewesen war.

»Danke«, flüsterte sie. Sie stellte das Bier auf den Couchtisch, schmiegte sich an ihn. Ließ ihrem Bewusstsein Zeit, diese Nähe zu ertasten, dieses fremde Gefühl.

Auf einmal spürte sie einen Wassertropfen auf ihrer Stirn. Überrascht sah sie auf. »Du weinst?«

Tränen glänzten auf Vartas Wangen, doch er lächelte. »Ich freue mich, dass du dich getraut hast, mir das zu sagen. Da kann man doch mal weich werden, findest du nicht?«

»Vielleicht«, murmelte Herbst. »Ich würde gern mal wieder weinen.«

»Tu es.«

»Ich glaube, ich habe es verlernt.«

Der Plan des Poeten war beispiellos.

Varta hatte versucht, Herbst einen Überblick zu geben, der auch ihr als Laiin verständlich war; die Daten, die Roux-Pastor geschickt hatte, waren so gut gesichert, dass es die Leistung Hunderttausender Privatrechner benötigen würde, um sie innerhalb eines überschaubaren Zeitraums zu entschlüsseln. Verschiedene Betriebssysteme, unterschiedlichste Hardware, eine Vielfalt an Virenschutzprogrammen, die jeweils unterschiedlich überwunden werden mussten. Die Methode war fehleranfällig, schwer zu orchestrieren und durch die notwendigerweise große Zahl an Zugangspunkten verhältnismäßig leicht zurückzuverfolgen.

Daher schlug der Poet vor, statt unzählige Privatrechner zu hacken und deren Prozessorleistung zusammenzuführen, ein einziges System zu infiltrieren. Gelänge es, an den zentralen Server zu kommen, ließe sich zügig die gesamte Rechenleistung anzapfen; es bräuchte nicht mehr als einen einzigen Zugangspunkt, die Vorbereitungszeit läge quasi bei null – er habe nämlich bereits Zugriff auf ein passendes System. Eines der größten zusammenhängenden Rechennetze Europas, vergleichsweise schwach gesichert und nicht so kritisch, dass seine Überlastung unverantwortliche Risiken mit sich brächte: die sogenannte Betriebsinterne Kommunikationsumgebung der Deutschen Bahn.

»Wir hacken die Deutsche Bahn?«, fragte Herbst. Sie hatte ein flaues Gefühl. »Und das merkt niemand?«

»Doch«, sagte Varta. »Alle Bahnhofsanzeigen werden ausfallen, kein Automat wird mehr funktionieren, kein Online-Ticket mehr zu kaufen sein, keine Verbindung wird sich mehr abrufen lassen. Weder zu Hause noch von den Angestellten am Schalter.«

»Hieß es nicht, wir gehen keine unverantwortlichen Risiken ein?«

»Tun wir nicht. Der Zugbetrieb wird autark gesteuert. Funktioniert alles. Man muss halt die Aushänge am Bahnhof lesen können. Und sein Ticket beim Zugführer kaufen.« Varta grinste. »Wird auch nur ein paar Stunden dauern. Das ist selbst euch meckernden Deutschen zumutbar.«

Eine halbe Stunde später sah Herbst in den Nachrichten, wie der Plan des Poeten Wirklichkeit wurde. Entsprechend der Vorhersage fiel die Website aus, ebenso alle Automaten, alle digitalen Tafeln an den Bahnhöfen, selbst die Reservierungsanzeigen in den ICE.

Während hübsche Moderatorinnen verunsichert auf einen Erpresserbrief oder ein terroristisches Bekennerschreiben warteten, fachsimpelten als Experten bezeichnete grau melierte Männer in

Anzug, auf welche Weise es gelungen sein könnte, das System lahmzulegen. Dabei entging ihnen die Tatsache, dass das System überhaupt nicht lahmgelegt worden war. Stattdessen war seine gesamte Rechenleistung umgeleitet worden auf die Entschlüsselung eines Datenpakets, das so klein war, dass man es auf einer einzelnen DVD hätte speichern können.

Herbst hatte Risotto gekocht. Während sie zu Mittag aßen – eigentlich aß nur Herbst, Varta nahm kaum drei Bissen, den Blick starr auf seinen Bildschirm gerichtet –, war es so weit: Die Verschlüsselung war geknackt. Varta vergaß, den Löffel aus dem Mund zu nehmen, als er den Code überflog. Herbst versuchte, ihm Zeit zu lassen, widmete sich dem Risotto. Aber schließlich gab sie ihrer Ungeduld nach: »Und, kannst du schon was erkennen?«

»Es ist das Back-End von Alyattes«, erklärte Varta abwesend, seine Augen nah am Bildschirm. »Teile davon. Alles mit der Signatur *Odysseus* versehen.«

»Odysseus?«

»Na, der griechische Held. Kennst du den nicht?«

»Ich meinte, ist das irgendein Programm?«

»Keines, von dem ich gehört habe.«

»Warum ist es so aufwendig verschlüsselt?«

Varta antwortete nicht, scrollte durch die Daten.

Um sich abzulenken, begann Herbst mit dem Abwasch. Jetzt hatte die klassische Rollenverteilung sie also endlich eingeholt, dachte sie belustigt.

»Fuck«, rief Varta, »fuck!«

Erwartungsvoll drehte Herbst sich zu ihm um.

»Eine Backdoor«, erklärte er. »Odysseus ist eine Backdoor.«

»Das bedeutet?«

»Wer den Zugang zu Odysseus besitzt, kann Alyattes manipulieren.« Varta fuhr sich durch die dunklen Locken. »Kein Wunder, dass sie mich nicht ans Back-End gelassen haben.«

»Du meinst, die EU spielt falsch? Wie die NSA, die Microsoft gezwungen hat, Sicherheitslücken in ihre Software einzubauen?«

»So ähnlich. Aber ich glaube nicht, dass es die EU ist.« Varta kaute auf seiner Unterlippe herum. »Ich glaube, es ist Fisher-EuroBinary.«

»Wenn alle Zahlungen über ein einziges System laufen«, dachte Herbst laut nach, »und jemand die Möglichkeit hat, das System heimlich anzupassen...«

»...dann hat diese Person die absolute Macht«, beendete Varta ihren Gedanken. »Geldwäsche, Steuerhinterziehung werden leichter sein als je zuvor – und gerieten doch zur Nebensache. Allein die Einsicht in die Geldströme ermöglicht der Person Insiderhandel jenseits aller Grenzen; denk an Leerverkäufe auf wackelnde Unternehmen. Und selbst das beschreibt nicht das Ausmaß ihrer Macht: Sie kann Geld schaffen, so viel sie will. Oder – wenn sie wahnsinnig ist – es vernichten.«

Einen Augenblick lang ließ Herbst Vartas Worte auf sich wirken. Dann griff sie nach ihrem Smartphone.

»Wen rufst du an?«

»Giresse. Wenn er jetzt nicht auf uns hört, ist er vollkommen durchgedreht.«

74. Kapitel

Das Treffen sollte auf dem Dach eines Parkhauses in Frankfurt-Sachsenhausen stattfinden. Giresse kam sich vor wie in einem schlechten Agentenfilm. Von Wolfenweiler hatte den merkwürdigen Ort damit begründet, dass er einerseits seinen eigenen Mitarbeitern nicht traue; er könne Giresse also keinesfalls in den Schiefen Turm einladen. Andererseits finde morgen die Alyattes-Anhörung vor der EU-Kommission statt; die Presse rühre bereits fleißig in der Gerüchtesuppe – ein Foto des FEB-Vorstands mit dem Chef des französischen Geheimdienstes wäre eine deutlich zu pikante Zutat, gehe es nach von Wolfenweilers Geschmack. Also nicht die DGSE-Zentrale.

Sondern ein Parkhausdach.

Giresse hatte einzig Franck mitgenommen, seinen Leibwächter, der ihm auch als Fahrer diente. Franck war absolut vertrauenswürdig, aber seine Kompetenzen waren rein physischer Natur. Methodisch stand Giresse niemand zur Seite. Zu lange hatte er die Sache alleine ausfechten wollen. Das rächte sich: Kurzfristig noch einen Mitarbeiter einzuweihen, wäre eher riskant gewesen als hilfreich. Und dann auch noch die beunruhigende Behauptung Herbsts, Varta habe den Sniffer im Intranet der DGSE nicht zu verantworten. Sein Technischer Leiter de la Renne hatte Giresse bestätigt, dass der Sniffer einzig in dem Virus versteckt gewesen sein konnte, das von Wolfenweiler ihnen gezeigt hatte. De la Renne hatte außerdem erklärt, der Sniffer sei zu komplex, um von einem einzelnen Programmierer entwickelt worden zu sein. Wenn die Russen ihre Finger im Spiel hatten, hinter Varta die

Fäden zogen – hatten sie dann noch weitere Marionetten auf der Bühne? Oder hatte Herbst Giresse bloß ablenken, auf eine falsche Fährte locken wollen? Aber wozu?

Der morgendliche Pendlerverkehr musste bereits abgeflaut sein; vom Flughafen nach Sachsenhausen dauerte es keine Viertelstunde. Sie erreichten das Parkhaus, Franck löste ein Ticket, die Schranke hob sich; eine spiralförmige Auffahrt ging es hoch, fünf Stockwerke lang.

Als sie das offene Deck erreichten, genügte Giresse ein Blick, um zu wissen, dass von Wolfenweiler noch nicht da war. Die Handvoll Autos, die verloren auf der riesigen Fläche herumstanden, waren allesamt zu gewöhnlich, um den Vorstand eines DAX-Konzerns repräsentieren zu können. Giresse wies Franck an, rückwärts an der Brüstung zu parken, sodass sie die Auffahrt sehen könnten.

Sie warteten.

Auf dem Dach eines Parkhauses. Wäre die Situation nicht so düster gewesen, Giresse hätte lachen müssen. Missmutig lehnte er sich in seinem Sitz zurück. Sein letztes Projekt. So viel war klar. Vielleicht gab es sogar eine Möglichkeit, erhobenen Hauptes die Stellung zu räumen. Allein für Sylvie wünschte er es sich. Dass von Wolfenweiler ihn so verstohlen treffen wollte, konnte nur bedeuten, es war etwas dran an der russischen Verschwörung. Entweder von Wolfenweiler hatte einen eigenen Verdacht, oder er war sogar selbst involviert. In beiden Fällen sollte sich Penverne überzeugen lassen, Herbst die Garantien auszustellen. Und wenn Herbst tatsächlich die Kompromittierung von Alyattes offengelegt hätte, könnte man Giresse nicht so einfach einen Strick daraus drehen, dass er es war, der sie beauftragt hatte. Das Massaker in Genf müsste vertuscht werden, das ja, er müsste die Verantwortung dafür übernehmen – aber vermutlich wäre es mit einem konsequenten Rücktritt getan.

Giresse konnte nur hoffen, dass von Wolfenweiler keine

Dummheiten plante. Beunruhigt warf er einen Seitenblick auf Franck. Das Letzte, was er jetzt brauchte, war ein toter DAX-Vorstand.

Zwei Fragen blieben ungeklärt: Was war mit Monique Roux-Pastor geschehen? Und wer hatte Herbsts Bruder entführt? Nun, mit beiden Fragen würden sich zuerst einmal seine deutschen Kollegen herumschlagen müssen. Giresse beneidete sie nicht.

Eine schwarz glänzende Mercedes-Limousine rollte aufs Parkdeck.

Sie hielt mitten auf der freien Fläche. Drei Türen öffneten sich, drei Männer stiegen aus. Alle trugen Sonnenbrille. Wie bei Tarantino, dachte Giresse. Der Fahrer war ein junger Europäer, der Beifahrer ein Asiat. Im Fond gesessen hatte der Maître de Plaisir persönlich: Fridolin von Wolfenweiler.

Giresse hatte kein gutes Gefühl. Er nahm seine Dienstpistole aus dem Schulterholster, überprüfte das Magazin, löste die Arretierung, der Schlitten schnellte nach vorn; geladen und schussbereit fand die Waffe wieder ihren Platz unter seiner Achsel. Ein Kopfnicken genügte, und Franck stieg aus, holte den Rollstuhl aus dem Kofferraum und klappte ihn auf. Der Stolz verbot Giresse, sich helfen zu lassen, als er sich in den Rollstuhl wuchtete.

Vor der Limousine erwartete ihn von Wolfenweiler. Giresse rollte ihm entgegen, Franck zwei Schritte hinter sich.

»Herr Giresse«, begrüßte ihn von Wolfenweiler, als er zwei Meter vor ihm angehalten hatte. »Herzlichen Dank, dass Sie sich auf dieses kurzfristige Treffen eingelassen haben.«

»Schicke Brille«, entgegnete Giresse. »Darf ich erfahren, wer Ihre Begleiter sind?«

»Das ist Tao Wu«, von Wolfenweiler deutete auf den Asiaten, »mein Projektleiter für Alyattes. Und der junge Herr hier ist Christian Alpe, sein Assistent.«

»Erfreut«, Giresse nickte ihnen knapp zu. »Machen wir es kurz: Was haben Sie mir zu sagen?«

Von Wolfenweiler lächelte. »Was halten Sie davon, wenn Sie mir erst einmal erzählen, wie Sie an diese Gerüchte gekommen sind, die Sie am Telefon erwähnt haben? Bezüglich der russischen Einflussnahme.«

»Herr von Wolfenweiler, Sie missverstehen die Situation. Als Geschäftsmann mögen Sie mit Ihren Spielchen Erfolg haben. Aber hier geht es um Fragen der europäischen Sicherheit. Sparen Sie sich das Taktieren. Ich will wissen, was Sache ist.«

»Aber, aber«, von Wolfenweiler hob beschwichtigend die Hände; die Geste kam Giresse halbherzig vor, fast ironisch. »Weshalb sind Sie denn so aufgebracht? Ich stehe doch auf Ihrer Seite. Ich hoffe, gemeinsam gelingt es uns herauszufinden, was an diesen Gerüchten dran ist.«

»Ich auch«, knurrte Giresse. Zwei Minuten mit diesem selbstverliebten Gockel, und er bereute bereits, das Treffen nicht ans BKA abgegeben zu haben. Die Zuständigkeiten für Alyattes waren ein weiteres Ärgernis, mit dem er sich bald nicht mehr würde abgeben müssen; zustande gekommen war das Projekt nach maßgeblichem Druck der Europäischen Zentralbank, verantwortlich zeichnete die Kommission, dem Europäischen Parlament oblag offiziell die Kontrolle – und wem hatten sie letztendlich die Arbeit aufgehalst? Der DGSE. Von Anfang an hatte Giresse sich mit Händen und Füßen gewehrt, umsonst. Als ob Frankreich mit seiner eigenen Sicherheit nicht bereits genug zu kämpfen hätte. Aber klar – der Élysée-Palast freute sich mehr über den exklusiven Zugriff auf Alyattes, als dass er sich um die überstrapazierten Ressourcen der DGSE sorgte.

Als von Wolfenweiler merkte, dass Giresse nicht vorhatte, ihm entgegenzukommen, nickte er dem Asiaten zu. »Herr Wu, bitte.«

Wu drückte die Brust vor, zog die Schultern nach außen, er wollte wohl seine Wirkung steigern. Im Gegensatz zu den anderen trug er keinen Anzug, sondern Kordhose und Strickpullover. Der Pullover spannte überm Bauch.

»Herr von Wolfenweiler hat mir mitgeteilt, Sie sind bereits im Bilde, dass Frau Roux-Pastor verschwunden ist?«

Giresse nickte. »Nachdem ein Feueralarm in Ihrem Hauptgebäude ausgelöst worden ist.«

»Richtig, ja. In der Nacht von Samstag auf Sonntag. Während der Evakuierung hat jemand sich über meinen Arbeitsrechner Zugang zu den Alyattes-Test-Servern verschafft.«

»Tatsächlich?«, fragte Giresse. »Wieso war Ihr Rechner nicht gesichert?«

Wu verzog das Gesicht. »War er. Es ist äußerst unwahrscheinlich, dass der Zugriff jemandem gelingen konnte, der das Projekt nicht von innen kannte.«

»Sie verdächtigen Roux-Pastor?«

»Sie hat gemeinsam mit mir in meinem Büro gearbeitet. Nach der Evakuierung ist sie verschwunden. Wer sollte es sonst gewesen sein?«

»Wir haben sie verdächtigt, eine Verräterin zu sein«, ergriff von Wolfenweiler das Wort, »aber wir konnten uns nicht ausmalen, in wessen Auftrag. Daher fand ich Ihre Bemerkung so interessant.«

»Sie denken, Roux-Pastor arbeitet für Russland?«

»Es ist naheliegend, finden Sie nicht?«

»Was hätte sie für ein Motiv?«

»Tamás Varta.«

»Ich bin gespannt.«

»Varta ist der eigentliche Agent. An dem Montag, bevor er geflohen ist, hat er Roux-Pastor unter Drogen gesetzt und sie sich gefügig gemacht. Vermutlich irgendwelche Lügen aufgetischt, sie sexuell verführt – was weiß ich, welche Tricks Ihr Geheimdienstler anwendet. Möglicherweise ahnte er, dass er bald auffliegen würde, und suchte nach einem Weg, weiterhin die Entwicklung von Alyattes verfolgen zu können.«

Nette Geschichte, dachte Giresse. Er wollte widersprechen, doch rasch fuhr von Wolfenweiler fort: »Ich weiß, was Sie sagen wollen, Vartas Historie gibt den Staatsdienst für Russland nicht her. Immerhin war er mit Florentina Kulová zusammen, einer linksautonomen Terroristin, deren Hauptziel die Regierungen ehemaliger Sowjetrepubliken waren. Aber Varta hat über ein halbes Jahr für uns gearbeitet; für Alyattes, an Elementen, die der höchsten Geheimhaltungsstufe unterliegen. Meine Mitarbeiter haben ihn sorgfältigst geprüft. Als er geflohen ist, haben wir uns die entsprechenden Unterlagen noch einmal vorgenommen. Und es ist offensichtlich: Während seiner zwei Jahre im ungarischen Knast – in dieser Zeit muss er gedreht worden sein. Und dass Orbán und Putin unter einer Decke stecken, wissen Sie sicher besser als wir.«

»Kulová ist tot«, warf Giresse ein. »Haben Sie das mitbekommen?«

»Seit wann?«

Giresse hätte zu gern von Wolfenweilers Augen gesehen. Doch die Sonnenbrille schirmte sie undurchdringlich ab.

»Donnerstag«, antwortete er.

Von Wolfenweiler lächelte. Zog die Lippen hoch, bis das Zahnfleisch schimmerte. Ein gefährliches Lächeln war es, ein Wolfslächeln. »Sehen Sie?«, sagte er. »Es werden lose Enden entfernt. Zum Höhepunkt der Krise nimmt man Varta die Möglichkeit, zu alten Loyalitäten zurückzukehren.«

»Es scheint geradezu, als gefiele Ihnen die Vorstellung?«

»Der Tod eines Menschen ist nichts, was ich genießen kann«, entgegnete von Wolfenweiler barsch. Doch schon wandelte sich seine Stimme wieder, wurde weicher, geradezu geschmeidig. »Aber ich erkenne kluge Schachzüge an. Auch wenn sie von meinen Gegnern stammen.«

»Ein nicht zu vernachlässigendes Talent«, gestand Giresse, halb zu sich selbst.

»Damit haben wir Ihnen unsere Überlegungen mitgeteilt«, sagte von Wolfenweiler. »Erfahren wir nun im Gegenzug auch Ihre?«

»Tja«, erwiderte Giresse. »Zuerst einmal muss ich Sie darüber in Kenntnis setzen, dass Sie auf dem Holzweg sind.«

»Sie meinen?«

»Varta ist kein russischer Spion.«

»Wie kommen Sie darauf?«

»Ich glaube, Herr von Wolfenweiler, Ihr Maulwurf sitzt woanders. Meiner Meinung nach ist Varta es gewesen, der den Maulwurf entdeckt hat oder zumindest misstrauisch wurde; deswegen ist er geflohen. Weil er nicht genügend Beweise hatte, hat er sich an Roux-Pastor gewandt. Ich gebe Ihnen insofern recht, dass sie den Feueralarm ausgelöst hat, um für Varta Beweise zu beschaffen. Erfolgreich oder nicht, jedenfalls musste sie danach fliehen. Entweder sie ist untergetaucht, oder – und das wäre vermutlich tragisch für sie – sie ist ihren Gegenspielern in die Hände gefallen.«

»Interessant.« Von Wolfenweiler sprach das Wort mit kalter Gelassenheit aus, Giresse fröstelte.

»Vertrauen Sie Ihrem Projektleiter?« Er nickte in Richtung des Asiaten.

»Wieso?«

»Weil Roux-Pastor sich in seinen Rechner eingehackt hat. Genauso wie zuvor Varta.«

»Natürlich«, rief von Wolfenweiler. »Wu leitet das Projekt. Bei ihm läuft alles zusammen – natürlich ist er es, der angegriffen wird, wenn jemand ans Eingemachte will.«

»Möglich«, erwiderte Giresse. Er wandte sich an Wu. »Aber wenn ich Ihnen einen Rat geben darf: Sehen Sie sich nach einem Anwalt um. Sie werden von uns hören.«

Die Alternative wäre gewesen, den Verdacht nicht auszusprechen, Wu erst heimlich zu beobachten. Aber wenn Russland wirklich Einfluss auf Alyattes nahm, dann brauchte Giresse Beweise. In weniger als vierundzwanzig Stunden sollten die Gelder für die nächste Entwicklungsphase bewilligt werden. Er musste Wu dazu bringen, noch vorher einen Fehler zu machen. Sobald er das Parkhaus verlassen hätte, würde Giresse dem BKA Bescheid geben, umgehend mit der Observierung zu beginnen. Er winkte nach Franck, damit dieser ihn zu ihrem Wagen zurückschob.

»Verzeihung«, rief von Wolfenweiler ihm hinterher. »Drohen Sie gerade meinem Mitarbeiter? Ich bürge für ihn.«

Giresse gebot Franck, noch einmal anzuhalten. »In diesem Fall, Herr von Wolfenweiler, würde ich auch Ihnen vorschlagen, sich mit Ihren Anwälten zu besprechen. Franck.«

»Sie überschätzen sich«, sagte von Wolfenweiler und nahm die Sonnenbrille ab. Sein Blick glitt an Giresse vorbei, wie zufällig, ziellos. Doch irgendetwas war darin, etwas Bedrohliches, etwas Endgültiges. Giresse ahnte die Gefahr, intuitiv drehte er sich, folgte von Wolfenweilers Auge. Auf der gegenüberliegenden Straßenseite befanden sich Wohnblocks, schlank und vielstöckig, ragten hoch auf über dem Parkhaus. Nichts Auffälliges war zu erkennen.

Plötzlich schoben sich zwei regenschwere Wolken auseinander. Nur ein paar fahle Strahlen der Mittagssonne schafften es durch das Grau des Novemberhimmels. Sie genügten – Giresse wusste, wonach von Wolfenweiler Ausschau gehalten hatte. Auf dem Dach eines der Hochhäuser sah er die Reflexion. Viele Jahre war es her gewesen, dass er eine solche Reflexion gesehen hatte. Doch wer einmal die Angst erlebt hatte, dass er sterben müsse, vergaß sie nicht mehr. Es handelte sich um die Spiegelung des Lichts in einem Objektiv. Es konnte das Objektiv einer Kamera sein. Doch Giresse wusste instinktiv, dass es keine Kamera war. Es war das Zielfernrohr eines Scharfschützen.

Dann ging alles sehr schnell.

Der erste Knall. Sylvie, dachte Giresse. Erst als er hinter sich die Bewegung sah, Franck, der mit offenem Schädel auf das Parkdeck aufschlug, verstand er, dass er selbst nicht getroffen worden war. Das Adrenalin schlug ein. In Todesfurcht rollte er los, hin zu seinem Wagen, weg von dieser furchtbaren, tödlichen freien Fläche, doch die Entfernung war zu groß. Nackt und gnadenlos lag der Teer zwischen ihm und der Deckung.

Der zweite Knall. Wieder nicht getroffen, hinter ihm schrie jemand auf, Giresse sah sich nicht um, weiter, nur weiter.

Der dritte Knall. Wieder nicht getroffen. Aber was war das, warum wurde er langsamer? Seine Arme gehorchten ihm nicht mehr, jetzt, wo er sie so dringend gebraucht hätte. Er wurde noch langsamer, sein Rollstuhl drehte sich, Giresse wollte ihn lenken, es ging nicht. Er war so unfassbar müde. Ich wurde doch erwischt, dachte er. Er sah an sich hinunter. Und dann sah er das Loch. Es war in seiner Brust, mittendrin, so groß, man hätte einen Kaffeebecher hineinstecken können. Es war vorbei. Ein letztes Mal hob er den Blick. Franck lag da, in den Kopf getroffen; ein paar Meter entfernt Wus Assistent, ebenfalls per Kopfschuss aus dem Leben genommen; Wu hatte sich hinter die Limousine gekauert. Allein Fridolin von Wolfenweiler stand noch an demselben Ort wie zuvor. Die Beine hüftbreit auseinander, lässig, ruhig, der Anzug handgefertigt und perfekt geschnitten, die Sonnenbrille zusammengefaltet in den Händen. Die Augen wach, abwartend. Die Augen eines Teufels.

Der vierte Knall.

Sylvie, dachte Giresse.

Dunkel.

75. Kapitel

Carolin Radwitz war seit vierzehn Jahren Veganerin.

Das Quieken der Schweine, der Gestank nach Angst und Kot und Blut, die dicke, trockene Luft vermischten sich zu einem infernalischen Folterinstrument der Sinne. Dazu die Kopfschmerzen. Wie war sie nur hier gelandet?

Sonntagnachmittag war sie in München eingetroffen. Gestern erst. Es fühlte sich fern an. Herbst hatte ihr gesagt, jemand würde am Gleis stehen und ein Schild mit ihrem Vornamen hochhalten.

Das war nicht der Fall. Der Bahnsteig hatte sich bereits geleert, der ICE, mit dem sie gekommen war, hatte den Kopfbahnhof rückwärts wieder verlassen, und immer noch hielt niemand ein Schild hoch.

Die Reise hatte Radwitz in dem merkwürdigen halb bewussten Zustand erlebt, wie sie ihn von dem Moment vorm Einschlafen kannte. In diesem Schweben zwischen wach und taub hatte sie zu verstehen versucht, was auf der *Alabastra* geschehen war – und gleichzeitig gefürchtet, einer Wirklichkeit gewahr zu werden, die ihr bisher wie ein Traum vorkam. Ein Albtraum zwar, doch einer, den man vergessen konnte, der einen nicht daran hindern würde, am nächsten Morgen dasselbe Leben weiterzuführen, das man am Abend pausiert hatte.

Cate hatte ihr geholfen. Der Gedanke an ihre Freundin gab ihr den Halt, den sie so dringend brauchte. Cate hatte sich nicht umgebracht. Sie war ermordet worden. Und auch wenn Radwitz es nicht beweisen konnte – sie war sich sicher, es hatte sich bei ihren

Mördern um die beiden Russen gehandelt, die im Bauch der *Alabastra* ihr eigenes Ende gefunden hatten.

Wer waren die Hintermänner? Je länger der Zug durch die vertrauten Hügel Süddeutschlands geglitten war, ihrer Heimat, in der Ferne die ersten Ausläufer der Alpen, desto weniger waren Radwitz' Gedanken um das eigene Erlebte gekreist. Wie gerne hätte sie Herbst und Varta geholfen. Die beiden hatten sie gerettet, kämpften weiter einen ungleichen Kampf – und Radwitz sollte sich in München verstecken wie ein possierliches, aber hilfloses Tier. Hätte sie Herbst und Varta von Cate erzählen sollen? Es war keine bewusste Entscheidung gewesen, es nicht zu tun, sie hatte schlicht nicht daran gedacht.

Allein am Gleis gelangte sie zurück auf den Boden der Tatsachen. Sie war erschöpft, verletzt, verlassen. Was sollte sie tun? Gewaltige Banner warben für Schokolade. Mit fahrigen Fingern suchte Radwitz nach dem Zettel, den Varta ihr mitgegeben hatte, falls sie Kontakt aufnehmen wollte. Im Notfall. Aber war es denn ein Notfall? Versetzt worden zu sein? Als erwachsene Frau sonntagmittags am Münchner Hauptbahnhof – wohl kaum.

Ratlos ließ sie den Blick durch die Bahnhofshalle schweifen. Am Haupteingang entdeckte sie einen jungen Mann, südländischer Teint, der auf sie zugerannt kam. Seine schwarzen Locken waren nach hinten gegelt. Gekleidet war er, als wäre er gerade aus einer Großraumdisco gefallen.

»Frau Caro?«, rief er ihr schon von Weitem entgegen. »Sie sind Frau Caro?«

Radwitz schlug das Herz schneller. Freund oder Feind? Instinktiv wich sie einen Schritt zurück. Doch der Typ war eher ein Jugendlicher als ein Mann, mochte kaum zwanzig sein; besonders bedrohlich wirkte er nicht. Keuchend kam er vor ihr zum Stehen, beugte sich vor, auf die Knie gestützt rang er nach Atem.

»Sorry, echt, Alter«, rief er japsend in dem oft kopierten Akzent von Muttersprachlern, die sich nichts aus dem Duktus machten, der mit dem ersten Bildungsweg einherging, »ich hab gedacht, Zug ist spät.« Wieder zu Atem gekommen, richtete der Junge sich auf, reichte ihr strahlend die Hand. »Toni.«

»Hi«, sagte Radwitz. »Ich bin Caro.«

»Weiß ich ja, weiß ich.«

»Ich dachte irgendwie, du bist älter.«

»Nein, nein, ich bin nicht älter. Ich bin Cousin. Toni ist Onkel.«

»Von wem bist du dann der Cousin?«

»Ey, von Fede halt.«

»Und Toni ist euer Onkel?«

»Nicht mein Onkel. Von Fede. Fede ist der Mann von Maria. Maria ist die Tochter von Lorenzo.«

»Und Lorenzo ist der Bruder von Toni?«

»Nein, gar nicht«, Toni schüttelte mit Nachdruck den Kopf, »Lorenzo war mit Toni auf der Schule. In Neapel, sonst hätte er ja Bianca nicht kennengelernt…«

Langsam entwickelte Radwitz die Vermutung, es gab wichtigere Dinge, als Tonis Verwandtschaftsverhältnisse zu klären.

»Was machen wir jetzt?«

»Wir gucken, dass du nicht abgeknallt wirst.«

Die Direktheit der Aussage erwischte Radwitz kalt.

»Okay«, murmelte sie.

»Zuerst fahren wir nach Laim, zu meinem Cousin.«

»Fede?«

»Nein, nicht Fede, da sind die Kinder gerade – Toni.«

Zumindest hatte es den Vorteil, dass sie sich nicht so viele Namen merken musste.

»Wir nehmen die U-Bahn«, erklärte Toni, »Taxi ist für Ficker. Hast du Ticket?«

»City-Ticket vom ICE«, nickte Radwitz.

»Geil. Dann los. Ich brauch keins, ich wohn hier.«

Dass der Nahverkehr für Ansässige umsonst sein sollte, war Radwitz neu. Sie fragte lieber nicht nach.

In der U-Bahn zog Toni einen Lutscher aus seiner Hosentasche, steckte ihn sich in den Mund. »Willst du auch einen?«

Radwitz lehnte dankend ab. Fast gelang ihr ein Lächeln. Toni war wie ein Sonnenstrahl, der durch die Wolken brach, die sich um ihr Bewusstsein gelegt hatten.

Den Lutscher in der Backe, lässig mit verschränkten Armen an eine Haltestange gelehnt, musterte er sie. »Wie alt bist du?«

»Dreiundvierzig.«

»Hast du 'nen Freund?«

Unbeschreiblich. Das Selbstbewusstsein der Jugend musste man haben. Süß war der Kleine ja. Fast schade, dass sie ihn enttäuschen musste. »Ich steh auf Frauen.«

»Ah.«

Der Toni in Laim war bereits Ende fünfzig und besaß ein beachtlich geräumiges Haus inklusive Garten. In München. Es schien ein Fest stattzufinden, Musik und Stimmengewirr drangen bis auf die Straße. Als der jüngere Toni dem älteren Radwitz vorstellte, küsste dieser sie auf beide Wangen, fasste sie an der Hand und zog sie in einen Speisesaal, in dem bestimmt zwei Dutzend Leute jeden Alters um eine Tafel herumsaßen und Wein tranken. Die Anzahl der vollen Flaschen auf der Tafel war stattlich, die Anzahl der leeren war beängstigend. *I'm acting confused*, sang Tina Turner, Kinder jagten sich jauchzend zwischen den Beinen der Erwachsenen hindurch.

»Benvenuto, Carolina, in meinem bescheidenen Heim«, rief der ältere Toni mit der souveränen Zweisprachigkeit eines italienischen Restaurantbesitzers. Erschlagen von der aufgekratzten Stimmung, dem Lärm, der hitzigen Zecherei, stolperte Radwitz ihm hinterher.

»Toni kann heute leider nicht hier sein«, rief, nun ja, Toni, »du triffst ihn morgen.« Aus dem Nichts hatte er ein volles Weinglas in der Hand, reichte es ihr. Selbst eine Straight-Edge-Amöbe aus einer anderen Galaxie hätte instinktiv gewusst, dass Ablehnen keine Option war.

»Toni sagt, du bist eine Freundin von Lena. Das heißt, du gehörst zur Famiglia.« Ein zweites Glas erschien auf magischem Wege in Tonis Hand, er hielt es in die Runde. »Viva Carolina.«

»Viva Carolina!«, schallte es aus zwei Dutzend Kehlen.

Die Nacht von Sonntag auf Montag verbrachte Radwitz in einem Gästezimmer des älteren Tonis. Sie erwachte mit einem gewaltigen Kater, einer staubtrockenen Kehle und dem dringenden Bedürfnis auf, sich in einem Badezimmer einzuschließen. Die Geschehnisse auf der *Alabastra* kamen ihr weit weg vor, wie ein Albtraum, aus dem man schon halb erwacht war. Sie übergab sich ins Waschbecken.

Als sie wieder halbwegs gesellschaftsfähig war, ging sie ins Erdgeschoss hinunter, auf der Suche nach den Bewohnern des Hauses. Im Wohnzimmer fand sie Francesca, Tonis Frau. Kein Weinfleck, keine Krume zeugte mehr von der Feier letzte Nacht. Francesca verkündete ihr mit der Geste großer Dramatik, es seien bereits alle aus dem Haus, das Frühstück sei beendet, es tue ihr tausendfach leid; aber einen kleinen Happen habe sie dem Gast gerettet.

Der kleine Happen entpuppte sich als ein Mahl von biblischem Ausmaß. Dankbarkeit und Höflichkeit zwangen Radwitz, sich zumindest eine Weile der Herausforderung zu stellen, trotz des wütenden Einspruchs ihres gebeutelten Magens. Als sie beim besten Willen keinen Bissen mehr hinunterbrachte, sah Francesca sie mitleidig an.

»Ist nicht schlimm, wenn du jetzt nichts essen kannst. Bald ist Mittagessen.«

Radwitz fragte nach der Uhrzeit – halb elf – und nach einem Telefon. Varta hatte ihr eigenes an sich genommen. Francesca stellte ihr eines zur Verfügung, Radwitz rief bei der *Wirtschafts-Welt* in Hamburg an und meldete sich krank.

»Ist alles in Ordnung bei dir?«, fragte Sven, ihr Ressortleiter. Sie hatte ihm am Freitag kurz von Cates Tod erzählt.

»Passt schon.«

»Bist du in Marseille?«

Marseille. Der Albtraum. Es drückte Radwitz gegen die Schläfen, ihr wurde schummrig. Das Grauen kehrte zurück. »Wieso?« Sie versuchte einen normalen Ton, für eine normale Welt.

»Ein van Dees hat nach dir gefragt.«

»Wer?« Einfache Fragen. Das Grauen in ihr, sie musste es zurückdrängen, niederringen, egal wie.

»Robin van Dees. Sagt, er sei Kapitän eines Frachtschiffs. Hätte dich in Marseille getroffen. Hat behauptet, du schreibst gerade an einer Reportage über Containerschiffe. Habe ich was verpasst?«

»Was wollte er?« Atmen. Fragen stellen. Atmen.

»Bist du wirklich okay? Du klingst gestresst.«

»Doch, ja, alles okay. Was wollte van Dees?« Fragen stellen. Jede Frage ein kleiner Schritt zurück in eine bewältigbare Welt.

»Er sagt, auf seinem Schiff seien zwei Passagiere verschwunden, deswegen könne er nicht ablegen. Wenn du noch Fragen hast, kannst du gern vorbeischauen.«

»Das war alles?« Es klang fast routiniert. Ja, sie konnte es schaffen, konnte sich wieder in den Griff bekommen. Konnte das Grauen beherrschen.

Sven räusperte sich.

»Sag schon.«

»Ich glaube, du hast ihm ein bisschen den Kopf verdreht.«

Und da musste sie lachen. Kurz, ohne Freude – und dennoch befreiend. Es war eine verrückte Welt: Offenbar konnte kein Abgrund tief genug sein, um dem Kreuz des Alltäglichen zu entgehen.

»Na toll.«

»Ich lass dich jetzt mal für diese Woche aus der Planung raus, du nimmst dir einfach die Zeit, die du brauchst, und wenn du dich wieder fit fühlst, meldest du dich, okay?«

»Danke, Sven.«

»Kein Ding.«

Während Radwitz noch erschöpft auf das Telefon blickte, erleichtert, dass sie das Gespräch überstanden hatte, und unschlüssig, was sie als Nächstes tun sollte, trat der jüngere Toni ein. Statt seines Disco-Outfits trug er einen hellblauen Trainingsanzug mit Goldstreifen.

»Hi«, sagte sie.

»Was geht?« Es war mehr Begrüßung als Frage. »Hast du Bock, durch die Stadt zu cruisen?«

»Wohin?«

»Toni auschecken.«

Und jetzt war sie also in eine Schlachterei geraten. Obwohl Toni sie nur durch den Verwaltungstrakt führte und das eigentliche Töten im Nebengebäude stattfand, hatten sich der Geruch und das Gequieke wie eine klebrige Decke um sie gelegt.

»Sorry für den Lärm«, sagte Toni, »eigentlich schlachten wir nachts, das stresst die Anwohner weniger, aber auf der A9 war ein Unfall, mit ewig Stau und so, deswegen ist alles ein bisschen hektisch heute.«

Mit dem Fahrstuhl ging es mehrere Stockwerke hoch, in der Ferne war das graue Oval der Theresienwiese zu erkennen. Der Gestank ließ nach, auch das Quieken war nicht mehr zu hören, fast hätte man sich einbilden können, in einem normalen Bürogebäude zu sein.

Vor einer Tür am Gangende blieb Toni stehen. Aus dem Raum dahinter drang lautes Schimpfen – was jedoch Toni nicht abhielt, ohne anzuklopfen, die Tür zu öffnen. Der Rauch war so beißend, dass Radwitz instinktiv einen Schritt zurückwich.

In einem großzügig geschnittenen Büro mit anatomischen Zeichnungen von Schweinen an den Wänden stritten sich zwei Männer. Der eine stand in der Mitte des Raumes. Er hatte aufgeregt gestikuliert, ein Schaumbläschen hatte sich auf seiner Unterlippe gebildet. Als er die Störung bemerkte, verstummte er. Der andere saß hinter einem großen, aber grob gefertigten Schreibtisch; an eine Platte aus Pressspan waren pragmatisch vier Metallfüße geschraubt. Der Mann wirkte deutlich entspannter als sein Gegenüber. Bis auf zwei buschige weiße Augenbrauen war er vollkommen kahl. In seinem Mundwinkel hing eine Zigarette. Jahrzehnte des Lebens hatten tiefe Furchen in sein Gesicht gegraben. Doch seine Haltung hatte etwas Unaufgeregtes, Beruhigendes, sein Blick strahlte Gemütlichkeit aus. Auf dem Tisch befanden sich neben einem ramponierten Laptop und ein paar Papieren ein überdimensioniertes Terrarium und ein hoffnungslos überfüllter Aschenbecher. Gartenstühle aus Plastik bildeten die einzigen Sitzgelegenheiten. In mehreren Ikea-Regalen schlummerte eine überschaubare Anzahl Aktenordner. Kartons und Styroporeinlagen stapelten sich in einer Ecke. Alles in allem – für ihr Büro in Hamburg hatte Radwitz eine andere Ästhetik gewählt.

»Ah, Carolina«, sagte der Alte hinterm Schreibtisch. »Alfonso, wir reden später weiter.«

Der als Alfonso Angesprochene warf Radwitz einen giftigen Blick zu und verließ den Raum.

»Komm näher, Carolina«, sagte der Alte. Radwitz entdeckte eine Schildkröte auf seinem Schoß, die er beiläufig streichelte.

»Sie sind Schildkröten-Toni«, rutschte es ihr heraus. Mist. Hoffentlich war es kein Affront gewesen. Erleichtert sah sie den Alten lächeln.

»Carolina Radwitz. Benvenuto.«

»Ich hoffe, ich störe nicht?«, versuchte sie, ihren Lapsus mit Höflichkeit aufzufangen. »Alfonso wirkte nicht glücklich, mich zu sehen.«

»Vergiss Alfonso. Qui, Ragazzo«, wandte sich der Alte an Toni. Toni eilte an ihn heran; der Alte küsste ihn auf die Stirn und entließ ihn.

»Setz dich, Carolina«, forderte er sie auf, als sie allein waren. Radwitz gehorchte, zog sich einen der Plastikstühle heran.

»Weißt du, warum Alfonso verärgert war? Er versteht nicht, was Familie bedeutet.« Die Schildkröte begann mit den Beinen zu strampeln. Behutsam setzte der Alte sie zurück ins Terrarium. »Er glaubt, du bist eine Gefahr für die Familie. Aber du bist ein Teil von ihr. Eine Familie ist nur stark, wenn sie ihre Mitglieder schützt. Du bist meine Tochter. Wir werden dich schützen.«

Radwitz wusste nichts auf die eigenartige Ansprache zu antworten.

»Die nächsten Tage werden wir dich bei Lorenzo und Bianca unterbringen. Sie werden gut für dich sorgen. Wenn du trotzdem noch etwas brauchst, sag es Toni. Er sagt es dann mir.«

»Erlauben Sie mir eine Frage«, wagte Radwitz einen Vorstoß.

»Bitte.«

»Ich kenne Sie kaum. Wieso helfen Sie mir?«

»Weil Lena mich darum gebeten hat.«

»Sie muss Ihnen viel bedeuten.«

»Sie hat mir einmal einen Gefallen erwiesen.«

Lorenzo und Bianca waren weniger stürmisch als der ältere Toni und Francesca tags zuvor, aber nicht weniger offenherzig. Wieder war es der jüngere Toni, der Radwitz zu der neuen Unterkunft gebracht hatte. Zu ihrem Schrecken und zu Biancas Begeisterung traf sie pünktlich zum Mittagessen ein. Nur mit Mühe konnte sie sich zu ein paar Bissen zwingen. Mit Verweis auf einen schwachen Magen verschmähte sie das Kotelett, das Bianca ihr aufnötigte. Ihre vegane Lebensweise zu gestehen traute sie sich noch nicht. In einer Schlachter-Familie dürfte das Konzept nicht allzu begeistert aufgenommen werden.

Nach dem Essen begann offiziell die Mittagspause; Radwitz durfte sich in ihr Zimmer zurückziehen. Sie hatte sich einen Laptop und ein Telefon erbeten. Auch ein Aspirin hatte sie bekommen. Nachdem sie die Tablette geschluckt und sich eine halbe Stunde hingelegt hatte, begann sie mit der Arbeit.

Cate, du bist nicht vergessen.

76. Kapitel

»Immer noch nichts?«, fragte Varta.

»Immer noch nichts«, entgegnete Herbst. Seit über einer Stunde versuchte sie, Giresse zu erreichen.

»Was sagen sie?«

»Floskeln … Er ist unterwegs, er ruft zurück, sobald es ihm möglich ist, et cetera pp. Um ehrlich zu sein, ich habe das Gefühl, sie wissen selbst nicht, wo er steckt.«

Varta blies die Backen auf. »Ich sage dir, da ist was faul.«

Herbst verzichtete auf einen Kommentar. Im Stillen allerdings stimmte sie ihm zu. Die Wendung, welche die Geschichte nahm, gefiel ihr ganz und gar nicht. Immer noch keine Nachricht von Roux-Pastor, und jetzt war auch noch Giresse unerreichbar. Eine verhängnisvolle Entwicklung – solange das Problem mit der DGSE nicht gelöst war, könnte sie sich nicht ihrer eigentlichen Aufgabe widmen. Rafael, dachte Herbst, ich werde dich finden. Das verspreche ich dir.

»Caro«, sagte sie.

»Radwitz? Was ist mit ihr?«

»Wir schicken ihr die Daten. Kannst du sie so aufbereiten, dass sie für Laien verständlich sind?«

»Puh, nicht auf die Schnelle. Aber das wäre gar nicht das Problem. Caro hat sicherlich Spezialisten im Verlag, die das Material für sie untersuchen können. Oder sie veröffentlicht sie roh. Hätte eine verheerende Wirkung.« Varta rieb sich den Unterarm. Eine Geste, die Herbst inzwischen vertraut geworden war als ein präziser Gradmesser seiner Nervosität.

»Du hast Bedenken?«

»Na ja, die alten halt. Wenn Odysseus an die Öffentlichkeit gelangt, ist FEB geliefert, der Finanzplatz Europa wackelt. Trotz ESM, trotz aller Stresstests – eine neue Bankenkrise wäre vorprogrammiert. Und die EU wäre selbst angeschlagen, hätte ja als Auftraggeber von Alyattes den Schlamassel erst ermöglicht. Ich glaube nicht, dass die noch was retten könnten.«

»Caro ist keine Boulevard-Journalistin. Ich glaube, sie ist sich ihrer Verantwortung bewusst. Sie hat einen gewissenhaften Eindruck gemacht, fandest du nicht?«

Sie saßen gemeinsam auf dem Sofa, jetzt erhob sich Varta, sichtlich erregt. »Sie stand vollkommen unter Schock.«

»Sie ist unsere beste Chance«, beharrte Herbst. »Sie hat die Infrastruktur und das Know-how.«

»Und deswegen bringen wir sie einfach so in Gefahr?«

»Schildkröten-Toni passt auf sie auf.«

»Ach so.« Die beiden kleinen Silben barsten vor Zynismus.

»Er weiß, was er tut.«

»Er heißt Schildkröten-Toni, verdammt. Wie eine fucking Cartoon-Figur.«

»Was wäre denn die Alternative? Wir verzichten auf einen Backup-Plan? Oder wenden uns an deine Community aus Guy-Fawkes-Masken? Dieser komische Poet?«

»Sag mal«, grimmig starrte er sie an, »was soll das? Du musst mein Netzwerk nicht gut finden. Aber du könntest wenigstens anerkennen, was es uns gebracht hat. Wo wären wir denn ohne *diesen komischen Poeten*? Wenn du Rambo spielen willst, dann geh doch zurück in die Neunziger. Deine ganzen Pistolen und Granaten fühlen sich sicher geil an, aber das hier ist das einundzwanzigste Jahrhundert. Den nächsten Krieg gewinnt nicht, wer die Atomwaffen besitzt, sondern wer sie kontrolliert.« Grimmig blickte er auf sie herunter. »Aber das ist dir egal. Hauptsache, du bist die strahlende Heldin. Hauptsache, du kannst weiter an deinem Bild feilen von der coolen Killerin, die keine Angst vor irgendwas hat. Ist doch egal, wenn jemand anders verreckt dabei. Verdammte Fascho-Logik.«

Eine Sekunde starrte er sie an. Dann wandte er sich ab, stürmte ins Schlafzimmer, schlug die Tür hinter sich zu.

Unfähig, sich zu rühren, blieb Herbst auf dem Sofa sitzen. Was war passiert? Ein normales Gespräch, angespannt zwar, aber in Anbetracht der Umstände völlig im Rahmen – und plötzlich diese Explosion. Sie fühlte sich so matt, als wäre sie einen Marathon gelaufen. Aber nicht nur matt. Auch geschlagen. Gedemütigt. Ein Gefühl, wie sie es so stark nur einmal erlebt hatte: bei der Marine. Sie hatte die Kampfschwimmer verlassen, verlassen müssen, weil sie einem Kameraden den Arm gebrochen hatte. Dass derselbe Kamerad versucht hatte, ihr den Finger zwischen die Beine zu schieben, während sie schlief, war unwesentlich geblieben. Aussage gegen Aussage. Und der vielleicht triftigere Grund: Das marode Image der Bundeswehr brauchte nicht auch noch einen Skandal wegen sexueller Belästigung innerhalb einer Eliteeinheit. Herbst hatte es kaum ertragen. Und trotzdem – ihre ohnmächtige Wut von damals war kein Vergleich zu der sengenden Leere, die Vartas Worte in ihr hinterlassen hatten.

Eigentlich machte sie sich nichts aus der Meinung anderer. Varta hingegen – er hatte sie verletzt. Seine Worte, obwohl sie ihr unverständlich blieben, hatten sie getroffen. Sie hatte sich eingerichtet in ihrer Welt, aus der sie sorgfältig die vielen kleinen Verbindlichkeiten herausgehalten hatte, mit denen sich andere Menschen so leichtfertig fesselten. Jetzt, auf dem Sofa, war sie gelähmt von der Erkenntnis: Es war ihr nicht egal, was Varta von ihr hielt.

Als sie an die Schlafzimmertür trat, spürte sie eine unbekannte Brüchigkeit in ihren Gliedern.

»Tamás?« Ihre Stimme klang heiser.

Es kam keine Antwort.

»Es tut mir leid.«

Immer noch keine Antwort.

Herbst drückte behutsam die Klinke, öffnete langsam die Tür.

Varta saß auf der Bettkante, die Ellenbogen auf die Knie gestützt, das Gesicht in den Händen geborgen.

Herbst machte einen vorsichtigen Schritt auf ihn zu. »Es tut mir leid«, wiederholte sie.

Varta hob den Kopf. Die Wehmut in seinem Blick zog Herbst die Brust zusammen.

»Ich wollte das nicht«, wisperte er.

Herbst wagte einen weiteren Schritt. »Es ist okay.«

Varta nahm ihre unverletzte Hand, strich ihr mit dem Daumen über die Knöchel.

»Ich habe nur solche Angst.«

»Es ist okay.«

»Ich will nicht, dass Nicky etwas passiert, weißt du?«

»Ich weiß.«

»Florentina ...«

»Ich weiß.«

»Wenn es Nicky genauso ergeht ...«

»Es kann tausend Gründe geben, warum sie sich nicht meldet.« Es war nur ein fahler Versuch des Tröstens; weder hatte sie Florentina gekannt, noch kannte sie Roux-Pastor. So sehr auch sie um das mutige französische Mädchen bangte – Vartas tiefe Sorge konnte sie nur sehen, nicht teilen.

»Nimm mich in den Arm«, bat er.

Das zweite Mal innerhalb weniger Stunden saßen sie nebeneinander, stumm aneinandergeschmiegt, in einer aus Hilflosigkeit geborenen Verbundenheit, sich gegenseitig haltend in dem Versuch, nicht verschlungen zu werden vom Strudel der Ereignisse.

Kaum hatte Varta sich zurück an seinen Laptop gesetzt, sprang er auf. »Un-fucking-fassbar!«

»Was?«

»Tao hat geschrieben.«

»Der Alyattes-Chef?«

»Genau der.«

»Wie hat er dich gefunden?«

»Musste er nicht. Wir haben immer über verschlüsselte Dienste kommuniziert, ich habe meinen Account nie gelöscht.«

»Was will er?«

»Finden wir es heraus.«

Varta setzte sich wieder, tippte los; Herbst stellte sich zu ihm, um beobachten zu können, was er schrieb.

Was willst du?, begann er.

Ich will dir helfen.

Warum?

Roux-Pastor ist tot.

Gnadenlos weiß leuchteten die drei Wörter auf dem schwarzen Hintergrund. Herbst kannte Wu nicht, wusste nichts über ihn – doch in diesem Augenblick hatte sie keinerlei Zweifel, dass er die Wahrheit sprach. Sie beobachtete, wie ein Zittern Vartas Körper durchlief, wie er aufstand, sich auf den Esstisch stützte, flach atmend, plötzlich den Kopf hob, schrie, ein Brüllen aus dem Abgrund menschlicher Verlorenheit heraus, ein hilfloses, tierisches Aufbäumen gegen ein unbegreifliches Schicksal. Sie hätte ihn zum Schweigen bringen müssen; er rüttelte das ganze Haus auf, es war gefährlich – allein, sie konnte nicht. Sein Schmerz war zu groß, als dass sie sich hätte anmaßen dürfen, ihn zu bändigen.

Zwischen den Schreien strich er ziellos durchs Zimmer, ballte die Fäuste, raufte sich die Haare, starrte aus dem Fenster, setzte sich, stand auf, setzte sich wieder, füllte sich ein Glas mit Leitungswasser, ließ es in der Spüle, trat gegen den Heizkörper, mehrere Minuten dauerte der Kampf.

Dann wurde die stumpfe Verzweiflung besiegt von dem Drang nach Verständnis.

Wie?

Ich glaube, Sanfilippo.

Schweißnass klebten Varta die Locken auf der Stirn. *Warum?*

Er ist durchgedreht. Er hat noch einen meiner Mitarbeiter umgebracht. Und den Leiter des französischen Auslandsnachrichtendienstes.

Varta wandte sich nach Herbst um, sah zu ihr hoch, sein Blick fiebrig. Sie legte ihm die Hand auf die Schulter, und auch wenn die Geste ihm Halt geben sollte, war es doch eine Berührung, die sie für sich selbst brauchte. Giresse tot? Es wäre der Verlust des einzigen Trumpfes, den sie besessen hatten.

Die nächste Nachricht Wus: *Ich habe Angst.*

»Frag ihn nach Rafael«, forderte Herbst Varta auf.

Sagt dir der Name Rafael Herbst etwas?

Einige zehrende Sekunden verstrichen. Dann kam die Antwort. *Sanfilippo hat ihn.*

Herbsts Kiefermuskeln spannten sich an.

Warum willst du uns helfen?, tippte Varta noch mal.

Alyattes ist gefährlich. Wir müssen es stoppen.

Du hast es mit entwickelt.

Ja. Es war ein Fehler.

Varta begann eine Antwort zu tippen, zögerte, tippte weiter, hielt erneut inne. Wu kam ihm zuvor.

Tamás, wir müssen uns treffen. Wirklich.

Warum muss es persönlich sein?

Weil ich nicht weiß, ob ich dir trauen kann.

Aber ich dir?

Eine lange Zahlenreihe erschien.

»Was ist das?«, fragte Herbst.

»Koordinaten.«

Ich kann euch helfen, Rafael zu befreien.

»Was meinst du?«, fragte Varta Herbst.

»Ich traue ihm nicht.« Es war zu einfach. »Was ist mit dir? Du kennst ihn viel besser.«

Nachdenklich trommelte Varta auf dem Trackpad seines Laptops herum.

Ihr seid in den Nachrichten.

Varta brauchte drei Klicks, um zu finden, was Wu meinte. Bereits der erste Nachrichtensender war ein Treffer.

»…Dem Attentat entkommen sind nur der Vorstand des Fin-Tech-Unternehmens FisherEuroBinary, Fridolin von Wolfenweiler, sowie einer seiner Mitarbeiter. Weswegen der Banker sich an dem ungewöhnlichen Ort mit dem französischen Geheimdienstchef getroffen hat, ist bisher nicht bekannt. Den Fall übernommen hat das Bundeskriminalamt, beteiligt sind außerdem die französischen Behörden sowie Europol. Dringend tatverdächtigt werden Tamás Varta, ein ungarischer Programmierer in Diensten von FisherEuroBinary, und Anna-Lena Herbst, eine ehemalige Elitesoldatin der deutschen Marine. Beide Personen sind zur Fahndung ausgeschrieben. Brisanterweise handelt es sich bei Herbst um die Schwester des Koma-Patienten, der letzte Nacht aus dem Marienkrankenhaus in Amberg entführt wurde. Ein erstes Statement der Polizei wird gegen Abend erwartet…«

Herbst spielte die Optionen durch. Es waren nicht viele.

Tamás, ich kann euch helfen. Aber wir haben nicht viel Zeit.

Hilfesuchend sah Varta sie an.

»Wir überprüfen, was es mit den Koordinaten auf sich hat. Wenn sie uns tatsächlich zu Rafael führen, bekommt Wu sein Treffen.«

»Puh.«

»Außer du siehst es anders.«

»Nein, ich vertraue dir.«

Es gab noch eine weitere Frage, die Herbst beschäftigte. »Was machen wir mit den Daten zu Odysseus?«

»Wir schicken sie Caro.«

»Bist du dir sicher?«

Varta wich ihrem Blick aus, doch er nickte.

77. Kapitel

Sanfilippo wusste nicht, wie teuer es gewesen war, das Anwesen zu mieten. Aurora hatte das Finanzielle erledigt. Es handelte sich um ein historisches Schloss, das aufs Prunkvollste renoviert worden war, umgeben von einem nach Regeln des Barocks gestalteten Park. Mitten im Taunus gelegen, nur eine Dreiviertelstunde von Frankfurt entfernt, bildete es die perfekte Eventlocation für die oberste Liga des Reichtums. Großunternehmer vermählten hier ihre Töchter, Banken organisierten Vorstandsfeiern, Hollywood-Schauspieler luden zu ihrem Geburtstag ein – inklusive Shuttle-Flugzeug von der US-amerikanischen Westküste.

Als Sanfilippo unter einem kunstvoll gehauenen Torbogen hindurch auf das Gelände fuhr, hatten seine Männer bereits ihre Stellungen bezogen. Zwanzig kampferprobte Krieger; sechs patrouillierten im Garten, der Rest hatte sich im Gebäude verteilt. Zwei Scharfschützen waren darunter, lauerten hinter Fenstern des dritten, obersten Stockwerks – zwei dunkle, todbringende Schatten, nur zu erahnen, wenn man wusste, wo sie sich verbargen. In der Nacht wären sie vollkommen unsichtbar in der Dunkelheit unbeleuchteter Räume – während die Anlage unter ihnen von dem Licht zahlreicher Laternen geflutet wäre.

Ob Wus Plan aufging? Der schielende Chinese hatte behauptet, Herbst und Varta herlocken zu können. Sanfilippos Auftrag war klar: Herbst galt es zu töten, Varta musste lebend gefasst werden. Das Weitere würde Aurora übernehmen. Wieder blitzte die Erinnerung auf: Aurora kniend neben Roux-Pastor, dieser mit beinahe zärtlicher Geste die Pistole an die Schläfe haltend, ein

Lächeln in den Mundwinkeln… Am meisten hatte Auroras Blick ihm zugesetzt, ein Blick, der verstörend war, wie Sanfilippo selten einen gesehen hatte. Es hatte Vorfreude in diesem Blick gelegen.

Wie konnte Sanfilippo ihr noch trauen, nach allem, was er gesehen hatte? Nach dem, was von Wolfenweiler ihm erzählt hatte. Aber von Wolfenweiler hatte erklärt, fürs Erste könne sie nur gezähmt, nicht bezwungen werden. Es stand Sanfilippo nicht zu, seinen Chef zu hinterfragen.

Und doch – die Zweifel nagten an ihm, seit er Rafael entführt hatte. Die Toten auf dem Parkhausdach waren nötig gewesen. Von Wolfenweiler hatte es unmissverständlich zum Ausdruck gebracht: Entweder Giresse starb. Oder das Spiel war vorbei. Sanfilippo konnte damit leben. Giresse hatte das Risiko gekannt. Genauso sein Fahrer. Der deutsche Junge, Alpe, habe mit den Franzosen gemeinsame Sache gemacht, hatte von Wolfenweiler versichert. In diesem Fall hatte auch Alpe das Risiko gekannt. Im Krieg verriet Mitgefühl die Sache.

Mit Rafael war es anders. Er war Zivilist. So frei von Schuld, wie nur ein Bewusstloser es sein konnte. Verletzt, krank. Ihn zu entführen war notwendig gewesen, zweifellos. Trotzdem blieb eine bittere Note.

Sanfilippo erreichte die Außentreppe des Schlosses, die sich von zwei Seiten zum ersten Stock hochschwang, wo sich der Haupteingang befand. Über sein Smartphone entriegelte er das geflügelte Portal. Das Gebäude war nicht nur pompös herausgeputzt worden, man hatte es auch mit der neuesten Technik ausgestattet, welche die Smart-Home-Industrie zu bieten hatte. Die App erlaubte von der Steuerung der Überwachungskameras bis zum Einschalten des Backofens eine umfassende Kontrolle.

Zügig, aber konzentriert schritt Sanfilippo das Schloss ab, prüfte jeden Raum. Er hatte zu lange überlebt, um den Zufall gewähren zu lassen. Er hatte das Schlachtfeld wählen können. Seine

Männer hatten den Vorteil der Überraschung. Und dennoch unterschätzte Sanfilippo seine Gegnerin nicht.

Die junge Frau im Krankenhaus in Bratislava. Anna-Lena Herbst. Es hatte Tage gedauert, bis er ihren Namen herausgefunden hatte.

Der Hubschrauber, der in Genf abgestürzt war, hatte der französischen Marine gehört. Gesetzt den Fall, dass der Absturz Folge eines missglückten Spezialeinsatzes gewesen war, lag es nahe, Varta als Ziel des Zugriffs zu vermuten. Dass Varta entkommen war, hatte nur bedeuten können, er hatte Hilfe gehabt. War es die Frau aus dem Krankenhaus gewesen, musste sie meisterhaft ausgebildet worden sein. Männer, die allein gegen eine militärische Spezialeinheit bestehen konnten, gab es wenige – Frauen noch weniger. Sanfilippo hatte nachgeforscht, Söldnerinnen, Ex-Soldatinnen, Töchter des organisierten Verbrechens. Die Beschreibung von Anna-Lena Herbst hatte nicht nur am besten auf die Frau im Krankenhaus gepasst – Herbst hatte außerdem am Donnerstag einen Flug nach Paris gebucht. Und von Paris aus einen Flug nach Wien.

Sanfilippo ging über eine marmorne Freitreppe in den zweiten Stock hoch. Wie im ersten Stock holzvertäfelte Wände, goldüberzogener Stuck; samtene Polstermöbel schmückten die Salons, von hohen Decken hingen kristallene Kronleuchter. Doch er hatte keinen Blick für den Luxus. In welche Richtung öffnete sich welche Tür, welche Fenster zeigten welchen Bereich des Gartens, welches Möbelstück war massiv genug, um eine kugelsichere Deckung zu bieten? Das waren die Fragen, die ihn beschäftigten.

Herbst war gefährlich. Sie würde ihn an seine Grenzen bringen. Und Sanfilippo freute sich darauf. Zu lange hatte er in den Glastürmen der Hochfinanz zusehen müssen, wie weichliche Angeber Intrigen spannen. Wieder fiel ihm Aurora ein, und wieder stieg ihm die Galle hoch. Oder Wu. Es war klar, dass er Aurora nicht ausstehen konnte, auch Sanfilippo selbst gegenüber feindselig war. Konnte man ihm vertrauen? Christian Alpe war sein Assistent gewesen und hatte FEB verraten. Wie konnte von Wolfenweiler sicher sein, dass der Tumor des Verrats nicht bis zu Wu gewuchert war? Sanfilippo nahm die Hafdasa aus dem Schulterholster und überprüfte das Magazin. Dass ihm Alpes Abtrünnigkeit entgangen war, war ein weiterer Schlag in die Magengrube seines Selbstverständnisses. Nein, schwor er sich, Wu würde ihn nicht leimen. Die kleinste Verfehlung, und Sanfilippo würde die Hafdasa sprechen lassen.

Der dritte Stock. Die beiden Scharfschützen hatten sich bereits in ihren jeweiligen Räumen eingerichtet. Sie grüßten ihren Chef, ohne das Gefechtsfeld aus den Augen zu lassen. Profis, die auf achthundert Meter einen Tischtennisball von einer Bierflasche schießen konnten.

Verflucht sollten sie sein, die Auroras und Wus dieser Welt. Der Kampf gegen Herbst wäre etwas anderes. Ein Kampf gegen einen ebenbürtigen Gegner, auf Sanfilippos ureigenem Terrain.

Sein Smartphone vibrierte. Von Wolfenweiler.

»Sind deine Leute in Stellung?«

»Wir sind bereit.«

78. Kapitel

Das Gästezimmer, das Bianca und Lorenzo für Radwitz hergerichtet hatten, zeichnete sich aus durch eine mit Fußbällen verzierte Tapete und Brandflecken auf dem Laminat. Offenbar war es früher ein Kinderzimmer gewesen. Irgendein Toni vermutlich.

Radwitz setzte sich im Schneidersitz aufs Bett und wählte Philipps Nummer.

»Linde.«

»Ich bin's.« Dann fiel ihr ein, dass sie von einem fremden Telefon aus anrief, ihm also nicht ihr Name angezeigt wurde.

»Caro.«

»Hey.«

»Ich würde gern mit dir über Cate sprechen.«

»Wenn du meinst.«

»Ich glaube, sie hat sich nicht selbst umgebracht.«

»Ach komm, sag nicht, du schnüffelst immer noch dieser Reederei hinterher. Das war eine Schnapsidee. Sorry, dass ich dir den Floh ins Ohr gesetzt habe.«

»Hast du getrunken?«

»Wie kommst du darauf?«

»Du nuschelst.«

»Cate wurde nicht umgebracht.« Philipps Stimme wurde leiser. »Wenn, dann von mir.«

»Was meinst du damit?«

»Ich habe sie geliebt, Caro. Wirklich.«

»Was meinst du damit, du hast sie umgebracht?«

467

»Es war immer besonders zwischen uns. Wir haben es beide gespürt. Aber Stefan... ich habe es ihr am Dienstag gesagt, Caro.«

»Was hast du ihr gesagt?«

»Dass wir füreinander bestimmt sind.«

»Du und Cate?« Radwitz musste ein Lachen unterdrücken.

»Von Anfang an waren wir füreinander bestimmt. Ich habe es immer gewusst. Und ich glaube, sie auch.«

»Philipp, Cate hat Stefan geliebt. Niemanden sonst.« Sie verstummte, verloren in der Erinnerung an Cates Küsse.

»Sie hat sich meinetwegen umgebracht, Caro. Weil sie es nicht ertragen hat, siebzehn Jahre lang ein Leben innerer Zerrissenheit geführt zu haben.«

Nun war es Radwitz genug. »Hör mir zu, Philipp Linde: Du bist ein erbärmlicher, neurotischer Narzisst. Cate hat sich nicht deinetwegen umgebracht. Sie hat sich überhaupt nicht umgebracht. Sie wurde ermordet, weil sie herausgefunden hat, dass Russland FEB manipuliert hat.«

»Was?«

»Über Tristan.«

Kurz Stille. Dann ein Stottern: »Hast du Beweise?«

»Deswegen rufe ich an. Kannst du mir Akteneinsicht bezüglich der Geldströme zwischen FEB und Tristan besorgen?«

»Caro!«

»Entspann dich. Bleibt streng vertraulich natürlich.«

»Ich habe keine Ahnung, wie du auf diesen Unsinn kommst, aber...«

»Du bist Mitglied des Aufsichtsrates. Müsste es dir nicht entgegenkommen, wenn ich dir helfe, obskure Einflüsse auf euer Unternehmen aufzudecken?«

»Du verrennst dich da in was.«

»Dann riskierst du erst recht nichts, wenn du mir die Akteneinsicht erlaubst.«

»Ich kann das nicht.«

»Tue es nicht für mich. Tue es für Cate.«

»Lass gefälligst Cate aus dem Spiel. Tristan spielt übrigens bald eh keine Rolle mehr.«

»Was meinst du damit?«

»Das ist noch nicht öffentlich.«

»Was ist nicht öffentlich? Ich halte den Mund, versprochen.«

»Tristan verkauft seine FEB-Anteile.«

»Im Geheimen?«

»An einen der anderen Großaktionäre. Der macht ein gutes Angebot, weil er fürchten muss, wenn die Aktien einfach auf den Markt geworfen werden, sinkt ihr Wert. Im Falle von FEB vermutlich deutlich. Also übernimmt er die Aktien lieber. So vermeidet er den Wertverlust derer, die er bereits hält.«

»Wer kauft?«

»Das bleibt unter uns.«

»Jetzt sag schon.«

»Holfhusen.«

Es hatte Radwitz zwanzig Minuten, vier Weiterleitungen und den Hinweis gekostet, sie besäße Insiderinformationen bezüglich Tristan, bevor sie endlich Hendrik Holfhusen am Apparat hatte – den CEO von SacronInvest und damit den bedeutendsten Anlagemanager Europas.

»Herr Holfhusen, schön, dass Sie Zeit gefunden haben.« Ihre Stimme war fest, und sie war überrascht, wie viel Halt ihr diese Erkenntnis gab. Sie funktionierte, nach allem.

»Was wollen Sie?«

»Carolin Radwitz, Journalistin der *Wirtschafts-Welt*. Wir haben gehört, SacronInvest will die FEB-Anteile von Tristan übernehmen. Damit befänden sich über vierzig Prozent der FEB-Stammaktien in Ihrem Besitz. Abgesehen von den kartellrechtlichen Fragen ...«

»Wie kommen Sie darauf, dass wir unsere FEB-Anteile erhöhen wollen?«

»Stimmt es?«

»Sie haben behauptet, Sie hätten Insiderinformationen über Tristan?«

»Warum will Tristan überhaupt verkaufen?«

»Dazu kann ich nichts sagen.«

»Weil Sie nicht wollen oder es nicht wissen?«

»Kein Kommentar.«

»Tristan ist eine russische Strohfirma.«

»Entschuldigung?«

»Wir haben bereits zahlreiche Belege, jedoch noch nichts mit juristischer Beweiskraft.« Es war eine alte journalistische Weisheit, stets den Plural zu verwenden. Ein freiberuflicher Schreiberling mochte noch so armselig wirken – wenn es ihm gelang, sich als Gesandter eines mächtigen Verlagshauses zu präsentieren, öffneten sich ihm gleichermaßen Zellentüren wie Palastportale. »Vielleicht können Sie uns unterstützen? Bevor Sie einen Handel solchen Volumens abschließen, wollen Sie sicher mehr über Ihren Geschäftspartner erfahren.«

»Ich kann Ihnen nicht weiterhelfen.«

»Gerade jetzt, da sich entscheidet, ob die EU weiterhin Alyattes fördern wird. Immerhin handelt es sich hier um das FEB-Projekt mit dem höchsten Prestige, aber auch dem höchsten Risiko … Herr Holfhusen?«

Ihr Gegenüber hatte aufgelegt.

79. Kapitel

Erst hatte Varta Herbst die Haare geschnitten, dann umgekehrt. Im Anschluss wickelte Herbst die Binde von ihrem lädierten Handgelenk. Die Schwellung war kaum zurückgegangen. Ein tiefes Lila hatte sich über den gesamten geschwollenen Bereich gelegt. Mehr als Murmeltiersalbe und Ruhe wären nicht nötig. Nachdem Herbst die Salbe großzügig aufgetragen und einmassiert hatte, legte sie einen neuen Verband an. Ruhe würde später kommen müssen. Sieben Stunden Autofahrt und ein Kampf auf Leben und Tod lagen vor ihnen.

Um halb sechs Uhr abends, es dämmerte bereits, verließen sie die Wohnung in Nanterre. Wie mit ihrem unbekannten Host vereinbart, warfen sie den Schlüssel in den Briefkasten im Treppenhaus.

Europaweite Fahndung. Dieter Frenzel hatte sie noch immer nicht verpfiffen. Sein Wagen stand unberührt in der Seitenstraße, wo sie ihn geparkt hatten. Die Klapperkiste war der einzige Grund, weshalb sie überhaupt noch mobil waren. Solange es sich vermeiden ließ, würde Herbst kein Auto stehlen; die geringste Aufmerksamkeit, die sie erzeugten, konnte ihr Verderben bedeuten. Selbst wenn die DGSE sich entscheiden würde, eine Festnahme zu versuchen, anstatt ein Todeskommando zu schicken – Rafael bliebe genauso in Gefahr.

Die Koordinaten, die Wu geschickt hatte, lagen im Taunus. Ein Schloss in Privatbesitz. Laut Wu befand sich Rafael dort. Von Wolfenweiler habe ihn beauftragt, Herbst und Varta dorthin zu locken. Einen Austausch anzubieten zwischen Rafael und den Daten, die Roux-Pastor Varta gesandt hatte. Doch das sei ein Trick. Sanfilippo habe einen Hinterhalt gelegt.

Was schlägst du vor?, hatte Varta seinen früheren Chef gefragt.

Immer noch: Wir müssen uns treffen.

Wo?

In der Lounge, in der du mit Roux-Pastor was trinken warst. Morgen um 11.

»Wir fahren trotzdem in den Taunus«, hatte Herbst beschlossen. »Entweder wir finden Rafael. Oder wir finden Sanfilippo. In beiden Fällen wissen wir mehr über Wu.«

Gut, hatte Varta getippt. *Morgen um 11.*

Nachdem sie den Großraum Paris verlassen hatten, lag die Autobahn frei vor ihnen. Wieder war es eine sternenklare Nacht. Herbst fuhr, Varta wählte den Soundtrack. Über sein Smartphone hörte er den Polizeifunk ab, es gab also keinen Grund, das Radio einzuschalten. Inzwischen nahm Varta so weit Rücksicht auf Herbst, dass er die Anlage nicht auf Maximallautstärke drehte. Sein Musikgeschmack war ihr dennoch einen Tick zu ... Lärm.

»Vorsintflutlich«, murmelte Varta, als sie die erste Mautstelle passiert hatten.

»Was?«

»Na, dass da jemand sitzt und uns persönlich einen Zettel in die Hand drückt.«

»Wenn es elektronisch geschehen würde«, lächelte Herbst, »hätten wir ein ziemliches Problem, mein Lieber.«

»Klar. Aber nur weil ich selbst von etwas profitiere, muss es noch nicht supergeil sein. Ich profitiere ja auch vom Patriarchat. Oder von der Ahnungslosigkeit, mit welcher die halbe Welt im Internet unterwegs ist. Die Leute sind so bodenlos naiv. Nein, ignorant, was noch viel schlimmer ist. Die wollen gar nicht wissen, was mit ihren Daten geschieht – und warum nicht? Weil sie zu Recht befürchten, dass sie dann nie und nimmer guten Gewissens weiter ihre Gratis-Apps runterladen könnten. Wie der Gast eines günstigen Restaurants, der lieber nicht in die Küche schaut, weil ihm das den Appetit verderben könnte.«

»Manchmal verstehe ich dich nicht«, gab Herbst zu. »Verfichst du die digitale Entwicklung, oder fürchtest du sie?«

Herbst hatte das Kampfmesser an ihrem Unterschenkel befestigt. Varta beugte sich hinunter und zog es heraus. »Fuck, ist das lang.«

»Was machst du da?«

»Was ist denn das?« Varta tastete den Knauf ab.

»Ein Glasbrecher. Was hast du vor?«

»Ich wollte eigentlich allgemeiner fragen: Was habe ich in der Hand?«

»Ein Messer.«

»Ja.«

Aus den Augenwinkeln sah Herbst, wie er es in der Hand drehte, begutachtete.

»Was ist ein Messer?«, fragte er.

»Ein Werkzeug. Oder eine Waffe.«

»Ein und derselbe Gegenstand kann entweder dazu genutzt werden, zu helfen oder zu schaden.«

»Sicher. Dann zurück zu meiner Frage: Das Internet kann der Menschheit sowohl helfen als auch schaden und tut es auch, das ist klar. Aber du – wenn du das Internet siehst: Siehst du zuerst ein Werkzeug oder eine Waffe?«

»Ich würde gerne ein Werkzeug sehen. Aber es ist komplizierter. Darf ich noch mal eine Gegenfrage stellen?«

»Wir haben noch sechs Stunden Autofahrt vor uns.«

»Warum gibt es keine Schwerter mehr?«

»Weil Schießpulver erfunden wurde.«

»Ja, weil sie überflüssig geworden sind. Für den Kampf zumindest. Als Werkzeug sind scharfe Klingen nach wie vor hilfreich. Aber eben nicht, wenn sie meterlang sind. Wenn du an ein

Messer denkst, denkst du an eine Waffe. Weil du es als Waffe gebrauchst. Aber ich bin sicher, wenn ich wahllos Menschen auf der Straße frage, wofür es Messer gibt, werden sie sagen: zum Zwiebelschneiden. Und jetzt kommt der Clou. Wir sehen nicht nur eine Sache abhängig davon, wie wir sie benutzen oder wie sie unseren Alltag prägt. Sondern abhängig davon, wie wir eine Sache benutzen, wird sie auch von uns gestaltet.«

»Deswegen entwickeln wir kleinere Messer, wenn wir sie für die Küche hernehmen wollen anstatt für den Krieg, okay. Aber du sagst, die meisten Menschen sind ignorant, wenn es ums Internet geht. Sehen es also nicht als Waffe. Müsste das deiner Theorie nach nicht bedeuten, dass das Internet automatisch zu einem Werkzeug geformt wird, weil die Menschen es als solches betrachten?«

»Wenn es nur um die Konsumenten ginge, ja. Aber um die geht es nicht. Und für die Menschen, die Einfluss auf die Entwicklung des Internets haben, ist die Versuchung zu groß, es auch als Waffe einzusetzen. Das Schlimme am Internet ist: Je harmloser es aussieht, desto gefährlicher wird es. Mir fällt noch ein Bild ein: Drogen. Keine harten, eher was zum Einstieg. Irgendwie geil, hat auch Vorteile, bringt dich runter und so – aber am Ende bist du abhängig und degenerierst zu einem willenlosen Zombie, der seinem Dealer aus der Hand frisst …« Er verstummte, ein Schatten legte sich über sein Gesicht. Der Vergleich musste ihn an Florentina erinnert haben. Herbst ließ ihm seine Zeit. Nach einer Weile atmete er hörbar aus, straffte sich. »Es ist bitter. Je leichtfertiger die Masse die Waffe als Werkzeug betrachtet, desto leichtfertiger wird sie sie als solches benutzen. Und je mehr die Waffe als Werkzeug genutzt wird, desto vernichtender wird sie. Desto mehr lohnt es sich für die Drahtzieher, das vermeintliche Werkzeug zur Waffe zu entwickeln.«

Varta begann, Streifen in die Verkleidung des Handschuhfachs zu ritzen. Herbst nahm ihm das Messer ab und steckte es wieder in die Scheide.

»Ich entnehme deinen Ausführungen, du siehst die Sache zweischneidig?«

»Ich glaube, die Welt ist am Arsch. Und das Internet kann sie retten. Wenn es sie nicht vorher zerstört hat.«

Hinter Metz mussten sie tanken. Herbst trug die rote Bob-Perücke, die sie in Nanterre gekauft hatte. Ebenfalls von dort hatte sie eine elegante Brille, deren Gläser weder getönt noch geschliffen waren. Farbige Kontaktlinsen verliehen ihren blauen Augen einen Grünstich. Etwas Schminke tat den Rest. Selbst wenn die Tankstelle mit ihrem Porträt gepflastert gewesen wäre, hätte man sie kaum erkannt. Doch die Kassiererin schaute nicht einmal auf.

Herbst kaufte einen Adapter, um Vartas Laptop-Ladekabel an den Zigarettenanzünder im Auto anschließen zu können, außerdem noch zwei Kaffee und zwei Äpfel, dann ging es weiter. Frenzels alter Wagen hatte keine Getränkehalter, Varta musste beide Becher nehmen.

»Weißt du, was mich fertigmacht?«, fragte er. »Der Fortschritt geschieht so schnell, dass es kaum möglich ist, seine Wucherungen zu beschneiden. Schau dir Alyattes an. Wahrscheinlich stecken ja sogar hehre Ziele dahinter: Steuerhinterziehung vermeiden, Geldwäsche auch, einer Privatwährung wie der Facebook-Libra zuvorzukommen. Dabei machen sie alles noch schlimmer.«

Herbst ließ sich ihren Kaffee reichen, nahm einen vorsichtigen Schluck, gab den Becher zurück.

»Bist du sicher? Da sind doch auch schlaue Köpfe dabei. Vielleicht liegt ja die einzige Rettung der Privatsphäre darin, dass die Daten von öffentlicher, also von demokratisch legitimierter Hand gesammelt werden. Wie du es sagst: Wenn der Staat es nicht macht, machen es irgendwann die Privaten. Und dem Staat, zumindest dem funktionierenden, dürfte Datenschutz ein viel größeres Anliegen sein als einem profitorientierten Konzern. In

Deutschland hat das Bundesverfassungsgericht das sogar aus dem Grundgesetz abgeleitet.«

»Du siehst den Staat als den Rächer der Entrechteten? Crazy Lady. Nimm mal.« Varta gab Lena ihren Becher, klemmte sich seinen zwischen die Beine und wickelte ein Kaugummi aus. »Hast du schon mal was von Quantencomputern gehört?«

»Ist das nicht Science-Fiction? Superschnelle Rechner, die die aktuelle Technik ablösen sollen?«

»Keine Science-Fiction. Nur eine Frage der Zeit. Gesetzt den Fall, du hättest den perfekten Staat – niemand korrupt, Wirtschaft brummt, die Pommes knusprig. Und ein System wie Alyattes wurde installiert, läuft, sammelt den kompletten Zahlungsverkehr der gesamten Bevölkerung. Und weil wir gerade totally utopisch sind, funktioniert das ...« Varta schlürfte den Rest seines Kaffees. »Dann haben wir den Durchbruch bei der Quantentechnologie – und willkommen zurück, Steinzeit.«

»Warum?« Sie nahm ihm seinen leeren Becher ab und schob ihn unter ihren.

»Weil die neuen Rechner schnell genug wären, um jedes relevante Verschlüsselungssystem zu knacken, das derzeit existiert. Alle Daten, die irgendwie mit dem Internet verbunden sind, wären einsehbar. Und glaub mir, alle Daten werden mit dem Internet verbunden sein. Auch das ist nur eine Frage der Zeit.«

»Du meinst, alle wüssten alles über jeden.« Der Kaffee schmeckte scheußlich. Warum hatte sie sich nicht für eine Saftschorle entschieden?

»Anfangs dürften nur einige wenige Konzerne und Großmächte Zugriff auf die Technologie haben. Doch das wäre schon das Ende liberaler Gesellschaften. Und keine Erfindung lässt sich ewig unter Verschluss halten. Das Ende vom Lied? Die totale Überwachung aller durch alle. Keine subjektorientierte Gesellschaft würde das überleben. Offengelegte Liebschaften, Krankheiten, Schulden, Peinlichkeiten, Süchte. Für sich genommen alles halb so wild, möchte man denken. Ich sage dir: Die ganzen ungeschriebenen Normen, die unser Zusammenleben regeln – die würde es einfach zerbröseln, unser Selbstverständnis in Schutt und Asche legen. Der totalitäre Staat wird ersetzt durch die totalitäre Gesellschaft. Und bisher reden wir ja nur von der Veröffentlichung von Daten, nicht von Manipulation.« Varta knurrte etwas auf Ungarisch.

Herbst starrte auf ihren fast vollen Kaffeebecher. Wohin mit der Plörre? »Aber diejenigen, die die Technologie entwickeln – weswegen hätten sie ein Interesse daran, für solche Erschütterungen zu sorgen?«, fragte sie.

»Ist doch immer so – der kurzfristige Vorteil macht dich blind für den langfristigen Nachteil. Fossile Rohstoffe, Atomwaffen. Erst mal machen, die Konsequenzen werden schon nicht so schlimm sein. Vielleicht finden sich auch Akteure, die sich von dem Chaos einen Vorteil erhoffen.«

Der Kaffee dampfte nicht mehr; dann eben auf ex. Sie tat es. »Wer denn?« Es schüttelte sie.

»Autokratien.«

»Ich dachte, gerade der totalitäre Staat wäre zuerst passé?«

»Im Gegenteil. Der totalitäre Staat besitzt als einziger die Mittel, technische Errungenschaften anzuwenden, ohne die Gesellschaft daran teilhaben zu lassen. Und ironischerweise ist er auch besser gegen Angriffe von außen gewappnet. Wenn China den gesamten Datenverkehr der USA veröffentlicht, bricht in den USA Chaos aus. Was würde umgekehrt passieren? Nichts. Die KP hat das Volk so hermetisch abgeriegelt, dass es nicht auf die im Ausland veröffentlichten Daten zugreifen könnte. Und selbst wenn – Kriminelle werden bereits an digitale Pranger gestellt, von offizieller Seite. Es gibt längst Apps, über die man per Gesichtserkennung Schuldner markieren kann. Wo das Private keinen Wert besitzt, hat die Drohung, es zu zerstören, keinen Gehalt.«

Herbst bemerkte, dass die Tanknadel auf halber Strecke hängen geblieben war. Sie schlug gegen das Armaturenbrett, die Tank-nadel schleppte sich weiter nach oben. »Und wie lautet deine Pro-gnose – wem gelingt der Durchbruch bei der Quantentechnolo-gie zuerst?«

»Entweder den IT-Konzernen an der amerikanischen West-küste. Oder China.« Varta rieb sich den Unterarm. »Ich weiß nicht, was ich furchteinflößender finde.«

Die Autobahn schlängelte sich durch die Hügel des Saarlands. Herbst aß einen der beiden Äpfel und steuerte mit der lädierten linken Hand. Sie war schlecht gelaunt, und sie ahnte, wieso: Als sie Giresse' Erpressung nachgegeben hatte, hatte sie sich einge-redet, sie habe es für Rafael getan. Doch im Grunde war es der Wunsch gewesen, aus der Eintönigkeit ihres Lebens zu fliehen. Sie bildete sich ein, sie war die Einzige, die sich um Rafael küm-merte. Und ihr Egoismus war es, der ihn in Gefahr brachte.

Varta hatte sich in seinen Laptop versenkt, das Smartphone fungierte als Hotspot. Plötzlich hob er den Kopf, riss sie aus ihren Gedanken.

»Der Poet«, sagte er.

»Was will er?«

»Jemand hat dreihunderttausend US-Dollar geboten für Hin-weise, die die Entwicklung eines bestimmten Sniffers betreffen.«

»Weswegen betrifft das uns?«

»Der Poet behauptet, die Vorgehensweise des Auftraggebers deute auf den französischen Geheimdienst hin.«

»Sollte der nicht in der Lage sein, seine Identität zu verschlei-ern?«

»Schon. Er schreibt, der Sniffer sei perfekt zugeschnitten auf die Sicherheitsarchitektur, die von den Franzosen genutzt werde.«

»Das heißt, der Auftraggeber hat den Sniffer einfach hochgela-den? Im Zweifelsfall kann ihn jeder nutzen, der möchte?«

»Prinzipiell ist das die infame Tragik des digitalen Wettrüs-

478

tens – die gefährlichste Massenvernichtungswaffe lässt sich mit einem Klick kopieren. In diesem Fall wurden allerdings nur Teile des Sniffers zugänglich gemacht.«

»Und glaubst du, der Poet hat recht? Die DGSE bittet die Hacker-Community um Hilfe?«

»Keine Ahnung. Dann wären sie jedenfalls ziemlich verzweifelt. Ich schau's mir mal an.«

80. Kapitel

Von Wolfenweiler lehnte sich vor in seinem Rattansessel auf der Dachterrasse des Schiefen Turms und reichte Aurora ein Glas Dom Pérignon.

»Auf uns«, sagte er.

Sie stießen an.

Hinter den qualmenden Schornsteinen von Höchst ging die Sonne unter. Es war nur eine kleine Auszeit, eine lange Nacht am Schreibtisch lag vor ihnen.

»Warum will Tristan seine FEB-Anteile verkaufen?«, fragte Aurora.

»Sch, sch. Lass uns nicht über die Arbeit reden. Der Abend ist so schön.«

Gemächlich ließ er den Blick über ihren Körper gleiten. Sie hatte ihre Jacke ausgezogen, ein Feuerkorb knisterte gegen die Kälte. Auroras hautenges bordeauxrotes Kleid spannte um die Brüste, endete weit über ihren Knien, gab makellose gebräunte Beine preis, die in ebenfalls roten High Heels endeten. Die nackten, schlanken Arme lagen lässig auf den Sessellehnen, manikürte Finger hielten den Stiel des Sektglases mit einer Eleganz, die nicht zu erlernen war. Das schwarze Haar wallte ihr offen um die Schultern.

Wie alt war sie? Siebenunddreißig? Achtunddreißig? Schade. Sie würde ihn bald nicht mehr unterhalten können. Ein Dilemma, denn er brauchte sie. Und eine Frau wie Aurora Avari würde nicht mehr für ihn arbeiten wollen, wenn er sie erst einmal aus seinem Schlafzimmer verbannt hätte. Über kurz oder lang würde er sich ihrer entledigen müssen. Sie wusste zu viel. Wenn sie ihn verriet, würde sie mit ihm untergehen, sicher. Aber das bedeutete nichts. Sie würde es tun, ohne mit der Wimper zu zucken.

»Woran denkst du?«, fragte sie.

Von Wolfenweiler lächelte. »An unsere Zukunft.«

Sie lächelte zurück, einladend volle Lippen, bereit, ihn zu empfangen.

»Heute Nacht werden wir sie gewinnen«, sagte er.

Sie erhob sich, kam zu ihm herüber, setzte sich auf seinen Schoß. Er ließ es geschehen, lächelte noch immer. Doch Aurora war schon nicht mehr im Fokus seiner Gedanken. Sie mochte ein Problem sein. Aber keines im Vergleich zu den anderen, die er hatte. Verdammt, Tristan. Die Russen ließen ihn fallen. Fjodor war verschwunden. Die Container für Libyen steckten in Marseille fest. Die Russen würden die Kredite nicht gewähren, die Aurora ausgehandelt hatte, das war klar. Aber wenn der dicke Holfhusen tatsächlich dumm genug war, Tristans FEB-Anteile zu übernehmen, dann hatte von Wolfenweiler gewonnen. Dann musste Holfhusen FEB retten. Bisher hätte eine Pleite SacronInvest zwar geschmerzt. Aber mit den zusätzlichen Anteilen müsste die Firma fürchten, in den Abgrund mitgerissen zu werden, falls FEB Insolvenz anmelden sollte. Natürlich wusste von Wolfenweiler, warum Holfhusen die Anteile übernehmen wollte: Dass FEB Geschichte wäre, wenn Tristan seine Aktien offen auf den Markt werfen würde, war nicht der eigentliche Grund. Sondern Odysseus. Holfhusen wollte nicht seine Pfründe sichern, er wollte die Krone. Die Gier hatte gesiegt.

Aurora küsste ihm den Hals.

Und jetzt, da Wu offenbar doch ein Konzept entwickelt hatte, das die EU überzeugen könnte, war alles möglich. Die DGSE schien geschluckt zu haben, dass Herbst für das Attentat auf Giresse verantwortlich war. Es war Auroras Idee gewesen, Wus Assistenten Alpe zu opfern. Eine gute Idee. Niemand würde von

Wolfenweiler verdächtigen, wenn seine eigenen Leute ins Gras bissen.

Aurora sah ihn versonnen an.

»Was ist?«

»Ich liebe dich.«

»Du Luder.«

»Ich wünsche mir so, dass es klappt.«

»Sanfilippo ist verlässlich. Er wird seine Pflicht tun.« Und dann, endlich, Tamás Varta, habe ich dich in meiner Hand. Varta und Herbst. Wie konnten zwei lächerliche Quallen solchen Ärger machen? Diese Nacht würde es vorbei sein.

Als hätte Aurora seine Gedanken gehört, fragte sie: »Überlässt du mir das Mädchen?«

»Ich habe Sanfilippo gesagt, tot reicht. Keine Risiken.«

»Und wenn sie überlebt?«

»Dann gehört sie dir.«

»Danke.« Sie griff nach seiner Hand, zog sie zu sich, küsste die Fingerspitzen.

»Weißt du«, sagte sie, »Sanfilippo ist durchschaubar, lenkbar. Er ist es nicht, der mir Sorge bereitet.«

»Sondern?«

»Wu.«

»Wir brauchen ihn.«

»Er arbeitet für die chinesische Regierung.«

»Wir wollen dasselbe.«

Aurora lachte. Ein arrogantes Lachen, ein spöttisches. Jeden anderen hätte von Wolfenweiler dafür gefeuert. Doch bei Aurora war es anders. Ihre Selbstgefälligkeit erregte ihn.

»Ihr wollt nicht dasselbe«, führte sie aus. »Im Gegenteil. China will einen strategischen Vorteil im Cyberkrieg. Wu will seine Minderwertigkeitskomplexe überwinden. Und du willst dich an Holfhusen rächen, weil er dich vor zehn Jahren in Brüssel beim Networken ausgestochen hat. Sei wachsam, Micino mio.«

81. Kapitel

Das Wetter hatte sich ihrem Anliegen angeschlossen. Eine schwere Wolkendecke verhüllte den Himmel. Tiefschwarz lag die Nacht über den im Wind ächzenden Bäumen. Nieselregen rasselte auf entblättertem Geäst.

Herbst schaltete ihr Nachtsichtgerät ein.

Sie trug dieselbe Ausrüstung wie für ihren Einsatz auf der *Alabastra*, sogar in den Neoprenanzug hatte sie sich wieder gezwängt – er machte keine Geräusche, egal wie schnell man sich bewegte, hatte keine überflüssigen Taschen oder Reißverschlüsse, an denen man hängen bleiben konnte. Zusätzlich hatte sie die Schutzweste angelegt, die Schildkröten-Toni ihr mitgegeben hatte. Die zweite Glock würde sie hoffentlich nicht ziehen müssen; ihr linkes Handgelenk war zu geschwollen für einen sicheren Schuss. Stattdessen hatte sie Hand und Unterarm so fest bandagiert, dass sie hart zuschlagen konnte. Der Schmerz würde sich in Grenzen halten, Ibuprofen und Adrenalin würden dafür sorgen.

»Noch dreihundert Meter«, hörte sie Varta in ihrem rechten Ohr.

»Okay«, flüsterte sie zurück.

Ihr dunkler Anzug verschwamm mit der Schwärze des Waldes. Lautlos und unsichtbar huschte sie an das Anwesen heran. Es war abgeschirmt von einer mehrere Meter hohen, steinernen Mauer. Nur einige Baumkronen waren zu erkennen und die Silhouette eines enormen, mit Gauben versehenen, bedrohlich in den Nachthimmel hineinragenden Satteldachs. Die Bäume schimmerten im

Licht verborgener Laternen; im Schloss jedoch brannte nicht eine einzige Lampe.

»Bist du bereit?«, fragte Herbst.

»Aye, Käpt'n.«

»Ich gebe dir ein Zeichen.«

Sie wartete, bis eine Böe rauschend durch den Wald fuhr, die nackten Stämme knacken ließ.

»Jetzt.«

Augenblicklich erloschen die Wipfel auf der anderen Seite der Mauer. Die Zeit lief. Falls Rafael hier war, würde der Akku seines Atemgeräts dreißig Minuten halten. Herbst nahm Anlauf, sprang gegen die Wand, drückte sich nach oben ab, erreichte die Kante, zog sich hoch, das Hauptgewicht auf der rechten Hand, wälzte sich auf die Mauerkrone. Eine Sekunde Orientierung, dann ließ sie sich auf der anderen Seite hinunterfallen, landete in der Hocke.

Über die Website des Schlossbetreibers und Google Earth hatte sie bereits Einblick in die Beschaffenheit des Parks erhalten. Buchsbaumhecken, Statuen, Springbrunnen boten reichlich Deckung. Sie erspähte drei Mann, alle bewaffnet mit Maschinenpistolen. Aber ohne Nachtsichtgeräte. Ihr eigenes gehörte der neuesten Generation an, filterte das Licht auf Elektronenebene, ohne selbst wahrnehmbare Strahlung abzugeben. Schildkröten-Toni hatte sich nicht lumpen lassen.

Die Männer schalteten die taktischen Lichter an ihren Maschinenpistolen an, plärrten in ihre Funkgeräte, tappten zwischen den Hecken hindurch, die Waffen im Anschlag. Eine halbe Minute bewegte Herbst sich nicht, beobachtete regungslos die Laufwege. Dann glitt sie an eine alte Linde heran, deren Stamm dick genug war, sie vollkommen zu verbergen.

Warten.

Schritte. Ein Mann bewegte sich an der Linde vorbei.

Innerhalb eines Wimpernschlags war Herbst bei ihm, presste ihm den linken Unterarm vor den Mund und rammte ihm das

Kampfmesser von hinten unter den Rippen hindurch schräg ins Herz. Der Mann taumelte, Herbst fing ihn auf, schaltete die Lampe an seiner Waffe aus und zog ihn zu einem zwei Meter entfernten Rhododendron. Unschuldig nieselte der Regen. Herbst nahm dem Mann das Funkgerät ab, befestigte es an ihrem Gürtelholster und steckte sich den Schallschlauch ins freie Ohr.

Orientierte sich.

Immer noch drei. Einer war dazugekommen. Wieder beobachtete sie die Laufwege. Schlich zu einem Springbrunnen, setzte ihre Füße mit höchster Sorgfalt auf den Kies. In dem flachen, wasserlosen Becken tänzelte ein Einhorn auf den Hinterbeinen. Herbst stieg über den nach innen gekrümmten Beckenrand, kauerte sich in die Höhlung, wartete.

Ihr Gegner näherte sich, der Kies knirschte, verriet seine Position. Licht floss über den Boden des Brunnens, doch es erreichte Herbst nicht. Ohne sie zu bemerken, schritt der Mann an ihr vorbei. Herbst richtete sich auf. Der Mann trug eine Schutzweste, war aber kleiner als der erste, ein Stich von oben also. Über den Brunnenrand hinweg packte sie ihn. Wieder versiegelte sie mit ihrem linken Unterarm den Mund, mit der Rechten trieb sie das Messer am Hals in die Schulter und bis ins Herz. Dann zog sie die Leiche in das Becken und verbarg sie in der Höhlung, in der sie selbst gerade noch gekauert hatte.

Herbst arbeitete präzise, kalt. Sie hätte alles dafür getan, etwas zu empfinden – Mitgefühl, Schrecken, Ekel. Aber sie fühlte nichts. Ihr drittes Opfer fand seine letzte Ruhestätte in einer Zierhecke.

»Zentrale an Garten. Statusbericht«, plärrte es aus dem Funkgerät.

»Garten-eins. Nichts.«

»Garten-drei. Nichts.«

»Garten-vier. Nichts.«

»Und die anderen?«

Das Funkgerät blieb still.

»Hallo? Was ist mit den anderen?«

»Garten-eins. Ich habe sie aus den Augen verloren.«

»Verflucht. Erdgeschoss-eins und -zwei, schaut nach draußen. Und nehmt Lampen mit. Garten-eins und -drei, gebt euch gegenseitig Deckung und sucht die anderen. Garten-vier, du wartest am Gebäudeeingang.«

»Garten-eins. Bestätigt.«

»Garten-drei. Bestätigt.«

»Zentrale an Garten-vier. Warte auf Bestätigung.«

Garten-vier aber lag bereits tot unter einer reich verzierten gusseisernen Parkbank.

Hinter dem Sockel eines Reiterdenkmals kniend, beobachtete Herbst, wie zwei Gestalten Schulter an Schulter die Kieswege abschritten. Zwei auf einmal waren gefährlich. Zumindest mit dem Messer. Sie zog ihre Glock. Die Männer waren noch acht Meter entfernt. Herbst hatte freie Sicht. Doch die Glock war zu laut, trotz Schalldämpfer.

»Tamás, ich brauche Lärm. Drei Sekunden lang.«

Sie hatte es nur gewispert, trotzdem horchten die Männer auf, ihre Lichter tanzten über das Denkmal, hinter dem sie sich verbarg.

Auf der Herfahrt hatte Varta die Smart-Home-Anlage des Schlosses unter die Lupe genommen und war dabei ganz außer sich geraten vor ungläubigem Entzücken. Herbst hatte nur verstanden, dass das komplette Areal vernetzt und die Technik State of the Art war. Und dass Varta das System gehackt hatte.

»Kommt sofort«, versprach er. »Mal sehen, was das Baby kann.«

Und dann schrillte Skrillex durch den Park, dass die Erde bebte und der Kies aufstob. Zerstochene Trommelfelle.

Es dauerte drei Sekunden. In diesen drei Sekunden fielen zwei Schüsse.

Stille.

Der Garten gehörte Herbst.

Im Funkgerät schrie ein Dutzend Stimmen durcheinander. Eine setzte sich durch: »Zentrale an alle! Beruhigt euch, verdammt! Haltet alle mal den Mund! Das war die Soundanlage im Garten, nichts sonst. Wahrscheinlich gehackt worden, lasst euch von so einem Zirkus nicht ablenken. Unser Feind besteht aus einer einzigen Frau und einem Computer-Nerd. Reißt euch zusammen. Erdgeschoss-eins und -zwei, schwingt eure Ärsche in den Garten. Scharfschützen, sobald sich irgendwas bewegt, drückt ihr ab. Erdgeschoss-drei, finde endlich raus, warum der Strom ausgefallen ist.«

Trotz der Anspannung musste Herbst lächeln. Das Funkgerät hatte jetzt schon seinen Wert bewiesen. Scharfschützen also. Die Jagd wurde spannend. Herbst huschte auf eine Ecke des Schlosses zu. Solange sie sich nahe am Gebäude aufhielt, befand sie sich im toten Winkel der Scharfschützen. Diese würden sich im obersten Stockwerk befinden. Gerade rechtzeitig erreichte sie die schmale Seite, bevor am Portal die Lichtkegel zweier Taschenlampen aufleuchteten.

»Zwei Leute am Eingang«, informierte sie Varta. Sie sah sich um. Fünfzig Meter entfernt befand sich ein dampfender Pool. »Kannst du sie zum Pool locken?«

»Sí, claro.«

Einen Augenblick später brummte es. Die Pumpe, die das Wasser reinigte, war angesprungen. Sofort schwangen die Lichtkegel in die entsprechende Richtung. Die beiden Männer näherten sich, Waffen und Taschenlampen im Anschlag.

»Ich brauche gleich wieder drei Sekunden Lärm.«

Die Männer sicherten nach allen Richtungen. Sie würden sie jeden Moment entdecken.

»Wann?«

»Jetzt.«

Der Dubstep wummerte über den Pool, dass das Wasser nach oben stieg. Herbsts Eingeweide lösten sich auf.

Drei Sekunden. Zwei Schüsse.

Sie war allein.

»Hast du auch was anderes?«

»Hey, das Erste war Skrillex, das gerade Stellamara. Völlig anders. Allein, dass das Lärm für dich sein soll, bricht mir das Herz.«

»Ich geh jetzt rein.«

»Haupteingang?«

»Küche.«

Sie hielt sich dicht am Gebäude, schlich an der Außenwand entlang, bis sie den Seiteneingang fand. Kameraüberwacht.

»Keine Sorge«, erklärte Varta, gerade als sie fragen wollte. »Ich habe das Bild eingefroren.«

Die Tür war mit einem Fingerabdruckscanner gesichert. Ihr Dietrich würde ihr nicht weiterhelfen.

»Gesichert«, unterrichtete sie Varta. »Ich kletter die Fassade hoch und steig über einen der Balkone ein.«

»Oder du nimmst die Tür.« Der Türöffner summte.

»Tamás, du bist der Wahnsinn.«

»Keine Ursache.«

Den Plan für das Gebäudeinnere hatte Varta als Erstes besorgt, noch im Auto hatte sie ihn sich gründlich eingeprägt. Um in den repräsentativen Bereich zu gelangen, musste sie durch die Küche, dann an Lager- und Bedienstetenräumen vorbei. Sie bog um eine Ecke – und sah einen Söldner vor einem in die Wand eingelassenen Verteilerkasten stehen. Der Typ, der nach dem Stromausfall hatte sehen sollen. Er fuhr herum, die Maschinenpistole bereit. Herbst packte die Waffe, riss ihn an dieser zu sich heran, schlug ihm den Arm nach oben; durch die Achsel drang ihm ihr Messer ins Herz. Ihr Puls ging zu schnell. Sie ließ den Toten zu Boden gleiten, konzentrierte sich auf ihren Atem.

»Zentrale an alle. Vergesst den Garten. Wir ziehen uns in den zweiten Stock zurück.«

Nicht gut. Einzeln konnte sie ihre Gegner ausschalten. Doch je mehr auf einem Fleck versammelt waren, desto heikler wurde die Angelegenheit. Während sie am Foyer vorbei zu einem Nebenaufgang schlich, holte sie die Schockgranate aus der Seitentasche ihres Rucksacks.

»Bewegung im ersten Stock«, meldete Varta.

»Bist du sicher?«

»Sie haben das Licht zwar ausgeschaltet, aber das heißt nicht, dass die Sensoren für die automatische Lichtsteuerung zu senden aufhören.«

Raffiniert, dachte Herbst. Offenbar waren sie inzwischen auf den Trichter gekommen, dass sie den Funk mithörte. Versuchten, sie in eine Falle zu locken.

»Weißt du, wie viele?«

»Fünf oder sechs mindestens. Verteilt auf die drei Aufgänge.«

Zwei bis drei pro Treppe. Machbar. Sie schob ihr Nachtsichtgerät auf die Stirn und steckte die Schockgranate zurück in den Rucksack. Stattdessen nahm sie das SIG 550 vom Rücken und machte es schussbereit. Ende der Stillarbeit.

Der äußerste Aufgang befand sich nur zwei Räume entfernt. Sie öffnete die nächste Türe, seitlich stehend, die Klinke mit gestrecktem Arm drückend. Gähnendes Schwarz.

»Kannst du das Licht in dem Raum vor mir anschalten?«

Glitzernde gläserne Kronleuchter leuchteten auf, hoben einen prunkvoll verspiegelten Ballsaal aus der Dunkelheit. Ein Deckenfresko zeigte eine mittelalterliche Schlacht. Ohne in den beleuchteten Bereich zu treten, gewöhnte Herbst ihre Augen an die Helligkeit.

»Sobald ich dir ein Zeichen gebe, schaltest du das Licht im Saal hier wieder aus und stattdessen das im Treppenhaus an, okay?«

»Geht klar.«

Schnellen Schrittes durcheilte sie den Raum. Vor der Tür an der gegenüberliegenden Seite hielt sie inne. »Jetzt«, flüsterte sie.

Es wurde dunkel, sie stieß die Tür auf, vor ihr ein querliegender Gang und die Treppe, hier flammte das Licht auf, lautlos schnellte sie die Stufen hoch; ihre Gegner, geblendet, sahen sie zu spät. Ein Feuerstoß rechts, ein Feuerstoß links, Deckung.

Sie war allein mit ihrem Herzschlag.

»Licht wieder aus.«

Es erlosch.

»Bewegung von den anderen Aufgängen«, warnte Varta. »Schnell.«

Herbst drückte sich in den nächsten Raum, ein Kino. Komplett mit Leinwand und mehreren Reihen dicker Plüschsessel.

»Kannst du es anschalten?«

»Wann?«

»Gleich.«

Sie duckte sich hinter den äußersten Sessel der Sitzreihe, die der Leinwand am nächsten lag. »Hörst du, wenn ich mein Mikro antippe?« Sie tat es.

»Ja.«

»Gut. Sobald ich tippe.«

Mit angehaltenem Atem lauschte sie auf den Gang. Sie ahnte die Schritte mehr, als dass sie sie hörte. Es waren auf jeden Fall mehr als zwei, vielleicht mehr als drei… fünf? Sechs? Sie kniete hinter einem der hochgeklappten Kinosessel und presste ihre Waffe an sich. Türen, die leise geöffnet wurden. Dann war der Erste im Raum. Kaum mehr als ein Luftzug, der ihn verriet. Noch einer. Teilten sich auf. Herbst wartete. Schwere Stiefel schritten von beiden Seiten die Sitzreihen ab, langsam, konzentriert. Noch einer trat ein, blieb an der Tür stehen. Herbst wartete. Drei Reihen zwischen ihr und dem Tod, Zwei. Herbst wartete. Schweiß lief ihr in die Augen. Keine Möglichkeit, ihn abzuwischen. Noch eine Reihe.

Herbst tippte an ihr Mikro.

Den Bruchteil einer Sekunde war nur das Brummen des erwachenden Projektors zu hören. Dann explodierte der Raum. Die

Leinwand leuchtete auf, radikale Bässe sprengten die Boxen von der Decke, ohrenbetäubende Synthesizer pulverisierten die Polstersessel. Herbst zerfloss das Gehirn.

Die Maschinenpistolen ihrer Gegner zerfetzten die Leinwand. Herbst sprang auf, schickte Salven nach rechts, nach links, in die Mitte. Augenblicklich war sie an der Tür, kniete sich hin. Zwei weitere Söldner stürmten den Raum, zwei weitere Salven. Die Toten waren noch nicht zu Boden gefallen, da schnellte Herbst schon an ihnen vorbei, sicherte den Flur. Sie war allein. Sofort wich sie in das Kino zurück, lud nach. Auf der durchlöcherten Leinwand stampfte ein blondes Mädchen im Kapuzenpulli mit dem Fuß auf, worauf ein Mann in Trenchcoat durch eine Lagerhalle geschleudert wurde.

Einer der Toten hatte eine Granate dabei, ein anderer ein Magazin mit passendem Kaliber; Herbst steckte beides ein. Spähte auf den Flur. Alles ruhig. Nur aus dem Kino hinter ihr donnerte Ragnarök.

»Du kannst ausmachen.«

Dunkel. Still. Sie wischte sich den Schweiß von der Stirn.

»Was zur Hölle war das?«

»Sorry, wieder Skrillex. Aber es passt einfach zu gut, findest du nicht?«

Herbst war nicht überrascht von Vartas jovialer Art. Wenn der Tod zu Gast war, hatte jeder seinen eigenen Weg, Normalität zu spielen.

»Misst du noch Bewegung im ersten Stock?«

»Nee, der Rest ist oben. Zumindest bewegt sich hier unten nichts mehr.«

»Na gut.« Herbst schaltete das Nachtsichtgerät wieder ein, schlich den Gang entlang, diesmal würde sie den Aufgang auf der anderen Seite des Schlosses nehmen.

»Sag mal«, hörte sie Vartas Stimme im Ohr, »kannst du das Funkgerät auf laut stellen? Sodass ich mithören kann?«

»Und dann? Sie reden eh nicht mehr, sie haben kapiert, dass wir eins haben.«

»Rede du mit ihnen.«

»Was soll ich sagen?«

»Egal. Wichtig ist nur, dass ich mithören kann.«

»Das wird zu laut.«

»Du bist allein in deinem Stockwerk. Sie werden dich gerade ja wohl mit allen zur Verfügung stehenden Leuten angegriffen haben.«

»Dein Wort in des Allmächtigen Ohr.«

Herbst zog den Schallschlauch aus dem Funkgerät und hielt selbiges an die Lippen.

»Hi.«

Nichts passierte.

»Habt ihr schon aufgegeben?«

Immer noch nichts.

»Ich will nur meinen Bruder wieder. Sobald er in Sicherheit ist, lass ich euch in Ruhe.«

Und dann knackte das Funkgerät. »Anna-Lena Herbst.« Eine Stimme mit spanischem Akzent, gefährlich ruhig.

»Ángel Sanfilippo, nehme ich an?«

»Wir haben Sie eingeladen, um zu verhandeln. Warum haben Sie uns angegriffen?«

Herbsts Muskeln spannten sich. »Wo ist mein Bruder?«

»Niemand will Ihrem Bruder etwas tun. Es geht nicht um ihn. Es geht auch nicht um Sie. Es geht nur um Herrn Varta. Verraten Sie uns, wo er sich befindet, und Sie und Ihr Bruder sind frei zu gehen, wohin auch immer Sie wollen.«

»Tamás steht nicht zur Debatte.«

»Schade. Dann wird dieser Abend wohl kein friedliches Ende nehmen.«

»Vermutlich nicht.«

In ihrem Ohr hörte sie Varta: »Das reicht schon.«

Sie schaltete das Funkgerät aus. »Und jetzt?«

»Und jetzt habe ich seine Stimme.«

»Weißt du, wie viele noch im Haus sind?«

»Drei oder vier haben sich in letzter Zeit bewegt. Aber das könnte auch eine einzige Person sein, die auf und ab geht.«

»Scharfschützen? Die sich vielleicht gar nicht bewegt haben?«

»Tja, die auch, natürlich.«

Herbst atmete durch. »Okay, dann schauen wir mal nach.«

Sie vermutete, Sanfilippo hatte nicht mehr genügend Leute, um alle Aufgänge zu sichern. Stattdessen dürfte er sich in einen einzelnen Raum zurückgezogen haben, und zwar einen großen. Auch wenn er ihre Ausrüstung nicht kannte, konnte er sich ja denken, dass ihr die Granaten seiner Leute in die Hände gefallen waren. Vor diesem Hintergrund erwies sich ein kleiner Raum als tödliche Falle.

»Tamás, was ist der größte Raum im zweiten Stock?«

»Es gibt einen Speisesaal direkt in der Mitte, bei der Prunktreppe, und eine Bar mit Billardtisch, selbe Höhe, aber zur Rückseite des Gebäudes hin. Der erste Raum ist deutlich größer.«

»Und die Bewegungsmelder?«

»Alles ruhig. Die letzten Signale kamen alle vom Speisesaal.«

»Okay. Ich denke, sie haben sich dort verschanzt. Allerdings fürchte ich, es sind immer noch zu viele. Die Granaten kann ich nicht nutzen, falls Rafael bei ihnen ist. Wir müssen sie trennen, ein paar herauslocken.«

»Lass mich nur machen.«

»Du hast eine Idee?«

»Zuerst musst du in das Billardzimmer. Aber nimm nicht den Hauptflur. Es gibt eine Suite, über die man auf den Balkon gelangt, und von dort dann weiter. Das ist sicherer.«

»Okay.«

Mit angelegtem Sturmgewehr schlich sie auf das neue Ziel zu. Sie hätte denselben Weg gewählt, den Varta ihr vorgeschlagen hatte. Trotzdem war sie ihm dankbar für seine Erläuterungen. Jeder war fehlbar, und in der tödlichen Situation, in der sie sich befand, konnte sie nicht vorsichtig genug sein.

»Hast du einen guten Platz?«, fragte Varta.

Herbst duckte sich hinter die Bar. Diese war ein mächtiges Monstrum aus Massivholz und bot perfekten Schutz. »Bereit.«

»Rock 'n' Roll!«, rief Varta.

Das Wummern von Hubschrauberrotoren schallte aus der Soundanlage. Nur leise erst, doch schnell wurde es lauter. Was für ein durchtriebener Bursche, Herbst war beeindruckt. Varta steuerte nur die Boxen am Balkon an, es klang tatsächlich haargenau so, als näherte sich ein Hubschrauber. Vom Speisesaal auf der anderen Gebäudeseite aus musste der Effekt noch stärker sein.

Die Wirkung zeigte sich zehn Sekunden später. Die Tür wurde geöffnet, Schritte. Herbst wartete, den Finger am Abzug. Doch die Schritte brachen ab. Mist. Wenn die Söldner den Raum zu sorgfältig durchsuchten, bevor sie auf den Balkon traten, müsste Herbst angreifen. Hätten sie sie erst einmal entdeckt, wäre sie in einer miserablen Position.

»Auf den Balkon, schnell!«, befahl Sanfilippo, sachlich, kühl. Seine Stimme drang aus dem Lautsprecher direkt über Herbst. Sie zuckte zusammen, doch auch ihre Gegner wurden von dem plötzlichen Befehl überrumpelt. Gehorsam rannten sie nach draußen. Herbst schnellte aus ihrer Deckung und erschoss sie von hinten. Krieg war ein schmutziges Spiel.

Sie sicherte die Tür, doch es kam niemand mehr. Tatsächlich, Sanfilippo mussten die Leute ausgehen.

»Verrückt«, hörte sie Varta in ihrem Ohr. »Vor ein paar Jahren hat man noch gedacht, die menschliche Stimme nachzubilden sei so schwierig, wie einer Künstlichen Intelligenz Go beizubringen … Okay, dummes Beispiel – Go haben sie ja auch geknackt.«

Herbst warf einen Blick auf die Leichen. Die eine hatte .338er-

Patronen dabei. Scharfschützenmunition. Sanfilippo schickte die Reserve ins Gefecht.

»Jetzt?«, fragte Varta.

»Dritter Stock.«

»Da ist niemand mehr.«

»Hoffentlich.«

Trotzdem schlich Herbst mit vorgehaltener Waffe nach oben, jede Deckung nutzend. Rafael, ich komme. Der dritte Stock beherbergte primär Schlafzimmer, außerdem eine Terrasse mit Sauna und Whirlpool. Für Letztere hatte man einen Teil des ursprünglichen Satteldaches entfernt. Das die Terrasse begrenzende Geländer war im selben Winkel wie das Dach gehalten und im Stil der Ziegel gestaltet, sodass das Gesamtbild des Schlosses von unten kaum beeinträchtigt war. Denkmalschutz war offenbar kein Hindernis gewesen.

Herbst trat ans Geländer, blickte nach unten. Sie befand sich nun genau über dem Balkon des Speisesaals. Dort war niemand.

»Tamás«, flüsterte sie, »kannst du die Balkontüren ansteuern?«

»Easy.«

Sie zog ihr Seil aus dem Rucksack und band es an eine der Geländerstreben. Gleiches Spiel wie in Marseille. Fast. Sie würde das Seil hängen lassen können. Und ein Fehler wäre ungleich tödlicher. Während sie das Seil nach unten gleiten ließ, achtete sie sorgsam darauf, dass sein unteres Ende oberhalb der Fenster des zweiten Stocks blieb, nicht in das Sichtfeld ihrer Gegner hineinragte.

»Ich brauche gleich wieder Ablenkung.«

»Besondere Wünsche?«

»Alles außer Dubstep.«

»Hast du einen Hang zur Epilepsie?«

»Nee.«

»Nice.«

Herbst nahm ihren Rucksack ab, den würde sie nicht mehr

brauchen. Hängte sich das Sturmgewehr um, zurrte den Trageriemen so weit fest, dass die Waffe nicht schlackerte, aber trotzdem
sofort einsatzbereit war. Dann packte sie das Seil, schwang sich
über die Brüstung und ließ sich hinab. Indem sie mit den Füßen
Kontakt zur Wand hielt, kontrollierte sie ihre Position. Über der
Glasfassade des Speisesaals hängend, verharrte sie. Ihre Finger
waren feucht. Bis hierher war sie gelangt, ohne einmal zu zweifeln,
hatte sich mit kühler Präzision jeder Gefahr entledigt, die Sanfilippo ihr entgegengeschleudert hatte.

»Bereit?«, fragte Varta.

Herbst wusste es nicht. Der Moment der Wahrheit war gekommen. Die letzten zwanzig Minuten hatte sie sich einreden
können, es ginge nur um sie. Jetzt nicht mehr. Rafael. Sie wusste
nicht, ob er sich tatsächlich in dem Saal unter ihr befand. Doch
selbst wenn nicht – was immer sie gleich tat, würde auch sein
Schicksal steuern.

»Lena?«

Es gab kein Zurück.

»Bereit.«

Vom Gang eine Explosion.

Herbst ließ das Seil los.

Das Rattern eines Maschinengewehrs.

Sie landete lautlos, federte mit den Knien ab.

Gleißend helles Licht flackerte auf, erlosch, in rasendem Wech-
sel. Welcher Raumdesigner kam nur darauf, in das Beleuchtungs-
konzept eines Speisesaals ein Stroboskop zu integrieren? Der Gedanke kratzte nur am Rande ihres Bewusstseins.

Die Balkontür schob sich automatisch zur Seite.

Vor Herbst bot das flimmernd weiße Licht ein gespenstisches
Bild. In der Mitte des Saals blitzten Tische auf, umgeworfen und
zu einem Wall zusammengeschoben. Sowohl vor den Portalen, die
in die Nachbarräume führten, als auch vor der Balkontür lagen
Stühle, die Eindringlinge zum Stolpern bringen sollten. Herbst

entdeckte drei Männer. Nicht etwa bei den Barrikaden, die schienen bloße Ablenkung; stattdessen hatten sich zwei, in Gefechtskleidung, an den gegenüberliegenden Seiten des Saals hinter antike Kommoden geduckt, fixierten mit automatischen Waffen das Hauptportal, von wo das Maschinengewehr ratterte. Der dritte, der unter seiner kugelsicheren Weste einen Anzug trug, hatte sich am defensivsten positioniert, stand im hinteren Drittel des Raumes, so an einen Vitrinenschrank gelehnt, dass kaum mehr als der Waffenarm zu erkennen war; er hielt eine Pistole an der Schulter, den Lauf nach oben gerichtet.

Keine Spur von Rafael.

Zuerst musste sie sich um die automatischen Waffen kümmern. Die Söldner verteidigten in die falsche Richtung, Varta sei Dank, Herbst schoss einmal, zweimal, beide fielen. Bevor sie sich Deckung suchen konnte, schoss der Mann in Anzug. Herbst, immer noch auf dem Balkon, warf sich zu Boden, rollte sich zur Seite, weg von der Glasfront, sprang auf. Ans Gemäuer gepresst wartete sie. Das Maschinengewehr röhrte weiter, machte jede akustische Orientierung unmöglich.

»Tamás, still.«

Der Lärm erstarb.

Eine Granate kullerte auf den Balkon.

Während im ersten Stock, der Beletage, der Balkon über die ganze Frontseite lief, beschränkte er sich hier oben auf den Bereich des Speisesaals. Keine Zeit nachzudenken. Kopf voran hechtete sie über die seitliche Brüstung. Hinter ihr ein dumpfer Knall, sie drehte sich in der Luft, zerspringendes Glas, landete auf den Füßen, rollte sich ab, ein Regen aus Scherben und Mörtelbröckchen, stand.

Deckung. Wo?

Auch hier Glastüren, aber geschlossen. Statt Varta zu fragen, übernahmen die Reflexe. Sie zog das Kampfmesser, drei schnelle Schläge mit dem Glasbrecher, die Scheibe splitterte, über ihr Bewegung, sie warf sich durch den Türrahmen, keinen Augenblick zu spät, draußen schlugen die Kugeln in den Marmorboden.

Orientieren. Der Raum war noch größer als der Ballsaal, den sie auf ihrem Weg nach oben durchquert hatte. Im Dunkeln war die Einrichtung nur schwer zu erkennen. Polstermöbel an den Wänden.

»Lena?«

An einem mit Figurinen verzierten Kamin ging sie in Deckung. Durchatmen. Wie hatte ihr Gegner so schnell die Granate ziehen und scharfmachen können? Eine untrügliche Sicherheit erfüllte sie, dass es sich um den Mann handelte, dem sie in Bratislava an Vartas Krankenbett begegnet war.

»Lena! Melde dich. Was ist passiert?«

»Granate«, flüsterte sie.

»Bist du verletzt?«

»Nee, alles gut.«

»Was ist mit Rafael?«

»Bisher nichts.«

»Hast du die Schurken erledigt?«

»Alle bis auf einen.«

»Er ist geflohen?«

»Bestimmt nicht.«

»Was macht dich so sicher?«

»Es ist Sanfilippo.«

82. Kapitel

Wie immer, wenn Hendrik Holfhusen ein schwieriges Problem zu lösen hatte, schaute er sich eine Tierdoku an. Auf Beute lauernde Löwen, durchs Schilf staksende Graureiher, Klapperschlangen, die durch Wüstensand glitten, die monotone Stimme des Kommentators, die langsamen Schnitte – die Bilder hatten eine zutiefst beruhigende Wirkung auf ihn. Befreiten seinen Geist von allem Nebensächlichen.

In anderthalb Stunden würde er London erreichen. Er befand sich auf dem Rückflug von Tokio, hatte die Keynote auf einer Konferenz für Rohstoffinvestoren gehalten. SacronInvest betrachtete Rohstoffe als Schlüssel für ein stabiles Portfolio, mehr als fünfundvierzig Prozent seines Handelsvolumens erwirtschaftete es hier. Eine Ansage gegenüber all den Tech-Enthusiasten. Wenn es nach Holfhusen ging, sollte ruhig die ganze Welt ihr Geld in Start-ups für Friseursalonbewertungen und KI-basierte Erotik-Hotlines stecken. Die Information mochte die strahlende Heldin dieses Zeitalters sein, doch geritten kam sie auf physischen Komponenten, und keinen Meter kam sie weit, fehlte ihr die Energie. Für beides waren Rohstoffe der Schlüssel. Egal ob die Energie fossil erzeugt wurde oder nachhaltig: ohne Silizium keine Solarpanels und keine Halbleiter. Keine Elektromobilität ohne Kobalt. Ohne Strom kein Internet.

Trotz aller drängenden Herausforderungen in Europa war die Keynote somit zwar lästig gewesen, aber doch eine Pflicht, der Holfhusen sich nicht hatte entziehen dürfen. Wer mit Geld arbeiten wollte, musste die Gegenwart kennen und die Zukunft. In

Tokio hatte sich das Who's Who des alten Geldes und der neuen Ideen getroffen.

Der Fernseher in seinem Privatjet zeigte einen Alligator, der in einem Mangrovenhain döste. Konzentriere dich, Hendrik. Jetzt keinen Fehler, und er würde den Triumph seines Lebens vollenden. Die Übernahme von FEB. Fridolin von Wolfenweiler, die Kröte, ein letztes, ein endgültiges Mal in den Staub treten. Mit der Übernahme der Anteile, die Tristan an FEB besaß, wäre sein Einfluss groß genug, die Entwicklung der Firma zu bestimmen. Seine erste Amtshandlung würde darin bestehen, von Wolfenweiler zu entfernen. Er könnte ihn einfach entlassen. Aber nein, das wäre ein Abgang, demütigend zwar, aber nicht demütigend genug. Er würde ihn zerstören. Vollständig. Er würde ihn vernichten. Es würde von Wolfenweiler das Blut in den Adern stocken vor Verzweiflung.

Holfhusen würde der EU von Odysseus berichten.

Odysseus war genial, das musste er zugeben, aber zu gefährlich. Von Anfang an hatte er das gedacht. Hatte von Wolfenweiler nur vorgeblich seine Bereitschaft gezeigt, an der Verschwörung teilzunehmen. Tunlichst hatte er darauf geachtet, dass es keine Aufzeichnungen gab, keine Spuren, die ihn selbst mit der Idee in Verbindung bringen könnten. Auch die anderen im Bunde, Maian und Carter, hatte er eingeweiht. Wenn Odysseus an die Öffentlichkeit käme, würde nur einer hängen – und das war Fridolin von Wolfenweiler.

FEB würde einknicken, ja, aber nicht pleitegehen. Nicht mit dem Geld von SacronInvest. Großes hatte Holfhusen mit FEB vor. Er brauchte Odysseus nicht. Nicht einmal Alyattes. Dass die Entwicklung von Alyattes sich so zäh gestaltete, lag nur an den rigorosen Vorgaben der EU. Die Grundfunktionen des SAFE-Systems hatten alle Tests bereits bestanden, warteten nur auf die Anwendung. Und Holfhusen hatte schon einen Interessenten. Nein, er würde SAFE nicht verkaufen, aber er würde eine strategische Partnerschaft anbieten. Und der Interessent würde nicht ablehnen können. Denn Holfhusen böte ihm nicht einfach ein Bezahlsystem, sondern ein Bezahlsystem mit Zugang zur City of London. Selbstverwaltet, steuerbefreit, niemandem Rechenschaft schuldig, bildete die City das unangefochtene Herz des globalen Finanzkreislaufs. Wenn Facebook die Libra wirklich zur Weltwährung machen wollte, dann brauchte es die City of London. Dann würde es Holfhusens Angebot annehmen müssen.

Der Alligator hob eines seiner Lider, nur einen Spalt, musterte träge seine Umgebung, wägte ab, ob irgendetwas ihn, den Herrscher seines Reiches, dazu herausfordern könnte, seine Macht zu beweisen.

Holfhusen ließ sich von der Stewardess einen Brandy bringen. Er durfte keinen Fehler machen. Nicht so knapp vor dem Ziel. Er musste eine Entscheidung treffen. Monatelang hatte er gebrütet, wie er seinen Einfluss bei FEB ausweiten könnte. Erst hatte er überlegt, Odysseus offenzulegen und zu warten, bis die Aktien zu Spottpreisen verscherbelt würden. Aber das war zu riskant, zu offensichtlich. Man würde Fragen stellen. Ob er mit der Preisgabe gewartet hätte, bis ihm der Moment einer Übernahme passend erschienen sei, ab wann er von Odysseus gewusst habe; vielleicht sogar, ob etwas daran sei an von Wolfenweilers Gegenanschuldigungen, die natürlich nicht auf sich würden warten lassen. Nein, sosehr es ihn schmerzte, auf diesen kurzfristigen Gewinn musste er verzichten.

Und das Warten hatte sich ausgezahlt. Das Angebot von Tristan war ein Geschenk des Himmels gewesen. Es war überraschend gewesen, aber nicht per se abwegig. Wenn die Tristan-Manager nicht mehr an Alyattes glaubten, war es kein unkluger Schachzug, die Aktien abzustoßen, bevor Alyattes FEB zum Verhängnis wurde.

Doch dann der ominöse Anruf.

Wie viel Bedeutung sollte er dieser Carolin Radwitz zumessen? Journalistin der *Wirtschafts-Welt.* Vorgeblich. Er hatte den Namen zwar überprüfen lassen, er fand sich unter den Redaktionsmitgliedern der Zeitung. Aber das musste nichts heißen. Die Frau am Telefon hätte auch einfach lügen können. Woher hatte sie gewusst, dass SacronInvest vorhatte, Tristans FEB-Anteile zu übernehmen?

Irrelevant. Die Frage war: Glaubte er ihr? Tristan eine russische Strohfirma? Ungeheuerlich. Er machte gerne Geschäfte mit Russland, darum ging es nicht. Aber wenn Tristan vom Kreml gesteuert wurde, bedeutete das, dass hinter allem, was Tristan tat, eine politische Entscheidung steckte. Und Holfhusen wäre nicht zum erfolgreichsten Hedgefondsmanager diesseits des Atlantiks geworden, hätte er keine Nase dafür, wann sich das Spielen lohnte. Mit dem Kreml zu spielen lohnte sich nie.

Der Alligator entschied, dass es Zeit sei für ein Abendessen. Doch selbst auf der Jagd verzichtete der König des Sumpfes auf jede überflüssige Bewegung. Behäbig glitt er ins Wasser. Seine Untertanen erstarrten vor Angst.

Holfhusen wählte die Nummer seines Assistenten.

»Verbinden Sie mich mit Maximilian von Wolfenweiler.«

»Sofort, Sir.«

83. Kapitel

»Aus.«

»Was?«, fragte Herbst.

»Die Online-Verbindung fürs Smart-Home«, erklärte Varta. »Sanfilippo muss den Router vom Strom genommen haben.«

»Was heißt das?«

»Du bist auf dich allein gestellt.«

Herbst steckte ihr Kampfmesser zurück in die Scheide an ihrem Unterschenkel. Überprüfte das Magazin ihres Sturmgewehrs. Es war ihr letztes. Acht Patronen noch. Für eine Waffe wie die SIG 550 bedeutete das, Herbst würde noch ein einziges Mal abdrücken können. Im Gürtelholster allerdings warteten geladen und geduldig die Glocks.

Zurück in den zweiten Stock. Sollte sie erst hoch auf die Dachterrasse, wo sie ihr Nachtsichtgerät hatte liegen lassen? Die Frage erübrigte sich.

Licht im Treppenhaus.

»Tamás, hast du das Licht angemacht?«

»Ich mach gar nichts mehr. Wie gesagt, die Verbindung ist tot.«

Wenn Sanfilippo vorhatte, im Licht zu arbeiten, war das Nachtsichtgerät ihr mehr Hindernis als Hilfe. Selbst wenn manche Flächen im Dunkeln liegen sollten. Die Gefahr war zu groß, durch plötzliche Helligkeit geblendet zu werden.

In höchster Konzentration stieg sie die Treppe hinauf. Ein einziger Gegner vor ihr, doch das machte die Mission nicht einfacher. Nicht nur, dass Sanfilippo sich von anderem Kaliber als seine Leute gezeigt hatte. Hinzu kam, dass das Verhalten taktischer Gruppen bestimmten Mustern folgte, vorhersehbar war. Das Verhalten einzelner Kämpfer nicht.

Die letzten Stufen zum zweiten Stock nahm Herbst erst kriechend, dann auf dem Bauch gleitend. Der schwere Treppenteppich schluckte jedes Geräusch. Als sie die oberste Stufe erreichte, hob sie für einen winzigen Moment den Kopf, spähte, duckte sich wieder. Niemand im Gang.

Herbst sprang auf, mit drei raschen Schritten war sie an der ersten Tür, abgeschlossen. Ihr Dietrich war im Rucksack auf der Saunaterrasse. Schnell zur nächsten Tür. Offen. Eine Suite. Sie überprüfte beide Zimmer, das Bad, niemand. So zügig vorzugehen war riskant. Doch Herbst würde keine Verstärkung erhalten – Sanfilippo möglicherweise schon.

Der Gang war beleuchtet, aber in den Suiten war es finster. Herbst schaltete auch das Ganglicht aus. Raum für Raum durchkämmte sie das Stockwerk. Schnell. Leise. Immer die SIG 550 schussbereit. Acht Patronen noch. Eine Salve. Regelmäßig hielt sie inne, spähte, lauschte. Nichts. Nach mehreren Minuten hatte sie den Speisesaal erreicht. Noch kein Hinweis auf Sanfilippo. Kein Geräusch, keine Bewegung, nichts.

Der Speisesaal. Statt durch das Hauptportal näherte sie sich ihm durch die daneben liegende Küche. Erreichte den Bedienstetenzugang. Stieß die Tür auf, spähte, wich zurück. Deckung. Nichts.

Zermürbend. Als Nächstes war das Billardzimmer an der Reihe. Über den beleuchteten Gang schlich Herbst hinüber. Öffnete die Tür, spähte hinein. Nichts Auffälliges. Die Leichen der beiden Söldner, die von Vartas Hubschraubergeräuschen in den Raum gelockt worden waren, lagen so friedlich da, als schliefen sie.

»Du hast dir Zeit gelassen.« Sanfilippos Stimme. Blechern und laut drang sie vom Billardtisch. Herbst schoss. Zerfetzte das edle Holz, bis ihr Magazin leer war.

Eine Bewegung von rechts, vom Gang her. Herbst fuhr herum, acht Meter weiter stand Sanfilippo, die Pistole im Anschlag, schoss. Herbst warf sich in den Raum, den sie gerade noch unter Feuer genommen hatte. Ein glühender Schmerz in der Seite, das Abrollen misslang, mit der verstauchten Linken fing sie sich ab, das Handgelenk barst, gab nach, Herbst schlug hin, keine Kontrolle mehr, sie schnellte hoch, keine Zeit, die Glocks zu ziehen, sie brauchte Deckung. Also wie zuvor hinter die Bar, Herbst hechtete, keinen Augenblick zu spät, großkalibrige Kugeln schlugen krachend hinter ihr ein.

Die Glock ziehen.

Orientieren.

Atemholen.

Es war eine Falle gewesen. Die Stimme vom Billardtisch war aus einem Funkgerät gekommen. Herbst hatte sich täuschen lassen. Und bitter dafür bezahlt. Ihr linkes Handgelenk konnte sie vergessen. Die Kugel, die ihr in die Seite gefahren war, hatte zwar die Sicherheitsweste nicht durchdrungen. Doch die Wucht des Aufpralls hatte genügt, ihr die Luft aus der Lunge zu pressen. Hätte sie beinahe außer Gefecht gesetzt. Getötet.

Herbst legte die Glock neben sich ab, vom Munitionsgürtel zog sie die Granate, die sie einem der Söldner abgenommen hatte, entsicherte sie mit den Zähnen. Sie musste Sanfilippo zuvorkommen. Wenn er diesmal wieder eine Granate werfen würde, hätte sie nicht die Kraft auszuweichen. Ohne sich aus der Deckung zu bewegen, schleuderte sie den faustgroßen Teufel Richtung Tür. Nahm die Glock wieder auf.

Explosion.

Warten.

Nichts.

Entweder sie hatte ihn voll erwischt. Oder gar nicht. Minutenlang saß sie da, an die Holzverkleidung des Tresens gelehnt, wartete, lauschte. Zwei Meter von ihr entfernt, immer noch hinter der

Bar, ging eine Tür ab. Herbst schleppte sich hin. Abgesperrt. Wieder warten, wieder lauschen. Ein schneller Blick über den Tresen. Trotz der Dunkelheit reichte ihr, was sie gesehen hatte; die Granate war vor der Tür explodiert. Sanfilippo war nicht getroffen worden. Und saß am längeren Hebel. Herbst war angeschlagen, ohne Fluchtweg, zur Neige gehender Munition, die Zeit arbeitete gegen sie. Sie musste etwas tun.

Während Sanfilippos Leute ausnahmslos Gefechtskleidung getragen hatten, trug er selbst einen Anzug. War Eitelkeit seine Schwäche? Ihr eigenes Funkgerät hatte Herbst verloren, als sie in Deckung gesprungen war. Mit vor Schmerz zusammengebissenen Zähnen schlich sie zu der ersten der beiden Leichen. Fand deren Funkgerät. Packte es. Eilte zurück in die Deckung der Bar.

»Ángel«, sagte Herbst in das Mundstück, nachdem sie die Tonausgabe ausgestellt hatte. »Was ist los?«

Das Funkgerät, mit dem Sanfilippo sie überlistet hatte, war von ihrem fruchtlosen Angriff nicht beschädigt worden. Vom Billardtisch aus hörte Herbst ihre eigene Stimme. Verzerrt zwar, aber verständlich und laut. Es musste auf Maximallautstärke eingestellt sein. Sanfilippo würde sich natürlich von seiner eigenen Falle nicht täuschen lassen, es ging Herbst nur darum, ihre Position nicht zu verraten.

»Wo steckst du?«, setzte sie nach.

Keine Antwort.

»Wie lange soll ich warten? Traust du dich nicht rein?« Sanfilippo war Profi, er musste wissen, dass er sie getroffen hatte. Hatte er gesehen, dass sie eine Weste trug? Wartete er tatsächlich auf Verstärkung?

»Hast du Angst?«

Und diese einfachste aller Fragen, die jeder Mensch immer und überall mit Ja beantworten müsste, wenn er gesund, bei Vernunft und ehrlich zu sich selbst war, entfaltete doch ihre Wirkung.

»Sagen Sie, Frau Herbst«, knurrte es aus dem Lautsprecher des

Billardtisch-Funkgeräts. »Werden Sie oft unterschätzt, weil Sie eine Frau sind?«

»Sag mir, Ángel«, entgegnet Herbst, »wirst du oft unterschätzt, weil du alt bist?«

Mit aller Aufmerksamkeit erwartete sie die Antwort, lauschte Richtung Gang. Und sie kam. »Oft. Aber nie lange.«

Tatsächlich, Herbst glaubte, die Stimme nicht nur über das Funkgerät zu hören, sondern auch von außen, nicht allzu weit entfernt. Im Gang direkt würde Sanfilippo nicht stehen, dort fand er keine Deckung. Am Portal des Speisesaals? Dort wäre er geschützt und hätte dennoch die Tür zum Billardzimmer im Blick.

»Sieh an«, entgegnet sie, während sie an die Tür schlich, sorgfältig darauf bedacht, nicht in Sanfilippos mutmaßliches Blickfeld zu geraten. »Bei mir ist es ähnlich.« Eine einzelne Schockgranate war ihr geblieben.

»Wollen Sie für mich arbeiten, Frau Herbst?«

»Ich gestehe, das Angebot kommt etwas überraschend.«

»Ich habe Ihre Akte studiert. Sie scheren sich nicht darum, was andere denken. Ein gewöhnlicher Alltag ist Ihnen genauso ein Graus wie politische Winkelzüge.«

Herbst kniete sich neben die Tür, legte leise die Glock ab, griff nach der Granate. »Ein etwas merkwürdiger Rahmen für ein Bewerbungsgespräch, findest du nicht?«

»Seien Sie ehrlich, Giresse hat Sie erpresst. Mit Rafael. Sonst hätten Sie sich nie in die Sache hineinziehen lassen.«

»Vielleicht.«

»Varta ist Ihnen egal. Im Grunde wollen Sie nur Ihre Ruhe. Ob Sie es glauben möchten oder nicht – an unserer Seite haben Sie bessere Chancen, dieses Ziel zu erreichen, als wenn Sie gegen uns arbeiten. Eigentlich haben Sie schon verloren. Ich biete Ihnen die Rettung.«

»Einfach so?«

»Überlassen Sie uns Varta. Mehr müssen Sie nicht tun.«

»Das BKA sucht mich, die DGSE, Europol.«

»Wir haben Erfahrung im Umgang mit Behörden. Vertrauen Sie uns.«

»Und wieso sollte ich das tun?«

»Ich gebe Ihnen mein Wort. Als Ehrenmann.«

Herbst lachte. »Im Ernst. Das soll meine Garantie sein?«

»Sie halten uns für Verbrecher, und wir haben Ihnen sicher den einen oder anderen Grund geliefert. Aber wir sind auch professionell. Das können Sie inzwischen sicher bestätigen.«

»Nach dem heutigen Abend? Na ja…«

»Das waren Söldner. Vergessen Sie die, austauschbare Dienstleister. Ich meine nicht die Ausführung, sondern die Organisation. Hier bildet ein guter Ruf das A und O. Ich habe einen sehr guten Ruf.«

»FEB nicht so.«

»Damit habe ich nichts zu tun. Meine Zuständigkeit beschränkt sich auf Fragen der Sicherheit. Von Wolfenweiler bin ich verbunden, weil er meiner Suyan das Leben gerettet hat.«

»Deine Tochter?«

»Meine Nichte. Sie ist schwer krank, von Wolfenweiler hat ihr die besten Ärzte besorgt.«

»Tatsächlich? Erzählen Sie mir mehr.« Herbst warf die Schockgranate, presste die Ohren zu, kniff die Augen zusammen, ertrug die Explosion, packte ihre Glock, stürmte über den Gang zum Portal des Speisesaals, entdeckte Sanfilippo hinter einer umgekippten Tafel und schoss ihm aus nächster Nähe viermal in die Brust. Die Schüsse schleuderten Sanfilippo zu Boden, rücklings blieb er liegen. Herbst sprang über die Tafel, trat ihm die Pistole aus der Hand, kniete sich neben ihn, drückte ihm die Glock an die Schläfe.

»Wo ist Rafael?«

Sanfilippo hustete, spuckte Blut, auch aus den Ohren rann Blut. Die Sicherheitsweste hatte dafür gesorgt, dass er noch lebte – in guter Verfassung bewahrt hatte sie ihn nicht. Man würde ihn glücklich nennen müssen, sollten nur ein paar Rippen gebrochen sein.

»Was?«, röchelte er.

Ach ja, der Knall der Schockgranate. Herbst beugte sich an sein Ohr, brüllte: »Wo ist Rafael?«

»In der Hölle«, stieß Sanfilippo hervor.

Herbst zog ihm die Glock über die Stirn. »Wo?«

Ein röchelndes »Ich weiß es nicht«.

»Das soll ich dir glauben?«

Nur ein weiteres Röcheln.

»Denk an Suyan.«

»Ich habe den Chat noch offen«, wisperte er. Seine Finger zitterten, als er nach der Innentasche seines Sakkos griff.

»Stopp«, befahl Herbst. Zog selbst mit der pochenden linken Hand das Handy heraus. Streckte es ihm entgegen: »Freigeben bitte.«

Sanfilippo drückte seinen Daumen auf den Startknopf.

»Wann kommt deine Verstärkung?«, fragte Herbst, während sie die Bildschirmsperrung deaktivierte.

»Welche Verstärkung?«

»Derentwegen du mich zugetextet hast.«

Und dann geschah etwas, was Herbst vollkommen überraschte – Sanfilippo begann zu lachen. Ein kurzes, rasselndes Lachen nur, bevor er sich an seinem eigenen Blut verschluckte. Blitzschnell schlug er ihr die Glock zur Seite, bäumte sich auf, eine Handkante flog auf ihren Hals nieder, traf krachend die Schulter, gerade noch hatte Herbst sich wegdrehen können, der Arm sauste wieder, jetzt mit der Handfläche voran gegen ihr Kinn, diesmal blockte sie, mit links, ihr Handgelenk schrie auf, die Glock war wieder unter ihrer Kontrolle, zwei Schüsse, Sanfilippo sank zurück.

»Es gibt keine Verstärkung?«, fragte sie, schwer atmend von der Anstrengung.

Sanfilippo stöhnte nur noch.

Herbst hatte ihm in beide Schultern geschossen. Dadurch hatte sie zwar vermieden, eine Arterie zu treffen. Weniger schmerzhaft war das Ergebnis allerdings nicht.

Herbst erhob sich. »Hoffen wir«, murmelte sie, »von Wolfenweiler besorgt dir ähnlich gute Ärzte wie deiner Nichte …« Sie nahm Sanfilippos Pistole auf und wandte sich zur Tür.

»Frau Herbst«, japste es hinter ihr.

»Ja?«

»Ich hätte wirklich gerne mit Ihnen zusammengearbeitet.«

»In einem anderen Leben.«

Und auf einmal, wie sie den ächzenden, verwundeten, hilflosen Körper vor sich liegen sah, fügte sie, plötzlich von Mitleid getroffen, hinzu: »Gut gekämpft, Ángel.«

Ein letztes Leuchten in Sanfilippos Augen.

Dann erlosch sein Bewusstsein.

Dienstag

… hat heute die Börse durchgeschüttelt. Der britische Hedgefonds SacronInvest übernimmt in einem Direkthandel alle FEB-Anteile von Tristan und wird damit auf einen Schlag Hauptaktionär des angeschlagenen FinTech-Unternehmens. Während die Börsenaufsicht den Deal als prüfungsbedürftig erklärte, reagierten die Anleger mit vorsichtigem Optimismus…

84. Kapitel

Almabtrieb. Ein magischer Tag. Der Sommer war glücklich verlaufen. Kühe mit Blumenkränzen um die Hörner, ein vielstimmiger Glockenchor. Das begeisterte Plärren der Kinder, die Bauern in Lederhosen und mit Filzhut, die Bäuerinnen in weißblauem Mieder und roter Schürze.

»Vai a farti friggere!«

Radwitz fuhr hoch. Ein kleiner Raum. Fußbälle an den Wänden. Ein drückender Schmerz in ihrer Seite. Wo war sie? Eine Nachttischlampe brannte. Die Rollläden waren heruntergelassen.

»Vattene!«

Italienisch. Die Tonis. München. Sie erkannte Lorenzos Stimme, ungehalten, grob. Jetzt kam Biancas hinzu, scharf: »Perdinci di meraviglia! Es ist mitten in der Nacht.« Der Lärm kam von der Diele unten. Radwitz erinnerte sich – weil Bianca Probleme mit der Hüfte hatte, schlief das Ehepaar seit ein paar Jahren im Erdgeschoss, im früheren Büro des Hauses.

Was bedeutete der Aufruhr? Radwitz war auf ihrem Laptop eingeschlafen, daher der unangenehme Druck in der Seite. Die halbe Nacht hatte sie die Mail angestarrt, die Tamás ihr geschickt hatte, mit einem Anhang namens Odysseus. Sie stemmte sich hoch, griff nach einem Bademantel, der einladend über einer Stuhllehne hing – und stellte fest, dass sie ihre Straßenkleidung nicht abgelegt hatte. Sie war ziemlich durch den Wind. Ihre Kehle war trocken, ein Glas Wasser wäre fein. Es klingelte. Unnachgiebig, kühl. Weniger romantisch als die Glocken, die sie in ihrem Traum gehört hatte.

»Lassen Sie uns in Ruhe, Pecuraro.« Wieder Bianca, noch zorniger als zuvor.

Auf wackligen Beinen stieg Radwitz die Stufen ins Erdgeschoss hinunter. Unten fand sie ihre Gastgeber – Lorenzo im Pyjama, Bianca im Nachthemd und mit Schlafhaube. Beide standen im Flur, zischten sich zornig italienische Phrasen zu. Als sie Radwitz bemerkten, brachen sie ihr Streitstakkato ab. Lorenzo eilte ihr entgegen, gestikulierte erregt; versuchte, sie nach oben zu scheuchen.

»Carolina, geh wieder schlafen. Lass dich nicht stören.«

»Was ist los?«

»Nur ein Taugenichts. Fifone. Cretino.«

Die Standuhr im Flur zeigte halb zwei.

»Um diese Uhrzeit?«

Klopfen an der Haustür. »Frau Radwitz, sind Sie da?«

Radwitz blickte erschrocken zu Lorenzo, zu Bianca, fragte leise: »Er ist meinetwegen da? Woher weiß er, dass ich hier bin?«

Bianca hob ratlos die Hände. Lorenzo legte Radwitz die Hand auf die Schulter, versuchte, sie mit sanftem Druck zur Treppe zu bugsieren. Doch statt der stummen Aufforderung zu folgen, schüttelte sie die Hand ab. Ging zur Tür, spähte durch den Spion. Im fahlen Licht der Lampe draußen war ein Mann zu erkennen, im Anzug und mit Aktentasche.

»Was wollen Sie?«

»Frau Radwitz? Herr Holfhusen schickt mich. Er möchte Ihnen ein Angebot unterbreiten.«

Sie saßen zu zweit in der Küche, zwischen sich einen Tisch, der mit einer blauen Plastiktischdecke geschützt war. Die Tür war geschlossen. Der nächtliche Besucher hatte darauf bestanden, dass Bianca und Lorenzo sich zurückzogen, was sie allerdings erst nach mehrmaliger Aufforderung von Radwitz getan hatten. Endlich hatte sie ihr Wasser. Ihrem Gegenüber hatte sie auch eines angeboten, er hatte abgelehnt. Es handelte sich um einen alten Mann mit schütterem weißem Haar. Die äußere Erscheinung stand in Widerspruch zu seiner geraden Haltung, seiner klaren Gestik.

»Also?«, fragte sie.

»Sie haben Herrn Holfhusen gestern Mittag angerufen.«

Radwitz wartete.

»Dabei haben Sie einige Unterstellungen geäußert.«

»Sie meinen, dass Tristan eine russische Strohfirma ist. Sie wollen Belege?«

»Nein.« Ihr Gegenüber verzog das Gesicht. »Und bitte verzichten Sie auf Details.«

»Sondern? Was wollen Sie?«

Der Greis hatte seinen Aktenkoffer auf den Tisch gelegt. Er klappte ihn auf und zog ein paar zusammengeheftete Papiere hervor. »Wir wollen, dass Sie fürderhin auf ähnliche Unterstellungen verzichten.«

»Ah.« Radwitz verstand. »Sie wollen mich kaufen.«

Wieder verzog der Greis das Gesicht. Das Alter hatte ihn hager werden lassen; die altersfleckige Haut hing ihm ausgeleiert von den Wangen. »Wir möchten Sie davon überzeugen, Ihr Wissen für sich zu behalten.«

»Und wie?«

»Wir bieten Ihnen eine Million Euro.«

Radwitz verschluckte sich an ihrem Wasser. »Das meinen Sie nicht ernst?«

»Bitte lesen Sie.« Der Greis schob ihr den Vertrag zu.

Radwitz überflog ihn nur kurz. Sie war keine Anwältin, die juristischen Klauseln konnten wer weiß was bedeuten. Aber die Zahl stand da: eine Million Euro.

Es war eine einfache Entscheidung. »Nein.«

Der Greis zeigte nicht die mindeste Überraschung. »Hier ist meine Karte. Melden Sie sich, wenn Sie es sich anders überlegen sollten.«

»Werde ich nicht.«

»Wir werden sehen. Schlafen Sie eine Nacht drüber.« Er klappte den Aktenkoffer zu, erhob sich. »Natürlich gilt unser Angebot nur so lange, wie sie Ihre Thesen für sich behalten.«

Radwitz ging zur Küchentür, öffnete, ging zur Haustür, öffnete auch diese. »Gute Nacht.«

»Ebenso.« Und ohne ein weiteres Wort verschwand der Greis in der Nacht.

Eine Million Euro. Wegen der Behauptung, ein baltischer Hedgefonds sei insgeheim in russischer Hand. Und Holfhusen wollte keine Beweise von ihr. Er wollte eine Million Euro dafür zahlen, dass sie schwieg. Tief sog Radwitz die kalte Nachtluft ein.

85. Kapitel

Herbst stolperte einen unebenen Waldweg entlang. Noch immer war es bewölkt. Zu dunkel, den Boden zu sehen. Sie hatte bei Sanfilippos Leuten ein Präzisionsgewehr gefunden und mitgenommen, sie musste es mit einer Hand tragen. Ihr linkes Handgelenk explodierte mit jedem Schritt. Ihre Muskeln brannten von der Anstrengung der letzten Stunden. Doch zu rasten kam nicht infrage.

Zwei Lichtkegel blitzten vor ihr auf, blendeten sie. Ein Motor sprang an, der dazugehörige Wagen raste auf sie zu, bremste, rutschte durch den Matsch, kam neben ihr zum Halt. Die Beifahrertür wurde aufgestoßen. »Spring rein!«, rief Varta, über den Beifahrersitz gelehnt.

Kaum war Herbst seiner Aufforderung gefolgt, drückte er das Gaspedal durch, dass der Dreck gegen die Kotflügel trommelte; eine Sekunde später fanden die Räder Grip, der Wagen schoss los.

»Langsamer«, rief Herbst. »Sonst knallen wir noch gegen einen Baum.«

Varta gehorchte, fragte aber: »Du wirst nicht verfolgt?«

Herbst zeigte ihm Sanfilippos Smartphone. »Können sie uns darüber orten?«

»Nimm den Akku raus.«

Während sie es tat, wurde ihr schummrig, bunte Funken begannen, auf der Windschutzscheibe zu tanzen. In dem weichen Sitzpolster versiegte die Kraft des Adrenalins, ihre Schmerzrezeptoren feuerten wieder – nicht mehr nur ihr Handgelenk bebte, ihr ganzer Körper riss auseinander.

»Lena? Bist du verletzt?«

»Nein, passt schon. Fahr.«

Eine halbe Stunde lang rumpelten sie auf Forstwegen durch den nächtlichen Taunus, dann parkte Varta an der Böschung. Während der Fahrt hatte Herbst kaum etwas gesagt, sich auf ihren Körper konzentriert; hatte versucht, wieder zu Kräften zu kommen, was ihr leidlich gelungen war. Bis auf das Handgelenk schien sie nur oberflächliche Verletzungen davongetragen zu haben. Jetzt schilderte sie Varta die Elemente des Geschehenen, die ihm aus der Ferne entgangen waren. Währenddessen untersuchte Varta Sanfilippos Handy. Kein Chat verriet irgendetwas zu Rafael. Unmöglich zu sagen, ob Sanfilippo die Wahrheit gesagt, wirklich nichts über den Verbleib von Herbsts Bruder gewusst hatte. Es war nicht mehr von Belang.

»Was ich nicht verstehe«, sagte Varta nachdenklich, »dass du niemanden am Leben gelassen hast außer Sanfilippo. Gerade ihn.«

»Er war keine Gefahr mehr.«

»Nach allem, was passiert ist, bekommst du Skrupel? Bei Sanfilippo?«

»Glaubst du, bei den anderen hat es mir Spaß gemacht?« Ein dunkler Groll glitt ihr in die Glieder. »Da hatte ich eine ziemlich klare Wahl: sie oder ich.« Herbst verstummte.

»Es tut mir leid. Ich wollte dich nicht verletzen«, sagte Varta. Seine Stimme besaß eine sanfte Macht, gegen die Herbst sich nicht wehren konnte.

»Schon gut«, murmelte sie.

»Ich bewundere dich. Dass du das kannst.«

»Was?«

»Deine Feinde schonen. Im Kampf um Leben und Tod.«

Herbst schwieg. Sie war schon oft bewundert worden. Erst für ihre Erfolge im Sport. Später bei der Marine. Dann beim BND.

Aber immer hatte die Bewunderung ihrer Disziplin gegolten, ihrem Willen, ihrer Härte. Nie ihrem Mitgefühl.

Und plötzlich flüsterte sie einen Satz, den sie für Äonen in einer dunklen Nische ihres Herzens gewusst hatte – und doch nie hatte fassen können. Nun trat er auf das Feld ihres Bewusstseins, mit der erschütternden Gewalt des Unausweichlichen. »Ich bin kein guter Mensch.«

Varta griff nach ihrer Hand, der Schmerz der Berührung ließ sie aufstöhnen. Varta zuckte zurück. »Scheiße, fuck, tut mir leid.«

»Macht nichts.«

»Wir sollten den Verband wechseln.«

»Okay.«

Varta sprang aus dem Wagen, ging zum Kofferraum und holte den Notfallkoffer nach vorne. Sanft griff er nach ihrem Arm, öffnete den Reißverschluss am Ärmel ihres Neoprenanzugs, widmete sich ihrem Handgelenk. Seine mangelnde Erfahrung machte er mit seiner Sorgfalt wett. Verwirrt bemerkte Herbst, dass sie es bedauerte, als er fertig war. Trotz der Schmerzen wollte sie nicht, dass die Verarztung aufhörte.

»Danke«, sagte sie.

»Du täuschst dich, Lena.« Varta hob ihr Handgelenk, führte es vorsichtig an die Lippen, küsste den Verband. Dann blickte er zu ihr auf, sah ihr in die Augen. »Du bist ein guter Mensch.«

Herbst wollte widersprechen. Doch sein Blick war so unverhüllt, so offen, dass es sie erschütterte. Stumm wandte sie den Kopf ab.

Varta küsste die Kuppen ihrer Finger.

Ihre Verlegenheit drohte sie zu überwältigen. »Sanfilippo war eine Sackgasse«, haspelte sie. »Was können wir noch machen?«

»Wir fahren nach Brüssel«, entgegnete Varta, ohne seine Lippen von ihren Fingern zu lassen. »Ich zumindest.«

»Jetzt?«

»Ja. Die Kommission muss erfahren, dass Alyattes mit einer Backdoor programmiert wurde.«

»Sie werden dich verhaften.«

»Wenn sie mich dafür bestrafen wollen, dass ich ihnen ein Geheimnis verrate, das gegen sie gerichtet ist, dann weiß ich auch nicht weiter.«

»Du riskierst zu viel.«

»Du hast doch selbst gesagt, du willst kein Leben auf der Flucht. Wir können nicht ewig wegrennen. Und wenn sie nicht auf mich hören, haben wir Caro. Odysseus in der Zeitung, und die EU ist tot. Niemand wird mehr einer Bürokratie folgen, die ihren eigenen Abgesang hat programmieren lassen wollen.«

»Na gut.«

»Aber was wirst du tun?«

»Was wohl?«, erwiderte Herbst. »Ich komme mit.«

»Was ist mit Rafael?«

»Ich weiß nicht, wo er ist.«

Varta strich ihr gedankenverloren den Oberarm entlang. »Ehrlich, ich habe keine Ahnung, was dich dazu gebracht hat, dich so abzulehnen. Du bist ein guter Mensch. Allein, wie sehr du deinen Bruder liebst.«

»Nein«, entgegnete Herbst traurig, entzog sich seiner Berührung. »Ich würde dir so gerne glauben. Aber du weißt zu wenig über mich.«

»Ich weiß genug.«

Herbst schüttelte den Kopf. »Erinnerst du dich, weswegen mein Bruder im Koma liegt?«

»Als Kinder seid ihr vom Esstisch gesprungen.«

»Ja. Aber ich habe ein Detail ausgelassen. Er ist nicht verunglückt, weil er selbst gesprungen wäre. Ich bin gesprungen. Er hatte sich auf den Boden gelegt als Polster. Es war meine Idee.«

Herbst starrte auf den Fußraum vor sich. Neben sich hörte sie Varta schlucken.

»Ich bin kein guter Mensch, Tamás.«

»Ihr wart Kinder. Es war ein Unglück.«

»Du glaubst, ich könne mich nicht annehmen, weil ich Schuldgefühle habe.«

»Wer hätte die nicht nach so einer Erfahrung?« Varta tastete wieder nach ihrer Schulter. Diesmal ließ sie es geschehen. »Niemand kann dir verzeihen. Außer du dir selbst.«

»Das ist der Punkt. Ich habe keine Schuldgefühle. Nie gehabt. Immer nur leer habe ich mich gefühlt. Nur leer, nichts sonst. Und ich sage dir, ich würde alles dafür geben, Verantwortung zu spüren, Schuld. So gern würde ich Buße tun. Aber ich spüre einfach nichts.«

Varta wischte sich über die Nase.

»Du weinst«, bemerkte Herbst überrascht.

»Weil du so viel fühlst«, bemerkte Varta leise. »Ohne es zu wissen.«

»Ich fühle nichts.«

»Deswegen weine ich. Für dich.«

»Das musst du nicht.«

»Das Leben ist so bunt. Und du hast dir eine Augenbinde aufgesetzt.«

»Ich sehe, was ich sehen muss.«

»Um was zu erreichen?«

»Egal, wie verschieden Menschen an der Oberfläche auch wirken mögen – im Grunde eint uns alle doch dasselbe Ziel.«

»Und zwar?«

»Zu überleben.«

»Das ist traurig.«

»Wieso?«

»Weil niemand jemals überlebt.«

86. Kapitel

Düster und kühl ragte die Silhouette des Schlosses in den regenverhangenen Nachthimmel. Durch kugelsicheres Glas beobachtete von Wolfenweiler, wie fünfzehn schwer gerüstete Mann in die Dunkelheit ausschwärmten; unter den Lichtern ihrer Maschinenpistolen flammten Hecken, Kieswege, Springbrunnen auf. Fünf weitere Mann schützten seine Limousine. Paulo hatte den Befehl übernommen – nach Ángel der langjährigste Sicherheitsmann bei Fischer & Söhne. Ein eiskalter muskelbepackter Portugiese, der es fertigbrachte, trotz einer Insulin-Pumpe am Oberarm unverwundbar zu wirken. Gegen Paulos Willen hatte von Wolfenweiler darauf bestanden, persönlich mitzukommen. Im Fond saßen außerdem Aurora und Wu. Die Lage spitzte sich zu, er konnte es sich nicht leisten, seine engsten Mitarbeiter aus den Augen zu lassen.

Zwanzig Leute hatte Ángel mitgenommen, seit über einer Stunde meldete sich niemand mehr. Unmöglich, dass Herbst sie alle ausgeschaltet hatte. Ángel, oh Ángel, hast du mich verraten?

»Warum ist alles dunkel?«, quakte Wu.

»Still«, befahl von Wolfenweiler. Er konnte die leidige, neunmalkluge Stimme nicht mehr ertragen. Sobald der Deal mit den Chinesen perfekt war, würde er sich Wus entledigen. Von Wolfenweiler drehte seine Rolex. Wen würde er beauftragen? Ángel wohl kaum. Paulo?

»Aurora«, fragte er, ohne sich nach hinten zu drehen, »vertrauen wir Paulo?«

»Ich habe ihn vor zwei Wochen das letzte Mal überprüft. Nichts zu beanstanden.«

»Vor zwei Wochen«, warf Wu ein, »hatten wir auch bei Ángel noch nichts zu beanstanden.«

»Großartig.« Von Wolfenweiler öffnete die Beifahrertür und stieg aus. Seine fünf Bewacher bildeten unverzüglich eine Traube um ihn. Redeten auf ihn ein, sich wieder in die Limousine zu setzen. Er winkte Aurora und Wu, ihm zu folgen, dann schritt er auf das Hauptportal des Schlosses zu. Als die anderen Söldner, die Paulo im Garten gelassen hatte, ihn bemerkten, eilten sie heran, umringten ihn, schirmten ihn ab, die Waffen im Anschlag. Die Wichte wurden für ihre Paranoia bezahlt, trotzdem waren sie ihm lästig. Je schneller er diesen unseligen Ort wieder verlassen könnte, desto besser.

Am Portal kam ihm Paulo entgegen. Seine Miene zeigte nicht die geringste Regung.

»Und?«, fragte von Wolfenweiler.

»Bisher haben wir sechzehn Tote gefunden, alles unsere Leute. Garten und die unteren Stockwerke sind sauber. Wir durchkämmen gerade den zweiten Stock.«

»Na dann.« Von Wolfenweiler wählte die böse Nonchalance mit Bedacht. Seine Leute sollten spüren, dass er keine Achtung übrighatte für Versager.

»Entschuldigung, aber Sie sollten nicht…«

Von Wolfenweiler konnte jetzt keine Schwäche zeigen. Mit festem Schritt stieg er die offene Treppe hoch in die Beletage. Paulo gab Befehle, die Eskorte teilte sich; einige rannten vorneweg, andere blieben in der Nähe. Den Gang hinunter befanden sich zwei weitere Typen, die von Paulo herbeigewinkt wurden, sich ebenfalls um von Wolfenweilers Schutz zu kümmern. Aufdringlicher als Pressetanten umschwirrten ihn die Söldner. Er hielt sich nicht auf, nahm direkt die Treppe in den zweiten Stock. Oben angelangt, stieß er auf eine geöffnete Tür, die zu einem Salon führte. Ein Söldner rannte ihm entgegen. Hielt erschrocken inne, als er merkte, wer ihm gegenüberstand. Halb zu Paulo, halb zu von Wolfenweiler gewandt, meldete er: »Noch zwei.«

»Von uns?«, fragte Paulo.

»Ja.«

Von Wolfenweiler schob den Boten zur Seite, betrat den Raum. Er fand einen Lichtschalter und betätigte ihn. Eine Bar. Offensichtlich hatte eine Schießerei stattgefunden, der Tresen war durchlöchert, die Flaschen im Regal dahinter teilweise zersprungen. Ein massiver Billardtisch bildete das zentrale Element der Einrichtung. Neben dem Tisch lagen zwei Männer in Kampfanzügen, bäuchlings, die Arme wie hilfesuchend von sich gestreckt. Von Wolfenweiler kniete sich neben sie, drehte ihre Köpfe. Der Tod hatte sich in obszöner Klarheit auf die Gesichter gemalt. Von Wolfenweiler erkannte sie nicht. Auf der anderen Seite des Raumes befand sich eine Glasfassade mit Schiebetür, die auf einen Balkon führte. Von Wolfenweiler näherte sich ihr, sah hinaus. In der Ferne leuchtete die Wolkendecke orange, von unten angestrahlt durch die Skyline Frankfurts.

»Was ist mit Ángel?«, fragte er.

Im selben Moment, in dem Paulo den Kopf schüttelte, erschien ein Söldner in der Tür: »Wir haben ihn.«

»Wen?«

»Sanfilippo.«

»Gut.«

Bedächtig wandte von Wolfenweiler sich von dem glimmenden Himmel ab. Nur keine Eile zeigen. Mit sicherem Fuß überstieg er einen Arm, der ihm quer im Weg lag. Die Leichen selbst bedachte er keines weiteren Blickes. Er hatte sie nicht gekannt. Es würde sich Ersatz finden lassen. Ein Jammer, dass der Billardtisch ruiniert war.

Was Ángel betraf, war sein Interesse nachhaltiger.

Er wurde über den Gang zu einem Speisesaal geführt. Es roch verschmort, der Boden vor der Portaltür war rußgeschwärzt, die Tür selbst hing schräg in den Angeln.

»Feuer?«

»Eine Granatexplosion«, erklärte Paulo.

Von Wolfenweiler schritt durch das Portal. Zwei Söldner standen ein paar Meter entfernt vor einer umgekippten Speisetafel, ein dritter kniete dahinter. Als sie ihn kommen sahen, wichen sie zur Seite. Von Wolfenweiler trat zur Tafel.

Da lag er. Ángel.

Auf seinem Anzug hatten sich im Bereich der Schulterstücke dunkle, feuchte Flecken gebildet. Die Augen waren geschlossen.

»Ist er tot?«

»Er hat schwere Verletzungen erlitten«, unterrichtete ihn der Mann, der gekniet hatte, »aber sein Herz schlägt noch.«

Von Wolfenweiler ging um die Tafel herum, blieb so nahe vor dem Verlorenen stehen, dass seine Schuhspitzen nur Zentimeter von Ángels Kopf entfernt waren. Nachdenklich sah er auf ihn hinab.

»Ángel, oh Ángel. Was hast du getan?«

Kaum hatte von Wolfenweiler es gesagt, hoben sich die Lider des Sterbenden. »Herr von Wolfenweiler. Es tut mir leid.«

Paulo eilte heran, eine Erste-Hilfe-Tasche in der Hand, machte sich an Ángel zu schaffen. Von Wolfenweiler gebot ihm Einhalt. »Ángel. Sag mir: Was ist passiert?«

»Versprechen Sie mir«, presste Ángel mühsam hervor, »passen Sie auf Suyan auf.«

»Was ist passiert?«

Ein Krächzen nur: »Anna-Lena Herbst.«

»Allein?« Von Wolfenweiler hätte Ángel am liebsten den Schuhabsatz ins Gesicht gerammt. Er konnte nicht, nicht vor den anderen, zwang sich zur Ruhe. »Du hattest zwanzig Leute.«

»Sie ist besser als wir.«

»Weißt du, wo sie hin ist?«

Ángels Gesicht war papierweiß geworden, machte ihn zu einer geisterhaften Erscheinung. Seinen Lippen entrang sich nicht mehr als ein stimmloses Stöhnen.

»Ángel«, sagte von Wolfenweiler streng. »Weißt du, wo sie ist?«
»Ihr Bruder«, wisperte es.

Von Wolfenweiler beobachtete missmutig, wie Ángels Lider sich schlossen. Über zwei Jahrzehnte hatte der alte Guerillero ihm gedient. Und jetzt, in der alles entscheidenden Stunde, hatte er ihn im Stich gelassen.

»Wir müssen ihn stabilisieren«, rief Paulo. »Er verblutet sonst.«

»Nein«, entschied von Wolfenweiler. »Es ist zu spät.« Inzwischen war seine Entourage eingetroffen: »Wu, du kümmerst dich um Varta und Herbst. Aurora, du kommst mit mir nach Brüssel.« Eigentlich hätte er die Aufgaben andersherum verteilen müssen. Aber im Zweifel käme er ohne Wu zurecht. Ohne Aurora kaum.

»Herr von Wolfenweiler«, beharrte Paulo, »bitte – wir müssen ihm helfen!«

Wie auf ein Zeichen hin kam noch einmal Leben in Ángel, sein Oberkörper zuckte, er begann zu husten, ein Rinnsal Blut zeigte sich in in einem seiner Mundwinkel. Sein Blick flackerte durch den Raum, blieb an Paulo hängen. »Bitte.« Ein Hauchen nur, bereits aus einer dunkleren Sphäre.

Mit schreckgeweiteten Augen sah Paulo zwischen dem Sterbenden und von Wolfenweiler hin und her.

»Lass nur.« Von Wolfenweiler tätschelte Paulo die Schulter. »Herzlichen Glückwunsch zur Beförderung.«

87. Kapitel

Es begann zu nieseln, in Frenzels Karre wurde es klamm.

»Wir sollten los«, bemerkte Herbst.

Varta nickte. Sprang aus dem Wagen, um das Verbandszeug wieder im Kofferraum zu verstauen. Feucht und kalt drang die Luft herein. Herbst erschauerte. Plötzlich kam ihr ein Gedanke: »Sag mal, hast du schon den Sniffer angeschaut, von dem der Poet sagt, dass die DGSE ihn veröffentlicht hat?«

»Fuck, nee.«

»Vielleicht hilft er uns in Brüssel.«

»Beim Fahren kann ich mir den Code nicht ansehen.«

»Ich fahre.«

»Du hast genug geleistet heute Nacht. Du musst schlafen.«

»Wir können nachher wechseln.«

Unwillig sog Varta an seiner Unterlippe.

»Die nächsten Stunden kann ich sowieso nicht schlafen.«

Varta seufzte. »Okay.«

»Lass mich nur kurz das Neopren loswerden.«

Sie griff nach dem Reißverschluss am Rücken, doch ihr gepeinigter Körper wehrte sich gegen die Verrenkung. Zu erschöpft, sich zu zwingen, bat sie Varta um Hilfe. Es kitzelte beunruhigend. Herbst spürte der Bewegung nach, als der Schieber nach unten fuhr, bis hinunter ins Kreuz. Durch den Spalt im Anzug schlich sich eine unbehagliche Kälte, eine Gänsehaut lief ihren Rücken hoch. Sie sollte schnell den Anzug abstreifen, ihre warmen Sachen anziehen. Doch sie konnte nicht. Etwas hielt sie zurück. Hinter ihr verharrte Varta reglos.

»Was ist?«, fragte sie.

Varta antwortete nicht. Stattdessen spürte sie, wie seine Hände unter den Anzug glitten, ihren Rücken hinauf. Die Berührung ließ sie zusammenzucken.

»Soll ich aufhören?« Seine Hände lagen auf ihren Schulterblättern, glühend heiß. All ihre Muskeln verkrampften sich, kein Glied konnte sie mehr rühren. Nie hatte sie sich so verletzlich gefühlt.

»Nein«, flüsterte sie.

Vartas Hände strichen über ihre Schultern, verbrannten sie. Zugleich verstärkte sich die Gänsehaut. Als hätte sie Schüttelfrost. Dann waren seine Lippen auf ihrem Nacken. Kaum ein Kuss war es, nur ein flüchtiges Streifen, begleitet von warmem Atem. Herbst glaubte zu vergehen. Vartas Arme glitten über ihre Schlüsselbeine und hinunter zu ihren Brüsten. In der Enge des Neoprenanzugs tasteten sich seine Finger Millimeter um Millimeter voran.

Herbst legte ihre Hand auf sie, gebot ihnen Einhalt.

»Bin ich zu schnell?«, hauchte Varta ihr ins Ohr.

»Wir kennen uns kaum«, erwiderte Herbst. »Denk an Florentina.«

Vartas Hände zogen sich zurück. »Ehrlich? Du hältst das hier für den geeigneten Moment, über meine Ex-Freundin zu sprechen?«

Herbst drehte sich zu ihm um. Ein Meer von Trauer überflutete sie. »Ich glaube nicht, dass ich dir geben kann, was sie dir gegeben hat.«

Varta strich ihr über die Stirn. Sagte nichts.

»Sie hat dich geliebt, Tamás.«

»Sie hat sich gegen mich entschieden.«

»Du bist zu hart zu ihr.«

»Es ist vorbei.« Ein unsicheres Lächeln auf Vartas Lippen. »Du glaubst, ich will dich nur, um mich von ihr abzulenken, habe ich recht?«

Herbst schwieg.

»Wir kennen uns kaum«, gab Varta zu, »vielleicht rede ich mir meine Gefühle nur ein. Aber mit diesem Argument habe ich mich mein Leben lang davor gedrückt, Verantwortung zu übernehmen. Ich will mich nicht mehr verstecken, Lena.«

»Ich weiß nicht, ob ich das kann, Tamás. Lieben.«

Varta lehnte sich zu ihr herüber, küsste sie hinters Ohr. Sie wusste sich nicht zu wehren. »Du wirst es nie erfahren«, sagte er, »wenn du es nicht versuchst.«

»Ich habe Angst, Tamás.«

»Ja. Wir haben alle Angst, wenn wir lieben.« Mit der Nase fuhr er ihre Kinnlinie entlang. »Das ist der Preis.«

»Ich fühle mich so verletzlich.«

»Wenn du zu sehr darum kämpfst zu überleben«, Varta küsste ihren Mundwinkel, »verpasst du zu leben, Lena.«

Der Stress, die Anstrengung, der Schlafmangel – die Herausforderungen der letzten Tage brachen auf einmal mit aller Wucht auf sie herein, zertrümmerten den Panzer ihres Willens. Dazu Vartas Berührungen, vor denen sie sich so fürchtete und nach denen sie sich so sehnte. Es war zu viel. Herbst merkte, wie ihre Kräfte sie verließen.

Varta hielt inne in seinen Zärtlichkeiten, starrte sie an.

»Was ist?«

Ein Lächeln schlich sich auf seine Lippen. Anders als alles, was Herbst von ihm kannte; leichter und tiefer zugleich.

»Was ist denn?«, wiederholte sie gereizt.

»Lena, du weinst.«

»Unsinn.«

Mit dem Daumen näherte er sich ihrer Wange, wischte unter ihrem Auge entlang.

»Eine Träne«, lächelte er. »Schau mal.«

Ungläubig beobachtete Herbst den Tropfen auf Vartas Daumenkuppe. Eine Träne. Tatsächlich. Tausend gnadenlose Teufel, die ihr an den Kragen wollten – aber um sie in ihrem Wesen zu erschüttern, hatte es erst einen jugendlichen Tastenklopper mit fragwürdigem Musikgeschmack gebraucht. Die Welt war ein Rätsel.

Varta grinste.

»Was ist?«

»Wenn du deine Gefühle hinterfragst, dann stülpst du die Unterlippe vor.« Er lachte. »Du denkst insgesamt zu viel.«

Herbst betrachtete ihn. Die schalkhaft zuckenden Mundwinkel, die wachen Augen, in denen ein erregendes Feuer leuchtete. Als sie nach dem Kragen ihres Anzugs griff und das Neopren von den Schultern streifte, es bis zum Nabel hinunterzog, war es keine bewusste Entscheidung. Ausgeliefert in ihrer Nacktheit saß sie vor Varta, spürte seinen Blick auf ihrem Hals, ihren Brüsten, ihrem Bauch, spürte, wie sie herausgerissen wurde aus ihrem Dasein vollkommener Struktur und verschlungen wurde von dem tanzenden Chaos, das Vartas Welt war.

»Du bist wunderschön, Lena.«

»Schlaf mit mir.«

Himmel und Erde waren zugrunde gegangen und hatten sich neu zusammengefügt. Die Sonne selbst hatte sich verloren in den Weiten des Universums und hatte sich wiedergefunden. Herbst lag mit Varta auf der Rückbank und lauschte auf den rasenden Puls, von dem sie nicht wusste, ob es Vartas oder ihr eigener war.

In der Ablage zwischen den beiden Vordersitzen vibrierte es. Vartas Smartphone. Er wand sich nach vorne, packte es und warf einen Blick darauf.

»Und?«, fragte Herbst. »Wer ist es?«

»Tao.«

88. Kapitel

Ein ungewöhnlich zorniger Wind brauste von Westen her gegen die Küste, vermischte die feuchte Luft mit aufgewirbeltem Sand, peitschte den wartenden Männern ins Gesicht, kratzte ihnen im Schlund, brannte ihnen in den Augen. Ungeduld breitete sich aus. Murren unter den Kötern.

Abdallah al-Fattah hasste sie alle.

»Die Container werden kommen«, knurrte er. Hundertmal hatte er es gesagt. Und mit jedem Mal verlor der Satz an Kraft. Er hatte in Oxford studiert, in den Achtzigern, als al-Gaddafi der Familie al-Fattah noch gewogen gewesen war. In Oxford hatte er von Fernando de Magallanes gehört.

Der Portugiese Magallanes hatte die Westroute nach Indien finden wollen. In alten Karten glaubte er einen Weg entdeckt zu haben. Der spanische König vertraute ihm und schickte ihn los mit fünf Schiffen. Im Dezember des Jahres 1519 erreichte Magallanes Südamerika. Monatelang kämpfte er sich die Küste entlang gen Süden, der Winter der Südhalbkugel kam näher und näher. Seine Mannschaft wurde ungeduldig, zornig, drohte zu meutern. Die Passage, die in den Karten verzeichnet war, fand er nicht. Aber Magallanes hatte keine Wahl. Er konnte seinen Männern die Wahrheit nicht gestehen, sie hätten es ihm nicht verziehen. Also ließ er weitersuchen, akzeptierte keine Zweifel, hüllte sich in eine Aura des arkanen Wissens. Woche um Woche, Monat um Monat verging, während der Tod mit kalten Fingern in die Hängematten griff. Und Magallanes zeigte eisernen Willen, wissend, dass alle Karten ihn verraten hatten, dass er nichts tun konnte außer beten.

»Die Container werden kommen.«

Seine Männer hatten Grund für ihre Ungeduld. Seit fünf Stunden warteten sie. Und noch immer blinkte kein Licht in der unendlichen Dunkelheit des Meeres, kein Licht, das Schiff zu verkünden, das die erlösende Ladung brächte.

Al-Fattah hasste seine Männer, er hasste den ewigen Sand, den Gestank der Ziegen, die Buckelpisten, die sich Straßen schimpften. Er hasste Libyen. Nachdem die amerikanischen Schweine so lange Arabien besudelt hatten, bis die Erschütterungen auch Libyen erreicht hatten, al-Gaddafi gefallen war, das Land im Bürgerkrieg versank, niemand am Horizont erschien, der Ordnung versprach, hatten sich einige Generale an den Namen al-Fattah erinnert. Und al-Fattah war dumm genug gewesen, ihrer Bitte zu folgen. Er kratzte sich den Vollbart, den er sich hatte wachsen lassen müssen. Seit acht Jahren lebte er jetzt in dieser räudigen Wüste, schlug sich mit Bauern herum, die sich für Stammesführer hielten, und war Tripolis keinen Schritt näher gekommen. Und das, obwohl der lächerliche Übergangsrat schwächer war denn je. Nur die verfluchten Europäer hielten den Rat überhaupt am Leben. Dass es al-Fattah gelungen war, Kontakt zu den Russen aufzubauen, hätte den Durchbruch bedeuten können. Allein der Umstand, dass er den Milizen neue Waffen hatte versprechen können, stärkte seine Macht enorm. In einem zerbrochenen Staat genügten ein paar tausend Sturmgewehre und Granaten, um die Spielregeln zu ändern.

Doch die Waffen mussten auch kommen.

Die Offensive war schon vorbereitet, die ersten Scharmützel wurden bereits geführt. Das bedeutete eigentlich nicht viel; Scharmützel gab es seit 2011, und weder der Übergangsrat noch die Milizen hatten sich bisher durchsetzen können. Er brauchte die Waffen der Russen. Und für al-Fattah stand mehr auf dem Spiel als für irgendjemanden sonst. Auf seinen Befehl hin hatten die Milizen ihren aktuellen Angriff begonnen. Ihm würden sie ihre Toten zur Last legen, wenn die Waffen nicht kamen. Ungebildete Tiere waren es, die er hatte vereinnahmen müssen. Sie würden nicht zimperlich mit ihm sein. Al-Fattah spähte angestrengt in die Dunkelheit. Am vergangenen Abend hatte die *Alabastra* in Alexandria eintreffen sollen. Zwei Stunden für das Verladen der Container. Fünf Stunden brauchte der Fischkutter von Alexandria aus hierher.

Wo war das verdammte Schiff?

Am Horizont zeigte sich der erste Streifen Lila. Bald wäre es zu hell. Bei Tage die Waffen zu verladen wäre riskant. Die amerikanischen Schweine halfen dem Übergangsrat mit ihren Satellitenbildern. Al-Fattah nahm sein Smartphone aus der Kampfweste. Nach dem zweiten Klingeln meldete sich eine Stimme auf Arabisch mit ägyptischem Akzent.

»Ja?«

»Ich habe Datteln bestellt.«

»Frisch oder getrocknet?«

»Halb und halb.«

»Und Sie haben etwas anzumerken?«

»Die Datteln sind nicht geliefert worden.«

»Warten Sie.«

Al-Fattah beobachtete seine Männer. Er hatte sich weit genug entfernt, dass sie ihn nicht hören konnten. Sie taten teilnahmslos, doch natürlich wussten sie genau, wen er anrief und warum.

Die Stimme meldete sich wieder: »Es gab eine Verzögerung. Das Kamel ist in einen Dorn getreten. Es wird in der vorletzten Karawanserei behandelt.«

»Pferde sollen deine Tochter zertrampeln!«, entfuhr es al-Fattah. Seine Männer warfen ihm verstohlene Blicke zu. Beklommen wandte er sich ab, entfernte sich weiter vom Strand.

»Sollte es wieder auf die Beine kommen«, fuhr die Stimme ungerührt fort, »melden wir uns.«

Besetztton.

Verflucht.

Al-Fattah wählte die Nummer, die Fjodor ihm gegeben hatte. Nur im alleräußersten Notfall sei sie zu nutzen, hatte der Russe ihm eingeschärft. Jeder Anruf riskiere das gesamte Unternehmen. Al-Fattah schnaubte grimmig. Aktuell gab es kein Unternehmen.

Bei wichtigen Telefonaten hatte al-Fattah die Angewohnheit, sich zu beruhigen, indem er die Wiederholungen des Wähltons zählte. Es waren siebzehn. Dann endlich nahm jemand ab.

»Ja?«

Englisch diesmal, russischer Akzent, unbekannte Stimme. Er hatte Fjodor erwartet.

»Die Container«, sagte al-Fattah unsicher. Er hatte keine Codes erhalten, auf die er sich hätte beziehen können.

»Welche?«

»Fjodors.«

Das Schweigen, das aus dem Telefon kroch, stellte al-Fattah die Nackenhaare auf.

»Fjodor arbeitet nicht mehr für uns.«

»Was!?«

»Gegenwärtig können wir Ihnen nicht sagen, ob Sie Ihre Lieferung erhalten werden.«

Al-Fattah starrte fassungslos auf sein Smartphone. Dass seine Männer nun unverhohlen zu ihm herüberschauten, spielte keine Rolle mehr. Er hatte soeben sein Todesurteil erfahren. Es gab nur noch eine einzige Karte, die er spielen konnte.

»Wenn die Container bis nächste Woche nicht da sind«, presste er hervor, »liefere ich mich dem Übergangsrat aus.«

»Sie werden als Kriegsverbrecher gerichtet werden.«

»Libyen wird Frieden finden«, entgegnete al-Fattah. »Die EU gewinnt.«

89. Kapitel

Wieder hatte Tao Koordinaten geschickt, ein persönliches Treffen mit Varta gefordert. Ein Campingplatz bei Taunusstein, eine knappe Stunde westlich von Frankfurt. Varta war froh gewesen, dass Herbst ihm die Entscheidung abgenommen hatte – sie würde Tao aufsuchen, er nach Brüssel fahren. Der Rausch des Erlebten ebbte nur langsam ab, ließ ihn benommen zurück, unfähig zu jedem klaren Gedanken. Nie hatte er ähnlichen Sex erlebt. Herbst beherrschte ihren Körper mit einer mystischen Vollendung, die Normalsterblichen versagt bleiben musste. Mit der Sehnsucht von Jahrzehnten hatte sie sich an ihn gedrängt – und zugleich war sie vor seinen Berührungen zurückgezuckt wie ein Kind am Elektrozaun.

In einem Örtchen namens Niedernhausen trennten sie sich.

Die Verabschiedung zog sich unangenehm in die Länge. Varta hatte erklärt, dass er ein Auto finden würde, aber Herbst wollte, dass er Frenzels nahm. Der Wagen hatte ihnen bisher gute Dienste erwiesen und schien immer noch nicht in der Fahndungskartei der Behörden zu sein. »Du fährst viel weiter als ich.«

»Ab Brüssel werde ich sowieso kein Auto mehr brauchen.«

»Es dämmert schon fast. Wenn du hier eins knackst, wird es in ein paar Stunden gemeldet sein, sie fischen dich von der Autobahn runter.«

»Ich brauche vier Stunden nach Brüssel. Bis das Nummernschild im System ist, bin ich schon so gut wie dort.« Hoffentlich.

»Und warum bist du dir so sicher, dass keine Alarmanlage losgeht?«

»Wie immer: Ich ziehe mir ein passendes Programm runter. Das läuft schon.«

»Ich verstehe nicht, dass man sich so was kaufen kann. Da gibt es doch einen Haken. Sonst könntest du das Programm ja einfach weiterverkaufen.«

»Executables mit Timecode. Glaub mir, die Leute, die das machen, wissen, was sie tun.« Varta nahm ihre Wangen in die Hände. »Lena, vertrau mir. Wir bekommen das hin.«

Herbst wich seinem Blick aus, zupfte an seiner Jacke. Es war eine seltsam fahrige Gebärde für diese Frau, die er als Archetypen der Konsequenz kennengelernt hatte.

»Und wenn sie dir nicht glauben?«, flüsterte sie. »Was ist unser Plan B?«

»Wir brauchen keinen Plan B.« Varta versuchte ein zuversichtliches Lächeln. »Mir passiert schon nichts.«

»Pass auf dich auf«, flüsterte sie.

Er nahm sie in die Arme, zog sie an sich. »Du auch.«

Nachdem Herbst ihn geschminkt und ihm die Kurzhaarperücke aufgesetzt hatte, erkundete Varta das schlafende Niedernhausen, bewaffnet nur mit seinem Laptop, seinem Smartphone und dem Ladekabeladapter für Zigarettenanzünder. Er musste sich beeilen, hier und da leuchteten die ersten Fenster auf. Die Einwohner schienen nicht arm zu sein, neu glänzende SUVs säumten die Sträßchen. Vartas Glück, denn ältere Fahrzeuge ließen sich nicht hacken. Er entschied sich für einen brandneuen elektrischen Roadster, der in einem Carport neben zwei Kombis stand. Kinderräder lehnten daneben. Eine Familie, die zwei Kombis besaß, würde den Roadster vermutlich nicht zum Pendeln benutzen.

Varta zahlte die Entsprechung von vierhundertfünfzig US-Dollar in Kryptocoins, lud das passende Programm herunter und startete es. Das Programm brauchte dreißig Sekunden, um die

Nummer der SIM-Karte des Roadsters herauszufinden. Schon löste sich die Verriegelung. Varta stieg ein und befahl seinem Programm, den Motor zu starten. Der Motor sprang an. Er setzte aus dem Carport zurück und brachte einige hundert Meter zwischen sich und den Ort seiner Übeltat. Dann hielt er und stellte das Navigationsgerät ein: Generaldirektion für Kommunikationsnetze, Inhalte und Technologien der Europäischen Kommission. Ein Name, fast länger als die Strecke. Die Kurzformel lautete GD Connect.

Vier Stunden bis nach Brüssel.

Bevor er losfuhr, öffnete er auf seinem Laptop den Sniffer-Quellcode, auf welchen der Poet ihn aufmerksam gemacht hatte. Startete den digitalen Vorleser. Dass Herbst recht mit ihrer Ansicht hatte, Wissen um den ominösen Sniffer könnte in Brüssel hilfreich sein, war nicht der einzige Grund, weswegen er beschlossen hatte, sich diesem Hörbuch der besonderen Art zu widmen – wenn man ihn tatsächlich bis zum Kommissar vorlassen sollte, würde er fokussiert sein müssen. Er konnte es sich nicht leisten, auf der Fahrt an Herbst zu denken. Und er wusste: Ohne Ablenkung würde ihm das niemals gelingen.

Also Quellcode, vorgelesen von einer Computerstimme.

Nach wenigen Minuten vergaß er, dass er die Nacht nicht geschlafen hatte. Der Code war brillant. Jahrelange Entwicklung, Dutzende Programmierer mussten nötig gewesen sein. Keine unabhängige Gruppe, die Varta kannte, wäre zu so etwas in der Lage. Ein staatliches Projekt. Militär oder Geheimdienst. Welcher Herkunft? Wenn die Vermutung des Poeten stimmte – wer war so tief in die Systeme des französischen Geheimdienstes vorgedrungen, dass dieser sich nicht mehr anders zu helfen gewusst hatte, als die Community zu fragen? In höchster Anspannung verfolgte Varta, wie die Stimme Schrägstriche vorlas, Sternchen, Leerzeichen. Während das Coupé die A3 entlangschoss, grub er sich immer tiefer hinein in Verzweigungen, Zählschleifen, Funktionen.

Nach anderthalb Stunden war er sich sicher: Der Sniffer war chinesisch.

Aber er war modifiziert worden. Und Varta ahnte, von wem. Wieder und wieder spielte er sich die entscheidenden Passagen vor. Die belgische Hauptstadt war bereits nahe, als er sich sicher war, wer den Code bearbeitet hatte: Tao Wu. In Vartas feuchten Händen klebte das Lenkrad.

Per Sprachbefehl wählte er Herbsts Nummer.

Kein Empfang.

90. Kapitel

Paulo steuerte die Limousine. Von Wolfenweiler saß hinten mit Aurora. Der Jet, der sie nach Brüssel bringen würde, wartete bereits. Nur am Schiefen Turm mussten sie noch vorbei, um die Lead-Developer von Alyattes einzusammeln. Unfassbar, dass sie Varta immer noch nicht hatten, doch es half nichts – von Wolfenweiler musste Ricardo Villa Rapport erstatten. Musste den Kommissar für Digitale Wirtschaft davon überzeugen, Alyattes zu verlängern. Und Wu behauptete, die Hinweise, die Roux-Pastor noch am Wochenende gegeben hatte, hätten genügt, einen tragfähigen Ansatz zu entwickeln. Mal sehen. Verfluchter Varta. Wenn Wu es nicht doch noch gelang, ihn in die Finger zu kriegen, brauchte von Wolfenweiler ein Bauernopfer. Gut, dass er Wu bereits in die entsprechende Richtung gerückt hatte.

Sie passierten gerade das Nordwestkreuz, als der Anruf kam.

»Papa, bitte, hilf mir!«

Auch ohne die Anrede hätte von Wolfenweiler hinter dem erbärmlichen Schluchzen sofort die Stimme seines Sohnes erkannt.

»Max, was ist los?«

»Ich kann nicht reden. Du musst herkommen, ich bin zu Hause. Bitte.«

»Reiß dich zusammen. Wir haben vier Häuser, du Trottel, wo bist du?«

»Lerchesberg.«

»Okay, ich bin in einer halben Stunde da. Paulo, wir fahren über den Lerchesberg.«

Als sie das Anwesen erreichten, fiel von Wolfenweiler sofort die unbekannte Limousine auf. Unwahrscheinlich, dass sie Max gehörte, der stand eher auf Sportkarren. Von Wolfenweiler sah sich nach den Wachleuten um, vergeblich.

»Paulo, warum bewacht niemand den Garten?«

»Ángel hat alle abgezogen, die nicht Ihren eigenen Schutz betreffen, Chef. Und die letzte Nacht hat uns leider sehr ausgedünnt.«

»Scheiße.« Er befahl Paulo, auf dem Vorplatz zu warten, Aurora nahm er mit in die Villa. Kaum in der Vorhalle, rief er den Namen seines Sohnes. Sein einziger Nachkomme. Was hatte der Stricher bloß wieder angestellt?

Die Antwort kam prompt. Und zwar in Form eines Kreischens. Erster Stock, innerer Salon.

»Los«, rief er Aurora zu, eilte die Treppe hoch. Er stürmte zum Salon, riss die Tür auf – und erstarrte. Max, rotz- und blutverschmiert, wimmernd, zusammengekrümmt auf dem Perserteppich, über ihm ein Schläger in schlecht sitzendem Anzug, aber ausgestattet mit den Konturen eines Bodybuilders. Auf einem der Fauteuils, eine Zigarre in der Hand, den mächtigen Bauch vor sich gewölbt, saß der Mann, dem von Wolfenweiler den Hass seines Lebens zu widmen geschworen hatte: Hendrik Holfhusen, Hedgefondsmanager, Arschloch.

»Ach, Herr von Wolfenweiler«, schnarrte Holfhusen mit aufreizender Gelassenheit, »wie schön, dass Sie Zeit gefunden haben.«

»Was zur Hölle?!« Von Wolfenweiler stand in der Tür, blickte zwischen Max und Holfhusen hin und her, unschlüssig, ob er sich um Ersteren kümmern sollte oder Letzterem das Maul einschlagen.

»Denken Sie nicht zu lange über die Konstellation nach, welche Sie hier vor sich sehen«, lächelte Holfhusen süffisant. »Es geht mir nicht um Max. Ich wollte schlicht mit Ihnen ins Gespräch kommen, bevor Sie nach Brüssel fliegen. Und wahrscheinlich stehe ich aktuell nicht ganz oben auf Ihrer Prioritätenliste, oder täusche ich mich?«

»Was wollen Sie?«

»Kennen Sie Carolin Radwitz?«

Von Wolfenweiler starrte Max an, sein Jackett war zerrissen. »Nie gehört.« Aber er würde sich den Namen merken. Wenn diese Radwitz der Grund für Holfhusens Aktion war, würde sie es den Rest ihres Lebens bereuen. Den überschaubaren Rest.

»Dann beginne ich anders. Ich habe die Tristan-Anteile an FEB übernommen.«

»Herzlichen Glückwunsch.« Von Wolfenweiler glaubte von der Nachricht geviertelt zu werden. Holfhusen als größter Aktionär bedeutete einerseits die Rettung von FEB. Andererseits wäre er künftig seinem Erzfeind Rechenschaft schuldig.

»Ihre Glückwünsche sind möglicherweise etwas voreilig.« Holfhusen nahm einen Zug von seiner Zigarre. Ganz offensichtlich tat er es mehr für den Effekt als für den Geschmack. Ein Wichser vor dem Herrn. »Denn besagte Frau Radwitz hat mir gezwitschert, Tristan sei kein autarkes Unternehmen. Ganz im Gegenteil, es empfange seine Weisungen direkt aus Moskau.«

Von Wolfenweiler ballte die Fäuste. Radwitz. Wer war diese Radwitz? Wie um alles in der Welt hatte sie von Tristans Hintergrund erfahren?

»Wussten Sie davon?«, fragte Holfhusen und blies genüsslich den Rauch aus.

»Natürlich nicht«, behauptete von Wolfenweiler. »Und ich halte es im Übrigen für die beschissenste Lügengeschichte des Jahres.«

»Das hoffe ich sehr«, entgegnete Holfhusen. »Denn wenn die Geschichte stimmen sollte, dann stellt sich mir die Frage, weswegen die Russen ihre Anteile verkauft haben. Und ob FEB noch schlechter dasteht, als ich dachte. Ob man mir möglicherweise kritische Informationen vorenthalten hat.«

»Wenn die Russen ihre Finger bei Tristan im Spiel hatten«,

beharrte von Wolfenweiler, »dann bin ich nicht weniger entsetzt als Sie.«

»Ihr Entsetzen ist mir so egal wie recyceltes Toilettenpapier.« Holfhusen wuchtete seinen schweren Körper aus dem Sessel. »Fliegen Sie nach Brüssel. Retten Sie Alyattes.« Er trat nah an von Wolfenweiler heran. »Retten Sie es in dem Wissen, dass, wenn FEB untergeht, nicht ich es bin, der am meisten bluten wird. Sondern Sie.«

Von Wolfenweiler schlug zu.

Mitten hinein in die fetten Backen des Arschlochs. In einem triumphalen Gefühl hörte er das Knacken des Kiefers, Holfhusen taumelte, doch von Wolfenweiler war noch nicht fertig, nein, er fing gerade erst an. Er würde es dem Arschloch zeigen! Alle Unternehmensanteile der Welt konnten nicht so ein Glück in ihm auslösen wie der Schlag ins Gesicht dieses Arschlochs. Wieder holte er aus, Holfhusen, mach dich bereit für die Fahrt in die Hölle.

Irgendetwas packte von Wolfenweiler von hinten, riss ihn zurück, schleuderte ihn quer durch den Raum. Der Aufprall zerfetzte sein Bewusstsein. Sein Schädel dröhnte. Seine Augen waren geöffnet, doch er konnte nichts sehen außer wirbelnden Farben. Etwas traf ihn in die Seite, so fest, dass ihm der Sauerstoff aus der Lunge wich. Er japste nach Luft, hektisch, verzweifelt, ein Gefühl von Ertrinken.

Eine Stimme rief seinen Namen. Es war die Stimme Holfhusens. Die Stimme seines Feindes. Langsam kam er wieder zu sich. Seine Sicht klärte sich, zeigte das abstoßende Bild von Holfhusens Wanst, drohend aufgerichtet über ihm. Neben Holfhusen der Bodybuilder.

Holfhusen rieb sich das Kinn. »Sie haben mich geschlagen, Herr von Wolfenweiler.« Sagte es so herablassend ruhig, als hätte von Wolfenweiler ihn gar nicht getroffen.

»Fahr zur Hölle.«

542

»Sie haben das Glück, dass unsere wirtschaftlichen Schicksale miteinander verbunden sind. Aber ich verspreche Ihnen, wenn Sie den kleinsten Fehler machen, werde ich da sein, und dann …«

Ein Knall. Von Wolfenweiler verkrampfte, glaubte sich getroffen, sein Blick suchte den Bodybuilder, doch der hatte keine Waffe gezogen, zurück zu Holfhusen, auch der blickte verwirrt, da, der Bodybuilder begann zu taumeln, wieso, was war passiert, der Bodybuilder griff sich an die Brust, sein Gesicht wirkte merkwürdig wächsern, er fiel, einfach so, schlug auf den Teppich, neben von Wolfenweiler. Ihre Blicke trafen sich, in den Augen des Bodybuilders schimmerte Unverständnis und Schrecken. Ein Schrecken, so unbedingt, so kompromisslos, dass es von Wolfenweiler graute.

»Sie haben recht.« Auroras Stimme. Von Wolfenweiler suchte sie, fand sie, sie stand da, der Rock eng an ihren Hüften, die Brüste voll unter der gespannten Bluse, die perfekt gebräunten Beine gerade so weit auseinander, dass es verführerisch war, aber noch nicht lasziv, die Augen kalt und klar auf Holfhusen gerichtet. In den Händen aber hielt sie schussbereit die Kunststoffpistole, die von Wolfenweiler ihr geschenkt hatte. Ein Racheengel, den tiefsten Feuern der Verdammnis entstiegen.

»Sie haben recht, Herr Holfhusen«, wiederholte sie. »Ihr Schicksal ist an das unsrige geknüpft. Aber Sie täuschen sich, wenn Sie glauben, dass Sie es sind, der die Regeln bestimmt.«

Holfhusen war bleich geworden. »Sie haben ihn umgebracht.«

»Verklagen Sie mich.« Ein Lächeln auf Auroras Lippen, fein und teuflisch, beinahe zu übersehen – doch es war dieses Lächeln, aufgrund dessen von Wolfenweiler wusste: Er vergötterte diese Frau.

»Notwehr«, lächelte sie. Sie hielt die Waffe nun lässiger in der Hand, ihrer Sache vollkommen sicher. »Sie sind bei uns eingebrochen, haben uns bedroht, beide Hausherren angegriffen … glauben Sie mir, die Quoten der Buchmacher werden nicht zu Ihren Gunsten sein.«

Von Wolfenweiler rappelte sich auf. »Verpiss dich, Holfhusen. Wir sorgen dafür, dass der Mann verschwindet. Du wirst schweigen, wir werden schweigen. Wenn die Öffentlichkeit erfährt, was hier geschehen ist, verlieren wir beide.«

»Sie sind zu weit gegangen«, zischte Holfhusen. »Das war Mord.«

»Dann zeigen Sie mich an«, sagte Aurora mild.

»Verpiss dich, Fettsack«, knurrte von Wolfenweiler.

»Wir machen dich fertig!«, schrie Max.

»Max, halt den Mund.« Seinem Sohn würde er auch noch die Leviten lesen. Hatte der Idiot einfach mal seinen Erzfeind ins Haus gelassen.

Eine Sekunde starrte Holfhusen ihn an. »Sie sind ein Teufel, von Wolfenweiler.« Und plötzlich spuckte er ihm ins Gesicht. Von Wolfenweiler war zu verdattert für jedwede Reaktion. Noch immer verharrte er regungslos, als Holfhusen bereits den inneren Salon verlassen hatte, nur seine schweren Schritte noch vom Treppenhaus heraufdröhnten.

91. Kapitel

Die Dämmerung malte ein unwirkliches Rosa an den Himmel. Grenzte übertrieben scharf die Verästelungen der Bäume ab, welche nackt und struppig die Landstraße säumten. In der Nacht hatte es geschneit, mit präzisem Pinselstrich hatte ein mystischer Maler alle Linien weiß nachgefahren, hatte alle Flächen weiß schraffiert.

Ein Postkartenmotiv.

Herbst hatte keine Muße, es zu bewundern. Schlafwandlerisch steuerte sie ihren Wagen durch den eingefrorenen Wald. Die Welt mochte den Tag erwarten, doch sie selbst fühlte sich gefangen in den Ereignissen der Nacht. Wie in einem Fiebertraum jagten sich die Erinnerungen gegenseitig durch ihr Bewusstsein.

Die Sexualität, die sie bisher gelebt hatte, war glatt gewesen, unverbindlich, leicht zu verwalten. Ein Bedürfnis ihres Körpers, das sie zwar respektierte und hin und wieder zu befriedigen suchte – aber ohne es ihr Leben dominieren zu lassen. Ein Kartenhaus bequemer Selbstverleugnung.

Varta hatte es umgepustet.

Er hatte ihr die Kontrolle genommen.

Kontrolle, die sie dringender brauchte denn je. Denn auch wenn Varta ihr Leben auf den Kopf gestellt hatte – es war Rafael, den sie retten musste. Er war ihr Anker, ihr Rettungsring. Ohne ihn wäre das Leben über sie hinweggespült, längst wäre sie ertrunken in der gleichgültigen Weite des Universums.

Kaum nahm sie wahr, wie sie Taunusstein erreichte. Übersah fast das Schild, das einen unbefestigten Waldweg als Zubringer zum

Campingplatz auswies. Nachdem sie in den Waldweg eingebogen war, parkte sie, schaltete den Motor aus. Vor ihr die Reifenspuren eines einzelnen Wagens. Besinn dich, Anna-Lena. Sie fuhr ins verlassenste Nirgendwo, ohne Plan, ohne Rückendeckung. Alles roch nach Falle, und sie war drauf und dran, blind hineinzurauschen. Sie musste Rafael finden, ihn retten. Doch ihr Kopf war voll von Varta, voll von seinen Berührungen, seinen Küssen, seinem Geruch, seiner Stimme. Sie hatte einen Blick erhascht auf eine kosmische Weite, deren schiere Möglichkeit sie sich nie hätte träumen lassen.

Aber es war falsch.

Etwas war falsch gewesen.

Seit sie sich von Varta verabschiedet hatte, nagte eine dunkle Furcht in ihr, einen grausamen Fehler begangen zu haben. Sie hatte in ihrem Leben viele Fehler begangen, existenzielle Fehler – Menschen waren gestorben, die hätten gerettet werden sollen, Menschen hatten überlebt, die es nicht verdient hatten –, doch dieser neue, im Schatten kauernde Dämon marterte sie im Licht ihrer früheren Verfehlungen nur heftiger.

Und lenkte sie ab. Anna-Lena, konzentriere dich. Sie hatte keine Verantwortung auf der Welt außer eine. Sie durfte Rafael nicht verlieren. Nicht noch einmal.

Laut ihrem Smartphone war es noch ein halber Kilometer bis zum Campingplatz. Für die SIG 550 hatte sie keine Munition mehr. Sie steckte sich nur eine der Glocks ins Gürtelholster, zwei Magazine dazu. Auf den Rücken kam das Präzisionsgewehr, das sie im Schloss gefunden hatte. Das Kampfmesser an den Unterschenkel. Alles andere verstaute sie so, dass der Wagen von außen unverdächtig aussah. Dann schlug sie sich ins Dornicht. Man hatte ihr beigebracht, sich in der Wildnis zu orientieren. Ohne das Smartphone zu nutzen, schlich sie durch den Wald, in großem Bogen um den Campingplatz herum, um sich von hinten zu nähern. Immer wieder hielt sie an, lauschte, spähte. Die Bewegung, die kalte Luft, die Routine verhalfen ihr zu einem klareren

Blick, befreiten sie von den verwirrenden Bildern, die durch ihr Bewusstsein gespukt waren.

Sie war eine Jägerin. Und auf der Pirsch zählte nichts als die Beute.

Es dauerte eine Dreiviertelstunde, dann stieß sie auf den Zaun, der das Gelände absperrte. Harmloser Maschendraht. In der Deckung eines abgestorbenen Baumstamms schraubte sie das Zielfernrohr des Gewehrs ab und observierte das Gefechtsfeld. Eine fußballfeldgroße, weiß gepuderte Fläche. In der Mitte ein quadratisches steinernes Gebäude, das Symbole an der Stirnseite trug, die auf Kochgelegenheiten und Sanitäreinrichtungen hinwiesen. Ein paar mit Planen überdeckte Camping-Anhänger, Wasserhähne, Stromkästen, die angerosteten Stangen eines Volleyballfeldes – keinerlei Fußspuren; auf der anderen Seite der Fläche ein Bungalow, der während der Saison wohl die Betreiber beherbergte.

Auf der Einfahrt, fast völlig vom Bungalow verdeckt, eine blaue Limousine. Zu ihr mussten die Reifenspuren auf dem Waldweg gehören. Für eine halbe Stunde verharrte Herbst reglos; beobachtete, lauschte. Nichts rührte sich. Sie schlich den Zaun entlang, näher heran an Bungalow und Limousine. Nichts. Was nicht viel zu bedeuten hatte. Wenn es sich um einen Hinterhalt handelte, würde sich der Hauptteil der Kämpfer verdeckt halten.

Da, Bewegung.

Hinter dem Bungalow trat ein Mann hervor. Asiatische Gesichtszüge, unter dem offenen Mantel leuchtete ein gelber Pullover. Wu. Vielleicht. Varta hatte ihr nur alte Graduierten-Bilder von ihm zeigen können.

Der Asiat schlenderte über den Platz, die Hände in den Hosentaschen, die Haltung sorglos. Sein Blick jedoch schweifte über den Zaun, offensichtlich hielt er Ausschau nach etwas.

Herbst steckte sich ihr Headset ins Ohr, nahm ihr Smartphone, wählte Wus Nummer. Sie konnte beobachten, wie der Asiat in seine Jacke griff. Bingo. Also war es Wu. Eine Sekunde starrte er auf sein Display, kein Wunder, mit diesem Anrufer würde er nicht rechnen. Varta hatte sich den Scherz erlaubt, als gesendete Nummer die von Sanfilippo einzurichten. Endlich nahm Wu das Gerät hoch. »Tamás?«

»Fast.«

»Frau Herbst.«

»Sie klingen enttäuscht.«

»Wo sind Sie?«

»Nah.«

»Wo ist Tamás?«

»Ich bin allein.«

Mit dem Telefon am Ohr drehte Wu sich um die eigene Achse, musterte die Umgebung. Netter Versuch. Er würde Herbst nicht entdecken, wenn sie es nicht wollte.

»Wo ist Rafael?«, fragte sie.

»Nah.«

»Wo genau?«

»Im Bungalow.«

»Sehen Sie den Camping-Anhänger mit der blauen Plane?«

»Ja.«

»Gehen Sie dorthin.«

Wu gehorchte. Der Anhänger war fünfzig Meter von Herbsts Position entfernt. Genügend Abstand, falls von Wolfenweilers Söldner aus den Büschen springen sollten.

»Sind Sie allein?«, fragte Herbst.

»Ja.«

»Wenn Sie lügen, werden Sie der Erste sein, der stirbt.«

»Ich verstehe.«

Herbst steckte das Smartphone weg. Dann nahm sie Anlauf, nutzte einen Baumstumpf als Stufe und sprang über den Zaun. Mit der Glock in der Hand ging sie auf Wu zu. Dieser hob sogleich beschwichtigend die Hände. »Ehrlich, ich bin allein. Glauben Sie mir.«

»Der Glaube und der Krieg sind schwierige Geschwister.«

»Folgen Sie mir bitte in den Bungalow.«

»Woher weiß ich, dass es keine Falle ist?«

»Wenn ich ehrlich bin«, erwiderte Wu, »ist es eine Falle.«

Herbst hob die Glock.

»Langsam, langsam«, rief Wu. »Es ist zwar eine Falle. Aber nicht meine. Ich bin auf Ihrer Seite.«

»Ich bin gespannt.«

»Von Wolfenweilers Leute wollen Sie und Varta in ihre Gewalt bringen. Ich sollte Sie hierherlocken …«

»Was Sie ja auch getan haben.«

»Aber nur, um keinen Verdacht zu erregen. Sehen Sie das?« Er zog den Ärmel seines Mantels etwas hoch, zeigte eine Smartwatch. »Mein Puls wird überwacht. Sobald mir etwas zustößt, kommt die Kavallerie.«

»Das klärt noch nicht, ob Sie auf unserer Seite sind.«

»Außerdem sollte das Mikrofon an sein. Das habe ich allerdings ausgestellt.«

»Wieder eine Frage des Glaubens.«

»Ich beweise es. Aber vorher brauche ich Ihr Smartphone.«

»Klingt verdächtig, finden Sie nicht?«

Wu rieb sich den Kiefer, dieser schien geschwollen zu sein.

»Sie wurden vermöbelt?«

»Zahnschmerzen. Es reicht auch, wenn Sie es ausschalten. Ich muss nur sicher sein, dass niemand mithören kann.«

Herbst zögerte. Ein merkwürdiges Spiel, das Wu da spielte. Sie beschloss, sich vorläufig darauf einzulassen. Ohne die Glock zu senken, schaltete sie mit der Linken das Handy aus, zeigte Wu den Shutdown-Bildschirm.

»Sie sind auch lädiert?«, fragte Wu mit Blick auf das verbundene Handgelenk.

»Ich habe einen Bondage-Fetisch. War wohl einen Tick zu fest das letzte Mal.«

Wu glotzte verständnislos.

»Erzählen Sie jetzt, was Sie loswerden wollten?«, erinnerte ihn Herbst.

»Alyattes ist kompromittiert. Von Wolfenweiler hat eine Backdoor einbauen lassen. Einer meiner Chefprogrammierer hat sie geschrieben.«

»Odysseus.«

Wu wirkte überrascht. »Sie wissen es bereits?«

»Was wollen Sie von uns?«

»Ich muss mit Tamás reden. Wo ist er?«

»Reden Sie mit mir.«

»Woher wissen Sie von Odysseus?«

»Spielt das eine Rolle?« Herbst wurde unruhig. Dieses Gespräch führte nirgendwohin. Konzentriert mustere sie die Umgebung. Alles ruhig.

»Wir hatten ein Datenleck«, antwortete Wu auf ihre Frage. »Hat Roux-Pastor Ihnen die Daten zugespielt?«

»Und wenn?«

»Wir müssen sie unter Verschluss halten. Die Backdoor ist zu gut geschrieben; hocheffektiv, kaum zu entdecken. Sie ließe sich als Blaupause für andere Systeme verwenden. Sie zu veröffentlichen würde bedeuten, eine gefährliche Waffe der ganzen Welt zugänglich zu machen. Cybergangs und Geheimdienste würden sich gleichermaßen die Finger danach lecken.«

»Deswegen wurde Roux-Pastor ermordet?«

»Avari war es.«

Herbst hatte das Mädchen kaum gekannt, es war ihr Mitgefühl für Varta, das ihr die Brust zusammenzog.

»Wer?«

»Aurora Avari. Die Referentin des Vorstandsstabs. Außerdem vögelt sie von Wolfenweiler.«

Herbst schwieg. In der Ferne war das Pfeifen eines Wintervogels zu hören.

»Ich muss mit Tamás sprechen«, unterbrach Wu die Stille.

»Schreiben Sie ihm.«

»Persönlich.«

»Ich wüsste nicht, wieso.« Langsam war es Herbst genug. Sie nickte Richtung Bungalow. »Zeigen Sie mir Rafael.«

Wu musterte sie kühl. Etwas Drohendes lag in seinem Blick.

»Los.« Sie winkte mit der Glock.

»Sie wollen mir nicht sagen, wo Tamás ist?«

»Nein.«

»Wie Sie meinen.« Es klang verbissen.

Wu schritt los, Herbst folgte in einigen Metern Abstand. Auf dem Weg kamen sie am Waschgebäude vorbei; Herbst inspizierte kurz alle Räume, Wu als Schild vor sich herschiebend. Niemand da. Als sie die Einfahrt der Anlage erreichten, entdeckte sie neben dem Gittertor eine Stahlkette im Schnee, daneben einen Bolzenschneider. Bestimmt kein teures Schloss; dass trotzdem mit grobem Werkzeug gearbeitet wurde, ließ auf schlechte Ausbildung schließen. Herbst konnte nicht sagen, wieso, aber sie war sich sicher, Sanfilippo wäre subtiler vorgegangen.

Vor der Tür des Bungalows blieb Wu stehen. »Ladies first.«

»Das dürfte dauern« entgegnete Herbst, »bis hier eine Lady vorbeischaut.«

Wu zögerte.

»Jetzt machen Sie schon«, befahl Herbst unwirsch. Die Sache nahm einen Gestank an, den sie ungern länger ertragen wollte.

Wu wirkte mehr von der Glock überzeugt als von Herbsts Worten. Widerwillig öffnete er die Tür und betrat einen kleinen Empfangsraum mit Rezeption. Herbst folgte. Neben der Theke ein Postkartenständer; auf einem Tischchen zwischen Plastikstühlen lagen Broschüren mit Angeboten der letzten Saison aus. Poster auf einer geöffneten, vom Strom genommenen Kühltruhe verkündeten Eis-Preise. Nichts deutete darauf hin, dass hier ein Intensivpatient untergebracht sein sollte. Zwei Türen gingen ab, beide geschlossen.

»Wo lang?«

Wu ließ die Eingangstür hinter Herbst ins Schloss fallen. »Ich muss Ihnen etwas gestehen.«

»Rafael ist nicht hier.«

Herbst nahm eine der Postkarten, sah sie sich an. »Überraschung.« Ein Bach in einem Kiefernwald. »Ich habe Ihnen versprochen, dass Sie es bereuen würden zu lügen.«

»Denken Sie an die Smartwatch.«

Herbst zuckte die Schultern. »Kann genauso gelogen sein.«

»Ist es nicht.«

»Und das Mikrofon?«

»Auch nicht. Ich habe es wirklich ausgeschaltet.«

»Und wieso?« Herbst steckte die Postkarte wieder in deren Halterung.

»Ich hatte damit gerechnet, dass Varta sich nicht selbst blicken lässt. Ich wollte Ihnen zeigen, dass ich auf Ihrer Seite bin.«

Während Herbst die erste der beiden Türen zu öffnen suchte, fragte sie: »Und dann?« Abgesperrt. Doch es handelte sich um ein einfaches Buntbartschloss. Ein gezielter Fußtritt neben die Klinke, die Tür sprang auf, gab den Blick frei auf ein unscheinbares Büro.

»Ich will Ihnen helfen.«

»Wo ist Rafael?« Auch die zweite Tür war abgesperrt. Ein Tritt, sie war offen. Dahinter kam eine Wohnküche mit einem Stockbett zum Vorschein, außerdem ein kleines Badezimmer. Beides leer. Der modrige Geruch feuchter Verlassenheit stieg Herbst in die Nase. »Wo ist er?«

»Ich weiß es nicht«, antwortete Wu.

»Das hat Sanfilippo auch gesagt. Er wird es sein Leben lang bereuen.«

»Sanfilippo ist tot.«

Eine zerstörerische Kälte erfasste Herbst. »Ich werde Sie als Geisel nehmen. Bis wir Rafael gefunden haben. Je nachdem, wie

Sie sich verhalten, lasse ich Sie vielleicht laufen.« Herbst wandte sich wieder dem Postkartenständer zu. Keines der Motive war besonders originell. »Wo ist Ihre Rückendeckung?«

»Das werde ich Ihnen nicht sagen.« Die Bestimmtheit in seiner Stimme ließ Herbst von ihren Karten aufsehen.

»Tatsächlich?«

»Und Sie werden mich auch nicht als Geisel nehmen.«

Mit verschränkten Armen blickte Herbst auf Wu hinab. Eine solche Chuzpe hätte sie ihm nicht zugetraut. »Sagen Sie, Herr Wu, weshalb haben Sie Kontakt zu uns aufgenommen?«

Wu ignorierte ihre Frage. »Wissen Sie, was Sanfilippos Fehler war?«, fragte er stattdessen und gab gleich selbst die Antwort: »Er hat bis zum Schluss nicht verstanden, wie die Welt funktioniert. Hat beim Spiel der Macht mitzuspielen versucht, aber nach Regeln, die nur im Dschungel funktionieren können. Wahrscheinlich nicht mal da. Er hat als Guerillero gegen die argentinische Militärdiktatur gekämpft, Anfang der Achtziger, wussten Sie das?«

»Worauf wollen Sie hinaus?«

»Im Spiel der Macht gewinnt der scheinbar Schwache. Je stärker du wirst, desto mehr Mitspieler verbünden sich gegen dich. Sichtbare Macht muss sich behaupten, verzehrt sich in diesem Kampf, bis sie stürzt oder erlahmt. Wahre Macht bleibt im Verborgenen, gibt sich unscheinbar, schwach. So bleibt sie vor allen Angriffen gefeit, während sie unaufhaltsam wächst.«

»Falls Sie sich erinnern – meine Frage war: Weshalb haben Sie Kontakt zu uns aufgenommen?«

»Von Wolfenweiler wollte, dass ich Sie in Sanfilippos Falle locke.«

»Sie haben uns aber vor der Falle gewarnt.«

»Ich hatte gehofft, dass Sie gewinnen. Sanfilippo ist mir gefährlich geworden. «

»Inwiefern?«

»Er ahnte mein Geheimnis.« Wu machte eine Kunstpause.

Herbst wartete schweigend.

»Ich arbeite für die chinesische Regierung.«

Die Nonchalance des Bekenntnisses verschlug Herbst den Atem. Als sie sich gesammelt hatte, fragte sie: »Sie verraten von Wolfenweiler an China?«

»Nein. Ich verrate FEB. Und zwar gemeinsam mit von Wolfenweiler.«

»Steckt China hinter dem Mord an Giresse?«

»Nein, das war Sanfilippo.«

»In den Nachrichten hieß es, auch ein Mitarbeiter von FEB sei zu Tode gekommen.«

»Christian Alpe, ja. Mein Assistent. Es war wichtig, dass auch einer von unseren Leuten stirbt, um jeden Verdacht von uns fernzuhalten.«

Herbst musterte Wu, die leicht eingefallenen Schultern, das schüttere Haar, die etwas zu klobige Brille. »Sie sagen die Wahrheit.«

»Ja.«

»Und warum verraten Sie mir das alles?«

»China ist bereit, Sie zu retten. Sie und Ihren Bruder auch.«

Ein ungeheuerliches Angebot. Herbst traute Wu nicht einen Fußbreit über den Weg. »Es gibt ein Aber, nehme ich an?«

»Wir wollen Tamás.«

Sie hatte mit Varta geschlafen. In jenem Moment hatte sie das Universum gesehen. Doch die Einflüsterungen des Dämons in ihrem Nacken ließen nicht nach; dass sie einen grausamen Fehler begangen habe, unmöglich zu sühnen.

»Unmöglich«, sagte sie.

»Er hört auf Sie.«

»Tamás Varta hört auf niemanden.«

»Geben Sie uns Tamás. Oder Ihr Bruder stirbt.«

Herbst schnellte an Wu heran, drückte ihm die Glock in den

Hals. »Der Letzte, der mich so zu erpressen versucht hat, wurde aus seinem Rollstuhl geschossen.«

»Giresse? Ja. Aber doch von uns, nicht von Ihnen.« Schweiß glänzte auf Wus Schläfe, doch seine Stimme blieb gefasst. »Sie werden mir nichts tun, Frau Herbst.«

»Sie täuschen sich.«

»Nein, *Sie* täuschen sich. Glauben Sie, ich hätte keine Vorkehrungen getroffen? Sie reihen sich ein in eine lange Reihe von Leuten, die mich unterschätzt haben. Tao Wu. Der hässliche Freak, der rechnen kann, aber nie eine Frau abschleppen wird. Meine eigene Mutter hat mir verboten, in der Schule Mädchen anzusprechen, weil ich diese sonst verstören würde.«

»Wenn ich Quinoa wäre, ich würde quellen vor Mitleid.« Sie sagte es, ohne die Glock von Wus Hals zu nehmen.

»Stecken Sie sich Ihren Spott sonst wohin. Ich habe mich zu behaupten gewusst. Ich habe gelernt, mich zu wehren. Die Schwächen derer zu lesen, die glaubten, mir überlegen zu sein. Auch Sie glauben das. Noch. Denken Sie an Sanfilippo.«

»Was hindert mich, Ihnen jetzt gleich eine Kugel in den Kopf zu jagen?«

»Ihre große Schwäche. Rafael. Wahrscheinlich halten Sie sich für Wonder Woman mit Ihren Karatetricks und Knarren und allem.«

Herbst presste die Augen zusammen. Schmerzhaft zuckte die Erinnerung an Nanterre durch ihr Hirn, wo Varta sie ganz ähnlich beschrieben hatte.

»Und anscheinend nehmen Ihnen die meisten das Gepluster auch ab«, fuhr Wu fort. »Aber einzig deshalb, weil niemand genau hinsieht. Im Grunde sind Sie nur ein kleines Mädchen, das seinen Bruder vermisst.«

Es war die Wahrheit.

Eine Wahrheit, die Herbst sorgfältig von sich ferngehalten hatte. In demselben Moment, in dem Wu die Wahrheit ausgesprochen hatte, zerfiel die Illusion, und nichts würde sie Herbst zurückbringen können. Ein Schrei löste sich aus ihrer Brust, und verzweifelter Zorn übermannte sie. Ihr Zeigefinger krümmte sich um den Abzug der Glock.

»Nein!«, rief Wu, Panik in der Stimme. »Tun Sie das nicht!«

Herbst merkte, dass ihre Hand zitterte. Noch nie war ihr das passiert. »Und warum nicht?«, fragte sie bebend.

»Weil Ihr Bruder sonst stirbt.«

In kaltem Entsetzen beobachtete Herbst das Zittern ihrer Hand.

»Nein«, sagte sie automatisch. Ohne ihr Zutun hatte der Rest ihres logischen Denkvermögens sich gemeldet. »Er ist als Druckmittel zu nützlich. Ihr Tod ruft die Kavallerie herbei, das glaube ich Ihnen. Aber meinen Bruder wird man nicht für Sie opfern.« Wie aus der Ferne, als eine Unbeteiligte, verfolgte sie die vor Wu zuckende Glock.

»Sie haben nicht gründlich genug zugehört«, presste Wu hervor. »Ich habe meine eigenen Vorkehrungen getroffen. Ich habe ein kleines Programm auf Rafaels medizinische Geräte gespielt.« Er hielt sein Smartphone hoch. »Ein Wort von mir, und es beendet alle lebenserhaltenden Maßnahmen.«

»Sie lügen.«

»Sie unterschätzen mich immer noch?«

Langsam ließ das Zittern nach; Herbst spürte erleichtert, wie ein Hauch ihrer gewohnten Selbstbeherrschung zurückkam. »Wenn ich Ihnen in den Kopf schieße, sind Sie tot, bevor Sie eine einzige Silbe äußern können.«

»Lieber nicht.« Er drehte ihr das Display zu. Ein Countdown lief. »Ich muss wohl versehentlich auf die falsche Taste gekommen sein.« Vierzehn Sekunden noch.

»Wenn ich Sie um Ihre Pistole bitten darf.«

Herbst starrte die Ziffern an. Zwölf Sekunden.

»Beeilen Sie sich.« Wu streckte ihr die freie Hand entgegen.

»Und vergessen Sie Gewalt. Deaktivierung geht nur über die Stimme.«

Fünf Sekunden.

»Schnell.«

Drei Sekunden.

Herbst reichte ihm die Glock.

Wu zischte etwas auf Chinesisch in sein Smartphone. Der Countdown fror ein. Die angespannten Gesichtszüge Wus wandelten sich zu einem triumphierenden Grinsen. »Gute Entscheidung. Das Messer auch, bitte.«

Herbst gehorchte.

»Sehen Sie«, sagte Wu mit maliziöser Sanftheit, während er das Kampfmesser in die Kühltruhe warf. »Auch Sie haben mich unterschätzt.« Routiniert wog er die Glock in der Hand; es konnte nicht das erste Mal sein, dass er eine Waffe hielt.

»Was wollen Sie?«, knurrte Herbst.

»Geben Sie mir Ihr Telefon.«

Widerwillig reichte sie es ihm. Wu legte es in die Kühltruhe, zielte mit der Glock darauf und drückte ab. In dem kleinen Raum knallte der Schuss trotz Schalldämpfer. Als das Smartphone platzte, spritzten Hunderte Splitter gegen die Innenwände der Kühltruhe.

»Was wollen Sie?«, wiederholte Herbst.

»Nicht viel«, entgegnete Wu. »Die Anerkennung, die ich verdient habe.«

»Sie sind der Lead-Designer von Alyattes.«

»Stimmt. Beruflich habe ich mich nie schwergetan.«

»Ich kann Ihnen nichts geben.«

»Varta.«

»Vergessen Sie's.«

Wu hob sein Smartphone. »Oje, schon wieder.« Er drehte das Display, der Countdown zeigte noch neun Sekunden.

Regungslos beobachtete Herbst, wie die Zahlen kleiner wurden. Sieben Sekunden. Sie konnte Varta nicht verraten. Vier Sekunden. Genauso wenig wie Rafael.

»Okay«, sagte sie.

Wu zischte seinen chinesischen Befehl. Der Countdown fror ein. »Ich höre.«

Herbst zögerte. Sie musste Zeit gewinnen.

»Also?«

»Er befindet sich auf dem Weg nach Brüssel.«

»Wann kommt er an?«

»Hätten Sie mein Telefon nicht zerstört, könnte ich ihn anrufen.«

»Nicht so wichtig.« Mehrere Sekunden musterte Wu sie schweigend. »Sie hängen mehr an Varta, als Sie zeigen, habe ich recht?«

Herbst schwieg.

Ein bitter-spöttischer Zug kräuselte Wus Lippen. »Es stimmt also. Wer hätte das gedacht. Habt ihr gevögelt? Ich wette, ihr habt schon.«

Herbst schwieg.

Wu trat nah an sie heran. Berührte ihren Hals. »Ein blauer Fleck? War er das? Tamás ist sicher ein leidenschaftlicher Liebhaber.«

»Wissen Sie, was Ihre Schwäche ist, Wu?«, fragte Herbst. »Anmaßung. Sie glauben, die Menschen halten zu wenig von Ihnen. Aber es ist umgekehrt – Sie selbst halten zu viel von sich.«

Mit einer Kraft, die Herbst ihm nicht zugetraut hätte, schlug er ihr mit der Glock ins Gesicht. Sofort wich er zurück, das Smartphone in der einen Hand, die Glock in der anderen. Beobachtete sie wie ein gefährliches Tier. Er hatte nur recht. Herbst spürte, wie ihr das Blut übers Gesicht lief. Vorsichtig tastete sie nach ihrer Nase. Gebrochen. Gleich würde der Schmerz kommen. Trotzdem musste sie lächeln.

»Habe ich da einen wunden Punkt getroffen?«

Einen Augenblick dachte sie, Wu würde sich auf sie stürzen. Dann fand er zu dem bösartigen Grinsen von zuvor zurück.

»Sie wehren sich nicht, Frau Herbst? Die Frau, die im Alleingang zwanzig von Sanfilippos Söldnern kaltgemacht hat, wehrt sich nicht? Haben wir etwa eine besondere Beziehung? Ich denke, es ist an der Zeit, zum Du überzugehen. Darf ich dich Anna-Lena nennen?«

»Meine Freunde nennen mich Anna«, bemerkte Herbst ruhig.

Wu warf die Glock zu dem Kampfmesser in die Kühltruhe. Das Smartphone behielt er in der Hand. »Du hast wirklich Angst um deinen Bruder. Rührend. Die Frage ist: Wie weit würdest du gehen, um ihn zu retten?« Er griff ihr in den Dutt, löste ihn, ließ seine Finger durch ihre Haare gleiten. »Hübsch bist du ja. Kein Wunder, dass Tamás dich flachgelegt hat. Wobei du dir auch nicht zu viel darauf einbilden musst.« Seine Hand glitt von den Haaren auf ihre Schulter, fand eine ihrer Brüste. Knetete sie durch den Pullover. »Sport-BH, natürlich. Das heißt, über deine Oberweite lässt sich noch keine Aussage treffen. Was wollte ich sagen? Ach ja, Tamás, der Stecher. Wobei er das nicht immer war. Er hatte sogar mal eine Freundin. Florentina. Wusstest du das?«

Und mit einem Mal ahnte Herbst, woher der Dämon stammte, der sich in ihren Nacken gekrallt hatte. Florentina. In de la Rennes Dossier war sie umfassend beschrieben worden. Es hatte eine Schwangerschaft gegeben. Und einen Abgang. Keine Abtreibung.

Wus Hand glitt zwischen ihre Beine, rieb an der Jeans.

Florentina hatte nicht abgetrieben. Sie hatte Varta angelogen, damit er sie verließ. Was hatte Varta gesagt, als Herbst ihn nach Florentina gefragt hatte? Sie hat sich gegen mich entschieden.

Wu öffnete ihren Gürtel, fuhr mit der Hand in ihren Slip.

Sie hat sich gegen mich entschieden. Wie um alles in der Welt hatte Herbst bis jetzt nicht verstehen können, was durch die Formulierung offensichtlich geworden war – Varta hatte keinen Schimmer, was Florentina seinetwegen durchlitten hatte. Derselbe Grund, weshalb sie ihn ursprünglich verlassen hatte. Sie hatte ihn von Anfang an retten wollen. Herbst hatte kaum mit ihm über Florentina geredet, sie war davon ausgegangen, dass er zumindest von ihrer Verhaftung wusste.

Wu drückte sie gegen die Theke, zerrte an ihrer Jeans.

Sie erschauerte. Er glaubte sich verraten von der Frau, die sein Leben gewesen war. Und dabei hatte diese sich für ihn geopfert.

Wu nestelte an seiner Hose, schob ihren Slip zur Seite.

Gemäß dem Dossier hatte Florentina gewusst, dass die Geheimdienste hinter ihr her waren, sie hatte ihn schützen wollen. Vergebens. Trotzdem hatte man ihn eingesperrt, ihm zwei Jahre seines Lebens geraubt, ihn gefoltert. Alles nur, um an Florentina heranzukommen.

Wu spuckte sich in die hohle Hand, verrieb den Speichel in ihrem Schritt.

Und Florentina hatte sich gestellt, um ihn zu retten. Obwohl die Schwere der Verbrechen, die ihr zur Last gelegt wurden, die Schwere der seinen um ein Vielfaches übertraf. Hatte sich geopfert. Und vor ihm nie ein Wort darüber verloren.

Herbst ächzte auf, als Wu unbeholfen in sie eindrang. Noch immer hielt er sein Smartphone in der einen Hand.

Doch Florentina war nicht umsonst gefürchtet gewesen bei ihren Gegnern. Sie hatte ihre Spuren perfekt verwischt. Als man ihr nichts hatte nachweisen können, hatte man ihre Konten gesperrt. Außerdem hatte man ihr während der Untersuchungshaft harte Drogen verabreicht. So zumindest lautete die Vermutung im französischen Dossier. Zu dem Zeitpunkt, an dem man sie wieder freilassen musste, war ihre Abhängigkeit weit genug fortgeschritten, um die Sucht den schmutzigen Teil erledigen zu lassen.

Überstürzt stach Wu in ihr herum.

Varta hatte mit Herbst geschlafen in dem Glauben, Florentina habe ihn im Stich gelassen. Aus Liebe hatte Florentina Varta getäuscht, und Herbst war nur die Nutznießerin dieser tragischen

Täuschung gewesen. War von einer Leidenschaft berührt worden, die im Kern niemals für sie bestimmt gewesen war. Es machte keinen Unterschied, dass Florentina nicht mehr lebte. Herbst musste es Varta sagen, alles. Oder sie würde sich ewig als Verräterin fühlen.

Wu stocherte heftiger, sein Blick war glasig geworden.

Möglicherweise war Wu so klug, wie er behauptete. Aber dass er glaubte, Herbst brauche Waffen, um ihm gefährlich zu werden, war nun doch etwas naiv. Sie legte ihm den verbundenen linken Unterarm in den Nacken, die rechte Hand ans Kinn und drehte ihm mit einem kräftigen Ruck den Kopf zur Seite. Noch mehr als die spielerische Unterwerfung zuvor genoss sie das schnalzende Geräusch, als zwischen Wus drittem und viertem Halswirbel das Rückenmark riss.

92. Kapitel

In der Eifel hatte es noch geschneit, das maritimere Klima Belgiens machte einen Nieselregen daraus, vor Brüssel klarte der Himmel schließlich auf. Varta war noch nie in der europäischen Hauptstadt gewesen. Er hatte gehört, sie solle nett und aufgeräumt sein, herausgeputzt mit hübschen Fassaden vergangener Jahrhunderte. Doch die Route zu seinem Ziel, der Generaldirektion Connect, führte ihn um das Zentrum herum, verlief durch Wohnsiedlungen, deren gepflegte Funktionalität nicht viel über die eigentliche Stadt verriet.

Varta wählte Herbsts Nummer.

Kein Empfang.

Er redete sich ein, es war besser so. Um einen freien Kopf zu bewahren. Das Gegenteil war der Fall; nie hatte er ähnlich für jemanden empfunden. Für Florentina vielleicht. Doch damals war er zu jung gewesen, das Gefühl zu verstehen.

Es half nichts. Er hatte eine Aufgabe zu erfüllen. Avenue de Beaulieu Nummer 25. Ein Glaspalast, der den Grundriss eines TIE-Fighters besaß, mit verstümmelten Flügeln allerdings. Varta stellte sich auf einen Behindertenparkplatz. Das gestohlene Coupé war sein geringstes Problem. 11:15 Uhr. Das entscheidende Treffen zwischen dem EU-Kommissar und den FEB-Vertretern hatte bereits begonnen. Ein letzter prüfender Griff nach seiner Perücke, noch einmal die Brille mit den ungeschliffenen Gläsern zurechtgerückt. Dann griff er sich das Sakko, warf einen Kussmund in den Innenspiegel und sprang aus dem Wagen. In Nanterre hatte ihm Herbst neben den Verkleidungsartikeln auch einen Anzug gekauft. Es war das erste Mal, dass Varta einen Anzug trug seit seiner Erstkommunion. Damals hatte er beichten müssen; ihm war nichts eingefallen, doch der Priester hatte so lange darauf beharrt, von seinen Sünden zu hören, bis Varta unter Tränen erfunden hatte, er habe seiner Mutter hundert Forint aus dem Portemonnaie gestohlen.

Heute musste er nichts erfinden.

Den Laptop unterm Arm, das Smartphone in der Innentasche seines Sakkos, betrat er das Gebäude. Das Foyer war mit Teppichboden ausgelegt, an den Wänden hingen Bilder europäischer Sehenswürdigkeiten. Neben der Rezeption gab es außerdem eine Sicherheitsschleuse, die von zwei Uniformierten bewacht wurde. In dem Bereich dahinter waren mehrere Aufzüge zu sehen, die von Europaflaggen eingerahmt wurden. Varta ging zur Anmeldung. Der Rezeptionist sah ihn erwartungsvoll an.

»Ich bin hier, um Ricardo Villa zu sprechen.«

»Name?«

»Michael Sutherland.«

»Sie haben einen Termin?«

»Leider nicht. Ich habe wichtige Informationen zu Alyattes.«

»Zu was?«

»Alyattes. Das digitale Zahlungssystem. SAFE.«

»Sagt mir nichts. Wenn Sie keinen Termin haben, kann ich leider nichts für Sie tun.«

Mist. Er war auch zu optimistisch gewesen in der Annahme, dass die Menschen Entwicklungen verfolgten, die ihr Leben auf den Kopf stellen würden. Unschlüssig trommelte er mit den Fingern auf den Tresen. Just in diesem Moment erschien auf dem über der Rezeption hängenden Fernseher ein Gesicht, das er nur zu gut kannte – seines.

»Es geht um diesen Mann«, sagte er und zeigte hoch.

»Tamás Varta? Der Terrorist?«

Klar, ein von den Medien hochgejazztes vermeintliches Verbrechen, schön reißerisch getaggt, so was behielten die Leute. Mega. »Ich habe eine Nachricht von ihm.«

Der Rezeptionist wich einen Schritt zurück, seine Augen weiteten sich.

»Wirklich?« Er warf einen Blick zu dem Fernseher über sich. »Von ihm?«

»Ja.«

»Augenblick.«

Ein kurzes Telefonat in einer Sprache, die Varta nicht verstand, dann: »Warten Sie hier. Sie werden gleich abgeholt.«

Und tatsächlich – fünf Minuten später erschienen drei Männer in derselben Uniform wie die Wächter an der Schleuse, außerdem eine Frau in elegantem Hosenanzug. Mit ihrer Schlüsselkarte öffnete sie die Plexiglastür neben der Schleuse, trat ins Foyer und streckte Varta die Hand entgegen. »Herr Sutherland?«

»Ja. Guten Morgen.«

Sie mochte um die vierzig sein, ihr rotes Haar hatte sie raspelkurz geschnitten. Ihr Englisch war grammatikalisch perfekt, doch indem es gegen das Satzende anperlte, verriet es den französischen Hintergrund der Sprecherin. »Fabienne Tielemans. Corporate Security. Sie haben Informationen zu Tamás Varta?«

»Ja.«

Ihr Blick tastete ihn mit der Schärfe einer Röntgenröhre ab. »Sie stehen nicht unter Drogeneinfluss?«

»Nein.«

»Sie sind nicht psychisch krank?«

»Nein.«

»Kommen Sie mit.« Tielemans wandte sich zur Schleuse. »Wenn Sie bitte hier durchtreten möchten.«

»Haben Sie elektronische Geräte dabei?«, fragte eine der Wachen.

Varta hielt irritiert seinen Laptop hoch, den er prominent unterm Arm getragen hatte.

»Den können Sie leider nicht mitnehmen. Smartphone?«

Hilfesuchend wandte sich Varta an Tielemans. »Ich kann beides nicht aus der Hand geben, da sind sensible Daten drauf.«

Tielemans musterte ihn einen Augenblick; Varta spürte, wie ihm der Schweiß die Innenseiten der Oberarme hinunterrann. »In Ordnung«, sagte sie. Und zu der Wache: »Untersuchen Sie nur auf Sprengstoff.«

Nachdem er Handy und Laptop in eine graue Kiste gelegt hatte, musste Varta den Körperscanner durchschreiten. In der Zwischenzeit untersuchte einer der Wachleute die Geräte.

»Passt«, sagte der Wachmann.

»Folgen Sie mir«, sagte Tielemans.

Tielemans' Eskorte nahm ihn in ihre Mitte, in einer einschüchternden Zielstrebigkeit, die kein Wort der Verständigung benötigte. Varta hatte erwartet, man würde ihn zu den Aufzügen bringen. Alle wichtigen Gespräche wurden oben geführt. Stattdessen wurde er einen Korridor entlanggeführt, durch ein Treppenhaus und in einen zweiten Korridor. Die wenigen Angestellten, denen seine kleine Gruppe begegnete, warfen ihm nur kurze, desinteressierte Blicke zu, bevor sie, in ihre Handys plappernd oder Akten schleppend, an ihnen vorbeieilten.

Endlich hatte Tielemans ihr Ziel erreicht. Sie befahl zweien ihrer Begleiter, im Gang zu warten; mit dem dritten und Varta betrat sie einen kleinen Konferenzraum mit Telefonanlage und digitalem Whiteboard, das an einen Laptop angeschlossen war. Per elektrischem Schalter ließ sie die Jalousien herunter. Dann zog sie den Stecker der Telefonanlage und schaltete den Laptop aus.

»Das Whiteboard«, bemerkte Varta.

Tielemans sah ihn kurz irritiert an, dann verstand sie und betätigte den Netzschalter des Whiteboards.

»Herr Sutherland«, sagte sie, während sie sich an die Kante des Konferenztischs lehnte und die Arme verschränkte, »Sie sehen an meiner Reaktion, dass ich Ihre Behauptung ernst nehme. Bevor wir allerdings auf diese Behauptung eingehen, muss ich Sie etwas anderes fragen: Warum haben Sie sich nicht an die Polizei gewandt?«

»Die Informationen, die ich habe, sind zu brisant. Ich kann sie nur Herrn Villa persönlich überreichen.«

»Ich verstehe. Würden Sie sich bitte ausweisen?«

Varta schluckte. Herbst mochte ihn mustergültig verkleidet haben, eine Fake-ID hatte sie ihm nicht zu besorgen vermocht. »Nein«, sagte er.

»Sie wollen nicht?«

»Ich kann nicht.«

Tielemans schien den Grund dafür als unerheblich zu erachten, zumindest verzichtete sie auf weiteres Nachfragen. In einer weniger prekären Situation hätte Varta sie dafür bewundert.

»Wir brauchen Ihren Fingerabdruck«, erklärte sie lakonisch. »Und damit brauchen wir die Polizei.«

»Bitte«, rief Varta hastig, »Zeit ist ein kritischer Faktor. Ich muss mit Villa sprechen, sofort.«

»Der Kommissar befindet sich gerade in einer Besprechung, die den ganzen Tag dauern wird. Zur Mittagspause werde ich ihn informieren. Bis dahin werden wir auch Ihre Identität festgestellt haben.« Sie wandte sich zur Tür, dem Wachmann ein paar französische Anweisungen zuwerfend. Bevor Varta sie aufhalten konnte, hatte sie den Raum verlassen.

Varta ließ sich in einen Bürosessel fallen. Fuck.

»Entschuldigung?«, fragte der Wachmann, ein drahtiger kleiner Mann mit einem geradezu comichaften Schnauzer.

»Nichts.«

Egal wie, er musste zu Villa, musste verhindern, dass FEB die Fristverlängerung für Alyattes bekam. Polizei bedeutete ein langes Verfahren, womöglich die Auslieferung an Frankreich – und für von Wolfenweiler ausreichend Zeit, einen kleinen Unfall zu orchestrieren. Verflucht, wahrscheinlich war der es, der hinter dem

Attentat auf den französischen Geheimdienstleiter steckte. Was sollte diesen Psychopathen aufhalten, einen einfachen Programmierer verschwinden zu lassen?

Varta zog seinen Sessel an den Tisch heran, klappte seinen Laptop auf. Er konnte nicht untätig hier herumsitzen. Mit einem Schritt war Mr. Mustache bei ihm und klappte den Laptop wieder zu.

»Was soll das?«

»Keine Technik.« Das Englisch war weniger geschliffen als das seiner Chefin.

»Ach, geht doch alle sterben.«

»Bitte?«

»Nichts.«

Ohne ihn aus den Augen zu lassen, stellte sich der Wachmann zurück an die Tür.

»Dürfte ich mal auf Toilette?«

»Warten Sie auf Frau Tielemans.«

»Es ist dringend.« Varta verzog mitleidheischend das Gesicht. Sein Gegenüber wirkte unentschieden.

»Ansonsten bringen Sie mir wenigstens eine leere Flasche.«

Mr. Mustache sprach etwas auf Französisch in sein Funkgerät, dann nickte er. »In Ordnung, kommen Sie.« Draußen befahl er seinen wartenden Kollegen, sich ihnen anzuschließen. Nicht schlecht, dachte Varta ironisch. Drei Mann begleiteten ihn aufs Klo. Er musste es echt zu was gebracht haben.

Und die Begleitung war konsequent, folgte in den Waschraum und bis vor die Kabinen. Zumindest erlaubten seine Wachhunde ihm, die Tür hinter sich zu schließen. Kaum hatte Varta sich aufs Klosett gesetzt, kramte er sein Smartphone aus dem Sakko und scannte die Umgebung. Er seufzte. Teils aus Erleichterung, weil die Toilette nach der langen Nacht in der Tat dringende Bedürfnisse befriedigen konnte. Teils aus Resignation über die Menschheit – alle drei Sicherheitsleute hatten die Bluetooth-

Funktion ihrer Handys aktiviert. Und keines der Modelle war aktuell. Manchmal war es fast beleidigend, wie einfach man es ihm machte. In ihren Adressbüchern fand er Tielemans' Nummer. Er scrollte durch die Fotogalerien, um die verschiedenen Geräte ihren Besitzern zuordnen zu können. Mr. Mustache war vermutlich der Ranghöchste. Varta schrieb ihm unter Verwendung von Tielemans' Signatur, Villa habe es sich anders überlegt; der Kommissar wolle Sutherland umgehend sehen, man solle ihn zu ihm bringen. Tielemans selbst komme nach. Dann stellte Varta bei allen drei Telefonen den Flugmodus ein.

Die ganze Aktion hatte keine drei Minuten gedauert. Summend beendete Varta sein Geschäft. Als er aus der Kabine trat, packte ihn Mr. Mustache an der Schulter. »Kommen Sie.«

»Wohin?«

»Der Kommissar will Sie sehen.«

»Darf ich vorher noch Hände waschen?«

93. Kapitel

Nachdem Herbst ihre Kleidung gerichtet hatte, steckte sie Kampfmesser und Glock wieder ein. Zügig durchsuchte sie den Bungalow. Keine Spur von Rafael. Verbissen klaubte sie Wus Handy auf, durchsuchte seinen Leichnam, fand den Autoschlüssel. Bezeichnend, dass Wu, ein Avantgardist des technischen Fortschritts, bei seinem eigenen Wagen auf etwas so Antiquiertes wie einen physischen Schlüssel zurückgriff.

Sie eilte aus dem Bungalow, sperrte die blaue Limousine auf, schnallte sich an, stellte Sitz und Spiegel ein. Auf dem Beifahrersitz lag ein Haufen Festplatten. Sie hatte nicht viel Zeit. Es gab nur einen Weg zum Campingplatz, Wus Schergen würden nicht lange auf sich warten lassen. Als sie das Gaspedal antippte, brüllte das Monster. Kein Vergleich zu ihrem alten Golf oder Frenzels klappriger Kiste. Die Beschriftung des Tachos endete bei dreihundertzwanzig Stundenkilometern.

Herbst musste wenden. Sie legte den zweiten Gang ein, gab Gas, das Ungetüm bäumte sich auf, Herbst peitschte es auf die schneebedeckte Wiese, zog die Handbremse an, warf es herum. Knurrend kam es zum Stehen. Jungfräulich weiß lag der Waldweg vor ihnen.

Herbst öffnete ihr Seitenfenster einen Spalt, lauschte. Schon glaubte sie die winterliche Stille vollkommen. Dann hörte sie – in der Ferne noch, aber unverkennbar: Motorenlärm.

Also gut. Sie schaltete das Fernlicht ein. Zwei Minuten durchhalten, flüsterte sie ihrem Handgelenk zu. Und trat das Gaspedal durch. Ihr Kriegsross spürte die Sporen, bebend folgte es seiner Natur. Einen Wimpernschlag lang gruben sich die Räder in den Schnee, dann erreichten sie den darunter liegenden Kies; die Traktionskontrolle sprang an, die Räder fanden Halt, stießen sich ab und schleuderten zwei Tonnen Zerstörungswut in den Wald.

Das Fahrsicherheitstraining, das Herbst beim BND absolviert hatte, lag Jahre zurück. Der schmale, zugeschneite Forstweg wäre schon in langsamem Tempo eine Herausforderung gewesen. Herbst legte den dritten Gang ein. Die Strecke wand sich, Herbst nahm keine Rücksicht. In jeder Kurve ratterte das ESP. Die Federung der Limousine tat ihr Bestes, doch gegen den unebenen Untergrund kam sie nicht an. Bei jeder Bodenwelle krachten die Achsen bedrohlich.

Es gehe nicht nur ums Überleben, hatte Varta gesagt. Herbst war gewillt, ihm zu glauben.

Aber nicht jetzt.

Eine scharfe Linkskurve, das Heck brach aus, das ESP ratterte, das ABS ebenfalls, vergeblich, das rechte Hinterrad rutschte in den Graben, Herbst korrigierte, fegte durch eine Schneewehe, stabilisierte den Wagen, gab Gas.

Und sah ihre Gegner.

Zwei SUVs, dicht hintereinander. Jagten heran in einer Geschwindigkeit, so halsbrecherisch wie ihre eigene. Herbst beschleunigte.

Knautschzone hin oder her, den Zusammenprall würde niemand überleben. Fünfzig Meter noch. Nur der Bruchteil einer Sekunde. Ihr Gurt straffte sich automatisch. Der Bremsassistent piepste. Doch mit ihrem Fuß auf dem Gaspedal übersteuerte Herbst das System. Hinter der Windschutzscheibe des entgegenrasenden SUVs konnte sie Gesichter erkennen. Nackter Schrecken lag darauf. Herbst packte ihr Lenkrad fester.

Zwanzig Meter. Das Notbremssystem übernahm die Kontrolle. Zu spät. Nur Ausweichen würde den Crash verhindern. Doch die

Bäume am Wegesrand standen dicht an dicht. Herbst hielt gnadenlos die Spur.

Zehn Meter. Der Fahrer des vorderen SUVs riss das Lenkrad herum. Donnerte rechts an ihr vorbei. Sofort war der zweite SUV vor ihr. Dessen Fahrer steuerte nach links, rauschte vorbei, Herbst sah die Panik in seinen geweiteten Augen.

Es tat einen ungeheuren Schlag.

Einen zweiten.

Wus Limousine kam selbstständig zum Stehen. Frei lag der Forstweg vor der Kühlerhaube. Der Schnee glänzte unschuldig in der Morgensonne. Herbst sah in den Rückspiegel. Einer der SUVs lag auf der Seite, die Räder drehten sich hilflos in der Luft; der andere war frontal gegen einen Baum geraten, hatte sich bis zur Fahrgastzelle aufgefaltet, Rauch stieg auf.

Herbst nahm Wus Handy, wählte den Notruf.

»Schwerer Autounfall auf der Zufahrt zum Campingplatz Taunusstein.«

»Langsam, langsam. Verraten Sie mir zuerst Ihren Namen.«

»Campingplatz Taunusstein.« Herbst beendete die Verbindung.

Vielleicht hatte Varta recht. Es ging nicht nur ums Überleben. Aber manchmal schützte man sein Leben besser, wenn man es zu riskieren bereit war.

94. Kapitel

Diesmal ging es in den Fahrstuhl. Fünfter Stock. Es war der höchste, die Sonne drang durch Deckenluken in den Gang. Und sie strahlte ihnen in den Rücken – Varta wurde also in den Westflügel geführt.

Bald stießen sie auf zwei weitere Uniformierte, die eine Tür bewachten. Etwas abseits davon stand außerdem ein Mann im Anzug, dessen Statur und der Knopf im Ohr ihn verdächtig nach Personenschützer aussehen ließen. Als Varta näher kam, erkannte er ihn an dem Insulin-Pod am Oberarm – Pedro oder Pablo oder so, einer von Sanfilippos Leuten.

Pablo musterte ihn scharf, eine Hand fuhr ans Ohr, die andere unter sein Sakko. Mr. Mustache redete französisch auf seine Kollegen ein. Diese antworteten ruhig, aber bestimmt. Mr. Mustache wiederholte seinen Punkt. Es ging hin und her, der Wortwechsel wurde hitziger. Auch wenn Varta kein Wort verstand, war ihm nur zu klar, was hier passierte: Die Torwächter hatten den nachdrücklichen Befehl, niemanden einzulassen. Und dass der Kommissar einen Michael Sutherland herzitiert hätte, war ihnen neu.

Kurz entschlossen schritt er auf die Tür zu. Bevor die Uniformierten verstanden, was geschah, hatte er sie erreicht. Pedro war ohnehin zu weit weg. Varta öffnete und betrat einen Konferenzraum, nicht unähnlich dem, in welchem Tielemans ihn interviewt hatte. Größer allerdings und aufgrund der Höhe mit einem Panoramablick auf die Brüsseler Innenstadt aufwartend.

Zentrales Element der Ausstattung war ein langer, rechteckiger Tisch aus Massivholz, an den gut und gerne zwanzig Leute passen mochten. Vor dem Kopfende hing eine Projektionswand von der Decke und zeigte den Alyattes-Quellcode. Die Ledersessel an den Längsseiten des Tischs waren fast vollständig besetzt. Die Fensterseite wies eine distinguierte Reihe von Anzugträgern und Damen in Kostüm auf. Auf der Türseite saß kein anderer als von Wolfenweiler, neben ihm Avari und mehrere Personen, die Varta nicht kannte.

Alle drehten sich zu Varta um.

»Puh, habt ihr eine Luft hier drinnen.«

Eine Sekunde brachte niemand einen Laut hervor.

Dann drängten die Sicherheitsleute durch die Tür, griffen nach ihm, versuchten, ihn wieder nach draußen zu ziehen.

Ein ergrauter Herr auf der Fensterseite räusperte sich, die Sicherheitsleute froren ein. Der Herr fragte etwas auf Französisch. Mr. Mustache antwortete, Varta hörte den Namen Michael Sutherland heraus. Der Herr blickte irritiert. Dann winkte er seinen Wachleuten, Varta abzuführen.

»Es geht um Alyattes«, rief Varta hastig.

Der Herr regte sich nicht. Die Wachleute bugsierten Varta nach draußen.

»Ich bin Tamás Varta«, schrie er, während er durch den Türrahmen gezerrt wurde.

»Stopp«, rief der Herr. Die Wachleute hielten inne. Der Herr betrachtete ihn stumm für drei unendliche Sekunden. Dann fragte er: »Sie sind Tamás Varta?«

»Ja.«

Von Wolfenweiler lachte auf.

»Der meistgesuchte Mann Europas?« Der Herr hatte ein schmales Gesicht, aus dem die scharf nach unten gebogene Nase hervorstach.

Varta zuckte die Schultern. »Kann sein.«

»Das ist nicht Varta«, erklärte von Wolfenweiler bestimmt.

Varta nahm die Kieferschienen aus seinen Backen, steckte sie in seine Hosentasche, nahm die Brille ab, faltete sie zusammen und steckte sie ebenfalls ein, löste die Klammer, die seine Perücke an ihrem Platz hielt, und zog sich diese vom Kopf. Um sich ordentlich abzuschminken, hätte er ein Badezimmer gebraucht. Doch die Fassungslosigkeit, mit der die versammelte Gemeinde ihn anglotzte, bewies, dass der Effekt auch so schon beeindruckend genug war.

»Sie sind Ricardo Villa?«, fragte Varta den Herrn, der ihn angesprochen hatte.

Dieser nickte.

»Ich muss mit Ihnen reden.«

»Du bist wahnsinnig«, schnaubte von Wolfenweiler.

»Ruhe bitte«, kanzelte Villa ihn ab. Und zu Varta: »Wir sind in einer wichtigen Besprechung. Sie haben fünf Minuten.«

»Zuerst eine Frage: Haben Sie vor, das Bargeld abzuschaffen?«

»Wie kommen Sie darauf?«

»Wollen Sie bitte antworten?«

»Ich glaube nicht, dass Sie sich in der Position befinden, Forderungen zu stellen.«

»Er ist vollkommen wahnsinnig«, wiederholte von Wolfenweiler, diesmal an Villa gerichtet.

Der Kommissar ignorierte ihn.

»Wenn Sie nicht antworten wollen«, sagte Varta, »deute ich das als Bestätigung meines Verdachts. Unsere liberale Gesellschaft taumelt bereits. Durch Ihre Vision wird sie in den Abgrund gestoßen.«

»Du gehst zu weit, Varta«, drohte von Wolfenweiler. »Du weißt nicht, wo du bist.«

»Wissen Sie, Herr Varta«, sagte Villa, ruhiger als von Wolfenweiler, aber nicht weniger kühl, »als Politiker in verantwortungsvoller Position erhalte ich Gegenwind aus jeder Richtung. Tag und Nacht, Woche für Woche, immer. Glauben Sie, Ihre Bedenken sind mir neu? Sie fürchten, ein vereinheitlichtes Bezahlsystem könnte missbraucht werden – habe ich recht?«

»Das fürchte ich, ja.«

»Deswegen hegen wir so große Hoffnungen, was Alyattes betrifft. Deswegen haben wir uns für die Blockchain-Technologie entschieden, trotz all ihrer Makel. Transparenz und Sicherheit. Sie sind doch der Fachmann. Nach dem, was ich von Ihren Kollegen höre«, er nickte zu den Leuten, die neben von Wolfenweiler saßen, »soll die Strenge unserer Vorgaben sogar der Grund dafür sein, dass sich Alyattes weniger schnell entwickelt als geplant.«

»Trotzdem«, widersprach Varta, »alle Daten laufen in einem einzigen System zusammen …«

»Datenschutz ist unsere höchste Priorität.«

»Ja, vielleicht meinen Sie das ernst. Aber Sie hätten die größte Datensammlung der westlichen Hemisphäre, jeder Big-Data-Analyst würde sich die Finger danach lecken. Eine gewaltige Verlockung – und früher oder später würde einer von euch Anzugträgern nicht mehr widerstehen können. Und zack, China.«

»Sie wissen«, entgegnete Villa kühl, »dass wir bei Alyattes eine End-to-End-Verschlüsselung erwarten.«

Varta lachte auf. »Aber keine symmetrische, Babo. Wäre ja nicht praktikabel. Und asymmetrisch heißt, das Vermittlungssystem hat Zugriff. Und wer vermittelt? Bingo – die EZB.«

»Das ist bei SWIFT nicht anders.«

»Und das ist doch genau der Grund, weshalb ihr davon unabhängig werden wollt. Damit die Amis euch nicht reinpfuschen können.« Varta schüttelte den Kopf. »Außerdem ist es ein Unterschied, ob ein elektronisches Bezalsystem Transaktionen sicherer machen soll. Oder Bargeld ersetzen.«

»Ich gebe zu, mittelfristig werden wir uns mit einem solchen Szenario beschäftigen müssen.«

»Blödsinn.«

Villa sah demonstrativ auf die Uhr. »Worauf wollen Sie hinaus, Herr Varta?«

Fuck, er verlor sich im Theoretischen. Aber hätte er sich für dumm verkaufen lassen sollen? »Sie befinden sich bereits mitten in der Umsetzung. Alyattes ist das Fundament, das Sie für die Reform verwenden wollen. Wann soll es so weit sein? 2030? Oder noch früher? 2025?«

»Das ist doch völlig realitätsfern.«

»Und haben Sie sich Gedanken bezüglich der Quantenmechanik gemacht? Selbst wenn Ihr System ein paar Jahrzehnte funktionieren würde – keine Verschlüsselungstechnologie würde vor Quantencomputern bestehen.« Varta dachte an Herbst. Er musste zugeben, die Welt lieferte gute Gründe für ihren Zynismus. »Wir können nur hoffen, dass wir bis dahin in der Klimakatastrophe gelernt haben, mit dem Weltuntergang zurechtzukommen.«

»Sie sind doch ein Mann des Fortschritts, Herr Varta«, sagte der Kommissar sanft, »Sie vor allen anderen sollten wissen: Bargeld ist nicht mehr zeitgemäß.«

»Ja«, rief Varta zornig, »ich interessiere mich für den Fortschritt. Ich will bestimmt nicht zurück in eine Welt mit Wählscheiben auf den Telefonen. Aber deswegen sollten Sie mich ernst nehmen, wenn ich sage: Sie machen einen Fehler. Das Neue ist nicht automatisch besser. Evolution entsteht durch Mutation. Doch Mutation, die sich nicht regulieren lässt – das ist Krebs.«

»Aber das ist es doch gerade, was wir wollen: eine wirksamere Regulierung. Für eine starke Gesellschaft.«

»Stärker wird doch nur die EZB, die den Leitzins ins Negative hat rutschen lassen. Wozu hat das geführt? Die Konsumenten verlieren mit Spareinlagen, also sammeln sie unverzinstes Bargeld. Die Geldpolitik der EZB verpufft. Gäbe es jedoch kein Bargeld mehr, könnten die Konsumenten nichts tun, außer in jeden sauren Apfel beißen, den Frankfurt ihnen hinhält...«

»Ich wiederhole mich«, entgegnete Villa, »Bargeld lässt sich nicht einfach so abschaffen.«

»Wieso?« Wie waren sie nur in diese Diskussion geraten? Aber

Villas Argumentation war geradezu hanebüchen bequem. »Die EZB müsste bloß eine Gebühr für die Bargeldausgabe verlangen, welche die Banken an ihre Kunden durchreichen würden. Die Banken wären sofort bereit dazu, die leben ja vom Giralgeld.«

»Wie alt sind Sie, Herr Varta?«

»Fünfundzwanzig.«

»Sie besitzen ein beeindruckendes Wissen.« Villa ließ nachdenklich einen Bleistift kreisen – ein Gott mit Sinn für Ironie musste ihm dieses anachronistische Werkzeug in die Hand gelegt haben. »Wissen Sie auch, wie viel Geld den europäischen Staaten durch Steuerhinterziehung verloren geht? Wie viel Geld jährlich innerhalb der EU gewaschen wird?«

»Mit guten Absichten fährt sich's am geschmeidigsten in die Hölle. Facilis descensus Averno.«

»Sparen Sie sich Ihren Vergil. Wir können die Entwicklung nicht aufhalten. Aber wir können uns entscheiden, ob wir vor ihr fliehen wollen oder sie an den Hörnern packen.«

»Ich bin Ihrer Meinung. Leider übernehmen Sie sich.«

Villa klopfte erregt mit seinem Bleistift auf die Tischkante. »Sie spucken große Töne. Was wollen Sie denn? Dass wir das Feld den Privaten überlassen? Ich verstehe Ihre Angst vor staatlicher Kontrolle. Aber behaupten Sie bitte nicht, ein unregulierter Markt verhindere totalitäre Systeme.«

»Tue ich nicht.«

»Was würden Sie sich denn wünschen?« Wieder ein Blick zur Uhr. »Sie haben noch eine Minute.«

»Dass Sie Ihren Job tun. Sie sind nicht nur die wichtigste Mannschaft auf dem Spielfeld – Sie machen auch die Regeln. Nehmen Sie Ihre Verantwortung wahr.«

»Genau das haben wir doch vor.«

»Nein, Sie sehen, dass das Spiel eskaliert. Und statt dass Sie die Übeltäter des Feldes verweisen, werfen Sie sich selbst ins Getümmel.«

Der Bleistift in Villas Hand bebte, in seinen Augen blitzte der Wille, das Gefecht weiterzuführen. Stattdessen sagte er nur: »Ihre fünf Minuten sind um.« Die Uniformierten hatten wie der Rest des Raumes ohne Regung den Zwiespalt beobachtet. Villa rief ihnen seine französischen Befehle zu. Dann wandte er sich noch einmal an Varta. »Ich frage mich, ob diese Visite sich für Sie gelohnt hat. Soweit ich weiß, haben Sie sich auf eine Anklage wegen Hochverrats vorzubereiten.«

»Glauben Sie«, rief Varta, während er gepackt wurde, »ich hätte nur für den akademischen Diskurs vorbeigeschaut? Alyattes ist kaputt.«

»Was meinen Sie damit?«

»Haben Sie schon einmal von Odysseus gehört?«

»Ja, habe ich.« Villa seufzte. »Zehn Jahre Belagerung Troja, hölzernes Pferd, zehn Jahre Heimfahrt et cetera. Odysseus.«

»Genau. Und außerdem der Name eines versteckten Programms innerhalb von Alyattes. Eine Backdoor. Genau genommen eine Struktur, um Backdoors zu ermöglichen. Eine Meta-Backdoor sozusagen. Wenn Alyattes Troja ist, haben seine Architekten nicht das hölzerne Pferd in die Mauern gelassen – sondern dessen Erfinder.«

Geraune. Räuspern. Stühle wurden zurechtgerückt. »Du verfluchter Lügner«, zischte von Wolfenweiler.

Mit knapper Geste gebot Villa Ruhe. Sofort erstarb jede Bewegung, alles Getuschel. Es war klar, wem der Raum gehörte. »Eine unerhörte Anschuldigung«, sagte der EU-Kommissar bedächtig. »Haben Sie Beweise?«

»Auf meinem Laptop.«

»Und wo ist der?«

Varta deutete auf Mr. Mustache.

Wieder ein französischer Befehl. Mr. Mustache entfernte sich.

»Wenn es recht ist«, warf Varta schnell ein, »hole ich den Laptop selbst.«

Villa musterte ihn kurz, dann nickte er – »Wie Sie meinen« – und pfiff Mr. Mustache zurück.

Dieser und ein weiterer Uniformierter nahmen Varta zwischen sich, packten ihn an den Oberarmen und führten ihn aus dem Raum. Auf dem Gang prallten sie fast gegen Fabienne Tielemans. Entgeistert starrte Madame Corporate Security ihn an.

»Hey«, grinste Varta. »Alles chillig?«

95. Kapitel

Als die Tür hinter Varta ins Schloss gefallen war, war es, als hätte eine dunkle Energie den Raum verlassen. Fenster- und Türseite atmeten geschlossen aus. Erschöpft blickten die Anwesenden zu Villa, doch der schwieg, das Gesicht zu einer Maske erstarrt.

Avari bemerkte, dass Fridolin unterm Tisch die Faust geballt hatte. Ihre eigenen Gedanken überschlugen sich. War alles verloren? Sie brauchte eine Idee, und zwar pronto. Bis dahin mussten sie mit allen Kräften Ruhe bewahren. Sie legte ihre Hand auf Fridolins Faust, nickte ihrem Geliebten ermutigend zu. Sich um ihn zu kümmern half ihr, das Toben in ihrem eigenen Innern in die Schranken zu weisen. Noch nie hatte sie Fridolin so verletzlich gesehen. Aufbrausend, ja, wütend, beleidigt – aber nie verwundet. War das der Mann, zu dem sie aufschaute wie zu keinem anderen? Ein Mann, der Schwäche zeigte? Sie hatte sich seiner Macht unterworfen, und nun musste sie erkennen – er hatte sich diese Macht nicht verdient, hatte kein Recht auf sie. Ein Blender wie alle anderen. Zu Avaris eigenem Erstaunen minderte diese Erkenntnis ihre Zuneigung nicht. Im Gegenteil: Es beflügelte sie. Und der Ausweg tat sich vor ihr auf. Sie war nicht länger Sklavin. Sie war es, die Fridolin retten würde. Nicht weil er es verdient hatte, sondern weil sie es so wollte, und er würde sich beugen müssen vor ihr, seiner Königin.

»Wenn wir jetzt sowieso warten«, sagte sie gedämpft in die Runde, »dann würde ich gern die Gelegenheit nutzen, mich kurz frisch zu machen.«

Sie schob den Sessel zurück, schenkte Villa ein Lächeln und verließ das Konferenzzimmer.

Gerade rechtzeitig, um Varta mit seiner Eskorte um eine Ecke biegen zu sehen. Sie nickte Paulo und den beiden Türwachen kurz zu, dann stöckelte sie zügig ihrem Ziel hinterher. Als sie selbst den Knick des Ganges erreicht hatte, die Türwachen sie nicht mehr sehen konnten, wartete sie, bis Vartas Gruppe um die nächste Ecke verschwunden war. Noch einmal versicherte sie sich, allein zu sein, sah sich nach Kameras um, dann griff sie sich unter den Rock ihres Kostüms. Seit der Auseinandersetzung mit Roux-Pastor trug sie die Kunststoffpistole, die Fridolin ihr geschenkt hatte, immer bei sich. Schon gegen Holfhusen hatte die Waffe ihr gute Dienste erwiesen. Mit dem Töten war es wie mit dem Sex. Wenn man die Entjungferung erst einmal hinter sich gebracht hatte, ging das nächste Mal wie von selbst.

Während sie die Pistole hinter ihrem Rücken verbarg, eilte sie weiter; darauf achtend, zielbewusst zu wirken, aber nicht hektisch. Bei den Fahrstühlen holte sie die anderen ein. Die Sicherheitsleute warfen ihr nur einen kurzen Blick zu. Varta hingegen beobachtete sie mit zusammengezogenen Augenbrauen.

»Aurora Avari, richtig?«, sagte er argwöhnisch. »Sie sind von Wolfenweilers Assistentin.«

»Seine Referentin.« Ein letzter Blick nach Überwachungskameras. Keine da.

»Was wollen Sie?«

Avari hatte nie Zielen gelernt. Sie mochte kurze Entfernungen. Sie holte die Pistole hinter ihrem Rücken hervor, hielt sie dem einen Sicherheitsmann an den Kopf, drückte ab, hielt sie dem zweiten Sicherheitsmann an den Kopf, drückte ab. Richtete sie auf Varta, drückte ab. Richtete sie auf ihre linke Schulter, besann sich auf ihr Herzchakra, biss die Zähne zusammen. Und drückte ab.

Mittwoch

... den Mord in Taunusstein an einem hochrangigen Mitarbeiter von FEB. Auf der Flucht trieben die Täter die Begleitfahrzeuge des Mannes von der Straße ab; drei Männer starben, fünf weitere wurden teils schwer verletzt. Ob es einen Zusammenhang zu der Bluttat in Brüssel gibt, ist noch unklar. Inzwischen wurde bekannt, dass es sich bei dem dortigen Schützen um Tamás Varta handelte. Der Programmierer und mutmaßliche Spion wurde seit Tagen per internationalem Haftbefehl gesucht...

96. Kapitel

Ein Knall.

Radwitz schreckte hoch. Fußballtapete, verkohltes Laminat – diesmal gelang es ihr schneller, sich zu orientieren. Noch immer wohnte sie bei Bianca und Lorenzo. Eigentlich hatte sie schon gestern zurück nach Hamburg fahren wollen. Sie hatte das Zimmer, in dem sie untergekommen war, bereits wieder hergerichtet, als die Meldung im Radio kam. Es zog ihr alles Mark aus den Knochen, als die entsetzliche Neuigkeit sie einholte: Varta war tot. Sollte sich erschossen haben im Gebäude des EU-Kommissars für Digitale Wirtschaft.

Den ganzen Dienstag hatte sie fassungslos vor dem Fernseher gesessen. Hatte sich wieder und wieder die Worthülsen der Nachrichtensprecher angetan, obwohl sie die aufgebauschten Floskeln nur zu gut kannte – niemand wusste Genaueres, aber keiner konnte sich erlauben, auf die Berichterstattung zu verzichten. Sie schämte sich für ihre Zunft.

Und von Herbst fehlte jede Spur.

Varta war tot. Selbstmord, behaupteten die Nachrichten. Radwitz glaubte nicht daran. Was hatte Varta in Brüssel gewollt? Wenn er den Druck der Fahndung nicht mehr ausgehalten hatte, hätte er sich medienwirksamer das Leben nehmen können. Nein, Radwitz war überzeugt: Varta war umgebracht worden, genau wie Cate. Womöglich auch Herbst. Was Radwitz zu der einzigen Person machte, die von Odysseus wusste. Und was bedeutete, dass sie es war, die entscheiden musste, was mit den Daten geschehen sollte. Dass ihr Leben in Gefahr war.

Ein zweiter Knall. Fußgetrappel, dann ein Schrei.

Radwitz sprang aus dem Bett, warf sich einen Bademantel über ihr Nachthemd, rannte zur Tür, lauschte. Stiefel polterten die Treppe herauf. Ein weiterer Schrei. Eine Waffe, sie brauchte eine Waffe. Fieberhaft suchte sie den Raum ab. Nichts außer alten Comicheften und leeren Kartons. Verzweifelt ergriff sie den Schreibtischschemel, stellte sich hinter die Tür. Wartete pochenden Herzens.

Die Tür wurde aufgerissen, ein schwarz gekleideter Mann mit Sturmhaube preschte herein, an ihr vorbei, zum Bett, schlug das Laken zurück. Erkannte, dass das Bett leer war, sah sich um. Entdeckte sie. Zu spät. Mit aller Kraft ließ Radwitz den Schemel auf ihn niederfahren.

Der Mann packte mühelos ihren Arm, drehte ihn, mit einem Aufschrei ließ Radwitz den Schemel fallen. In der freien Hand des Mannes blitzte eine Waffe. Ein brennender Schmerz explodierte in Radwitz' Bauch, zuckte von dort in ihren ganzen Körper. All ihre Muskeln verkrampften sich gleichzeitig, stöhnend ging sie zu Boden.

Während sie sich auf dem Laminat wand, drehte der Mann sie auf den Rücken. Ein zweiter kam herbei, zog ihr die Arme nach hinten, legte ihr Handschellen an. Grob wurde sie unter den Achseln gepackt und aus dem Raum geschleift. Halb besinnungslos versuchte sie, einen Blick auf ihren Unterleib zu erhaschen. Kein Blut. Einer ihrer Träger rief etwas, zwei weitere Vermummte kamen hinzu, schon waren sie die Treppe hinunter. Unten noch einmal zwei, vor dem geöffneten Schlafzimmer von Lorenzo und Bianca. Hausherr und -herrin lagen in der Diele, beide auf dem Bauch, die Arme mit Handschellen auf den Rücken gefesselt. Bianca schluchzte, Lorenzo schien wie bewusstlos; nur seine zitternden Beine zeigten, dass Leben in ihm war.

Die Angreifer zerrten Radwitz aus dem Haus, durch die gesplitterte Eingangstür, ein Holzsplitter bohrte sich ihr in den nackten Oberschenkel, sie versuchte zu laufen, doch ihre Muskeln gehorchten nicht. Während sie durch den Vorgarten gezogen wurde, schrammten ihre Knie über den Kies.

Mit quietschenden Reifen kam ein schwarzer SUV vor ihnen zum Stehen. Doch Radwitz' vermummte Entführer schleppten sie in Richtung eines bereits parkenden Transporters. Ein zweiter SUV raste heran. Ein dritter. Die Vermummten stutzten kurz, dann rannten sie weiter auf ihren Transporter zu. Noch während die SUVs lange Bremsstreifen in den Asphalt rieben, öffneten sich ihre Türen, Bewaffnete sprangen heraus. Hoben die Waffen. Versperrten den Weg zum Transporter.

Die Vermummten stoppten, sahen sich hektisch nach einem Ausweg um. Auf dem Rasen des Vorgartens waren sie perfekte Zielscheiben. Sie waren zwar neben ihren Tasern auch mit scharfen Pistolen ausgerüstet, doch gegen die Neuankömmlinge hatten sie nicht den Hauch einer Chance.

Denn diese waren bewaffnet mit einem Arsenal, das Radwitz vielleicht in einem Failed State vermutet hätte, nicht jedoch in einem beschaulichen Münchner Vorort; Schrotflinten und Sturmgewehre, aber auch Jagdflinten, Revolver, sogar eine Machete glaubte sie zu erkennen. Die Absurdität der Szene verstärkte sich noch durch den Kleidungsstil, der ebenso individuell war wie die Kriegsausstattung; von Anzug bis zerfetzten Jeans, von Sportschuhen bis Lederstiefeln war alles dabei.

Trotz der grotesken Aufmachung wäre wohl niemand auf die Idee gekommen, sie für Gaukler zu halten. Der Blick, mit dem sie ihre Waffen auf die Vermummten richteten, war von unmissverständlicher Konsequenz.

Und Radwitz' Entführer erkannten die Hoffnungslosigkeit ihrer Lage, hoben langsam die Hände.

»Auf die Knie, Alter«, rief jemand aus dem Pulk der Neuankömmlinge. Radwitz glaubte, sich verhört zu haben. Perplex suchte sie die Herkunft der Stimme. Tatsächlich, da stand er, in einer gelben Baumwolljogginghose, einem überweiten Basketballshirt, einer grün-gelb-roten Bandana auf dem Kopf und einer Maschinenpistole in der Hand: der junge Toni, der sie vom Bahnhof abgeholt hatte.

Die Vermummten fügten sich widerstandslos.

In Windeseile waren alle sechs entwaffnet, auf den Bauch gelegt und mit Kabelbindern gefesselt. Toni öffnete Radwitz die Handschellen. »Und, was geht?«

Radwitz war noch immer wacklig auf den Beinen. Von Toni gestützt, richtete sie sich auf. »Bianca«, keuchte sie, »Lorenzo.«

»Die werden schon ausgecheckt.«

»Was ist passiert?«

»Schau mal, da kommt Toni«, sagte Toni, deutete auf einen alten Passat, der heranrauschte. »Quatsch lieber den an.«

In der Tat, aus dem Fond des Wagens stieg Schildkröten-Toni, im speckigen Anzug, die Kippe im Mundwinkel. Die Linie der Bewaffneten öffnete sich auf einen unsichtbaren Befehl hin, in stummem Respekt ließ man ihn passieren. Gemessenen Schrittes kam er auf Radwitz zu, legte ihr die Hand an die Wange, gab ihr einen Kuss auf die Stirn.

»Geht es dir gut, Carolina?«

Radwitz, überfordert von allem, brachte kein Wort hervor, konnte nur nicken.

Schildkröten-Toni wandte sich dem Haus zu, ging hinein. Ratlos blickte sie ihm hinterher, wusste nicht, ob sie ihm folgen sollte oder nicht. Bis auf ein paar Leute, die den Transporter durchsuchten, harrten alle aus, also entschied sich Radwitz, ebenfalls zu warten. Nach zwei Minuten kam Schildkröten-Toni zurück, begleitet von Bianca.

Radwitz eilte ihr entgegen, ergriff ihre Hände. »Geht es dir gut? Was ist mit Lorenzo?«

Bianca wischte sich die letzten Tränen aus den Augen. »Er

jammert. Aber das tut er immer, seit die Prostata nicht mehr so will wie er.«

Schildköten-Toni wandte sich an einen seiner Leute: »Mario, habt ihr irgendwas gefunden?«

»Nichts«, erwiderte der Angesprochene. »Keine Papiere, keine persönlichen Sachen. Ein einziges Handy, wahrscheinlich nur für heute zugelegt.«

Noch immer lagen die Vermummten auf dem Kies. »Toni«, bat Schildkröten-Toni den Jüngeren, »sei so gut und nimm ihnen die Masken ab.« Der junge Toni gehorchte geschwind.

Eine Weile musterte Schildkröten-Toni die Gefangenen stumm. Deren Blicke schwankten zwischen Trotz und Furcht.

»Ihr wisst wahrscheinlich nicht einmal, wer euch geschickt hat, oder?«

Auf dem Bauch, die Arme zurückgebunden, das Kinn im Kies, geriet ihr Kopfschütteln zu einem mauen Projekt.

Schildkröten-Toni hatte seine Zigarette aufgeraucht, wollte den Stummel wegschnippen, Bianca räusperte sich, Schildkröten-Toni sah sich hilflos nach einem Aschenbecher um, fand keinen, bückte sich ächzend nach einer der Sturmhauben und warf den Stummel hinein. Aus dem Anzug zog er ein Zigarettenetui hervor, zündete sich eine frische Zigarette an.

Nach dem ersten tiefen Zug, der ihm sichtlich Genuss bereitete, ging er vor seinen Gefangenen in die Hocke. »Heute ist ein glücklicher Tag. Für mich und für euch. Für mich, weil Inter gegen AC gewonnen hat.« Er nahm einen zweiten Zug. »Und für euch, weil ich euch deswegen leben lasse.«

Er richtete sich wieder auf, winkte Mario heran, der mit einem Seitenschneider die Kabelbinder aufknipste. Die Befreiten rieben sich die Handgelenke, warteten unsicher. »Jetzt verschwindet schon«, befahl Schildkröten-Toni gelangweilt. Mario reichte ihnen den Autoschlüssel, die Männer rannten zu ihrem Transporter, brausten davon.

Schildkröten-Toni nahm einen weiteren Zug. »Wirklich«, äußerte er, es schien an niemand Bestimmtes gerichtet, »ein gutes Spiel.«

Eine der Sturmhauben, die noch immer auf dem Rasen lagen, begann zu kokeln.

Donnerstag

... dementierte der EU-Kommissar für Digitale Wirtschaft Ricardo Villa Gerüchte, die Entwicklung des Bezahlsystems SAFE einstellen zu wollen. Die Nachricht machte die angeschlagene FisherEuro-Binary AG, die mit dem Projekt betraut ist, zur Gewinnerin des gestrigen Börsentages...

97. Kapitel

Ángel tot. Wu tot.

Aurora angeschossen.

Herbst verschwunden.

Die BaFin im Schiefen Turm.

Und Odysseus kompromittiert.

Von Wolfenweiler brauchte einen Plan.

Villa hatte sie vorerst gerettet, ja. Aber er hatte außerdem klargemacht, dass er Vartas Unterstellungen auf den Grund gehen würde. Er hatte Vartas Laptop und Smartphone beschlagnahmt. Es war nur eine Frage der Zeit, bis er etwas finden würde.

Von Wolfenweiler beobachtete, wie sich die Tragfläche seines Jets zum Landeanflug auf Frankfurt neigte. Er stand davor zu verlieren. Mit einem großen Schluck leerte er den Whiskey, griff nach seinem Telefon und vereinbarte mit Philipp Linde einen Termin. Dann ließ er sich von der Stewardess einen neuen Whiskey bringen und rief seinen Kontakt beim Finanzministerium an. Das Gespräch dauerte wenige Minuten. Er leerte seinen Whiskey und wählte die Nummer von Holfhusen.

Der andere nahm nach dem ersten Klingeln ab. »Von Wolfenweiler. Sie wollen mein Geld.«

»Sie sind der größte Anteilseigner von FEB. Wenn Sie bei dem aktuellen Kurs verkaufen, sind Ihre Tage bei SacronInvest gezählt. Sie hätten Ihrem Hedgefonds auf einen Schlag achtzehn Prozent Verlust beschert.«

»Wenn ich nicht verkaufe und FEB Insolvenz anmeldet, verliere ich mehr.«

»FEB wird nicht Insolvenz anmelden.«

Die Maschine sank jetzt rasch, doch von Wolfenweiler war zu oft unterwegs, um noch Druck auf den Ohren zu spüren.

»Was macht Sie da so sicher?«

»Die Bundesregierung weiß, dass wir systemkritisch sind.«

»Too big to fail.«

»Ja.«

Die Maschine rumpelte auf die Landebahn Nordwest.

»Sie sind ein Arschloch, von Wolfenweiler.«

Von Wolfenweiler packte das Telefon mit Gewalt.

»Aber ich werde mit meinen Vorstandskollegen reden. Wenn die deutsche Regierung für die Risiken einsteht, wird SacronInvest seine FEB-Anteile halten.«

Von Wolfenweiler atmete erleichtert aus, doch Holfhusen sprach weiter: »Unter einer Bedingung.«

»Ich bebe vor freudiger Erwartung«, knurrte von Wolfenweiler.

»Avari fliegt raus.«

»In Ordnung.«

Während der Jet zu seinem Stellplatz rollte, klingelte von Wolfenweilers Telefon. Eine unbekannte Nummer.

»Ja?«

»Es geht um die Hilfsgüter für Libyen.«

»Wer sind Sie?«

»Ein Freund von Fjodor.«

»Scheiße.«

»Die Alabastra liegt immer noch vor Marseille. Sorgen Sie dafür, dass die Container Ihren Zielort erreichen.«

»Ich habe keinen Einfluss auf …«

»Sorgen Sie dafür. Oder die Öffentlichkeit erfährt, dass Sie es waren, der diese Container finanziert hat.«

»Auf Ihre Aufforderung hin.«

»Beweisen Sie es.« Die Verbindung war tot.

Freitag

*…keine Ruhe um FEB. Die Bundesfinanzaufsicht hat bekannt
gegeben, von der Staatsanwaltschaft Frankfurt einen erweiterten
Durchsuchungsbefehl beantragt zu haben, der sie berechtigen
würde…*

*…der französische Verteidigungsminister Didier Penverne hat
verlauten lassen, Nachfolger von Lucien Giresse, des ermordeten
Leiters des französischen Auslandsgeheimdienstes, werde Claude de la
Renne. De la Renne hatte zuvor bereits…*

98. Kapitel

»Wie geht's deinem Arm?«, fragte Fridolin zur Begrüßung. Er hatte Avari direkt nach der OP zurück nach Frankfurt geholt. Jetzt saß sie in einer grässlichen Privatklinik, die auf Luxushotel machte, und drehte Däumchen.

»Sollte wieder werden, sagen die Ärzte. Dauert aber trotzdem ewig. Mindestens zehn Wochen bis zur Maximalbelastung. Na ja, ich habe ja noch einen zweiten.« Avari musterte Fridolin. Er sah müde aus. Alt. Ein Boxer, der nicht mehr kämpfen sollte. Und trotzdem in den Ring stieg, ungeachtet des buhenden Publikums, des mitleidig blickenden Ringrichters, der spöttisch gekräuselten Lippen seiner Gegner.

Fridolin trat an ihr Bett, sah auf sie herab. Seine Nasenhaare krümmten sich wie die Beine eines Insekts.

»Was für eine beschissene Geschichte«, blökte er.

»Noch ist nichts verloren«, sprach Avari ihm Mut zu. »Der große Fridolin von Wolfenweiler hat schon andere Herausforderungen gemeistert.«

Fridolin schnaubte nur.

»Was ist los?«

»Die Russen. Der Frachter, mit dem die Waffen-Container zu al-Fattah transportiert werden sollten, ist in Marseille stecken geblieben. Zwei Leute sind verschwunden.«

»Und jetzt?«

»Inzwischen hat die Polizei den Frachter wieder freigegeben, aber viel zu spät. Das Schiff, das die Container in Alexandria übernehmen sollte, ist nicht mehr verfügbar.«

»Wir finden ein anderes.«

»Heikel. Einen verlässlichen Schmuggler findet man am ehesten vor Ort. Aber wen soll ich schicken? Nachdem Varta von Odysseus gefaselt hat, schaut uns die BaFin genauer auf die Finger als je zuvor. Wen gibt es denn noch, dem ich vertrauen kann? Es wäre Ángels Job gewesen. Warum nur hat der verfluchte Idiot sich so unnötig umbringen lassen? Wenn dein Arm nicht wäre, könntest du es machen.«

»Hat man Odysseus auf uns zurückführen können?«

»Bisher nicht. Wir versuchen natürlich, alles Wu in die Schuhe zu schieben.«

»Was ist mit Herbst?«

»Keine Spur.«

Samstag

… eine mysteriöse Nachricht aus der Oberpfalz. Heute Morgen meldete das Klinikum Neumarkt einen seiner Rettungswagen als vermisst. Eine Stunde später fand sich das Fahrzeug auf dem Besucherparkplatz des Marienkrankenhauses in Amberg. Auf der Krankentrage fand sich ein Zettel mit den französischen Worten: Je cherche la rédemption dans la maison de la mère de la fille. *Dies bedeutet übersetzt so viel wie: »Ich suche Erlösung im Hause der Mutter des Mädchens.« Was der Satz bedeuten soll, ist unklar, doch die Polizei geht davon aus, er steht in Zusammenhang mit dem entführten Koma-Patienten Rafael Herbst. Herbst wurde vor seiner Entführung im Marienkrankenhaus behandelt…*

99. Kapitel

Claude de la Renne rieb sich die Augen. Wieder eine Nacht, die ohne Schlaf an ihm vorbeigezogen war. Er war noch keine Woche im Amt, und schon zehrte es an seinen Kräften. Als Leiter der DGSE war er zum politischen Akteur geworden; jede seiner Handlungen, alle seine Entscheidungen erfuhren eine Reichweite, die in keiner Relation mehr zu den eigentlichen Fragestellungen stand.

Ausgerechnet im kritischsten Moment der letzten Jahre war de la Renne nach oben gespült worden. Und bekam alles ab. Noch immer gab es keine Fortschritte in der Aufklärung des Attentats auf Giresse. Rein formal war das deutsche BKA zuständig, aber Verteidigungsminister Penverne hatte keinen Hehl daraus gemacht, dass er de la Renne in der Verantwortung sah.

Dringender noch als der Fall Giresse war die Anfrage des EU-Kommissars Villa, ob Alyattes womöglich eine Backdoor beinhalten könnte. Die DGSE war verantwortlich gewesen für die Überwachung des Projekts; eine Backdoor wäre der Super-GAU. Es half auch nichts, dass sie – falls es sie gab – unter Giresse entwickelt worden war; die technische Abteilung hatte damals schon de la Renne unterstanden.

Zu allem Überfluss hatte sich sein Verdacht bestätigt, was den Sniffer betraf, den Varta ihnen ins Intranet geschmuggelt hatte: chinesisch. Sein riskanter Ansatz, die Hacker-Community direkt zu fragen, hatte Früchte getragen. Innerhalb von Tagen waren mehrere plausible Analysen eingetroffen. Die Öffentlichkeit freilich hätte wenig Verständnis dafür, wenn die DGSE aus Mangel an eigenen Ressourcen mit Black Hats zusammenarbeitete. Penverne vermutlich auch nicht. De la Renne hatte akribisch darauf geachtet, alle Kommunikationswege anonym zu halten. Und trotzdem war es ein einziges Desaster.

Und jetzt auch noch die mysteriöse Nachricht von Herbsts Bruder. De la Renne schaltete seinen Computer aus. Das Elend war zu groß für seinen von der Müdigkeit gelähmten Geist. Er musste schlafen, wenigstens ein paar Stunden. Duschen, sich rasieren, die Kleidung wechseln. Er griff nach seinem Mantel, verließ das Büro, verabschiedete sich von seinem Stab und folgte den Personenschützern in die Tiefgarage, wo seine gepanzerte Limousine wartete. Nach Giresse' Tod hatte die Innenministerin die Sicherheitsbestimmungen für alle exponierten Akteure drastisch verschärft. Tag und Nacht wurde de la Renne von mindestens drei Mitgliedern des Service de la protection begleitet. Eine zweifelhafte Ehre, die sonst nur Kabinettsmitgliedern vorbehalten blieb.

Er wohnte nordwestlich der Pariser Innenstadt in Clichy, einem Vorort mit goldener Vergangenheit, der die Gegenwart den Glanz genommen hatte. Doch wer für die DGSE arbeitete, hatte keine Kapazitäten frei, um sich Sorgen wegen ein paar arbeitsloser Halbstarker im eigenen Viertel zu machen. De la Renne hatte keine Frau, keine Kinder, würde wohl auch keine mehr bekommen – nein, wenn es überhaupt etwas gab, das ihm aktuell keine Kopfschmerzen bereitete, dann war es die Schmuddeligkeit seines Wohnorts.

Die Fahrt dauerte zwanzig Minuten. Mit zwei Leibwächtern saß de la Renne in der Limousine; zwei weitere waren im Begleitwagen bereits vorgefahren, um die Zielumgebung zu sichern.

Kurz bevor sie de la Rennes Wohnung erreichten, wurden sie angefunkt – die Vorhut.

»Was ist?«, fragte der Leiter der Sicherheitseinheit.

»Jemand hat vergessen, unseren Wagen zu tanken.«

»Ihr verarscht mich.«

»Nein, wir fahren auf Reserve.«

»Und das habt ihr gerade erst gemerkt?«

Die Frage überrumpelte den anderen wohl, es dauerte mehrere Sekunden, bis die nervöse Antwort kam: »Bei diesen neuen Karren blinkt doch immer irgendein Licht. Ich dachte, es ist ein Fehler.«

»Mince alors! Packt ihr's zum Objekt?«

»Keine Ahnung.«

Der Gruppenführer seufzte. »In Ordnung, dann tankt erst. Wir treffen uns dort.«

»D'accord.«

De la Renne musste lachen. Es war fast beruhigend zu sehen, dass auch in anderen Abteilungen nicht alles perfekt lief.

Erwartungsgemäß erreichten sie ihr Ziel vor dem Begleitwagen. Der Gruppenführer sprang zuerst aus der Limousine, sicherte die Lage. Als er den Daumen hob, stieg auch der zweite Leibwächter aus und öffnete de la Renne die hintere Tür.

De la Renne kramte nach seinem Schlüsselbund, während er die fünf Stufen zur Haustür nahm. Gerade als er den Schlüssel ins Schloss steckte, stieß der Gruppenführer einen Schmerzensschrei aus. De la Renne fuhr herum, sah noch, wie der Mann gegen die Hauswand geschleudert wurde und zusammenbrach. Auch dessen Kollege schrie auf, schlug hart gegen einen rostigen Peugeot, blieb liegen.

Gehetzt sah sich de la Renne nach den Angreifern um, griff hektisch nach seiner Dienstpistole.

»Das würde ich nicht tun«, ertönte es apodiktisch.

Auf der anderen Straßenseite befand sich ein Haltestreifen. Zwischen zwei parkenden Fahrzeugen zeigte sich eine Frau. Sie trug Sneakers, Jeans, Lederjacke; die blonden Haare hatte sie zu einem Pferdeschwanz zurückgebunden. In den Händen hielt sie eine Militärflinte. Gemächlich überquerte die Frau die Straße. Ohne ihn aus den Augen zu lassen, entwaffnete sie die beiden

Personenschützer. Rasch richtete sie sich wieder auf, trat vor die Stufen unter ihm, sah zu ihm hoch. »Claude de la Renne«, sagte sie ruhig. »Erkennen Sie mich?«

»Anna-Lena Herbst«, flüsterte de la Renne, kalten Schweiß im Nacken. »Sie sind hier, um mich umzubringen.«

Herbst musterte ihn gleichgültig. »Wie kommen Sie darauf?«

»Sie haben meine Leute erschossen.«

Es war keinerlei Mitleid in dem Blick, den Herbst auf die beiden stöhnenden Männer am Boden warf. »Sandgeschosse«, sagte sie. »Tut nur ein bisschen weh.« Sie griff de la Renne unters Sakko und nahm ihm seine Pistole aus dem Holster.

De la Renne versuchte nicht, es zu verhindern. Selbst wenn seine Muskeln nicht eingefroren wären – vor ihm stand eine Killerin, die im Alleingang eine komplette Einheit des Service Action ausgeschaltet hatte. Er hatte keine Chance. Sein Mund war trocken.

»Was wollen Sie?«

Beiläufig ließ Herbst das Magazin aus seiner Pistole gleiten, zog den Schlitten zurück, nahm die Patrone aus der Kammer. Dann sah sie wieder zu ihm auf. »Ich will Ihnen ein Angebot machen«, sagte sie. Ihre Augen waren blau wie das Eismeer der Antarktis. »Ich hoffe sehr, Sie nehmen es an.«

Sonntag

… nachdem die Kritik nicht abebbt, hat Facebook angekündigt, seine digitale Währung Libra fürs Erste nicht in Europa anzubieten und sich stattdessen auf den afrikanischen Markt zu konzentrieren…

100. Kapitel

Das Röhren des Lamborghinis hätte einem Jugendlichen feuchte Träume beschert. Doch Philipp Linde hatte kein Ohr dafür. Völlig übermüdet raste er die linke Spur der A3 entlang. Er hatte in der Nacht vier Barbiturat-Tabletten genommen und trotzdem kein Auge zugetan. Seit Caro ihn am Montag als Egomanen angegriffen hatte, war sein Leben ein Albtraum geworden. Nicht wegen Caro, die dumme Schlampe war ihm piepe. Dienstag hatte Erdmuthe hingeworfen, seine beschissene Haushälterin. Mittwoch hätte sich der Aufsichtsrat von FEB mit dem Vorstand treffen sollen – und was hatte von Wolfenweiler gemacht? Den Termin kurzerhand verschoben, weil seine Assistentin ein bisschen angeschossen worden war. Sicher, das war kacke, aber FEB ging den Bach runter. Was Linde zur Weißglut brachte, war der Umstand, dass die anderen Mitglieder des Aufsichtsrats zugestimmt hatten, den Termin zu verschieben. Von Wolfenweiler führte sich auf wie ein verdammter König. Donnerstag war am schlimmsten gewesen: Linde hatte ein Meeting seiner Beratungsfirma mit einem Großkunden vergessen, und sein Partner Schröder hatte sich eingebildet, ihn bei geöffneter Bürotür zur Sau machen zu müssen. Die gesammelte Mannschaft hatte Schröders Rumgeheule gehört. Am Abend war dann das FEB-Treffen gewesen, und von Wolfenweiler hatte die Nerven besessen, dem Aufsichtsrat zu offenbaren, Holfhusen habe Tristans Anteile gekauft – ohne Wissen des Aufsichtsrats. Dieser könnte zwar noch nachträglich sein Veto einlegen, aber das bedeute nichts anderes als den Todesstoß für das größte FinTech-Unternehmen Europas. Freitag hatte Linde sich frei genommen, ein bisschen gefeiert, ein bisschen konsumiert. Es hatte nicht geholfen, dass von Wolfenweiler ausgerechnet in dem Moment anrufen musste, als die Wirkung durchschlug. Samstag hatte Linde im Bett verbracht.

Er erreichte den Rastplatz, den von Wolfenweiler ihm beschrieben hatte. Es verhieß nichts Gutes, dass jener sich im Nirgendwo an der Autobahn treffen wollte und ausdrücklich darauf hingewiesen hatte, Linde solle ohne Chauffeur kommen. Noch mehr Intrigen. Es hing Linde zum Hals raus. Er hätte von Wolfenweiler nie nach diesem Fjodor fragen sollen. Es war ein Fehler gewesen, ihn nicht direkt anzuzeigen, als von Wolfenweiler ihm die russische Einflussnahme gestanden hatte. Jetzt war es zu spät. Der Hund hatte ihn zum Komplizen gemacht. Wenn die Sache mit Tristan herauskommen sollte, hieße das Einbuchtung bis zum Sankt-Nimmerleins-Tag.

Von Wolfenweiler war bereits eingetroffen. Zwischen den verschmutzten osteuropäischen LKW wirkte seine Mercedes-Limousine wie von einem anderen Planeten. Mit aller Arroganz lehnte er an der Motorhaube, nur die kleinste Neigung des Kopfes genügte ihm zur Begrüßung. Und natürlich, der Widerling war nicht alleine gekommen, hatte einen Fahrer dabei.

Linde tat ihm nicht den Gefallen, ihm entgegenzugehen. Zwanzig Meter lagen zwischen ihnen. Eine Minute lang blieb jeder bei seinem Fahrzeug. In Lindes Schädel brannte es. Irgendwo im Auto müsste noch eine Packung Aspirin rumliegen. Aber jetzt konnte er nicht danach suchen, es wäre einer Kapitulation gleichgekommen.

Er war drauf und dran, das Kindergartenspiel abzubrechen, da drückte sich von Wolfenweiler von der Kühlerhaube ab und schlenderte mit provozierender Lässigkeit zu ihm herüber. »Herr Linde, schön, dass Sie es einrichten konnten.«

Linde presste die Lippen zusammen, nickte nur.

»Gehen wir doch etwas spazieren.«

Auf einem Rastplatz. Ein lächerlicher Vorschlag. Von Wolfenweiler ließ sich von seiner Idee nicht abbringen, schlenderte weiter, einen Zaun entlang. Notgedrungen schlurfte Linde ihm hinterher. Er hatte kein Bedürfnis, dieses Trauerspiel in die Länge zu ziehen. Der Zaun roch, als wäre er frisch aus einem Urinal gezogen worden.

»Wir befinden uns in einer kritischen Phase«, begann von Wolfenweiler.

»Ach.«

»Ich meine nicht FEB. Ich meine Tristan.«

Lindes Nackenmuskeln spannten sich an. »Was ist damit?«

»Die BaFin durchkämmt unsere Unterlagen. Es wird nicht lange dauern, und sie werden feststellen, dass bei Tristan nicht alles mit rechten Dingen zuging.«

»Das ist Ihr Problem.«

Von Wolfenweiler lächelte. Das Lächeln eines Wolfes. »Vergessen Sie nicht, wir stecken da zusammen drinnen. Sie wissen von Fjodor, von den Containern nach Libyen. Von der russischen Einflussnahme.«

»Weil Sie mir davon erzählt haben.«

»Wenn ich mich recht entsinne, hat Ihr ehemaliger Partner Stefan Beheim bei der Fusion zwischen Fischer und EuroBinary eine gründlichere Prüfung von Tristan gefordert. Sie haben widersprochen.«

»Ja«, rief Linde, empört von der Unterstellung, »weil wir die Zeit nicht hatten.«

»Aber etwas merkwürdig ist es schon, finden Sie nicht?«

»Worauf wollen Sie hinaus?«

»Alles, was Tristan betrifft, muss aus den Büchern verschwinden. Bevor die BaFin es findet.«

»Das erregt doch erst recht Verdacht.«

»Es ist der einzige Weg. Sie können die Dinge für noch so ver-

dächtig halten – ohne Belege kommen die Armen nicht weit.«
Wieder das Lächeln. Es lief Linde kalt die Wirbelsäule hinunter.
»Und was hat das mit mir zu tun?«

Von Wolfenweiler blieb stehen, drehte sich zu Linde um. Legte ihm die Hand auf die Schulter. Sein Lächeln war verschwunden.
»Sie sind es, der dafür sorgen wird, dass es keine Belege gibt.«

Linde glaubte, sich verhört zu haben. »Vergessen Sie's. Sie haben den Karren in den Dreck gefahren. Ziehen Sie ihn selbst wieder raus.«

»Würde ich. Aber ich stehe unter Beobachtung. Sie müssen es machen. Sie sind der Einzige, der außer mir von der Angelegenheit weiß.«

»Sie sind verrückt geworden.«

Beiläufig zupfte von Wolfenweiler ihm eine Fluse vom Jackett. Die Intimität passte nicht, verlieh der Geste eine obszöne Qualität. »Wenn ich untergehe, sorge ich dafür, dass Sie es mit mir tun.«

101. Kapitel

Es war bewölkt über Lyon. Der Tag war nie richtig hell gewesen, der Sonnenuntergang um fünf nur anhand der verstärkten Dämmerung zu bemerken. Herbst hatte das Elternhaus Roux-Pastors von einem der gegenüberliegenden Gebäude aus beobachtet, mehrere Stunden lang. *Das Haus der Mutter des Mädchens.* Vielleicht der Ort, an dem Rafael festgehalten wurde. Sie würde ihn finden. Wenn sie sich jemals eines Zieles sicher gewesen war, dann war es das. Wieder und wieder hatte sie Rafael im Krankenhaus besucht, mechanisch, ohne dass es sie berührt hätte. Hatte sie all die Jahre gedacht. Doch sie hatte sich getäuscht; ihr Leben war ein wackliges Gebilde, das täglich auseinanderzufallen drohte – und nur Rafael hielt es zusammen.

Es wurde Zeit. Zügig stieg sie die Treppe hinunter, in ein Erdgeschoss, dessen Einrichtung alle Stile der letzten hundert Jahre vereinigte. Im Wohnzimmer standen Massivholzanrichten neben Ikea-Tischchen neben schweren Ledersofas. Schmuckteller, Häkeldecken, gerahmte Fotos hingen an den Wänden.

»Bleiben Sie über Nacht?«, fragte Madame Pichon. Herbst hatte ihr erzählt, die Police nationale habe sie vom deutschen Bundeskriminalamt ausgeliehen, damit sie der vermissten Tochter Madame Roux-Pastors nachspüre. Man habe einen Tipp bekommen, der eine Observation des Elternhauses nötig mache. Die alte Dame Pichon wohnte allein, war von äußerst gutmütiger Natur und hatte Herbst aufgeregt mit Keksen und Ratschlägen eingedeckt. Hilfreich war allerdings nur der Hinweis gewesen, dass Sandrine Roux-Pastor sich bei einer Schwester in Toulouse aufhalte.

»Nein, ich muss zurück nach Paris.« Herbst bewegte vorsichtig ihr linkes Handgelenk. Immer noch nicht gut, aber dank der orthopädischen Manschette ausreichend einsatzfähig.

»Ich begleite Sie zur Tür.«

»Nicht nötig«, winkte Herbst ab, doch Madame Pichon bestand darauf.

Als diese hinter ihr die Tür geschlossen hatte, entfernte Herbst sich einen Block weit. In einem Hinterhof zog sie sich das Kleidchen aus, nahm Perücke und Brille ab, stopfte beides in ihre Sporttasche, gürtete sich Glock und Kampfmesser um. Die Halskette und die Perlenohrstecker, die Madame Pichon so bewundert hatte, behielt sie an. Unter einem kleinen Vordach standen Mülltonnen; Herbst öffnete eine davon, hob den obersten, tropfenden Plastiksack hoch, schob die Sporttasche darunter und schloss die Tonne wieder.

Die Nacht brach herein.

Herbst ging zurück zu der Haustür, an welcher Madame Pichon ihr vor fünf Minuten Lebewohl gesagt hatte, achtete darauf, dass die Luft rein war, und stieg auf den Briefkasten. Von dort erreichte sie ein Fenstersims im ersten Stock, zog sich daran hoch. Durch das zugehörige Fenster – welches sie zuvor von innen geöffnet hatte – kletterte sie zurück in Madame Pichons Wohnung. Die Vorsichtsmaßnahme betraf eher Madame Pichon als sie selbst. Wie auch immer die Nacht sich entwickeln würde, Pichon wäre nicht beteiligt, konnte nicht als Komplizin belangt werden.

Herbst musste keine Sorge tragen, von ihr gehört zu werden – der Fernseher tönte in einer Lautstärke herauf, als gälte es ein Kino zu beschallen. Sie stieg in den zweiten Stock, öffnete die Luke, die zum Dachboden führte, kletterte die Klappleiter hoch. Auf dem Dachboden angekommen, öffnete sie eines der dem Haus Roux-Pastors abgewandten Gaubenfenster, spähte kurz hinaus und zwängte sich dann hindurch. Geduckt schlich sie über das Dach, von Haus zu Haus, einmal die Hufeisenform des Innenhofs entlang, immer auf der dem Innenhof abgewandten Seite des Firsts.

Auch Roux-Pastors Haus hatte Gaubenfenster. Sie waren so alt, dass Herbst problemlos eines mit ihrem Kampfmesser aufhebeln konnte. Mehrere Minuten lang lauschte sie konzentriert. Dann glitt sie durch die Öffnung, kniete sich in die staubige Dunkelheit des Dachbodens, zog ihre Glock, lauschte wieder.

Nichts.

Glücklicherweise gab es hier keine Luke mit Klappleiter, sondern immerhin eine Stiege. Vorsichtig schlich Herbst hinunter bis zu einer kleinen Tür, die Stufen nur beleuchtet von der Wolkendecke, die das Licht Lyons zurück in die Gaubenfenster warf.

Herbst öffnete die Tür einen Spalt, spähte, lauschte, öffnete sie ganz, trat auf einen ungelüfteten Gang, sicherte mit der Glock. Niemand da. Also in den ersten Stock. Sie nahm jede Stufe einzeln, in ruhiger Konzentration, den Zeigefinger schussbereit am Abzug.

Es war verdächtig still.

Im Flur des ersten Stocks stand eine Tür offen. Herbst näherte sich lautlos, der Teppichboden schluckte jedes Geräusch. Auch aus dem geöffneten Raum drang kein Laut. Doch mit jedem Schritt, den Herbst näher kam, raunte ihr Instinkt selbstgewisser: Dort war jemand. Am Türrahmen blieb sie stehen, wartete, lauschte. Wenn sie schoss, würde auch der Schalldämpfer nichts bringen; sie würde sich dem ganzen Gebäude verraten. Mit angehaltenem Atem nahm sie die Glock in ihre bandagierte Linke, tastete mit der Rechten nach ihrem Kampfmesser. Ihre Muskeln spannten sich in Bereitschaft.

Los.

Mit einem einzigen schnellen Schritt war sie im Raum, die Pistole zum Schuss, das Messer zum Stich erhoben.

Und erstarrte.

Es handelte sich um ein Schlafzimmer; auf einem klobigen Ehebett saß eine zierliche Frau mit langen schwarzen Haaren, deren linker Oberarm von einer Orthese vom Oberkörper weggehalten wurde. Am Fenster stand ein waffenstarrender Mann in Kampfmontur, in der Hand eine Maschinenpistole, die Mündung jedoch zu Boden gerichtet. Und hinter der Frau, auf der Fensterseite des Ehebetts, lag, in nichts als ein Patientenhemd gekleidet – Rafael. Dies allein hätte genügt, Herbst aus der Fassung zu bringen. Doch es war eine andere Beobachtung, die sie bis ins Mark erschütterte: Es gab keine Geräte. Keine einzige der vielen Maschinen, die ihn am Leben hielten, war zu sehen. Kein Blinken war zu hören, kein Gluckern, kein Pfeifen, nichts.

Über die Jahre waren die Maschinen so verschmolzen mit ihrem Bruder, dass Herbst ihn kaum wiedererkannte. Nackt. Befreit. Einen Wimpernschlag lang spielte das Schicksal einen grausamen Scherz mit ihr, machte sie glauben, er sei genesen, schlafe den Schlaf der Erholung. Dann war es vorbei. Und der einzige Grund, den es geben konnte, weshalb Rafael nicht mehr an die Maschinen angeschlossen war, stemmte sich in Herbsts Bewusstsein. Zerbrach es.

»Schön, dass wir uns endlich kennenlernen«, flötete die Dunkelhaarige und lächelte ihr zu. »Hübsche Ohrstecker.«

Herbst ließ Glock und Messer fallen, stürzte zum Bett, drückte die Frau zur Seite, sank neben Rafael auf die Knie. Seine Augen waren geschlossen; sein Gesicht war sanft, wie von einem Weichzeichner berührt. Herbst legte ihm die Hand auf die Brust.

»Rafael«, flüsterte sie.

Keine Reaktion. Selbst sein Brustkorb schwieg.

Nie hatte Herbst geweint, außer die eine Träne vor Varta. Jetzt kamen sie so zahlreich, dass Rafaels Antlitz vor ihren Augen verschwamm. All die Jahre war Herbst an sein Bett getreten, hatte ihm erzählt, was ihr widerfahren war, Tag für Tag, hatte ihm ihre Sorgen und Hoffnungen aufgebürdet, und schweigend hatte er sie getragen. Sie hatten ein Leben geteilt. Ein Leben, das sie mit Rafaels Tod beide verloren hatten. Herbst schluchzte hilflos, wischte die Tränen nicht ab. Alles zerfiel. Löste sich auf. Sie wurde davongeschwemmt, und es gab nichts, was sie dagegen tun konnte. Sie hatte ihren Anker verloren.

»Mach schon«, rief hinter ihr die Frau. Aus den Augenwinkeln sah Herbst, wie der Mann seine Pistole zog und schoss.

102. Kapitel

In Kensingtons viktorianischen Fassaden lebte das Empire fort – und verschaffte dem Stadtteil einen Mietspiegel, der selbst den Bankern der City of London den Schweiß ausbrechen ließ. Holfhusen besaß hier ein großzügig geschnittenes Penthouse, in dem er ab und zu nächtigte, wenn er in London Geschäfte zu erledigen hatte. Mühsam wuchtete er sich aus seiner Limousine, wünschte dem Chauffeur einen schönen Feierabend und betrat das Gebäude. Noch im Fahrstuhl zog er das Jackett aus und lockerte die Krawatte. Es war ein langer Tag gewesen.

Zwölf Stunden lang hatte das Board von SacronInvest über eine einzige Frage diskutiert: FEB retten oder nicht? Am Anfang war die Auseinandersetzung höflich gewesen. Doch mit jeder Stunde wurde Holfhusens Kollegen klarer, dass beide Entscheidungen eine gewaltige Sprengkraft besaßen. Es war nicht absehbar, wie teuer die Rettung von FEB werden würde. Nachdem SacronInvest die Anteile von Tristan übernommen hatte, konnte man sich kaum aus der Verantwortung stehlen. SacronInvest war Hauptaktionär von FEB – Hauptaktionär einer Schrottfirma. Diese Erkenntnis erhitzte den Streit. Im Verlauf des Tages wandelte sich die Sorge, Milliarden zu verbrennen, in Wut. Und die Wut richtete sich gegen das einfachste Opfer: Holfhusen. Holfhusen hatte entschieden, die Anteile von Tristan zu übernehmen. Und das Board machte keinen Hehl daraus, dass es ihn vor den Zug stoßen würde, sobald dies den kleinsten Vorteil versprach.

Bis zur Heiserkeit hatte Holfhusen dafür geworben, FEB zu stützen. Die deutsche Regierung hatte ihm versichert, einen Teil der Risiken zu übernehmen. Doch sie hatte es nur mündlich getan. Und seine Widersacher pulten mit Eifer in dieser Wunde. Am Ende hatte Holfhusen sich bereit erklärt, mit seinem Privatvermögen zu haften, sollten die Deutschen ihr Versprechen nicht halten. Es war seine letzte Karte gewesen.

Die Entscheidung wurde vertagt.

Der Fahrstuhl hielt. Holfhusen sah auf die Uhr: kurz vor Mitternacht. Die Müdigkeit presste ihm die Schläfen zusammen, er sehnte sich nach seinem Bett – doch solange er nicht eine weitere Entscheidung getroffen hatte, würde er nicht schlafen können. Carolin Radwitz. Die Reporterin zu kaufen, hatte nicht funktioniert. Sie zu entführen und unter Druck zu setzen genauso wenig. Seit Holfhusen bei von Wolfenweiler gewesen war, war er sich sicher: An Radwitz' Behauptung, bei Tristan zöge der Kreml die Fäden, war etwas dran. Aber was? Und was wusste Radwitz, das ihm gefährlich werden konnte? Holfhusen hatte sich im Grunde nichts vorzuwerfen – er hatte den Deal eingefädelt, ohne etwas von dem russischen Einfluss zu ahnen. Doch was half das, wenn FEB vor die Hunde ging? Die Firma zu retten war jetzt schon eine solide Herausforderung. Dass FEB-Großaktionäre zum Höhepunkt der Krise windige Over-the-Counter-Geschäfte abschlossen, machte die Börsenaufsicht misstrauisch genug. Sollte herauskommen, dass auch noch Russland seine Finger im Spiel hatte, wäre das der letzte Sargnagel. Holfhusen griff nach seinem Schlüssel. Er musste sich um Radwitz kümmern. So oder so.

Als er die Apartmenttür öffnen wollte, stellte er irritiert fest, dass sie nur zugezogen war, nicht abgeschlossen. Er griff nach seinem Handy und rief Lucy an, seine Haushälterin. Lucy versicherte, abgesperrt zu haben. Argwöhnisch betrat Holfhusen die Diele.

»Hallo? Ist da jemand?«

Keine Antwort.

Kurz überlegte er, ob er den Sicherheitsdienst rufen sollte.

Gleich kam es ihm albern vor. Andererseits – es war noch keine Woche her, dass vor seinen Augen sein Leibwächter erschossen worden war.

»Hallo?«, rief er erneut, während er das Licht anschaltete.

Unbeantwortet verhallte Holfhusens Ruf in der mit einem Male gespenstisch wirkenden Stille des Penthouse. Mit flauem Magen betrat er den Wohnbereich. Alles schien ruhig. In der Küche genauso. Er erkundete Gästezimmer, Büro, Bad. Mit jedem Raum ließ die Anspannung nach. Scham ersetzte die Paranoia. Zu viel Arbeit. Zu viel Stress. Lucy musste vergessen haben, abzusperren. Das war alles.

Dann erreichte er das Schlafzimmer.

Noch in der Tür stockte ihm der Atem. Erschüttert starrte er das Bett an. Egal, welche Schrecken er sich ausgemalt hatte – nicht das. Auf dem eigentlich weißen Laken war ein riesiger, nasser, tiefroter Fleck. Holfhusen blieb das Herz stehen. Denn in dem Bett lag jemand. Dort, wo der Fleck am dunkelsten war, wölbte das Laken sich blutig.

Wie gebannt stand er da. Er musste etwas tun, jemanden anrufen, schreien, wegrennen, irgendwas. Er konnte nicht. Konnte sich nicht losreißen von dem furchtbaren Anblick. Kein Muskel gehorchte ihm, kein Laut drang über seine Lippen. Jeder Gedanke war zu viel.

Plötzlich bewegte sich sein Körper. Ohne dass Holfhusen es befohlen hätte, ging er auf das Bett zu. Mechanisch, willenlos; hypnotisiert von dem Blut und dem Wissen, dass unter dem Laken der wahre Schrecken lauerte.

Voller Horror beobachtete Holfhusen seine eigene Hand, die sich dem Laken näherte. Er wollte sie aufhalten, verzweifelt befahl er es ihr, wissend, sobald das Laken weggezogen wäre, wäre er verloren; sobald enthüllt wäre, was immer dort harrte, wäre es Wirklichkeit geworden und würde ihn verfolgen, gleich wohin er floh.

Aber die Hand ließ sich nicht aufhalten.

Zog das blutgetränkte Laken weg und gab das Verborgene preis. Es war kein Mensch.

Ungläubig sah Holfhusen, was er am wenigsten erwartet hätte: einen Schweinekopf. Ohne Zweifel. Der Kopf eines Schweines. Alles drehte sich, Holfhusens Beine wurden weich, er taumelte zur Seite, lehnte sich an die Wand, schloss die Augen, holte Luft. Mit Mühe zwang er sich, die Augen wieder zu öffnen, sah in banger Hoffnung nach dem Bett – doch der Schweinekopf war noch da. Im Maul steckte eine Karte. Mit zitternden Fingern zog Holfhusen sie heraus. *Carolina ist die Tochter einer Familie,* war in sorgfältiger Handschrift darauf zu lesen, *in der man sich auf das Schlachten versteht.*

103. Kapitel

Der Schmerz jagte Herbsts Bewusstsein in ihren Körper zurück. Ihr Kopf, ihr Handgelenk, ihr Oberkörper, alles brannte. Sie schmeckte Blut. Der Boden, auf dem sie lag, war kühl und hart. Staubig. Sie öffnete die Augen. Im bleichen Licht eines Baustrahlers zeigte sich ein Steg, der zu einer Leitertreppe führte. Dahinter ein dunkles Gewölbe. Ein Keller, dachte Herbst, nein, eine Höhle. Es roch nicht muffig, sie musste nah am Eingang sein. Sie versuchte, sich zu rühren, vergeblich. Ihre Arme klebten aneinander. Ihre Beine auch. Kabelbinder.

»Sieh an«, zirpte eine Frauenstimme, »das Vöglein kommt zu sich.«

Herbst erinnerte sich an die Stimme. Woher? Eine Sekunde später fiel es ihr ein: die Frau, die bei Rafael gesessen hatte. Mühsam drehte sie den Kopf. Der Stein sah behauen aus, keine natürliche Höhle. Ein Bergwerk. Die Frau stand zwei Meter entfernt, trug ein Businesskostüm, wobei sie den Blazer locker über die Orthese geworfen hatte. Im Gegensatz zu vorher hatte sie die Haare zusammengebunden, mehrere Bewaffnete umgaben sie. Die Orthese glänzte düster, in der endzeitlichen Umgebung verlieh sie der Figur etwas Unheimliches; als handle es sich um ein kybernetisches Mischwesen. Das Gesicht kam Herbst vertraut vor. Im Haus der Roux-Pastors hatte sie Rafael all ihre Aufmerksamkeit gewidmet, doch jetzt erkannte sie die Frau. Und im Erkennen litt ihre Seele so sehr, dass Herbst ihren geschundenen Körper vergaß.

»Sie sind Aurora Avari.«

»Das ist korrekt.«

»Sie haben Tamás umgebracht.«

»Ist das so?«

Der beiläufige Ton verhöhnte die erbarmungslose Wahrheit.

»Und Rafael.«

»Indirekt, ja.«

Herbst wollte sich aufbäumen in verzweifeltem Zorn, doch fand keine Kraft. Die Leere, von der sie ihr Leben lang begleitet worden war, dieselbe Leere, die zu vertreiben Varta nicht mehr als ein kleines Lächeln gebraucht hatte – sie war zurück. Dunkler denn je.

»Warum?«, fragte sie matt.

»Aus demselben Grund, aus dem Sie Wu umgebracht haben. Oder Ángel.«

»Warum Rafael?«, flüsterte Herbst. »Er hat Ihnen nichts getan. Er hat niemandem etwas getan.«

»Ich wollte Sie ablenken.«

Wieder spürte Herbst die Tränen kommen. Varta hatte gesagt, dass es nicht immer ums Überleben ging. Und er hatte recht behalten. Auf die traurigste Weise.

»Sie weint«, bemerkte Avari über die Schulter, in Richtung ihrer Söldner. »Das ist die Killerin, die Ángels komplette Mannschaft erledigt hat?« Sie wandte sich wieder Herbst zu. »Du bist erbärmlich.«

Herbst hörte es kaum. Vor fünf Tagen war Varta gestorben, und fünf Tage lang hatte Herbst den Schmerz nicht an sich herangelassen. Hatte ein Ziel gehabt, Rafael. Jetzt war auch Rafael tot. Nichts gab es mehr, was Herbst zwischen sich und ihre Trauer hätte schieben können.

»Es ist eine Schande, dass du und dein jämmerlicher Freund uns so viel Ärger machen konnten«, fuhr Avari fort. »Aber das hat ein Ende.«

»Was wollen Sie?« Inzwischen schmeckte Herbst auch Sand neben dem Blut; ihre Lippe brannte, war offenbar geplatzt.

»Sag uns, wer noch von Odysseus weiß.«

»Niemand.«

»Wir werden es herausfinden.« Avari sprach mit kalter Gelassenheit. »Die Frage ist nur, wie hart du es dir machen willst.«

»Wir haben keine Beweise zu Odysseus.«

»Du hast sie von Roux-Pastor erhalten.«

»Roux-Pastor ist verschwunden.«

»Genau genommen habe ich sie erschossen. Nachdem sie euch die Daten zu Odysseus geschickt hatte.«

»Tamás hatte die Daten.«

»Nur er?« Avari bohrte den Absatz ihres Stöckelschuhs in Herbsts Oberschenkel. »Als ob du keinen Plan B hättest.«

»Ich brauche keinen Plan B«, keuchte Herbst.

»Heute bräuchtest du einen, Schätzchen.« Avari griff nach einem Telefon. »Paulo.«

Einer der Söldner trat vor. Seine Augen verrieten, dass er kein Mann für Kompromisse war. Am linken Oberarm klebte ein weißer Insulin-Pod.

»Tu ihr weh. In einer halben Stunde will ich sie so weit haben, dass sie redet.«

Der Mann nickte.

»Versuchen Sie, was Sie wollen«, presste Herbst hervor. »Sie sind geliefert.«

Avari widmete sich bereits ihrem Telefon. »Sieh an, Empfang«, murmelte sie. Dann, als hätte sie jetzt erst Herbsts Worte wahrgenommen: »Sie drohen mir?«

Als Herbst nichts weiter sagte, steckte Avari das Gerät wieder weg. »Sie meinen, wegen de la Renne?«

»Wer?«, fragte Herbst. Doch einen Tick zu spät, das Glänzen in Avaris Augen zeigte es an.

»Natürlich hatten Sie einen Plan B«, sagte Avari leichthin, »sogar einen guten.« Sie ließ sich von einem der Söldner ein anderes Telefon reichen; Herbst erkannte es als dasjenige, das de la Renne ihr mitgegeben hatte. »Sie liefern sich mir aus, ich verrate Ihnen alle unsere Schurkentaten – und die DGSE hört mit.« Avari zog das winzige aufgesteckte Mikrofon vom Telefon und warf beides neben Herbst in den Staub. »Dumm nur, dass der gute Claude ein chinesisches Virus in sein System gelassen hat. Für so was verliert man seinen Job. Viel schlimmer ist, dass er es nicht gemeldet hat.« Sie machte eine theatralische Pause. »Das ist Hochverrat. Natürlich hatte er seine Gründe, immerhin ist er jetzt Direktor – aber nur, solange niemand von dem Virus weiß. Ziemlich erpressbar macht ihn das, wissen Sie?«

Herbst hatte nichts zu entgegnen.

»Paulo«, befahl Avari, »an die Arbeit.«

Die Kampfstiefel des Angesprochenen kamen in Herbsts Gesichtsfeld. Dann zuckte einer der Stiefel, raste auf sie zu und traf sie so fest in den Bauch, dass ihr schwarz vor Augen wurde. Nur für einen Augenblick, der zweite Tritt riss ihr Bewusstsein wieder in die Höhle zurück.

Irgendwo klatschte jemand in die Hände. Avari. »Ángel hätte von dir lernen können, Paulo.«

Paulo änderte seine Vorgehensweise. Was die Situation nicht verbesserte. Mit der Wucht seines massigen Körpers trat er auf Herbsts zusammengebundene Handgelenke. Der Schmerz zerschmetterte allen Verstand, zurück blieb ein schreiender Körper.

Während ihrer Ausbildung zur Kampfschwimmerin war Herbst an ihre Grenzen gekommen, später auch, im Einsatz dann. Sie wusste um die Zähigkeit des menschlichen Geists. Es ließ sich vieles überleben. Nur leichter wurde es nicht.

Paulo pausierte, gab ihr Zeit, den alten Schmerz zu verarbeiten, den neuen zu erwarten. Es war selten die Folter, die einen Menschen brach; die Pausen waren der Schlüssel. Die Angst vor dem Schmerz war ein mächtigeres Werkzeug als der Schmerz selbst. Herbst konzentrierte sich auf ihren Atem.

Durch halb geöffnete Augen beobachtete sie die Kampfstiefel

vor ihr. Unbeweglich standen sie da, fest wie Baumstämme. Geduldig. Auch Herbst musste geduldig sein; Geduld war alles, was sie hatte.

»Scheint ja länger zu dauern.« Durch das Gewölbe hallte Avaris Stimme. »Ich bin mal kurz telefonieren. Pass auf, dass sie nicht draufgeht.«

Eine kaum merkliche Gewichtsverlagerung bei Paulo, Herbst bereitete sich vor auf den nächsten Angriff; atmete aus, spannte sich an.

Die Geschichte hatte eine Vielzahl raffinierter Methoden hervorgebracht, um Menschen Schmerzen zuzufügen. Doch der schlichte Ansatz tat es auch. Paulo trat zu. Brust. Wartete. Trat zu. Schienbein. Wartete. Trat zu. Achsel. Fand neue Stellen. Wartete. Nahm sich Stellen vor, denen er sich bereits gewidmet hatte. Gewissenhaft ging er seiner Aufgabe nach.

Herbst schrie, wenn der Schmerz kam; keuchte, wenn er nachließ; konzentrierte sich auf ihren Atem, wenn Paulo für den nächsten Tritt ausholte. Sie zählte die Angriffe nicht. Sie hatte keinerlei Gefühl dafür, wie viel Zeit vergangen war, als Paulo zu einem Tritt ausholte, der ihrem Oberschenkel galt, jedoch nie sein Ziel fand.

Stattdessen ein unsicherer Schritt zurück, ein Fluch, eine hektische Bewegung. Herbst sah zu Paulo hoch. Dieser tastete nach seinem Insulin-Pod, dann nach einer Tasche an seinem Gürtel.

Sirenen. Nah.

Während Paulo seine Glukagon-Spritze aus der Packung riss, zog Herbst die Beine an und trat ihm frontal gegen die Knie. Schnalzendes Geräusch, Aufschrei, Sturz. Zu weit weg. Wieder hob Herbst die Beine, mit einer federnden Bewegung ihres Rückens schnellte sie hoch, stand für den Bruchteil einer Sekunde, versuchte gar nicht erst, ihr Gleichgewicht zu halten, rollte sich nach vorne ab, eine Handbreit neben Paulo kam sie zu liegen.

Die anderen Söldner waren abgelenkt durch die Sirenen, hatten noch nicht verstanden, was geschah; da hielt Herbst bereits Paulos Maschinenpistole in ihren Händen. Der Kabelbinder schnitt ihr ins Fleisch, verhinderte einen sauberen Schuss – doch auf die kurze Entfernung war das nicht nötig. Ohne den Finger vom Abzug zu nehmen, führte Herbst die Waffe einmal den Halbkreis ihrer Gegner entlang.

Sie warf den Kopf herum, suchte Avari. Verschwunden. Rasch zog Herbst ein Jagdmesser aus Paulos Gürtel, nahm es zwischen die Zähne, zerschnitt den Kabelbinder an ihren Handgelenken, griff nach dem Messer und befreite sich auch von dem Kabelbinder an ihren Knöcheln. Ihre Gelenke massierend, warf sie einen Blick auf Paulo. Der wälzte sich auf dem Boden, die Augen so verdreht, dass nur noch das Weiße zu sehen war. Es blieben ihm nur noch Sekunden. Kurz entschlossen nahm Herbst die Spritze vom Boden und jagte ihm das Glukagon in den Bauch.

»Ich tue das nicht für dich«, flüsterte sie. »Ich tue das für mich.«

Dann stand sie vorsichtig auf, belastete ihre Knöchel, merkte, dass sie sie trugen. Nachdem sie den Söldnern Munition, Geld, Autoschlüssel und Telefone abgenommen hatte, humpelte sie zur Leitertreppe. Es brauchte keinen Plan B. Wenn Plan C gut genug war.

Montag

… ist mit einzelnen Schauern zu rechnen. Die Temperaturen bleiben auch in der Nacht knapp über dem Gefrierpunkt. Trotzdem aufgepasst, liebe Autofahrer…

104. Kapitel

In Trance war Avari von Sain-Bel nach Lyon gerast. In Trance war sie in den Jet gestiegen, hatte in Trance Fridolin angerufen.

»Herbst ist entkommen.«

»Verfluchte Schlampe, gottverdammtes Miststück.« Von Wolfenweiler hatte getobt, wie Avari es noch nie erlebt hatte. Ein lächerlicher Zorn. Früher hatten seine Beleidigungen sie gleichermaßen geängstigt wie erregt – warum nur? Der Mann, der behauptete, Menschen seinem Willen zu unterwerfen, war selbst gebrochen. Sie spürte nur noch Ekel.

»Flieg nach Alexandria, die Alabastra geht heute Mittag dort vor Anker. Sieh zu, dass du die Container nach Libyen schaffst.«

»Und Herbst?«

»De la Renne soll das erledigen. Oder die Russen. Umso wichtiger, dass die Container ankommen.«

Sie würde ihn retten. Fürs Erste. »Ich liebe dich«, flüsterte sie. Es war eine berauschende Lüge. Nur wer alle Gefühle überwand, bewies seinen Willen zur Macht.

»Lass das Scheißgelaber, und mach deinen Job.«

Avari versprach es.

105. Kapitel

Der französische Verteidigungsminister residierte im Hôtel de Brienne, einem Prachtbau des achtzehnten Jahrhunderts, gelegen im siebten Arrondissement von Paris.

Didier Penverne war ein Mann der frühen Stunden, selten kam er nach sechs ins Büro, häufig früher. Er mochte diese kalte Zeit des Zwielichts, in der die Welt noch nicht erwacht war; in der zahllose Termine, das ewige Klingeln des Telefons ihn noch nicht von seiner eigentlichen Arbeit abhielten.

Auch an diesem Montag war gerade erst fünf Uhr vorbei, als sich vor seiner Limousine das Hofportal öffnete, dessen Flanken dorischen Säulen nachempfunden waren. Mit Schwung nahm Penverne die fünf Stufen zum Eingang des Hauptgebäudes, wünschte den wachhabenden Gardesoldaten einen guten Morgen und wurde militärisch zurückgegrüßt.

Sein Büro lag zentral im ersten Stock und sah aus wie eine abgespeckte Version der präsidialen Entsprechung im Élysée-Palast: Kristallleuchter, filigraner Mahagonischreibtisch, vergoldeter Stuck, ein Himmelsfresko an der gewölbten Decke. Seine Vorgängerin hatte gelästert, man fühle sich hier wie in einem Museum. Penverne mochte es.

Er nahm einen Schluck von dem Kaffee, den seine Sekretärin ihm bereits hingestellt hatte. Auf dem Schreibtisch lag frisch ausgedruckt das Tagesdossier – zwanzig Seiten in kleiner Schrift sollten ihm eine Übersicht über alle Informationen liefern, die heute relevant werden könnten. Penverne griff nicht direkt danach. Die letzte Woche war anstrengend gewesen.

Alyattes. Möglicherweise war es von den Chinesen manipuliert worden. Und die DGSE, die mit der Überwachung betraut worden war, hatte nichts gemerkt. Giresse war ein guter Mann gewesen. Penverne vermisste ihn. Aber er war ein Haudegen der alten Schule gewesen; die neue, digitale Welt hatte er nicht verstanden. Nun, Giresse' Nachfolger kam von der Informationstechnik, hoffentlich machte er es besser.

Penverne seufzte. Er wollte doch nicht viel; nur ein paar Tage alltägliche politische Arbeit. Kabinettssitzungen, Dienstanweisungen, Pressetermine – war das zu viel verlangt?

Die Hausleitung klingelte.

»Was ist?«

»Eine Frau steht am Tor. Sie behauptet, sie sei Anna-Lena Herbst und habe Informationen, die die nationale Sicherheit betreffen.«

Penverne verschluckte sich an seinem Kaffee, stellte mit Mühe die Tasse ab, bevor der Hustenanfall kam.

»Herr Minister?«

»Haben Sie ihre Identität überprüft?«

»Noch nicht, sie steht noch draußen.«

»Holen Sie sie herein, überprüfen Sie ihre Identität und bringen Sie sie ins Bureau de Clemenceau.«

»Sicherheitsstufe?«

»Maximal.«

»D'accord.«

Das Bureau de Clemenceau war nur zwei Türen entfernt. Umgeben von topografischen Karten, die bereits Napoleon studiert hatte, wartete Penverne auf seinen beunruhigenden Gast.

Maximale Sicherheitsstufe bedeutete, acht Leute würden sie begleiten. Zwei Männer erschienen zuerst, stellten sich in taktvollem Abstand rechts und links von Penverne auf. Dann zwei, die ihre Plätze rechts und links der Eingangstür einnahmen.

Vier weitere führten die Frau herein.

Sprachlos starrte Penverne sie an.

Ihr ganzer Körper starrte von Dreck. Die linke Gesichtshälfte war gelb-blau verfärbt, das Jochbein geschwollen, das Auge blutunterlaufen. Die Stirn war von einer Platzwunde gezeichnet, die Nase verbeult und offenbar gebrochen. Die Lippen aufgeplatzt, die Mundwinkel blutverkrustet. Das blonde Haar verklebt von Schweiß und Schmutz, ein Ärmel der Lederjacke aufgerissen. Noch nie hatte Penverne einen so blut- und dreckbesudelten Menschen gesehen. Dass sie Perlenohrstecker trug, ließ ihre Erscheinung nur bizarrer wirken.

»Anna-Lena Herbst?« Aber er musste nicht fragen. Kein Gesicht hatte ihn die letzte Woche heftiger verfolgt. Die Frau, die eine Einheit des Service Action ausgeschaltet hatte. Vermutlich für das Attentat auf Giresse verantwortlich war.

»Ja.«

»Was wollen Sie hier?«

»Ich möchte Ihnen ein Angebot machen.« Sie löste Ohrstecker und Halskette, legte sie vor ihm auf den antiken Schreibtisch. »Ich hoffe sehr, Sie nehmen es an.«

106. Kapitel

Endlich. Alexandria.

Windstille, klare Sicht, das Wetter war perfekt.

Das Einzige, was perfekt war. Robin van Dees stand auf der Kommandobrücke der *Alabastra*, und seine Laune war erbärmlich. Sechs Tage hatte die französische Polizei sie in Marseille festgehalten. Die beiden Vermissten hatten sie trotzdem nicht gefunden. Allerdings waren mit jedem Tag Verzögerung zweihunderttausend Dollar verbrannt. Der Seehandel befand sich in der Krise: verschärfte Umweltbestimmungen, die Nachwirkungen von Corona, der amerikanisch-chinesische Handelskrieg führten zu viel zu vielen zu großen Schiffen, die um zu wenige Aufträge konkurrierten; außerdem der hohe Ölpreis, Piraterie, der Iran, der Frachtschiffe munter als Geiseln festsetzte – es war ein Jammer. Van Dees sehnte sich nach den Neunzigern zurück.

Oder nach einem anderen Leben. Er liebte die See, aber sie war eine anspruchsvolle Geliebte. Nie hatte er enge Freunde besessen, nie eine Familie gegründet, selten seine Eltern besucht. Und der Druck nahm zu. Eriksen Nordic Shipping reagierte auf die angespannte wirtschaftliche Lage wie die anderen Reedereien auch: kürzere Liegezeiten, weniger Urlaub, kleinere und schlechter ausgebildete Crews. Es war eine Schande. Im Grunde war van Dees sein eigener Kommunikationsoffizier.

Vor zwei Wochen hatte er seinen fünfundfünfzigsten Geburtstag gefeiert. Allein, hundert Meilen westlich der französischen Küste. Der Koch hatte ihm einen Kuchen gebacken, die Besatzung hatte gratuliert, das war's gewesen. Schon lange versuchte van Dees nicht mehr, auf dem Schiff Freunde zu finden. Die Mannschaft wechselte zu häufig durch, sprach kaum Englisch, geschweige denn Niederländisch. Und die Offiziere waren allesamt Alkoholiker – eine fragwürdige Leistung in Anbetracht dessen, dass schiffsintern eine 0,4-Promille-Grenze galt.

Ein kleiner schwarzer Punkt am Horizont. Das Lotsenboot. Van Dees schnaubte. Viel zu früh dran bei dem ruhigen Wetter. Missmutig griff er sich in sein Bauchfett. Es gab ein Fitnessstudio an Bord, aber das hätte er sich mit der Mannschaft teilen müssen. Eigentlich hätte es ihn nicht gestört; doch es war ausgeschlossen, sich mit Schweißband und Jogginghose vor den Filipinos zu zeigen, die einen Großteil der Mannschaft ausmachten. Ihr Hierarchieverständnis war anders als im Westen. Er hätte sein Gesicht verloren und als ihr Kapitän auch ihre Ehre befleckt.

Das Boot kam näher.

Es hatte eine Zeit gegeben, da war van Dees ein ansehnlicher junger Mann gewesen, sportlich auch. Ein guter Schwimmer, eine Weile hatte er geboxt. Vorbei. Er hatte auch die richtigen Sprüche gewusst, wie man die Aufmerksamkeit einer Frau gewann. Das war ebenso vorbei. Bitter dachte er an Marseille zurück. Diese Radwitz, die Reporterin, die war genau sein Typ gewesen. Van Dees brauchte sich nichts vorzumachen. Nicht seine Liga.

Er übergab dem Ersten Offizier die Brückenwache und stieg den Niedergang zum Deck hinunter. Der diensthabende Matrose hatte bereits die Jakobsleiter ausgehängt.

Gerade rechtzeitig erreichte van Dees das Schanzkleid, um den Lotsen zu begrüßen.

»Sie haben einen Gast«, bemerkte dieser.

»Wen?«

Der Mann rümpfte die Nase. »Eine Frau.«

Van Dees war befremdet. Frauen waren in der Schifffahrt nach wie vor in der Minderheit; an der afrikanischen Küste waren sie eine Rarität.

»Was will sie?«

»Sie ist von Eriksen.«

»Warum kommt sie nicht hoch?« Van Dees trat ans Schanzkleid, sah zum Lotsenboot hinunter. Tatsächlich, da unten stand eine kleine dunkelhaarige Frau und winkte mit dringlichem Gesichtsausdruck. Ihr anderer Arm steckte in einer Schulterorthese.

»Wir sollen sie hochziehen.«

»Das ist nicht ihr Ernst.«

»Sie kann nicht klettern.«

»Das sehe ich auch.« Van Dees winkte kopfschüttelnd einen weiteren Matrosen heran. Die Frau klammerte sich mit ihrem unverletzten Arm an die Strickleiter. Es dauerte nur ein paar Sekunden, dann hatten die beiden Matrosen die Leiter eingeholt, halfen der Frau über die Brüstung. Sie trug einen eleganten Hosenanzug, außerdem roten Lippenstift – die ganze Erscheinung wirkte vollkommen fehl am Platz.

Mit skeptischer Förmlichkeit stellte van Dees sich vor.

»Aurora Avari«, erwiderte die Frau, während sie seine Hand schüttelte. »Eriksen schickt mich. Ich soll Ihre Fracht überprüfen.«

Van Dees blickte sie verständnislos an. »Was gibt's denn da zu überprüfen?«

Avari zuckte die Schultern. »Könnten Sie mir bitte das Frachtverzeichnis zeigen?«

107. Kapitel

Radwitz saß in Biancas und Leonardos Wohnzimmer und starrte auf ihr Telefon. Noch einmal hatte sie Sven in Hamburg angerufen und gebeten, ihren Urlaub zu verlängern.

Nach der Schreckensnacht mit den vermummten Einbrechern hatte sie eigentlich München sofort verlassen wollen – oder wenigstens Bianca und Leonardo, um diese nicht weiter in Gefahr zu bringen. Doch Schildkröten-Toni hatte gesagt, nirgendwo sei sie sicherer als bei ihren aktuellen Gastgebern, niemand würde sie künftig stören. Und während er es gesagt hatte, hatte er seine dicken weißen Brauen gehoben, ihre Wange getätschelt und sie dabei mit einem so großväterlich bestimmten Blick angesehen, dass sie sich nicht zu widersprechen getraut hatte.

Tatsächlich, keiner hatte seitdem versucht, sie zu kaufen, zu entführen oder sonst wie in seine Gewalt zu bringen. Stattdessen hatte Herbst angerufen. Das war vorgestern gewesen. Die letzten achtundvierzig Stunden hatte Radwitz in bangem Warten verbracht.

Das Telefon klingelte. Herbst.

Radwitz riss es ans Ohr. »Lena? Du hast es geschafft?«

»Ich glaube schon.«

»Was soll ich tun?«

»Ist dein Artikel fertig?«

»Ja.«

»Dann los.«

Dienstag

EIN TROJANISCHES PFERD FÜR EUROPA
Das Bezahlsystem SAFE ist das ambitionierteste europäische
Großprojekt seit der Einführung des EURO – und hat sich schon
in seiner Entwicklung als angreifbar erwiesen.

Eine Analyse von Carolin Radwitz

Während sich der Handelskrieg zwischen den USA und der Volksrepublik China verschärft, versucht die Europäische Union auf ihre eigene Weise, ihre Handlungsfähigkeit auf der globalen Bühne zu behaupten. Weitgehend unbeachtet von der Weltöffentlichkeit, verschickte die EU-Kommission im Oktober 2019 eine Pressemitteilung, dass man dem FinTech-Konzern EuroBinary (später: FisherEuroBinary) den Auftrag erteilt habe, ein System zur Finanzkommunikation zu entwickeln. Dieses System – mit dem symbolischen Namen SAFE – solle den europäischen Banken eine Alternative zu dem bisher verwendeten SWIFT-Netzwerk bieten. Die Snowden-Enthüllungen hatten bereits 2013 gezeigt, dass US-amerikanische Geheimdienste SWIFT systematisch infiltriert hatten.

Vergangenen Dienstag traf sich der EU-Kommissar für Digitale

Wirtschaft, Ricardo Villa, mit Vertretern von FisherEuroBinary, um den Fortschritt von SAFE zu prüfen. Just am selben Tag und im selben Gebäude ereignete sich die noch immer unaufgeklärte Schießerei, die den ehemaligen FEB-Programmierer Tamás Varta und zwei Sicherheitsleute das Leben kostete. Zuvor war Varta tagelang von Interpol gesucht worden. Weshalb?

Nach Informationen der Deutschen Wirtschafts-Welt *hatte er herausgefunden, dass das Programm, über welches SAFE abgewickelt werden sollte, mit einer Hintertür versehen worden war – einer sogenannten Backdoor. Fertig entwickelt, könnte diese Backdoor umfassende Zugriffsrechte auf alle wesentlichen Module von SAFE ermöglichen. Ein Datensatz, der diesen Sachverhalt bestätigt, liegt der* Wirtschafts-Welt *vor.*

Es bleibt unklar, wieso EU-Kommissar Villa dennoch die Finanzierung für die zweite Phase des Projekts freigegeben hat. Besonders brisant wird diese Entscheidung, weil die Daten außerdem zeigen, dass SAFE darauf ausgelegt ist, ein Vielfaches der Transaktionen zu stemmen, die von SWIFT abgewickelt werden. Wiederholt haben führende Vertreter der EU mit dem Gedanken gespielt, Bargeld mittelfristig aus dem Verkehr zu ziehen. Ist SAFE das Bezahlsystem, womit das Bargeld ersetzt werden soll?

In Anbetracht der erwiesenen Manipulierbarkeit böte es sich an, zumindest den Namen zu ändern.

108. Kapitel

»Es ist 11:25 Uhr, Herr Kommissar.«

»Danke, Jeanette. Gehen Sie schon mal vor.«

Villa erhob sich von seinem schweren Schreibtisch, trat ans Fenster seines Büros im fünften Stock der GD Connect. Ein letztes Mal ließ er den Blick über Brüssels Innenstadt schweifen. Er wusste, was seine Pflicht war. Er würde sie erfüllen. Aber fühlte er Reue? Würde er anders handeln, wenn man ihm ein zweites Mal die Wahl gäbe? Müde richtete er sein Jackett.

Pünktlich um 11:30 Uhr trat Villa im Pressesaal des Hauses vor die Mikrofone. Das Statement, das er zu verlesen hatte, war kurz: »Die folgende Stellungnahme bezieht sich auf den Bericht von Carolin Radwitz zur Entwicklung des Finanztransaktionssystems SAFE, erschienen in der heutigen Printausgabe der *Wirtschafts-Welt*. Wir nehmen die Vorwürfe ernst und werden sie prüfen. Bis gesicherte Ergebnisse vorliegen, wird die Europäische Union ihre Zusammenarbeit mit der FisherEuroBinary AG unterbrechen. Ebenso wird die Entwicklung von SAFE vorerst nicht weitergeführt. Im Übrigen möchte die Kommission der Europäischen Union klarstellen, dass sie nicht die Absicht hat, das Bargeld abzuschaffen.«

Ein letztes Mal überflog Villa die versammelten Pressevertreter. Der Raum war bis auf den letzten Platz gefüllt. Trotzdem war kein Räuspern zu hören und kein Rascheln. Niemand schaute auf sein Telefon, niemand bearbeitete seinen Laptop.

Villa legte die erste Moderationskarte zur Seite. Was auf der zweiten stand, musste er nicht ablesen.

»Hiermit gebe ich meinen sofortigen Rücktritt von meinem Amt als Kommissar für Digitale Wirtschaft bekannt. Die Kommissionspräsidentin ist informiert und hat bereits zugestimmt.« Ohne Fragen zuzulassen, verließ er den Pressesaal.

109. Kapitel

Gegen Mittag erreichte Herbst München. Sie war in der Nacht losgefahren, um das Staurisiko zu verringern. Die Fahrt von Paris hatte trotzdem über zehn Stunden gedauert. Zweimal hatte sie tanken müssen. Und beide Male hatte sie mit Karte zahlen können. Penverne hatte sein Wort gehalten.

Herbst war frei.

Der Tod der Service-Action-Mitglieder würde nicht aufgeklärt werden. Herbst konnte auf Notwehr plädieren, der Ausgang eines etwaigen Verfahrens war durchaus nicht klar – und für den Nimbus der Eliteeinheit wäre ein öffentlicher Prozess desaströs. Darüber hinaus gab es einen zweiten, weitaus triftigeren Grund: Vor seinem Tod hatte Varta Herbst seine Analyse des Sniffers geschickt, der ins DGSE-Intranet gelangt war. Der Sniffer war chinesisch und von Wu modifiziert worden. Herbst hatte Penverne angeboten, die Analyse nicht zu veröffentlichen, sollte er für ihre Entlastung sorgen. Penverne konnte nur zustimmen, wollte er die DGSE nicht auf Jahre beschädigen. Ein gehacktes Intranet war schlimm. Ein Intranet, das von einem Mitarbeiter desselben Dienstleisters gehackt wurde, von dem es aufgesetzt worden war, war fatal.

Dass Herbst nicht an dem Attentat auf Giresse beteiligt war, bewies ihr Schmuck, den sie Penverne überlassen hatte. In einen der Perlenohrstecker war eine winzige Kamera integriert, in den anderen ein Mikrofon. Der Zierstein in der Halskette sammelte und speicherte die Daten. Alles, was im Bergwerk passiert war, war aufgezeichnet worden.

Während sie die Baustellen der A8 aussaß, verfolgte sie im Radio, wie leitende Kräfte von FEB in Untersuchungshaft genommen wurden. »Neben dem CEO Fridolin von Wolfenweiler scheint besonders das Aufsichtsratsmitglied Philipp Linde in den Skandal verwickelt zu sein. Unabhängige Quellen berichten, Linde habe versucht, brisante Daten vor dem Zugriff der BaFin zu schützen. Ebenfalls im Fokus der Ermittler befindet sich die Referentin des Vorstandsstabs, Aurora Avari, welche noch nicht ausfindig gemacht werden konnte und per Haftbefehl gesucht wird.« Die Auslandsnachrichten wurden angekündigt. Herbst wollte das Radio schon ausschalten, hielt jedoch inne, als sie den Namen Claude de la Renne hörte. »Der frischgebackenen Direktor der französischen DGSE ist letzte Nacht von Spezialkräften des französischen Militärs in seiner Wohnung gestellt und verhaftet worden. Es handle sich um Vergehen, welche die nationale Sicherheit beträfen, erklärten die Behörden. Einzelheiten sind bisher nicht bekannt.«

In Schwabing parkte Herbst im Halteverbot. Sie würde nicht lange bleiben. Als sie gerade klingeln wollte, öffnete sich die Eingangstür. Herbst ließ zwei schlaksige Studenten vorbei und schlüpfte dann hinter ihnen ins Treppenhaus. Fünfter Stock, rechte Tür.

Als Dieter Frenzel sie sah, stieß er einen Schrei aus, wollte die Tür wieder zuschlagen. Herbst blockierte mit dem Fuß.

»Ich habe nicht gepetzt, ehrlich«, wimmerte er. »Alle haben dich gesucht, jeder Sender, ständig. Ich hätte ihnen das Nummernschild verraten können. Aber ich habe den Mund gehalten. Bitte. Tu mir nichts.«

»Keine Sorge.« Lächelnd reichte sie ihm eine Flasche Wein und den Autoschlüssel. »Ich wollte nur Danke sagen. Fürs Leihen. Der Wagen steht unten.«

Als Nächstes suchte sie sich einen Geldautomaten. Dann nahm sie die U3 Richtung Moosach. Niemand erkannte sie. Auf allen

Kanälen hatte Interpol sie zur Fahndung ausgeschrieben – und zwei Tage später war sie schon wieder vergessen. Fluch und Segen der Informationsflut, welche die Welt ertränkte. Am Scheidplatz stieg sie in die U2 um und war ein paar Minuten später im Hasenbergl. Sie war zu früh. Die Läden des winzigen blauen Kiosks, der zwischen den Wohnblocks fast verschwand, waren geschlossen. Herbst suchte einen Supermarkt, kaufte eine Apfelsaftschorle und einen Salatkopf. Sie ging zurück zum Kiosk, und jetzt waren die Läden geöffnet. Auf dem Tresen stand das Terrarium, dahinter das kleine, kahle Männlein mit den buschigen Augenbrauen. Als es Herbst bemerkte, leuchteten seine Augen auf.

»Hey, Lena. Schön, dich zu sehen.«

»Hey, Toni. Ich habe dein Geld.« Sie reichte es ihm. »Ich habe was draufgeschlagen fürs Nachtsichtgerät. Das ist mir leider verloren gegangen.«

»Mädchen, Mädchen«, brummte Schildkröten-Toni, während er die Scheine zählte, »was machst du für Sachen. Du siehst aus wie ein Zombie.«

Die Adresse, die Schildkröten-Toni ihr gegeben hatte, lag etwas außerhalb, Herbst musste von der U-Bahn in die Tram umsteigen und von der Tram in einen Bus. Als sie klingelte, öffnete eine knubbelige Italienerin um die sechzig.

»Hi«, sagte Herbst, »ich bin Lena.«

»Ich bin Bianca. Wie schön, dass du vorbeischaust, du kommst gerade richtig zum Mittagessen …«

Bianca wurde unterbrochen von einem Sturm, der an ihr vorbeirauschte, sich als menschliches Wesen entpuppte und Herbst um den Hals fiel. »Du hast es geschafft!«

Fest drückte Herbst Radwitz an sich. Es spielte keine Rolle, dass sie sich erst ein paar Tage kannten; Herbst spürte, sie hatte eine Freundin fürs Leben gewonnen.

Nach dem opulentesten Mahl, das Herbst seit Jahren genossen hatte, gingen sie zu zweit spazieren. Direkt in der Nachbarschaft fand sich ein kleines Wäldchen. Herbst erzählte von dem Deal mit dem französischen Verteidigungsminister und was ihr in dem stillgelegten Bergwerk von Sain-Bel widerfahren war.

»Das heißt«, fragte Radwitz ungläubig, »der Poet hat den Insulinschock ausgelöst?«

»Anders kann ich es mir nicht erklären. Der Pod wird per Bluetooth mit dem Smartphone verbunden gewesen sein.«

»Verrückt. Dann waren es auch keine echten Sirenen? Der Poet hat sie von den Handys der Typen aus abgespielt?«

»Ja, ich denke schon. So hätte Tamás es gemacht.«

Radwitz legte ihr den Arm um die Schultern, zog sie an sich. Eine Weile gingen sie schweigend nebeneinanderher. Von fern tönten die Geräusche der Stadt.

»Du hast in deinem Artikel nicht erwähnt«, bemerkte Herbst, »dass Tamás sich nicht selbst erschossen hat.«

»Hättest du es dir gewünscht?«

»Nein. Wir können ja nur spekulieren, was geschehen ist.«

»Es war Avari.«

»Ja.«

Wieder schwiegen sie. Unter ihnen knirschte der Schotter, mit dem die Schlaglöcher des unbefestigten Weges gefüllt waren.

»Glaubst du, sie wird entkommen?«, fragte Radwitz.

»Wer weiß«, murmelte Herbst. »Penverne wird vermutlich sehr zurückhaltend sein, was die Verwendung der Aufnahmen betrifft, die ich ihm gegeben habe.«

Mehrere Reiterinnen kamen ihnen entgegen, grüßten, passierten sie.

Radwitz räusperte sich. »Ich weiß, wo sie ist.«

»Wer?«

»Avari. Van Dees hat sich gemeldet.«

Herbst blieb stehen. »Wer ist denn van Dees?«

»Der Kapitän der Alabastra. Ich habe ihn gebeten, dass er Bescheid gibt, wenn sich etwas Ungewöhnliches ereignet. Gestern hat er angerufen.«

»Wegen Avari?«

»Sie ist bei Alexandria mit einem Lotsenboot aufs Schiff gekommen.«

Herbst hatte gehofft, sie könnte das Geschehene hinter sich lassen. Sie hatte sich getäuscht, sie konnte es nicht. Noch nicht.

Mittwoch

... sorgt der Artikel der Deutschen Wirtschafts-Welt *weiter für Furore. Ist eine Welt ohne Bargeld vorstellbar? Wir begrüßen bei uns im Studio den Experten Dr. Fabian Schweickhard...*

110. Kapitel

Hendrik Holfhusen konnte sein Glück nicht fassen. Ricardo Villa hatte Alyattes abgebrochen, *nachdem* er die zweite Projektphase abgesegnet hatte. Die EU konnte nun gar nicht anders, als FEB zu stützen. Ginge der Konzern nämlich pleite, ließen sich Entschädigungszahlungen von ihr verlangen – und bei dem Finanzvolumen von FEB wären das *sehr* fette Beträge.

Das Board-Meeting stand am nächsten Morgen an, aber unter diesen Voraussetzungen war die Entscheidung reine Formsache: SacronInvest würde FEB nicht abwickeln. Im Gegenteil.

Am meisten Sorgen bereitete Holfhusen noch diese krumme Reporterin, Radwitz. Allerdings hatte sie in ihrem aufsehenerregenden Artikel weder SacronInvest erwähnt noch Tristan noch Russland. Und selbst wenn sie es für später beabsichtigte – mit der EU im Rücken war SacronInvest stark genug, jeden Gegenwind auszuhalten.

Holfhusen wählte die Nummer seines Kontaktmannes im Silicon Valley. Dass Alyattes tot war, machte es nur noch leichter.

Es gab keine Begrüßung. »Sie möchten verkaufen?«, fragte die Stimme umstandslos.

»Nein«, erwiderte Holfhusen. »Verkaufen nicht. Ich biete Ihnen eine Zusammenarbeit an. Alyattes ist gestoppt, aber der Code und die Infrastruktur existieren und sind funktionstüchtig. Sie bekommen den Zugang zur City of London, außerdem ein System, das auf den europäischen Markt zugeschnitten ist. Und nicht zuletzt das Know-how, um mit den europäischen Behörden umzugehen. Die technische Herausforderung könnten

Sie ohne uns lösen. An der rechtlichen sind Sie bereits einmal gescheitert.«

Am anderen Ende der Leitung war es still. Holfhusen wartete mit angehaltenem Atem.

»Wir sollten uns treffen«, sagte die Stimme.

111. Kapitel

Bianca hatte gerade zum Abendessen gerufen, als die Nachricht des Poeten kam.

Geht es dir gut?

Ja. Danke für deine Hilfe.

Gerne.

Nie hatte der Poet etwas über sich preisgegeben. Aus einer Regung heraus fragte Herbst ihn jetzt.

Warum hast du mir geholfen?

Bitcoin. Ich habe es entwickelt. Ich glaubte, es könnte die Welt zum Guten verändern. Heute verschlingt es gewaltige Energien und ist doch nicht mehr als ein weiteres Werkzeug für die Gierigen. Wir verstehen nicht mehr, was wir entwickeln. Aber wir machen trotzdem weiter. Das wird unser Untergang sein. Brauchst du noch irgendetwas?

Herbst brauchte nicht lange zu überlegen. *Kannst du dir Zugriff auf das Frachtverzeichnis eines Containerschiffs verschaffen?*

Ja.

112. Kapitel

Obwohl bereits Ende November war, glühte die Wüste unter einer gnadenlosen Sonne. Avaris Schulter brannte. Das Feederschiff, das sie gemeinsam mit den Containern am Strand abgesetzt hatte, war bereits wieder am Horizont verschwunden. Avari hatte von Fridolin die Nummer des Kontakts erhalten. Ein Mann hatte abgenommen und mit russischem Akzent die Infos gebellt, wann und wo sie al-Fattah treffen solle. Die Anweisungen waren unmissverständlich gewesen. Allein sollte sie sein, unbewaffnet.

Jetzt stand sie im Schatten eines der Container, hielt ihre handgenähten Schuhe hoch, wischte sich den Schweiß von der Stirn und wartete. Nichts außer Steine und Sand. Von der anderen Seite plätscherten die Wellen gegen den Stahl, alle paar Sekunden lief ihr das Wasser über die Füße. Ein Schiff zu finden war nicht die Herausforderung gewesen, Avari konnte genug zahlen. Aber obwohl sie das flachste genommen hatte, das mit Ladebaum ausgestattet war, hatte der Kapitän nicht nah genug ans Ufer fahren können, um die Container ins Trockene zu stellen. Das fehlte noch, dass die Wellen sie ins Meer trieben.

Die Hitze bereitete Avari Kopfschmerzen. Ihre Trinkflasche war leer. Wie hatte nur so viel schieflaufen können? Zum Glück hatte Fridolin rechtzeitig mit der Präparation von Linde begonnen. Paulo hatte die Leichen verschwinden lassen – sowohl im Schloss als auch im Bergwerk. Herbst, dieses Miststück, diese Schlampe. Avari besann sich auf ihre Meditationsübungen. Sie durfte sich nicht ihrer Wut überlassen. Sie brauchte einen scharfen Geist. Noch war nichts verloren. Wenn al-Fattah seine bescheuerten Waffen endlich in Händen hielt, würden die Russen hoffentlich Ruhe geben. Fridolin war nicht k. o. Aber angezählt. Er brauchte sie. Und Avari würde alles tun, um ihn zu retten.

Eine Staubwolke zwischen den Dünen. Endlich. Avari stand auf. Kniff die Augen zusammen, um in der flirrenden Luft etwas zu erkennen. Ein Geländewagen brauste auf sie zu. Nur einer? Was sollte das? Ein einzelner Geländewagen für elf Container-ladungen? Etwas stimmte nicht. Avari wurde unruhig. Sie rief ihren Kontaktmann an. Niemand nahm ab.

Zwanzig Meter entfernt blockierten die Räder des Gelände-wagens in einer Vollbremsung, rutschend kam das Fahrzeug zum Stehen. Die Fahrerin sprang heraus, nahm ihre Sonnenbrille ab und steckte sie sich ins Haar. Avari traute ihren Augen nicht. Die Frau – es war Herbst.

»Was zum Teufel?«

Herbst trug Jeans und Tanktop, außerdem eine Pistole an jeder Hüfte.

»Frau Avari«, sagte sie trocken. »Schön, Sie wiederzusehen.«

Fieberhaft ging Avari ihre Möglichkeiten durch. Sie war allein, unbewaffnet, verletzt. Und vor ihr stand eine Killerin. Panik stieg in ihr auf.

»Was wollen Sie?«, fragte sie mühsam beherrscht.

»Ich möchte mich verabschieden.«

»Wenn Sie mir etwas tun, werden Sie es bereuen.« Es sollte bedrohlich klingen, doch es geriet zu einem lausigen Versuch, zu schrill, zu laut. »Libysche Milizen sind auf dem Weg hierher, ich stehe unter ihrem Schutz.«

»Ja, al-Fattah, ich weiß.«

»Sie können mir nichts tun.«

»Ich will dir nichts tun, Schätzchen«, sagte Herbst, während sie an den Container herantrat. Avari wich zurück. Herbst ignorierte sie. Sie kramte einige dünne Metallstifte aus ihrer Hosentasche und machte sich am Schloss des Containers zu schaffen. Avari wusste nicht, was tun; reglos, angstvoll sah sie zu. Nach einer halben Minute klickte es, das Schloss war offen. Herbst entfernte es, zog den massiven Stahlbügel von der Tür ab und öffnete. Der Container war voll mit schweren, eisenbeschlagenen Kisten, die sich bis zur Decke stapelten.

Herbst griff nach einer der obersten, zog sie heraus und ließ sie in den nassen Sand fallen. »Mach auf«, befahl sie.

Avari gehorchte, legte die Verschlusshebel um. Hob den Deckel.

»Was ist das?«, stammelte sie.

»Medikamente«, erklärte Herbst.

»Wieso? Was?«

»Hilfsgüter. Genau wie in den Begleitpapieren angegeben.«

Avari verstand kein Wort, starrte Herbst fassungslos an.

»Im Frachtverzeichnis gab es wohl einen Fehler. Fast wären diese Container hier mir elf anderen verwechselt worden, die nach Kairo müssen.« Herbst zuckte die Schultern. »Ist ja noch mal gut gegangen.«

»Sie behaupten, in all diesen Kisten sind Medikamente?« Avari wurde von Entsetzen gepackt.

»Medikamente, Verbandszubehör, Wärmedecken, Desinfektionsmittel. Alles, was man in Kriegsgebieten so gebrauchen kann.«

Die Beine wurden ihr weich, mit Mühe hielt sich Avari an der Box vor ihr fest.

»Ich bin verloren«, murmelte sie. »Al-Fattah …«

»Glücklich wird er nicht sein«, sagte Herbst kühl. »Ein Warlord ohne Waffen ist schnell nur noch ein Kriegsverbrecher.«

Eine unbändige Wut erfasste Avari.

»Biest«, fauchte sie. »Du hast das gemacht. Du hast dafür gesorgt, dass die Lieferungen vertauscht wurden.« So hart gearbeitet hatte Avari, so viel entbehrt für den Erfolg. Und jetzt, wo sie alles hätte erreichen können, hatte diese hinterhältige Frau ihr alles genommen. Die Wut beherrschte sie ganz, schreiend, geifernd warf sie sich auf Herbst. Die Augen würde sie dem Biest auskratzen.

Ein Stich, ein Schmerz, es wurde dunkel.

Salzwasser überschwemmte sie. Avari schnappte nach Luft, kam wieder zu sich. Ihr Schädel dröhnte. Der Schmerz in ihrer Schulter war kaum auszuhalten. War alles nur ein Albtraum gewesen? Mühsam zwang sie die Augen auf. Nein, die Container waren noch da. Aber sie selbst lag halb im Meer. Das Wasser zog sich zurück. Avari schmeckte Sand, spuckte aus. Die nächste Welle rollte heran, umspülte sie. Herbst war nur ein paar Schritte entfernt, ging Richtung Geländewagen. Die Erkenntnis krallte sich mit eisigen Fingern in Avaris Bewusstsein: Herbst wollte sie hier zurücklassen.

Nein.

Allein mit al-Fattah. Und elf Containern voller Schrott.

Sie durfte es nicht.

»Warte!«, schrie Avari. »Warte!«

Herbst blieb stehen.

»Du kannst das nicht!«, schrie Avari. Al-Fattahs Männer würden ihr die Hölle auf Erden bereiten. »Nein!«

»Welchen Grund hätte ich«, fragte Herbst leise, »dir zu helfen?«

Die Ausweglosigkeit ihrer Lage zersplitterte alles. Ein infernalischer Abgrund tat sich vor Avari auf, und niemand würde sie retten. Al-Fattah. Er durfte sie nicht in die Hände bekommen. Ihre Stimme versagte, krächzend flehte sie: »Töte mich.«

Herbst nahm eine der Pistolen aus ihrem Holster, kam zurück. Über Avari blieb sie stehen, sah zu ihr herunter. »Im Gegensatz zu dir, Aurora Avari«, sagte sie langsam, »fällt es mir nicht leicht, jemanden umzubringen, der sich nicht wehren kann.«

»Bitte«, schluchzte Avari, »bitte.«

Herbst setzte sich auf die Medikamentenkiste, leerte das Magazin, warf die Patronen ins Meer. Mit dem zweiten Magazin verfuhr sie genauso.

»Siehst du das?« Sie zeigte über die Dünen. Eine Staubwolke.

»Al-Fattah.« Avari wurde übel vor Angst.

Herbst leerte die Kammer der einen Pistole, warf die Patrone ins Meer. Die andere Pistole reichte sie Avari. »Du hast einen Schuss.«

Mit tauben Händen packte Avari den Griff.

»Du kannst den Schuss für mich verwenden«, bemerkte Herbst mit schauerlicher Ruhe, »aber entkommen würdest du nicht. Das Auto hat mir ein Freund zur Verfügung gestellt. Es wird nicht fahren, wenn mein Freund nicht will.«

Ohne ein weiteres Wort wandte Herbst sich von ihr ab, ging zum Wagen, stieg ein und fuhr davon. Voller Grauen blickte Avari ihr hinterher.

113. Kapitel

»Omi, Omi, gehen wir jetzt Orangen kaufen? Es ist schon fast dunkel!«

»Gleich, mein Engel.«

Das Projekt ist beendet, schrieb der CIA-Kontakt.

In Ordnung, antwortete die Poetin.

Gute Arbeit.

Danke.

Die Poetin schloss das Chat-Programm. Gute Arbeit also. Natürlich freuten sich die Amerikaner. Alyattes war ein direkter Angriff gewesen; die Einführung des Euro hatte der US-Dollar noch verkraftet. Doch wer als Erster elektronisches Geld als rechtlich verbindliches Zahlungsmittel einführte, stellte das globale Währungssystem auf den Kopf. Natürlich konnten die Amerikaner nicht zulassen, dass Europa ihnen zuvorkam. Dass die Chinesen das ähnlich gesehen hatten, hatte den Amerikanern eine Menge Arbeit erspart. Soweit die Poetin es abschätzen konnte, hatte die CIA neben ihr niemanden sonst ins Feld geschickt. Sie hatte für ihre Leistung zwei Millionen Dollar berechnet, ein vernachlässigbarer Betrag.

Schon lange ging es der Poetin nicht mehr ums Geld. Sie hatte ihre eigenen Pläne. Ihr Blick suchte die Fotografie, die gerahmt an der Wand ihres Arbeitszimmers hing. Unschuldig lächelte Flori auf sie herunter. Du warst wie eine Tochter, dachte die Poetin traurig, und ich habe dein Leben zerstört.

»Omi, kommst du jetzt endlich?«

»Ja, Schatz.«

Sie klappte den Laptop zu und verließ ihr Zimmer. Unity wartete schon vor der Tür, schlenkerte ungeduldig mit der Einkaufstasche.

Sie wohnten in einem der besseren Viertel von Gaborone, doch einen Bürgersteig gab es trotzdem nicht. Staubige Sandstreifen säumten den Asphalt. Die Poetin nahm ihre Enkelin an die Hand. »Los geht's.« Die Stunde vor der Dämmerung war der angenehmste Teil des Tages. Jenseits der Stadt wölbten sich grün die Kgale Hills, ein leichter Wind durchstrich die Akazien, Nachbarn grüßten, irgendwo sang jemand. Unity quietschte vor Vergnügen.

Die Poetin liebte ihr Land.

Und sie würde es schützen.

Drei Monate später

... der Milizenführer Abdallah al-Fattah weiterhin verschollen. Erste Hoffnungen, dass dies die angespannte Lage entschärfen könnte, haben sich jedoch zerschlagen. Zwar hat der Angriff der Rebellen an Wucht verloren, doch die Hauptstadt Tripolis bleibt umkämpft. Ein Sprecher der Europäischen Union erklärte tiefes Bedauern...

114. Kapitel

Drei Monate! Drei Monate hatte man ihn im Knast schmoren lassen, bevor das Gericht Kaution akzeptiert hatte. Eine bodenlose Gemeinheit. Er war nicht irgendwer. Er war Fridolin von Wolfenweiler. Er hatte ein Unternehmen zu führen.

Sie erreichten den Lerchesberg. Automatisch öffnete sich das Tor der Einfahrt. Paulo steuerte die Limousine bis zum Hauseingang. Max erschien in der Tür, kam die Stufen herunter. Von Wolfenweiler umarmte seinen Sohn, dann eilte er nach drinnen. Genug Zeit verschwendet. Drei Monate hatte er verloren. Drei Monate, in denen Holfhusen mit FEB nach Lust und Laune hatte Schindluder treiben können.

Und das, obwohl von Wolfenweiler sich selbst übertroffen hatte. Odysseus hatte er komplett auf Wu abwälzen können, die Unregelmäßigkeiten in den Büchern auf Linde. Die Morde an Roux-Pastor und Herbsts Bruder auf Aurora. Den Mord an Giresse auf Sanfilippo. An dessen Motiv knabberten die Staatsanwälte zwar noch – aber letztendlich würden sie das Naheliegende schlucken: Sanfilippo war Wus Komplize gewesen und hatte Giresse ausschalten müssen, weil dieser ihnen auf die Schliche gekommen war. Case closed.

Blieb Holfhusen.

Erst ein Whiskey, beschloss von Wolfenweiler, dann telefonieren. Zügig ging er in sein Arbeitszimmer, schloss die Eichentüren hinter sich. Er musste allein sein. Brauchte Ruhe.

»Hi.«

»Was zum Teufel?« Er fuhr herum.

Der Raum besaß einen Erker, der als Leseecke eingerichtet war; drei Ohrensessel standen um ein Beistelltischchen herum. In einem der Sessel saß eine Frau. Bequem zurückgelehnt, die Beine übereinandergeschlagen, nickte sie ihm in unverschämter Vertrautheit zu. Sie trug Sneakers, Jeans, einen dunkelroten Rollkragenpullover, die blonden Haare hatte sie zu einem Pferdeschwanz zurückgebunden. Schien eine gute Figur zu haben.

»Wer sind Sie? Wie sind Sie hier reingekommen?«

Die Frau spielte Enttäuschung. »Sie erkennen mich nicht?«

Von Wolfenweiler musterte sie gründlicher. Doch, irgendwoher kam sie ihm bekannt vor. Mitarbeiterin? Presse? Nutte?

»Lassen Sie die Spielchen«, blaffte er gereizt.

»Giresse.«

Giresse? Dann verstand er. Und es verschlug ihm die Sprache.

»Sie sind Maria-Lisa Herbst?«

Die Frau nickte. »Fast. Anna-Lena.«

Scheiße. Von Wolfenweiler wurde heiß. Sollte er Paulo rufen? Der war unten, würde nie und nimmer rechtzeitig da sein. »Was wollen Sie?«, fragte er lauernd.

»Christian Alpe«, sagte Herbst, während sie sich aus ihrem Sessel erhob. »Lucien Giresse.« Sie kam auf von Wolfenweiler zu. »Monique Roux-Pastor.« Wie Eisnadeln bohrten sich ihre Augen in ihn. Angsterfüllt wich von Wolfenweiler zurück, Herbst folgte. »Tamás Varta«, flüsterte sie. »Rafael Herbst.«

»Was wollen Sie, verdammt? Ich habe niemandem dieser Leute ein Haar gekrümmt.«

Herbst trat nah an ihn heran, sah zu ihm auf. »Seit es Krieg gibt«, sagte sie, »fragen sich die Philosophen, wer der Mörder ist. Der Soldat, der schießt? Oder der Offizier, der den Befehl gibt?« Sie war über einen Kopf kleiner als er, doch das änderte nichts an seiner Furcht. »Was glauben Sie?«

»Ich habe Geld«, stammelte von Wolfenweiler. »Sagen Sie, wie viel Sie wollen. Ich stelle Ihnen einen Scheck aus.«

»Ich bin nicht hier für Ihr Geld.«

»Sie wollen mich umbringen.« Gehetzt sah sich von Wolfenweiler nach etwas um, das er als Waffe gebrauchen könnte.

»Nein, auch das nicht. Aber ich kann es nicht akzeptieren, Sie frei zu sehen.«

»Ich bin nicht frei«, zischte von Wolfenweiler. »Ich bin gegen Kaution raus.«

»Sie werden nicht der Morde beschuldigt, sondern nur der Verschleierung von Buchfälschungen. Selbst im schlimmsten Fall drohen Ihnen kaum mehr als zwei Jahre auf Bewährung.«

»In meiner Position sind schon zwei Monate …«

»Still«, unterbrach ihn Herbst. »Hören Sie mir zu. Ich besitze sieben Festplatten mit Material zu Alyattes, inklusive der Entstehungsgeschichte von Odysseus. Ich besitze das Telefon von Sanfilippo, das Telefon von Wu und das Telefon von Avari. Es fanden sich eine Menge spannender Nachrichten darauf. Sie haben viele Leichen im Keller, Herr von Wolfenweiler. Und Sie haben viele Feinde. Und irgendwann werde ich beides zusammenbringen. Nicht heute. Nicht alles auf einmal. Vielleicht beginne ich nächste Woche. Vielleicht in zehn Jahren. Jeden Abend werden Sie einschlafen und sich fragen, ob Sie die Nacht überleben werden.« Herbst stellte sich auf die Zehenspitzen, hob ihre Lippen an sein Ohr. »Nie wieder«, flüsterte sie, »werden Sie frei sein, Herr von Wolfenweiler.«

Und ohne ihn eines weiteren Blickes zu würdigen, verließ sie das Arbeitszimmer.

Während Herbst die Treppe ins Foyer hinunterging, kam sie an einer Hausangestellten vorbei, die sie verdattert ansah. Herbst nickte ihr freundlich zu. Als Nächstes lief ihr von Wolfenweilers Sohn über den Weg, der sie anstarrte wie eine Erscheinung.

»Hi, Max«, rief sie und gab ihm einen Klaps auf die Schulter. Sie trat nach draußen. In der Einfahrt stand Paulo und rauchte.

»Und, geht's dir gut?«, fragte Herbst munter. Paulo fiel die Zigarette aus dem Mund. Herbst verließ das Anwesen und ging zu dem Kombi, der auf der anderen Straßenseite wartete, warf sich auf den Beifahrersitz.

»Glaubst du, er hat es geschluckt?«, fragte Radwitz, die hinterm Lenkrad saß.

»Ist doch egal«, entgegnete Herbst und schnallte sich an. »Ich habe das für mich gemacht. Magst du Dubstep?« Sie wählte den entsprechenden Ordner auf ihrem Smartphone.

Irgendwo schlug die Uhr eines Kirchturms. Dann kamen die Bässe. Radwitz startete den Motor.

Nachwort

Ich habe Altgriechisch studiert. Und während das nicht bedeuten muss, dass ich mich mehr für die Vergangenheit als die Zukunft interessiere, stimmt ein anderes Klischee: Mein Computer und ich führen eine rumplige Zweckbeziehung. Heavy Wizardry beginnt für mich bei Word-Makros. Habe ich also auf den letzten sechshundert+ Seiten fröhlich, aber blind mit IT-Begriffen jongliert? Aber sicher. Ist alles Humbug? Hoffentlich nicht. Denn ich durfte auf die Hilfe zweier unfassbarer Menschen zählen, die sich nicht zu schade waren, einem Altphilologen die Eigenschaften asymmetrischer Verschlüsselungsverfahren zu erklären. Die mir verständlich machen konnten, warum es einen Blockchain-Hype gab. Oder warum dieser Hype zu einem kleingläubigen Abwarten geschrumpft ist. Wenn ihr also beeindruckt seid von den fachlichen Details, neigt dankend euer Haupt vor Jonas und Falk, wie ich es tue. Wenn ihr nicht beeindruckt seid, seid milde mit mir – ich habe mein Studium damit verbracht, Texte zu übersetzen wie: *So entgingen dem Narren die Männer, // welche sich unter der wollenen Schafe Bäuche gebunden.*

Inhaltlich muss ich den beiden ebenfalls dankbar sein; ohne Jonas hätte es zum Beispiel nie die Poetin gegeben, ohne Falk wäre Herbst nie zu den Kampfschwimmern gegangen.

Was wirtschaftliche Fragen betrifft, bin ich Simon zu Dank

665

verpflichtet. Monique Roux-Pastor versteht vielleicht, warum null keine Zahl ist. Aber Simon kann es auch erklären.

Außerdem danke ich Martin und Melanie, die mein Exposé zerpflückt haben wie Verliebte ein Gänseblümchen.

Mehr als nur ein zerpflücktes Gänseblümchen verdient hat meine Agentin Petra. Die einzige Agentin, die ich je gehabt habe – ich will keine andere mehr.

Bukettweise Blumen zu schicken habe ich nach München zu Blanvalet. Erste Adressatin ist meine Lektorin Lisa, mit der zu arbeiten keine Arbeit ist, sondern reine Freude. Und während ich im Nachwort zu meinem ersten Thriller #KillTheRich nur Lisa erwähnt habe, weiß ich inzwischen um all die anderen bei Blanvalet, die heimlich daran mitwirken, dass aus meinen wunderlichen Gedanken wunderbare Bücher werden. Ich danke den Verlagsleiterinnen Nicole und Wiebke, deren Türen stets offen waren – und nie aus Versehen. Ich danke Astrid und Alina, die sich so aufopferungsvoll um meinen guten Ruf kümmern, dass ich vielleicht bald tatsächlich einen habe. Ich danke Lea, die mir nachsieht (hoffentlich), dass meine Online-Beiträge weniger hip sind als Babybrei. Ich danke Berit, welche die pikante Aufgabe übernommen hat, Buchhandlungen davon zu überzeugen, meine Weltvernichtungsszenarien live zu präsentieren. Ich danke Jojo, der meine Bücher so leidenschaftlich empfehlen kann, als handle es sich um in Worte gegossenes Gold. Ich danke Johannes für die phänomenale Umschlaggestaltung. Und ich danke allen Vertreterinnen und Vertretern, die unermüdlich durch die Lande düsen und der Welt die frohe Botschaft verkünden, dass es Bücher gibt, die es sich zu lesen lohnt.

Meine Blumen sind beinahe alle. Eine letzte habe ich aber aufgehoben, und die geht an meine Redakteurin Angela. Ich hoffe, dass euch das Lesen Freude bereitet hat. Angela ist der Grund, weshalb ich guten Mutes bin.

Lucas Fassnacht, April 2020